afgeschreven

Openbare Bibliotheek
Osdorp
Osdorpplein 16
1068 EL Amsterdam
Tel.: 610.74.54
www.oba.nl

D1346337

HET
GEHEIM
VAN DE
KATHEDRAAL

**Openbare Bibliotheek
Osdorp**
Osdorpplein 16
1068 EL Amsterdam
Tel.: 610.74.54
www.oba.nl

HET
GEHEIM
VAN DE
KATHEDRAAL

STEVE BERRY

DE FONTEIN

Van Steve Berry verschenen tevens bij uitgeverij De Fontein:
De Amberzaal
De Romanov voorspelling
Het derde geheim
De erfenis van de Tempeliers
De Alexandrië-connectie
Het Venetiaans bedrog
Het complot van Parijs
De ontsnapping & Duivels goud

Eerste druk mei 2010
Tweede druk augustus 2010
Derde druk oktober 2010
Vierde druk mei 2012

© 2008 by Steve Berry
© 2012 voor deze uitgave: Uitgeverij De Fontein, Utrecht
Deze vertaling is tot stand gekomen na overeenkomst met Ballantine Books, een imprint van
Random House Publishing Group, onderdeel van Random House, Inc.

Oorspronkelijke uitgever: Ballantine Books
Oorspronkelijke titel: *The Charlemagne Pursuit*
Uit het Engels vertaald door: Hugo Kuipers
Omslagontwerp: Bureau Beck, Amsterdam
Omslagfoto: Yolande de Kort/Trevillion Images
Zetwerk: V3-Services, Baarn
isbn 978 90 261 3315 2
isbn e-book 978 90 261 5631 1
nur 332

All rights reserved including the right of reproduction in whole or in part in any form.
Niets uit deze uitgave mag worden verveelvoudigd en/of openbaar gemaakt door middel van
druk, fotokopie, microfilm, elektronisch, door geluidsopname- of weergaveapparatuur, of op
enige andere wijze, zonder voorafgaande schriftelijke toestemming van de uitgever.

Voor Pam Ahearn en Mark Tavani,
dromenmakers

Als je naar de toekomst wilt raden, bestudeer dan het verleden.

CONFUCIUS

De Oude Meesters waren subtiel, raadselachtig, diepzinnig, gevoelig.
De diepte van hun kennis is onpeilbaar.
Vanwege die onpeilbaarheid kunnen we alleen hun verschijning beschrijven.
Waakzaam, als mensen die 's winters een rivier oversteken.
Alert, als mensen die zich van gevaar bewust zijn.
Hoffelijk, als bezoekende gasten. Meegevend, als ijs dat op het punt staat te
smelten.
Eenvoudig, als onbewerkte blokken hout.

LAO TZU (604 V. CHR.)

Wie zijn huis in wanorde brengt, zal wind oogsten.

SPREUKEN 11:29

PROLOOG

November 1971

Hᴇᴛ ᴀʟᴀʀᴍ ɢɪɴɢ en Forrest Malone was meteen alert. 'Diepte?' riep hij.

'Tweehonderd meter.'

'Wat hebben we onder ons?'

'Nog eens zeshonderd meter koud water.'

Hij liet zijn blik over de actieve meters, wijzerplaten en thermometers gaan. In de kleine commandoruimte zat de roerganger rechts van hem. Links van hem was nog net plaats voor de duikofficier. Beide mannen hadden hun handen op hendels. De stroom ging aan en uit. 'Snelheid terug naar twee knopen.'

De onderzeeboot stampte door het water.

Het alarm hield op. Het werd donker in de commandoruimte.

'Commandant, hier de reactorkamer. De stroomonderbreker van een van de regelstaven heeft het begeven.'

Hij wist wat er gebeurd was. De ingebouwde veiligheidsmechanismen hadden de andere staven automatisch uitgeschakeld: de reactor had zichzelf afgesloten. Ze konden maar één ding doen. 'Overschakelen op batterijen.'

De zwakke noodverlichting ging aan. Zijn hoofdmachinist, Flanders, een nauwgezette en professioneel ingestelde man op wie hij had leren vertrouwen, kwam de commandoruimte binnen. Malone zei: 'Vertel het maar, Tom.'

'Ik weet niet hoe erg het is en hoe lang het duurt om het te repareren, maar we moeten zo min mogelijk elektriciteit verbruiken.'

Ze hadden wel eerder problemen met de stroomvoorziening gehad, en hij wist dat de batterijen wel twee dagen tijdelijk stroom konden leveren, mits ze zuinig waren. Zijn bemanning had intensief getraind voor een situatie als deze, maar als er een reactor uitviel, moest die volgens het handboek binnen een uur weer worden opgestart. Verstreek er meer tijd, dan moest de boot naar de dichtstbijzijnde haven worden gebracht.

En die was hier vijftienhonderd kilometer vandaan.

'Zet alles uit wat we niet nodig hebben,' zei hij.

'Commandant, het wordt moeilijk hem recht te houden,' merkte de roerganger op.

Hij kende de wet van Archimedes. Een voorwerp dat evenveel woog als water van gelijk volume, zou niet zinken en ook niet omhooggaan, maar met een neutraal drijfvermogen op dezelfde diepte blijven. Dat was het principe achter elke onderzeeboot, die onder water werd gehouden met motoren die hem naar voren stuwden. Zonder energie hadden ze geen motoren, geen duikroeren, geen vaart. Al die problemen konden gemakkelijk worden opgelost door naar de oppervlakte te gaan, maar boven hen lag geen open zee. Ze zaten gevangen onder een plafond van ijs.

'Commandant, de machinekamer meldt een klein lek in het hydraulisch systeem.'

'Een klein lek?' vroeg hij. 'Nu?'

'Het was al eerder opgemerkt, maar nu de stroom is uitgevallen, vragen ze toestemming om het lek te verhelpen door een klep te sluiten en een slang te vervangen.'

Logisch. 'Doe dat. Hopelijk komt er niet nog meer slecht nieuws.' Hij wendde zich tot de sonarman. 'Zit er iets voor ons?'

Onderzeebootbemanningen leerden van anderen die hun waren voorgegaan. Degenen die als eersten de strijd met de bevroren zeeën waren aangegaan, hadden twee lessen doorgegeven: bots niet tegen iets wat bevroren is, en als je het echt niet kunt vermijden, zet dan de boeg tegen het ijs, duw voorzichtig en hoop er het beste van.

'Niets te zien,' meldde de sonarman.

'We drijven af,' zei de roerganger.

'Compenseer dat, maar gebruik niet te veel energie.'

Plotseling ging de neus van de onderzeeboot omlaag.

'Wat krijgen we nou?' mompelde hij.

'Achterroeren zijn op duiken gegaan,' riep de duikofficier, die opstond en aan de hendel trok. 'Ze reageren niet.'

'Blount!' riep Malone. 'Help hem.'

De sonarman schoot te hulp. De neerwaartse hoek werd groter. Malone greep de kaartentafel vast, want alles wat niet vastzat viel als een lawine naar voren. 'Noodbesturing van roeren,' blafte hij.

De hoek werd nog groter.

'Meer dan vijfenveertig graden,' meldde de roerganger. 'We duiken nog steeds. De besturing werkt niet.'

Malone greep de tafel steviger vast en deed zijn uiterste best om in evenwicht te blijven.

'Driehonderd meter en dalend.'

De dieptemeter veranderde zo snel, dat de cijfers wazig werden. De boot mocht tot duizend meter diep gaan, maar de bodem kwam snel op hen af en de externe waterdruk nam toe. Als die te veel toenam, en te snel, zou de boot worden ingedrukt. Maar het was ook geen prettig vooruitzicht om met grote snelheid tegen de zeebodem te dreunen.

Ze konden nog maar één ding doen.

'Volle kracht achteruit. Alle ballasttanks leegpompen.'

De machinekamer gehoorzaamde aan zijn bevel; de hele boot schudde ervan. Propellers draaiden de andere kant op en de perslucht bulderde de tanks in om het water weg te stuwen. De roerganger hield zich stevig vast. De duikofficier bereidde zich voor op wat er zou gebeuren.

Ze kregen weer positief drijfvermogen.

De afdaling werd vertraagd.

De boeg kwam omhoog tot de onderzeeboot horizontaal in het water lag.

'Werk met de tanks,' beval Malone. 'Hou ons op deze diepte. Ik wil niet naar boven.'

De duikofficier volgde zijn bevel op.

'Hoe ver is het naar de bodem?'

Blount ging terug naar zijn post. 'Zestig meter.'

Malone keek naar de dieptemeter. Zevenhonderd meter. De boot kreunde van de druk, maar hield stand. Hij keek naar de indicatoren van de openingen. Lichtjes gaven aan dat alle kleppen en openingen dicht waren. Eindelijk een beetje goed nieuws. 'Zet ons neer.'

Deze onderzeeboot had ten opzichte van alle andere het voordeel dat hij op de zeebodem kon liggen. Dat was nog maar een van de vele speciale eigenschappen van dit model, naast het ergerlijke energie- en besturingssysteem dat ze zojuist aan den lijve hadden ondervonden.

De onderzeeboot kwam op de bodem tot stilstand.

In de commandoruimte keken ze elkaar aan. Niemand zei iets. Dat hoefde ook niet. Malone wist wat ze dachten. *Dat scheelde niet veel.* 'Weten we wat er gebeurd is?' vroeg hij.

'De machinekamer meldt dat toen die klep werd gesloten in verband met die reparatie van het lek, de normale besturings- en duiksystemen het lieten afweten, en de reservesystemen ook. Dat is nooit eerder gebeurd.'

'Hadden ze ook iets te vertellen wat ik nog niet weet?'

'De klep staat nu weer open.'

Hij glimlachte om de manier waarop de hoofdmachinist eigenlijk zei: *Als ik meer wist, zou ik het je vertellen.* 'Oké, zeg tegen ze dat ze het moeten repareren. Hoe staat het met de reactor?'

Ze hadden ongelooflijk veel batterijkracht verbruikt om de onvoorziene afdaling tegen te gaan.

'Nog uit,' meldde zijn eerste officier.

Het uur waarbinnen ze de reactor weer opgestart moesten krijgen, zou snel voorbij zijn.

'Commandant,' zei Blount vanaf de sonarpost. 'Contact buiten de romp. Massief. Veelvoudig. Blijkbaar liggen we in een keienveld.'

Hij besloot er nog wat energie aan te wagen. 'Camera's en buitenlichten aan. Maar alleen om vlug even te kijken.'

De videoschermen kwamen tot leven en ze zagen helder water met glinsterende stukjes leven. Er lagen grote keien om de onderzeeboot heen, schots en scheef op de zeebodem.

'Dat is vreemd,' zei een van de mannen.

Malone zag het ook. 'Dat zijn geen keien. Het zijn blokken. En grote ook. Rechthoeken en vierkanten. Richt de camera op een ervan.'

Blount richtte de camera op de zijkant van een van de stenen.

'Allemachtig,' zei de eerste officier.

Er stonden tekens op de blokken. Geen schrift, tenminste, geen schrift dat hij herkende. Een cursieve stijl, gerond en vloeiend. Individuele letters die leken te zijn samengevoegd, als woorden, maar er was niets wat hij kon lezen.

'Het staat ook op de andere blokken,' zei Blount.

Malone keek naar de andere schermen. Ze werden omringd door een ruïne, waarvan de stukken als geesten omhoogstaken. 'Zet de camera's weer uit,' zei hij. Op dat moment maakte hij zich druk om energie, niet om bezienswaardigheden. 'Lopen we geen gevaar als we hier blijven liggen?'

'We liggen op een open plek,' zei Blount. 'Dat is geen probleem.'

Er ging een alarm af. Hij keek waar het vandaan kwam. De elektrische panelen.

'Commandant, ze willen u voorin hebben,' riep zijn eerste officier over de radio.

Malone liep de commandoruimte uit en ging vlug naar de ladder die naar de toren leidde. Zijn hoofdmachinist stond daar al.

Het alarm hield op.

Hij voelde warmte en keek naar het dek. Hij bukte zich en raakte het metaal even aan. Gloeiend heet. Dat was niet goed. Onder dat dek lagen honderdvijftig zilverzinkbatterijen in een aluminium bak. Hij wist uit bittere ervaring dat het vooral een fraai gezicht was en niet zozeer een toonbeeld van wetenschappelijke perfectie. Die dingen raakten voortdurend defect.

Een machinist draaide de vier schroeven van de dekplaat een voor een los. Hij verwijderde de plaat en er kwam een kolkende rook omhoog. Malone wist meteen wat het probleem was. De kaliumhydroxide in de batterijen was overgestroomd.

Opnieuw.

De dekplaat werd snel weer op zijn plaats gedrukt, maar dat zou hun slechts een paar minuten opleveren. Straks zou het ventilatiesysteem de scherpe dampen door de boot verspreiden, en omdat ze de giftige lucht niet konden laten ontsnappen, zouden ze allemaal sterven.

Hij rende terug naar de controlekamer.

Hij wilde niet sterven, maar ze konden niet veel meer doen. Hij had zesentwintig jaar op onderzeeboten gediend; dieselboten en nucleaire onderzeeërs. Niet meer dan een op de vijf rekruten werd toegelaten tot de onderzeebootschool van de marine, waar de fysieke keuringen, psychologische ondervragingen en reactietests het uiterste van iedereen vergden. Zijn gouden dolfijnen waren opgespeld door zijn eerste commandant, en daarna had hij zelf veel anderen die eer bewezen.

Hij wist dus hoe ze ervoor stonden.

Het was voorbij.

Vreemd genoeg had hij maar één gedachte toen hij naar de commandoruimte terugkeerde om daar tenminste nog te doen alsof ze een kans maakten. Zijn zoon. Tien jaar oud. Die zou zonder vader opgroeien.

Ik hou van je, Cotton.

DEEL I

I

COTTON MALONE HAD een hekel aan besloten ruimten.
Op dit moment voelde hij zich onprettig in de volle cabine van een kabelbaan. De meeste andere passagiers waren op vakantie. Ze droegen kleurrijke kleding en hadden ski's en stokken bij zich. Hij bespeurde verschillende nationaliteiten. Een paar Italianen, wat Zwitsers, een handjevol Fransen, maar vooral Duitsers. Hij was een van de eersten geweest die instapte en was bij een van de beslagen ramen gaan staan, omdat hij zich daar meer op zijn gemak voelde. Drieduizend meter boven hen, en steeds dichterbij komend, stak de Zugspitze af tegen een strakblauwe hemel. De imposante, grijze top was bedekt met najaarssneeuw.

Het was niet slim van hem geweest om akkoord te gaan met deze locatie.

De cabine ging verder met haar duizelingwekkende klim, rakelings langs stalen masten die uit de ruige rotsen staken.

Hij was nerveus, en niet alleen omdat hij met zo veel mensen in een te klein hokje stond. Op de hoogste top van Duitsland stonden hem geesten uit het verleden te wachten. Hij was deze ontmoeting bijna veertig jaar uit de weg gegaan. Mensen als hij, die hun verleden uit alle macht begraven hadden, zouden dat niet zo gemakkelijk weer naar boven moeten halen.

Toch was hij dat nu aan het doen.

De trillingen namen af toen de cabine er bijna was, en even later stopte die op het station op de top.

De skiërs liepen naar een andere lift, die hen omlaag zou brengen naar een hoog plateau, waar een chalet stond en waar de skipistes begonnen. Hij ging niet skiën. Dat had hij nooit gedaan en ook nooit gewild.

Hij liep door het bezoekerscentrum, dat volgens een geel bord MÜNCHNER HAUS heette. De ene helft van het gebouw was een restaurant en in de andere helft waren een theater, een snackbar, een observatorium, souvenirwinkels en een weerstation ondergebracht.

Hij duwde dikke, glazen deuren open en kwam op een terras met een reling. De gure Alpenlucht prikte zijn lippen. Stephanie Nelle had gezegd dat zijn contactpersoon op het panoramaterras zou staan. Eén ding was duidelijk: op drieduizend meter hoogte in de Alpen had je meer het gevoel dat je privacy gewaarborgd werd dan beneden.

De Zugspitze lag op de grens. In het zuiden, richting Oostenrijk, verhief zich een reeks besneeuwde bergtoppen. In het noorden lag een komvormig dal, omringd door ruige rotshellingen. Een waas van ijzige mist onttrok het Duitse dorp Garmisch en zijn zusterdorp Partenkirchen aan het oog. Beide waren wintersportcentra. In deze regio kon je niet alleen skiën, maar ook bobsleeën, schaatsen en curlen.

Nog meer sporten die hij niet beoefende.

Er was niemand op het panoramaterras, behalve een oud echtpaar en een paar skiërs, die blijkbaar even hierheen waren gekomen om van het uitzicht te genieten. Hij was hier om een raadsel op te lossen dat hem al had beziggehouden vanaf de dag waarop mannen in uniform zijn moeder waren komen vertellen dat haar man dood was.

'Het contact met de onderzeeboot is achtenveertig uur geleden verbroken. We hebben reddingsschepen naar de Noordelijke IJszee gestuurd, en die hebben de laatst bekende positie afgezocht. Zes uur geleden zijn wrakstukken gevonden. We hebben met het inlichten van de nabestaanden gewacht tot we zeker wisten dat er geen overlevenden waren.'

Zijn moeder had niet gehuild. Dat deed ze nooit. Maar dat wilde niet zeggen dat ze niet diep getroffen was. Het duurde jaren voordat er vragen in zijn tienerhoofd opkwamen. De overheid had niet veel meer bekendgemaakt dan wat in de officiële persberichten stond. Toen hij zelf pas bij de marine was, had hij geprobeerd inzage te krijgen in het officiële onderzoeksrapport dat na het zinken van de onderzeeboot was opgesteld, maar hij had te horen gekregen dat het geheim was. Hij had het opnieuw geprobeerd toen hij voor het ministerie van Justitie was gaan werken en toegang kreeg tot veel geheimen. Opnieuw vergeefs. Toen zijn vijftienjarige zoon Gary afgelopen zomer bij hem had gelogeerd, was hij voor nieuwe vragen komen te staan. Gary had zijn opa nooit gekend, maar de jongen wilde meer over hem weten, vooral over zijn dood. De pers had verslag gedaan van het zinken van de USS Blazek in november 1971, en ze hadden samen veel oude berichten op internet kunnen lezen. Hun gesprekken hadden zijn eigen twijfels weer opgerakeld – zozeer zelfs, dat hij uiteindelijk besloten had er iets aan te doen.

Hij stak zijn vuisten in zijn anorak en liep over het terras.

Er stonden verrekijkers langs de reling. Bij een daarvan stond een vrouw die haar donkere haar in een weinig flatteus knotje had samengebonden. Ze was in lichte kleuren gekleed, had ski's en stokken naast zich staan en keek naar het dal.

Hij slenterde naar haar toe. Dat was een regel die hij lang geleden had geleerd. Nooit haast maken, dat leidde alleen maar tot problemen. 'Mooi uitzicht,' zei hij.

Ze draaide zich om. 'Dat is het zeker.'

Haar gezicht had de kleur van kaneel. In combinatie met wat hij als Egyptische trekken beschouwde – haar mond, neus en ogen – wees dat erop dat ze uit het Midden-Oosten kwam.

'Ik ben Cotton Malone.'

'Hoe wist je dat ik degene was die je moest hebben?'

Hij wees naar de bruine envelop die op het voetstuk van de verrekijker lag. 'Dit zal wel niet als een urgente missie worden beschouwd.' Hij glimlachte. 'Fungeer je alleen als koerier?'

'Zoiets. Ik kom hier om te skiën. Eindelijk een weekje vrij. Dat heb ik altijd al willen doen. Stephanie vroeg me dat daar' – ze wees naar de envelop – 'mee te nemen.' Ze keek weer door de verrekijker. 'Vind je het erg als ik dit even afmaak? Het kost een euro en ik wil zien wat daarbeneden is.' Ze bewoog de verrekijker en keek aandachtig naar het Duitse dal, dat zich kilometers ver uitstrekte.

'Hoe heet je?' vroeg hij.

'Jessica,' zei ze, haar ogen nog bij de lens.

Hij wilde de envelop pakken.

Ze versperde hem de weg met haar skischoen. 'Nog niet. Stephanie zei dat eerst duidelijk moest zijn dat jullie twee nu quitte staan.'

Het jaar daarvoor had hij zijn vroegere baas in Frankrijk geholpen. Ze had toen tegen hem gezegd dat ze bij hem in het krijt stond en dat hij daar verstandig gebruik van moest maken.

En dat had hij gedaan.

'Akkoord. De schuld is afbetaald.'

Ze keek op van de verrekijker. De wind had haar wangen rood gekleurd. 'Ik heb gehoord wat je bij de Magellan Billet hebt gedaan. Je bent nogal een legende. Een van de oorspronkelijke twaalf agenten.'

'Ik wist niet dat ik zo populair was.'

'Stephanie zei dat je ook bescheiden was.'

Hij was niet in de stemming voor complimenten. Het verleden wachtte op hem. 'Mag ik het dossier?'

Haar ogen fonkelden. 'Ja.'

Hij pakte de envelop. Het eerste wat door hem heen ging was hoe vreemd het was dat zoiets duns antwoord kon geven op zo veel vragen.

'Dit moet wel belangrijk zijn,' zei ze.

Ook een les. Vragen waarop je geen antwoord wilde geven gewoon negeren. 'Ben je al lang bij de Billet?'

'Een paar jaar.' Ze stapte van het voetstuk van de verrekijker af. 'Maar het bevalt me daar niet. Ik denk erover om weg te gaan. Ik heb gehoord dat jij er ook voortijdig bent uitgestapt.'

Als ze altijd zo nonchalant was, zou het een goede carrièrezet zijn om ontslag te nemen. In zijn twaalf jaar bij de Billet had hij maar drie keer vakantie genomen, en ook dan was hij voortdurend op zijn hoede geweest. Paranoia was een van de vele beroepsrisico's die niet te vermijden waren als je agent was, en ook nu het al twee jaar geleden was dat hij er vrijwillig was uitgestapt, was hij er nog niet van genezen. 'Veel plezier bij het skiën,' zei hij tegen haar.

Ze pakte haar ski's en stokken bij elkaar en keek hem fel aan. 'Dat zal wel lukken.'

Ze verlieten het terras en liepen door het bijna verlaten bezoekerscentrum. Jessica ging naar de lift die haar naar de skipiste zou brengen. Zelf stevende hij op de kabelbaan af die hem drieduizend meter zou laten afdalen. De volgende dag zou hij terugvliegen naar Kopenhagen. Vandaag zou hij naar winkels met zeldzame boeken gaan in de omgeving – een beroepsrisico dat aan zijn nieuwe vak van boekhandelaar verbonden was.

Hij stapte met de envelop in de lege cabine. Hij vond het prettig dat er verder niemand aan boord was, maar kort voordat de deuren dichtgingen kwamen er vlug nog een man en een vrouw binnen, hand in hand. De bediende gooide de deuren vanaf de buitenkant dicht en de cabine bewoog zich bij het station vandaan.

Hij keek uit de ramen aan de voorkant.

Besloten ruimten waren al erg genoeg. Kleine, besloten ruimten waren nog veel erger. Hij leed niet aan claustrofobie. Het was eerder zo dat hij zich in zijn vrijheid beperkt voelde. Hij had dat in het verleden wel verdragen – hij was meer dan eens onder de grond geweest –, maar zijn ongemak was een van de redenen waarom hij jaren geleden, toen hij bij de marine ging, in tegenstelling tot zijn vader niet voor de onderzeebootdienst had gekozen.

'Meneer Malone.'

Hij draaide zich om.

De vrouw had een pistool op hem gericht.

'Geeft u mij die envelop.'

2

Baltimore, Maryland
9.10 uur

ADMIRAAL LANGFORD C. RAMSEY sprak graag menigten toe. Toen hij nog op de marineacademie zat, had hij voor het eerst beseft dat hij daarvan hield. In de loop van zijn carrière, die nu al meer dan veertig jaar besloeg, had hij voortdurend naar mogelijkheden gezocht om dat verlangen te bevredigen. Vandaag sprak hij op de nationale bijeenkomst van de Kiwaniërs – nogal ongewoon voor het hoofd van de marine-inlichtingendienst. Hij leefde in een clandestiene wereld van feiten, geruchten en speculaties en moest het houden van toespraken beperken tot de weinige keren dat hij voor het Congres verscheen. Maar de laatste tijd stelde hij zich met toestemming van zijn superieuren wat vaker beschikbaar. Geen honorarium, geen onkostenvergoeding, geen restricties voor de pers. Hoe groter het publiek, hoe beter.

En er was belangstelling genoeg.

Dit was zijn achtste optreden in de afgelopen maand.

'Ik ben hier vandaag om u het een en ander te vertellen over iets waar u ongetwijfeld weinig van weet. Het is namelijk lange tijd geheim geweest. De kleinste nucleaire onderzeeboot van de Verenigde Staten.' Hij keek naar de aandachtige menigte. 'Nu zult u zeggen: "Is hij gek geworden? Gaat het hoofd van de marine-inlichtingendienst ons over een ultrageheime onderzeeboot vertellen?"' Hij knikte. 'Dat is precies wat ik van plan ben.'

'Commandant, er is een probleem,' zei de roerganger.

Ramsey zat half ingedommeld achter de duikofficier. De commandant van de onderzeeboot, die naast hem zat, schoot overeind en keek naar de monitoren.

Alle externe camera's gaven mijnen te zien.

'Jezus nog aan toe,' mompelde de commandant. 'Alles stopzetten. Dit ding mag geen centimeter meer bewegen.'

De roerganger gehoorzaamde door op een aantal knoppen te drukken. Ramsey was dan wel een lagere officier, hij wist dat explosieven uiterst gevoelig werden wanneer ze langdurig in zout water lagen. Ze voeren over de bodem van de Middellandse Zee, dicht langs de Franse kust, en werden omringd door dodelijke restanten van de Tweede Wereldoorlog. Hun romp hoefde maar even tegen een van de metalen stekels te stoten, en de NR-1 veranderde van topgeheim in totaal vergeten.

De boot was het meest gespecialiseerde wapen van de marine, een idee van admiraal Hyman Rickover, in het geheim gebouwd voor het duizelingwekkende bedrag van honderd miljoen dollar. Hij was maar veertig meter lang en drie meter breed en had een elfkoppige bemanning. Zelfs voor een onderzeeboot was hij erg klein, maar hij was uiterst vernuftig. De boot kon tot duizend meter diepte duiken en werd voortgestuwd door een unieke kernreactor. Drie patrijspoorten maakten een externe visuele inspectie mogelijk. Dankzij buitenverlichting konden de bemanningsleden camerabeelden zien. Er was een mechanische klauw om voorwerpen op te pakken. Een manipulatorarm stelde hen in staat grijp- en snijgereedschap te bedienen. In tegenstelling tot boten uit de aanvalsklasse of raketboten was NR-1 voorzien van een knaloranje toren, een plat dek op de bovenkant, een logge, vierkante kiel en allerlei uitsteeksels, zoals twee intrekbare Goodyear-vrachtwagenbanden, gevuld met alcohol, die het mogelijk maakten over de zeebodem te rijden.

'Neerwaartse thrusters inschakelen,' zei de commandant.

Ramsey besefte wat zijn commandant deed. Hij hield de romp stevig op de bodem. Dat was goed. Op de tv-schermen waren meer mijnen te zien dan je kon tellen.

'Klaarmaken om hoofdballasttank leeg te maken,' zei de commandant. 'Ik wil recht stijgen, niet heen en weer.'

De stilte die in de commandoruimte heerste, maakte de andere geluiden des te harder: het gieren van turbines, het ruisen van lucht, het fluiten van hydraulische vloeistof, elektronische pieptonen, geluiden die nog maar kortgeleden als een kalmerend middel op hem hadden ingewerkt.

'Rustig aan,' zei de commandant. 'Hou hem stil als we stijgen.'

De roerganger bediende de instrumenten.

De boot was niet voorzien van een stuurwiel. In plaats daarvan zaten er vier stuurknuppels in die waren overgenomen van gevechtsvliegtuigen. Dat was typerend voor NR-1. Hoewel de boot in kracht en ontwerp het nieuwste van het nieuwste was, kwam de meeste apparatuur eerder uit de prehistorie dan uit het ruimtevaarttijdperk. Het eten werd bereid in een goedkope imitatie van een oven zoals die in passagiersvliegtuigen te vinden was. De manipulatorarm was een restant van een ander marineproject. Het navigatiesysteem, gebaseerd op dat van trans-Atlantische vliegtuigen, werkte nauwelijks onder water. Benauwend kleine bemanningsverblijven, een toilet dat zelden iets anders deed dan verstopt raken, en alleen diepvriesdiners die voor vertrek uit de haven bij een plaatselijke supermarkt waren gekocht.

'Hadden we die dingen niet op de sonar?' vroeg de commandant. 'Voordat ze verschenen?'

'Nee,' zei een van de bemanningsleden. 'Ze doken gewoon voor ons uit het donker op.'

Perslucht bulderde de hoofdballasttanks in en de onderzeeboot kwam omhoog. De roerganger hield beide handen op de instrumenten, klaar om hun positie bij te stellen met behulp van thrusters.

Ze hoefden maar dertig meter te stijgen om in veiligheid te komen.

'Zoals u kunt zien, zijn we dat mijnenveld uit gekomen,' zei Ramsey tegen zijn publiek. 'Dat was in het voorjaar van 1971.' Hij knikte. 'Ja, lang geleden. Ik was een van de gelukkigen die op NR-1 mochten dienen.'

Hij zag verbazing op de gezichten.

'Niet veel mensen weten van die onderzeeboot. Hij is medio jaren zestig in het grootste geheim gebouwd. Dat bleef zelfs verborgen voor de meeste admiraals uit die tijd. Hij bezat een verbijsterende hoeveelheid apparatuur en kon drie keer dieper duiken dan elke andere onderzeeboot. Hij had geen naam, geen geschut, geen torpedo's, geen officiele bemanning. Zijn missies waren geheim en zijn dat in veel gevallen tot op de dag van vandaag gebleven. En wat nog verbazingwekkender is:

die boot is er nog. Tegenwoordig is hij de op een na oudste in gebruik zijnde onderzeeboot van de marine, in actieve dienst sinds 1969. Hij is niet meer zo geheim als vroeger. Tegenwoordig heeft hij zowel militaire als civiele taken, maar als er behoefte is aan menselijke ogen en oren diep in de oceaan, gaat de NR-1 erheen. U herinnert zich vast nog wel al die verhalen over de Verenigde Staten die trans-Atlantische telefoonkabels aftapten en daardoor meeluisterden met de Sovjets? Dat was de NR-1. Toen in 1976 een F-14 met een geavanceerde Phoenix-raket in de oceaan viel, deed de NR-1 het bergingswerk, voordat de Sovjets dat konden doen. Na de ramp met de *Challenger* vond de NR-1 de defecte O-ring van de stuwraket.'

Niets boeit een publiek zo als een verhaal, en hij kende er genoeg uit zijn tijd op die unieke onderzeeboot. De NR-1 was bepaald geen technologisch meesterwerk. Hij was geteisterd door defecten en bleef uiteindelijk alleen drijvende, omdat zijn bemanning zo vindingrijk was. Laat het handboek maar zitten; hun motto was innovatie! Bijna elke officier die op die boot had gediend, had daarna een hoge positie bereikt, hijzelf ook. Hij vond het prettig dat hij nu over de NR-1 mocht praten. Dat hoorde bij het plan van de marine om met succesverhalen nieuwe rekruten te werven. Veteranen als hij konden de verhalen vertellen, en de mensen, zoals degenen die nu aan hun ontbijttafel zaten te luisteren, zouden elk woord herhalen. Er was hem verteld dat de pers ook aanwezig zou zijn, en die zou voor een nog grotere verspreiding van het verhaal zorgen. *Admiraal Langford Ramsey, hoofd van de marine-inlichtingendienst, vertelde in een toespraak voor de nationale Kiwaniërs dat...*

Hij had een simpele kijk op succes.

Het was verdomd veel beter dan mislukking.

Hij had twee jaar geleden al met pensioen kunnen gaan, maar hij was de eerste gekleurde persoon die in het Amerikaanse leger zo'n hoge rang had bereikt en ook de eerste bachelor die het ooit tot vlagofficier had gebracht. Hij had hier zo lang naar toegewerkt, was zo voorzichtig geweest. Hij zorgde ervoor dat zijn gezicht even kalm was als zijn stem, zonder rimpels in zijn voorhoofd en met een zachte, onbewogen blik in zijn openhartige ogen. Hij had zijn hele marinecarrière op de kaart gezet met de precisie van een onderzeese navigator. Niets mocht die carrière verstoren, zeker niet nu het doel in zicht was.

En dus keek hij naar zijn publiek en vertelde met zijn zelfverzekerde stem nog meer verhalen.

Toch zat hem één probleem dwars.

Een mogelijke hobbel in de weg.

Garmisch.

3

Garmisch

MALONE KEEK NAAR het pistool, maar gaf geen krimp. Hij was een beetje hard geweest in zijn oordeel over Jessica, maar blijkbaar had hij zelf ook niet goed opgelet. Hij maakte een gebaar met de envelop. 'Willen jullie dit? Het zijn alleen maar een paar Red de Bergen-brochures die ik voor mijn afdeling van Greenpeace ga bezorgen. We krijgen extra punten voor dit soort trips.'

De cabine daalde nog steeds.

'Grapjas,' zei de vrouw.

'Ik heb een carrière als komiek overwogen. Denk je dat ik daarvoor had moeten kiezen?'

Juist vanwege dit soort situaties had hij ontslag genomen. Een agent van de Magellan Billet verdiende 72.300 dollar bruto per jaar. Als boekhandelaar verdiende hij meer, en dan zonder de risico's.

Tenminste, dat dacht hij.

Het werd tijd dat hij weer dacht zoals hij vroeger deed.

Tijd voor een schijnbeweging. 'Wie ben je?' vroeg hij.

Ze was klein en dik, en haar kapsel vertoonde een niet bepaald flatteuze combinatie van bruin en rood. Begin dertig. Ze droeg een blauwe wollen jas en een goudkleurige sjaal. De man droeg een rode jas en maakte een onderdanige indruk. Ze gebaarde met het pistool en zei tegen haar handlanger: 'Pak de envelop.'

Rode Jas kwam naar voren en trok de envelop weg.

De vrouw keek even naar de rotspartijen die achter de vochtige ramen voorbijkwamen. Malone maakte gebruik van dat moment om zijn linkerarm te laten uitschieten en het pistool met gebalde vuist opzij te slaan.

Ze schoot. De knal deed pijn aan zijn oren en de kogel vloog door een van de ramen. IJskoude lucht stroomde naar binnen.

Hij stootte zijn vuist tegen de man, die achteroverviel. Toen pakte hij de kin van de vrouw vast en klapte haar hoofd tegen een raam. In het glas vormde zich een spinnenweb van barsten. Haar ogen gingen dicht en hij duwde haar tegen de vloer.

Rode Jas sprong overeind en ging in de aanval. Samen dreunden ze tegen de achterkant van de cabine en vielen op de vochtige vloer. Malone probeerde zich uit de greep om zijn keel te bevrijden door zich om te rollen. Hij hoorde gemompel van de vrouw en besefte dat hij straks met hen beiden te maken zou hebben, terwijl een van hen ook nog gewapend was. Hij spreidde beide handen en sloeg ermee tegen de oren van de man. Tijdens zijn marineopleiding had hij over oren geleerd; een van de gevoeligste lichaamsdelen. De handschoenen die hij droeg waren een belemmering, maar bij de derde klap gaf de man een schreeuw van pijn en liet hij Malone los.

Malone trapte zijn belager van zich af en sprong overeind. Maar voordat hij iets kon doen, sloeg Rode Jas zijn arm over Malones schouder en kneep zijn keel weer dicht. Malones gezicht werd tegen een ruit gedrukt; de ijskoude condens verkilde zijn wang.

'Geen beweging,' beval de man.

Malones rechterarm was in een onhandige stand gewrongen. Hij probeerde los te komen, maar Rode Jas was sterk.

'Geen beweging,' zei ik.

Malone besloot voorlopig te gehoorzamen.

'Panya, gaat het?' Blijkbaar probeerde Rode Jas de aandacht van de vrouw te trekken.

Malones gezicht bleef tegen de ruit gedrukt. Hij keek recht zich uit, de diepte in.

'Panya?'

Malone zag een van de stalen masten snel naderen. De afstand was nu nog zo'n vijftig meter. Toen besefte hij dat zijn linkerhand tegen iets aan gedrukt zat wat als een handgreep aanvoelde. Blijkbaar waren ze al worstelend tegen de deur aangekomen.

'Panya, geef antwoord. Gaat het wel? Zoek het pistool.'

Malones keel werd nog steeds dichtgeknepen en de druk op zijn verwrongen arm was enorm. Maar Newton had gelijk: elke kracht die wordt uitgeoefend, gaat gepaard met een tegengestelde, even grote kracht.

Ze waren nu bijna bij de spichtige armen van de stalen mast aangekomen. De cabine zou er straks zo dicht langs gaan, dat hij het ding met zijn hand zou kunnen aanraken.

Hij trok de handgreep omhoog en schoof de deur open. Tegelijkertijd zwaaide hij zich naar buiten toe, de ijskoude lucht in.

Rode Jas, volkomen verrast, werd uit de cabine gegooid en smakte tegen de mast. Malone hield de handgreep uit alle macht vast. Zijn belager werd verpletterd tussen de mast en de cabine en viel.

Een kreet verdween snel in de verte.

Malone manoeuvreerde zich weer naar binnen. Zijn adem kwam als wolkjes uit zijn mond. Zijn keel was kurkdroog.

De vrouw krabbelde overeind. Hij schopte tegen haar kin, zodat ze weer op de vloer viel.

Hij wankelde naar voren en keek naar het dalstation van de kabelbaan. Waar de cabine zou stoppen stonden twee mannen in donkere jassen. Versterking? Hij bevond zich op zo'n driehonderd meter hoogte. Onder hem strekte zich een dicht woud uit op de helling van de berg, met naaldbomen, hun takken zwaarbeladen met sneeuw. Malone zag een bedieningspaneel. Drie lichtjes knipperden groen, twee rood. Hij keek uit de ramen en zag weer een hoge mast dichterbij komen. Hij stak zijn hand uit naar de schakelaar met ANHALTEN en zette die om.

De cabine slingerde en vertraagde, maar kwam niet helemaal tot stilstand. Nog meer Isaac Newton: door de frictie zou hij uiteindelijk zijn vaart verliezen.

Malone pakte de envelop op, die naast de vrouw lag, en stopte hem onder zijn jas. Hij vond het pistool en liet dat in zijn zak glijden. Toen liep hij naar de deur en wachtte tot de mast dichtbij genoeg was. De cabine bewoog zich nu erg langzaam, maar evengoed werd het een riskante sprong. Hij maakte een schatting van snelheid en afstand en sprong toen naar een van de dwarsbalken op de mast toe. Zijn dik ingepakte handen grepen naar het staal.

Hij dreunde tegen de mast en zijn leren jas fungeerde als stootkussen. De sneeuw knerpte tussen zijn vingers en de dwarsbalk. Hij hield zich stevig vast.

De cabine ging verder met de afdaling en kwam zo'n dertig meter lager tot stilstand. Malone haalde een paar keer diep adem en begon zich naar een ladder toe te werken die een verticale stijl volgde. Toen hij zich hand over hand verplaatste, fladderde de droge sneeuw weg als talkpoeder. Bij de ladder aangekomen zette hij zijn rubberen schoenzolen op een besneeuwde sport. Beneden in het dal zag hij de twee mannen in donkere jassen bij het station wegrennen. Ze vormden inderdaad een probleem, precies zoals hij had verwacht.

Hij daalde de ladder af en sprong op de grond.

Nu was hij op de beboste helling, zo'n honderdvijftig meter boven het dalstation.

Hij liep tussen de bomen door en vond een asfaltweg die evenwijdig liep aan de voet van de berg. Een stuk voor hem stond een bruin houten gebouw tussen besneeuwde struiken; een werkkeet, of zoiets. Daarachter lag weer een asfaltweg, waar een sneeuwruimer aan het werk was geweest. Hij draafde naar de poort van het hek dat om het terrein heen stond. Er zat een hangslot op. Hij hoorde een motor kreunend over de bergweg omhoogkomen. Hij trok zich terug achter een geparkeerde tractor en zag een donkere Peugeot een bocht om komen en vertragen. Blijkbaar keken de inzittenden naar de omheining.

Met het pistool in de aanslag bereidde hij zich voor op een gevecht, maar de auto reed verder door naar boven.

Hij zag een smal asfaltpad dat tussen de bomen door naar het dalstation leidde en draafde erheen.

Hoog boven hem hing de cabine van de kabelbaan nog in de lucht, met daarin een bewusteloze vrouw in een blauwe jas. Een dode man in een rode jas lag ergens in de sneeuw.

Om geen van beiden maakte hij zich druk.

Waarover dan wel?

Over de vraag wie wist waar hij en Stephanie Nelle zich mee bezighielden.

4

Atlanta, Georgia
7.45 uur

Stephanie Nelle keek op haar horloge. Ze zat al sinds even voor zeven uur die ochtend in haar kantoor veldrapporten door te nemen. Van haar twaalf jurist-agenten waren er momenteel acht met een missie bezig. Twee zaten in België, waar ze deel uitmaakten van een internationaal team dat aan de veroordeling van oorlogsmisdadigers werkte. Twee anderen waren net in Saoedi-Arabië aangekomen voor een missie die riskant kon worden. De overige vier waren verspreid over Europa en Azië.

Eén agent was echter op vakantie. In Duitsland.

De Magellan Billet had weinig personeel. Dat was opzettelijk zo gedaan. Naast haar twaalf juristen werkten er vijf administratief medewerkers en drie assistenten voor de eenheid. Ze had zelf gewild dat haar regiment klein bleef. Hoe minder ogen en oren, hoe minder kans op lekken. In de veertien jaar dat de Billet bestond, was de geheimhouding, voor zover zij wist, inderdaad nog nooit geschonden.

Ze keek op van de computer en schoof haar stoel achteruit.

Haar kantoor was eenvoudig en klein. Geen dure spullen, die pasten niet bij haar. Ze had honger, want toen ze twee uur geleden was opgestaan, had ze haar ontbijt overgeslagen. Ze maakte zich steeds minder druk om maaltijden, voor een deel omdat ze alleen woonde en voor een deel omdat ze een hekel aan koken had. Ze besloot iets in de kantine te gaan eten. Niet dat ze van die kantinemaaltijden hield, maar haar knorrende maag had iets nodig. Misschien zou ze zichzelf straks trakteren op een lunch buiten kantoor; gebakken zeevruchten, of zoiets.

Ze verliet het beveiligde kantoor en liep naar de liften. Op de vierde verdieping van het gebouw zaten diensten van het ministerie van Binnenlandse Zaken, en ook een contingent van Volksgezondheid en Sociale Zaken. De Magellan Billet was opzettelijk weggestopt – onopvallende letters: MINISTERIE VAN JUSTITIE: JURIDISCHE EENHEID – en die anonimiteit beviel haar wel.

De lift kwam. Toen de deuren opengingen, kwam er een lange, slanke man met dun grijs haar en kalme blauwe ogen uit.

Edwin Davis.

Hij glimlachte meteen. 'Stephanie. Ik was net onderweg naar jou.'

Ze was meteen op haar hoede. Een van de nationaleveiligheidsadviseurs van de president. Hier in Georgia. Onaangekondigd. Dat voorspelde niet veel goeds.

'En het doet me goed je niet in een gevangeniscel te zien,' zei Davis.

Ze herinnerde zich de vorige keer dat Davis plotseling was verschenen.

'Ging je ergens heen?' vroeg hij.

'Naar de kantine.'

'Is het goed als ik meega?'

'Heb ik een keus?'

Hij glimlachte. 'Zo erg is het niet.'

Ze gingen met de lift naar de eerste verdieping en namen plaats aan een tafel in de kantine. Ze nam wat slokjes sinaasappelsap; Davis dronk een glas mineraalwater. Ze had inmiddels geen trek meer.

'Wil je me vertellen waarom je vijf dagen geleden het dossier over het zinken van de USS Blazek hebt opgevraagd?'

Het verbaasde haar dat hij dat wist, maar dat liet ze niet blijken. 'Ik wist niet dat ik daardoor met het Witte Huis te maken zou krijgen.'

'Dat dossier is geheim.'

'Ik heb geen wetten overtreden.'

'Je hebt het naar Duitsland gestuurd. Naar Cotton Malone. Weet je wel wat je daarmee in gang hebt gezet?'

Er gingen alarmbellen rinkelen in haar hoofd. 'Jullie informatienetwerk is erg goed.'

'Daardoor blijven wij allemaal in leven.'

'Cotton heeft een betrouwbaarheidsverklaring van hoog niveau.'

'Had. Hij werkt hier niet meer.'

Nu begon ze zich op te winden. 'Dat was geen probleem voor jullie, toen jullie hem bij al die problemen in Centraal-Azië haalden. Dat was toch ook strikt geheim? Het was ook geen probleem toen de president hem bij de Orde van het Gulden Vlies betrok.'

Op Davis' gladde gezicht verschenen bezorgde trekken. 'Je weet dus niet wat er nog geen uur geleden op de Zugspitze is gebeurd?'

Ze schudde haar hoofd.

Hij deed het haar volledig uit de doeken. Hij vertelde over een man die uit een cabine van een kabelbaan naar beneden was gestort en een andere man die uit dezelfde cabine was gesprongen en langs een van de stalen masten van de kabelbaan naar beneden was geklommen. Hij vertelde over een vrouw die half bewusteloos was aangetroffen toen de cabine eindelijk beneden kwam. Er was ook nog een kogel door een van de ruiten gegaan. 'Welke van die mannen denk je dat Cotton is?' vroeg hij.

'Ik hoop degene die is ontkomen.'

Hij knikte. 'Ze hebben het lijk gevonden. Het was niet Malone.'

'Hoe weet je dat allemaal zo snel?'

'Ik liet die omgeving in de gaten houden.'

Nu werd ze nieuwsgierig. 'Waarom?'

Davis dronk zijn glas leeg. 'Ik heb het altijd vreemd gevonden dat Malone zo plotseling uit de Billet vertrok. Hij had daar twaalf jaar gewerkt, en opeens was hij weg.'

'De dood van die zeven mensen in Mexico-Stad had hem diep getroffen. En jouw baas, de president, liet hem gaan. Een wederdienst, als ik het me goed herinner.'

Davis keek peinzend. 'Het ruilmiddel in de politiek. Mensen denken dat alles om geld draait.' Hij schudde zijn hoofd. 'Het draait om diensten en wederdiensten.'

Ze hoorde iets aan zijn stem. 'Ik bewees Malone een wederdienst door hem dat dossier te geven. Hij wil meer over zijn vader weten...'

'Dat zijn jouw zaken niet.'

Haar opwinding sloeg om in woede. 'Ik dacht van wel.' Ze dronk haar sinaasappelsap op en verzette zich tegen de vele verontrustende gedachten die door haar hoofd gingen. 'Het is achtendertig jaar geleden,' zei ze.

Davis stak zijn hand in zijn zak en legde een USB-stick op tafel. 'Heb je het dossier gelezen?'

Ze schudde haar hoofd. 'Ik heb het niet in handen gehad. Ik liet een van mijn agenten een exemplaar ophalen en afleveren.'

Hij wees naar de USB-stick. 'Je moet het lezen.'

5

Bevindingen onderzoekscommissie USS Blazek

Toen de commissie in december 1971 bijeenkwam, omdat nog steeds geen spoor van de USS Blazek was gevonden, richtte ze haar aandacht niet zozeer op 'wat er kon zijn gebeurd' als wel op 'stel nu eens dat...'. Hoewel ze zich bewust was van de afwezigheid van concrete bewijzen, deed ze een bewuste poging om te voorkomen dat het zoeken naar de waarschijnlijke oorzaak van de tragedie beïnvloed werd door vooropgezette meningen. De taak van de commissie was extra gecompliceerd door de strenge geheimhouding rondom de onderzeeboot. Alles werd in het werk gesteld om de geheimhouding rond de boot en zijn laatste missie in stand te houden. Nadat de commissie zich in alle bekende feiten en omstandigheden ten aanzien van het verlies van de Blazek heeft verdiept, dient ze het volgende rapport in:

Feitenonderzoek

1. USS Blazek is een fictieve benaming. De onderzeeboot waarnaar dit onderzoek is ingesteld, is in werkelijkheid de NR-1A, in de vaart genomen in mei 1969. De boot is er een van twee die gebouwd zijn in het kader van een geheim programma om geavanceerde onderzeecapaciteit te ontwikkelen. De NR-1 en de NR-1A hebben beide geen officiële naam, maar in het licht van de tragedie en de onvermijdelijke media-aandacht werd een fictieve naam aan de boot toegekend. Officieel blijft de boot echter de NR-1A. Omwille van de openbare discussie zal worden bekendgemaakt dat de USS Blazek een geavanceerde onderzeeboot is die in de Noordelijke IJszee werd uitgetest voor onderzeese reddingsoperaties.

2. De nr-ia was gecertificeerd om tot duizend meter diepte te gaan. Uit de onderhoudsgegevens blijkt dat zich in de twee jaar waarin de boot in actieve dienst is geweest veel mechanische problemen hebben voorgedaan. Geen van die problemen werd als een technische fout beschouwd, maar als een gevolg van het radicale ontwerp dat tot de grenzen van de onderzeeboottechnologie ging. De nr-i heeft soortgelijke operationele problemen ondervonden. Dat maakt dit onderzoek des te dringender, want dat vaartuig is nog in actieve dienst en eventuele defecten moeten geïdentificeerd en gecorrigeerd worden.

3. De miniatuurkernreactor aan boord was uitsluitend gebouwd voor de twee boten van de nr-klasse. Hoewel de reactor revolutionair en problematisch is, wijst niets erop dat er straling is vrijgekomen voordat de boot zonk, zodat mag worden aangenomen dat het ongeluk niet is veroorzaakt door een catastrofaal reactordefect. Natuurlijk sluit een dergelijke bevinding de mogelijkheid van een elektrisch defect niet uit. Beide boten uit de nr-klasse maakten herhaaldelijk melding van problemen met de batterijen.

4. Toen de nr-ia zonk, waren er elf mannen aan boord. Commandant: kapitein-luitenant-ter-zee Forrest Malone. Eerste officier: luitenant-ter-zee 2e klasse Beck Stvan. Navigatieofficier: luitenant-ter-zee 2e klasse Tim Morris. Communicatie: elektrotechnicus 1e klasse Tom Flanders. Reactorbediening: elektrotechnicus 1e klasse Gordon Jackson. Reactoroperaties: elektrotechnicus 1e klasse George Turner. Scheepselektricien: elektricien 2e klasse Jeff Johnson. Interne communicatie: interne communicatie-elektricien 2e klasse Michael Fender. Sonar en voeding: technisch specialist 1e klasse Mikey Blount. Mechanische afdeling: intern communicatie-elektricien 2e klasse Bill Jenkins. Reactorlaboratorium: technisch specialist 2e klasse Doug Vaught. Veldspecialist: Dietz Oberhauser.

5. Akoestische signalen die aan de nr-ia werden toegeschreven, zijn opgevangen door stations in Argentinië en Zuid-Afrika. Afzonderlijke akoestische signalen en stations zijn weergegeven in de 'Tabel van akoestische signalen' op de volgende pagina's. Deskundigen hebben vastgesteld dat de akoestische signalen het gevolg zijn van het vrijkomen van veel energie, rijk aan lage frequenties, maar zonder waarneembare harmonische structuur. Geen enkele deskundige

heeft kunnen vaststellen of zich een explosie of implosie heeft voorgedaan.

6. De NR-1A opereerde onder het ijs van de Zuidelijke IJszee. Het opperbevel van de vloot wist niet wat zijn koers en uiteindelijke bestemming waren, omdat zijn missie strikt geheim was. Ten behoeve van haar onderzoek heeft de commissie vernomen dat de laatst bekende coördinaten van de NR-1A 73° ZB 15° WL waren, ongeveer honderdvijftig mijl ten noorden van Cape Norvegia. Omdat de onderzeeboot zich in zulke verraderlijke en relatief onbekende wateren bevond, was het moeilijk concrete sporen te vinden. Tot op heden is geen enkel spoor van de onderzeeboot gevonden. Bovendien is het aantal posten dat onderzeese akoestische signalen opvangt in de Antarctische regio zeer klein.

7. Een inspectie van de NR-1, verricht om vast te stellen of eventuele technische fouten ook in die boot te vinden waren, bracht aan het licht dat de negatieve batterijplaten met kwik zijn geïmpregneerd om hun levensduur te vergroten. De toepassing van kwik in onderzeeboten is verboden. Het is onduidelijk waarom die regel in dit geval niet in acht is genomen. Maar als batterijen aan boord van de NR-1A in brand zijn gevlogen, wat volgens de reparatiegegevens op zowel de NR-1 als de NR-1A al eerder is gebeurd, kunnen de daardoor vrijgekomen kwikdampen fataal zijn geweest. Uiteraard zijn er geen concrete aanwijzingen voor een brand of een batterijdefect.

8. De USS Holden, onder bevel van kapitein-luitenant-ter-zee Zachary Alexander, werd op 23 november 1971 naar de laatst bekende positie van de NR-1A gestuurd. Een gespecialiseerd verkenningsteam meldde geen spoor van de NR-1A te hebben gevonden. Uitgebreide sonarverkenningen brachten niets aan het licht. Er is geen straling waargenomen. Zeker, een grootschalige zoek- en reddingsoperatie had wellicht een ander resultaat opgeleverd, maar de bemanningsleden van de NR-1A hebben voor hun vertrek een operationeel contract getekend waarin ze ermee akkoord gingen dat er in het geval van een catastrofe geen zoek- en reddingsoperatie zouden plaatsvinden. De toestemming voor deze afwijkende regeling kwam rechtstreeks van het hoofd marineoperaties. Hij vaardigde een geheim order uit, waarvan de commissie een exemplaar heeft ontvangen.

Opinies

Het feit dat de NR-1A niet is gevonden, doet niets af aan de verplichting om alle praktijken, condities of defecten die voor verbetering in aanmerking komen te signaleren en te corrigeren, aangezien de NR-1 nog in de vaart is. Na zorgvuldige overweging van de weinige gegevens is de commissie van mening dat er geen bewijzen zijn voor een bepaalde oorzaak of bepaalde oorzaken van het verlies van de NR-1A. Uiteraard was het een catastrofale gebeurtenis, maar de geïsoleerde locatie van de onderzeeboot en het gebrek aan opsporingsmogelijkheden, communicatie en ondersteuning aan de oppervlakte maken elke conclusie die de commissie omtrent het gebeurde zou kunnen trekken zuiver speculatief.

Aanbevelingen

In het kader van voortdurende pogingen om extra informatie over de oorzaak van deze tragedie te verkrijgen, en te voorkomen dat zich ook een incident met de NR-1 voordoet, dient er, zodra dit praktisch mogelijk is, een nader mechanisch onderzoek naar de NR-1 te worden ingesteld, met gebruikmaking van de nieuwste technieken. Dit onderzoek zou tot doel hebben mogelijke schademechanismen vast te stellen, de secundaire gevolgen daarvan te beoordelen, gegevens voor ontwerpverbetering te verstrekken die momenteel niet beschikbaar zijn, en eventueel vast te stellen wat er met de NR-1A is gebeurd.

Malone zat in zijn kamer op de eerste verdieping van het Posthotel in Garmisch. De ramen keken uit op het Wettersteingebergte en de hoge Zugspitze, maar de aanblik van die verre bergtop herinnerde hem meteen aan wat er twee uur geleden was gebeurd.

Hij had het rapport gelezen. Twee keer.

De marinevoorschriften bepaalden dat er na elke tragedie op zee een onderzoekscommissie werd ingesteld, samengesteld uit vlagofficieren. Die commissie was belast met het zoeken naar de waarheid.

Maar dit onderzoek was een leugen geweest.

Zijn vader was niet op een missie naar de Noordelijke IJszee gestuurd. De USS Blazek bestond niet eens. In plaats daarvan was zijn vader aan boord van een topgeheime onderzeeboot in het Antarctisch gebied geweest, om god mocht weten wat te doen.

Hij herinnerde zich de nasleep.

Schepen hadden de Noordelijke IJszee uitgekamd, maar er waren geen wrakstukken gevonden. In nieuwsberichten werd gezegd dat de Blazek een nucleaire onderzeeboot was die werd uitgetest voor reddingsoperaties op grote diepte en dat hij was geïmplodeerd. Malone herinnerde zich wat de man in uniform – geen viceadmiraal van de onderzeebootdienst, die, zoals hij later hoorde, gewoonlijk zulk nieuws aan de nabestaanden van een onderzeebootcommandant bracht, maar een kapitein-ter-zee van het Pentagon – tegen zijn moeder had gezegd: *'Ze bevonden zich op een diepte van vierhonderd meter in de Noordelijke IJszee.'*

De man had gelogen, of de marine had tegen hem gelogen. Geen wonder dat het rapport geheim bleef.

Amerikaanse nucleaire onderzeeboten zonken bijna nooit. Dat was pas drie keer gebeurd sinds 1945. De *Thresher* door defecte buizen; de *Scorpion* door een onverklaarde explosie; de Blazek door onbekende oorzaak. Of beter gezegd: de NR-1A door onbekende oorzaak.

In alle persberichten die hij in de zomervakantie met Gary had herlezen, was sprake geweest van de Noordelijke IJszee. Dat er geen wrakstukken waren gevonden, was toegeschreven aan de diepte van het water en de ravijnachtige bodemstructuur. Hij had daar altijd zijn twijfels over gehad. Door de diepte zouden er scheuren in de romp zijn gekomen en dan zou de onderzeeboot zijn volgelopen, zodat er uiteindelijk wrakstukken naar de oppervlakte hadden moeten komen. De marine zocht op de oceanen ook altijd naar geluiden. De onderzoekscommissie constateerde dat er akoestische signalen waren gehoord, maar dat die geluiden weinig verklaarden en dat er in dat deel van de wereld te weinig mensen naar luisterden om er betekenis aan te kunnen hechten.

Verdomme.

Hij had in de marine gediend, zich vrijwillig aangemeld, een eed gezworen en zich daaraan gehouden.

Zij niet.

Toen er ergens in het zuidpoolgebied een onderzeeboot was gezonken, hadden ze daar geen smaldeel van schepen heen gestuurd om de diepten af te tasten met sonar. Er was geen dik dossier samengesteld met getuigenverklaringen, grafieken, tekeningen, brieven, foto's of operationele richtlijnen ten aanzien van de oorzaak. Ze hadden zich beperkt tot het sturen van één schip, drie dagen onderzoek en een nietszeggend rapport van vier pagina's.

Er luidden klokken in de verte.

Hij zou wel met zijn vuist door de muur willen slaan. Maar wat zou hij daarmee opschieten? In plaats daarvan pakte hij zijn mobieltje.

6

Kapitein-ter-zee Sterling Wilkerson van de Amerikaanse marine keek door de besneeuwde grote ruit naar het Posthotel. Hij had zich discreet opgesteld aan de overkant van de straat, in een drukke McDonald's. Buiten liepen mensen door de straat, dik ingepakt tegen de kou en de gestaag vallende sneeuw.

Garmisch was een wirwar van drukke straten en voetgangerszones. Het leek net zo'n speelgoedstadje op een modelspoorbaan, met beschilderde, in watten gehulde alpenhuisjes, dik bestrooid met plastic vlokken. De toeristen kwamen voor de ambiance en de nabijgelegen besneeuwde hellingen. Hij kwam voor Cotton Malone en had eerder die dag gezien hoe de ex-agent van de Magellan Billet, tegenwoordig boekhandelaar in Kopenhagen, een man had gedood en vervolgens uit de cabine van een kabelbaan was gesprongen, om ten slotte beneden in het dal aan te komen en in zijn huurauto te ontsnappen. Wilkerson was hem gevolgd. Malone ging regelrecht naar het Posthotel en nu had Wilkerson zich aan de overkant van de straat geposteerd. Hij zat daar met een biertje te wachten.

Hij wist alles van Cotton Malone.

Geboren in Georgia, in de Verenigde Staten. Achtenveertig jaar oud. Ex-marineofficier. Rechten gestudeerd in Georgetown. Medewerker van JAG. Agent van het ministerie van Justitie. Twee jaar geleden was Malone betrokken geweest bij een schietpartij in Mexico-Stad, waar hij zijn vierde wond in diensttijd had opgelopen. Toen vond hij het blijkbaar genoeg, want hij had voor ontslag gekozen. Daarvoor had de president persoonlijk toestemming gegeven. Hij was ook uit de marine gestapt en naar Kopenhagen verhuisd, waar hij een winkel met antiquarische boeken had geopend.

Dat alles kon Wilkerson begrijpen. Twee dingen begreep hij echter niet.

Ten eerste de naam Cotton. Volgens het dossier had Malone officieel de voornamen Harold Earl. De ongewone bijnaam werd nergens verklaard.

En ten tweede: hoe belangrijk was Malones vader voor hem? Of beter gezegd, de nagedachtenis van zijn vader. De man was al achtendertig jaar dood. Maakte die gebeurtenis nog steeds iets uit? Blijkbaar wel, want Malone had iemand gedood om de envelop te beschermen die Stephanie Nelle hem had gestuurd.

Wilkerson nam een slokje van zijn bier. Buiten begon het te waaien, waardoor de sneeuwvlokken nog wilder door de straat dansten. Er kwam een kleurrijke slee aangegleden, getrokken door twee trotse paarden. De mannen erop waren in geruite dekens gehuld en de voerman trok aan de teugels.

Hij begreep een man als Cotton Malone. Hij leek op hem. Zelf was hij nu eenendertig jaar bij de marine. Weinigen brachten het tot de rang van kapitein-ter-zee, nog minder brachten het tot vlagofficier. Hij zat nu elf jaar bij de marine-inlichtingendienst, waarvan de laatste zes jaar in het buitenland. Uiteindelijk was hij hoofd van het kantoor in Berlijn geworden. Zijn staat van dienst zat vol met lastige taken die hij tot een goed eind had gebracht. Oké, hij was nooit op driehonderd meter hoogte uit een kabelbaancabine gesprongen, maar hij had heel wat gevaren onder ogen gezien.

Hij keek op zijn horloge. Tien voor halfvijf. Het leven was goed. De scheiding van echtgenote nummer twee, het jaar daarvoor, had hem niet veel geld gekost. Ze was met weinig ophef vertrokken. Daarna was hij tien kilo afgevallen en had hij een beetje kastanjebruin aan zijn blonde haar toegevoegd, waardoor hij tien jaar jonger dan drieënvijftig leek. Zijn ogen waren levendiger gemaakt door een Franse plastisch chirurg. Die had de plooien strakgetrokken. Een andere specialist had ervoor gezorgd dat hij geen bril meer hoefde te dragen, terwijl een bevriende voedingsdeskundige zijn uithoudingsvermogen had verbeterd met behulp van een vegetarisch dieet. Zijn krachtige neus, strakke wangen en markante voorhoofd zouden hem allemaal goed van pas komen als hij eindelijk vlagofficier werd.

Admiraal. Dat was het doel. Twee keer was hij al gepasseerd. Bij de marine kreeg je meestal niet meer dan twee kansen, maar Langford Ramsey had hem een derde kans beloofd.

Zijn mobiele telefoon trilde.

'Inmiddels heeft Malone dat dossier gelezen,' zei een stem, toen hij opnam.

'Ongetwijfeld elk woord.'

'Zorg dat hij verdergaat.'

'Mannen als hij laten zich niet opjagen.'

'Maar ze kunnen wel in een richting worden gestuurd.'

Hij kon het niet nalaten te zeggen: 'Het ligt daar al twaalfhonderd jaar.'

'Laat het dan niet langer wachten.'

Stephanie zat aan haar bureau. Ze had het rapport van de onderzoekscommissie doorgelezen. 'Dus dit is allemaal vals?'

Davis knikte. 'Die onderzeeboot is nooit in de Noordelijke IJszee geweest.'

'Wat zat erachter?'

'Rickover bouwde twee NR-boten. Het waren zijn lievelingen. Hij besteedde er een fortuin aan, midden in de Koude Oorlog, en iedereen vond het heel normaal dat hij tweehonderd miljoen dollar uitgaf om de Sovjets een stap voor te zijn. Maar hij hield zich niet helemaal aan de regels. De veiligheid kwam niet op de eerste plaats; alleen de resultaten telden. En ach, bijna niemand wist dat die onderzeeboten bestonden. Maar toen de NR-1A zonk, gaf dat problemen op veel niveaus. De boot zelf. De missie. Veel pijnlijke vragen. En dus verschool de marine zich achter de nationale veiligheid en verzon een verhaaltje.'

'Hebben ze echt maar één schip gestuurd om naar overlevenden te zoeken?'

Hij knikte. 'Ik ben het met je eens, Stephanie, dat Malone bevoegd is om dat te lezen. De vraag is alleen: moet hij het ook lezen?'

Ze antwoordde resoluut: 'Absoluut.' Ze herinnerde zich hoe moeilijk ze het zelf had gehad met de raadselachtige omstandigheden waaronder haar man zelfmoord had gepleegd en haar zoon was omgekomen. Malone had haar geholpen die beide raadsels op te lossen. Daarom had ze bij hem in het krijt gestaan.

De telefoon op haar bureau zoemde, en een van haar mensen zei dat Cotton Malone aan de lijn was. Hij wilde haar spreken.

Davis en zij keken elkaar verbaasd aan.

'Je moet mij niet aankijken,' zei Davis. 'Ik heb hem dat dossier niet gegeven.'

Ze nam op. Davis wees naar de luidspreker. Met enige tegenzin zette ze die aan, zodat hij mee kon luisteren.

'Stephanie, ik wil allereerst zeggen dat ik niet in de stemming ben voor gelul.'

'Jij ook goedendag.'

'Heb je dat dossier gelezen voordat je het me stuurde?'

'Nee.' Dat was de waarheid.

'We zijn al heel lang vrienden. Ik stel het op prijs dat je dit voor me hebt gedaan, maar ik heb iets anders nodig en ik wil niet dat je vragen stelt.'

'Ik dacht dat we quitte stonden,' probeerde ze.

'Zet dit maar op mijn rekening.'

Ze wist al wat hij wilde.

'Een marineschip,' zei hij. 'De Holden. In november 1971 naar het zuidpoolgebied gestuurd. Ik wil weten of de commandant nog in leven is, een zekere Zachary Alexander. Zo ja, waar is hij? Als hij er niet meer is, dan wil ik weten of er nog officieren van hem in leven zijn.'

'Je zult me wel niet willen vertellen waarom.'

'Heb je het dossier inmiddels wel gelezen?' vroeg hij.

'Waarom vraag je dat?'

'Ik hoor het aan je stem. Je weet dus waarom ik het wil weten.'

'Ik heb net over de Zugspitze gehoord. Toen wilde ik het dossier lezen.'

'Had je daar mensen? Op de grond?'

'Ik niet.'

'Als je dat rapport hebt gelezen, weet je dat die klootzakken hebben gelogen. Ze hebben die onderzeeboot daar laten liggen. Mijn vader en die tien andere mannen zaten misschien wel op de bodem te wachten tot mensen hen kwamen redden. Mensen die nooit kwamen. Ik wil weten waarom de marine daartoe besloot.'

Hij was nu duidelijk kwaad. Zij trouwens ook.

'Ik wil met een of meer officieren van de Holden praten,' zei hij. 'Vind ze voor me.'

'Kom je hierheen?'

'Zodra je ze hebt gevonden.'

Davis knikte instemmend.

'Goed. Ik ga op zoek.' Ze had genoeg van die poppenkast. Edwin Davis had een reden om hier te zijn. Het was duidelijk dat Malone bespeeld werd, en zijzelf ook.

'En dan nog iets,' zei hij, 'omdat je over die kabelbaan weet. De vrouw in die cabine... Ik heb haar hard op haar hoofd gemept, maar ik moet haar vinden. Hebben ze haar in hechtenis genomen? Haar laten gaan? Wat hebben ze gedaan?'

Davis vormde met zijn mond: *Je belt hem terug.*

Genoeg. Malone was haar vriend. Hij had haar gesteund toen ze daar echt behoefte aan had, en daarom werd het tijd dat ze hem vertelde wat er aan de hand was, of Edwin Davis dat nou leuk vond of niet.

'Laat maar,' zei Malone plotseling.

'Wat bedoel je?'

'Ik heb haar net gevonden.'

7

Garmisch

MALONE STOND VOOR het raam van zijn hotelkamer en keek naar de drukke straat beneden zich. De vrouw uit de cabine, Panya, liep rustig naar een besneeuwd parkeerterrein voor een McDonald's. Die zaak was gevestigd in een gebouw in Beierse stijl. Alleen aan een discreet bord met de gouden bogen en enkele raamdecoraties kon je zien dat het een McDonald's was.

Hij liet de vitrage los. Wat deed ze hier? Was ze misschien op de vlucht? Of had de politie haar gewoon laten gaan?

Hij pakte zijn leren jas en zijn handschoenen en stopte het pistool dat hij van haar had afgepakt in een van de zakken. Hij verliet de hotelkamer en ging naar de begane grond, waarna hij nonchalant naar buiten liep, al lette hij heel goed op.

Buiten was de lucht te vergelijken met de binnenkant van een vrieskist. Zijn huurauto stond dicht bij de deur geparkeerd. Aan de overkant zag hij de donkere Peugeot waar de vrouw naartoe was gelopen. Die stond nu op het punt het parkeerterrein te verlaten, knipperend met de rechter richtingaanwijzer.

Hij sprong in zijn auto en volgde de Peugeot.

Wilkerson dronk de rest van zijn bier op. Hij had vitrage achter een raam op de eerste verdieping van het hotel zien bewegen, toen de vrouw van de kabelbaan voor het restaurant langs liep.

Het was allemaal een kwestie van een goede timing.

Hij had gedacht dat Malone zich niet liet sturen, maar daar had hij zich in vergist.

Stephanie was kwaad. 'Ik wil hier niets mee te maken hebben,' zei ze tegen Edwin Davis. 'Ik haal Cotton terug. Ontsla me maar. Het kan me geen moer schelen.'

'Ik ben hier niet in een officiële hoedanigheid.'

Ze keek hem argwanend aan. 'De president weet er niets van?'

Hij schudde zijn hoofd. 'Dit is persoonlijk.'

Ze had maar één keer eerder rechtstreeks met Davis samengewerkt, en toen was hij niet erg tegemoetkomend geweest. Hij had zelfs haar leven in gevaar gebracht. Maar uiteindelijk had ze ontdekt dat deze man bepaald niet dom was. Hij bezat twee universitaire graden – in Amerikaanse geschiedenis en internationale betrekkingen – en beschikte bovendien over voortreffelijke organisatorische vaardigheden. Altijd hoffelijk. Joviaal. Te vergelijken met president Daniels zelf. Ze had gemerkt dat mensen hem vaak onderschatten, zijzelf niet uitgezonderd. Drie ministers van Buitenlandse Zaken hadden hem gebruikt om hun noodlijdende ministeries op orde te krijgen. Nu werkte hij voor het Witte Huis en hielp hij het presidentiële team door de laatste drie jaar van de tweede ambtstermijn heen.

Toch handelde deze carrièrebureaucraat nu openlijk in strijd met de regels.

'Ik dacht dat ik hier het enige buitenbeentje was,' zei ze.

'Je had dat dossier niet aan Malone moeten geven, maar toen ik hoorde dat je dat had gedaan, wist ik dat ik hulp nodig had.'

'Waarbij?'

'Een schuld die ik moet inlossen.'

'En je verkeert nu in de positie om dat te doen? Met de macht van het Witte Huis achter je?'

'Zoiets.'

Ze zuchtte. 'Wat wil je dat ik doe?'

'Malone heeft gelijk. We moeten nagaan hoe het met de Holden en zijn officieren is verdergegaan. Als er nog officieren in leven zijn, moeten ze worden gevonden.'

Malone volgde de Peugeot. Gebergten met zaagtanden, doorsneden met stroken sneeuw, strekten zich aan weerskanten van de weg tot in de hemel uit. Hij verliet Garmisch in noordelijke richting over een stijgende zigzagweg. Hoge bomen met zwarte stammen vormden een statige laan. De schilderachtige omgeving was een prachtige beschrijving in een reisgids waard. Zo ver naar het noorden viel de duisternis in de winter al vroeg in. Het was nog geen vijf uur en het daglicht was al bijna weg.

Hij pakte een wegenkaart van de passagiersstoel en zag dat het dal van het Ammergebergte voor hen lag. Dat strekte zich kilometers uit vanaf de voet van de Ettaler Mandl, een respectabele berg van meer dan vijftienhonderd meter hoog. Dicht bij die berg zag hij een dorpje op de kaart staan, en de Peugeot en hijzelf hadden de eerste huizen daarvan al bereikt. Ze gingen langzamer rijden.

Hij zag de Peugeot abrupt een parkeerplek bezetten voor een groot, symmetrisch gebouw met een witte voorgevel. Het had twee verdiepingen met ramen in gotische stijl. Vanuit het midden verhief zich een hoge koepel, geflankeerd door twee kleinere torens, alle bedekt met zwart uitgeslagen koper. Het gebouw baadde in het licht. Op een bronzen bord stond KLOOSTER ETTAL.

De vrouw stapte uit de auto en verdween een portaal met een boogpoort in.

Hij parkeerde zelf ook en volgde haar.

Het was hier duidelijk kouder dan in Garmisch, want dit dorp lag hoger. Hij had een dikkere jas moeten meebrengen, maar hij had een hekel aan die dingen. Het stereotiepe beeld van een spion in een lange regenjas was lachwekkend. Zo'n jas beperkte je te veel in je bewegingen. Hij trok zijn handschoenen aan en stak zijn handen in de zakken van zijn jas. Met de vingers van zijn rechterhand pakte hij het pistool vast. De sneeuw knerpte onder zijn voeten toen hij een pad volgde naar een kloostertuin ter grootte van een voetbalveld, omringd door nog meer barokke gebouwen. De vrouw liep vlug over een hellend pad naar de deuren van een kerk.

Daar liepen mensen in en uit.

Hij versnelde zijn pas om dichter bij haar te komen en bewoog zich door een stilte die alleen verbroken werd door zolen die op het bevroren pad liepen, en door de roep van een koekoek in de verte.

Hij betrad de kerk door een gotisch portaal met daarboven een rijk versierd timpaan, waarop Bijbelse taferelen te zien waren. Binnen ging zijn blik meteen naar koepelfresco's van wat blijkbaar de hemel was. De muren waren versierd met gipsen beelden, cherubijnen en complexe patronen, in stralende schakeringen van goud, roze, grijs en groen. De kleuren flikkerden, alsof ze voortdurend in beweging waren. Hij had wel vaker rococokerken gezien, de meeste zo rijk versierd dat het gebouw zelf aan het zicht onttrokken werd. Dat was hier echter niet het geval. De decoraties waren ondergeschikt gemaakt aan de architectuur.

Er liepen mensen rond. Sommigen zaten in kerkbanken. De vrouw die hij volgde, liep vijftien meter rechts van hem, voorbij de preekstoel, naar een ander rijk bewerkt timpaan.

Ze ging ergens naar binnen en deed een zware houten deur achter zich dicht.

Hij bleef staan en vroeg zich af wat hij kon doen. Hij had geen keus. Hij liep naar de deur en pakte de ijzeren deurkruk vast. De vingers van zijn rechterhand zaten nog steeds om het pistool geklemd, maar hij liet het wapen in zijn zak zitten. Hij maakte de deur voorzichtig open.

De ruimte erachter was kleiner, met een gewelfd plafond dat door slanke, witte zuilen werd ondersteund. Aan de muren prijkten nog meer rococoversieringen, zij het niet zo opzichtig. Misschien was dit een sacristie. Twee hoge kasten en twee tafels vormden het enige meubilair. Naast een van de tafels stonden twee vrouwen; die van de kabelbaan en een andere.

'Welkom, meneer Malone,' zei de nieuwe vrouw. 'Ik heb op u gewacht.'

8

HET HUIS STOND leeg en in de omringende bossen waren ook geen mensen te bekennen, maar toch fluisterde de wind zijn naam.

Ramsey.

Hij bleef staan.

Het was niet echt een stem, eerder een gemompel dat door de winterwind werd meegevoerd. Hij was het huis binnengegaan door een deur aan de achterkant en stond nu in een ruime salon met meubels waarover vuile, bruine doeken hingen. De ramen in de achterste muur keken uit op een groot veld. Zijn benen bleven verstijfd staan; zijn oren waren gespitst. Hij zei tegen zichzelf dat zijn naam niet kon zijn uitgesproken.

Langford Ramsey.

Was dat inderdaad een stem of bracht de naargeestige omgeving hem aan het fantaseren?

Na zijn toespraak voor de Kiwaniërs was hij alleen de stad uit gereden. Hij had zijn uniform niet aan. Als hoofd van de marine-inlichtingendienst moest hij niet te veel opvallen, en daarom liet hij zijn uniform bij voorkeur in de kast hangen en had hij meestal geen chauffeur. Buiten wees niets in de koude aarde erop dat hier kortgeleden iemand was geweest. Een omheining van prikkeldraad was helemaal verroest. Het was een enorm huis met veel aanbouwen. Veel ramen waren kapot en er zat een groot gat in het dak. Het stamde uit de negentiende eeuw, dacht hij, en het moest eens een stijlvol landhuis zijn geweest, al was het nu hard op weg een ruïne te worden.

Het waaide nog steeds. Volgens de weerberichten was er eindelijk sneeuw op weg naar het oosten. Hij keek naar de houten vloer om te zien of het vuil ergens was verstoord, maar zag alleen zijn eigen voetafdrukken.

Er kletterde iets ver weg in het huis. Brekend glas? Gerammel van metaal? Moeilijk te zeggen.

Nu had hij genoeg van die onzin.

Hij knoopte zijn jas los en haalde er een Walther-pistool uit. Hij sloop naar links. De gang was in diepe duisternis gehuld en er ging onwillekeurig een huivering door hem heen. Hij schuifelde door naar het eind van de gang.

Weer een geluid. Geschraap. Rechts van hem. En nog iets. Metaal op metaal. Het kwam van de achterkant van het huis.

Blijkbaar waren er twee personen binnen.

Hij sloop door de gang. Als hij opeens tevoorschijn kwam, was hij misschien in het voordeel, vooral omdat die andere aanwezigen met een gestaag *tik-tik-tik* lieten weten dat ze er waren.

Hij hield zijn adem in, bracht het pistool in de aanslag en stormde de keuken in.

Op een aanrecht, drie meter bij hem vandaan, keek een hond hem aan. Het was een grote bastaard met ronde oren, een geelbruine vacht die aan de onderkant lichter werd, en een witte kin en hals. Het dier grauwde naar hem. Zijn scherpe hoektanden kwamen tevoorschijn en in zijn achterpoten spanden de spieren.

Er kwam ook geblaf van de voorkant van het huis. Twee honden? Die op het aanrecht sprong eraf en rende door de keukendeur naar buiten.

Ramsey liep vlug naar de voorkant van het huis, waar het andere dier net door een open raamkozijn naar buiten vluchtte.

Hij ademde uit.

Ramsey.

Het leek wel of de wind zichzelf in klinkers en medeklinkers had veranderd. Niet helder of luid, gewoon aanwezig. Of niet?

Hij dwong zich die belachelijke dingen uit zijn hoofd te zetten en verliet de salon aan de voorkant. Hij volgde een gang en kwam langs nog meer kamers met afgedekte meubels en behang dat bobbels vormde door blootstelling aan de elementen. Een oude piano was niet afgedekt. Schilderijen verspreidden een spookachtige leegte, doordat er doeken overheen hingen. Hij vroeg zich af wat het voor kunst was en bekeek er een paar; sepia prenten van de Burgeroorlog. Op een ervan zag je Monticello, op een andere Mount Vernon.

In de eetkamer bleef hij aarzelend staan. Hij verbeeldde zich dat een stel blanke mannen van twee eeuwen geleden zich te goed deed aan biefstuk en warme kruimeltaart. Misschien werd er na afloop whisky-soda geserveerd in de salon en speelden ze daar een partijtje bridge, terwijl een warme houtkachel de geur van eucalyptus verspreidde. Natuurlijk waren Ramseys voorouders toen buiten geweest, vernikkelend van de kou in de slavenverblijven.

Hij keek een lange gang in. Een kamer aan het eind daarvan lokte hem. Hij keek naar de vloer, maar er lag alleen stof op de planken.

Aan het eind van de gang bleef hij in de deuropening staan. Door een vervallen raam tekende zich weer vaag een kaal veld af. Ook hier was het meubilair afgedekt, behalve een bureau. Ebbenhout, oud en verwaarloosd, het ingelegde blad bedekt met blauwgrijs stof. Hertengeweien hingen aan taupekleurige wanden, en bruine lakens hingen over kasten, waarschijnlijk boekenkasten. Stofdeeltjes dwarrelden door de lucht.

Ramsey.

Maar het was niet de wind.

Hij registreerde waar het geluid vandaan kwam, rende op een afgedekte stoel af en trok het laken weg, zodat er meteen een dichte stofwolk in de kamer hing. Op de halfvergane bekleding lag een cassetterecorder waarvan het bandje op de helft was.

Zijn greep op het pistool verstijfde.

'Ik zie dat u mijn spook hebt gevonden,' zei een stem.

Ramsey draaide zich om en zag een man in de deuropening staan. Klein, midden veertig, een rond gezicht, de huid zo wit als de naderende sneeuw. Zijn dunne, zwarte haar was strak geborsteld en glansde hier en daar zilverachtig op.

En hij glimlachte, zoals altijd.

'Behoefte aan theatraal gedoe, Charlie?' vroeg Ramsey, terwijl hij zijn pistool weer opborg.

'Het is veel leuker dan gewoon hallo zeggen, en ik vond die honden geweldig. Blijkbaar beviel het ze hier wel.'

Vijftien jaar hadden ze samengewerkt en hij wist niet eens de echte naam van de man. Hij kende hem alleen als Charles C. Smith junior, met de nadruk op junior. Hij had een keer naar Smith senior gevraagd en toen had hij een familiegeschiedenis van een halfuur te horen gekregen, ongetwijfeld voor honderd procent gelogen.

'Van wie is dit huis?' vroeg Ramsey.

'Nu van mij. Ik heb het een maand geleden gekocht. Een huis buiten de stad leek me een verstandige belegging. Ik denk erover het te laten opknappen en te verhuren. Ik ga het Bailey Mill noemen.'

'Betaal ik je niet genoeg?'

'Het is altijd goed om te diversifiëren, admiraal. Je moet niet afhankelijk zijn van een salaris. De effectenmarkt, onroerend goed... daarmee moet je je voorbereiden op je oude dag.'

'Het kost een fortuin om hier alles te repareren.'

'Dat brengt me op een mededeling die ik wil doen. Vanwege de onverwachte stijging van de brandstofprijzen, hogere reiskosten en een algehele toename van overhead en onkosten zien we ons genoodzaakt tot een lichte verhoging van het tarief. Hoewel we ernaar streven de kosten te beperken en toch een uitstekende service te verlenen, verlangen onze aandeelhouders van ons dat we een aanvaardbare winstmarge aanhouden.'

'Je lult uit je nek, Charlie.'

'En trouwens: dit huis heeft me een fortuin gekost. Ik heb meer geld nodig.'

Op papier was Smith een betaalde medewerker die gespecialiseerde surveillancediensten verleende in andere landen, waar de wetgeving inzake afluisteren niet zo streng was, met name in Centraal-Azië en het Midden-Oosten. Het liet hem dus koud wat Smith in rekening bracht. 'Stuur me maar een rekening. En luister nu. Het is tijd om in actie te komen.' Hij was blij dat alle voorbereidingen het afgelopen jaar al waren getroffen. Er waren dossiers samengesteld en plannen gemaakt. Hij had geweten dat er zich een gelegenheid zou voordoen – niet wanneer of hoe, alleen dat het zou gebeuren. En het was inderdaad gebeurd. 'Je begint met het primaire doelwit, zoals we hebben besproken. En dan ga je naar het zuiden voor de volgende twee op de lijst.'

Smith salueerde overdreven. 'Aye, aye, kapitein. We hijsen de zeilen en gaan het zeegat uit.'

Ramsey negeerde de idioot. 'We hebben geen contact meer met elkaar tot het allemaal achter de rug is. Snel en goed, Charlie. Vooral goed.'

'Wij garanderen tevredenheid. Niet goed, geld terug. Klanttevredenheid heeft onze hoogste prioriteit.'

Sommige mensen schreven songs, anderen zetten romans op papier, schilderden, beeldhouwden of tekenden. Smith doodde, en dat deed hij met een weergaloos talent. Als Charlie Smith niet de beste moordenaar was die hij ooit had gekend, had hij die irritante idioot allang overhoop geschoten.

Toch wilde hij goed duidelijk maken hoe ernstig de situatie was.

Daarom spande hij de haan van de Walther en drukte de loop tegen Smiths gezicht. Ramsey was bijna twintig centimeter groter en keek nu dan ook fel omlaag en zei: 'Verknoei dit niet. Ik luister naar wat je allemaal voor onzin uitkraamt, maar... Verknoei. Dit. Niet.'

Smith bracht zijn handen in quasi-overgave omhoog. 'Alsjeblieft, juffrouw Scarlett, slaat u me niet. Alstublieft, slaat u me niet...' Zijn stem klonk schel en informeel. Het was een primitieve imitatie van de actrice Butterfly McQueen.

Ramsey kon racistische grappen niet waarderen en hield het pistool dus op Smith gericht.

Die lachte. 'O, admiraal, doet u niet zo chagrijnig.'

Ramsey vroeg zich af wat ervoor nodig was om deze man van zijn stuk te krijgen. Hij stak het wapen weer onder zijn jas.

'Ik heb één vraag,' zei Smith. 'Die is belangrijk. Iets wat ik echt moet weten.'

Ramsey wachtte.

'Slip of boxershorts?'

Nu was het genoeg. Ramsey draaide zich om en liep de kamer uit.

Smith lachte weer. 'Kom nou, admiraal. Slip of boxershorts? Of bent u zo iemand die alles in de frisse lucht laat hangen? Volgens CNN draagt tien procent van ons geen ondergoed. Daar hoor ik ook bij – heerlijk in de frisse lucht.'

Ramsey liep naar de deur.

'*May the Force be with you*, admiraal,' riep Smith hem achterna. 'Een Jedi-ridder faalt nooit. En maakt u zich geen zorgen; ze zijn allemaal dood voor u er erg in hebt.'

9

MALONE KEEK DE kamer rond. Elk detail was van kritiek belang. Een deuropening rechts van hem trok meteen zijn aandacht, vooral de onverwachte duisternis erachter.

'We zijn alleen,' zei zijn gastvrouw. Ze sprak goed Engels, met een licht Duits accent.

Ze maakte een gebaar en de vrouw uit de kabelbaancabine liep naar hem toe. Toen ze dichterbij kwam, zag hij dat ze over de blauwe plek op haar gezicht streek die ze aan zijn trap had overgehouden.

'Misschien krijg ik op een dag de kans je een wederdienst te bewijzen,' zei ze tegen hem.

'Ik denk dat je dat al hebt gedaan. Blijkbaar ben ik bespeeld.'

Ze glimlachte tevreden en ging toen weg. De deur klapte achter haar dicht.

Hij keek naar de vrouw die was achtergebleven. Ze was lang en welgevormd, met asblond haar dat kortgeknipt was. De roomzachte glans van haar rozige huid werd door niets ontsierd. Haar ogen hadden de kleur van koffie met melk, een tint die hij nooit eerder had gezien, en bezaten een aantrekkingskracht waaraan hij bijna geen weerstand kon bieden. Ze droeg een geelbruine trui, een spijkerbroek en een lamswollen blazer.

Alles aan haar straalde uit dat ze tot de bevoorrechte klasse behoorde – en ook dat ze een groot probleem was.

Ze was beeldschoon en wist dat.

'Wie bent u?' vroeg hij, terwijl hij het pistool tevoorschijn haalde.

'Ik verzeker u dat ik geen bedreiging vorm. Ik heb veel moeite gedaan om u te ontmoeten.'

'Als u er geen bezwaar tegen hebt, hou ik dit pistool toch liever in mijn hand.'

Ze haalde haar schouders op. 'Zoals u wilt. Om uw vraag te beantwoorden: ik ben Dorothea Lindauer. Ik woon hier in de buurt. Mijn familie is Beiers, verwant aan de Wittelsbachs. Wij zijn *Oberbayer*. We komen uit Opper-Beieren en voelen ons verbonden met de bergen. We hebben ook oude banden met dit klooster. Zozeer dat de benedictijnen ons het een en ander toestaan.'

'Bijvoorbeeld iemand laten vermoorden en de moordenaar dan naar hun sacristie leiden?'

Er verschenen rimpels tussen Lindauers wenkbrauwen. 'Onder andere. Maar dat gaat wel heel ver.'

'Hoe wist u dat ik vandaag op die berg zou zijn?'

'Ik heb vrienden die me op de hoogte houden.'

'Ik wil een beter antwoord.'

'Ik interesseer me voor de uss Blazek. Ook ik heb altijd willen weten wat er werkelijk is gebeurd. Ik neem aan dat u het dossier inmiddels hebt gelezen. Was het informatief?'

'Ik ga weg.' Hij draaide zich om naar de deur.

'U en ik hebben iets met elkaar gemeen,' zei ze.

Hij liep door.

'Onze beide vaders waren aan boord van die onderzeeboot.'

Stephanie drukte op een toets van haar telefoon. Ze was nog steeds met Edwin Davis in haar kamer.

'Het is het Witte Huis,' zei haar assistente door de luidspreker.

Davis zweeg. Ze zette meteen de lijn open.

'Blijkbaar zijn we weer bezig,' klonk een bulderende stem in de hoorn die ze in haar hand had en door de luidspreker die ze voor Davis had aangezet.

President Danny Daniels.

'En wat heb ik deze keer gedaan?' vroeg ze.

'Stephanie, het zou gemakkelijker zijn als we meteen ter zake konden komen.' Een nieuwe stem. Een vrouw. Diane McCoy, ook een nationale-veiligheidsadviseur. De gelijke van Edwin Davis, en bepaald geen vriendin van Stephanie.

'Waar gaat het om, Diane?'

'Twintig minuten geleden heb je een bestand gedownload met gegevens over commandant Zachary Alexander, gepensioneerd marineofficier. We willen weten waarom de marine-inlichtingendienst meteen bij ons naar jóúw belangstelling informeert, en waarom je blijkbaar een paar dagen geleden toestemming hebt gegeven voor het kopiëren van een geheim dossier over een onderzeeboot die achtendertig jaar geleden verloren is gegaan.'

'Ik denk dat er een betere vraag is,' zei ze. 'Waarom maakt de marine-inlichtingendienst zich daar zo druk om? Het is al zo lang geleden gebeurd.'

'Op dat punt zijn we het eens,' zei Daniels. 'Ik zou dat zelf ook wel willen weten. Ik heb naar het personeelsdossier gekeken dat je net hebt opgevraagd, en daar staat niets in. Alexander was een bekwame officier die zijn twintig jaar heeft uitgediend en toen met pensioen is gegaan.'

'President, waarom bent ú hierbij betrokken?'

'Omdat Diane naar me toe kwam en tegen me zei dat we je moesten bellen.'

Onzin. Niemand zei tegen Danny Daniels wat hij moest doen. Hij was drie termijnen gouverneur geweest en één termijn senator, en het was hem twee keer gelukt zich tot president van de Verenigde Staten te laten kiezen. Hij was geen sukkel, al dachten sommige mensen van wel. 'Neemt u me niet kwalijk, president, maar ik had toch sterk de indruk dat u precies doet wat u zelf wilt.'

'Dat is een van de voordelen van deze baan. Maar omdat je toch geen antwoord geeft op Dianes vraag, heb ik er ook een voor je: weet je waar Edwin is?'

Davis bewoog zijn hand: nee.

'Is hij verdwenen?'

Daniels grinnikte. 'Je hebt gehakt gemaakt van die schoft van een Brent Green en daarmee heb je waarschijnlijk mijn hachje gered. Je hebt lef, Stephanie. Maar we zitten nu met een probleem. Edwin is op eigen houtje bezig. Het is voor hem iets persoonlijks. Hij heeft een paar dagen vrij genomen en is gisteren vertrokken. Diane denkt dat hij naar jou toe is gegaan.'

'Ik mag hem niet eens. Door hem ben ik bijna omgekomen in Venetië.'

'Volgens het beveiligingsregister van beneden,' zei McCoy, 'is hij op dit moment in jouw gebouw.'

'Stephanie,' zei Daniels, 'toen ik nog een kind was, vertelde een vriendje van me aan onze juf dat zijn vader en hij gingen vissen en binnen een uur een baars van dertig kilo hadden gevangen. De juf was niet achterlijk en zei dat het onmogelijk was. Om mijn vriendje een les over liegen te leren, vertelde ze dat er een beer uit het bos kwam en haar aanviel, maar dat die beer zich liet wegjagen door een klein hondje, dat daarvoor alleen maar even hoefde te blaffen. "Geloof je dat?" vroeg de juf. "Ja," zei mijn vriendje, "want dat was mijn hond."'

Stephanie glimlachte.

'Edwin is mijn hond, Stephanie. Alles wat hij doet, gaat mij aan. En op dit moment zit hij flink in de puree. Kun je me hiermee helpen? Waarom ben je geïnteresseerd in commandant Zachary Alexander?'

Genoeg. Ze was al te ver gegaan. Ze had gedacht dat ze alleen Malone hielp, en toen Davis ook. En dus vertelde ze Daniels de waarheid. 'Omdat Edwin zei dat ik me voor hem zou moeten interesseren.'

Davis keek verslagen.

'Laat me met hem praten,' zei Daniels.

Ze gaf de telefoon aan Davis.

10

MALONE KEEK DOROTHEA Lindauer aan en wachtte tot ze nadere uitleg gaf.

'Mijn vader, Dietz Oberhauser, was aan boord van de Blazek toen die verdween.'

Het viel hem op dat ze de onderzeeboot steeds bij zijn fictieve naam noemde. Blijkbaar wist ze niet veel, of misschien bespeelde ze hem. Maar één ding van wat ze zei drong goed tot hem door. In het rapport van de onderzoekscommissie werd een veldspecialist genoemd: Dietz Oberhauser. 'Wat deed je vader daar?' vroeg hij.

Haar mooie gezicht werd zachter, maar haar opvallende ogen trokken nog steeds zijn aandacht. Ze deed hem denken aan Cassiopeia Vitt, ook een vrouw die zijn belangstelling had gewekt.

'Mijn vader was daar om het begin van de beschaving te ontdekken.'

'Is dat alles? Ik dacht dat het iets belangrijks was.'

'Ik besef, meneer Malone, dat humor een middel is om mensen te ontwapenen. Maar net zoals ongetwijfeld bij u het geval is, maak ik geen grappen over mijn vader.'

Hij was niet onder de indruk. 'U hebt mijn vraag nog niet beantwoord. Wat deed hij daar?'

Ze kreeg een kleur van woede, maar herstelde zich snel. 'Ik spreek in alle ernst. Hij was daar op zoek naar het begin van de beschaving. Zijn hele leven heeft hij naar de oplossing van dat raadsel gezocht.'

'Ik hou er niet van om bespeeld te worden. Door u heb ik vandaag iemand gedood.'

'Dat was zijn eigen schuld. Hij was overijverig. Of misschien onderschatte hij u. Maar wat u hebt gedaan, was helemaal in lijn met alles wat me over u is verteld.'

'U vindt het blijkbaar geen punt dat er iemand is gedood, maar ik denk daar anders over.'

'Maar als ik mag afgaan op wat ik over u heb gehoord, dan was het voor u niet de eerste keer.'

'Bent u ingelicht door nog meer van die "vrienden"?'

'Ze zijn heel goed geïnformeerd.' Ze wees naar de tafel.

Hij had al gezien dat er een oud boek op het pokdalige eikenhout lag. 'U bent boekhandelaar. Kijkt u hier eens naar.'

Hij liep naar de tafel toe en stak het pistool in zijn jaszak. Als deze vrouw hem dood wilde hebben, zou hij dat al zijn geweest.

Het boek was ongeveer vijfentwintig bij vijftien centimeter groot en vijf centimeter dik. Zijn analytische geest ging de herkomst na. Bruin kalfslederen omslag. Blindstempel zonder goud of kleur. Onversierde achterkant, en dat zei veel over de leeftijd. Boeken van voor de middeleeuwen werden plat bewaard, niet staand. Daarom werden er geen versieringen op de onderkant aangebracht.

Hij sloeg het boek zorgvuldig open en keek naar de rafelige pagina's van donker geworden perkament. Hij bestudeerde enkele bladzijden en zag vreemde tekeningen in de marges en een niet te ontcijferen tekst in een taal die hij niet kende. 'Wat is dit?'

'Ik zal die vraag beantwoorden door u te vertellen wat er ten noorden van hier, in Aken, is gebeurd op een zondag in mei, duizend jaar na Christus.'

Otto III zag hoe de laatste belemmeringen voor zijn keizerlijke lotsbestemming werden verbrijzeld. Hij stond in het voorportaal van de paleiskapel, een sacraal gebouw dat tweehonderd jaar eerder was gebouwd door de man wiens graf hij nu zou binnengaan.

'Het is klaar, sire,' zei Von Lomello.

De graaf was een ergerlijke man die ervoor zorgde dat de koninklijke palts goed werd onderhouden wanneer de keizer afwezig was. En Otto was het grootste deel van de tijd afwezig. Hij had nooit veel gegeven om de Duitse wouden, de warme bronnen van Aken, de ijskoude winters en het volslagen gebrek aan beschaving daar. Hij hield meer van de warmte en de cultuur van Rome.

Werklieden droegen de laatste brokken van vloerplaten weg.

Ze hadden niet precies geweten waar ze moesten graven. De crypte was lang geleden afgesloten en de exacte plaats was niet aangegeven. Men had het graf willen verbergen voor de in aantocht zijnde Vikingen, en dat was gelukt. Toen de Noormannen de kapel in 881 plunderden, vonden ze niets. Maar Von Lomello was voorafgaand aan de komst van Otto al op verkenning gegaan en had een veelbelovende locatie gevonden.

Gelukkig had de graaf gelijk gehad.

Otto had geen tijd voor vergissingen.

Per slot van rekening was het een apocalyptisch jaar, het eerste van een nieuw millennium. Velen geloofden dat Christus op aarde zou komen om te oordelen.

De werklieden gingen aan de slag. Twee bisschoppen keken zwijgend toe. De tombe die ze straks zouden binnengaan, was niet meer open geweest sinds 19 januari 814, de dag waarop de hoogst doorluchtige hoogheid, de door God gekroonde, grote, vreedzame keizer, heerser over het Romeinse Rijk, koning der Franken en Lombarden bij de gratie Gods, was gestorven. Hij was toen wijzer dan alle stervelingen geweest, een man die tot wonderen inspireerde, de beschermer van Jeruzalem, een helderziende, een man van staal, een bisschop der bisschoppen. Een dichter zei dat niemand nader tot de apostelen stond dan hij. Bij zijn leven was hij Carolus genoemd. Aan zijn naam werd 'Magnus' toegevoegd, eerst vanwege zijn grote gestalte, later ook omdat hij een groot man was. De Franse benaming werd echter het meest gebruikt. Het was een samenvoeging van Carolus en Magnus en deze naam werd momenteel uitgesproken met gebogen hoofd en gedempte stem, alsof men tot God sprak.

Charlemagne. Karel de Grote.

De werklieden trokken zich terug van het zwarte gat in de vloer en Von Lomello inspecteerde hun werk. Er verspreidde zich een vreemde geur door het voorportaal – zoet, muf, weeïg. Otto rook rottend vlees, bedorven melk, menselijke uitwerpselen. Het was een heel bijzondere geur. Iets van lang geleden. Het was lucht die de wacht had gehouden bij dingen die mensen niet mochten zien.

Er werd een fakkel aangestoken en een van de werklieden stak zijn arm in het gat. Toen de man knikte, werd er een houten ladder aangedragen.

Het was pinksterzondag, en eerder die dag had de kapel zich gevuld met gelovigen. Otto maakte een pelgrimstocht. Hij kwam net van het graf van zijn oude vriend Adalbert, bisschop van Praag, begraven in Gnesen, de stad die hij als keizer tot zetel van een aartsbisschop had gemaakt. Nu was hij naar Aken gekomen om het stoffelijk overschot van Karel de Grote te zien.

'Ik ga als eerste,' zei Otto.

Hij was pas twintig jaar oud, een man met een gezaghebbende lengte, zoon van een Duitse koning en een Griekse moeder. Nadat hij als kind van drie tot keizer van het Heilige Romeinse Rijk was gekroond, was zijn moeder de eerste acht jaar en zijn grootmoeder de daaropvolgende drie jaar als regentes voor hem opgetreden. Sinds zes jaar regeerde hij zelf. Hij streefde naar een Renovatio Imperii, een nieuw christelijk Romeins Rijk, met Teutonen, Latijnen en Slaven die net als in de tijd van Karel de Grote onder de gemeenschappelijke heerschappij van keizer en paus zouden staan. Wat hier in dit graf lag, zou hem helpen die droom te verwezenlijken.

Hij stapte op de ladder en Von Lomello gaf hem een fakkel aan. Acht sporten trokken aan zijn ogen voorbij, voordat zijn voeten op harde aarde stuitten. De lucht was koel, als in een grot, en de vreemde geur was bijna bedwelmend, maar hij zei tegen zichzelf dat het alleen maar de geur van de macht was.

De fakkel verspreidde zijn licht in een ruimte met wanden van marmer en specie, ongeveer even groot als het portaal boven. Von Lomello en de twee bisschoppen kwamen nu ook de ladder af.

Toen zag hij hem.

Onder een baldakijn zat Karel de Grote op een marmeren troon. Het lijk was in purper gehuld en hield een scepter in zijn linkerhand met handschoen aan. De koning zat daar als een levende persoon, zijn schouder tegen de troon geleund, zijn hoofd omhooggehouden door een gouden ketting die aan een diadeem was bevestigd. Het gezicht was bedekt met een doorschijnende doek. De rotting was onmiskenbaar, maar niets van het lichaam was weggevallen, behalve de punt van de neus.

Otto liet zich eerbiedig op zijn knieën zakken. De anderen volgden vlug zijn voorbeeld. Hij was gefascineerd. Zo'n aanblik had hij niet verwacht. Hij had verhalen gehoord, maar er nooit veel aandacht aan geschonken. Keizers hadden behoefte aan legenden.

'Ze zeggen dat er een stukje van het kruis in de diadeem is verwerkt,' fluisterde Von Lomello.

Otto had dat ook gehoord. De troon stond op een marmeren plaat met reliëfwerk op de drie zichtbare zijkanten. Mannen. Paarden. Een strijdwagen. Een tweekoppige Hellehond. Vrouwen met manden vol bloemen. Allemaal Romeins. Otto had in Italië voorbeelden van zulke pracht en praal gezien. De aanwezigheid daarvan hier, in een christelijke tombe, vatte hij op als een teken dat het keizerrijk dat hij voor ogen had er inderdaad zou komen.

Tegen een van de zijkanten stonden een schild en een zwaard. Hij wist van het bestaan van dat schild. Paus Leo zelf had het tweehonderd jaar geleden ingezegend op de dag waarop Karel de Grote tot keizer was gekroond. Op het schild prijkte het koninklijke zegel. Otto had dat teken op documenten in de keizerlijke bibliotheek gezien.

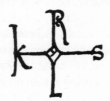

Otto stond op.

Die scepter en de kroon vormden een van de redenen waarom hij hierheen was gekomen. Hij had verwacht verder alleen nog wat botten aan te treffen, maar dit veranderde alles.

Er lagen ingebonden vellen op de schoot van de keizer. Voorzichtig liep hij naar de verhoging toe en hij zag een verlucht perkament. Het handschrift en de illustraties waren verbleekt, maar de tekst was nog leesbaar. Hij vroeg: 'Kan een van jullie Latijn lezen?'

Een van de bisschoppen knikte en Otto gaf hem een teken dichterbij te komen. Twee vingers van de gehandschoende linkerhand van het lijk wezen naar een passage op het perkament.

De bisschop hield zijn hoofd schuin en keek ernaar. 'Het is het evangelie van Marcus.'

'Lees het voor.'

'Want wat zou het de mens baten als hij de hele wereld won en zijn ziel schade leed?'

Otto keek naar het lijk. De paus had hem verteld dat de symbolen van Karel de Grote de ideale middelen zouden zijn om de glorie van het Heilige Romeinse Rijk te herstellen. Niets verleende meer mystiek aan macht dan het verleden, en hij keek nu recht naar een glorieus verleden. Einhard had deze man beschreven als erg groot, atletisch, met brede schouders en een borstpartij als een paard, met blauwe ogen, donkerblond haar en een rossig gezicht. Hij zou abnormaal actief zijn geweest, nooit moe, met zo veel geestkracht en gezag dat hij zelfs wanneer hij rustte, zoals nu, grote indruk maakte op bedeesde mensen. Otto begreep nu eindelijk hoe waar die woorden waren.

Het andere doel van zijn bezoek schoot door zijn hoofd.

Hij keek de crypte rond.

Zijn grootmoeder, die enkele maanden geleden was gestorven, had hem een verhaal verteld dat ze zelf van zijn grootvader, Otto I, had gehoord. Het was iets wat alleen keizers wisten: dat Karel de Grote had bevolen dat bepaalde dingen samen met hem begraven zouden worden. Velen wisten van het zwaard, het schild en het fragment van het kruis, maar de passage uit Marcus was een verrassing.

Toen zag hij het; datgene waarvoor hij gekomen was. Het lag op een marmeren tafel.

Hij deed een stap dichterbij, gaf de fakkel aan Von Lomello en keek naar een klein boek dat met stof was bedekt. Op het omslag stond een teken dat hem door zijn grootmoeder was beschreven.

Voorzichtig sloeg hij het boek open. Op de bladzijden zag hij figuren, vreemde tekeningen en een onbegrijpelijk handschrift.

'Wat is het, sire?' vroeg Von Lomello. 'Welke taal is dat?'

Onder normale omstandigheden zou hij zo'n vraag niet hebben getolereerd. Men stelde geen vragen aan keizers. Maar zijn blijdschap omdat hij iets had gevonden wat zijn grootmoeder hem had beschreven, was onmetelijk groot. De paus dacht dat kronen en scepters macht verleenden, maar als zijn grootmoeder gelijk had, dan waren deze vreemde woorden en tekens nog machtiger. En dus antwoordde hij de graaf zoals zij hem had geantwoord. 'Het is de taal van de hemel.'

Malone luisterde er sceptisch naar.

'Ze zeggen dat Otto de vingernagels afknipte, een tand trok, de punt van de neus liet vervangen door goud en daarna de tombe weer afsloot.'

'U zegt dat alsof u het verhaal niet gelooft,' zei hij tegen haar.

'Ze noemen die tijd niet voor niets de duistere middeleeuwen. Wie weet?'

Op de laatste bladzijde van het boek zag hij de figuur die ze had beschreven toen ze over het schild in de tombe sprak: een merkwaardige combinatie van de letters K, R, L, S en nog meer. Hij vroeg ernaar.

'Dat is de volledige handtekening van Karel de Grote,' vertelde ze. 'De A van "Karl" staat in het midden van het kruis. De woorden links en rechts zijn waarschijnlijk door een klerk toegevoegd: *Signum Caroli gloriosissimi regis*. Het teken van de meest roemrijke koning Karel.'

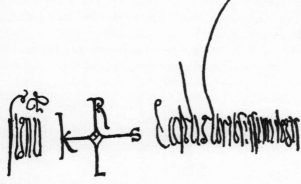

'Is dit het boek uit zijn graf?'

'Ja.'

I I

Atlanta, Georgia

STEPHANIE ZAG EDWIN Davis ongemakkelijk heen en weer schuiven op zijn stoel.

'Vertel eens, Edwin,' zei Daniels door de luidspreker. 'Wat is er aan de hand?'

'Het is ingewikkeld.'

'Ik heb gestudeerd. Ik heb in het leger gezeten. Ik ben gouverneur en senator geweest. Ik denk dat ik het wel aankan.'

'Ik moet dit zelf doen.'

'Als het aan mij lag, Edwin, ging je je gang, maar Diane is woedend. De marine-inlichtingendienst stelt vragen waarop we het antwoord niet weten. Normaal gesproken laat ik de kinderen in de zandbak zoiets zelf uitvechten, maar nu ik naar de achtertuin ben gesleurd, wil ik het weten. Waar gaat dit over?'

Voor zover Stephanie met de nationaleveiligheidsadviseur te maken had gehad, had hij haar altijd kalm en evenwichtig geleken. Maar nu was hij dat absoluut niet. Diane McCoy zou het waarschijnlijk prachtig hebben gevonden om te zien hoe moeilijk de man het had, maar Stephanie kon er niet van genieten.

'Operatie Highjump,' zei Davis. 'Wat weet u daarvan?'

'Oké, nu heb je me,' antwoordde de president. 'Ronde één is voor jou.'

Davis zweeg.

'Ik wacht,' zei Daniels.

1946 was een jaar van overwinning en herstel. De oorlog was voorbij en de wereld zou nooit meer hetzelfde zijn. Vroegere vijanden werden vrienden. Vroegere vrienden werden tegenstanders. Amerika was belast met een nieuwe verantwoordelijkheid: plotseling had het land een leidende rol in de wereld. De agressie van de Sovjet-Unie beheerste de politieke gebeurtenissen en de Koude Oorlog was begonnen. Toch werd de Amerikaanse marine beetje bij beetje ontmanteld. Op de grote marinebases in Norfolk, San Diego, Pearl Harbor, Yokosuka en Quonset Point heerste grote somberheid. Torpedobootjagers, slagschepen en vliegdekschepen kregen rustplaatsen aan afgelegen kades in stille binnenwateren. De Amerikaanse marine werd in korte tijd een schim van wat ze slechts een jaar geleden nog was geweest.

Terwijl dat allemaal gaande was, tekende het hoofd marineoperaties een verbijsterende reeks orders om het Antarctic Developments Project in het leven te roepen. Dat project zou worden uitgevoerd in de Antarctische zomer van december 1946 tot maart 1947. Het had de codenaam Highjump en hield in dat twaalf schepen en enkele duizenden mannen zich naar de rand van Antarctica zouden begeven om oefeningen te houden en materialen uit te testen in ijskoude zones; om de Amerikaanse soevereiniteit over het grootste bruikbare gedeelte van het Antarctische continent te consolideren en uit te breiden; om vast te stellen in hoeverre het mogelijk was bases in het zuidpoolgebied te vestigen en te handhaven en om mogelijke locaties daarvoor te onderzoeken; om technieken te ontwikkelen voor de vestiging en handhaving van vliegbases op ijs, met bijzondere aandacht voor de toepassing van dergelijke technieken in operaties op Groenland, waar, zo werd verondersteld, de fysieke en klimatologische condities op die in Antarctica leken; en om de bestaande kennis van hydrografische, geografische, geologische, meteorologische en elektromagnetische condities uit te breiden.

De schouten-bij-nacht Richard H. Cruzen en Richard Byrd, de befaamde ontdekkingsreiziger die ook wel de admiraal van het zuidpoolgebied werd genoemd, werden benoemd tot bevelhebbers van de missie. De expeditie zou in drie secties worden verdeeld. De centrale groep bevatte drie vrachtschepen, een onderzeeboot, een ijsbreker, het vlaggenschip van de expeditie en een vliegdekschip met Byrd aan boord. Ze zouden Little America IV op het ijsplateau in de Bay of Whales tot stand brengen. Daarnaast waren er de oostelijke en de westelijke groep. De oostelijke groep, met daarin onder andere een olietanker, een torpedobootjager en een hulpschip voor watervliegtuigen, zou zich naar nul graden op de lengtemeridiaan begeven. De westelijke groep zou dezelfde samenstelling hebben en op weg gaan naar de Balleny eilanden, om vervolgens een westelijke koers om Antarctica heen te volgen en zich bij de oostelijke groep aan te sluiten. Als alles volgens plan verliep, zou Antarctica zijn omcirkeld. In een paar weken zou meer kennis over dat grote, onbekende continent worden verworven dan in alle ontdekkingsreizen van de afgelopen eeuw.

In augustus 1946 voeren zevenenveertighonderd mannen uit. Uiteindelijk bracht de expeditievloot 8600 kilometer kustlijn in kaart, waarvan 2200 kilometer tot dat moment geheel onbekend was geweest. Ze ontdekten tweeëntwintig onbekende bergketens, zesentwintig eilanden, negen baaien, twintig gletsjers en vijf kapen, en maakten zeventigduizend luchtfoto's.

Machines werden onderworpen aan extreme tests.

Vier mannen kwamen om.

'Dat project blies de hele marine nieuw leven in,' zei Davis. 'Het was een groot succes.'

'Nou en?' vroeg Daniels.

'Wist u dat we in 1948 terug zijn gegaan naar Antarctica? Operatie Windmill. Het schijnt dat die zeventigduizend foto's die in het kader van Operatie Highjump waren gemaakt, nutteloos waren, omdat niemand eraan had gedacht herkenningspunten op de grond aan te geven voor de interpretatie van die foto's. In feite waren het niet meer dan vellen leeg, wit papier. En dus gingen ze terug om die herkenningspunten aan te geven.'

'Edwin,' zei Diane McCoy, 'waar wil je heen met dit verhaal? Dit is niet van belang.'

'We geven miljoenen dollars uit om schepen en manschappen naar Antarctica te sturen en daar foto's te laten maken, dus naar een gebied waarvan we weten dat het bedekt is met ijs, en toch geven we geen herkenningspunten aan voor de foto's die we maken? En dan verwachten we niet eens dat daar problemen van komen?'

'Bedoel je dat Windmill een ander doel had?' vroeg Daniels.

'Dat hadden beide operaties. In beide gevallen ging er een klein team van slechts zes mannen mee, speciaal getraind en met een bijzondere opdracht. Deze mannen gingen verscheidene keren landinwaarts. Wat ze daar deden, was de reden waarom het schip van commandant Zachary Alexander in 1971 naar Antarctica werd gestuurd.'

'In zijn personeelsdossier staat niets over die missies,' zei Daniels. 'Er staat alleen in dat hij voor twee jaar het bevel kreeg over de Holden.'

'Alexander voer naar Antarctica om op zoek te gaan naar een verdwenen onderzeeboot.'

Er viel een stilte aan de andere kant van de lijn. 'Was het die onderzeeboot van achtendertig jaar geleden?' vroeg Daniels toen. 'De boot uit het onderzoeksrapport dat Stephanie heeft opgevraagd?'

'Ja, meneer. Eind jaren zestig bouwden we twee uiterst geheime onderzeeboten, de NR-1 en de NR-1A. De NR-1 is er nog, maar de 1A is in 1971 bij Antarctica verloren gegaan. Niemand kreeg daar iets over te horen; het is onder het tapijt geveegd. Alleen de Holden ging op zoek. Meneer, de commandant van de NR-1A was kapitein-luitenant-ter-zee Forrest Malone.'

'Cottons vader?'

'En waarom interesseer jij je daarvoor?' vroeg Diane, zonder enige emotie.

'Een van de bemanningsleden van de onderzeeboot was William Davis, mijn oudere broer. Ik heb me voorgenomen uit te zoeken wat er met hem is gebeurd, als ik daar ooit de gelegenheid voor zou krijgen.' Davis zweeg even. 'Nu verkeer ik eindelijk in die positie.'

'Waarom is de marine-inlichtingendienst zo geïnteresseerd?' vroeg Diane.

'Is dat niet duidelijk? Het verdwijnen van die onderzeeboot werd gecamoufleerd met foutieve informatie. Ze lieten hem gewoon verloren gaan. Alleen de Holden ging op zoek. Stel je voor wat de media met die informatie zouden doen.'

'Oké, Edwin,' zei Daniels. 'Je hebt de lijntjes tussen de stippen getrokken. Ronde twee is ook voor jou. Ga zo door, maar zorg wel dat je uit de problemen blijft en dat je hier over twee dagen terug bent.'

'Dank u, meneer. Ik stel het op prijs dat ik speelruimte krijg.'

'Eén advies,' zei de president. 'De eerste vogel vangt de worm, maar de tweede muis krijgt de kaas.'

De telefoon klikte.

'Reken maar dat Diane woedend is,' zei Stephanie. 'Ze wordt hier helemaal buiten gehouden.'

'Ik hou niet van ambitieuze bureaucraten,' mompelde Davis.

'Sommigen zouden zeggen dat jij er ook een bent.'

'En dan zouden ze het mis hebben.'

'Blijkbaar ben je de enige die dat vindt. Ik denk dat admiraal Ramsey van de marine-inlichtingendienst vooral de schade wil beperken. Hij wil de marine beschermen. Over een ambitieuze bureaucraat gesproken; hij is het prototype daarvan.'

Davis stond op. 'Je hebt gelijk wat Diane betreft. Die houdt zich heus niet lang afzijdig, en de marine-inlichtingendienst ook niet.' Hij wees naar de uitdraaien van wat ze hadden gedownload. 'Daarom moeten we naar Jacksonville in Florida.'

Ze had het dossier gelezen en wist dus dat Zachary Alexander daar woonde. Toch wilde ze weten: 'Waarom wé?'

'Omdat James Bond geen tijd had.'

Ze grijnsde. 'Jij bent ook in je eentje bezig.'

'Stephanie, ik heb je hulp nodig. Weet je nog, dienst en wederdienst? Hierna sta ik bij je in het krijt.'

Ze stond op. 'Dat vind ik goed genoeg.'

Toch was dat niet de reden waarom ze zo gemakkelijk akkoord ging, en Davis begreep dat vast en zeker. Ze had het rapport van de onderzoekscommissie op zijn aandrang gelezen.

Er stond helemaal geen William Davis vermeld als bemanningslid van de NR-1A.

12

Klooster Ettal

MALONE KEEK GEFASCINEERD naar het boek dat op de tafel lag. 'Heeft dit in de graftombe van Karel de Grote gelegen? Is dit boek twaalfhonderd jaar oud? In dat geval is het heel goed geconserveerd.'

'Het is een ingewikkeld verhaal, meneer Malone. Een verhaal dat zich over twaalfhonderd jaar uitstrekt.'

De vrouw had de neiging vragen te ontwijken. 'Stelt u me maar eens op de proef,' zei hij.

Ze wees. 'Herkent u dat schrift?'

Hij keek aandachtig naar een bladzijde die gevuld was met merkwaardige schrifttekens en met naakte vrouwen die in badkuipen aan het stoeien waren. De tekeningen waren verbonden door ingewikkelde slangen of buizen, die eerder anatomisch dan hydraulisch leken.

Hij bekeek meer bladzijden en zag een figuur met astronomische voorwerpen, alsof hij er door een telescoop naar keek. Levende cellen, zoals ze door een microscoop te zien waren. Planten met uitgebreide wortelstelsels. Een vreemde kalender met tekens van de dierenriem, bevolkt door minuscule naakte mensen in wat zo te zien vuilnisbakken waren. Zo veel illustraties. De onbegrijpelijke schrifttekens leken bijna iets wat er op het laatste moment aan toegevoegd was.

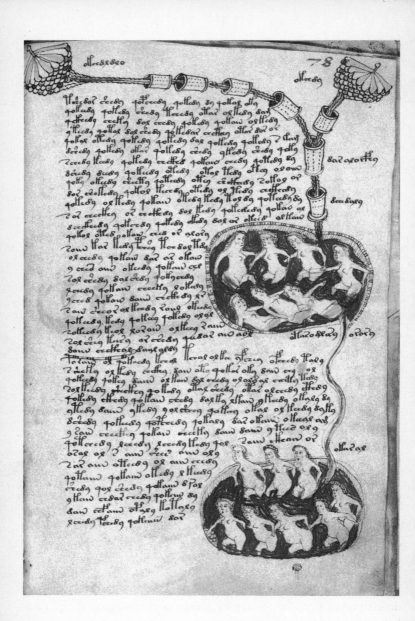

'Het is zoals Otto III vastlegde,' zei ze. 'De taal van de hemel.'

'Ik wist niet dat de hemel een taal nodig had.'

Ze glimlachte. 'In de tijd van Karel de Grote dacht men heel anders over de hemel.'

Hij volgde de figuur op het omslag met zijn vinger.

'Wat is dit?' vroeg hij.

'Ik heb geen idee.'

Hij besefte meteen wat er níét in het boek stond. Geen bloed, monsters of mythische dieren. Geen verwoestend conflict. Geen tekens van religie of symbolen van wereldlijke macht. Eigenlijk stond er niets in wat op een herkenbare manier van leven wees; geen bekende werktuigen, meubels of vervoermiddelen. Het leek of de bladzijden uit een andere, tijdloze wereld afkomstig waren.

'Ik wil u nog iets anders laten zien,' zei ze.

Hij aarzelde.

'Kom nou. U bent dit soort dingen wel gewend.'

'Ik verkoop boeken.'

Ze wees naar de deuropening aan de andere kant van de schaars verlichte kamer. 'Pak het boek dan op en volg mij.'

Zo gemakkelijk liet hij zich echter niet leiden. 'Als u nu eens het boek draagt? Dan draag ik het pistool.' Hij nam het wapen weer in zijn hand.

Ze knikte. 'Als u zich daardoor beter voelt.'

Ze pakte het boek van de tafel en hij liep achter haar aan haar door de deuropening. Daarachter leidde een stenen trap omlaag naar nog meer duisternis. Beneden zag hij weer een deuropening, met daarachter vaag, indirect licht.

Ze daalden de trap af. Beneden lag een gang die wel vijftien meter doorliep. Aan weerskanten zag hij deuren, gemaakt van planken. Aan het eind van de gang was ook zo'n deur.

'Een crypte?' vroeg hij.

Ze schudde haar hoofd. 'De monniken begraven hun doden in de kloostertuin. Deze ruimte maakt deel uit van de oude abdij uit de middeleeuwen en wordt tegenwoordig als opslagruimte gebruikt. Mijn grootvader heeft hier in de oorlog vaak gezeten.'

'Hield hij zich schuil?'

'Bij wijze van spreken.' Ze liep door de gang, die alleen verlicht werd door wat peertjes. Achter de gesloten deur aan het eind lag een ruimte die als museumzaal was ingericht, met veel merkwaardige stenen artefacten en houtsnijwerk. Het waren zo'n veertig of vijftig stukken. Elk voorwerp werd tentoongesteld in zijn eigen heldere bundel natriumlicht. Achterin stonden tafels, die ook van bovenaf werden verlicht. Tegen de muren stonden twee houten kasten die in Beierse stijl waren beschilderd.

Ze wees naar het houtsnijwerk: een verzameling krullen, halvemanen, kruisen, klavers, sterren, harten, ruiten en kronen. 'Die komen van de geveltoppen van Nederlandse boerderijen. Sommige mensen noemen het volkskunst. Mijn opa zag er veel meer in. Hij dacht dat hun betekenis in de loop der tijd verloren was gegaan, daarom verzamelde hij ze.'

'Toen de Wehrmacht klaar was?'

Ze keek geërgerd naar hem op. 'Mijn grootvader was een wetenschapper, geen nazi.'

'Hoe vaak zou die tekst al gebruikt zijn?'

Ze ging er niet op in. 'Wat weet u van Ariërs?'

'Ik weet in elk geval dat het begrip niet voor het eerst door de nazi's is gebruikt.'

'Weer een staaltje van uw fotografisch geheugen?'

'U weet veel van mij.'

'Zoals u ook veel van mij te weten zult komen, als u tenminste denkt dat het de moeite waard is.'

Dat zeker.

'Het concept van de Ariërs,' ging ze verder, 'een lang, slank, gespierd ras met goudblond haar en blauwe ogen, is opgekomen in de achttiende eeuw. In die tijd werd opgemerkt dat er overeenkomsten tussen verschillende oude talen bestonden. Het zal u interesseren dat degene die dat ontdekte een Britse jurist was, lid van het hooggerechtshof van India. Hij bestudeerde het Sanskriet en zag dat die taal op het Grieks en Latijn leek. Hij nam een woord uit het Sanskriet, *Arya*, dat "edel" betekende, en gebruikte dat om die Indische dialecten te beschrijven. Andere geleerden, die daarna overeenkomsten tussen het Sanskriet en andere talen zagen, gebruikten de term "Arisch" voor die taalgroep.'

'Bent u taalkundige?'

'Niet bepaald, maar mijn grootvader wist die dingen.' Ze wees naar een van de stenen platen; rotskunst. Een menselijke figuur op ski's. 'Dat komt uit Noorwegen. Waarschijnlijk is het vierduizend jaar oud. De andere voorwerpen die u hier ziet komen uit Zweden. Ingehakte cirkels, schijven, wielen; mijn opa zag daarin de taal van de Ariërs.'

'Dat is onzin.'

'Inderdaad. Maar het wordt nog erger.'

Ze vertelde hem over een intelligent volk van krijgers dat ooit in alle rust in een Himalayadal woonde. Een gebeurtenis, niemand weet meer welke, bracht hen ertoe hun vredige leven op te geven en zich op oorlogvoering toe te leggen. Sommigen gingen naar het zuiden en veroverden India. Anderen gingen naar het westen en kwamen in de koude, regenachtige wouden van het noorden van Europa terecht. Onderweg raakte hun taal vermengd met die van de inheemse bevolking. Dat verklaart de latere overeenkomsten. Deze indringers uit de Himalaya hadden geen naam. Een Duitse literatuurcriticus gaf hun er uiteindelijk een in 1808: Ariërs. Later bracht een andere Duitse schrijver, zonder enige kwalificatie als historicus of taalkundige, de Ariërs in verband met de Noord-Europeanen. Hij kwam tot de conclusie dat ze een en hetzelfde volk waren. Hij schreef boeken die in de jaren twintig bestsellers waren in Duitsland.

'Volslagen onzin,' zei ze. 'Absoluut niet op feiten gebaseerd. De Ariërs zijn in wezen dus een mythisch volk, met een fictieve voorgeschiedenis en een geleende naam. Maar in de jaren dertig maakten de nationalisten gretig gebruik van dat romantische idee. De woorden "Arisch", "Noord-Europees" en "Duits" werden onderling uitwisselbaar. Dat zijn ze nog steeds. Het idee van die veroverende, blonde Ariërs raakte een gevoelige snaar bij veel Duitsers; het streelde hun ijdelheid. Dus wat begon als een onschuldig taalkundig onderzoek, werd een dodelijk raciaal werktuig dat miljoenen levens heeft gekost en de Duitsers motiveerde dingen te doen die ze anders nooit gedaan zouden hebben.'

'Oude geschiedenis,' zei hij.

'Ik zal u iets laten zien wat dat niet is.' Ze leidde hem langs de tentoongestelde voorwerpen naar een voetstuk met vier gebroken stukken steen. Daarin waren tekens uitgehakt.

Hij bukte zich en bekeek de letters. 'Ze lijken op de tekens in het manuscript,' zei hij. 'Het zijn dezelfde schrifttekens.'

ольессо 8амⰙ ессll9 9llссᏃсссϙ

'Precies hetzelfde,' zei ze.

Hij stond op. 'Zijn dit ook Scandinavische runenstenen?'

'Nee, deze stenen komen van Antarctica.'

Het boek. De stenen. De onbekende schrifttekens. Zijn vader. Haar vader. NR-1A. Antarctica. 'Wat wilt u?'

'Mijn grootvader vond die stenen daar en nam ze mee terug. Mijn vader heeft zijn hele leven geprobeerd ze te ontcijferen, en ook' – ze hield het boek omhoog – 'deze woorden. Allebei waren ze hopeloze dromers. Maar als ik wil begrijpen waarvoor ze zijn gestorven – en als u wilt weten waarom uw vader is gestorven –, moeten we iets oplossen wat mijn opa de *Karl der Grosse Verfolgung* noemde.

Hij vertaalde de woorden in stilte. De jacht op Karel de Grote. 'Hoe weet u dat dit met die onderzeeboot te maken heeft?'

'Het was geen toeval dat mijn vader daar was. Hij maakte er deel van uit. Sterker nog: hij was de reden waarom het gebeurde. Ik probeer het geheime rapport over de Blazek al tientallen jaren in mijn bezit te krijgen, en het is me nooit gelukt. Maar nu hebt u het.'

'En u hebt me nog steeds niet verteld hoe u dat weet.'

'Ik heb bronnen binnen de marine. Ze hebben me verteld dat uw vroegere baas, Stephanie Nelle, het rapport heeft opgevraagd en naar u heeft toegestuurd.'

'Dat verklaart nog steeds niet hoe u wist dat ik vandaag op die berg zou zijn.'

'Mag dat nog even een raadsel blijven?'

'Hebt u die twee gestuurd om het rapport te stelen?'

Ze knikte.

Haar mentaliteit stond hem niet aan, maar evengoed was hij gefascineerd. Hij stond hier onder een Beierse abdij, omringd door eeuwenoude stenen met vreemde tekens. Hij keek naar een boek waarvan ze zei dat het van Karel de Grote was geweest en dat onleesbaar was. Als het waar was wat Dorothea Lindauer zei, zou dit alles heel goed in verband kunnen staan met de dood van zijn vader.

Het was echter waanzin om met deze vrouw samen te werken.

Hij had haar niet nodig. 'Als u er geen bezwaar tegen hebt, vertrek ik.' Hij maakte aanstalten om weg te gaan.

'Ik ben het met u eens,' zei ze, terwijl hij al naar de deur liep. 'U en ik zouden nooit kunnen samenwerken.'

Hij bleef staan, draaide zich om en maakte haar duidelijk: 'Flik me nooit meer zoiets.'

'*Guten Abend, Herr* Malone.'

13

WILKERSON STOND ONDER de besneeuwde takken van een beuk en keek naar de boekwinkel. Die bevond zich in het midden van een galerij met schilderachtige winkels, net buiten de voetgangerszone, niet ver van een levendige kerstmarkt waar de mensenmassa en het warme schijnsel van lampen enige warmte aan de stormachtige winteravond schonken. De geuren van kaneel, peperkoek en gesuikerde amandelen zweefden in de droge lucht, samen met die van sissende schnitzel en *bratwurst*. Een koperensemble liet melodieën van Bach horen.

De etalage van de boekwinkel was zwak verlicht, een teken dat de eigenaar plichtsgetrouw wachtte. Wilkersons leven zou spoedig veranderen. Zijn superieur, admiraal Langford Ramsey, had hem beloofd dat hij met een gouden ster uit Europa terug zou komen, maar hij twijfelde aan Ramsey.

Dat had je met zwarten. Ze waren niet te vertrouwen. Hij herinnerde zich nog dat hij negen jaar oud was en in een stadje in het zuiden van Tennessee woonde, waar veel mannen, net als zijn vader, in tapijtfabrieken werkten. Zwarten en blanken hadden daar ooit apart geleefd, maar veranderingen in de wet en in de houding van mensen hadden de rassen naar elkaar toe gedreven. Op een zomeravond zat hij op een kleedje te spelen. De keuken zat vol met buren en hij was naar de deuropening gekropen en had daar geluisterd hoe die bekenden over hun toekomst praatten. Omdat hij niet begreep waarom ze zich zo opwonden, had hij dat de volgende middag aan zijn vader gevraagd, toen ze met zijn tweeen in de tuin waren.

78

'Ze maken de buurt kapot, jongen. Nikkers hebben hier niets te zoeken.'

Hij verzamelde de moed om te vragen: 'Hebben wij ze niet zelf uit Afrika gehaald?'

'Nou en? Staan we daardoor bij ze in het krijt? Ze doen het zichzelf aan, jongen. In de fabriek kan niet een van hen een baan houden. Ze leven van wat blanken hun geven. Mensen als ik, en de andere mensen hier in de straat, werken hun hele leven hard, en dat komen zij zomaar kapotmaken.'

Hij herinnerde zich wat hij de vorige avond had gehoord. 'Gaan de buren en jij het huis verderop kopen en slopen? Zodat zij hier dan niet kunnen komen wonen?'

'Dat lijkt ons verstandig.'

'Gaan jullie elk huis in de straat kopen en slopen?'

'Als dat nodig is.'

Zijn vader had gelijk gehad. Je kunt ze niet vertrouwen. Helemaal niet als ze tot admiraal zijn opgeklommen en hoofd van de marine-inlichtingendienst zijn.

Wilkerson had echter geen keus. Zijn weg naar de rang van admiraal liep via Langford Ramsey.

Hij keek op zijn horloge. Een Toyota-coupé reed langzaam door de straat en parkeerde twee winkels bij de boekhandel vandaan. Een raampje ging open en de bestuurder gaf hem een teken.

Hij trok leren handschoenen aan en liep naar de deur van de boekwinkel. Hij klopte aan en de eigenaar haalde de deur van het slot. Toen hij de winkel binnenging, tinkelde er een belletje.

'Guten Abend, Martin,' zei hij tegen een kleine, dikke man met een borstelige, zwarte snor.

'Ik ben ook blij jou te zien,' zei de man in het Duits.

De eigenaar van de winkel droeg hetzelfde vlinderstrikje en dezelfde bretels als toen ze elkaar weken geleden voor het eerst hadden ontmoet. Zijn winkel was een allegaartje van oud en nieuw, met de nadruk op het occulte, en hij had de reputatie discreet opdrachten te kunnen uitvoeren.

'Ik hoop dat je een goede werkdag hebt gehad?' vroeg Wilkerson.

'Nou, het liep vandaag geen storm. Weinig klanten, maar met die sneeuw en de kerstmarkt van vanavond zijn mensen ook niet zo met boeken bezig.' Martin sloot de deur en deed hem op slot.

'Misschien kan ik je dag nog goedmaken. Het is tijd om onze zaken af te ronden.'

In de afgelopen drie maanden had de Duitser als doorgeefluik gefungeerd. Hij had allerlei zeldzame boeken en papieren uit verschillende bronnen verworven, allemaal over hetzelfde onderwerp. Hopelijk had niemand dat opgemerkt.

Wilkerson volgde de man door een rafelig gordijn naar de achterkamer. Toen hij hier voor het eerst was, had hij gehoord dat het pand ooit, in het begin van de twintigste eeuw, een bank was geweest. Er was nog een grote kluis achtergebleven, en terwijl Wilkerson toekeek, draaide de Duitser aan de schijf om het slot open te maken. Vervolgens trok hij een zware ijzeren deur open.

Martin liep naar binnen en trok aan de ketting om de kale gloeilamp aan te doen. 'Ik heb hier het grootste deel van de dag aan gewerkt.'

Er stonden stapels dozen in het midden. Wilkerson bekeek de inhoud van de bovenste. Exemplaren van *Germanien*, een archeologisch en antropologisch maandblad dat in de jaren dertig door de nazi's was gepubliceerd. In een andere doos zaten in leer gebonden boekdelen van *Deutsches Ahnenerbe: Evolution, Essenz, Effekt.*

'Deze boeken zijn door Heinrich Himmler aan Adolf Hitler gepresenteerd op Hitlers vijftigste verjaardag,' zei Martin. 'Nogal moeilijk te vinden, maar eigenlijk helemaal niet duur.'

In de andere dozen zaten dagboeken, brieven, verdragen en papieren van voor, tijdens en na de oorlog.

'Ik had het geluk dat ik verkopers trof die geld nodig hadden. Die dingen zijn steeds moeilijker te vinden. Dat brengt ons op mijn betaling.'

Wilkerson haalde een envelop uit zijn binnenzak en gaf die aan de man. 'Tienduizend euro, zoals we hebben afgesproken.'

Zichtbaar vergenoegd bekeek de Duitser de bankbiljetten.

Ze verlieten de kluis en liepen terug naar de winkel.

Martin was als eerste bij het gordijn. Plotseling draaide hij zich om en richtte een pistool op Wilkerson. 'Ik ben geen amateur, maar degene voor wie jij werkt moet me daar wel voor aanzien.'

Wilkerson deed zijn best om onbewogen terug te kijken.

'Die mannen buiten. Wat doen die hier?'

'Ze helpen me.'

'Ik heb gedaan wat je me vroeg, gekocht wat je wilde hebben en geen spoor achtergelaten dat naar jou leidt.'

'Dan hoef je je nergens zorgen over te maken. Ik kom hier alleen voor de dozen.'

Martin maakte een gebaar met de envelop. 'Gaat het om het geld?'

Wilkerson haalde zijn schouders op. 'Echt niet.'

'Zeg tegen degene die deze aankoop financiert dat hij me met rust moet laten.'

'Hoe weet je dat het geld niet van mijzelf komt?'

Martin keek hem aandachtig aan. 'Iemand maakt gebruik van jou. Of erger nog, je verkoopt jezelf. Je mag blij zijn dat ik je niet overhoop schiet.'

'Waarom doe je dat niet?'

'Ik hoef daar geen kogel aan te verspillen. Jij vormt geen bedreiging, maar zeg wel tegen je weldoener dat hij mij met rust moet laten. En pak nu je dozen op en ga weg.'

'Ik heb daar hulp bij nodig.'

Martin schudde zijn hoofd. 'Die twee mannen blijven in de auto zitten. Je draagt ze zelf naar buiten. Maar bedenk wel: één verkeerde beweging en ik schiet je dood.'

14

Klooster Ettal

Dorothea Lindauer keek naar de glanzende, blauwgrijze stenen die door haar grootvader uit Antarctica zouden zijn meegebracht. In de loop der jaren was ze bijna nooit in de abdij geweest. Die obsessies hadden weinig betekenis voor haar gehad. En nu ze over het ruwe oppervlak streek, en haar vingers de vreemde letters volgden die haar grootvader en vader zo graag hadden willen ontcijferen, was ze er zeker van.

Ze waren idioten, allebei. Vooral haar grootvader.

Hermann Oberhauser kwam uit een aristocratische familie van reactionaire politici – hartstochtelijk in hun overtuigingen, onbekwaam om er veel mee te doen. Hij had zich laten meeslepen door de anti-Poolse beweging die in het begin van de jaren dertig opgang maakte in Duitsland. Hij bracht geld bijeen om de gehate republiek van Weimar te bestrijden. Toen Hitler aan de macht kwam, kocht Hermann een publiciteitsbureau. Hij hielp de nationaalsocialisten voor een koopje aan publiciteit en steunde de bruinhemden om zich van terroristen tot leiders te ontwikkelen. Vervolgens zette hij een krantenconcern op en kwam aan het hoofd te staan van de Nationale Volkspartij, die zich uiteindelijk aan de kant van de nazi's schaarde. Hij kreeg ook drie zoons. Twee maakten het einde van de oorlog niet mee; de een kwam om in Rusland, de ander in Frankrijk. Haar vader overleefde de oorlog alleen omdat hij nog te jong was om te vechten. Na de vrede werd haar grootvader een van de talloze teleurgestelden die Hitler hadden gemaakt tot wat hij was en die nu de grote schande moesten ondergaan. Hij raakte zijn kranten kwijt, maar behield gelukkig zijn fabrieken, waaronder papierfabrieken, en zijn olieraffinaderij, omdat de geallieerden die nodig hadden. Zijn zonden werden misschien niet vergeten, maar gemakshalve wel vergeven.

Haar grootvader was buitensporig trots op zijn Teutoonse afkomst. Hij werd gefascineerd door het Duitse nationalisme en vond dat de westerse beschaving op het punt van instorten stond en alleen nog een kans maakte als waarheden die lang geleden verloren waren gegaan, opnieuw ontdekt zouden worden. Zoals ze aan Malone had verteld, had hij eind jaren dertig vreemde symbolen in de gevelspitsen van Nederlandse boerderijen gezien. Hij was tot de overtuiging gekomen dat die symbolen, samen met de rotskunst uit Zweden en Noorwegen en de stenen uit Antarctica, een soort Arische hiërogliefen waren. De moeder van alle schriften. De taal van de hemel.

Volslagen onzin natuurlijk, maar de nazi's hielden van dit soort romantische ideeën. In 1931 telde de ss tienduizend man, en Himmler zou daar uiteindelijk een raciale elite van jonge Arische mannen van maken. Het ss *Rasse und Siedlungshauptamt* ging zorgvuldig na of een kandidaat in genetisch opzicht geschikt was voor het lidmaatschap. In 1935 ging Himmler nog een stap verder en riep een organisatie in het leven die een schitterend Arisch verleden moest reconstrueren.

De missie van deze organisatie was tweeledig. Ze moest gegevens over de voorouders van Duitsland tot in het stenen tijdperk ontdekken en die bevindingen aan het Duitse volk presenteren.

Een lange benaming verleende geloofwaardigheid aan deze organisatie: *Deutsches Ahnenerbe – Studiengesellschaft für Geistesurgeschichte.* Duits voorouderlijk erfgoed – het genootschap voor de bestudering van de geschiedenis van ideeën uit de oertijd. Kortweg Ahnenerbe. De erfenis van de voorouders; honderdzevenendertig geleerden en wetenschappers, en daarnaast tweeëntachtig filmmakers, fotografen, kunstenaars, beeldhouwers, bibliothecarissen, technici, boekhouders en administratief medewerkers.

Met Hermann Oberhauser aan het hoofd.

Terwijl haar grootvader zich druk maakte om verzinsels, stierven er miljoenen Duitsers. Uiteindelijk ontsloeg Hitler hem en werden hij en de hele familie Oberhauser publiekelijk vernederd. Toen had hij zich hier in de abdij teruggetrokken, veilig achter muren die door religie beschermd werden. Hier had hij aan zijn rehabilitatie gewerkt, maar het was hem nooit gelukt.

Ze herinnerde zich de dag van zijn dood.

'Opa.' Ze knielde bij zijn bed en pakte zijn zwakke hand vast.

De ogen van de oude man gingen open, maar hij zei niets. Hij wist al heel lang niet meer wie ze was.

'Het is nooit tijd om het op te geven,' zei ze.

'Laat me aan wal gaan.' De woorden zweefden zo'n beetje mee met zijn adem.

Ze moest zich inspannen om hem te horen. 'Opa, wat zeg je?'

Zijn ogen werden glazig en kregen een verontrustende, olieachtige glans. Hij schudde langzaam zijn hoofd.

'Wil je sterven?' vroeg ze.

'Ik moet aan wal gaan. Zeg dat tegen de commandant.'

'Wat bedoel je?'

Hij schudde zijn hoofd weer. 'Hun wereld. Hij is weg. Ik moet aan wal gaan.'

Ze wilde iets zeggen, hem geruststellen, maar zijn greep verslapte en er ging een rilling door zijn borst.

Toen deed hij langzaam zijn mond open en zei: 'Heil... Hitler.'

Ze huiverde telkens wanneer ze aan die laatste woorden dacht. Waarom had hij zich geroepen gevoeld met zijn laatste ademtocht zijn trouw aan het kwaad te betuigen?

Helaas zou ze het nooit weten.

De deur van de ondergrondse kamer ging open en er kwam een vrouw binnen. Dorothea zag haar zelfverzekerd langs de tentoongestelde stukken lopen.

Hoe was het zover gekomen? Haar grootvader was als nazi gestorven; haar vader was als dromer omgekomen. Nu stond ze op het punt dat alles te herhalen.

'Malone is weg,' zei de vrouw. 'Hij is weggereden. Ik moet mijn geld hebben.'

'Wat is er vandaag in de kabelbaan gebeurd? Het was niet de bedoeling dat je collega om het leven kwam.'

'Het liep uit de hand.'

'Je hebt veel aandacht gevestigd op iets wat onopgemerkt had moeten blijven.'

'Het is wel gelukt. Malone kwam hierheen, en je kon dat gesprek met hem hebben, zoals je wilde.'

'Je had alles in gevaar kunnen brengen.'

'Ik deed wat je me vroeg en ik wil betaald worden. En ik wil ook Eriks deel. Dat heeft hij beslist verdiend.'

'Doet zijn dood je niets?'

'Hij ging te ver en dat heeft hem zijn leven gekost.'

Dorothea was tien jaar geleden met roken gestopt, maar kortgeleden was ze weer begonnen. Nicotine had een kalmerende uitwerking op haar altijd gespannen zenuwen. Ze liep naar een van de beschilderde kasten toe, vond een pakje en bood haar gast een sigaret aan.

'*Danke*,' zei de vrouw, terwijl ze de sigaret accepteerde.

Dorothea wist van hun eerste ontmoeting dat de vrouw rookte. Ze pakte voor zichzelf ook een sigaret, vond lucifers en stak beide aan.

De vrouw nam twee flinke trekken. 'Mijn geld, alsjeblieft.'

'Natuurlijk.'

Dorothea zag eerst de ogen veranderen. Een peinzende blik maakte plaats voor opkomende angst en pijn en toen voor wanhoop. De spieren in het gezicht van de vrouw verstrakten, een teken van hevige pijn. Vingers en lippen lieten de sigaret los en haar handen grepen naar haar keel. Ze stak haar tong uit en kokhalsde. Ze kon geen lucht meer krijgen. Er kwam schuim om haar mond. Het lukte haar nog één keer adem te halen, toen hoestte ze en probeerde ze te spreken, en meteen daarop viel haar hoofd opzij en zakte haar hele lichaam in elkaar.

In haar laatste ademtocht zat een zweem van bittere amandelen.

Cyaankali. Vernuftig in de tabak gestopt.

Het was interessant dat de dode vrouw voor mensen had gewerkt van wie ze niets wist. Ze had nooit ook maar één vraag gesteld. Dorothea had die fout niet gemaakt. Ze had grondig onderzoek gedaan naar haar bondgenoten. De dode vrouw was eenvoudig geweest; ze werd gemotiveerd door geld. Dorothea kon echter niet riskeren dat ze ging praten.

Cotton Malone? Dat zou wel eens een ander verhaal kunnen zijn.

Ze had namelijk sterk het gevoel dat ze nog niet klaar met hem was.

15

Ramsey keerde terug naar het hoofdkwartier van de marine-inlichtingendienst. Hij werd in zijn kamer begroet door zijn stafchef, een ambitieuze kapitein-ter-zee die Hovey heette.

'Hoe ging het in Duitsland?' vroeg Ramsey meteen.

'Het nr-ia-dossier is op de Zugspitze aan Malone gegeven, zoals gepland was, maar toen hij met de kabelbaan naar beneden ging, gebeurde er opeens van alles.'

Ramsey luisterde naar Hoveys verhaal en vroeg toen: 'Waar is Malone?'

'Volgens het gps op zijn huurauto gaat hij van hot naar her. Hij was een tijdje in zijn hotel, maar toen vertrok hij naar een klooster dat Ettal heet. Dat is vijftien kilometer ten noorden van Garmisch. Volgens de nieuwste gegevens is hij op de terugweg naar Garmisch.'

Ze waren zo verstandig geweest een apparaatje op Malones auto aan te brengen dat hen in staat stelde hem via de satelliet te volgen.

Ramsey ging achter zijn bureau zitten. 'En hoe gaat het met Wilkerson?'

'Die rotzak is vast heel tevreden over zichzelf,' zei Hovey. 'Hij heeft Malone losjes geschaduwd. Hij wachtte een tijdje in Garmisch, reed toen naar Füssen en praatte daar met een boekhandelaar. Hij had twee helpers in een auto buiten zitten. Ze droegen samen dozen weg.'

'Hij werkt op je zenuwen, hè?'

'Hij is ons meer tot last dan dat we iets aan hem hebben. We moeten ons van hem ontdoen.'

Hij had al eerder een zekere afkeer bespeurd. 'Waar hebben jullie elkaars pad al eens gekruist?'

'Op het NAVO-hoofdkwartier. Hij kostte me bijna mijn benoeming tot kapitein-ter-zee. Gelukkig had mijn superieur ook de pest aan die gluiperd.'

Hij kon geen kinderachtige jaloezie gebruiken. 'Weten we wat Wilkerson nu doet?'

'Die zal zich wel afvragen wie hem beter kan helpen. Wij of zij.'

Toen Ramsey had gehoord dat Stephanie Nelle het rapport van de onderzoekscommissie over de NR-1A had opgevraagd, en ook voor wie het bestemd was, had hij meteen freelancers naar de Zugspitze gestuurd, zonder Wilkerson over hen te vertellen. Wilkerson, hoofd van zijn kantoor in Berlijn, dacht dat hij daar de enige actieve agent was en had instructie gekregen Malone min of meer in het oog te houden en over hem te rapporteren. 'Heeft Wilkerson iets van zich laten horen?'

Hovey schudde zijn hoofd. 'Geen woord.'

De intercom zoemde en Ramsey hoorde van zijn secretaresse dat het Witte Huis aan de lijn was. Hij stuurde Hovey weg en nam op.

'We hebben een probleem,' zei Diane McCoy.

'Hoezo hebben wíj een probleem?'

'Edwin Davis is op onderzoek uit gegaan.'

'Kan de president hem niet intomen?'

'Niet als hij dat niet wil.'

'Heb je het gevoel dat hij het niet wil?'

'Het lukte me Daniels met hem te laten praten, maar hij luisterde alleen maar naar wat geraaskal over Antarctica, wenste hem toen een goede dag en hing op.'

Hij vroeg om bijzonderheden en ze vertelde wat er gebeurd was. Toen vroeg hij: 'Betekende het niets voor de president dat wij naar het dossier van Zachary Alexander hebben geïnformeerd?'

'Blijkbaar niet.'

'Misschien moeten we de druk opvoeren.' Dat was precies de reden waarom hij Charlie Smith had gestuurd.

'Davis heeft contact gezocht met Stephanie Nelle.'

'Zij is een lichtgewicht.'

De Magellan Billet mocht zich graag verbeelden een rol in de wereld van internationale spionage te spelen. Het idee! Twaalf juristen?

Kom nou. Ze waren geen van allen een knip voor de neus waard. Cotton Malone? Ja, die was anders geweest, maar hij had ontslag genomen en maakte zich alleen nog druk om zijn vader. Op dit moment was hij waarschijnlijk woedend, en niets kon iemands beoordelingsvermogen beter aantasten dan woede.

'Nelle is niet van belang,' voegde hij toe.

'Davis ging regelrecht naar Atlanta. Hij is niet impulsief.'

Dat kon wel zijn, maar toch... 'Hij kent het spel en de regels niet. Hij weet ook niet waar het om gaat.'

'Je beseft toch zeker wel dat hij waarschijnlijk meteen naar Zachary Alexander gaat?'

'Verder nog iets?'

'Verpruts dit niet.'

Ze mocht dan nationaleveiligheidsadviseur zijn, hij was geen ondergeschikte die zich liet commanderen. 'Ik zal mijn best doen.'

'Mijn hachje staat ook op het spel. Vergeet dat niet. Goedendag, admiraal.' En ze hing op.

Dit werd link. Hoeveel ballen kon hij tegelijk in de lucht houden? Hij keek op zijn horloge.

Minstens een van die ballen zou binnenkort vallen.

Hij keek naar de *New York Times* van de vorige dag, die op zijn bureau lag. In het binnenlandkatern stond een verhaal over admiraal David Sylvian, die vier sterren had en vicevoorzitter van de Verenigde Chefs van Staven was. Negenenvijftig jaar oud. In het ziekenhuis opgenomen nadat hij een week geleden een motorongeluk had gehad door ijzel op een weg in Virginia. Men nam aan dat hij zou herstellen, maar zijn toestand was ernstig. Het Witte Huis wenste de admiraal beterschap. Sylvian was voorstander van snoeien en had de begrotings- en inkoopprocedures van het Pentagon volledig herschreven. Een onderzeebootman. Geliefd. Gerespecteerd.

Een obstakel.

Ramsey had niet geweten wanneer zijn tijd zou komen, maar nu het zover was, was hij er klaar voor. In de afgelopen week was alles op zijn plaats gevallen. Charlie Smith zou de zaken hier regelen.

Nu was het tijd voor Europa.

Hij pakte de telefoon en toetste een internationaal nummer in.

Nadat het toestel aan de andere kant van de lijn vier keer was overgegaan, werd er opgenomen. Hij vroeg: 'Hoe is het weer daar?'

'Bewolkt, koud en ellendig.'

Het juiste antwoord. Hij sprak dus met de juiste persoon. 'Die kerstpakketjes die ik heb besteld; ik wil graag dat ze zorgvuldig worden ingepakt en afgeleverd.'

'Met spoed of met de gewone post?'

'Met spoed. De feestdagen komen er al snel aan.'

'We kunnen het binnen een uur regelen.'

'Geweldig.'

Hij hing op.

Sterling Wilkerson en Cotton Malone zouden binnenkort dood zijn.

DEEL II

16

White Oak, Virginia
17.15 uur

CHARLIE SMITH KEEK even naar de lichtgevende wijzers van zijn Indiana Jones-horloge, een collector's item, en keek toen door de voorruit van de geparkeerde Hyundai. Hij zou blij zijn als het weer voorjaar werd en de klok een uur verzet werd. De winter werkte altijd op zijn gemoed. Dat was begonnen toen hij nog een tiener was, maar het was erger geworden toen hij in Europa was gaan wonen. Hij had daarover eens een artikel gelezen in *Inside Edition*. Lange nachten, weinig zon, ijzige temperaturen. Zeer deprimerend.

De hoofdingang van het ziekenhuis bevond zich zo'n dertig meter voor hem. Het was een rechthoek met grijs stucwerk van drie verdiepingen hoog. Het dossier op de passagiersstoel lag open, zodat hij er elk moment in kon kijken, maar hij was met zijn aandacht weer bij zijn iPhone en een *Star Trek*-aflevering die hij had gedownload. Kirk en een hagedisachtig buitenaards wezen vochten tegen elkaar op een onbewoonde asteroïde. Hij had alle oorspronkelijke negenenzeventig afleveringen al zo vaak gezien, dat hij meestal van tevoren wist wat er gezegd zou worden. En over lekkere meiden gesproken: Uhura was absoluut een stuk. Hij zag hoe Kirk door de buitenaardse hagedis in het nauw werd gedreven, maar wendde zijn blik toen van het schermpje af. Net op dat moment kwamen er twee mensen het ziekenhuis uit. Ze liepen naar een mokkabruine Ford hybride.

Hij vergeleek het kenteken met dat in het dossier. De auto was van de dochter en haar man.

Een andere man kwam uit het ziekenhuis – midden dertig, rossig haar – en liep naar een metaalgrijze Toyota SUV.

Smith keek opnieuw van wie dat kenteken was. De zoon.

Er volgde een oudere vrouw. De echtgenote. Haar gezicht kwam overeen met de zwart-witfoto in de map. Wat was het toch fijn om goed voorbereid te zijn.

Kirk rende uit alle macht bij de hagedis vandaan, maar Smith wist dat hij niet ver zou komen. Straks kwam het tot een gevecht. Net als hier.

Kamer 245 zou nu leeg moeten zijn.

Hij wist dat het een streekziekenhuis was en dat de twee operatiekamers vierentwintig uur per dag werden gebruikt. De afdeling spoedeisende hulp ontving ambulances uit minstens vier andere plaatsen. Er was dus veel activiteit, en dat zou Smith, gekleed als verpleegkundige, alle gelegenheid geven om op zijn gemak rond te lopen.

Hij stapte uit de auto en slenterde naar binnen.

Er zat niemand bij de receptie. Hij wist dat de medewerker die daar zat altijd om vijf uur 's middags naar huis ging en pas om zeven uur de volgende morgen terugkwam. Enkele bezoekers liepen naar het parkeerterrein. Het bezoekuur eindigde officieel om vijf uur, maar hij had in het dossier gelezen dat de meeste mensen pas tegen zes uur weggingen.

Hij liep langs de liften en volgde de glimmende terrazzogang naar het achterste gedeelte van de begane grond, waar hij naar de linnenkamer ging. Vijf minuten later stapte hij zelfverzekerd uit de lift op de tweede verdieping. De rubberen zolen van zijn Nurse Mates maakten nauwelijks geluid op de glanzende tegels. In de gangen naar links en naar rechts was het stil; de deuren van de bezette kamers waren dicht. In de afdelingspost recht voor hem zag hij twee oudere vrouwen die aan dossiers zaten te werken.

Hij had een armvol keurig opgevouwen lakens bij zich. Beneden in de linnenkamer had hij gezien dat de kamers 248 en 250, het dichtst bij 245, schone lakens konden gebruiken.

Hij had die hele dag maar twee moeilijke beslissingen hoeven te nemen: wat hij op zijn iPhone zou uploaden en welk middel hij zou gebruiken om de man te doden. Gelukkig was het geen probleem geweest om toegang tot het computersysteem van het ziekenhuis te krijgen en de medische gegevens van de patiënt in te zien. Hoewel er genoeg inwendig letsel was om een hartstilstand of het uitvallen van de lever – zijn twee favoriete methoden – aannemelijk te maken, vonden de artsen de lage bloeddruk blijkbaar het grootste probleem. Er waren al medicijnen voorgeschreven om daar iets aan te doen, maar hij had gelezen dat ze de dosis pas de volgende morgen zouden toedienen, om de patiënt de tijd te geven om op krachten te komen.

Geweldig.

Hij had al gekeken wat hier in Virginia de wettelijke regelingen voor sectie waren. Tenzij de dood het gevolg was van geweld of zelfmoord of zich plotseling had voorgedaan terwijl de persoon in goede gezondheid verkeerde, zonder dat er een arts bij was of zich op een verdachte of ongewone manier had voorgedaan, zou er geen sectie plaatsvinden.

Hij vond het prachtig als de regels in zijn voordeel werkten.

Hij ging kamer 248 binnen en gooide de lakens op de matras. Toen maakte hij vlug het bed op, met strakke ziekenhuishoeken. Hij keek de gang weer in. In beide richtingen was alles stil.

In drie stappen was hij in kamer 245.

Een zwakke lamp wierp een koel, wit licht op de muur. De hartmonitor piepte. Een ademhalingstoestel siste. Omdat beide monitoren op de afdelingspost voortdurend werden gevolgd, moest hij ervoor zorgen dat daar niets aan veranderde.

De patiënt lag in bed, met zijn hoofd en armen en benen in dik verband. Toen hij met een ambulance was binnengebracht en in allerijl naar het traumacentrum was gebracht, had hij volgens de gegevens een schedelbreuk, rijtwonden en een darmbeschadiging. Wonder boven wonder had zijn wervelkolom geen schade opgelopen. Hij was drie uur lang geopereerd, vooral om inwendig letsel te repareren en om de rijtwonden te hechten. Er was veel bloedverlies geweest, en enkele uren lang balanceerde hij op de rand van de dood, maar uiteindelijk zag het er beter uit en veranderde zijn status van ernstig in stabiel.

Evengoed moest deze man sterven.

Waarom? Smith had geen idee en het kon hem ook niet schelen.

Hij trok rubberen handschoenen aan en haalde de injectiespuit uit zijn zak. De computer van het ziekenhuis had hem alle relevante gegevens verstrekt en hij had precies geweten hoeveel nitroglycerine hij in de spuit moest doen.

Eerst liet hij er twee kleine straaltjes uit komen en toen stak hij de punt van de naald in de daarvoor bestemde opening van het infuus dat naast het bed hing. Niemand zou er ooit iets van merken, want de nitroglycerine zou in het lichaam metaboliseren wanneer de man doodging en geen sporen achterlaten.

Het liefst had hij de man ogenblikkelijk laten sterven, maar dat zou op de monitoren te zien zijn en dan zouden er meteen verpleegkundigen komen.

Smith had tijd nodig om weg te komen. Hij wist dat admiraal David Sylvian over ongeveer een halfuur zou overlijden.

Dan zou Smith niet meer worden opgemerkt, want hij zou al ver weg zijn, zonder uniform, op weg naar zijn volgende karwei.

17

Garmisch
22.00 uur

MALONE LIEP HET Posthotel weer in. Hij was regelrecht van het klooster naar Garmisch gereden en voelde zich beroerd. Steeds weer stelde hij zich de bemanning van de NR-1A voor, gevangen op de bodem van een ijskoude zee, hopend dat iemand hen zou redden.

Maar er was niemand gekomen.

Stephanie had niet teruggebeld en hij kwam in de verleiding contact met haar op te nemen, maar hij wist dat ze zou bellen als ze hem iets te zeggen had.

Die vrouw in het klooster, Dorothea Lindauer, vormde een probleem. Was haar vader werkelijk aan boord van de NR-1A geweest? Zo niet, hoe kon ze de naam van de man dan in het rapport hebben gezien? Hoewel de namen van de bemanningsleden in het officiële persbericht hadden gestaan dat na het verdwijnen van de boot was uitgebracht, herinnerde hij zich niet dat daarin een Dietz Oberhauser was genoemd. Blijkbaar had het publiek niet mogen weten dat die Duitser aan boord van de onderzeeboot was geweest. Dat was nog maar een van de talloze leugens geweest.

Wat gebeurde hier allemaal? Sinds hij in Beieren was, leek het wel of alles verkeerd ging.

Hij liep de houten trap op. Wat slaap zou welkom zijn. De volgende dag zou hij op onderzoek uit gaan. Hij keek de gang in. De deur van zijn kamer stond op een kier. De hoop dat hij wat zou kunnen uitrusten was meteen vervlogen.

Hij greep het pistool in zijn zak vast en liep geruisloos over de kleurrijke loper die op het hardhout van de gang lag. Hij probeerde de vloer zo min mogelijk te laten kraken.

De indeling van de kamer schoot door zijn hoofd.

De deur kwam uit in een nis, die meteen naar een royale badkamer leidde. Rechts was de kamer zelf, met een tweepersoonsbed, een bureau, een paar tafeltjes, een televisie en twee stoelen.

Misschien was het hotelpersoneel gewoon vergeten de deur dicht te doen? Dat zou kunnen, maar na wat er die dag was gebeurd, nam hij geen risico's. Hij bleef staan, duwde met het pistool de deur naar binnen toe open en zag dat er licht brandde.

'Komt u maar binnen, meneer Malone,' zei een vrouwenstem.

Hij keek om de hoek van de deur.

Aan de andere kant van het bed stond een lange, welgevormde vrouw met asblond haar dat tot op haar schouders hing. Ze had een gezicht zonder rimpels, zo glad als boter, met fijne, bijna volmaakte trekken.

Hij had haar eerder gezien.

Dorothea Lindauer?

Nee. Niet helemaal.

'Ik ben Christl Falk,' zei ze.

Stephanie zat aan het raam, Edwin Davis zat naast haar aan het gangpad. Het Delta-toestel uit Atlanta naderde het vliegveld van Jacksonville. Beneden strekte zich het oostelijk deel van het natuurreservaat Okefenokee uit. De plantengroei in het donkere moerasland was winters bruin.

Tijdens de vlucht van vijftig minuten had ze Davis alleen gelaten met zijn gedachten, maar nu had dat lang genoeg geduurd. 'Edwin, waarom vertel je me de waarheid niet?'

Hij liet zijn hoofd met zijn ogen dicht tegen de hoofdsteun rusten. 'Ik weet het. Ik had geen broer in die onderzeeboot.'

'Waarom heb je tegen Daniels gelogen?'

Hij kwam overeind. 'Dat moest wel.'

'Het is niets voor jou.'

Hij keek haar aan. 'O nee? We kennen elkaar amper.'

'Waarom ben ik hier dan?'

'Omdat je eerlijk bent. Soms verschrikkelijk naïef. Koppig, maar altijd eerlijk. Daar valt iets voor te zeggen.'

Ze verbaasde zich over zijn cynisme.

'Het systeem is corrupt, Stephanie. Tot in de kern. Waar je ook kijkt, overal zit gif in de overheid.'

Ze vroeg zich af waar hij heen wilde.

'Wat weet je van Langford Ramsey?' vroeg hij.

'Ik mag hem niet. Hij denkt dat iedereen een idioot is en dat de inlichtingenwereld zonder hem niet zou kunnen voortbestaan.'

'Hij is nu negen jaar hoofd van de marine-inlichtingendienst. Het is nooit eerder voorgekomen dat iemand zo lang hoofd was. Telkens wanneer hij op het punt staat te worden overgeplaatst, laten ze hem toch weer blijven.'

'Is dat een probleem?'

'Reken maar. Ramsey heeft ambities.'

'Zo te horen ken je hem.'

'Beter dan me lief is.'

'Edwin, stop,' zei Millicent.

Hij had de telefoon in zijn hand en toetste net het nummer van de politie in.

Ze trok de hoorn uit zijn hand en legde hem op de haak terug. 'Laat nou maar,' zei ze.

Hij keek in haar donkere ogen. Het mooie lange bruine haar hing er warrig bij. Haar gezicht was nog even delicaat als altijd, maar ze keek geschokt. Ze leken in zo veel opzichten op elkaar; intelligent, toegewijd, loyaal. Zij was een prachtig voorbeeld van Afrikaanse genen en hij was een typische Angelsaksische protestant. Binnen vijf dagen nadat hij op het NAVO-hoofdkwartier in Brussel was komen werken, had hij zich tot haar aangetrokken gevoeld. Hij werd daar verbindingsofficier van kapitein-terzee Langford Ramsey met het ministerie van Buitenlandse Zaken.

Hij streek over de blauwe plek op haar dij. 'Hij heeft je geslagen.' Hij had grote moeite met het volgende woord: 'Opnieuw.'

'Dat is zijn manier van doen.'

Ze was luitenant-ter-zee 3e klasse, de vierde generatie van een familie van marineofficieren, en ze was al twee jaar adjudant van Langford Ramsey. Het laatste jaar was ze ook Ramseys minnares.

'Is hij het waard?' vroeg hij.

Ze liep bij de telefoon vandaan en trok haar ochtendjas strak om zich heen. Ze had hem een halfuur geleden gebeld en hem gevraagd naar haar appartement te komen. Ramsey was net weggegaan.

Hij wist niet waarom hij altijd ging als ze belde.

'Hij wil het eigenlijk niet doen,' zei ze. 'Soms kan hij zich gewoon niet beheersen. Hij houdt er niet van om afgewezen te worden.'

Zijn maag trok zich samen bij het idee van hen samen, maar hij luisterde, want hij wist dat ze zich van een vals schuldgevoel moest ontdoen. 'Je moet aangifte doen.'

'Dat zou niets oplossen. Hij is iemand met een grote toekomst, Edwin. Een man die overal vrienden heeft. Het zou niemand iets kunnen schelen wat ik zeg.'

'Mij wel.'

Ze keek hem gespannen aan. 'Hij zei dat hij het nooit meer zou doen.'

'Dat zei hij de vorige keer ook.'

'Het was mijn eigen schuld. Ik zette hem onder druk. Dat had ik niet moeten doen, maar ik deed het wel.'

Ze liet zich op de bank zakken en gaf hem met een gebaar te kennen dat hij naast haar moest komen zitten. Toen hij dat deed, legde ze haar hoofd op zijn schouder en viel binnen enkele minuten in slaap.

'Zes maanden later is ze gestorven,' zei Davis met een stem die van ver leek te komen.

Stephanie zweeg.

'Een hartstilstand. De autoriteiten in Brussel zeiden dat het waarschijnlijk erfelijk was.' Davis zweeg even. 'Drie dagen eerder had Ramsey haar weer geslagen. Geen sporen, alleen een paar goed gemikte stompen.' Hij zweeg weer even. 'Daarna heb ik om overplaatsing gevraagd.'

'Wist Ramsey wat je voor haar voelde?'

Davis haalde zijn schouders op. 'Ik weet zelf niet wat ik voelde, maar ik denk niet dat het hem iets had kunnen schelen. Ik was achtendertig en maakte carrière op het ministerie van Buitenlandse Zaken. De buitenlandse dienst lijkt wel wat op het leger; je gaat waar ze je heen sturen. Maar zoals ik al eerder zei, toen we het over die niet bestaande broer hadden: ik zei tegen mezelf dat ik het Ramsey betaald zou zetten als ik ooit de gelegenheid zou krijgen.'

'Wat heeft Ramsey hiermee te maken?'

Davis leunde weer achterover met zijn hoofd.

Het vliegtuig daalde om te gaan landen.

'Alles,' zei hij.

18

WILKERSON SCHAKELDE TERUG om langzamer te gaan rijden met zijn Volvo. De weg ging omlaag naar een breed Alpendal tussen onmetelijk hoge bergketens. Sneeuw die wervelend uit het donker kwam, werd weggeveegd door de ruitenwissers. Hij bevond zich vijftien kilometer ten noorden van Füssen in de duistere Beierse wouden, niet ver van Linderhof, een van de sprookjeskastelen van de gekke koning Lodewijk II.

Hij remde af en sloeg toen een rotsig pad in dat dieper het bos in leidde. Hij was omringd door een dromerige stilte. De boerderij kwam in zicht. Typisch een gebouw uit deze streek: puntgevel, heldere kleuren, muren van steen, mortel en hout. De groene luiken van de ramen op de benedenverdieping waren dicht, zoals hij ze eerder op de dag had achtergelaten.

Hij parkeerde en stapte uit de auto. Toen hij naar de voordeur liep, knerpte de sneeuw onder zijn schoenzolen. Binnen deed hij een paar lampen aan en stookte het vuur op dat hij in de haard had laten smeulen. Vervolgens liep hij terug naar de auto en droeg de dozen van de boekhandelaar uit Füssen naar binnen. Hij zette ze in een keukenkast.

Die taak was nu volbracht.

Hij liep weer naar de voordeur en keek naar buiten, de besneeuwde avond in.

Hij zou binnenkort verslag moeten uitbrengen aan Ramsey. Er was hem verteld dat hij binnen een maand naar Washington zou worden overgeplaatst, naar het hoofdkwartier van de marine-inlichtingendienst, en dat hij daar een hoge functie zou krijgen. Zijn naam zou op de lijst staan van de volgende groep officieren die tot vlagofficier zou promoveren, en Ramsey had beloofd dat hij die promotie dan niet meer kon mislopen.

Maar zou dat ook echt zo zijn? Hij kon niets anders doen dan erop hopen. Het leek wel of hij de laatste tijd voor alles in zijn leven afhankelijk was van anderen. En dat leek hem niet gunstig.

De gloeiende houtskool siste in de haard. Hij moest een paar nieuwe houtblokken van de stapel aan de zijkant van het huis halen. Straks zou hij een groot vuur nodig hebben.

Hij maakte de voordeur open. Een explosie daverde door de duisternis.

Instinctief schermde hij zijn gezicht af tegen een plotselinge, felle lichtflits en een golf van schroeiende hitte. Toen hij opkeek, zag hij dat de Volvo in brand stond. Er was nog maar weinig meer van over dan het brandende restant van het chassis. De vlammen verslonden het metaal.

Hij bespeurde beweging in het donker. Twee silhouetten. Ze kwamen naar hem toe. Met wapens.

Hij gooide de deur dicht.

Het glas van een van de ramen sprong kapot en er dreunde iets op de houten vloer. Hij keek ernaar. Een granaat. Een type zoals in de Sovjet-Unie was gebruikt. Hij rende naar een andere kamer, en net toen hij daar struikelend aankwam, ontplofte de granaat. Blijkbaar waren de wanden in het houten huis solide, want de scheidingswanden tussen de kamers vingen de klap op. Hij hoorde echter wel het wervelen van de wind in wat eens een behaaglijke huiskamer was geweest. De explosie had blijkbaar een buitenmuur verwoest.

Hij slaagde erin overeind te krabbelen en hurkte neer.

Buiten hoorde hij stemmen. Twee mannen, een aan elke kant van het huis.

'Kijk of je een lijk kunt vinden,' zei een van hen in het Duits.

Hij hoorde dat ze door het puin liepen. Een zaklantaarn scheen door de duisternis. De mannen deden geen enkele moeite verborgen te blijven. Hij leunde tegen de muur.

'Iets gevonden?' vroeg een van de mannen.

'Nein.'

'Ga verder het huis in.'

Hij zette zich schrap.

Een smalle lichtstraal viel door de deuropening. Toen kwam de zaklantaarn zelf de kamer in, gevolgd door een pistool. Hij wachtte tot de man binnen was, en terwijl hij zijn vuist tegen de kin van de man sloeg, greep hij naar het wapen en trok het los.

De man wankelde naar voren met de zaklantaarn nog in zijn hand. Wilkerson verspilde geen tijd. Net toen zijn belager zijn evenwicht had hervonden, schoot hij een keer in zijn borst. Hij bracht het pistool meteen weer in de aanslag, want er kwam al een nieuwe lichtstraal in zijn richting.

Een zwart voorwerp vloog door de lucht en dreunde op de vloer.

Weer een granaat.

Hij dook over de rugleuning van de bank en trok de hele bank over zich heen. De granaat explodeerde en de brokstukken regenden overal neer. Nog meer ramen sprongen en stukken muur werden weggeslagen. De bittere avondkou kwam naar binnen. De driehoek die gevormd werd door de omvergegooide bank had hem tegen de explosie beschermd. Hij dacht dat hij aan het ergste was ontkomen, maar toen hoorde hij een krakend geluid. Een van de plafondbalken viel op de bank. Gelukkig zat hij niet klem.

De man met de zaklantaarn kwam behoedzaam dichterbij.

Wilkerson was het pistool verloren toen hij naar de bank dook. Hij tuurde in de duisternis, en toen hij het zag liggen, werkte hij zich onder de bank vandaan en kroop op zijn buik naar voren.

Zijn belager stapte over het puin heen.

Een kogel sloeg vlak voor Wilkerson in de vloer. Hij dook weg achter wat brokstukken. Opnieuw kwam er een kogel zijn kant op. Hij had niet veel mogelijkheden meer. Het pistool lag te ver weg. Koude wind sneed in zijn gezicht. De straal van de zaklantaarn vond hem.

Verdomme. Hij vloekte op zichzelf, en toen op Langford Ramsey.

Er klonk weer een schot.

De lichtbundel van de zaklantaarn trilde even en vloog toen wild door de kamer.

Een lichaam bonkte op de vloer neer.

Toen was het stil.

Wilkerson duwde zich overeind en zag een silhouet – lang, welgevormd, vrouwelijk – in de deuropening van de keuken staan. Ze had een geweer vast.

'Ben je ongedeerd?' vroeg Dorothea Lindauer.

'Goed schot.'

'Ik zag dat je het moeilijk had.'

Hij liep naar Lindauer toe en keek haar in het donker aan.

'Ik neem aan dat je nu geen twijfels meer hebt over jouw admiraal Ramsey en zijn plannen?' vroeg ze.

Hij knikte. 'Van nu af aan doen we het op jouw manier.'

19

MALONE SCHUDDE ZIJN hoofd. Een tweeling? Hij deed de deur dicht. 'Ik heb net uw zuster ontmoet. Ik vroeg me al af waarom ze me zo gemakkelijk liet gaan. Konden jullie niet samen met me praten?'

Christl Falk schudde haar hoofd. 'We praten niet veel met elkaar.'

Nu was hij verbaasd. 'Toch is het duidelijk dat jullie met elkaar samenwerken.'

'Nee, dat is niet zo.' In tegenstelling tot haar zus sprak ze Engels zonder een zweem van Duits.

'Wat doet u hier dan?'

'Ze heeft u vandaag naar zich toe gelokt. Ik vroeg me af waarom. Ik wilde met u praten toen u van de bergtop kwam, maar na wat er daar was gebeurd, leek het me beter van niet.'

'Hebt u het gezien?'

Ze knikte. 'En daarna volgde ik u hierheen.'

Waar was hij nou weer in verzeild geraakt?

'Ik had niets te maken met wat er is gebeurd,' legde ze uit.

'Behalve dan dat u het van tevoren wist.'

'Ik wist alleen dat u daar zou zijn. Verder niets.'

Hij kwam ter zake. 'Wilt u ook weten wat er met uw vader is gebeurd?'

'Ja.'

Hij ging op het bed zitten en keek naar de andere kant van de kamer, naar de houten vensterbank onder de ramen, waar hij met Stephanie had gebeld toen hij de vrouw van de kabelbaan door de straat had zien lopen. Het rapport over de Blazek lag nog waar hij het had achtergelaten. Hij vroeg zich af of Christl Falk erin had gekeken.

Ze had het zich gemakkelijk gemaakt in een van de stoelen. Ze droeg een denimblouse met lange mouwen en een beige bandplooibroek. Beide kledingstukken lieten haar figuur goed tot zijn recht komen. Die twee mooie vrouwen, die er bijna identiek uitzagen, afgezien van hun kapsel – dat van haar hing los en sluik tot op haar schouders –, hadden blijkbaar totaal verschillende persoonlijkheden. Terwijl Dorothea Lindauer de trotse uitstraling had gehad van iemand uit de bevoorrechte klasse, maakte Christl Falk de indruk een innerlijke strijd te leveren.

'Heeft Dorothea u over onze grootvader verteld?'

'Ik heb een samenvatting gekregen.'

'Hij werkte inderdaad voor de nazi's, stond aan het hoofd van Ahnenerbe.'

'Wat een nobel streven.'

Blijkbaar ontging zijn sarcasme haar niet. 'Ik ben het met u eens. Het was niets meer dan een onderzoeksinstituut dat archeologische bewijzen voor politieke beweringen moest aandragen. Himmler geloofde dat de voorouders van Duitsland zich ver weg hadden ontwikkeld en daar een soort superras hadden gevormd. Daarna had dat zogenaamde Arische bloed zich naar verschillende delen van de wereld verspreid. En dus riep hij Ahnenerbe in het leven – een mengelmoes van avonturiers, mystici en geleerden – en ging hij op zoek naar die Ariërs. Intussen wilde hij de rest van het volk uitroeien.'

'Wat was jullie grootvader?'

Ze keek verbaasd.

'Avonturier, mysticus of geleerde?'

'Eigenlijk alle drie.'

'Maar blijkbaar was hij ook politicus. Hij had de leiding van het instituut en moet dus geweten hebben wat de werkelijke missie van Ahnenerbe was.'

'Daar vergist u zich in. Opa geloofde alleen in het idee van een mythisch Arisch ras. Himmler manipuleerde die obsessie van hem, maakte er een instrument voor etnische zuivering van.'

'Die redenering werd na de oorlog tevergeefs gebruikt bij de processen in Neurenberg.'

'U gelooft maar wat u wilt. Het heeft niets te maken met de reden waarom ik hier ben.'

'Ja, ik wacht – nogal geduldig, mag ik wel zeggen – tot u me dat uitlegt.'

Ze sloeg haar benen over elkaar. 'Ahnenerbe interesseerde zich voor-al voor schriften en tekens. Ze zochten naar eeuwenoude Arische bood-schappen. In 1935 vond opa echt iets.' Ze wees naar haar jas, die naast hem op het bed lag. 'In de zak.'

Hij stak zijn hand in de zak en haalde er een boek uit dat in een plas-tic zak zat. Wat het formaat, de vorm en de conditie betrof, leek het op het boek dat hij eerder had gezien, alleen stond er nu geen teken op het omslag.

'Kent u Einhard?' vroeg ze.

'Ik heb zijn *Het leven van Karel de Grote* gelezen.'

'Einhard kwam uit het oostelijk deel van het Frankische Rijk, het deel dat Duits was. Hij was opgeleid in Fulda, destijds een van de indruk-wekkendste wetenschapscentra in het Frankische land. Omstreeks 791 kwam hij aan het hof van Karel de Grote. Karel de Grote was uniek voor zijn tijd. Bouwmeester, politiek bestuurder, voorvechter van het geloof, hervormer, beschermer van kunsten en wetenschappen. Hij mocht zich graag omringen met geleerde mannen, en Einhard werd zijn naaste ad-viseur. Toen de keizer in 814 stierf, werd Einhard ook privésecretaris van Karels zoon Lodewijk de Vrome. Maar toen Lodewijk en zijn zoons el-kaar zestien jaar later gingen bestrijden, trok Einhard zich van het hof terug. Hij stierf in 840 en werd begraven in Seligenstadt.'

'U bent een rijke bron van informatie.'

'Ik heb drie academische titels in middeleeuwse geschiedenis.'

'Geen van die drie verklaart wat u hier doet.'

'Ahnenerbe heeft op veel plaatsen naar die Ariërs gezocht. In heel Duitsland werden graftomben geopend.' Ze wees. 'In Einhards graf vond opa het boek dat u nu in handen hebt.'

'Ik dacht dat dit uit het graf van Karel de Grote kwam?'

Ze glimlachte. 'Blijkbaar heeft Dorothea u haar boek laten zien. Dát kwam inderdaad uit het graf van Karel de Grote. Dit is een ander boek.'

Hij kon het niet laten. Hij haalde het eeuwenoude boek uit de plas-tic zak en sloeg het voorzichtig open. De bladzijden waren beschreven in het Latijn, en verder zag hij weer diezelfde vreemde schrifttekens, met merkwaardige figuren en symbolen.

'Opa heeft dat boek in de jaren dertig gevonden, samen met Einhards testament. In de tijd van Karel de Grote lieten rijke mensen een geschre-ven testament na. In Einhards testament vond opa een raadsel.'

'Hoe weet u zo zeker dat het geen fantasie is? Uw zus had niet zo'n hoge dunk van uw opa.'

'Dat is ook een van de redenen waarom zij en ik een hekel aan elkaar hebben.'

'En waarom bent u zo gek op hem?'

'Omdat hij ook het bewijs heeft gevonden.'

Dorothea kuste Wilkerson zachtjes op zijn lippen. Ze merkte dat hij nog beefde. Ze stonden tussen de puinhopen van de boerderij en keken naar de brandende auto.

'We doen dit nu samen,' zei ze.

Daar was hij zich goed van bewust. En van nog iets anders: hij zou geen admiraal worden. Ze had tegen hem gezegd dat Ramsey niet te vertrouwen was, maar hij had haar niet willen geloven.

Nu wist hij wel beter.

'Een luxe leven is ook niet gek,' zei ze tegen hem.

'Jij hebt een man.'

'Alleen in naam.' Ze zag dat hij er behoefte aan had gerustgesteld te worden. Daar hadden de meeste mannen behoefte aan. 'Je hebt het goed gedaan, hier in het huis.'

Hij veegde het zweet van zijn voorhoofd. 'Het is me zelfs gelukt er eentje te doden. Ik schoot hem in zijn borst.'

'Daaruit blijkt dat je dingen aankunt, als het moet. Ik zag ze naar de boerderij lopen toen ik kwam aan rijden. Ik parkeerde in het bos en sloop behoedzaam dichterbij toen zij hun eerste aanval deden. Ik hoopte dat je kon standhouden tot ik een van de geweren had gevonden.'

Het dal, dat zich kilometers ver in alle richtingen uitstrekte, was van haar familie. Er woonde niemand in de buurt.

'Die sigaretten die je me hebt gegeven, werkten trouwens goed,' ging ze verder. 'Je had gelijk wat die vrouw betrof. Ze vormde een probleem dat geëlimineerd moest worden.'

Complimentjes werkten altijd. Hij kwam wat tot bedaren.

'Ik ben blij dat je dat geweer hebt gevonden,' zei hij.

De warmte van de autobrand verspreidde zich door de ijskoude lucht. Ze had het jachtgeweer nog vast. Ze hoefde het maar te herladen en het was schietklaar, maar ze geloofde niet dat er nog meer bezoek zou komen.

'We hebben die dozen nodig die ik heb meegebracht,' zei hij. 'Ze staan in de keukenkast.'

'Ik heb ze gezien.'

Het was interessant dat gevaar altijd een stimulerende uitwerking had op verlangen. Deze man, een marineofficier met een knap uiterlijk, een bescheiden stel hersenen en weinig lef, oefende aantrekkingskracht op haar uit. Waarom waren zwakke mannen zo begeerlijk? Haar eigen man was een onbenul die haar liet doen wat ze wilde. De meeste van haar minnaars waren ook zo.

Ze zette het geweer tegen een boom en kuste Wilkerson opnieuw.

'Wat voor bewijs?' vroeg Malone.

'U ziet er moe uit,' zei Christl.

'Ik ben ook moe, en ik heb honger.'

'Laten we dan iets gaan eten.'

Hij had schoon genoeg van vrouwen die hem wilden leiden, en als dit alles niet met zijn vader te maken had gehad, zou hij tegen haar hebben gezegd dat ze naar de pomp kon lopen. Maar hij wilde graag meer weten. 'Goed. Maar u trakteert.'

Ze verlieten het hotel en liepen door een sneeuwbui naar een cafetaria op enkele straten afstand, in een van de voetgangerszones van Garmisch. Daar aangekomen bestelde hij varkensvlees met gebakken aardappelen. Christl Falk vroeg om soep met brood.

'Hebt u ooit van de *Deutsche Antarktische Expedition* gehoord?' vroeg ze.

De Duitse Antarctische Expeditie.

'Ze vertrokken in december 1938 uit Hamburg,' vertelde ze. 'Officieel zouden ze in Antarctica op zoek gaan naar een geschikte plaats voor een Duitse walvispost, zodat Duitsland door op walvissen te gaan jagen de vetproductie kon verhogen. Kunt u zich dat voorstellen? Mensen geloofden het echt.'

'Nou, ik kan het me wel voorstellen. Walvisolie was in die tijd de belangrijkste grondstof voor het maken van margarine en zeep. Duitsland was een grote afnemer van Noorse walvisolie. Terwijl het land op het punt stond oorlog te gaan voeren, was het voor zoiets belangrijks dus afhankelijk van buitenlandse bronnen. Dat had een probleem kunnen worden.'

'Ik merk dat u goed op de hoogte bent.'

'Ik heb over de nazi's in Antarctica gelezen. De *Schwabenland*, een vrachtschip dat vliegtuigen kon katapulteren, vertrok met... hoeveel, zestig mensen? De Noren hadden kort daarvoor een stuk van Antarctica geclaimd dat ze Koningin Maudland noemden, maar de nazi's brachten hetzelfde gebied in kaart en noemden het Neuschwabenland. Ze maakten veel foto's en lieten overal Duitse vlaggen met metalen weerhaken eraan uit de lucht vallen. Het moet een vreemd gezicht zijn geweest: kleine hakenkruisen in de sneeuw.'

'Opa maakte deel uit van die expeditie in 1938. Ze brachten een vijfde van Antarctica in kaart, maar ze wilden vooral nagaan of het waar was wat Einhard in het boek had geschreven dat ik u heb laten zien.'

Hij herinnerde zich de stenen in de abdij. 'En hij bracht stenen mee waar dezelfde symbolen op stonden als in het boek.'

'Bent u in de abdij geweest?'

'Op uitnodiging van uw zus. Maar waarom heb ik toch het idee dat u dat al wist?' Omdat ze geen antwoord gaf, vroeg hij: 'Nou, wat is het vonnis? Wat heeft uw opa ontdekt?'

'Dat is het probleem juist. We weten het niet. Na de oorlog zijn de papieren van Ahnenerbe door de geallieerden in beslag genomen of vernietigd. Opa was op een partijbijeenkomst in 1939 door Hitler verketterd. Hitler was het niet eens met sommige van zijn denkbeelden, vooral zijn feministische theorieën. Hij had gezegd dat de oude Arische samenleving misschien door priesteressen en waarzegsters werd bestuurd.'

'Dat was heel wat anders dan de babymachines die vrouwen in Hitlers ogen waren.'

Ze knikte. 'En dus werd Hermann Oberhauser tot zwijgen gebracht en werden zijn ideeën tot taboe verklaard. Hij mocht niet meer publiceren en geen lezingen meer geven. Tien jaar later ging hij geestelijk achteruit, en de laatste jaren van zijn leven was hij dement.'

'Het verbaast me dat Hitler hem niet gewoon heeft vermoord.'

'Hitler had de fabrieken, de olieraffinaderij en de kranten van onze familie nodig. Als opa in leven bleef, bleef de officiële eigendom in zijn handen. En jammer genoeg wilde opa niets liever dan het Adolf Hitler naar de zin maken en dat alles aan hem ter beschikking stellen.' Ze haalde het boek weer uit haar jas en uit de plastic zak. 'Deze tekst roept veel vragen op, en ik heb daar geen antwoorden op gevonden. Ik hoopte dat u me zou helpen het raadsel op te lossen.'

'De jacht op Karel de Grote?'

'Ik merk dat Dorothea en u lang met elkaar hebben gepraat. Ja. *Die Karl der Grosse Verfolgung.*'

Ze gaf hem het boek. Omdat zijn Latijn vrij goed was, kon hij de woorden min of meer ontcijferen, maar ze zag dat hij er moeite mee had.

'Mag ik?' vroeg ze.

Hij aarzelde.

'Ik denk dat u het interessant zult vinden. Ikzelf in elk geval wel.'

20

STEPHANIE KEEK NAAR de oudere man die de deur van het bescheiden bakstenen huis aan de zuidkant van de stad opendeed. Hij was klein en dik en had een bolle, rode neus die haar aan Rudolf het rendier deed denken. Volgens zijn marinedossier liep Zachary Alexander tegen de zeventig, en daar zag hij ook naar uit. Ze zweeg terwijl Edwin Davis uitlegde wie ze waren en waar ze voor kwamen.

'Wat denkt u dat ik u kan vertellen?' vroeg Alexander. 'Ik ben al bijna dertig jaar weg bij de marine.'

'Zesentwintig, om precies te zijn,' zei Davis.

Alexander wees met zijn dikke vinger naar hem. 'Ik hou er niet van mijn tijd te verspillen.'

Ze hoorde een televisie in een andere kamer, een of ander spelprogramma. En ze zag dat het huis smetteloos schoon was. Het rook naar ontsmettingsmiddel.

'We hebben maar een paar minuten nodig,' zei Davis. 'Ik ben helemaal uit het Witte Huis gekomen.'

Stephanie verbaasde zich over die leugen, maar zei niets.

'Ik heb niet eens op Daniels gestemd.'

Ze glimlachte. 'Dat geldt voor velen van ons, maar kunnen we toch een paar minuten met u praten?'

Alexander gaf eindelijk toe en leidde hen naar een huiskamer, waar hij de televisie uitzette en hen uitnodigde te gaan zitten. 'Ik ben heel lang bij de marine geweest,' zei hij, 'maar ik moet u zeggen dat ik er geen dierbare herinneringen aan heb overgehouden.'

Ze had zijn dossier gelezen. Alexander had het tot kapitein-luitenant-ter-zee gebracht, maar er was hem twee keer een verdere promotie ontzegd. Uiteindelijk was hij er maar uitgestapt en met pensioen gegaan.

'Ze vonden me niet goed genoeg.'

'U was goed genoeg om het bevel over de Holden te voeren.'

Zijn rimpelige oogjes trokken zich samen. 'Ja, en over een paar andere schepen.'

'We komen vanwege de missie die de Holden bij Antarctica heeft uitgevoerd.'

Alexander zei niets.

Stephanie vroeg zich af of hij uit berekening zweeg of dat hij alleen maar voorzichtig was.

'Ik vond die orders wel opwindend,' zei Alexander ten slotte. 'Ik wilde het ijs graag zien. Maar later had ik altijd het gevoel dat die trip iets te maken had met het feit dat ik geen promotie kreeg.'

Davis boog zich naar voren. 'Wij willen er alles over weten.'

'Waarom?' snauwde Alexander. 'Die hele missie was geheim en misschien is die dat nog steeds. Ze hebben tegen me gezegd dat ik mijn mond moest houden.'

'Ik ben nationaleveiligheidsadviseur. Zij staat aan het hoofd van een inlichtingendienst. We mogen horen wat u te zeggen hebt.'

'Onzin.'

'Is er een reden waarom u zo vijandig doet?' vroeg ze.

'Behalve dat ik de pest aan de marine heb? Of dat u aan het vissen bent en ik geen zin heb om voor aas te spelen?' Hij leunde naar achteren.

Ze stelde zich voor dat hij jarenlang in die stoel had zitten nadenken over wat er nu door zijn hoofd ging.

'Ik deed wat me werd bevolen, en ik deed het goed. Ik volgde bevelen altijd op. Maar het is lang geleden, dus wat wilt u weten?'

Ze zei: 'We weten dat de Holden in november 1971 orders had om naar Antarctica te gaan. U ging op zoek naar een onderzeeboot.'

Er kwam een vragende uitdrukking op Alexanders gezicht. 'Waar hebt u het nou weer over?'

'We hebben het rapport gelezen van de onderzoekscommissie die is ingesteld na het verdwijnen van de Blazek, of de NR-1A, of hoe u hem ook maar wilt noemen. Daarin staat uitdrukkelijk vermeld dat u met de Holden op zoek ging naar die onderzeeboot.'

Alexander keek hen met een mengeling van nieuwsgierigheid en vijandigheid aan. 'Ik had orders gekregen om naar de Weddellzee te gaan, de sonar te gebruiken en uit te kijken naar afwijkingen. Ik had drie passagiers aan boord en moest zonder vragen te stellen in al hun behoeften voorzien. En dat deed ik.'

'Geen onderzeeboot?' vroeg ze.

Hij schudde zijn hoofd. 'Niets wat er zelfs maar op leek.'

'Wat hebt u gevonden?' vroeg Davis.

'Helemaal niks. Twee weken voor niks in die ijskoude zee.'

Er stond een zuurstoffles naast Alexanders stoel. Stephanie vroeg zich af wat die daar deed en verwonderde zich ook over de vele medische handboeken in een kast aan de andere kant van de kamer. Alexander maakte niet de indruk dat hij een slechte gezondheid had, en zijn ademhaling leek normaal.

'Ik weet niets van een onderzeeboot,' herhaalde hij. 'Ik herinner me dat er in die tijd eentje is gezonken in de Noordelijke IJszee. En dat was inderdaad de Blazek, dat weet ik nog. Maar mijn missie had daar niets mee te maken. We waren in het zuidelijke deel van de Stille Oceaan en werden naar Zuid-Amerika gestuurd, waar we die drie passagiers oppikten. Daarna gingen we verder naar het zuiden.'

'Hoe was het ijs?' vroeg Davis.

'Het liep al tegen de zomer, maar evengoed waren de condities niet gunstig. Het was zo koud als in een vrieskast. Overal waren ijsbergen. Al was het wel een prachtige plek – dat moet ik toegeven.'

'U bent niets te weten gekomen, terwijl u daar was?' vroeg ze.

'Dat moet u niet aan mij vragen.' Zijn gezicht was milder geworden, alsof hij tot de conclusie was gekomen dat ze niet de vijand waren. 'Was er in de rapporten die u hebt gelezen geen sprake van drie passagiers?'

Davis schudde zijn hoofd. 'Geen woord. Alleen u werd genoemd.'

'Typisch die klotemarine.' Er kwam een zekere opwinding op zijn gezicht. 'Ik had orders die drie te brengen waar ze maar wilden. Ze gingen een paar keer aan land, maar als ze dan terugkwamen, vertelden ze niets.'

'Namen ze apparatuur mee?'

Alexander knikte. 'Duikpakken en -tanks voor koud water. Nadat ze voor de vierde keer aan land waren geweest, zeiden ze dat we konden vertrekken.'

'Geen van uw mannen ging met ze mee?'

Alexander schudde zijn hoofd. 'Nee, dat mocht niet. Die drie luitenants-ter-zee deden alles zelf. Wat het dan ook was.'

Stephanie vond dat vreemd, maar bij de strijdkrachten gebeuren dagelijks vreemde dingen. Evengoed moest ze de hamvraag stellen: 'Wie waren het?'

Ze zag consternatie op het gezicht van de oude man.

'Weet u, ik heb hier nooit eerder over gepraat.' Blijkbaar kon hij zijn neerslachtigheid niet langer bedwingen. 'Ik wilde kapitein-ter-zee worden. Dat verdiende ik, maar de marine vond van niet.'

'Het is lang geleden,' zei Davis. 'We kunnen niet veel doen om het verleden te veranderen.'

Ze vroeg zich af of Davis het nu had over de situatie waarin Alexander verkeerde of over die van hemzelf.

'Dit is blijkbaar belangrijk,' zei de oude man.

'Zo belangrijk dat we hier vandaag naartoe zijn gekomen.'

'Een van hen was een zekere Nick Sayers. Nummer twee was Herbert Rowland. Twee arrogante kerels, zoals de meeste luitenants-ter-zee.'

Ze beaamde dat in stilte.

'En de derde?' vroeg Davis.

'De arrogantste van het hele stel. Ik had de pest aan die lul. Jammer genoeg maakte hij promotie en werd kapitein-ter-zee en daarna zelfs admiraal. Ramsey heette hij. Langford Ramsey.'

21

'De wolken nodigen mij uit en een mist ontbiedt mij. De loop van de sterren maant me tot haast en de winden laten me opstijgen en voeren me omhoog naar de hemel. Ik begeef me naar een muur van kristal en word omringd door tongen van ijs. Ik begeef me naar een tempel van steen en de muren zijn als een mozaïekvloer van steen. Het plafond is als het pad van de sterren. Er komt warmte uit de muren; angst omhult me. Een beving maakt zich van me meester. Ik val op mijn gezicht en zie een hoogverheven troon, zo kristallijn als de schijnende zon. De Hoge Raadgever zit daar en zijn gewaad schijnt helderder dan de zon en is witter dan welke sneeuw ook. De Hoge Raadgever zegt tegen me: 'Einhard, ge schrijft over gerechtigheid. Treedt nader en hoort mijn stem.' Hij spreekt tot mij in mijn taal, en dat is verrassend. 'Zoals Hij de mens heeft geschapen en hem de macht gaf het woord van wijsheid te begrijpen, zo heeft Hij mij ook geschapen. Welkom in ons land. Ik hoorde dat u een geleerd man bent. In dat geval kunt u de geheimen van de winden zien, hoe ze worden verdeeld om over de aarde te waaien, en de geheimen van de wolken en de dauw. We kunnen u leren over de zon en de maan, vanwaar zij komen en waarheen zij gaan. En over hun glorieuze terugkeer, en hoe de een verheven is boven de ander, en hun statige baan door de hemel. En waarom ze hun baan niet verlaten, en niets aan hun baan toevoegen en daar niets van afnemen, en hoe ze elkaar trouw blijven in overeenstemming met de eed waardoor zij aan elkaar gebonden zijn.'

Malone luisterde naar Christls vertaling van de Latijnse tekst en vroeg toen: 'Wanneer is dat geschreven?'

'Tussen 814, toen Karel de Grote stierf, en 840, toen Einhard stierf.'

'Dat kan niet. Het gaat over banen van de zon en de maan, en dat ze met elkaar verbonden zijn. Die astronomische ideeën bestonden toen helemaal nog niet. In die tijd zou het ketterij zijn geweest.'

'Dat was inderdaad zo voor mensen die in het westen van Europa woonden. Maar voor mensen die elders op de planeet woonden en niet aan de kerk gebonden waren, lag het anders.'

Hij was nog steeds sceptisch.

'Ik zal het in een historische context plaatsen,' zei ze. 'De twee oudste zoons van Karel de Grote stierven eerder dan hijzelf. Zijn derde zoon, Lodewijk de Vrome, erfde het Karolingische Rijk. Lodewijks zoons vochten tegen hun vader en tegen elkaar. Einhard diende Lodewijk trouw, zoals hij ook Karel de Grote had gediend, maar hij ergerde zich zo aan al die onderlinge strijd, dat hij zich van het hof terugtrok en de rest van zijn leven doorbracht in een abdij die Karel de Grote hem had geschonken. In die tijd schreef hij zijn biografie van Karel de Grote en ook dit boek.' Ze hield het eeuwenoude boek omhoog.

'Hij vertelde over een grote reis?' vroeg hij.

Ze knikte.

'Wie zegt dat het echt is? Het lijkt pure fantasie.'

Ze schudde haar hoofd. 'Zijn werk *Het leven van Karel de Grote* is een van de beroemdste werken aller tijden. Het wordt nog steeds gedrukt. Hij stond niet bekend om het verzinnen van verhalen en hij heeft veel moeite gedaan om deze woorden te verbergen.'

Malone was nog steeds niet overtuigd.

'We weten veel over de daden van Karel de Grote,' zei ze, 'maar weinig over zijn innerlijke overtuigingen. Daar is geen enkele betrouwbare beschrijving van bewaard gebleven. We weten wel dat hij van geschiedenis en verhalen hield. Vóór zijn tijd werden mythen mondeling doorgegeven. Hij was de eerste die opdracht gaf ze op schrift te stellen. We weten dat Einhard de leiding daarvan had. Maar toen Lodewijk op de troon was gekomen, vernietigde hij al die teksten, omdat ze een heidense inhoud hadden. De vernietiging van die geschriften moet een gruwel zijn geweest voor Einhard. Hij heeft ervoor gezorgd dat dit boek bewaard is gebleven.'

'Door het gedeeltelijk in een taal te schrijven die niemand kende?'

'Zoiets.'

'Ik heb wel eens gelezen dat Einhard zijn biografie van Karel de Grote misschien helemaal niet zelf heeft geschreven. Niemand weet dat zeker.'

'Meneer Malone...'

'Zeg maar Cotton, anders voel ik me zo oud.'

'Interessante naam.'

'Ik ben er blij mee.'

Ze glimlachte. 'Ik kan dit alles met veel meer details uitleggen. Mijn opa en mijn vader hebben jarenlang onderzoek gedaan. Er zijn dingen die ik je moet laten zien; dingen die ik moet uitleggen. Zodra je die dingen ziet en hoort, zul je net als ik vinden dat onze vaders niet vergeefs zijn gestorven.'

Hoewel in haar ogen te zien was dat ze bereid was het tegen al zijn argumenten op te nemen, speelde ze daarmee meteen haar troefkaart uit. Dat wisten ze allebei.

'Mijn vader was commandant van een onderzeeboot,' zei hij. 'Jouw vader was passagier op die boot. Ik weet niet wat ze daar in de Zuidelijke IJszee deden, maar evengoed zijn ze vergeefs gestorven.' *En het kon niemand iets schelen*, voegde hij er in stilte aan toe.

Ze schoof haar soep van zich af. 'Wil je ons helpen?'

'Wie zijn "we"?'

'Ik. Mijn vader. Jouw vader.'

Er klonk iets rebels in haar stem door, maar hij wilde eerst nog iets van Stephanie horen. 'Zullen we het volgende afspreken? Ik slaap er een nachtje over, en dan kun je me morgen laten zien wat je wilt.'

Haar ogen werden milder. 'Dat klinkt redelijk. Het wordt al laat.'

Ze verlieten het café en volgden het besneeuwde trottoir terug naar het Posthotel. Over twee weken was het kerst, en Garmisch was er al klaar voor. Die feestdagen waren voor Malone geen onverdeeld genoegen. De afgelopen twee jaar had hij de kerstdagen bij Henrik Thorvaldsen in Christiangade doorgebracht, en dit jaar zou het waarschijnlijk niet anders zijn. Hij vroeg zich af hoe Christl Falk de kerstdagen meestal doorbracht. Ze had iets melancholieks over zich en deed weinig moeite dat te verbergen. Ze maakte een intelligente, vastberaden indruk. Wat dat betrof was ze niet veel anders dan haar zus. Maar de twee vrouwen waren onbekende factoren voor hem. Hij moest op zijn hoede zijn.

Ze staken de straat over. Veel ramen in het kleurrijk beschilderde Posthotel waren verlicht. Zijn kamer, op de eerste verdieping, boven het restaurant en de hal, had vier ramen aan de zijkant en drie aan de voorkant. Hij had het licht aan gelaten en zag nu iets bewegen achter een van de ramen.

Hij bleef staan. Er was daar iemand.

Christl zag het ook.

De gordijnen werden weggetrokken. Het gezicht van een man kwam tevoorschijn. Hij keek Malone recht aan. Toen keek de man naar rechts, de straat in, en ging vlug bij het raam vandaan.

Malone zag een auto met drie mannen erin aan de overkant van de straat staan. 'Kom,' zei hij. Hij realiseerde zich dat ze daar snel weg moesten.

Gelukkig had hij de sleutels van zijn huurauto bij zich. Ze renden naar de auto toe en sprongen erin. Hij startte de motor en reed vlug weg. Hij schakelde snel en scheurde bij het hotel vandaan. De banden gierden over het beijzelde asfalt. Hij drukte op de knop om zijn raampje te openen, reed de boulevard op en zag in zijn spiegeltje een man uit het hotel komen.

Hij haalde het pistool uit zijn jas, ging langzamer rijden toen hij de geparkeerde auto naderde en schoot een kogel in de achterband. De drie silhouetten in de auto doken meteen in elkaar.

Toen versnelde hij weer en reed in volle vaart weg.

22

Malone volgde allerlei bochtige straatjes om Garmisch uit te komen. Hij maakte zoveel mogelijk gebruik van het labyrint van smalle, onverlichte straatjes en van zijn voorsprong op de mannen die bij het Posthotel hadden gewacht. Hij wist niet of ze een tweede auto bij de hand hadden. Toen hij had geconstateerd dat hij niet werd gevolgd, nam hij de grote weg naar het noorden die hij eerder die dag ook had genomen. Hij volgde de aanwijzingen van Christl op en besefte op een gegeven moment waar ze heen gingen. 'Bevinden die dingen die je me moet laten zien zich in klooster Ettal?' vroeg hij.

Ze knikte. 'Het heeft geen zin om tot de ochtend te wachten.'

Daar was hij het mee eens.

'Toen je daar met Dorothea praatte, heb je vast alleen gehoord wat zij wil dat je weet.'

'En jij bent anders?'

Ze keek hem aan. 'Absoluut.'

Daar was hij niet zo zeker van. 'Waren die mannen bij het hotel van jou of van haar?'

'Het maakt niet uit wat ik zeg. Je gelooft me toch niet.'

Hij schakelde terug toen de weg afdaalde naar de abdij. 'Mag ik je wat ongevraagd advies geven? Je moet echt wat meer uitleggen. Mijn geduld raakt op.'

Ze aarzelde, en hij wachtte.

'Vijftigduizend jaar geleden ontstond er een beschaving op deze planeet, een beschaving die zich sneller ontwikkelde dan de rest van de mensheid en die de weg wees, zou je kunnen zeggen. Of die beschaving technologisch ontwikkeld was? Dat niet, maar ze waren wel erg ver. Wiskunde, bouwkunde, scheikunde, biologie, geologie, meteorologie, astronomie; daar blonken ze in uit.'

Hij luisterde aandachtig.

'Ons beeld van de oude geschiedenis wordt sterk beïnvloed door de Bijbel, maar de Bijbelteksten over de oudheid zijn vanuit een geïsoleerd standpunt geschreven. Oude beschavingen worden vertekend weergegeven en sommige die heel belangrijk waren, zoals die van het Minoïsche Kreta, worden volkomen genegeerd. De beschaving waarover ik het heb is niet Bijbels. Het was een zeevarende samenleving die wereldwijd handel dreef. Ze hadden goede boten en konden uitstekend navigeren. Latere culturen, zoals die van de Polynesiërs, de Feniciërs, de Vikingen en ten slotte de Europeanen, zouden die vaardigheden ook ontwikkelen, maar Beschaving Een was de eerste.'

Hij had over die theorieën gelezen. De meeste hedendaagse wetenschappers geloofden niet in een lineaire maatschappelijke ontwikkeling van het oude stenen tijdperk naar het nieuwe stenen tijdperk, de bronstijd en de ijzertijd. In plaats daarvan geloofden ze dat mensen zich onafhankelijk van elkaar hadden ontwikkeld. Het bewijs daarvoor was nog steeds op alle continenten te zien, waar primitieve culturen naast ontwikkelde samenlevingen voortleefden. 'Dus je bedoelt dat in een ver verleden, toen Europa door paleolithische volkeren werd bewoond, ergens anders culturen kunnen hebben bestaan die veel verder waren.' Hij herinnerde zich wat Dorothea Lindauer hem had verteld. 'Weer die Ariërs?'

'Nee, die zijn een mythe. Evengoed kan die mythe geworteld zijn in de werkelijkheid. Neem nou Kreta en Troje. Die werden lange tijd als fictief beschouwd, maar tegenwoordig weten we dat ze echt zijn.'

'Wat is er met die eerste beschaving gebeurd?'

'Jammer genoeg draagt elke beschaving de kiem van haar eigen vernietiging met zich mee. Vooruitgang en verval bestaan naast elkaar. De geschiedenis heeft aangetoond dat alle beschavingen uiteindelijk de middelen ontwikkelen om zichzelf te vernietigen. Kijk maar naar Babylon, Griekenland, Rome, de Mongolen, de Hunnen, de Turken en meer monarchale samenlevingen dan je zelfs maar kunt tellen. Ze doen het altijd zelf. Beschaving Een was daar geen uitzondering op.'

Ze had gelijk. Het leek er werkelijk op dat de mens evenveel vernietigde als dat hij schiep.

'Mijn opa en mijn vader waren allebei geobsedeerd door die verdwenen beschaving. Ik moet bekennen dat ik me er ook toe aangetrokken voel.'

'Mijn boekwinkel staat vol met newagewerk over Atlantis en wel tien andere zogenaamde "verdwenen beschavingen" waarvan nooit een spoor is teruggevonden. Het zijn verzinsels.'

'Oorlogen en veroveringen hebben hun tol geëist van de menselijke geschiedenis. Het is een cyclisch proces. Vooruitgang, oorlog, verwoesting en dan wederopleving. Er is een sociologisch gezegde: "Hoe verder een beschaving is gevorderd, des te gemakkelijker is ze te vernietigen en des te minder sporen blijven er over." Om het eenvoudiger te zeggen: we vinden wat we zoeken.'

Hij ging langzamer rijden. 'Nee, dat is niet zo. Meestal stuiten we op dingen die we niet hadden verwacht.'

Ze schudde haar hoofd. 'De grootste menselijke openbaringen zijn allemaal begonnen met een eenvoudige theorie. Kijk maar naar de evolutie. Pas nadat Darwin zijn ideeën op papier had gezet, zagen we dingen die de theorie versterkten. Copernicus kwam met een radicaal nieuwe manier om naar het zonnestelsel te kijken, en toen we er eindelijk naar keken, zagen we dat hij gelijk had. Tot vijftig jaar geleden geloofde niemand serieus dat er een vergevorderde beschaving aan de onze vooraf kon zijn gegaan. Dat werd als onzin beschouwd. En dus werden de bewijzen gewoon over het hoofd gezien.'

'Welke bewijzen?'

Ze haalde Einhards boek uit haar zak. 'Dit.'

Maart 800. Karel de Grote rijdt ten noorden van Aken. Nooit eerder waagde hij zich bij de Gallische Zee in deze tijd van het jaar, als de ijzige noordenwinden tegen de kust beuken en er weinig vis wordt gevangen. Maar hij staat erop deze reis te maken. Drie soldaten en ik vergezellen hem, en de reis neemt bijna een dag in beslag. Eenmaal aangekomen, slaan we op de gebruikelijke plaats ons kamp op, achter duinen die slechts weinig bescherming bieden tegen de stormwind. Drie dagen nadat we daar zijn aangekomen, zien we zeilen. We denken dat het Denen zijn, of Saracenen, die met hun vloot het noorden en zuiden van het keizerrijk bedreigen. Maar uiteindelijk slaakt de keizer een vreugdekreet en gaat naar het strand om daar te wachten. De schepen steken hun roeiriemen omhoog en kleinere boten komen met de Wakers aan wal. Uriel, die over Tartarus heerst, gaat voorop. Hij wordt vergezeld door Arakiba, die de geesten van mensen beheerst, Raguel, die wraak neemt op de wereld van de sterren, Danel, die heerst over het beste deel van de mensheid en de chaos, en Saraqael, die over de geesten heerst. Ze dragen dikke mantels en broeken en laarzen van bont. Hun blonde haar is netjes geknipt en gekamd. Karel de Grote omhelst ieder van hen innig. Hij stelt veel vragen en Uriel geeft antwoord. De koning wordt op de schepen toegelaten, die van dik hout zijn en gebreeuwd met teer. Hij staat versteld van hun stevigheid. We horen dat de schepen ver bij hun land vandaan zijn gebouwd, waar bomen in overvloed groeien. Ze houden van de zee en weten daar veel meer van dan wij. Danel laat de koning kaarten zien van plaatsen waarvan wij het bestaan niet weten, en we horen hoe hun schepen de weg vinden. Hij laat ons een stukje scherp ijzer zien, rustend op een stukje hout dat in een kom met water drijft. Dat stukje ijzer wijst de weg over de zee. De koning wil weten hoe dat kan en Danel vertelt dat het metaal door een bepaalde richting wordt aangetrokken, en hij wijst daarbij naar het noorden. Hoe de schaal met water ook wordt gedraaid, de ijzeren punt vindt die richting altijd terug. Ze blijven drie dagen en Uriel en de koning praten langdurig. Ik sluit vriendschap met Arakiba, die de raadgever van Uriel is, zoals ik de raadgever van de koning ben. Arakiba vertelt me over zijn land, waar vuur en ijs naast elkaar bestaan, en ik zeg dat ik dat land graag zou willen zien.

'De Wakers zijn wat Einhard het volk van Beschaving Een noemt,' zei ze. 'Hij gebruikt ook wel de term Heiligen. Karel de Grote en hij dachten dat ze uit de hemel kwamen.'

'Wie zegt dat ze iets anders waren dan een beschaving waarvan we het bestaan al kennen?'

'Ken jij een beschaving die een alfabet of taal gebruikt zoals in Dorothea's boek?'

'Dat is geen sluitend bewijs.'

'Was er in de negende eeuw een zeevarende samenleving? Alleen de Vikingen. Maar dit waren geen Vikingen.'

'Je weet niet wie het waren.'

'Nee, dat weet ik inderdaad niet, maar ik weet wel dat Karel de Grote bevel gaf het boek dat Dorothea je heeft laten zien, met hem te begraven. Blijkbaar was het zo belangrijk dat hij het voor iedereen verborgen wilde houden, zelfs voor keizers. Einhard heeft veel moeite gedaan om dit boek te verbergen. Laat ik volstaan met te zeggen dat hier nog meer in staat, wat verklaart waarom de nazi's in 1938 werkelijk naar Antarctica gingen, en waarom onze vaders in 1971 opnieuw gingen.'

De abdij verhief zich voor hen, nog steeds verlicht in de eindeloze nacht.

'Daar parkeren,' zei ze.

Hij reed erheen en stopte. Ze werden nog steeds niet gevolgd.

Ze maakte het portier aan haar kant open. 'Ik zal je iets laten zien wat Dorothea je vast niet heeft laten zien.'

23

R AMSEY HIELD VAN de duisternis. Hij kwam altijd rond zes uur 's avonds tot leven, en zijn beste gedachten en doeltreffendste plannen kwamen altijd bij hem op als het donker was. Hij moest natuurlijk slapen, zij het meestal niet langer dan vier of vijf uur – net genoeg om zijn hersenen tot rust te laten komen, maar niet zo lang dat het tijdverspilling was. De duisternis bood ook privacy, want om twee uur 's nachts was het veel gemakkelijker om na te gaan of iemand geïnteresseerd was in wat je deed, dan om twee uur 's middags. Daarom ontmoette hij Diane McCoy alleen 's avonds.

Hij woonde in een bescheiden herenhuis in Georgetown, dat hij van een oude vriend huurde die het prettig vond om een viersterrenadmiraal als huurder te hebben. Minstens een keer per dag liep hij met een elektronisch apparaatje door het huis om afluisterapparatuur op te sporen. En dat deed hij zéker als hij Diane verwachtte.

Het was een geluk voor hem geweest dat Daniels haar tot nationaleveiligheidsadviseur had benoemd. Ze was beslist gekwalificeerd, want ze had economie en internationale betrekkingen gestudeerd en onderhield politieke contacten met zowel links als rechts. Het jaar daarvoor was ze van Buitenlandse Zaken gekomen in het kader van een ingrijpende reorganisatie, die tot het abrupte einde van Larry Daleys carrière had geleid. Hij had Daley graag gemogen – een man met wie te onderhandelen viel –, maar Diane was beter. Ze was intelligent, ambitieus en vastbesloten om langer in het machtscentrum te blijven dan de drie jaar ambtstermijn die Daniels nog restte.

Gelukkig kon hij haar de kans daartoe geven. En dat wist ze.

'Het begint,' zei hij.

Ze zaten comfortabel in zijn huiskamer, met een knetterend vuur in de bakstenen haard. Buiten was de temperatuur tot enkele graden onder het vriespunt gedaald. Er viel nog geen sneeuw, maar die was wel op komst.

'Aangezien ik niet weet wat er precies begint,' zei McCoy, 'kan ik alleen maar aannemen dat het gunstig is.'

Hij glimlachte. 'En hoe zit het aan jouw kant? Kun je die benoeming voor elkaar krijgen?'

'Admiraal Sylvian is nog niet dood. Hij heeft een opdonder gehad van dat motorongeluk, maar waarschijnlijk komt hij erbovenop.'

'Ik ken David. Hij zal nog maanden uit de running zijn en hij wil niet dat zijn post al die tijd onbemand is. Daarom zal hij ontslag nemen.' Hij zweeg even. 'Als hij tenminste niet eerst bezwijkt.'

McCoy glimlachte.

Ze was een evenwichtige blondine, capabel en met ogen waar zelfvertrouwen uit sprak. Dat beviel hem wel aan haar. Een bescheiden houding. Eenvoudig. Kalm. En toch zeer gevaarlijk. Ze zat met rechte rug in haar stoel en hield een whisky-soda in haar hand.

'Ik zou bijna geloven dat jij Sylvian kunt laten sterven,' zei ze.

'En als ik dat nu eens kan?'

'Dan zou je veel respect verdienen.'

Hij lachte. 'Het spel dat we gaan spelen, heeft geen regels en maar één doel: winnen. Daarom wil ik weten hoe het met Daniels zit. Werkt hij mee?'

'Dat hangt van jou af. Je weet dat hij geen fan van je is, maar je bent wel gekwalificeerd voor die baan. Vooropgesteld, natuurlijk, dat er een vacature is.'

Hij merkte dat ze argwanend was. Het plan zat eenvoudig in elkaar: David Sylvian elimineren, zijn positie als lid van de Verenigde Chefs van Staven bemachtigen, drie jaar in die positie dienen, en dan aan fase twee beginnen. Maar hij moest iets weten: 'Volgt Daniels jouw advies op?'

Ze nam eerst een slok. 'Jij houdt er niet van als anderen de touwtjes in handen hebben, hè?'

'Wie wel?'

'Daniels is de president. Hij kan doen wat hij wil, maar ik denk dat wat hij nu doet afhankelijk is van Edwin Davis.'

Dat wilde hij niet horen. 'Hoe kan díé nou een factor van belang zijn? Hij is adviseur.'

'Net als ik?'

Hij hoorde haar ergernis. 'Je weet wat ik bedoel, Diane. Hoe zou Davis nou een probleem kunnen zijn?'

'Dat is jouw gebrek, Langford. Je bent geneigd je vijand te onderschatten.'

'Waarom zou Davis míjn vijand zijn?'

'Ik heb het rapport over de Blazek gelezen. Er is niemand met de naam Davis in die onderzeeboot gestorven. Hij loog tegen Daniels. Er is geen oudere broer van hem omgekomen.'

'Wist Daniels dat?'

Ze schudde haar hoofd. 'Hij heeft het onderzoeksrapport niet gelezen. Hij heeft mij gevraagd dat te doen.'

'Kun je Davis niet onder de duim houden?'

'We zijn elkaars gelijken. Hij heeft net zo goed vrij toegang tot Daniels als ik. Dat heeft de president zelf zo gewild. Het is het Witte Huis, Langford. Ik maak de regels niet.'

'En de hoofdadviseur van nationale veiligheid? Is er hulp van hem te verwachten?'

'Die is in Europa en weet hier niets van.'

'Denk je dat Daniels rechtstreeks met Davis samenwerkt?'

'Hoe moet ik dat nou weten? Ik weet alleen dat Danny Daniels nog niet voor een tiende zo dom is als hij doet voorkomen.'

Hij keek naar de klok op de schoorsteenmantel. Straks zouden de media het nieuws brengen van de voortijdige dood van admiraal David Sylvian ten gevolge van verwondingen die hij bij een tragisch motorongeluk had opgelopen. Morgen zou een ander sterfgeval in Jacksonville, Florida, misschien het plaatselijke nieuws halen. Er gebeurde van alles, en het zat hem niet lekker wat McCoy vertelde.

'Het zou ook een probleem kunnen worden dat Cotton Malone hierbij betrokken is geraakt,' zei ze.

'Hoe dan? De man werkt niet meer voor een overheidsdienst. Hij wil alleen meer over zijn vader weten.'

'Dat rapport had hij niet mogen krijgen.'

Dat vond Ramsey ook, maar het hoefde geen gevolgen te hebben. Wilkerson en Malone waren waarschijnlijk al dood. 'We hebben die onzin alleen maar in ons voordeel gebruikt.'

'Ik weet niet op welke manier dat in óns voordeel was.'

'Als je maar weet dát het dat was.'

'Langford, zal ik hier spijt van krijgen?'

'Je kunt ook gewoon Daniels' termijn uitdienen en dan voor een denktank gaan werken en rapporten schrijven die niemand leest. Zo'n denktank vindt het prachtig om ex-medewerkers van het Witte Huis in het briefhoofd te kunnen vermelden, en ze schijnen goed te betalen. Misschien zou een televisiezender je inhuren. Dan kun je soundbites van tien seconden spuien over de dingen die andere mensen doen om de wereld te veranderen. Dat betaalt ook goed, al sta je een groot deel van de tijd voor gek.'

''Zoals ik al zei: zal ik hier spijt van krijgen?'

'Diane, macht moet je grijpen, anders krijg je die niet. Nou, je hebt me nog steeds geen antwoord gegeven. Zal Daniels meewerken en mij benoemen?'

'Ik heb het rapport over de Blazek gelezen,' zei ze. 'En ik heb zelf wat onderzoek gedaan. Jij zat op de Holden toen die naar Antarctica ging om naar die onderzeeboot te zoeken. Jij en nog twee anderen. De top van de marine had geheime orders aan jouw team gegeven. Die missie is trouwens nog steeds geheim. Het lukt me niet er verder iets over te weten te komen. Ik heb wel ontdekt dat jullie met z'n drieën aan land zijn gegaan en een rapport hebben ingediend over jullie ontdekkingen. Dat rapport is door jou persoonlijk aan het hoofd marineoperaties ter hand gesteld. Niemand weet wat hij met die informatie heeft gedaan.'

'We hebben niets gevonden.'

'Je liegt.'

Hij maakte een inschatting. Ze was een geduchte vrouw, een politiek dier met voortreffelijke instincten. Ze kon helpen, maar ze kon ook kwaad doen. En dus gaf hij toe. 'Je hebt gelijk. Ik lieg. Maar geloof me: je wilt niet weten wat er werkelijk gebeurd is.'

'Nee, dat wil ik inderdaad niet. Maar wat het ook is, het kan je nog steeds achtervolgen.'

Daar dacht hij al achtendertig jaar aan. 'Niet als ik het kan voorkomen.'

Blijkbaar ergerde ze zich eraan dat hij niet op haar vragen inging, maar ze hield zich in. 'Het is mijn ervaring, Langford, dat het verleden altijd terugkomt. Mensen die dat niet leren, of die het vergeten, zijn gedoemd het verleden te herhalen. Er is nu een ex-agent bij betrokken, een verdomd goede ook nog, die een persoonlijk belang bij dit alles heeft. En Edwin Davis is ook op eigen houtje bezig. Ik weet niet wat hij doet –'

Hij had genoeg gehoord. 'Kun jij zorg dragen voor Daniels?'

Ze zweeg even, liet zijn verwijt op zich inwerken en zei toen langzaam: 'Ik zou zeggen dat het allemaal afhangt van je vrienden op Capitol Hill. Daniels heeft hun hulp nodig voor veel dingen. Hij doet wat elke president in zijn tweede ambtstermijn doet: hij denkt aan zijn plaats in de geschiedenis. Hij heeft plannen voor nieuwe wetgeving, dus als de juiste leden van het Congres willen dat jij bij de Verenigde Chefs van Staven komt, doet hij die concessie aan hen – natuurlijk in ruil voor stemmen. De vragen zijn gemakkelijk. Komt er een vacature en kun jij de juiste leden leveren?'

Hij had genoeg gepraat. Er stonden hem dingen te doen voordat hij ging slapen. Daarom beëindigde hij het gesprek met woorden die Diane McCoy niet zou vergeten. 'De juiste leden zullen mijn kandidatuur niet alleen ondersteunen, maar er zelfs op aandringen.'

24

M ALONE KEEK TOE terwijl Christl Falk de deur van de abdijkerk opende. Het was duidelijk dat de familie Oberhauser nog veel gezag had bij de monniken. Het was midden in de nacht en ze konden komen en gaan wanneer ze maar wilden.

De rijk versierde kerk bleef schemerig verlicht. Toen ze over de donkere, marmeren vloer liepen, was in het warme interieur van de kerk alleen het geluid van hun leren hakken te horen. Hij was op zijn hoede, want hij had ondervonden dat lege Europese kerken 's nachts vaak een probleem vormden.

Ze kwamen in de sacristie en Christl ging recht op het portaal af dat naar het binnenste van de abdij leidde.

Onder aan de trap zag hij dat de deur aan het eind van de gang op een kier stond. Hij pakte haar arm vast en schudde zijn hoofd om te kennen te geven dat ze voorzichtig moesten zijn. Hij nam het pistool in zijn hand en bleef dicht bij de muur. Aan het eind van de gang keek hij de kamer in. Het was een ravage.

'Zouden de monniken dronken zijn?' vroeg hij.

Er heerste grote chaos. De stenen en houtsnijwerken lagen verspreid over de vloer. De tafels achterin waren omgegooid. De twee wandkasten waren doorzocht.

Toen zag hij het lijk.

De vrouw van de kabelbaan. Geen zichtbare verwondingen of bloed, maar hij rook een bekende geur. 'Cyaankali.'

'Is ze vergiftigd?'

'Kijk maar, ze is in haar tong gestikt.'

Hij zag dat Christl niet naar het lijk wilde kijken. 'Daar kan ik niet tegen,' zei ze. 'Dode mensen.'

Omdat ze van streek raakte, vroeg hij: 'Waarvoor kwamen we hier?'

Blijkbaar kreeg ze haar emoties weer onder controle. Ze bekeek de ravage. 'Ze zijn weg. De stenen uit Antarctica die mijn opa heeft gevonden. Ze zijn er niet meer.'

Hij zag ze ook niet. 'Zijn ze belangrijk?'

'Er staan net zulke schrifttekens op als in de boeken.'

'Dat weet ik.'

'Dit is niet goed,' mompelde ze.

'Zeg dat wel. De monniken zullen dit niet leuk vinden, of ze nu de bescherming van je familie genieten of niet.'

Het was duidelijk dat ze zich geen raad wist.

'Kwamen we hier alleen voor de stenen?' vroeg hij.

Ze schudde haar hoofd. 'Nee. Je hebt gelijk. Er is nog meer.' Ze liep naar een van de kleurrijk versierde kasten. De deuren en laden stonden open. Ze keek erin. 'O, nee.'

Hij ging achter haar staan en zag dat er een gat in het achterpaneel was gehakt. De versplinterde opening was groot genoeg om er een hand doorheen te steken.

'Mijn grootvader en vader bewaarden daar hun papieren.'

'Blijkbaar wist iemand dat.'

Ze stak haar arm in de opening. 'Leeg.' Toen liep ze vlug naar de deur.

'Waar ga je heen?' vroeg hij.

'We moeten opschieten. Hopelijk zijn we niet te laat.'

Ramsey deed de lichten op de benedenverdieping uit en nam de trap naar zijn slaapkamer. Diane McCoy was weg. Hij had er vaak over gedacht hun samenwerking uit te breiden. Ze was aantrekkelijk; niet alleen haar lichaam, ook haar karakter. Maar hij wist dat het een slecht idee zou zijn. Hoeveel machtige mannen waren niet ten onder gegaan door een beetje neukwerk? Tallozen, en hij was niet van plan zich bij hen aan te sluiten.

Het was duidelijk dat McCoy zich druk maakte om Edwin Davis. Hij kende Davis. Jaren geleden hadden ze in Brussel elkaars pad gekruist met Millicent, een vrouw van wie hij vele malen had genoten. Ook zij was intelligent, jong en enthousiast. Maar ook...

'Zwanger,' zei Millicent.

Hij had haar de eerste keer dus goed verstaan. 'Wat wil je dat ik eraan doe?'

'Je zou met me kunnen trouwen.'

'Maar ik hou niet van je.'

Ze lachte. 'Toch wel. Je wilt het alleen niet toegeven.'

'Nee, echt niet. Ik ga graag met je naar bed. Ik hoor je graag vertellen wat er op kantoor gebeurt. Ik ben geïnteresseerd in de dingen die je weet. Maar ik wil niet met je trouwen.'

Ze kroop tegen hem aan. 'Als ik weg was, zou je me missen.'

Het verbaasde hem altijd weer als intelligente vrouwen zo weinig om hun zelfrespect gaven. Hij had deze vrouw keer op keer geslagen, en toch was ze nooit bij hem weggegaan. Het leek wel of ze het prettig vond. Of ze het wilde. Een paar tikken zouden hun nu allebei goed doen, maar hij dacht dat hij beter geduldig kon zijn, en daarom sloeg hij zijn armen om haar heen en zei zachtjes: 'Je hebt gelijk. Ik zou je missen.'

Binnen een maand was ze dood.

Binnen een week was Edwin Davis ook weg.

Millicent had hem verteld dat Davis altijd kwam als ze belde, en dat hij haar hielp als ze er moeite mee had dat ze steeds weer door hem werd afgewezen. Het was hem een raadsel waarom ze zulke dingen opbiechtte. Misschien dacht ze dat hij haar niet meer zou slaan als hij dat wist, maar hij sloeg haar steeds weer, en ze vergaf hem altijd. Davis zei nooit een woord tegen hem, maar Ramsey zag vaak haat in de ogen van de jongeman – en ook frustratie, omdat hij absoluut niet in staat was er iets aan te doen. Davis was in die tijd een lage ambtenaar in de buitenlandse dienst. Hij was voor het eerst naar het buitenland gestuurd en had de taak problemen op te lossen, niet ze te creëren. Hij moest zijn mond dicht en zijn oren open houden. Maar inmiddels was Edwin Davis nationaleveiligheidsadviseur van de president van de Verenigde Staten. Andere tijden, andere regels. *Hij heeft net zo goed vrij toegang tot Daniels als ik. Dat heeft de president zelf zo gewild.* Dat had McCoy gezegd en ze had gelijk. Het was belangrijk voor hem wat Davis deed. Daar had hij geen bewijs voor; het was maar een gevoel, maar hij had al lang geleden geleerd dat hij altijd op dat gevoel moest afgaan.

En dus moest Edwin Davis misschien worden geëlimineerd.

Net als Millicent.

Wilkerson liep door de sneeuw naar de auto van Dorothea Lindauer. Zijn eigen auto smeulde nog na. Dorothea maakte zich blijkbaar niet druk om de verwoesting van het huis, al had ze hem weken geleden verteld dat de boerderij al sinds het midden van de negentiende eeuw eigendom van haar familie was.

Ze hadden de lijken in de ravage laten liggen. 'We halen ze daar later wel weg,' had Dorothea gezegd. Andere zaken eisten hun onmiddellijke aandacht op.

Hij droeg de laatste doos uit Füssen naar de auto en zette hem in de kofferbak. Hij had genoeg van de kou en de sneeuw. Hij hield van zon en warmte. Hij zou veel liever een Romein dan een Viking zijn geweest.

Hij opende het portier en ging met zijn vermoeide ledematen achter het stuur zitten. Dorothea zat al op de passagiersstoel.

'Doe het,' zei ze tegen hem.

Hij keek op zijn lichtgevende horloge en dacht aan het tijdsverschil. Hij wilde nu niet bellen. 'Later.'

'Nee. Hij moet het weten.'

'Waarom?'

'Zulke mannen moeten steeds uit hun evenwicht worden gebracht. Dan gaan ze fouten maken.'

Hij was bang en wist zich geen raad. 'Ik ben net aan de dood ontkomen. Ik ben daar nu niet voor in de stemming.'

Ze legde haar hand even op zijn arm. 'Sterling, luister nou. Dit is in gang gezet, het is niet meer tegen te houden. Vertel het hem.'

Hij kon haar gezicht bijna niet zien in het donker, maar hij kon zich haar intense schoonheid wel gemakkelijk voor de geest halen. Ze was een van de mooiste vrouwen die hij ooit had gekend. En ze was intelligent. Ze had goed voorspeld dat Langford Ramsey niet te vertrouwen was.

Bovendien had ze net zijn leven gered.

En dus pakte hij zijn telefoon en toetste het nummer in. Hij gaf de telefoniste aan de andere kant van de lijn zijn persoonlijke code en het wachtwoord van de dag en zei tegen haar wat hij wilde.

Twee minuten later had hij Langford Ramsey aan de lijn.

'Waar jij bent, is het verrekte laat,' zei de admiraal vriendelijk.

'Smerige klootzak. Leugenachtig stuk stront.'

Een korte stilte, en toen: 'Ik neem aan dat je een reden hebt om een meerdere zo toe te spreken.'

'Ik heb het overleefd.'

'Wat heb je overleefd?'

Die vragende toon bracht Wilkerson in verwarring. Maar waarom zou Ramsey niet liegen? 'Je hebt een team gestuurd om me uit de weg te ruimen.'

'Ik verzeker je, Wilkerson, dat je al lang dood zou zijn, als ik dat had gewild. Je kunt je er beter druk om maken wie jou dan wél uit de weg wil ruimen. Misschien mevrouw Lindauer? Ik heb je daarheen gestuurd om contact te leggen, om haar te leren kennen en de dingen uit te zoeken die ik moet weten.'

'En ik heb precies gedaan wat me is opgedragen. Ik wilde die verrekte ster.'

'En die krijg je, zoals ik heb beloofd. Maar heb je ook iets bereikt?'

Dorothea had gehoord wat Ramsey zei. Ze pakte de telefoon en zei: 'U bent een leugenaar, admiraal. U bent degene die hem dood wil hebben. En ik zou zeggen dat hij veel heeft bereikt hier.'

'Mevrouw Lindauer, wat een genoegen u eindelijk te spreken,' hoorde Wilkerson Ramsey door de telefoon zeggen.

'Vertel me eens, admiraal: waarom interesseert u zich voor mij?'

'Niet voor u. Voor uw familie.'

'U weet van mijn vader, hè?'

'Ik ben op de hoogte van de situatie.'

'U weet waarom hij aan boord van die onderzeeboot was.'

'De vraag is: waarom bent u daar zo in geïnteresseerd? Uw familie zoekt al jaren contact met bronnen binnen de marine. Dacht u dat ik dat niet wist? Ik heb u er gewoon eentje gestuurd.'

'We wisten dat er meer achter zat,' zei ze.

'Jammer genoeg, mevrouw Lindauer, zult u het antwoord nooit weten.'

'Reken daar maar niet op.'

'Wat een bravoure. Ik ben benieuwd of u die woorden ook waar kunt maken.'

'Wilt u één vraag beantwoorden?'

Ramsey grinnikte. 'Oké, één vraag.'

'Is daar iets te vinden?'

Wilkerson verbaasde zich over die vraag. Wáár zou iets te vinden zijn?

'U kunt zich dat niet voorstellen,' zei Ramsey. En hij verbrak de verbinding.

Ze gaf hem de telefoon terug en hij vroeg haar: 'Wat bedoelde je? Wáár is iets te vinden?'

Ze leunde achterover. De auto was intussen bedekt met een laagje sneeuw. 'Ik was hier al bang voor,' mompelde ze. 'Jammer genoeg zijn de antwoorden allemaal in Antarctica te vinden.'

'Waar ben je naar op zoek?'

'Voordat ik je dat kan vertellen, moet ik alles lezen wat in de kofferbak ligt. Ik weet het nog steeds niet zeker.'

'Dorothea, ik heb mijn hele carrière, mijn hele leven hiervoor opgeofferd. Je hebt Ramsey gehoord. Misschien zat hij niet eens achter me aan.'

Ze bleef stokstijf zitten. 'Als ik er niet was geweest, zou je nu dood zijn.' Ze draaide haar gezicht naar hem toe. 'Jouw leven is verbonden aan het mijne.'

'En ik zeg het opnieuw: je hebt een man.'

'Werner en ik zijn klaar met elkaar. Al een hele tijd. Het is nu een kwestie van jou en mij.'

Ze had gelijk; dat wist hij. Het zat hem dwars, maar het wond hem ook op. 'Wat ga je nu doen?' vroeg hij.

'Een heleboel voor ons beiden, hoop ik.'

25

Beieren

MALONE KEEK DOOR de voorruit naar het kasteel. Het kolossale gebouw leek zich aan een steile helling vast te klampen. De elegante ramen van erkers en dakkapellen glansden in de duisternis. Lampen schenen op de buitenmuren, die een milde middeleeuwse schoonheid bezaten. Er ging iets door zijn gedachten wat Luther ooit over een andere Duitse citadel had gezegd: *Een vaste burcht is onze God, een toevlucht voor de Zijnen!*

Hij reed in zijn huurauto. Christl Falk zat naast hem. Ze hadden klooster Ettal in allerijl verlaten en zich diep in de winterse Beierse wouden gestort. Ze volgden nu een weg die volkomen verstoken was van ander verkeer. Na veertig minuten rijden was eindelijk het kasteel in zicht gekomen. Malone reed door de poort en parkeerde op de binnenplaats. Boven hen schitterden de sterren aan een inktblauwe hemel.

'Dit is ons huis,' zei Christl, toen ze uitstapten. 'Het landgoed van de Oberhausers. Reichshoffen.'

'De hoop van het rijk,' vertaalde hij. 'Een interessante naam.'

'Ons familiemotto. We wonen al meer dan zevenhonderd jaar op deze heuveltop.'

Hij keek om zich heen. Alles was ordelijk en zorgvuldig onderhouden, neutraal van kleur, alleen onderbroken door vlekken van de sneeuw die van de eeuwenoude muren was gekomen.

Ze draaide zich om en hij pakte haar pols vast. Mooie vrouwen waren moeilijk te doorgronden, en mooi was deze vreemde vrouw zeker. Erger nog: ze bespeelde hem, en daar was hij zich heel goed van bewust.

'Waarom heet je Falk en niet Oberhauser?' vroeg hij, om haar uit haar evenwicht te brengen.

Ze keek naar haar arm. Hij liet haar los.

'Een huwelijk dat een vergissing was.'

'Je zus. Lindauer. Is die nog steeds getrouwd?'

'Ja, al stelt dat huwelijk niet veel voor. Werner houdt van haar geld en zij houdt ervan om getrouwd te zijn. Ze gebruikt het om haar minnaars op een afstand te houden.'

'Ga je me vertellen waarom jullie twee niet met elkaar kunnen opschieten?'

Ze glimlachte, en dat maakte haar nog aantrekkelijker. 'Dat hangt ervan af of je bereid bent te helpen.'

'Je weet waarom ik hier ben.'

'Je vader. Daarom ben ik hier ook.'

Dat betwijfelde hij, maar hij wilde hen niet langer ophouden. 'Laten we dan gaan kijken wat er zo belangrijk is.'

Ze liepen naar binnen. Daar werd zijn aandacht meteen getrokken door een reusachtig wandkleed dat aan de achterste muur hing. Weer een vreemde tekening, ditmaal in goud op een donkerblauwe en kastanjebruine achtergrond.

Ze zag hem kijken. 'Ons familiewapen.'

Hij bekeek de afbeelding. Een kroon boven een iconische tekening van een dier — misschien een hond of een kat, dat was moeilijk te zeggen — dat een knaagdier of zoiets in zijn bek had. 'Wat betekent het?'

'Ik heb nooit een goede verklaring gehoord, maar een van onze voorouders vond het mooi. Hij liet het tapijt weven en daar ophangen.'

Buiten op de binnenplaats hoorde hij een motor ronken. Hij keek door de deuropening en zag een man met een automatisch wapen uit een Mercedes-coupé stappen.

Hij herkende het gezicht. Dezelfde man was eerder in zijn kamer, in het Posthotel. Wat was dat nou weer?

De man bracht het pistool omhoog.

Malone trok Christl weg, en meteen vlogen de hogesnelheidspatronen door de deuropening. Ze sloegen een tafel langs de achterste muur kapot. Glas uit een daarnaast staande klok vloog aan scherven. Ze renden naar voren, Christl voorop. Nog meer kogels boorden zich in de muur achter hen.

Terwijl hij het pistool uit zijn zak haalde, gingen ze een hoek om en renden door een korte gang die op een grote zaal uitkwam.

Hij keek vlug om zich heen en zag een rechthoekige zaal met zuilengangen aan alle vier de kanten. Daarboven en daaronder bevonden zich lange galerijen. Helemaal aan het eind hing, verlicht door zwakke gloeilampen, het symbool van het vroegere Duitse Rijk: een zwart, rood en goudkleurig banier met een adelaar. Daaronder opende zich de zwarte muil van een natuurstenen haard, zo groot dat er verscheidene mensen in zouden kunnen staan.

'Opsplitsen,' zei Christl. 'Jij gaat naar boven.'

Voordat hij bezwaar kon maken, rende ze de duisternis in.

Hij zag een trap die naar een galerij op de eerste verdieping leidde en liep er snel naartoe. De zwartheid verdoofde zijn ogen. Overal waren nissen, donkere leegten waar nog meer bezoekers met slechte bedoelingen op de loer konden staan.

Hij sloop de trap op en kwam op de bovengalerij, waar hij zich enkele meters bij de balustrade vandaan in het donker terugtrok. Beneden kwam een schaduw de hal in, van achteren verlicht door licht dat schuin inviel vanuit de gang. Achttien stoelen stonden om een zware eettafel heen. De vergulde stoelen stonden kaarsrecht als soldaten in het gelid, behalve twee, waar Christl blijkbaar onder was gekropen, want ze was nergens te zien.

Er klonk een lach in de stilte. 'Je bent dood, Malone.'

Fascinerend. De man wist zijn naam.

'Kom me maar halen,' riep hij. Hij wist dat de zaal een echo zou voortbrengen en dat het dus onmogelijk was te horen waar hij zich bevond.

Hij zag de man in de duisternis turen, onder de bogen, naar een tegelkachel in een hoek, de zware tafel en een koperen kroonluchter die boven dat alles hing.

Malone schoot naar beneden.

De kogel miste.

Voetstappen haastten zich in de richting van de trap.

Malone rende verder. Hij ging de hoek om en vertraagde zijn pas toen hij op de galerij aan de overkant kwam. Er waren geen voetstappen achter hem te horen, maar de man moest daar nog ergens zijn.

Hij keek omlaag naar de tafel. De twee stoelen stonden nog steeds niet op hun plaats. Een andere stoel viel achterover en dreunde tegen de vloer. Het geluid galmde door de zaal.

Een salvo vanaf de bovengalerij trok een spoor door het tafelblad. Gelukkig was het dikke hout daartegen bestand. Malone schoot een keer naar de galerij waar de vuurflitsen te zien waren geweest. Nu kwamen er ook kogels zijn kant op. Ze ketsten tegen de muur achter hem.

Hij tuurde in het donker om na te gaan waar de man zou kunnen zijn. Hij had geprobeerd de aandacht af te leiden door hem te roepen, maar Christl Falk had dat al dan niet opzettelijk bedorven. Achter hem zaten nog meer zwarte nissen in de muur, voor hem was het al net zo donker. Hij zag iets bewegen aan de overkant – een silhouet dat zijn kant op kwam. Hij maakte zich zo klein mogelijk en sloop in het donker naar voren, ging naar links en kwam uit op een korte kant van de bovengalerij.

Wat gebeurde er? Het ging die man om hem.

Plotseling verscheen Christl in het midden van de zaal beneden. Ze stond daar in het zwakke licht.

Malone maakte zijn positie niet bekend. In plaats daarvan trok hij zich in de schaduw terug, tegen een van de bogen aan, en keek om het hoekje.

'Laat zien waar je bent!' riep Christl.

Geen antwoord.

Malone liep weer door, wat vlugger nu. Hij was van plan de man van achteren te naderen.

'Zeg, ik loop nu weg. Als je me wilt tegenhouden, weet je wat je te doen staat.'

'Niet slim,' zei de man.

Malone bleef bij de volgende hoek staan. Voor hem uit, halverwege de galerij, stond zijn belager met zijn gezicht de andere kant op. Malone wierp een snelle blik naar beneden en zag dat Christl daar nog was.

Een kille opwinding bracht zijn zenuwen tot bedaren. De schaduw voor hem bracht zijn wapen omhoog.

'Waar is hij?' vroeg de man aan haar, maar ze gaf geen antwoord. 'Malone, kom tevoorschijn of ze is dood.'

Malone kwam met het pistool in de aanslag naar voren en zei: 'Ik ben hier.'

Het pistool van de man bleef schuin naar beneden gericht. 'Ik kan mevrouw Lindauer nog steeds doden,' zei hij kalm.

Malone bemerkte zijn fout, maar zei: 'Lang voordat je die trekker kunt overhalen, schiet ik je neer.'

De man dacht blijkbaar over zijn dilemma na en draaide zich toen langzaam naar Malone toe, maar opeens bewoog hij sneller. Hij probeerde het pistool opzij te zwaaien en tegelijk de trekker over te halen. Overal in de zaal sloegen kogels in.

Malone wilde net zelf schieten, toen een andere knal tegen de muren galmde.

Het hoofd van de man vloog achterover. Hij stopte met schieten. Zijn lichaam zwaaide bij de reling vandaan. Een kreet van schrik verstomde toen hij op de vloer smakte.

Malone liet zijn wapen zakken.

De bovenkant van de schedel van de man was weg.

Hij liep naar de reling toe.

Beneden, naast Christl Falk, stond een lange, magere man met een geweer dat naar boven gericht was. Aan zijn andere kant stond een oude vrouw die tegen hem zei: 'We stellen de afleiding op prijs, meneer Malone.'

'Het was niet nodig hem dood te schieten.'

De oude vrouw maakte een gebaar en de man liet zijn geweer zakken. 'Ik dacht van wel,' zei ze.

26

MALONE GING DE trap af naar de zaal. De man en de oude vrouw stonden nog bij Christl Falk.

'Dit is Ulrich Henn,' zei Christl. 'Hij werkt voor onze familie.'

'En wat doet hij?'

'Hij past op dit kasteel,' zei de oude vrouw. 'Hij is de kamerheer.'

'En wie bent u?' vroeg hij.

Ze trok geamuseerd haar wenkbrauwen op en glimlachte naar hem met tanden als van een halloweenpompoen. Ze was onnatuurlijk mager, had een bijna vogelachtige verschijning en glanzend grijs-goudblond haar. Haar dunne armen waren een landkaart van aderen en ze had levervlekken op haar polsen. 'Ik ben Isabel Oberhauser.'

Hoewel het verwelkomend klonk, keek ze hem twijfelend aan. 'Moet ik nu onder de indruk zijn?'

'Ik ben de matriarch van deze familie.'

Hij wees naar Ulrich Henn. 'Uw werknemer en u hebben zojuist iemand vermoord.'

'Iemand die wederrechtelijk en met een wapen mijn huis was binnengedrongen om mijn dochter en u te doden.'

'En u had toevallig een geweer bij de hand, en ook iemand die op vijftig meter afstand in een zwak verlichte zaal de bovenkant van iemands hoofd kan schieten.'

'Ulrich is een uitstekende schutter.'

Henn zei niets. Blijkbaar kende hij zijn plaats.

'Ik wist niet dat ze hier waren,' zei Christl. 'Ik dacht dat moeder weg was. Maar toen ik Ulrich en haar de zaal in zag komen, gaf ik hem een teken dat hij klaar moest staan, terwijl ik de aandacht van de indringer afleidde.'

'Een stomme zet.'

'Blijkbaar werkte het.'

Het vertelde hem iets over deze vrouw. Er was lef voor nodig om recht in een vuurwapen te kijken, al wist hij niet of ze nu slim, moedig of gek was. 'Ik ken niet veel academici die zouden doen wat jij net deed.' Hij keek de oude mevrouw Oberhauser aan. 'We hadden die man levend in handen moeten krijgen. Hij wist mijn naam.'

'Dat is mij ook opgevallen.'

'Ik heb antwoorden nodig, niet nog meer raadsels, en wat u hebt gedaan, maakt een toch al moeilijke situatie nog ingewikkelder.'

'Laat het hem zien,' zei Isabel tegen haar dochter. 'Daarna, meneer Malone, moeten u en ik onder vier ogen met elkaar praten.'

Malone volgde Christl terug naar de hal. Ze gingen naar boven en kwamen in een slaapkamer, waar zich in een hoek een kolossale tegelkachel met het jaartal 1651 erop naar het plafond uitstrekte.

'Dit was de kamer van mijn vader en opa.' Ze liep een nis in, waar een sierlijke bank onder een raam stond. 'Mijn voorouders, die Reichshoffen in de dertiende eeuw bouwden, wilden absoluut niet in het nauw gedreven worden. Daarom bezat elke kamer minstens twee uitgangen. Deze kamer is daarop geen uitzondering. Hij werd zelfs voorzien van het veiligste dat er in die tijd was.' Ze oefende druk uit op een van de hoekstenen en een deel van de muur ging open. Daarachter bevond zich een wenteltrap die tegen de klok in naar beneden ging. Toen ze een schakelaar omzette, werd de trap verlicht door een stel zwakke gloeilampen.

Hij liep achter haar aan naar binnen. Onder aan de trap zette ze weer een schakelaar om.

Hij merkte dat de lucht droog en warm was. Klimaatbeheersing. De vloer bestond uit grijze leiplaten met dunne strepen van zwarte voegspecie. Aan de ruwe stenen muren, bepleisterd en ook grijs geverfd, was te zien dat ze eeuwen geleden uit de berg waren gehakt.

Eigenlijk was het niet één kamer, maar een bochtige reeks van vertrekken, met daarin tal van ongewone voorwerpen. Er waren Duitse vlaggen, nazispandoeken, zelfs een replica van een ss-altaar waar alles klaarlag voor de in de jaren dertig zo populaire naamgevingsceremonies. Talloze beeldjes, een verzameling speelgoedsoldaatjes op een kleurrijke kaart van het Europa van het begin van de twintigste eeuw, nazihelmen, zwaarden, dolken, uniformen, petten, jacks, pistolen, geweren, halsstukken, schouderriemen, ringen, sieraden, handschoenen en foto's.

'Hier bracht mijn opa na de oorlog zijn tijd door. Hij verzamelde deze dingen.'

'Het is net een nazimuseum.'

'Het had hem diep getroffen dat hij in ongenade was geraakt bij Hitler. Hij had die schoft goed gediend, maar begreep niet dat de nationaalsocialisten niets om hem gaven. Zes jaar lang, tot aan het einde van de oorlog, deed hij alle mogelijke pogingen om weer in de gunst te komen. Totdat hij in de jaren vijftig zijn verstand verloor, bracht hij dit alles bij elkaar.'

'Dat verklaart niet waarom de familie de spullen heeft gehouden.'

'Mijn vader had respect voor zijn vader. Maar we komen hier bijna nooit.'

Ze leidde hem naar een vitrine en wees hem een zilveren ring met ss-runen aan. Die runen zagen er anders uit dan hij ooit eerder had gezien. Schuin, bijna cursief. 'Ze hebben de ware Germaanse vorm, zoals ze op oude Scandinavische schilden zijn aangetroffen. Dat is wel passend, want deze ringen werden alleen gedragen door mensen van Ahnenerbe.' Ze wees een ander voorwerp aan. 'Dat insigne was ook alleen voor de Ahnenerbe bestemd, met de Odel-rune en het hakenkruis met korte armen. Opa heeft het ontworpen. Die speld is heel bijzonder – een weergave van de heilige Irminsul, de levensboom van de Saksen. Ze zeggen dat hij op de Rotsen van de Zon in Detmold stond en door Karel de Grote zelf is vernietigd, en dat daardoor de lange oorlogen tussen de Saksen en de Franken zijn begonnen.'

'Je spreekt bijna met eerbied over deze dingen.'

'O ja?' Ze klonk verbaasd.

'Alsof ze betekenis voor je hebben.'

Ze haalde haar schouders op. 'Ze herinneren alleen maar aan het verleden. Mijn opa begon om zuiver culturele redenen met Ahnenerbe, maar er kwam iets heel anders uit voort. Het Institut für Wehrwissenschaftlichte Zweckforschung voerde ondenkbare experimenten uit op concentratiekampgevangenen. Vacuümkamers, onderkoeling, bloedstolling; gruwelijke dingen. De afdeling die zich met toegepast natuuronderzoek bezighield, legde een collectie van beenderen aan van Joodse mannen en vrouwen die ze speciaal daarvoor vermoordden. Na de oorlog zijn medewerkers van Ahnenerbe voor oorlogsmisdaden veroordeeld en opgehangen. Veel anderen gingen naar de gevangenis. Iedereen walgde ervan.'

Hij keek haar aandachtig aan.

'Mijn opa heeft daar niet aan meegewerkt,' zei ze. Blijkbaar las ze zijn gedachten. 'Dat alles is gebeurd toen hij al was ontslagen en publiekelijk was verketterd.' Ze zweeg even. 'Lang nadat hij zichzelf had veroordeeld tot dit kasteel en de abdij, waar hij in zijn eentje werkte.'

Naast het spandoek van Ahnenerbe hing een wandkleed met dezelfde levensboom als op de speld. De tekst onderaan trok zijn aandacht.

MENSEN LEVEN NIET LANGER DAN DE DOCUMENTATIE VAN HUN BESCHAVING.

Ze zag hem kijken. 'Mijn opa geloofde dat.'

'En jij?'

Ze knikte. 'Ik ook.'

Hij begreep nog steeds niet waarom de familie Oberhauser deze verzameling in een kamer met klimaatbeheersing bewaarde, en waarom er nergens een stofje te zien was. Daarentegen had hij wel begrip voor een van de redenen die ze had genoemd. Hij had ook respect voor zijn eigen vader. Hoewel de man het grootste deel van Malones kinderjaren afwezig was geweest, herinnerde hij zich de keren dat ze samen waren en hadden gehonkbald en gezwommen en klusjes in en om het huis hadden gedaan. Toen zijn vader was gestorven, was hij nog jaren kwaad geweest, omdat hem werd ontzegd wat voor zijn vrienden die beide ouders nog hadden, vanzelfsprekend was. Zijn moeder liet hem zijn vader nooit vergeten, maar toen hij ouder werd, besefte hij dat haar herinneringen misschien waren vervormd. Het viel niet mee om marinevrouw te zijn – zoals het voor zijn ex uiteindelijk ook te veel was geweest om Magellan Billet-vrouw te zijn.

Christl liep voor hem uit langs de verzamelobjecten. Na elke bocht kwam er weer iets van Hermann Oberhausers passie in zicht. Ze bleef bij een vrolijk beschilderde houten kast staan, die eruitzag als de kast in de abdij. Uit een van de laden haalde ze een vel in een dik plastic omhulsel. 'Dit is het oorspronkelijke testament van Einhard, gevonden door opa. Er lag een kopie in de abdij.'

Hij bekeek het vel, dat blijkbaar van kalfsperkament was. Het was in het Latijn beschreven, met een strak handschrift. De inkt was inmiddels tot lichtgrijs verbleekt.

'Aan de achterkant staat een Duitse vertaling,' zei ze. 'De laatste alinea is de belangrijkste.'

Bij mijn leven heb ik de vrome heer Karel, de keizer, gezworen dat ik nooit iets over Tartarus zou vertellen. Een volledig verslag van wat ik weet, is lang geleden eerbiedig bij heer Karel neergelegd op de dag dat hij stierf. Als die heilige tombe ooit wordt geopend, mogen die bladzijden niet verdeeld of van elkaar gescheiden worden. Heer Karel wilde dat ze in het bezit komen van de heilige keizer die dan de kroon draagt. Wie deze waarheden leest, zal veel te weten komen. Na zorgvuldige overwegingen van vroomheid en wijsheid, en vooral nadat ik heb gezien dat heer Lodewijk geen enkel respect voor het grote werk van zijn vader had, heb ik de mogelijkheid om die woorden te lezen afhankelijk gemaakt van de kennis van twee andere waarheden. De eerste laat ik hierbij na aan mijn zoon, die opdracht heeft haar te bewaren voor zijn zoon, en diens zoon daarna, tot in de eeuwigheid. Waak erover, want het is geschreven in de taal van de kerk en gemakkelijk te begrijpen, maar de boodschap is niet volledig. De tweede waarheid, die volledig inzicht verschaft in de wijsheid van de hemel, berustend bij heer Karel, begint in het nieuwe Jeruzalem. De openbaringen daar zullen duidelijk zijn, zodra het geheim van die wonderbaarlijke plaats is ontcijferd. Verhelder deze zoektocht door de volmaaktheid van de engel toe te passen op de heiliging van de heer. Maar alleen degenen die de troon van Salomo en Romeinse frivoliteit waarderen, zullen hun weg naar de hemel vinden. Wees gewaarschuwd: noch ik, noch de Heiligen hebben erbarmen met onwetendheid.

'Hier heb ik je over verteld,' zei ze. 'De *Karl der Grosse Verfolgung*. De jacht op Karel de Grote. Dit moeten we ontcijferen. Otto III en alle heilige Romeinse keizers na hem zijn er niet uitgekomen. Als we dit raadsel oplossen, leidt het ons tot wat onze vaders in Antarctica zochten.'

Hij schudde zijn hoofd. 'Je zei dat je opa daarheen ging en met dingen terugkwam. Blijkbaar heeft hij het opgelost. Heeft hij het antwoord niet nagelaten?'

'Hij heeft niets op schrift gesteld over wat hij heeft geleerd en hoe hij dat heeft gedaan. Zoals ik al zei, was hij daarna dement en kon je niets meer met hem beginnen.'

'En waarom is het nu zo belangrijk geworden?'

Ze aarzelde, voordat ze antwoord gaf. 'Mijn grootvader en mijn vader gaven niet veel om zaken. Ze interesseerden zich voor de wereld. Jammer genoeg leefde opa in een tijd waarin controversiële ideeën verboden waren. Hij moest dus in zijn eentje zwoegen. Mijn vader was een hopeloze dromer die niet in staat was iets tot stand te brengen.'

'Blijkbaar lukte het hem wel om aan boord van een Amerikaanse onderzeeboot te komen die naar Antarctica ging.'

'Dat roept een vraag op.'

'Waarom was de Amerikaanse overheid voldoende geïnteresseerd om hem in die onderzeeboot te zetten?' Hij wist dat het voor een deel te verklaren was met de tijdgeest. In de jaren vijftig, zestig en zeventig deed Amerika veel onconventionele onderzoeken. Dingen als paranormale zaken, buitenzintuiglijke waarnemingen, nieuwe vormen van hypnose, ufo's. Dat alles werd van alle kanten onderzocht, in de hoop een voorsprong op de Sovjet-Unie te behalen. Was dit ook een van die vergezochte pogingen geweest?

'Ik hoopte,' zei ze, 'dat jij kunt helpen dat te verklaren.'

Hij had nog steeds geen antwoord gekregen op zijn vraag, en dus stelde hij hem opnieuw: 'Waarom is dit alles nu zo belangrijk?'

'Het zou van groot belang kunnen zijn. Het zou onze wereld letterlijk kunnen veranderen.'

Achter Christl verscheen haar moeder. De oude vrouw liep langzaam naar hen toe; haar zorgvuldige stappen maakten geen enkel geluid. 'Laat ons alleen,' beval ze haar dochter.

Christl ging weg zonder een woord te zeggen.

Malone had Einhards testament nog in zijn hand.

Isabel keek hem aan. 'U en ik hebben dingen te bespreken.'

27

Jacksonville, Florida
1.20 uur

CHARLIE SMITH WACHTTE aan de overkant van de straat. Hij had nog één ding te doen, voordat zijn werk van die nacht erop zat.

Kapitein-luitenant-ter-zee Zachary Alexander, gepensioneerd marineofficier, had de afgelopen dertig jaar niets anders gedaan dan klagen. Zijn hart. Milt. Lever. Botten. Geen lichaamsdeel was aan zijn kritische bestudering ontsnapt. Twaalf jaar geleden was hij ervan overtuigd dat hij een blindedarmoperatie nodig had, tot een arts hem eraan herinnerde dat zijn blindedarm al tien jaar eerder was weggehaald. Omdat hij in vroeger tijden een pakje per dag had gerookt, was hij er drie jaar geleden zeker van geweest dat hij longkanker had, maar het ene na het andere onderzoek had niets aan het licht gebracht. De laatste tijd werd hij geobsedeerd door prostaatkanker, en hij had wekenlang geprobeerd specialisten ervan te overtuigen dat hij eraan leed.

Vannacht zou er een eind komen aan Zachary Alexanders zorgen.

Het was moeilijk geweest om te beslissen hoe hij dit het best kon aanpakken. Aangezien bijna elk deel van Alexanders lichaam grondig was onderzocht, zou een medische dood bijna zeker argwaan wekken. Geweld was uitgesloten, want dat trok altijd aandacht. Maar in Alexanders dossier stond het volgende:

Woont alleen. Zijn vrouw is jaren geleden van hem gescheiden; ze had genoeg van zijn eeuwige geklaag. De kinderen komen zelden op bezoek; het werkt ook op hun zenuwen. Heeft nooit een vrouw op bezoek; vindt seks vies en ziekteverwekkend. Beweert jaren geleden met roken te zijn

148

gestopt, maar mag de meeste avonden graag een sigaar roken, meestal in bed. Een zwaar, geïmporteerd merk, speciaal besteld via een tabakswinkel in Jacksonville (adres hieronder). Rookt er minstens een per dag.

Dat stukje informatie was genoeg geweest om Smiths fantasie op gang te brengen. In combinatie met nog wat andere informatie uit het dossier had het hem ten slotte op een idee gebracht; een manier om de dood van Zachary Alexander te bewerkstelligen.

Smith had een avondvlucht van Washington naar Jacksonville genomen. Hij had de routeaanwijzingen in het dossier opgevolgd en een paar honderd meter voorbij Alexanders huis geparkeerd. Daarna had hij een denimvest aangetrokken en een sporttas van de achterbank van de huurauto gepakt en was hij naar het huis gelopen.

Er stonden maar een paar huizen in de rustige straat.

Alexander was volgens het dossier een diepe slaper en een chronische snurker, iets waaruit Smith afleidde dat het geluid zelfs buiten het huis te horen zou zijn.

Hij kwam in de voortuin.

Aan de zijkant van het huis bulderde een luidruchtige luchtcompressor, die het interieur verwarmde. Het was een kille nacht, maar het was hier veel minder koud dan in Virginia.

Hij liep behoedzaam naar een van de zijramen en bleef daar even staan, totdat hij Alexanders ritmische gesnurk had gehoord. Hij had al nieuwe rubberen handschoenen aan. Voorzichtig zette hij de sporttas neer. Hij haalde er een kleine rubberen slang met een holle metalen punt uit. Zorgvuldig bestudeerde hij het raam. Zoals in het dossier stond aangegeven, was het aan beide kanten alleen voorzien van siliconenisolatie, het gevolg van een klungelige reparatie.

Hij stak de metalen punt door de isolatie heen en haalde een kleine gasfles uit de tas. Het gas was een gemeen mengsel dat hij lang geleden had ontdekt. Het wekte een diepe bewusteloosheid op, zonder sporen in bloed of longen achter te laten. Hij zette de slang op de fles en liet het gas geluidloos het huis in stromen.

Na tien minuten werd het snurken minder luid. Hij sloot de gasfles af, trok de slang los en stopte alles terug in de tas. Er bleef een klein gaatje achter in het isolatiemateriaal, maar daar maakte hij zich niet druk om. Dat minuscule stukje bewijsmateriaal zou gauw genoeg verdwenen zijn.

Hij liep naar de achtertuin. Halverwege liet hij de sporttas vallen, trok een houten luik los in de fundering van betonblokken en kroop eronder. Hier onder de vloer liep allerlei elektrische bedrading. In het dossier stond vermeld dat Alexander niet alleen een hypochonder, maar ook een vrek was. Een paar jaar geleden had hij een buurman een paar dollar betaald om een stopcontact in de slaapkamer te maken en om een directe lijn aan te leggen van de meterkast naar de luchtcompressor aan de buitenkant van het huis. Niemand had zich iets van de voorschriften aangetrokken.

Hij vond de verdeeldoos die in het dossier vermeld stond, en schroefde de afdekplaat eraf. Vervolgens maakte hij de stroomdraad los om de verbinding met de compressor te verbreken en die tot zwijgen te brengen. Hij luisterde even gespannen, want het was altijd mogelijk dat Alexander aan de werking van het gas was ontsnapt. Maar de stilte werd door niets verstoord.

Uit een andere zak van zijn vest haalde hij een mes en hij verwijderde daarmee de isolatie van de elektrische draden die naar de verdeeldoos leidden. Degene die dit werk had gedaan, had de draden niet beschermd – daaraan zou het feit dat de draden waren losgeraakt worden toegeschreven – en hij lette er dus op dat hij niet te ver ging met de insnijding.

Hij stopte het mes weer weg. Uit een andere vestzak haalde hij een plastic zak. Daarin zaten een kleiachtig materiaal en een keramische verbindingsklem. Hij zette de klem op de schroeven in de verdeeldoos. Voordat hij het stroomcircuit herstelde, stopte hij het materiaal in de verdeeldoos. Hij liet klodders op de blootgelegde elektrische draden vallen. In zijn huidige vorm was het materiaal onschuldig, maar als het lang genoeg tot een bepaalde temperatuur werd verhit, zou het verdampen en dan zou de overgebleven isolatie smelten. De warmte die nodig was om die explosie te veroorzaken, zou van de keramische verbindingsklem komen. Er zouden enkele minuten overheen gaan, voordat de stroom de klem tot de juiste temperatuur had verwarmd, maar dat was juist wel goed.

Hij had tijd nodig om weg te komen. Hij draaide de schroeven aan. De compressor kwam weer tot leven.

Hij zette de afdekplaat van de verdeeldoos met opzet niet terug, maar stopte die in een zak van zijn vest. Hij bekeek zijn werk. Alles leek in orde. Net als met schietkatoen het geval was, veranderden de verbindingsklem en de klei na ontbranding in een gloeiend heet gas. Het waren vernuftige materialen, die gebruikt werden door collega's die zich meer in commerciële brandstichting dan in moord specialiseerden, al waren die twee soms, zoals vannacht, heel goed met elkaar te combineren.

Hij kroop onder het huis vandaan, zette het luik terug en pakte de sporttas weer op. Toen keek hij nog eens goed om zich heen, om zich ervan te vergewissen dat hij geen sporen had achtergelaten.

Hij liep terug naar het zijraam. Met behulp van zijn kleine zaklantaarntje tuurde hij door een dun gordijn de slaapkamer in. Op Alexanders nachtkastje stond een asbak met daarin een sigaar. Perfect. Als 'kortsluiting' niet genoeg was, zou iemand die de brand onderzocht 'roken in bed' kunnen gebruiken om het dossier te sluiten.

Hij liep terug naar de straat. De lichtgevende wijzerplaat van zijn horloge gaf aan dat het vijf over halftwee was. Hij was 's nachts vaak buiten. Een paar jaar geleden had hij een sterrengids gekocht en zich daarin verdiept. Het was altijd goed om hobby's te hebben. Vannacht zag hij Jupiter helder aan de westelijke hemel staan.

Er verstreken vijf minuten.

Er kwam een flits onder het huis vandaan, toen de kleiachtige springstof vlam vatte. Hij stelde zich voor hoe de blootgelegde draden zich in het strijdgewoel mengden en het vuur voedden. Het houten huis was meer dan dertig jaar oud, en net als aanmaakhout onder droge blokken kon het vuur zich snel verspreiden onder de vloer. Binnen enkele minuten was het hele huis een vlammenzee.

Zachary Alexander zou nooit weten wat er gebeurd was. Zijn kunstmatig verdiepte slaap zou niet worden onderbroken. Als de vlammen zijn lichaam verkoolden, zou hij allang zijn gestikt.

28

Beieren

MALONE LUISTERDE NAAR Isabel Oberhauser.
'Ik ben lang geleden met mijn man Dietz getrouwd, maar zoals
u kunt zien, hadden hij en zijn vader geheimen.'

'Was uw man ook een nazi?'

Ze schudde haar hoofd. 'Hij vond alleen dat Duitsland na de oorlog
nooit meer hetzelfde was. Ik moet zeggen dat hij gelijk had.'

Het onbeantwoord laten van vragen was blijkbaar een familietrekje.
Ze keek hem berekenend aan en hij zag dat er een trilling bij haar rechteroog
zat. Ze haalde ondiep en een beetje piepend adem. Verder was in
de bedwelmende stilte alleen het tikken van een klok ergens in de buurt
te horen.

'Meneer Malone, ik ben bang dat mijn dochters niet eerlijk tegen u
zijn geweest.'

'Dat is voor het eerst dat ik vandaag iets hoor waar ik het mee eens ben.'

'Sinds de dood van mijn man beheer ik het vermogen van de familie.
Dat is een enorme taak. Al onze bezittingen behoren toe aan de familie
als geheel. Jammer genoeg zijn er geen Oberhausers meer. Mijn
schoonmoeder was hopeloos onbekwaam en stierf gelukkig enkele jaren
na Hermann. Alle andere naaste familieleden kwamen in de oorlog
om of stierven in de jaren daarna. Mijn man was het hoofd van de familie.
Hij was de laatste van Hermanns kinderen. Hermann raakte midden
jaren vijftig zijn verstand volledig kwijt. Tegenwoordig noemen we
het alzheimer, maar toen zeiden we gewoon dat hij kinds was geworden.
Elke familie heeft opvolgingsproblemen, en het is tijd dat mijn kinderen
de leiding van deze familie overnemen. De bezittingen van de Oberhau-

sers zijn nooit verdeeld. Er waren altijd zoons, maar mijn man en ik kregen dochters. Twee sterke vrouwen, met elk hun eigen persoonlijkheid. Om zichzelf te bewijzen, om de realiteit onder ogen te zien, zijn ze aan een queeste begonnen.'

'Is dit een spel?'

Ze fronste haar wenkbrauwen. 'Beslist niet. Ze zoeken naar de waarheid. Ik hield zielsveel van mijn man, maar net als zijn vader liet hij zich leiden door dwaasheid. Hitler heeft Hermann openlijk verloochend, en ik denk dat die afwijzing zijn geestelijke achteruitgang heeft verergerd. Mijn man was al even zwak. Hij had moeite met het nemen van beslissingen. Jammer genoeg hebben mijn dochters hun hele leven tegen elkaar gestreden. Ze hebben nooit een hechte band gehad. Hun vader was een van de oorzaken van die frictie. Dorothea manipuleerde zijn zwakheden, maakte er gebruik van. Christl had er een afkeer van en kwam in opstand. Ze waren pas tien toen hij stierf, maar je kunt hen nog steeds het best beschrijven aan de hand van de verschillende relatie die ze met hun vader hadden. Dorothea is praktisch ingesteld, nuchter, met veel realiteitszin – ze valt op meegaande mannen. Christl is een dromer, een gelovige – ze valt op sterke mannen. Ze zijn nu aan een queeste begonnen, al begrijpen ze geen van beide precies wat ze doen...'

'Dankzij u, neem ik aan.'

Ze knikte. 'Ik geef toe dat ik nog een zekere invloed uitoefen, maar er staat hier veel op het spel. Letterlijk alles.'

'Wat is alles?'

'De familie bezit veel fabrieken, een olieraffinaderij, banken, aandelen op de hele wereld. Het gaat om miljarden euro's.'

'In het kader van dat spel zijn vandaag twee mensen omgekomen.'

'Dat weet ik, maar Dorothea wilde het rapport over de Blazek hebben. Dat maakt deel uit van de realiteit waarnaar ze zoekt. Blijkbaar kwam ze tot de conclusie dat de weg naar succes niet via u leidt en gaf ze die poging op. Dat had ik al verwacht. En dus zorgde ik ervoor dat Christl in de gelegenheid kwam om met u te praten.'

'Hebt u Christl naar de Zugspitze gestuurd?'

Ze knikte. 'Ulrich ging mee om haar te beschermen.'

'En als ik nu eens niets met dit alles te maken wil hebben?'

Haar waterige ogen keken hem geërgerd aan. 'Kom nou, meneer Malone, laten we elkaar niets wijsmaken. Ik ben eerlijk geweest. Mag ik hetzelfde van u vragen? U wilt net zo graag weten wat er achtendertig jaar geleden is gebeurd als ik. Mijn man en uw vader zijn samen gestorven. Het verschil tussen u en mij is dat ik wist dat hij naar Antarctica ging. Ik wist alleen niet dat ik hem nooit meer terug zou zien.'

Het duizelde hem. Deze vrouw bezat veel kennis uit de eerste hand.

'Hij was op zoek naar de Wakers,' zei ze. 'De Heiligen.'

'U gelooft toch zeker niet echt dat die mensen hebben bestaan?'

'Einhard geloofde het. Ze worden genoemd in het testament dat u daar hebt. Hermann geloofde het. Dietz gaf zijn leven voor dat geloof. Ze hebben trouwens allerlei namen gekregen van veel verschillende beschavingen. De Azteken noemden ze Gevederde Slangen, omdat het grote, blanke mannen met rode baarden zouden zijn geweest. In de Bijbel, in het boek Genesis, worden ze Elohim genoemd. De Soemeriërs noemden ze Annunnaki. De Egyptenaren kenden ze als Akhu, Osiris en de Shemsu Hor. Het hindoeïsme en het boeddhisme noemen ze ook. Ja, meneer Malone, daar zijn Christl en ik het over eens: ze zijn echt. Zelfs Karel de Grote is door hen beïnvloed.'

Ze kraamde onzin uit. 'Mevrouw Oberhauser, we hebben het over dingen die duizenden jaren geleden zijn gebeurd...'

'Mijn man was er volkomen van overtuigd dat de Wakers nog steeds bestaan.'

Hij besefte dat de wereld in 1971 heel anders was dan nu; geen wereldwijde media, gps, geosynchrone satellieten en internet. Het was toen nog mogelijk ergens verborgen te blijven. Nu niet meer. 'Dit is belachelijk.'

'Waarom waren de Amerikanen dan bereid hem daarheen te brengen?'

Hij merkte dat ze het antwoord op haar eigen vraag al had.

'Omdat zij ook hadden gezocht. Na de oorlog hadden ze een groot militair project dat ze Highjump noemden, en in het kader daarvan gingen ze naar Antarctica. Mijn man sprak daar vaak over. Ze gingen op zoek naar wat Hermann in 1938 had gevonden. Dietz heeft altijd geloofd dat de Amerikanen toen iets hebben ontdekt. Er gingen vele jaren voorbij. En toen, ongeveer zes maanden voordat hij naar Antarctica vertrok, kwamen hier Amerikaanse militairen om met Dietz te praten. Ze spraken over Highjump en waren op de hoogte van Hermanns onderzoek. Blijkbaar zaten er tussen de dingen die ze na de oorlog in beslag hadden genomen ook boeken en papieren van hem.'

Hij herinnerde zich wat Christl zojuist tegen hem had gezegd: *Het zou van groot belang kunnen zijn. Het zou onze wereld letterlijk kunnen veranderen.* Normaal gesproken zou hij dit alles als krankzinnig van de hand wijzen, maar de Amerikaanse overheid had een van haar modernste onderzeeboten op onderzoek uit gestuurd en het verdwijnen daarvan volledig in de doofpot gestopt.

'Dietz was zo verstandig voor de Amerikanen te kiezen, en niet voor de Sovjets. Die kwamen hem ook om hulp vragen, maar hij had de pest aan communisten.'

'Hebt u enig idee wat er in Antarctica te vinden is?'

Ze schudde haar hoofd. 'Ik heb me dat altijd afgevraagd. Ik wist van Einhards testament, van de Heiligen, van de twee boeken die Dorothea en Christl hebben. Ik heb altijd heel graag willen weten wat daar is. En dus lossen mijn dochters het raadsel op. Hopelijk komen ze er dan meteen ook achter dat ze elkaar nodig hebben.'

'Dat zou wel eens onmogelijk kunnen zijn. Ze hebben blijkbaar een grote hekel aan elkaar.'

Ze sloeg haar ogen neer. 'Geen twee zussen zouden elkaar meer kunnen haten. Er zal gauw een eind aan mijn leven komen, en ik wil er dan zeker van zijn dat de familie blijft voortbestaan.'

'En u wilt ook dat uw eigen twijfels dan zijn weggenomen?'

Ze knikte. 'Precies. U moet weten, meneer Malone, dat we vinden wat we zoeken.'

'Dat zei Christl ook.'

'Haar vader zei het vaak, en wat dat betreft, had hij gelijk.'

'Waarom ben ik erbij gehaald?'

'Dat was oorspronkelijk een besluit van Dorothea. Ze dacht dat ze via u meer over de onderzeeboot te weten kon komen. Ik denk dat ze u uiteindelijk afwees, vanwege uw kracht. Daar zal ze bang voor zijn geweest. Ik heb u gekozen omdat Christl voordeel kan hebben van uw kracht en u bent ook iemand die dingen voor haar kan regelen.'

Alsof dat hem iets kon schelen, maar hij wist wat er nu zou komen.

'En door ons te helpen, kunt u misschien uw eigen probleem oplossen.'

'Ik heb altijd in mijn eentje gewerkt.'

'Wij weten dingen die u niet weet.'

Dat kon hij niet tegenspreken. 'Hebt u iets van Dorothea gehoord? Er ligt een dode in de abdij.'

'Dat heeft Christl me verteld,' zei ze. 'Ulrich maakt dat later wel in orde, zoals hij het lijk hier ook zal weghalen. Ik vraag me wel af wie zich nog meer in de zaak heeft gemengd, maar ik denk dat niemand dat beter kan uitzoeken dan u.'

De opwinding die zich daarstraks in de zaal meester van hem had gemaakt, maakte nu snel plaats voor vermoeidheid. 'Die man had het op Dorothea en mij gemunt. Hij zei niets over Christl. Hij noemde Christl mevrouw Lindauer.'

'Ik heb hem inderdaad gehoord. Christl heeft u over Einhard en Karel de Grote verteld. Dat document dat u daar hebt, vormt duidelijk een uitdaging om op zoek te gaan. U hebt het boek gezien met Einhards eigen handschrift en het boek uit het graf van Karel de Grote, dat alleen een heilige Romeinse keizer in handen mocht krijgen. Dit is echt, meneer Malone. Stelt u zich eens even voor dat er inderdaad een eerste beschaving is geweest. Denkt u eens aan de gevolgen daarvan voor de geschiedenis.'

Hij kon niet nagaan of de oude vrouw een manipulator, een parasiet of een uitbuiter was. Waarschijnlijk alle drie. 'Mevrouw Oberhauser, dat laat me volkomen koud. Eerlijk gezegd denk ik dat u allemaal gek bent. Ik wil alleen weten waar, hoe en waarom mijn vader is gestorven.' Hij zweeg even. Hij hoopte dat hij geen spijt zou krijgen van wat hij nu ging zeggen. 'Als ik het antwoord kan vinden door u te helpen, is dat voor mij voldoende reden.'

'Dus u hebt een besluit genomen?'

'Nee.'

'Kan ik u een bed voor de nacht aanbieden? En kunt u dan morgen uw besluit nemen?'

Hij voelde pijn in zijn botten en had geen zin om naar het Posthotel terug te rijden – waar het misschien toch al niet zo veilig zou zijn, gezien het aantal ongenode bezoekers in de afgelopen uren. Hier was Ulrich tenminste aanwezig ter bescherming. Vreemd genoeg voelde hij zich daar beter door. 'Goed. Dat voorstel accepteer ik graag.'

29

Washington
4.30 uur

Ramsey trok zijn ochtendjas aan. Tijd voor een nieuwe dag. Dit zou trouwens wel eens de belangrijkste dag van zijn leven kunnen worden; de eerste stap op een weg die zijn hele toekomst zou bepalen.

Hij had gedroomd over Millicent, Edwin Davis en NR-1A. Een vreemde combinatie, die verontrustende beelden bij hem opriep. Maar hij was niet van plan de realiteit door fantasie te laten bederven. Hij had een lange weg afgelegd en binnen een paar uur zou hij de volgende mijlpaal bereiken. Diane McCoy had gelijk gehad. Het was twijfelachtig of de president bij de opvolging van David Sylvian meteen aan hem zou denken. Hij kon minstens twee anderen bedenken die Daniels zeker eerder zou benoemen — vooropgesteld dat die beslissing alleen aan het Witte Huis was. Gelukkig was er in de politiek van Washington bijna nooit een vrije keuze mogelijk.

Hij ging naar de benedenverdieping. Net toen hij zijn werkkamer betrad, ging zijn mobiele telefoon. Hij had dat ding altijd bij zich. Het schermpje gaf aan dat het een gesprek uit het buitenland was. Goed. Sinds hij met Wilkerson had gesproken, had hij gewacht tot hij zou horen dat de fout was rechtgezet.

'Die kerstpakketjes die u hebt besteld,' zei de stem. 'Tot onze spijt moeten we u mededelen dat ze misschien niet op tijd zullen arriveren.'

Hij bedwong de woede die bij hem opkwam. 'En wat is de reden voor die vertraging?'

'We dachten dat er genoeg voorraad in ons magazijn lag, maar dat bleek niet het geval te zijn.'

'Uw voorraadproblemen gaan mij niet aan. Ik heb weken geleden al betaald en verwacht een prompte aflevering.'

'Daar zijn we ons van bewust, en we willen er graag voor zorgen dat de aflevering op tijd zal plaatsvinden. We wilden u alleen laten weten dat zich een kleine vertraging heeft voorgedaan.'

'Als het een spoedzending moet worden, wil ik de kosten daarvan wel vergoeden. Het maakt mij niet uit, als u maar voor levering zorgt.'

'We volgen de pakketten nu en kunnen u hopelijk binnenkort melden dat ze zijn afgeleverd.'

'Zorg daarvoor,' zei hij, en hij verbrak de verbinding. Hij wond zich op. Wat gebeurde er toch in Duitsland? Wilkerson nog in leven? En Malone? Twee losse eindjes die hij zich niet kon veroorloven. Maar hij kon helemaal niets doen. Hij moest vertrouwen op de mensen die hij daar had. Ze hadden altijd goed gepresteerd en zouden dat deze keer hopelijk ook doen.

Hij deed de bureaulamp aan.

Een van de redenen waarom hij dit herenhuis had gekocht, naast de locatie, de grootte en de ambiance, was een kluis die de vorige eigenaar discreet had laten installeren. Die kluis was niet volmaakt, maar bood genoeg bescherming om er dossiers in te leggen die hij een nachtje mee naar huis nam en de weinige mappen die hij zelf bewaarde.

Hij maakte het verborgen houten paneel open en toetste een code in. In de kluis stonden zes mappen. Hij pakte de eerste van links.

Charlie Smith was niet alleen een voortreffelijke moordenaar, hij was ook even zorgvuldig in het verzamelen van informatie als een eekhoorn die nootjes voor de winter vergaarde. Blijkbaar hield hij ervan geheimen te ontdekken die mensen tot elke prijs verborgen wilden houden. De afgelopen twee jaar had Smith feiten verzameld. Sommige daarvan werden op dit moment gebruikt, en de rest zou misschien in de komende dagen nog van pas komen.

Hij maakte de map open en nam de bijzonderheden nog eens door.

Het was verbazingwekkend hoe iemand zich in het openbaar heel anders kon gedragen dan privé. Hij vroeg zich af hoe politici hun façades in stand hielden. Dat moest moeilijk zijn. Neigingen en begeerten stuwden ze de ene kant op; hun carrière en imago de andere kant.

Senator Aatos Kane was daar een heel goed voorbeeld van. Zesenvijftig jaar oud, in zijn vierde termijn als senator voor Michigan, getrouwd, drie kinderen. Carrièrepoliticus sinds hij midden twintig was, eerst op staatsniveau, toen in de Senaat. Daniels had overwogen hem tot vicepresident te benoemen, toen die post vorig jaar vrijkwam, maar Kane had geweigerd. Hij had gezegd dat hij het vertrouwen van het Witte Huis op prijs stelde, maar dat hij de president beter zou kunnen dienen door in de Senaat te blijven. Michigan had een zucht van verlichting geslaakt. In de ogen van kenners werkte niemand in het Congres zo hard aan stemmenlokkende wetgeving als Kane. In tweeëntwintig jaar op Capitol Hill had Aatos Kane alle lessen geleerd die ertoe deden.

En wat was de belangrijkste les? Alle politici waren vooral van regionale betekenis. Ramsey glimlachte. Hij hield van zielen die te koop waren. De vraag van Dorothea Lindauer galmde nog na. *Is daar iets te vinden?* Hij had in geen jaren aan die trip naar Antarctica gedacht. Hoe vaak waren ze aan wal gegaan? Vier keer?

De commandant van het schip – Zachary Alexander – was nieuwsgierig geweest, maar Ramsey had hun missie geheimgehouden, zoals hem was opgedragen. Alleen de radio-ontvanger die zijn team had meegebracht was afgestemd op de noodtransponder van de NR-1A. De monitorstations op het zuidelijk halfrond hadden geen enkel signaal gehoord. Dat had het uiteindelijk gemakkelijker gemaakt alles definitief toe te dekken. Er was geen straling waargenomen. Ze dachten dat een signaal of straling dichter bij de bron gemakkelijker werd opgepikt. In die tijd werd gevoelige elektronica nog vaak in de war gestuurd door ijs. En dus hadden ze twee dagen geluisterd en op de schermen gekeken, terwijl de Holden door de Weddellzee patrouilleerde, een zee van huilende winden, lichtgevende purperen wolken en spookachtige stralenkransen om een zwakke zon.

Niets.

Toen waren ze met de apparatuur aan wal gegaan.

'Wat heb je?' vroeg hij aan luitenant-ter-zee Herbert Rowland.

De man was opgewonden. 'Een signaal op tweehonderdveertig graden.'

Hij keek uit over een dood continent dat met een meer dan duizend meter dikke laag ijs was bedekt. Twintig graden onder nul en bijna zomer. Een signaal? Hier? Onmogelijk. Ze waren zeshonderd meter landinwaarts gegaan vanaf de plaats waar ze met hun boot aan wal waren gekomen, en het terrein was zo vlak en uitgestrekt als de zee. Je kon niet nagaan of er water onder het ijs lag of aarde. Rechts voor hen verhieven bergen zich als tanden uit de glinsterende witte toendra.

'Duidelijk signaal op tweehonderdveertig graden,' herhaalde Rowland. 'Sayers,' riep hij naar het derde lid van het team.

De andere luitenant-ter-zee liep vijftig meter voor hen uit, op zoek naar spleten in het ijs. Het was moeilijk hier iets waar te nemen. Witte sneeuw, witte hemel; zelfs de lucht was wit van de ademwolken. Dit was een oord van gemummificeerde leegte, en het menselijk oog was er nauwelijks beter op afgestemd dan op volslagen duisternis.

'Het is die verrekte onderzeeboot,' zei Rowland, zijn aandacht nog bij de radio.

Ramsey kon nog steeds de bittere kou voelen die hem had omhuld in dat schaduwloze land, waar elk moment sluiers van grijsgroene mist konden opduiken. Ze waren geteisterd door slecht weer, laaghangende bewolking, dichte nevel en voortdurende wind. In elke winter die hij daarna op het noordelijk halfrond had meegemaakt, had hij de strengheid daarvan vergeleken met de intensiteit van een gemiddelde dag in Antarctica. Hij had daar vier dagen doorgebracht – vier dagen die hij nooit was vergeten.

'U kunt zich dat niet voorstellen,' had hij in antwoord op Dorothea Lindauers vraag gezegd.

Hij keek in de kluis.

Naast de mappen lag een logboek.

De marinevoorschriften achtendertig jaar geleden luidden dat commandanten op zee altijd een logboek bijhielden.

Hij schoof het boek opzij.

30

Atlanta
7.22 uur

STEPHANIE WEKTE EDWIN Davis uit een diepe slaap. Hij schrok wakker en keek verward om zich heen, maar besefte toen waar hij lag.

'Je snurkt,' zei ze. Dwars door een dichte deur heen, vanuit een andere kamer, had ze hem die nacht kunnen horen.

'Dat zeggen ze. Ik doe het alleen als ik heel moe ben.'

'En wie zegt dat tegen je?'

Hij veegde de slaap uit zijn ogen. Hij lag met zijn kleren aan op het bed, met zijn mobieltje naast zich. Ze waren kort voor middernacht met de laatste vlucht uit Jacksonville in Atlanta teruggekomen. Hij had een hotel voorgesteld, maar ze had erop gestaan dat hij in haar logeerkamer sliep.

'Ik ben geen monnik,' had hij gezegd.

Ze wist weinig van zijn privéleven. Hij was niet getrouwd; dat wist ze wel. Maar was hij ooit getrouwd geweest? Had hij kinderen? Dit was niet het moment om daarnaar te vragen. 'Je moet je scheren.'

Hij wreef over zijn kin. 'Heel sympathiek van je om me daarop te wijzen.'

Ze liep naar de deur. 'Er zijn handdoeken en scheermesjes – voor meisjes, vrees ik – in de badkamer.' Zelf had ze al gedoucht en zich aangekleed en ze was klaar voor wat de dag ook maar mocht brengen.

'Ja, mevrouw,' zei hij, terwijl hij opstond. 'Je houdt van discipline.'

Ze liet hem alleen en ging de keuken in, waar ze de televisie op het aanrecht aanzette. Ze nam nooit veel als ontbijt, afgezien van een muffin of wat tarwevlokken, en ze had een hekel aan koffie. Haar favoriete warme drank was groene thee. Ze moest contact opnemen met haar kantoor. Weinig personeel hebben was goed voor de geheimhouding, maar wel lastig als je iets wilde delegeren.

'...wordt interessant,' zei een CNN-verslaggeefster. 'President Daniels heeft onlangs zijn ongenoegen over de Verenigde Chefs van Staven uitgesproken. Twee weken geleden vroeg hij zich in een toespraak af of die hele hiërarchische structuur zelfs wel nodig was.'

Op het scherm verscheen Daniels. Hij stond achter een blauw spreekgestoelte. 'Ze geven geen bevelen,' zei hij met zijn typische baritonstem. 'Het zijn adviseurs. Politici. Ze maken geen beleid, maar herhalen het. Begrijpt u me niet verkeerd; ik heb veel respect voor die mannen, maar ik heb moeite met het instituut zelf. Het lijdt geen enkele twijfel dat de talenten van de officieren die momenteel de Verenigde Chefs van Staven vormen, ergens anders beter tot hun recht zouden komen.'

Terug naar de verslaggeefster, een pittige brunette. 'Door dat alles ga je je afvragen of, en hoe, hij in de vacature gaat voorzien die is ontstaan door de te vroege dood van admiraal David Sylvian.'

Davis kwam de keuken in en keek strak naar de televisie.

Ze zag hem kijken. 'Wat is er?'

Hij bleef peinzend staan. Ten slotte zei hij: 'Sylvian was de vertegenwoordiger van de marine in de Verenigde Chefs van Staven.'

Ze begreep het niet. Ze had over het motorongeluk en Sylvians verwondingen gelezen. 'Het is treurig dat hij is gestorven, Edwin, maar wat is het probleem?'

Davis greep in zijn zak en vond zijn telefoon. Hij toetste een nummer in en zei: 'Ik moet weten hoe admiraal Sylvian is gestorven. De exacte oorzaak, en snel ook.' Hij beëindigde het telefoongesprek meteen weer.

'Ga je me dit uitleggen?' vroeg ze.

'Stephanie, er is nog meer met Langford Ramsey aan de hand. Een halfjaar geleden kreeg de president een brief van de weduwe van een marineofficier...'

De telefoon liet een kort klikkend geluid horen. Davis keek naar het scherm en nam op. Hij luisterde enkele ogenblikken en verbrak toen de verbinding.

'Die officier werkte bij de financiële dienst van de marine. Hij had onregelmatigheden opgemerkt. Miljoenen dollars waren van bank naar bank gesluisd, en daarna was het geld gewoon verdwenen. Die rekeningen waren allemaal te herleiden tot de directeur van de marine-inlich-tingendienst.'

'Het inlichtingenwerk drijft op geheim geld,' zei ze. 'Ik heb verschil-lende anonieme rekeningen die ik voor externe betalingen, uitbesteed werk en dat soort dingen gebruik.'

'Die marineofficier stierf twee dagen voordat hij verslag zou uitbren-gen aan zijn superieuren. Zijn weduwe wist iets van wat hij had ontdekt en vertrouwde niemand van Defensie. Ze stuurde een persoonlijke brief aan de president, en die brief werd aan mij doorgegeven.'

'En toen je zag dat het de marine-inlichtingendienst betrof, gingen er meteen alarmbellen bij je rinkelen. Wat ontdekte je, toen je je in die re-keningen verdiepte?'

'Ze waren niet te vinden.'

Ze had zelf ook zulke frustrerende dingen meegemaakt. Banken in allerlei delen van de wereld stonden erom bekend dat ze rekeningen uit-wisten – mits er natuurlijk genoeg betaald werd door de rekeninghou-der. 'Waar maak je je nu zo druk om?'

'Die officier viel dood neer in zijn huis toen hij televisiekeek. Zijn vrouw was even boodschappen doen en toen ze thuiskwam, was hij dood.'

'Zulke dingen gebeuren, Edwin.'

'Zijn bloeddruk was de diepte ingegaan. Hij had een hartruis waar-voor hij was behandeld, en je hebt gelijk: zulke dingen gebeuren. De sec-tie bracht niets aan het licht. Met zijn voorgeschiedenis, en zonder teke-nen van boze opzet, lag de doodsoorzaak voor de hand.'

Ze wachtte.

'Ik heb net gehoord dat admiraal David Sylvian ook aan een te lage bloeddruk is gestorven.'

Op zijn gezicht tekenden zich walging, woede en frustratie af.

'En jij vindt dat wel erg toevallig?' vroeg ze.

Hij knikte. 'Jij en ik weten dat Ramsey de rekeningen beheerde die door die officier waren ontdekt. En nu is er een plaats vrijgekomen bij de Verenigde Chefs van Staven.'

'Het is vergezocht, Edwin.'

'O ja?' Er klonk minachting in zijn stem door. 'Volgens mijn kantoor wilden ze net contact met me opnemen. Gisteravond, voordat ik in slaap viel, heb ik twee agenten van de Geheime Dienst naar Jacksonville gestuurd. Ik wilde dat ze een oogje op Zachary Alexander hielden. Ze zijn daar een uur geleden aangekomen. Zijn huis is vannacht tot de grond toe afgebrand, met hem erin.'

Ze was geschokt.

'Waarschijnlijk is er kortsluiting ontstaan tussen leidingen onder het huis.'

Ze zei tegen zichzelf dat ze nooit met Edwin Davis moest gaan pokeren. Hij had het nieuws met een volstrekt onbewogen gezicht aangehoord. 'We moeten die twee andere officieren vinden die met Ramsey in Antarctica zijn geweest.'

'Nick Sayers is dood,' zei hij. 'Al jaren. Herbert Rowland leeft nog. Hij woont in de buurt van Charlotte. Dat heb ik vannacht ook laten uitzoeken.'

De Geheime Dienst? Personeel van het Witte Huis dat hieraan meewerkte? 'Je kletst, Edwin. Je doet dit niet alleen. Je voert een missie uit.'

Zijn ogen flikkerden. 'Dat hangt ervan af. Als het lukt, komt het wel goed met me. Als het me niet lukt, wordt het mijn ondergang.'

'Heb je je carrière hiervoor op het spel gezet?'

'Ik ben het Millicent verschuldigd.'

'Waarom ben ik erbij betrokken?'

'Zoals ik al zei: James Bond had geen tijd. Maar hij zei dat niemand beter kan solovliegen dan jij.'

Niet bepaald een geruststellende redenering. Maar wat gaf het; ze was al over de streep gestapt. 'Laten we naar Charlotte gaan.'

31

Toen ze aken naderden, voelde Malone dat de trein langzamer ging rijden. Hoewel hij zich niet meer zo veel zorgen maakte als de vorige avond, vroeg hij zich toch af wat hij hier deed. Christl Falk zat naast hem. De rit vanuit Garmisch naar het noorden had ongeveer drie uur in beslag genomen, en al die tijd hadden ze weinig tegen elkaar gezegd.

Zijn kleren en toiletartikelen die in het Posthotel waren achtergebleven, lagen voor hem klaar toen hij in Reichshoffen wakker werd. Er lag een briefje bij: Ulrich Henn had ze in de loop van de nacht opgehaald. Malone had tussen lakens geslapen die naar klaver roken. Hij had vanmorgen gedoucht, zich geschoren en andere kleren aangetrokken. Natuurlijk had hij maar een paar overhemden en broeken uit Denemarken meegebracht, want hij was van plan geweest niet meer dan een dag, hooguit twee dagen, weg te blijven. Nu was hij daar niet meer zo zeker van.

Isabel had beneden op hem gewacht, en hij had tegen de matriarch van de familie Oberhauser gezegd dat hij had besloten te helpen. Wat kon hij anders doen? Hij wilde weten wat er met zijn vader was gebeurd en wie hem gisteren probeerde te vermoorden. Met weglopen zou hij niets bereiken. En de oude vrouw had hem één ding duidelijk gemaakt: *Ze wisten dingen die hij niet wist.*

'Twaalfhonderd jaar geleden,' zei Christl, 'was dit het middelpunt van de seculiere wereld. De hoofdstad van het pas opgekomen noordelijke rijk, dat we tweehonderd jaar later het Heilige Roomse Rijk noemden.'

Hij glimlachte. 'Dat niet heilig was, geen rijk was en niets met de Romeinen te maken had.'

Ze knikte. 'Zeker. Maar Karel de Grote was een heel vooruitstrevend man met een immense energie. Hij stichtte universiteiten, bedacht juridische principes die uiteindelijk hun weg vonden naar het geldende recht, organiseerde het bestuur en zette een nationalisme in gang dat tot de totstandkoming van Europa leidde. Ik heb hem jarenlang bestudeerd. Het leek wel of hij altijd alleen maar de juiste beslissingen nam. Hij heeft zevenenveertig jaar geregeerd en werd vierenzeventig jaar oud in een tijd waarin koningen vaak maar vijf jaar op de troon zaten en dood waren op hun dertigste.'

'En dat zou allemaal gebeurd zijn omdat hij hulp had?'

'Hij at matig en ging zich niet te buiten aan drank; en dat in een tijd waarin vraatzucht en dronkenschap de regel waren. Hij ging elke dag paardrijden, jagen en zwemmen. Een van de redenen waarom hij Aken tot zijn hoofdstad maakte, waren de warme bronnen, waar hij veel gebruik van maakte.'

'Dus de Heiligen leerden hem veel over voeding, hygiëne en lichaamsbeweging?' Hij zag dat ze zijn sarcasme begreep.

'Overigens was hij een typische krijger,' zei ze. 'Zijn bewind werd gekenmerkt door veroveringen, maar hij had een gedisciplineerde methode van oorlogvoering. Hij nam minstens een jaar de tijd om een veldtocht voor te bereiden en maakte in die tijd studie van de tegenstander. Hij gaf ook leiding aan veldslagen, in plaats van er zelf aan deel te nemen.'

'Hij kon ook heel wreed zijn. In Verden heeft hij vijfenveertighonderd gevangengenomen Saksen laten onthoofden.'

'Dat staat niet vast,' zei ze. 'Er zijn nooit archeologische bewijzen voor dat bloedbad gevonden. De oorspronkelijke bron van het verhaal heeft misschien bij vergissing het woord "decollabat" – onthoofdde – gebruikt, terwijl het "delocabat" – verbande – moest zijn.'

'Je kent je geschiedenis. En je Latijn.'

'Dit zijn geen ideeën van mij. Einhard was de kroniekschrijver. Hij is degene die deze opmerkingen maakte.'

'Natuurlijk vooropgesteld dat zijn geschriften authentiek zijn.'

De trein ging nog langzamer rijden. Hij dacht aan de vorige dag en aan wat er onder Reichshoffen lag. 'Denkt je zus net zo over de nazi's als jij, en over wat ze met jullie opa hebben gedaan?'

'Het laat Dorothea koud. Familie en geschiedenis zijn niet belangrijk voor haar.'

'Wat dan wel?'

'Zijzelf.'

'Vreemd, tweelingzussen die zo'n hekel aan elkaar hebben.'

'Er is geen regel die zegt dat we een hechte band met elkaar moeten hebben. Ik heb als kind al geleerd dat Dorothea een probleem vormde.'

Hij moest zich in die verschillen verdiepen. 'Je moeder lijkt een voorkeur voor een van jullie te hebben.'

'Dat zou ik niet denken.'

'Ze stuurde jou naar mij toe.'

'Dat is waar, maar in een eerder stadium heeft ze Dorothea geholpen.'

De trein kwam tot stilstand.

'Ga je daar nog meer over vertellen?'

'Ze heeft haar het boek uit het graf van Karel de Grote gegeven.'

Dorothea had de inhoud bestudeerd van de dozen die Wilkerson in Füssen had opgehaald. De boekhandelaar had goed werk geleverd. Veel papieren van Ahnenerbe waren na de oorlog door de geallieerden in beslag genomen, en het verbaasde haar dan ook dat de man nog zoveel had kunnen vinden. Maar ook nu ze er urenlang in had gelezen, was Ahnenerbe nog steeds een raadsel voor haar. Pas de laatste jaren hadden historici zich in de organisatie verdiept, en de weinige boeken die erover waren geschreven, gingen vooral over de negatieve aspecten.

De inhoud van deze dozen ging over succes.

Er waren expedities naar Zweden ondernomen om rotstekeningen te vinden, en naar het Midden-Oosten, waar ze de interne machtsstrijd in het Romeinse Rijk hadden bestudeerd – die volgens Ahnenerbe tussen noordelijke en Semitische volkeren was uitgevochten. Göring zelf had die reis gefinancierd. In Damascus verwelkomden de Syriërs hen als bondgenoten in de strijd tegen de rebellerende Joodse bevolking. In Iran bezochten hun onderzoekers Perzische ruïnes. Ze bezochten ook Babylon en stonden versteld van een mogelijke Arische connectie. In Finland bestudeerden ze eeuwenoude heidense liederen. Beieren leverde rotstekeningen op, en ook sporen van cro-magnonmensen, die volgens Ahnenerbe absoluut Arisch waren. Ook in Frankrijk werden rotstekeningen bestudeerd. Zoals een commentator opmerkte: 'Himmler en veel andere nazi's droomden van een duistere omhelzing van voorouders.'

Azië daarentegen werd een ware fascinatie. Ahnenerbe geloofde dat vroege Ariërs een groot deel van China en Japan hadden veroverd en dat Boeddha zelf van Arische afkomst was geweest. Een grote expeditie naar Tibet leverde duizenden foto's, hoofdafgietsels en lichaamsmetingen op, en ook specimina van exotische dieren en planten. Dat alles werd verzameld in de hoop bewijzen van afstamming te vinden. Expedities naar Bolivia, Oekraïne, Iran, IJsland en de Canarische Eilanden kwamen niet van de grond, al werden er uitgebreide plannen voor gemaakt.

Uit de papieren bleek ook duidelijk dat de rol van Ahnenerbe in de loop van de oorlog steeds groter werd. Nadat Himmler bevel tot de arisering van de veroverde Krim had gegeven, kreeg Ahnenerbe opdracht daar Duitse wouden aan te leggen en nieuwe gewassen voor het Reich te cultiveren. Ahnenerbe hield ook toezicht op de overplaatsing van etnische Duitsers naar die regio en op de deportatie van duizenden Oekraïners.

Naarmate de organisatie groeide, was er echter meer geld nodig. En dus werd er een stichting in het leven geroepen om donaties in ontvangst te nemen.

Er kwamen bijdragen van de Deutsche Bank, BMW en Daimler-Benz, die herhaaldelijk in officiële correspondentie werden bedankt. Himmler, altijd geïnteresseerd in innovatie, hoorde dat een Duitse machinebankwerker patent had aangevraagd op reflectoren voor fietsen. Hij richtte een vennootschap op met de uitvinder en liet vervolgens een wet aannemen die reflectoren op fietspedalen verplicht stelde. Dat leverde Ahnenerbe tienduizenden Reichsmarken per jaar op.

Er was zo veel moeite gedaan om zo veel verzinsels de wereld in te brengen.

Maar hoe belachelijk die zoektocht naar verdwenen Ariërs ook was, en hoe tragisch het ook was dat Ahnenerbe aan georganiseerde moord meewerkte, haar grootvader was zowaar op een schat gestuit.

Ze keek naar het oude boek dat op tafel lag. Kwam dat echt uit het graf van Karel de Grote?

In de papieren die ze had gelezen, was daar nergens sprake van, al had haar moeder haar verteld dat het boek in 1935 in het archief van de republiek van Weimar was gevonden. Er had een boodschap bij gezeten van een onbekende klerk, die verklaarde dat het boek op 19 mei 1000 door keizer Otto III uit het graf in Aken was gehaald. Het was nog steeds een raadsel hoe het tot de twintigste eeuw verborgen had kunnen blijven. Wat betekende het? Waarom was het zo belangrijk?

Haar zuster Christl dacht dat het antwoord in een mystieke aantrekkingskracht lag.

En Ramsey had haar angsten niet met zijn cryptische antwoord kunnen wegnemen.

U kunt zich dat niet voorstellen.

Maar niets van dat alles kon het antwoord zijn.

Of toch wel?

Malone en Christl verlieten het station. De vochtige, koude lucht deed hem denken aan de winters in New England. Er stond een rij taxi's. Mensen kwamen en gingen in een gestage stroom.

'Moeder wil dat ík slaag,' zei Christl.

Hij wist niet of ze hem of zichzelf probeerde te overtuigen. 'Je moeder manipuleert jullie beiden.'

Ze keek hem aan. 'Meneer Malone –'

'Ik heet Cotton.'

Ze moest blijkbaar haar ergernis onderdrukken. 'Ja, dat zei je gisteravond al. Hoe ben je trouwens aan die vreemde naam gekomen?'

'Dat is een verhaal voor later. Je wilde me net de les lezen, voordat ik je uit je evenwicht bracht.'

Haar gezicht ontspande zich tot een glimlach. 'Je bent een probleem.'

'Volgens je moeder vond Dorothea dat ook, maar ik vat dat op als een compliment.' Hij wreef zich ondanks de handschoenen in zijn handen en keek om zich heen. 'We moeten even op zoek naar een winkel. Lang ondergoed zou wel van pas komen. Dit is niet de droge Beierse lucht. En jij? Heb je het niet koud?'

'Ik ben in dit weer opgegroeid.'

'Ik niet. In Georgia, waar ik ben geboren en getogen, is het negen maanden van het jaar warm en vochtig.' Hij bleef met een nonchalante houding om zich heen kijken en deed alsof hij niet op zijn gemak was. 'Ik heb ook schone kleren nodig. Ik heb niet genoeg meegenomen voor een lange reis.'

'Er zijn winkelstraten bij de kerk.'

'Ik neem aan dat je me op een gegeven moment meer over je moeder zult vertellen, en over de reden waarom we hier zijn.'

Ze wenkte een taxi, die vervolgens dichterbij kwam. Ze opende het portier en stapte in. Hij volgde. Ze zei tegen de chauffeur waar ze heen wilden.

'Ja,' zei ze daarna tegen Malone. 'Ik zal het uitleggen.'

Toen ze wegreden bij het station, keek Malone uit het achterraam. Dezelfde man die hij drie uur eerder in het station van Garmisch had gezien – lang en met een smal gezicht als een hakbijl, met veel rimpels – hield een taxi aan.

Hij had geen bagage bij zich en dacht blijkbaar maar aan één ding. Volgen.

Dorothea had erop gegokt dat ze de Ahnenerbe-papieren in handen zou krijgen. Het was riskant geweest om contact met Cotton Malone op te nemen, maar het was haar nu wel duidelijk geworden dat ze weinig aan hem had. Evengoed was ze er niet zeker van dat een meer pragmatische werkwijze succes zou hebben. Eén ding leek haar duidelijk: ze mocht haar familie niet blootstellen aan nog meer ridiculisering. Van tijd tot tijd nam een onderzoeker of historicus contact met Reichshoffen op. Dan wilden ze de papieren van haar grootvader bekijken of met de familie over Ahnenerbe praten. Die verzoeken werden altijd afgewezen, en met reden.

Het verleden moest in het verleden blijven.

Ze keek naar het bed met de slapende Sterling Wilkerson. Ze waren de vorige avond naar het noorden gereden en hadden een hotelkamer genomen in München. Haar moeder zou diezelfde dag nog te horen krijgen dat de boerderij was verwoest. Het lichaam in de abdij was vast ook al gevonden. Het zou worden weggehaald door de monniken of door Henn. Waarschijnlijk zou Ulrich het doen.

Haar moeder had haar het boek uit het graf van Karel de Grote gegeven, en ze besefte dat Christl ook wel iets zou hebben gekregen. Haar moeder had erop aangedrongen dat ze met Cotton Malone ging praten. Daarom hadden Wilkerson en zij de vrouw gebruikt om hem naar de abdij te lokken. Haar moeder moest niet veel van Wilkerson hebben. *'Weer zo'n zwakke ziel,'* had ze over hem gezegd. *'En kind, we kunnen geen zwakheid gebruiken.'* Maar haar moeder liep tegen de tachtig en Dorothea was in de bloei van haar leven. Aantrekkelijke, avontuurlijke mannen als Wilkerson waren voor veel dingen te gebruiken.

Zoals de vorige avond.

Ze liep naar het bed en maakte hem wakker. Hij deed zijn ogen open en glimlachte. 'Het is al bijna middag,' zei ze.

'Ik was moe.'

'We moeten hier weg.'

Hij zag dat de inhoud van de dozen over de vloer verspreid lag. 'Waar gaan we heen?'

'Hopelijk zijn we Christl een stap voor.'

32

Ramsey voelde zich uitbundig. Hij had op mediawebsites uit Jacksonville, Florida, gekeken en tot zijn genoegen had hij een bericht gezien over een brand met dodelijke afloop in het huis van Zachary Alexander, een gepensioneerde kapitein-luitenant-ter-zee. Er was niets ongewoons aan die brand, die volgens de eerste berichten ontstaan was door kortsluiting ten gevolge van foutieve bedrading. Het was duidelijk dat Charlie Smith gisteren twee meesterwerken tot stand had gebracht. Hij hoopte dat deze dag even productief zou zijn.

De ochtend was helder en zonnig, zoals in dit deel van het land in deze tijd van het jaar te verwachten was. Hij wandelde bij het Smithsonian Institute over de Mall en keek naar het glanzende, witte Capitool op de heuvel. Hij hield van ijzige winterdagen als deze. Omdat het over dertien dagen al Kerstmis was en het Congres niet in zitting was, gebeurde er niet veel meer in het overheidsapparaat. Alles wachtte op het nieuwe jaar en het begin van het volgende politieke seizoen.

Er was deze dagen weinig nieuws. Dat verklaarde de uitgebreide aandacht die de dood van admiraal Sylvian in de media kreeg. De kritiek die Daniels de laatste tijd op de Verenigde Chefs van Staven had uitgeoefend, had zijn voortijdige dood extra interessant gemaakt. Ramsey had geamuseerd naar het commentaar van de president geluisterd, in de wetenschap dat niemand in het Congres er veel voor zou voelen naar zijn woorden te handelen. Zeker, de Verenigde Chefs van Staven vaardigden niet veel bevelen uit, maar als ze spraken, luisterden de mensen. Dat was waarschijnlijk de voornaamste reden waarom het Witte Huis zo'n hekel aan hen had. Vooral Daniels, die tegen het eind van zijn presidentschap aankeek en daardoor niet veel invloed meer had.

Verderop stond een kleine, parmantige man in een nauwsluitende kasjmieren jas en met een bleek engelengezicht dat rood was van de kou. Hij was gladgeschoren en had borstelig, donker haar dat dicht tegen zijn hoofd lag. Hij stampte op het trottoir om het een beetje warm te krijgen. Ramsey keek op zijn horloge en schatte dat de afgezant minstens een kwartier had staan wachten.

Hij liep naar hem toe.

'Admiraal, weet u wel hoe verrekte koud het hier is?'

'Twee graden onder nul.'

'En u kon niet op tijd zijn?'

'Als ik op tijd moest zijn, zou ik dat zijn geweest.'

'Ik ben niet in de stemming voor mensen die op hun strepen staan. Helemaal niet.'

Ramsey vroeg zich af waar de stafchef van een Amerikaanse senator zo veel lef vandaan haalde. Zou Aatos Kane tegen zijn assistent hebben gezegd dat hij zich schofterig moest gedragen of was dit improvisatie?

'Ik ben hier omdat de senator zei dat u iets te zeggen had.'

'Wil hij nog steeds president worden?' Alle vroegere contacten van Ramsey met Kane waren via deze afgezant verlopen.

'Ja. En dat wordt hij ook.'

'Dat zegt u met het zelfvertrouwen van een medewerker die de slippen van zijn baas stevig vasthoudt.'

'Elke haai heeft zijn zuigvis.'

Hij glimlachte. 'Dat is zo.'

'Wat wilt u, admiraal?'

Hij ergerde zich aan de arrogantie van de jongeman. Hij moest hem maar eens op zijn nummer zetten. 'Ik wil dat u uw mond houdt en luistert.' Hij zag de man met de berekenende blik van een politieke professional naar hem kijken. 'Toen Kane in de problemen zat, vroeg hij om hulp, en toen heb ik hem gegeven wat hij wilde. Ik stelde geen vragen, maar deed het gewoon.' Hij zweeg even, omdat er drie mannen voorbijliepen. 'Misschien moet ik daaraan toevoegen dat ik een heleboel wetten heb overtreden, al zal dat u ongetwijfeld koud laten.'

Zijn gesprekspartner was geen man met ervaring, wijsheid of rijkdom, maar hij was ambitieus en wist wat politieke diensten waard waren. 'De senator weet wat u hebt gedaan, admiraal. Al wisten we, zoals u weet, niet ten volle wat u van plan was.'

'En na afloop hebt u de voordelen niet van de hand gewezen.'

'Akkoord. Wat wilt u nu?'

'Ik wil dat Kane tegen de president zegt dat ik in de Verenigde Chefs van Staven moet worden benoemd. Als opvolger van Sylvian.'

'En u denkt dat de president geen nee kan zeggen tegen de senator?'

'Niet zonder ernstige gevolgen.'

Er gleed een glimlach over het opgewonden gezicht. 'Dat gebeurt niet.'

Had hij dat goed gehoord?

'De senator dacht al dat u dat zou willen. Sylvians lijk was waarschijnlijk nog niet eens koud toen u ons belde.' De jongeman aarzelde. 'Dat zet ons aan het denken.'

Ramsey zag wantrouwen in de scherpzinnige ogen van de man.

'Zoals u zegt, hebt u ons ooit een dienst bewezen zonder dat er sporen achterbleven.'

Hij negeerde de implicaties en vroeg: 'Wat bedoelt u met: *dat gebeurt niet?*'

'U bent te controversieel. U trekt onheil aan. Te veel mensen bij de marine mogen u niet of vertrouwen u niet. Als we voor uw benoeming pleiten, kunnen wij daar later nadeel van ondervinden. En zoals ik al zei: we mikken op het presidentschap. Daar willen we begin volgend jaar mee beginnen.'

Hij besefte dat ze aan de klassieke Washingtonse two-step waren begonnen. Een beroemde dans, waar politici als Aatos Kane heel goed in waren. Alle kenners waren het eens. Het lag in de lijn der verwachtingen dat Kane zich kandidaat zou stellen voor het Witte Huis. Hij was zelfs de voornaamste kandidaat van zijn partij, met weinig concurrentie. Ramsey wist dat de senator in stilte toezeggingen had verzameld die al in de miljoenen dollars liepen. Kane was een vriendelijke, sympathieke man, die er geen enkele moeite mee had om voor een menigte en een camera te verschijnen. Hij was geen echte conservatief of progressieveling, maar een mix daarvan. De pers noemde zulke mensen graag *middle of the road*. Hij was al dertig jaar met dezelfde vrouw getrouwd zonder ooit in opspraak te komen. Hij was bijna te volmaakt. Natuurlijk afgezien van die ene dienst die hij ooit nodig had gehad.

'Een mooie manier om je vrienden te bedanken,' zei Ramsey.

'Wie zei dat u onze vriend was?'

Hij had dit moeten zien aankomen. Arrogantie. De meest voorkomende ziekte onder lang zittende politici. 'Nee, u hebt gelijk. Dat was aanmatigend van mij.'

De man had onbewogen gekeken, maar daar kwam nu verandering in. 'Even voor alle duidelijkheid, admiraal. Senator Kane bedankt u voor wat u hebt gedaan. We hadden liever gezien dat het op een andere manier was gegaan, maar hij stelt het toch op prijs. Hij heeft zijn schuld al afbetaald, toen hij voorkwam dat u door de marine werd overgeplaatst. Niet één keer, maar twee keer. We zijn er toen hard tegenaan gegaan. Dat wilde u, en dat hebben we voor u gedaan. U hebt Aatos Kane niet in uw zak zitten. Nu niet. Nooit. Wat u vraagt, is onmogelijk. Over nog geen twee maanden zal de senator zijn kandidatuur voor het presidentschap bekendmaken. U bent een admiraal die met pensioen zou moeten gaan. Doe dat. Geniet van uw welverdiende rust.'

Ramsey slikte elk woord van verweer in en knikte alleen begrijpend.

'En nog één ding. De senator vond het niet prettig dat u vanmorgen belde met de eis dat wij elkaar zouden ontmoeten. Ik moet namens hem tegen u zeggen dat dit contact voorbij is. Geen bezoeken meer, geen telefoontjes. En nu moet ik gaan.'

'Natuurlijk. Ik zal u niet langer ophouden.'

'Luister, admiraal. Ik weet dat u kwaad bent. Dat zou ik ook zijn. Maar u wordt geen lid van de Verenigde Chefs van Staven. Ga toch met pensioen. U kunt tv-commentator worden en de wereld vertellen wat een idioten wij zijn. Geniet van het leven.'

Ramsey zei niets en keek het klootzakje na. De man zou wel trots zijn op zijn topprestatie en wilde natuurlijk zo gauw mogelijk rapporteren hoe hij het hoofd van de marine-inlichtingendienst op zijn nummer had gezet. Hij liep naar een vrije bank en ging zitten. De kou van de bank trok door zijn jas heen. Senator Aatos Kane had geen idee. En zijn stafchef ook niet. Maar ze zouden er allebei gauw genoeg achter komen.

33

WILKERSON HAD UITSTEKEND geslapen. Het deed hem goed dat hij zo goed had gepresteerd, eerst bij de boerderij en daarna met Dorothea. Hij zou geen admiraal meer worden, maar daar stond tegenover dat hij nu toegang tot geld, weinig verantwoordelijkheden en een mooie vrouw had.

Mits hij in leven kon blijven, natuurlijk.

Toen hij zich op deze operatie voorbereidde, had hij grondig onderzoek gedaan naar de familie Oberhauser. Een vermogen van in de miljarden, en niet zomaar oud geld, maar eeuwenoud geld dat honderden jaren van politiek tumult had doorstaan. Opportunisten? Dat zeker. Hun familiewapen leek het allemaal te verklaren. Een hond met een rat in zijn bek, in een kookpot met een kroon erop. Wat een tegenstrijdigheden. Net als de familie zelf. Maar hoe hadden ze anders kunnen standhouden?

Toch had de tijd zijn tol geëist.

Dorothea en haar zus waren de enige overgebleven Oberhausers.

Twee mooie, fijnbesnaarde vrouwen die tegen de vijftig liepen. Ze zagen er hetzelfde uit, al deden ze allebei hun best zich van de ander te onderscheiden. Dorothea had bedrijfskunde gestudeerd en actief met haar moeder in de familiezaken gewerkt. Ze was getrouwd toen ze begin twintig was en had het leven geschonken aan een zoon, maar die was vijf jaar geleden, een week na zijn twintigste verjaardag, bij een auto-ongeluk om het leven gekomen. Alle berichten wezen erop dat ze daarna was veranderd; harder geworden. Ze was ten prooi gevallen aan zware spanningen en onvoorstelbare stemmingen. Iemand doodschieten met een geweer, zoals ze de vorige avond had gedaan, en daarna met zo'n tomeloze intensiteit de liefde bedrijven, wees op een gespleten persoonlijkheid.

Zaken hadden Christl nooit geïnteresseerd, net zo min als een huwelijk of kinderen. Hij had haar maar één keer ontmoet, op een receptie waar Dorothea en haar man heen waren gegaan toen hij haar pas had leren kennen. Ze was bescheiden. Een geleerde, net als haar vader en grootvader. Ze bestudeerde vreemde dingen en ging de eindeloze mogelijkheden van legenden en mythen na. Haar beide scripties gingen over obscure verbanden tussen mythische eeuwenoude beschavingen – als Atlantis, had hij ontdekt toen hij ze beide had gelezen – en beschavingen die zich ontwikkelden. Het was allemaal fantasie. Toch waren de mannelijke Oberhausers gefascineerd geweest door dat belachelijke gedoe, en Christl had die nieuwsgierigheid blijkbaar van hen geërfd. De tijd dat ze kinderen kon krijgen was voorbij, en hij vroeg zich af wat er zou gebeuren als Isabel Oberhauser stierf. Twee vrouwen die een hekel aan elkaar hadden – en die beiden kinderloos waren –, zouden alles erven.

Een fascinerend scenario met eindeloos veel mogelijkheden.

Hij was buiten in de kou, niet ver van hun hotel. Dat hotel was een schitterend etablissement, dat zelfs goed genoeg zou zijn voor een veeleisende koning. Dorothea had de vorige avond vanuit de auto naar de receptionist van het hotel gebeld, en toen ze aankwamen, was er al een suite voor hen in gereedheid gebracht.

De zonnige Marienplatz, waarover hij nu wandelde, wemelde van de toeristen. Er hing een vreemde stilte, die alleen verbroken werd door het schuifelen van schoenzolen en het murmelen van stemmen. Hij zag warenhuizen, cafés, de markt, een koninklijk paleis en kerken. Het kolossale raadhuis met een levendige façade waarop zich de donkere sporen van eeuwen aftekenden, beheerste een hoek van het plein. Hij liep met een wijde boog om de museumwijk heen en begaf zich naar een drukbezochte bakkerszaak. Hij had honger en een paar chocoladecakejes gingen er wel in.

Hier en daar stonden kramen met geurige dennentakken op het plein. Ze maakten deel uit van de kerstmarkt, die zich tot ver in de drukke winkelstraat uitstrekte. Hij had gehoord dat er elk jaar miljoenen mensen op de festiviteiten afkwamen, maar hij betwijfelde of Dorothea en hij de tijd zouden hebben om erbij te zijn. Ze was met een missie bezig.

Hij ook, en dat deed hem denken aan zijn eigen werk. Hij moest contact opnemen met Berlijn en van zich laten horen. En dus haalde hij zijn mobieltje tevoorschijn.

'Kolonel Wilkerson,' zei zijn assistent. 'Ik heb opdracht alle telefoontjes van u rechtstreeks door te verbinden met overste Bishop.'

Voordat hij kon vragen waarom, had hij zijn plaatsvervanger aan de lijn.

'Kolonel, ik moet u vragen waar u zich bevindt.'

Hij was meteen op zijn hoede. Bryan Bishop gebruikte nooit het woord 'kolonel', de aanspreekvorm van een kapitein-ter-zee, tenzij er andere mensen meeluisterden. 'Wat is het probleem?' vroeg hij.

'Kolonel, dit gesprek wordt opgenomen. U bent van uw functie ontheven en tot veiligheidsrisico niveau drie verklaard. We hebben orders u te vinden en aan te houden.'

Hij probeerde zijn emoties in bedwang te houden. 'Wie heeft die orders gegeven?'

'Het kantoor van de directeur. De order is gegeven door kapitein-ter-zee Hovey en ondertekend door admiraal Ramsey.'

Hij had zelf de aanbeveling gedaan Bishop tot kapitein-luitenant-ter-zee te promoveren. Bishop was een meegaande officier die orders tot in de puntjes uitvoerde. Indertijd was dat geweldig geweest; nu was het heel ongunstig. 'Word ik gezocht?' vroeg hij, en toen drong er opeens iets tot hem door. Hij zette snel zijn telefoontje uit, voordat hij het antwoord had gehoord.

Hij keek naar het apparaatje. Die dingen hadden een ingebouwd gps voor noodgevallen. Verdomme. Zo hadden ze hem de vorige avond gevonden. Hij had niet nagedacht. Natuurlijk had hij vóór de aanval helemaal niet geweten dat hij een doelwit was. Daarna was hij van slag geweest en had Ramsey – de schoft – hem een rad voor ogen gedraaid. Op die manier had de admiraal tijd gewonnen om nog een team te sturen.

Zijn vader had gelijk gehad. Je kon ze nooit vertrouwen.

Plotseling veranderde een stad van driehonderd vierkante kilometer, met miljoenen inwoners, van een toevluchtsoord in een gevangenis. Hij keek om zich heen naar de mensen die, gehuld in dikke jassen, alle kanten op liepen.

En die cakejes hoefde hij ook niet meer.

Ramsey verliet de National Mall en reed naar het centrum van Washington, bij de Dupont Circle. Gewoonlijk gebruikte hij Charlie Smith voor zijn bijzondere operaties, maar dat was nu onmogelijk. Gelukkig had hij allerlei personen – allemaal op hun eigen manier capabel – op een oproeplijst staan. Hij had de reputatie goed en prompt te betalen. Dat hielp als hij dingen snel gedaan wilde krijgen.

Hij was niet de enige admiraal die naar de functie van David Sylvian hengelde. Hij wist minstens vijf anderen die vast en zeker bevriende politici hadden gebeld, zodra ze hadden gehoord dat Sylvian dood was. Over een paar dagen zouden ze de man de laatste eer bewijzen en hem begraven, maar Sylvians opvolger zou al in de komende uren worden gekozen. Zulke hoge posities in de militaire keten bleven niet lang vacant.

Hij had moeten weten dat Aatos Kane zou dwarsliggen. De senator draaide al een hele tijd mee. Hij kende het klappen van de zweep. Maar ervaring bracht ook kwetsbaarheden met zich mee. Mannen als Kane rekenden erop dat het hun tegenstanders aan het lef of de middelen ontbrak om gebruik te maken van die kwetsbaarheden.

Ramsey leed echter aan geen van beide tekortkomingen.

Hij bemachtigde een parkeerplek langs het trottoir, toen een andere auto daar net wegging. Er ging die dag tenminste nog iets goed. Hij stopte vijfenzeventig cent in de meter en liep door de kou naar Capitol Maps. Een interessante winkel. Ze hadden daar kaarten van alle uithoeken van de wereld en een indrukwekkende verzameling reisboeken en -gidsen. Maar hij had die dag geen behoefte aan cartografie; in plaats daarvan moest hij de eigenares spreken.

Hij ging naar binnen en zag dat ze met een klant stond te praten. Ze ving een glimp van hem op, maar liet niet blijken dat ze hem herkende. Hij nam aan dat de aanzienlijke honoraria die hij haar in de loop der jaren voor freelancediensten had betaald, haar hadden geholpen de winkel te financieren, maar daar praatten ze nooit over. Dat was een van zijn regels. Dienstverleners als zij waren gereedschap en hij behandelde ze hetzelfde als een hamer, zaag of schroevendraaier. Hij gebruikte ze en daarna legde hij ze weg. De meeste mensen die voor hem werkten, begrepen dat. Degenen die het niet begrepen, werden nooit meer opgeroepen.

De winkeleigenares was klaar met haar klant en kwam nonchalant naar hem toe. 'Op zoek naar een bepaalde kaart? We hebben een groot assortiment.'

Hij keek om zich heen. 'Inderdaad. En dat is goed, want ik heb vandaag veel hulp nodig.'

Wilkerson besefte dat hij werd gevolgd. Een man en een vrouw bleven zo'n dertig meter achter hem, waarschijnlijk waren ze gewaarschuwd toen hij contact met Berlijn had gehad. Ze waren niet dichterbij gekomen, en dat kon twee dingen betekenen. Ze wilden Dorothea en wachtten tot hij hen naar haar toe zou leiden, of hij werd opgedreven.

Geen van beide vooruitzichten was aangenaam.

Hij werkte zich met zijn ellebogen tussen de vele winkelende Münchenaren door. Hij wist absoluut niet hoeveel andere tegenstanders hem nog opwachtten. Veiligheidsrisico niveau drie? Dat betekende dat ze alle middelen zouden inzetten die nodig waren – ook dodelijke middelen. Erger nog: ze hadden uren de tijd gehad om zich voor te bereiden. Hij wist dat operatie Oberhauser belangrijk was – meer in persoonlijk dan in professioneel opzicht –, en Ramsey had het geweten van een beul. Als de admiraal werd bedreigd, sloeg hij terug. En op dit moment leek het er sterk op dat hij werd bedreigd.

Wilkerson begon vlugger te lopen. Hij zou Dorothea moeten bellen om haar te waarschuwen, maar het zat hem nog steeds dwars dat ze zich de vorige avond in zijn telefoongesprek met Ramsey had gemengd. Dit was zijn probleem en hij kon het aan. In elk geval had ze hem niet de les gelezen omdat hij zich in Ramsey had vergist. In plaats daarvan had ze hem meegenomen naar een luxe hotel in München en hun beiden een aangename tijd bezorgd. Als hij haar belde, zou hij misschien ook moeten vertellen hoe ze hem hadden gevonden, en dat onderwerp wilde hij het liefst vermijden.

Vijftig meter verderop ging de drukke voetgangerszone van de oude binnenstad over in een boulevard met veel auto's en met gele gebouwen met een mediterrane uitstraling. Hij keek achterom. De twee achtervolgers kwamen dichterbij. Hij keek naar links en rechts, en richtte zijn blik toen op de drukte en de herrie op de boulevard. Aan de overkant was een taxistandplaats. Chauffeurs stonden tegen hun auto's geleund, wachtend op klanten. Er lagen zes rijbanen met chaos tussen, met een lawaai dat het tegen zijn hartslag kon opnemen. In de straat links van hem was het net rood geworden; auto's verzamelden zich in rijen. Van rechts naderde een bus over de middelste rijbaan. Op de binnen- en buitenbaan ging het verkeer langzamer rijden.

Zijn spanning maakte plaats voor angst. Hij had geen keus. Ramsey wilde hem dood hebben. En omdat hij wist wat zijn twee achtervolgers hem te bieden hadden, moest hij het erop wagen de boulevard over te steken. Hij rende de staat op. Een automobilist zag hem blijkbaar nog net op tijd en trapte op de rem.

Hij koos precies het juiste moment voor de volgende etappe. Hij rende over de middelste baan op het moment dat de verkeerslichten op rood sprongen en de bus vaart minderde voor het kruispunt. Hij rende over de volgende baan, waar gelukkig even geen auto's waren, en kwam op de middenberm.

De bus kwam knarsend tot stilstand en onttrok hem aan het oog van de mensen die op het trottoir stonden. Loeiende claxons en gierende remmen, als ganzen en uilen die ruziemaakten, boden hem een kans. Hij had enkele kostbare seconden verdiend en besloot er niet één van te verspillen. Hij rende over de drie rijbanen voor hem, waar dankzij het rode licht even geen verkeer was, sprong in de voorste taxi en beval de chauffeur in het Duits: 'Rijden.'

De man sprong achter het stuur en Wilkerson dook ineen toen de taxi wegreed. Hij gluurde uit het raam. Het licht sprong op groen en het verkeer rukte weer op. De man en de vrouw zigzagden over de eerste helft van de boulevard, maar konden niet aan de overkant komen, omdat al die auto's in de weg zaten die nu met grote snelheid in zijn richting reden. Zijn achtervolgers keken om zich heen. Hij glimlachte.

'Waarheen?' vroeg de chauffeur in het Duits.

Hij besloot nog een slimme truc uit te halen. 'Een paar straten maar, en dan stoppen.'

Toen de taxi langs de stoeprand stopte, gooide hij de chauffeur tien euro toe en sprong eruit. Hij had een bord van de metro gezien en draafde de trap af, kocht een kaartje en rende het perron op.

De metro kwam er net aan en hij stapte in een bijna vol treinstel. Hij ging zitten en zette zijn mobiele telefoon aan, die een speciale voorziening had. Hij voerde een code in en op het scherm verscheen: ALLE GEGEVENS WISSEN? Hij drukte op JA. Net als zijn tweede vrouw, die hem de eerste keer nooit goed hoorde, vroeg de telefoon: WEET U HET ZEKER? Hij drukte nog een keer op JA. Het geheugen was nu leeg.

Hij bukte zich, zogenaamd om zijn sokken op te trekken en legde de telefoon onder de stoel. De trein reed het volgende station in. Hij stapte uit, maar de telefoon reisde verder. Dat zou Ramsey wel een tijdje bezighouden.

Hij liep het station uit, blij dat hij was ontsnapt. Hij moest contact opnemen met Dorothea, maar dat moest hij wel heel zorgvuldig doen. Als híj in de gaten werd gehouden, werd zij dat ook.

Hij stapte de zonnige middag in en oriënteerde zich. Hij was niet ver van de rivier, in de buurt van het Deutsches Museum. Opnieuw stond hij in een drukke straat, op een trottoir vol mensen.

Plotseling bleef er een man naast hem staan. '*Bitte*, meneer Wilkerson,' zei die in het Duits. 'Naar die auto daar, langs de stoeprand.'

Hij verstijfde. De man droeg een lange wollen jas en hield beide handen in zijn zakken. 'Ik wil het niet,' zei de vreemde, 'maar als het moet, schiet ik u hier neer.'

Wilkersons blik ging naar de jaszak van de man. Een misselijk gevoel drong zijn maag binnen. Ramseys mensen konden hem onmogelijk hierheen hebben gevolgd, maar omdat hij zo op hen gefixeerd was geweest, had hij niet op anderen gelet. 'U komt niet uit Berlijn, hè?' vroeg hij.

'*Nein*. Ik ben iets heel anders.'

34

Malone keek vol bewondering naar de laatste resten van het Karolingische Rijk, indertijd bekend als de kerk van Onze-Lieve-Vrouw en nu als de dom van Aken. Het gebouw bestond blijkbaar uit drie afzonderlijke delen. Een gotische toren, die apart leek te staan. Een rond, maar hoekig middendeel, dat door een overdekte brug met de toren was verbonden en bekroond werd door een ongewoon geplooide koepel. En een hoog, rechthoekig gebouw, dat uit niets dan dak en gebrandschilderde ramen leek te bestaan. Het geheel was gebouwd van het eind van de achtste tot de vijftiende eeuw, en het was verbazingwekkend dat het alles daarna had overleefd, vooral de laatste honderd jaar, waarin, zoals Malone wist, Aken genadeloos gebombardeerd was.

De dom stond onder aan een helling en was ooit met het paleis verbonden geweest door een rij lage houten gebouwen: een solarium, een militair garnizoen, rechtbanken en verblijven voor de koning en zijn familie. De palts van Karel de Grote.

Overgebleven waren alleen een binnenplaats, de dom en de funderingen van het paleis, waarop in de veertiende eeuw het stadhuis van Aken was gebouwd. De rest was eeuwen geleden verdwenen.

Ze betraden de dom door de deuren aan de westkant, de eeuwenoude ingang die van de straat was afgescheiden. Drie treden lager was een barok portaal met witte, niet-versierde muren.

'Let op die treden,' zei Christl. 'Het grondniveau buiten is omhooggegaan sinds de tijd van Karel de Grote.'

Hij herinnerde zich Dorothea's verhaal over Otto III. 'Hebben ze het graf van Karel de Grote hieronder gevonden? En ook het boek dat Dorothea heeft?'

Ze knikte. 'Sommigen zeggen dat Otto III deze vloer heeft opengebroken en de koning rechtop zittend aantrof, zijn vingers wijzend naar het evangelie van Marcus. *Want wat zou het de mens baten als hij de hele wereld won en zijn ziel schade leed?'*

Haar cynisme ontging hem niet.

'Anderen zeggen dat keizer Frederik Barbarossa het graf hier in 1165 heeft gevonden en dat het lijk in een marmeren kist lag. Die Romeinse sarcofaag is te zien in de schatkamer hiernaast. Barbarossa zou hem hebben vervangen door een vergulde kist, en die staat nu daar, in het koor.' Ze wees voor hen uit.

Voorbij het altaar zag hij een gouden reliekhouder in een verlichte vitrine. Ze verlieten het portaal en liepen de dom in. Een rondlopende gang ging naar links en naar rechts, maar hij voelde zich aangetrokken tot het midden van de binnenste achthoek. Het licht werd als mist gezeefd door ramen hoog in de koepel.

'Een zestienhoek om een achthoek heen,' zei hij.

Acht zware zuilen vormden hoog boven hen dubbele zuilen die de koepel ondersteunden. Ronde bogen verhieven zich hoog naar de bovengalerijen, waar slanke zuilen, marmeren bruggen en rasters van latwerk alles met elkaar verbonden.

'Na de voltooiing was dit drie eeuwen lang het hoogste gebouw ten noorden van de Alpen,' zei Christl tegen hem. 'In het zuiden was al steen gebruikt om tempels, arena's, paleizen en later ook kerken te bouwen, maar de Germaanse stammen kenden zoiets nog niet. Buiten het Middellandse Zeegebied was dit de eerste poging om een stenen gewelf te bouwen.'

Hij keek op naar de galerij hoog boven hen.

'Van wat je hier ziet, komt maar heel weinig uit de tijd van Karel de Grote,' zei ze. 'De structuur van het gebouw natuurlijk. En de zesendertig marmeren zuilen daarboven. Sommige zijn origineel – uit Italië aangevoerd, later gestolen door Napoleon, en uiteindelijk teruggegeven. De acht bronzen latwerken tussen de bogen zijn ook origineel. Al het andere kwam later. De Karolingers kalkten hun kerken wit en beschilderden de binnenkant. Later voegden christenen er elegantie aan toe. Toch is dit de enige kerk in Duitsland die in opdracht van Karel de Grote is gebouwd en die nog overeind staat.'

Hij moest zich achterover buigen om tot in de koepel te kunnen kijken. Daar beeldde een gouden mozaïek vierentwintig kerkvoogden uit die in witte gewaden voor de troon stonden, gouden kronen presenteerden en het Lam aanbaden. Uit Openbaring, als hij zich niet vergiste. In het lagere deel van de koepel waren nog meer mozaïeken te zien. Maria, Johannes de Doper, Christus, de aartsengel Michaël, Gabriël, en zelfs Karel de Grote zelf.

Aan een smeedijzeren ketting, waarvan de schakels naar boven toe steeds dikker werden, hing een enorme, wielvormige kandelaber met ingewikkeld goudsmeedwerk.

'Keizer Frederik Barbarossa bood die kroonluchter in de twaalfde eeuw aan,' vertelde ze. 'Dat was na zijn kroning. De kroonluchter staat symbool voor het hemelse Jeruzalem, de stad der lichten die als de kroon van een overwinnaar uit de hemel omlaag zal komen, zoals elke christen wordt beloofd.'

Opnieuw Openbaring. Hij dacht aan een andere kathedraal, de San Marco in Venetië. 'Deze kerk voelt Byzantijns aan.'

'Dat heeft te maken met de liefde van Karel de Grote voor Byzantijnse rijkdom, in tegenstelling tot de Romeinse strengheid.'

'Wie heeft hem ontworpen?'

Ze haalde haar schouders op. 'Dat weet niemand. In sommige teksten wordt ene meester Odo genoemd, maar er is niets over hem bekend, behalve dat hij blijkbaar de architectuur van het zuiden kende. Einhard heeft er in elk geval aan meegewerkt, en Karel de Grote zelf ook.'

Het interieur imponeerde niet met zijn grootte. In plaats daarvan was de illusie intiemer. Je blik werd even naar boven getrokken, naar de hemel.

De toegang tot de dom was gratis, maar er waren betaalde rondleidingen door gidsen die op de hoogtepunten wezen. De man die hen vanaf het station was gevolgd, was ook naar binnen gekomen en gebruikte een van die groepen om niet op te vallen. Na een tijdje had hij blijkbaar geconstateerd dat er maar één ingang was en ging hij weer naar buiten.

Malone had het goed geraden. Er zat een zendertje op zijn huurauto. Hoe had die schutter hen gisteravond anders kunnen vinden? Ze waren beslist niet gevolgd. Vandaag waren ze met diezelfde auto van Reichshoffen naar Garmisch gereden, om daar de trein te nemen, en daar had hij Hakbijl voor het eerst gezien.

Als je wilde weten of iemand je volgde, moest je hem met je mee leiden.

Christl wees naar de galerij op de eerste verdieping. 'Daar mocht alleen de monarch komen. Dertig keizers van het Heilige Romeinse Rijk zijn daar gekroond. Door op de troon te gaan zitten en in de voetsporen van Karel de Grote te treden, namen ze het rijk symbolisch in bezit. Niemand werd als wettelijk keizer beschouwd, voordat hij op die troon daarboven had gezeten.'

In de achthoek stonden stoelen voor gelovigen, en ook voor toeristen, zag hij. Hij ging aan de zijkant zitten en vroeg: 'Nou, waarom zijn we hier?'

'Einhard hield onder andere van wiskunde en architectuur.'

Hij begreep wat ze niet uitsprak. 'Kennis die de Heiligen hem hadden bijgebracht?'

'Kijk eens om je heen. Een hele prestatie voor de negende eeuw. Veel primeurs. Dat stenen gewelf hierboven? Dat was revolutionair. Degene die dit heeft ontworpen en gebouwd, wist wat hij deed.'

'Maar wat heeft deze kerk met het testament van Einhard te maken?'

'In het testament schreef Einhard dat een volledig inzicht in de wijsheid van de hemel in het nieuwe Jeruzalem begint.'

'Is dit het nieuwe Jeruzalem?'

'Zo noemde Karel de Grote deze kerk.'

Hij herinnerde zich de rest van de tekst. *De openbaringen daar zullen duidelijk zijn, zodra het geheim van die wonderbaarlijke plaats is ontcijferd. Verhelder deze zoektocht door de volmaaktheid van de engel toe te passen op de heiliging van de heer. Maar alleen degenen die de troon van Salomo en Romeinse frivoliteit waarderen, zullen hun weg naar de hemel vinden.*'

'Je hebt een goed geheugen.'

'Je moest eens weten.'

'Raadsels zijn niet mijn sterkste punt, en ik heb hier veel moeite mee.'

'Wie zegt dat ik er goed in ben?'

'Moeder zegt dat je een grote reputatie hebt.'

'Ik ben blij dat ik voor mama's test ben geslaagd. Zoals ik al tegen haar en jou heb gezegd: ze heeft een voorkeur voor een van haar dochters.'

'Ze probeert Dorothea en mij te laten samenwerken. Op een gegeven moment moeten we dat misschien ook wel, maar ik ben van plan het zo lang mogelijk te vermijden.'

'Toen je in de abdij zag dat die kast was vernield, dacht je dat Dorothea de schuldige was, nietwaar?'

'Ze wist dat vader daar zijn papieren bewaarde, maar ik heb haar nooit verteld hoe de kast openging. Dat interesseerde haar niet, tot voor kort. Blijkbaar wilde ze niet dat ik de papieren in handen had.'

'Maar ze wilde wel dat je mij had?'

'Dat is vreemd.'

'Misschien dacht ze dat ik nutteloos was.'

'Ik kan me niet voorstellen waarom.'

'Is dat vleierij? Jij deinst nergens voor terug.'

Ze glimlachte.

Hij wilde het weten: 'Waarom zou Dorothea de papieren in de abdij stelen en de originelen van minstens een daarvan in het kasteel achterlaten?'

'Dorothea is bijna nooit onder Reichshoffen geweest. Ze weet weinig van wat daar te vinden is.'

'Wie heeft de vrouw uit de kabelbaancabine gedood?'

Haar gezicht werd harder. 'Dorothea.'

'Waarom?'

Ze haalde haar schouders op. 'Mijn zus heeft nauwelijks een geweten.'

'Jullie twee zijn de vreemdste tweeling die ik ooit heb ontmoet.'

'Dat we tegelijk zijn geboren, wil nog niet zeggen dat we hetzelfde zijn. We hebben altijd een zekere afstand tot elkaar bewaard. Dat vonden we prettig.'

'Wat gebeurt er als jullie samen alles erven?'

'Ik denk dat moeder hoopt dat deze queeste een eind aan onze tweedracht maakt.'

Hij merkte dat ze daaraan twijfelde. 'Dat gebeurt niet?'

'We hebben allebei beloofd dat we het zouden proberen.'

'Als jullie dit proberen noemen...' Hij keek rond. Niet ver bij hen vandaan, binnen de buitenste veelhoek, stond het hoofdaltaar.

Christl zag hem kijken. 'Ze zeggen dat het paneel aan de voorkant gemaakt is van goud dat Otto III in de tombe van Karel de Grote heeft gevonden.'

'Ik weet al wat je gaat zeggen: *maar niemand weet dat zeker.*' Haar uitleg was tot nu toe gedetailleerd geweest, maar dat wilde niet zeggen dat alles waar was. Hij keek op zijn horloge en stond op. 'We moeten iets eten.'

Ze keek hem verbaasd aan. 'Moeten we dit niet eerst doen?'

'Als ik wist hoe, zou ik het doen.'

Voordat ze de dom waren binnengegaan, waren ze in de souvenirwinkel geweest. Daar hadden ze gehoord dat de dom tot zeven uur 's avonds open was. De laatste rondleiding begon om zes uur. Malone had ook een verzameling gidsen en historische werken gezien, sommige in het Engels, de meeste in het Duits. Gelukkig beheerste hij het Duits vrij goed.

'We moeten even pauze houden en ergens iets gaan eten.'

'De Marktplatz is niet ver weg.'

Hij wees naar de grote deuren. 'Ga jij maar voorop.'

35

Charlotte, North Carolina
11.00 uur

CHARLIE SMITH DROEG een stonewashed spijkerbroek, een gehaakt donker shirt en schoenen met stalen neuzen. Dat alles had hij een paar uur eerder in een Wal-Mart gekocht. Hij verbeeldde zich dat hij een van de Dukes in Hazzard County was en dat hij net uit het raam aan de bestuurderskant van de General Lee was geklommen. Omdat er niet zo veel verkeer was op de tweebaansweg van Charlotte naar het noorden, had hij in een rustig tempo kunnen rijden, en nu stond hij tussen bomen en keek naar het huis, dat een oppervlakte van ruim honderd vierkante meter had. Hij kende de voorgeschiedenis van dat huis.

Herbert Rowland had de grond gekocht toen hij in de dertig was, eraan betaald tot hij in de veertig was en het huis gebouwd toen hij in de vijftig was. Twee weken nadat hij als marineofficier met pensioen was gegaan, hadden Rowland en zijn vrouw een verhuiswagen volgestouwd en waren ze dertig kilometer vanuit Charlotte naar het noorden gereden. Sinds tien jaar woonden ze in alle rust bij het meer.

In het vliegtuig vanuit Jacksonville had Smith het dossier bestudeerd. Rowland had twee medische aandachtspunten. Ten eerste had hij al heel lang diabetes type II, zodat hij afhankelijk was van insuline. Het was beheersbaar, mits hij zijn dagelijkse injecties kreeg. Ten tweede hield hij nogal van alcohol, met name van whisky. Hij was een kenner en besteedde een deel van zijn maandelijkse marinepensioen in een dure slijterij in Charlotte aan premium blends. Hij dronk altijd 's avonds thuis, samen met zijn vrouw.

Zijn aantekeningen van het jaar daarvoor wezen in de richting van een dood die met diabetes te maken had, maar het viel niet mee om dat voor elkaar te krijgen zonder argwaan te wekken.

De voordeur ging open en Herbert Rowland verscheen in het zonlicht. De oudere man liep regelrecht naar een vieze Ford F-150 en reed weg. De auto van Rowlands vrouw was nergens te zien. Smith bleef tien minuten tussen de bomen staan wachten en besloot het er toen op te wagen. Hij liep naar de voordeur en klopte aan. Geen reactie. Nog eens.

Hij deed er nog geen minuut over om het slot te forceren. Hij wist dat er geen alarmsysteem was. Rowland had tegen meerdere mensen gezegd dat hij dat geldverspilling vond.

Smith maakte de deur zorgvuldig open en ging naar binnen. Hij zocht het antwoordapparaat en beluisterde de ingesproken boodschappen. De zesde, van Rowlands vrouw, was een paar uur eerder ingesproken en wat hij hoorde, deed hem goed. Ze was bij haar zuster en had gebeld om te vragen hoe het met Rowland ging. Tot slot zei ze dat ze over twee dagen weer thuis zou zijn.

Hij veranderde meteen zijn plan. Twee dagen alleen: dat was een buitenkans.

Hij liep langs een rek met geweren. Rowland hield van jagen. Hij bekeek een paar geweren. Zelf was hij ook een jager; alleen liep zijn prooi op twee benen.

Hij liep naar de keuken en maakte de koelkast open. In de deur stonden vier flesjes insuline, precies zoals in het dossier stond aangegeven. Hij nam ze in zijn handen – hij droeg handschoenen – en bekeek ze stuk voor stuk. Allemaal vol, de plastic afsluiting intact, behalve van het flesje dat in gebruik was.

Hij ging met het flesje naar het aanrecht en haalde een lege injectiespuit uit zijn zak. Hij prikte met de naald door de rubberen afsluiting, zoog het medicijn op en spoelde de vloeistof door de afvoer. Hij herhaalde dat nog twee keer, tot het flesje leeg was. Uit een andere zak haalde hij een flesje met een zoutoplossing. Hij vulde de spuit en injecteerde de inhoud in het flesje. Dat herhaalde hij, tot het flesje weer voor driekwart vol was.

Hij spoelde de gootsteen schoon en zette het flesje terug in de koelkast. Als Herbert Rowland zichzelf vanavond een spuit gaf, zou hij er weinig van merken. Maar alcohol en diabetes gingen niet goed samen. De combinatie van buitensporig veel alcohol en onbehandelde diabetes was absoluut dodelijk. Binnen enkele uren zou hij in een shock raken en de volgende morgen zou hij dood zijn.

Smith hoefde alleen maar het huis in de gaten te houden. Hij hoorde buiten een auto en liep vlug naar het raam. Een man en een vrouw stapten uit een kleine Chrysler.

Dorothea maakte zich zorgen. Wilkerson was al een hele tijd weg. Hij had gezegd dat hij een bakker ging zoeken om broodjes te kopen, maar dat was al bijna twee uur geleden.

De hoteltelefoon ging. Ze schrok ervan. Niemand wist dat ze hier was, behalve...

Ze nam op.

'Dorothea,' zei Wilkerson. 'Luister. Ik ben gevolgd, maar ik heb ze afgeschud.'

'Hoe hebben ze ons gevonden?'

'Ik heb geen idee, maar ik ben naar het hotel teruggegaan, en toen zag ik mannen aan de voorkant. Je moet je mobieltje niet gebruiken, dat wordt misschien afgeluisterd. Dat doen wij vaak.'

'Weet je zeker dat je ze hebt afgeschud?'

'Ik heb de metro genomen. Ze concentreren zich nu op jou, want ze denken dat jij hen naar mij toe leidt.'

Ze dacht na. 'Wacht een paar uur en neem dan de metro naar het Hauptbahnhof. Wacht bij het toeristenbureau. Ik ben daar om zes uur.'

'Hoe kom je het hotel uit?' vroeg hij.

'Mijn familie is hier zo'n goede klant, dat de receptionist me vast wel zal helpen.'

Stephanie stapte uit haar auto en Edwin Davis kwam er aan de passagierskant uit. Ze waren van Atlanta naar Charlotte gereden, een rit van vierhonderd kilometer over snelwegen, en hadden daar net geen drie uur over gedaan. Davis had het adres van de gepensioneerde marineofficier Herbert Rowland bij de marine opgevraagd en Google had hun verteld waar het was.

Het huis stond ten noorden van Charlotte, naast Eagles Lake, dat er door zijn grootte en onregelmatige vorm uitzag alsof het door de mens was gemaakt. De oever was steil, bebost en rotsig. Er stonden daar maar weinig huizen. Rowlands huis aan de rand van het bos, met een schilddak, stond enkele honderden meters bij de weg vandaan tussen groene populieren en andere loofbomen met hoge kale stammen. Het huis had een schitterend uitzicht.

Stephanie had haar twijfels over dit alles, en die had ze onderweg ook uitgesproken. Ze vond dat ze de politie erbij moesten betrekken. Maar Davis had zich daartegen verzet.

'Dit is nog steeds een slecht idee,' zei ze nu tegen hem.

'Stephanie, als ik naar de FBI ging, of naar de sheriff hier, en zou vertellen wat ik vermoed, dan zouden ze me voor gek verklaren. En wie weet, misschien hebben ze nog gelijk ook.'

'Het is geen fantasie dat Zachary Alexander vannacht is gestorven.'

'Het is ook niet te bewijzen dat het moord was.'

Ze hadden contact gehad met de Geheime Dienst in Jacksonville. Er waren geen sporen van boze opzet gevonden.

Ze zag dat er geen auto's bij het huis geparkeerd stonden. 'Zo te zien is er niemand thuis.'

Davis gooide het portier dicht. 'Er is maar één manier om daarachter te komen.'

Ze volgde hem de veranda op, en hij klopte op de voordeur.

Geen antwoord.

Hij klopte opnieuw. Na nog enkele ogenblikken van stilte probeerde Davis de knop. De deur ging open.

'Edwin...' begon ze, maar hij was al naar binnen.

Ze bleef op de veranda staan. 'Dit is een misdrijf.'

Hij draaide zich om. 'Blijf jij dan maar buiten staan. Ik verlang niet van je dat je de wet overtreedt.'

Ze wist dat ze helder moest blijven denken en liep naar binnen. 'Hoe ben ik hier toch in verzeild geraakt? Ik moet wel gek zijn geworden.'

Hij glimlachte. 'Malone heeft me verteld dat hij vorig jaar in Frankrijk hetzelfde tegen jou heeft gezegd.'

Ze had daar geen idee van. 'O ja? Wat zei Cotton nog meer?'

Hij gaf geen antwoord, maar ging verder met zijn onderzoek.

Ze had het gevoel dat de hele inrichting van het huis in een Pottery Barn-winkel was gekocht. Stoelen met ladderrug, een bank die uit elementen bestond, juten kleden op gebleekte hardhouten vloeren. Alles was netjes en ordelijk. Ingelijste foto's hingen aan de muren en stonden op de tafels. Rowland hield blijkbaar van jagen. Er hingen trofeeën aan de muren, tussen portretten van wat blijkbaar kinderen en kleinkinderen waren. Een bank keek uit op een houten terras. De oever aan de overkant van het meer was nog net te zien. Het huis stond blijkbaar in de kromming van een baai.

Davis bleef aandachtig rondkijken. Hij maakte laden en kasten open.

'Wat doe je?' vroeg ze.

Hij ging naar de keuken. 'Ik probeer een indruk te krijgen.'

Ze hoorde hem de koelkast openmaken.

'Je komt veel over iemand te weten door in zijn koelkast te kijken,' zei hij.

'O ja? Wat ben je in de mijne te weten gekomen?' Voordat ze weggingen had hij haar koelkast geopend om iets te drinken te pakken.

'Dat je niet kookt. Je koelkast deed me aan mijn studententijd denken. Er zat niet veel in.'

Ze grijnsde en liep naar hem toe. 'En wat ben je hier te weten gekomen?'

Hij wees. 'Herbert Rowland heeft diabetes.'

Ze zag flesjes met Rowlands naam erop en INSULINE. 'Dat was niet zo moeilijk.'

'En hij houdt van gekoelde whisky. Maker's Mark. Goed spul.'

In het bovenste rek stonden drie flessen.

'Ben jij een drinker?' vroeg ze.

Hij deed de koelkastdeur dicht. 'Nu en dan lust ik wel een glas zestig jaar oude Macallan.'

'We moeten hier weg,' zei ze.

'Dit is in Rowlands eigen belang. Iemand gaat hem vermoorden, op een manier die hij het minst verwacht. We moeten in de andere kamers kijken.'

Ze was nog steeds niet overtuigd en liep de huiskamer weer in. Daar waren drie deuren. Onder een daarvan zag ze iets; licht dat bewoog, schaduwen, alsof er net iemand voorbij was gelopen aan de andere kant.

Er gingen alarmbellen bij haar rinkelen. Ze greep onder haar jas en haalde een Beretta van de Magellan Billet tevoorschijn.

Davis zag het pistool. 'Ben je gewapend?'

Ze stak haar wijsvinger op om hem tot stilte te manen en wees naar de deur. *Daar is iemand*, vormde ze met haar lippen.

Charlie Smith had geprobeerd te luisteren. De twee indringers waren brutaalweg het huis binnengegaan en hadden hem naar de slaapkamer verdreven. Hij had de deur dichtgedaan en was er dichtbij blijven staan. Toen hij de man hoorde zeggen dat hij de andere kamers wilde bekijken, wist Smith dat hij in de problemen zat. Hij had geen pistool meegebracht. Dat nam hij alleen mee als het echt nodig was, en omdat hij met het vliegtuig van Virginia naar Florida was gereisd, was het onmogelijk geweest. Trouwens, pistolen waren een slecht middel als je iemand wilde vermoorden zonder dat het in de gaten liep. Veel aandacht, sporen, vragen.

Er zou hier nu niemand moeten zijn. In het dossier stond dat Herbert Rowland elke woensdag tot vijf uur als vrijwilliger in de plaatselijke bibliotheek werkte. Het zou nog uren duren voor hij terug was en zijn vrouw was er natuurlijk ook niet. Hij had flarden van het gesprek opgevangen, dat eerder persoonlijk dan professioneel had geklonken. De vrouw voelde zich duidelijk niet op haar gemak. Maar toen had hij het gehoord: *Ben je gewapend?*

Hij moest hier weg, maar hij kon nergens heen. De slaapkamer had vier ramen, maar daar kon hij niet snel doorheen.

Een badkamer en twee kasten kwamen op de slaapkamer uit.

Hij moest snel iets doen.

Stephanie deed de deur van de slaapkamer open. Het tweepersoonsbed was opgemaakt en alles was netjes, net als in de rest van het huis. De badkamerdeur stond open en het daglicht dat door de vier ramen naar binnen viel, wierp een helder schijnsel over het berberkleed in de kamer. Buiten ritselden bomen in de wind. Hun zwarte schaduwen dansten over de vloer.

'Geen spoken?' zei Davis.

Ze wees omlaag. 'Vals alarm.' Maar toen zag ze plotseling iets.

Een van de kasten had schuifdeuren en was blijkbaar van mevrouw Rowland. Vrouwenkleren hingen lukraak door elkaar heen. Een tweede kast was kleiner en had een gewone deur met panelen. Ze kon er niet in kijken, want de deur bevond zich om de hoek in een halletje dat naar de badkamer leidde. De deur stond open en de binnenkant daarvan was zichtbaar vanaf de plaats waar ze stond. Een plastic hanger die aan de deurknop hing, schommelde zachtjes heen en weer.

Het was niet veel, maar het was genoeg.

'Wat is er?' vroeg Davis.

'Je hebt gelijk,' zei ze. 'Er is hier niets. Het waren denk ik zenuwen. Het zit me niet lekker dat we aan het inbreken zijn.'

Ze merkte dat Davis het niet had opgemerkt – of misschien liet hij er gewoon niets van blijken.

'Kunnen we hier nu weg?' vroeg ze.

'Ja, ik denk dat we genoeg hebben gezien.'

Wilkerson was doodsbang. Hij was onder bedreiging met een pistool gedwongen Dorothea te bellen. De man die opeens naast hem op het trottoir had gestaan, had hem precies verteld wat hij moest zeggen. De loop van het 9mm-pistool had hij tegen zijn linkerslaap gedrukt, en hij had hem ervan verzekerd dat hij de trekker meteen zou overhalen als hij zich niet aan het scenario hield.

Malone had precies gedaan wat hem was opgedragen.

Vervolgens was hij op de achterbank van een Mercedes-coupé door München gereden, zijn handen op zijn rug geboeid, zijn ontvoerder achter het stuur. Ze waren een tijdje ergens blijven staan. Zijn ontvoerder had hem alleen in de auto laten zitten om zelf buiten met zijn mobieltje te telefoneren.

Er waren inmiddels enkele uren verstreken.

Dorothea zou straks op het station zijn, maar zij waren daar nu een heel eind vandaan. Ze reden zelfs uit het stadscentrum weg, de stad uit, naar het zuiden toe, richting Garmisch en de Alpen, op honderd kilometer afstand.

'Mag ik één ding vragen?' vroeg hij aan de bestuurder van de auto.

De man zei niets.

'Je wilt me niet vertellen voor wie je werkt, maar misschien kun je me wel je eigen naam noemen? Of is die ook geheim?' Hij had geleerd dat je met je ontvoerders in gesprek moest gaan om meer over hen te weten te komen.

De Mercedes ging naar rechts, een oprit van de snelweg op, en voegde in.

'Ik heet Ulrich Henn,' zei de man ten slotte.

36

MALONE GENOOT VAN zijn maaltijd. Christl en hij waren naar de driehoekige Marktplatz teruggelopen en hadden een restaurant gevonden tegenover het raadhuis. Onderweg waren ze even bij de souvenirwinkel van de dom gestopt om een stuk of vijf gidsen te kopen. Ze waren door een labyrint van smalle, hobbelige straatjes gelopen, met burgerlijke stadshuizen die een middeleeuwse sfeer ademden, al waren de meeste waarschijnlijk niet meer dan vijftig of zestig jaar oud, want Aken was zwaar gebombardeerd in de jaren veertig. De middagkou had het winkelend publiek niet afgeschrikt. In deze dagen voor Kerstmis stonden de winkels vol mensen.

De Hakbijl volgde hen nog en was een ander etablissement binnengegaan, schuin tegenover de plaats waar Christl en hij zaten. Op Malones verzoek hadden ze een tafel niet aan, maar dicht bij het raam gekregen, vanwaar hij het plein in de gaten kon houden.

Hij vroeg zich af wie hun achtervolger was. Het was er maar één. Dat betekende dat hij met amateurs te maken had of met mensen die te weinig geld hadden om genoeg personeel in te huren. Of misschien dacht Hakbijl dat hij zo goed was, dat niemand hem ooit zou opmerken. Hij had wel vaker meegemaakt dat agenten zo'n groot ego hadden.

Hij had al drie gidsen doorgenomen. Zoals Christl had gezegd, had Karel de Grote de kerk als zijn 'nieuwe Jeruzalem' beschouwd. Eeuwen later had Barbarossa dat bevestigd door de koperen kroonluchter te schenken. Malone had een Latijnse inscriptie op de kroonluchter gezien, en in een van de boeken stond een vertaling. De eerste regel luidde:

'Hier verschijnt ge in beeld, o Jeruzalem, hemels Zion, tabernakel van vrede voor ons en hoop op gezegende rust.'

De negende-eeuwse historicus Notker zou hebben gezegd dat Karel de Grote de kerk 'naar zijn eigen idee' had laten bouwen en dat de lengte, breedte en hoogte een symbolische betekenis hadden. De bouw was ergens tussen 790 en 800 begonnen en de kerk was op 6 januari 805 ingewijd door paus Leo III. De keizer was daarbij aanwezig geweest.

Hij pakte een volgend boek. 'Ik neem aan dat jij de geschiedenis van de tijd van Karel de Grote tot in alle bijzonderheden hebt bestudeerd?'

Ze had een glas wijn in haar handen. 'Het is mijn terrein. De Karolingische periode vormt een overgangstijd voor de westerse beschaving. Voor Karel was Europa een woelig gekkenhuis van oorlogvoerende rassen, gigantische onwetendheid en grote politieke chaos. Karel schiep de eerste gecentraliseerde regering ten noorden van de Alpen.'

'Toch is alles wat hij heeft bereikt na zijn dood teloorgegaan. Zijn rijk verbrokkelde. Zijn zoon en kleinkinderen hebben alles vernietigd.'

'Maar de dingen die hij geloofde hebben wortel geschoten. Hij vond dat een regering in de allereerste plaats aan het welzijn van de bevolking moest denken. Boeren waren voor hem menselijke wezens die consideratie verdienden. Hij regeerde niet voor zijn eigen glorie, maar voor het algemeen belang. Hij zei vaak dat het niet zijn missie was om zijn imperium uit te breiden, maar om het vast te houden.'

'Toch veroverde hij nieuw territorium.'

'Minimaal. Hier en daar wat territorium voor specifieke doeleinden. Hij was in bijna elk opzicht een revolutionair. Heersers uit zijn tijd verzamelden sterke mannen, boogschutters, krijgers, maar hij omringde zich met geleerden en leraren.'

'Toch verdween dat alles en kwijnde Europa vierhonderd jaar weg voordat er echte verandering kwam.'

Ze knikte. 'Dat is blijkbaar het lot van de meeste grote heersers. De erfgenamen van Karel de Grote waren niet zo wijs als hij. Hij is vaak getrouwd en kreeg veel kinderen. Niemand weet precies hoeveel. Zijn eerstgeborene, Pippijn, die een bochel had, kreeg niet de kans om te regeren.'

Toen ze het over die mismaaktheid had, moest hij aan de kromme rug van Henrik Thorvaldsen denken. Hij vroeg zich af wat zijn Deense vriend nu deed. Thorvaldsen zou Isabel Oberhauser vast wel kennen, of in elk geval weten wie ze was. Het zou wel nuttig zijn als hij meer over haar wist. Maar als hij belde, zou Thorvaldsen zich afvragen waarom hij nog steeds in Duitsland was. Omdat hij dat zelf eigenlijk ook niet wist, voelde hij er weinig voor om die vraag op te roepen.

'Pippijn werd later onterfd,' ging Christl verder, 'toen Karel de Grote gezonde, niet-mismaakte zoons bij andere vrouwen kreeg. Pippijn werd de bittere vijand van zijn vader, maar hij stierf eerder dan Karel. Uiteindelijk was Lodewijk de enige zoon die Karel overleefde. Hij was zachtmoedig, erg godsdienstig en geleerd, maar hij deinsde terug voor oorlog en gedroeg zich niet consistent. Hij werd gedwongen afstand van de troon te doen ten gunste van zijn drie zoons, die het rijk in 841 uit elkaar scheurden. Pas in de tiende eeuw werd het door Otto I hersteld.'

'Had hij ook hulp? De Heiligen?'

'Dat weet niemand. De enige gegevens over hun betrokkenheid bij de Europese cultuur komen voort uit de contacten met Karel de Grote, en die staan vermeld in het boek dat ik heb, het boek dat Einhard in zijn graf heeft achtergelaten.'

'En hoe is dat alles geheim gebleven?'

'Opa heeft het alleen aan mijn vader verteld, maar omdat zijn geest met hem op de loop ging, was moeilijk na te gaan wat echt was en wat hij zich verbeeldde. Vader betrok de Amerikanen erbij. Vader en de Amerikanen konden het boek uit het graf van Karel de Grote niet lezen; het boek dat Dorothea heeft en dat het volledige verslag heet te zijn. En dus is het geheim in stand gebleven.'

Nu ze toch aan het vertellen was, vroeg hij: 'Hoe heeft je opa dan iets in Antarctica gevonden?'

'Ik weet het niet. Ik weet alleen dat hij iets heeft gevonden. Je hebt de stenen gezien.'

'En wie heeft ze nu?'

'Dorothea, denk ik. In elk geval wilde zij niet dat ik ze had.'

'En dus heeft ze die dingen vernield? De verzameling van jullie opa?'

'Mijn zus heeft nooit iets om de overtuigingen van opa gegeven. En ze is tot alles in staat.'

Hij hoorde weer een ijzige ondertoon in haar stem en drong niet verder aan. In plaats daarvan keek hij in een van de gidsen en bestudeerde een plattegrond van de dom, de omringende binnenplaatsen en aangrenzende gebouwen.

Het domcomplex bezat een bijna fallische vorm. Het was rond aan het ene uiteinde en had aan het andere eind een uitbouw die op zijn beurt met een rond eind naar voren stak. Via een binnendeur kwam je in wat eens een refter en nu de schatkamer was. Er stond maar één stel buitendeuren op de plattegrond, de hoofdingang die ze net hadden gebruikt en die de Wolfsdeur werd genoemd.

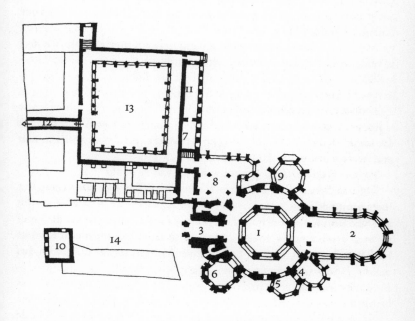

1. Achthoek
2. Koor
3. Portaal
4. Matthiaskapel
5. Annakapel
6. Hongarenkapel
7. Allerheiligenkapel

8. Michaëlskapel
9. Karel- en Hubertuskapel
10. Doopkapel
11. Allerzielenkapel
12. Schatkamer (Klein Drakenhol)
13. Kloostertuin
14. Kerkhof

'Waar denk je aan?' vroeg ze.

Die vraag haalde hem uit zijn overpeinzingen. 'Dat boek dat je hebt, uit het graf van Einhard. Heb je een volledige vertaling van het Latijn?'

Ze knikte. 'Die is opgeslagen in mijn computer in Reichshoffen. Maar je hebt er niet veel aan. Hij heeft het over de Heiligen en enkele van hun bezoeken aan Karel de Grote. De belangrijke informatie staat waarschijnlijk in het boek dat Dorothea heeft; dat Einhard een "volledig inzicht" noemt.'

'Maar je opa heeft dat inzicht blijkbaar verworven.'

'Het schijnt van wel, al weten we het niet zeker.'

'Wat gebeurt er als we hiermee klaar zijn? We hebben niet het boek dat Dorothea heeft.'

'Moeder verwacht dat we gaan samenwerken. Omdat we elk een deel hebben, kunnen we niet zonder elkaar verder.'

'Maar jullie doen allebei je uiterste best om alle stukken in handen te krijgen, zodat jullie elkaar niet nodig hebben.' Hoe was hij eigenlijk in deze puinhoop verzeild geraakt?

'Ik denk dat ik alleen via Karel de Grote iets te weten kan komen. Dorothea denkt dat de oplossing bij Ahnenerbe en de activiteiten daarvan te vinden is, maar dat geloof ik niet.'

Hij was nieuwsgierig. 'Je weet veel over wat ze denkt.'

'Mijn toekomst staat op het spel. Waarom zou ik niet alles weten wat ik kan ontdekken?'

Deze elegante vrouw had altijd een antwoord paraat; ze hoefde nooit naar de juiste frase te zoeken. Hoewel ze mooi, intelligent en fascinerend was, had Christl Falk ook iets wat hem dwarszat. Ongeveer datzelfde gevoel had hij gehad toen hij Cassiopeia Vitt het jaar daarvoor in Frankrijk voor het eerst had ontmoet.

Hij voelde zich tot haar aangetrokken, maar was ook op zijn hoede.

Maar dat had hem nooit afgeschrikt.

Waarom voelde hij zich toch aangetrokken tot sterke vrouwen met diepgaande tegenstrijdigheden? Pam, zijn ex-vrouw, was moeilijk geweest. Alle vrouwen die hij na de scheiding had gekend, waren lastige tantes geweest, inclusief Cassiopeia. En nu weer deze Duitse erfgename, die schoonheid, hersenen en bravoure in zich verenigde.

Hij keek door het raam naar het neogotische raadhuis, met torentjes aan beide uiteinden. In een van die torentjes zat een klok die aangaf dat het halfzes was.

Christl zag hem naar het gebouw kijken. 'Daar is een verhaal aan verbonden. De kerk staat achter het raadhuis. Karel de Grote liet een binnenplaats aanleggen die door zijn paleiscomplex werd omsloten en die de twee gebouwen met elkaar verbond. In de veertiende eeuw, toen Aken dat raadhuis bouwde, verplaatsten ze de ingang van de noordkant, tegenover die binnenplaats, naar de zuidkant, aan deze kant dus. Daarmee werd uiting gegeven aan de nieuwe onafhankelijkheid van de burgerij. De mensen zagen hun eigen belang in en keerden de kerk symbolisch de rug toe.' Ze wees door het raam naar de fontein op de Marktplatz. 'Dat beeld is van Karel de Grote. Kijk: hij wendt zijn gezicht van de kerk af. Daarmee werd die symboliek in de zeventiende eeuw herhaald.'

Hij maakte van haar uitnodiging om naar buiten te kijken gebruik om een blik op het restaurant te werpen waar Hakbijl zat: een gebouw dat half van hout was en hem aan een Engelse pub deed denken.

Hij luisterde naar de vele talen om hem heen, vermengd met het tikken van bestek op borden. Hij merkte dat hij geen bezwaar meer maakte, niet openlijk en niet zwijgend, en niet meer zocht naar een reden waarom hij hier was. In plaats daarvan speelde hij met een idee. Het koude gewicht van het pistool van gisteren in de zak van zijn jasje had een geruststellende uitwerking op hem. Jammer genoeg zaten er nog maar vijf patronen in.

'We kunnen dit,' zei ze.

Hij keek haar aan. 'We?'

'Het is belangrijk dat *we* het doen.' Haar ogen straalden van verwachting.

Toch had hij zijn twijfels.

37

Charlotte

CHARLIE SMITH WACHTTE in de kast. Hij was daar vlug ingedoken, zonder erbij na te denken, maar de kast bleek gelukkig diep en rommelig te zijn. Hij verstopte zich achter de hangende kleren en liet de deur openstaan, in de hoop dat ze juist daardoor niet naar binnen zouden kijken. Hij had gehoord dat de slaapkamerdeur openging en dat de twee bezoekers binnenkwamen, en zo te horen was zijn list gelukt. Ze hadden besloten weg te gaan. Hij hoorde de voordeur open- en dichtgaan.

Nog nooit had het zo weinig gescheeld, of hij was ontdekt. Hij had dit niet verwacht. Wie waren ze? Moest Ramsey worden ingelicht? Nee, de admiraal had hem goed duidelijk gemaakt dat hij geen contact mocht opnemen voordat alle drie de opdrachten waren uitgevoerd.

Hij sloop naar het raam en zag de auto over het grindpad naar de weg verdwijnen – met twee inzittenden. Hij complimenteerde zichzelf met zijn zorgvuldige voorbereiding. Zijn dossiers bevatten een schat aan nuttige informatie. De meeste mensen waren gewoontedieren. Zelfs degenen die beweerden dat ze geen gewoonten hadden, waren voorspelbaar. Herbert Rowland was een eenvoudige man die met zijn vrouw van zijn pensioen genoot in een huis aan een meer. Hij bemoeide zich alleen met zijn eigen zaken en deed zijn dagelijkse dingen. Later zou hij naar huis komen, waarschijnlijk met een afhaalmaaltijd. Hij zou zichzelf een spuit geven, de maaltijd opeten en dan whisky drinken tot hij in slaap viel, zonder te beseffen dat dit zijn laatste dag op aarde was.

De angst trok uit hem weg. Hij schudde zijn hoofd. Het was een vreemde manier om de kost te verdienen, maar iemand moest het doen.

De komende uren moest hij iets te doen hebben, dus besloot hij naar de stad terug te rijden en naar de bioscoop te gaan. Misschien zou hij ergens lekker wat gaan eten. Hij hield van Ruth's Chris Steakhouse en wist al dat er twee in Charlotte waren.

Later zou hij hier terugkomen.

Stephanie zat zwijgend in de auto. Davis reed over een pad met grind en bladeren terug naar de weg. Ze keek achterom en zag dat het huis al niet meer te zien was. Ze werden omringd door een dicht bos. Ze had Davis de sleutels gegeven en hem gevraagd te rijden. Gelukkig had hij niet gevraagd waarom ze dat wilde en was hij gewoon achter het stuur gaan zitten.

'Stop,' zei ze.

Steentjes knerpten onder de banden toen ze tot stilstand kwamen.

'Wat is je mobiele nummer?'

Hij vertelde het haar en ze toetste het in op haar eigen apparaatje. Ze pakte de deurhendel vast. 'Ga terug naar de weg en rij dan een paar kilometer verder. Stop ergens uit het zicht en wacht tot ik je bel.'

'Wat doe je?'

'Het is maar een ingeving.'

Malone liep met Christl over de Marktplatz van Aken. Het was bijna zes uur en de zon stond al laag aan een hemel met donkere onweerswolken. Het weer was slechter geworden en een ijzige noordenwind sneed door hem heen.

Ze leidde hem naar de kerk over de oude binnenplaats van het paleis, een rechthoekig, met kinderkopjes bedekt plein, dat twee keer zo lang was als het breed was. Langs de randen stonden kale bomen met sneeuw op de takken. De omringende gebouwen hielden de wind tegen, maar niet de kou. Er renden kinderen rond, uitgelaten pratend en schreeuwend. Op deze binnenplaats werd de kerstmarkt van Aken gehouden. Blijkbaar had elke Duitse stad zo'n markt. Hij vroeg zich af wat zijn zoon Gary nu aan het doen was – die had kerstvakantie. Hij moest hem bellen. Dat deed hij minstens elke twee dagen.

Hij zag kinderen naar een nieuwe attractie rennen. Een man met een mismoedig gezicht, gekleed in een purperen bontgewaad en met een hoge, spitse hoed op zijn hoofd, deed hem denken aan Vadertje Tijd.

'Sint-Nicolaas,' zei Christl. 'Onze Kerstman.'

'Heel anders.'

Hij gebruikte de vrolijke wanorde om te constateren dat Hakbijl hen nog steeds volgde. De man bleef een eindje achter hen en bekeek de kramen rondom een hoge blauwe spar met kleine lichtjes op de deinende takken. Malone rook de geur van glühwein. Een paar meter bij hem vandaan stond een kraam waar ze gekruide port verkochten. Klanten met handschoenen aan hielden dampende bruine mokken tussen hun handen. Hij wees naar een andere kraam, waar een soort koekjes werden verkocht. 'Wat zijn dat?'

'Een plaatselijke delicatesse. *Aachener Printen*. Gekruide peperkoek.'

'Laten we er een nemen.'

Ze keek hem vragend aan.

'Wat is er?' vroeg hij. 'Ik hou van zoetigheid.'

Ze liepen naar de kraam en hij kocht twee platte, harde koekjes.

Hij probeerde een hap. 'Niet slecht.'

Hij had gedacht dat Hakbijl zich niet druk zou maken als hij dat zag, en tot zijn genoegen kwam zijn verwachting uit. De man bleef nonchalant en zelfverzekerd.

Straks werd het donker. Toen ze de gidsen kochten, hadden ze meteen kaartjes genomen voor de rondleiding van zes uur door de dom. Hij zou moeten improviseren. In de gidsen had hij gelezen dat de dom op de Werelderfgoedlijst van Unesco stond. Als hij daar inbrak of schade aanrichtte, zou dat een ernstig misdrijf zijn. Maar wat maakte dat na het klooster in Portugal en de San Marco in Venetië nog uit?

Blijkbaar had hij zich gespecialiseerd in het vernielen van wereldschatten.

Dorothea liep het station van München in. Het Hauptbahnhof was gunstig gelegen in het centrum van de stad, ongeveer twee kilometer bij de Marienplatz vandaan. Er kwamen en gingen voortdurend treinen uit heel Europa, en daarnaast waren er regionale spoorverbindingen en metrolijnen, trams en bussen. Het station was geen historisch meesterwerk – eerder een moderne combinatie van staal, glas en beton. Op de klokken in het station zag ze dat het kort na zes uur 's avonds was.

Wat was er aan de hand?

Admiraal Langford Ramsey wilde Wilkerson blijkbaar dood hebben, maar zij had Wilkerson nodig.

Ze mocht hem ook graag.

Ze keek om zich heen en zag het toeristenbureau. Wilkerson zat nergens op de banken, maar in de menigte zag ze wel een andere man.

Hij was lang en droeg een pak met een discreet ruitje en drie knopen, en leren veterschoenen onder een wollen jas. Om zijn hals had hij een matte Burberry-sjaal. Hij had een knap gezicht met kinderlijke trekken, al had hij er in de loop der jaren nogal wat rimpels en groeven bij gekregen. Zijn staalgrijze ogen, omringd door een metalen brilmontuur, keken haar scherp aan.

Haar man. Werner Lindauer.

Hij kwam dichterbij. '*Guten Abend*, Dorothea.'

Ze wist niet wat ze moest zeggen. Hun huwelijk duurde al bijna drie-entwintig jaar. In het begin was de verbintenis productief geweest, maar de afgelopen tien jaar had ze genoeg gekregen van dat eeuwige gezeur van hem, en van zijn gebrek aan interesse voor iets anders dan zijn eigen belang. Het enige wat voor hem had gepleit, was zijn grote toewijding aan hun zoon Georg geweest, maar na Georgs dood, vijf jaar geleden, was er een diepe kloof tussen hen ontstaan. Werner was ontroostbaar geweest. Zij ook, maar zij was anders met haar verdriet omgegaan. Ze had zich in zichzelf teruggetrokken. Hij was woedend geworden. Daarna had ze gewoon haar leven geleid en hem in staat gesteld het zijne te leiden, zonder dat ze verantwoording aan elkaar aflegden.

'Wat doe je hier?' vroeg ze.

'Ik kom voor jou.'

Ze was niet in de stemming voor zijn streken. Nu en dan had hij geprobeerd een echte man te zijn. Dat was altijd meer een tijdelijke bevlieging dan een fundamentele verandering geweest. 'Hoe wist je dat ik hier zou zijn?' vroeg ze.

'Dat heeft kapitein-ter-zee Sterling Wilkerson me verteld.'

Haar verbazing ging over in schrik.

'Een interessante man,' zei hij. 'Je houdt een pistool tegen zijn hoofd en hij praat aan een stuk door.'

'Wat heb je gedaan?' vroeg ze, zonder haar verbijstering te verbergen.

Hij keek haar aan. 'Een heleboel, Dorothea. We moeten een trein halen.'

'Ik ga nergens naartoe met jou.'

Werner moest blijkbaar zijn ergernis bedwingen. Misschien had hij niet op die reactie gerekend. Toen keek hij haar aan met een 'geruststellende' glimlach die haar de stuipen op het lijf joeg.

'Dan verlies je de wedstrijd met je dierbare zus. Zou je dat erg vinden?'

Ze had niet geweten dat hij wist wat er aan de hand was. Ze had hem helemaal niets verteld. Toch was hij blijkbaar goed op de hoogte. Ten slotte vroeg ze: 'Waar gaan we heen?'

'Naar onze zoon.'

Stephanie keek Edwin Davis na toen hij wegreed. Daarna zette ze het geluid van haar telefoon uit, knoopte haar jas dicht en liep het bos in. Boven haar verhieven zich oude naaldbomen en kale loofbomen, omslingerd met maretak. De winter had de begroeiing bij de grond nauwelijks uitgedund. Ze liep langzaam de honderd meter naar het huis terug. Haar stappen werden gedempt door de dikke laag dennennaalden op de grond.

Ze had de kleerhanger zien bewegen. Zonder enige twijfel. Maar was dat een vergissing van haar of van degene wiens aanwezigheid ze had gevoeld?

Ze zei steeds weer tegen haar agenten dat ze op hun instincten moesten afgaan. Niets werkte beter dan gezond verstand. Cotton Malone was daar een meester in geweest. Ze vroeg zich af wat hij op dat moment deed. Hij had haar niet teruggebeld over Zachary Alexander of de andere officieren op de Holden.

Was hij ook op problemen gestuit?

Het huis dook op. Het silhouet werd alleen verbroken door de vele bomen die tussen haar en het huis in stonden. Ze posteerde zich achter een van de stammen.

Iedereen, hoe goed ook, maakte uiteindelijk een fout. Het was zaak erbij te zijn als dat gebeurde. Als je Davis mocht geloven, waren Zachary Alexander en David Sylvian vermoord door iemand die er heel goed in was die moorden te maskeren. En hoewel hij zijn bedenkingen niet had uitgesproken, had ze die wel bespeurd toen hij haar over de dood van Millicent vertelde.

Een hartstilstand.

David ging ook op zijn intuïtie af. De kleerhanger. Die had bewogen.

Ze was zo verstandig geweest niet te zeggen wat ze net in de slaapkamer had gezien. Eerst wilde ze nagaan of Herbert Rowland inderdaad de volgende op de lijst was.

De deur van het huis ging open en een kleine, magere man kwam naar buiten. Hij droeg een spijkerbroek en werkschoenen. Hij aarzelde even en toen draafde zijn donkere silhouet weg en verdween in het bos.

Haar hart bonkte. Allemachtig. Wat had hij daarbinnen gedaan? Ze pakte haar mobieltje en belde Davis' nummer. Hij nam meteen op. 'Je had gelijk,' zei ze.

'Waarover?'

'Wat je over Langford Ramsey zei. Alles. Absoluut alles.'

DEEL III

38

MALONE EN CHRISTL liepen met de groep van de rondleiding naar de centrale achthoek van de kerk. Binnen was het zo'n twintig graden warmer dan buiten, en Malone was blij dat hij uit de kou was. De gids sprak Engels. Ongeveer twintig mensen hadden een kaartje gekocht. Hakbijl was er niet bij. Om de een of andere reden had hun achtervolger besloten buiten te wachten. Misschien was hij bang dat hij binnen te veel zou opvallen, omdat daar nu nog maar zo weinig mensen waren. De stoelen onder de koepel waren leeg. Behalve de groep van de rondleiding waren er nog maar een stuk of tien andere bezoekers.

Er flitste licht tegen de muren: iemand maakte een foto. Een van de personeelsleden liep vlug naar de vrouw met de camera toe.

'Het kost geld om hier foto's te maken,' fluisterde Christl.

Malone zag de vrouw enkele euro's betalen. De man gaf haar een polsbandje.

'Is ze nu legaal?' vroeg hij.

Christl grijnsde. 'Het kost geld om deze dom te onderhouden.'

Hij hoorde de gids over de kerk vertellen. Het merendeel was een herhaling van wat Malone al in de gidsen had gelezen. Hij wilde deze rondleiding meemaken, omdat in bepaalde delen van de dom alleen groepen met een gids werden toegelaten, vooral boven, waar de keizerlijke troon zich bevond.

Ze liepen met de anderen naar een van de zeven zijkapellen die uit het Karolingische koor naar buiten staken. Het was de Michaëlskapel, kortgeleden gerenoveerd, vertelde de gids. Er stonden houten banken tegenover een marmeren altaar. Enkele leden van de groep staken kaarsen aan. Malone zag een deur in wat de westelijke muur moest zijn en hij bedacht dat het de andere uitgang moest zijn die hij in de boeken had ontdekt. De zware, houten deur was dicht. Hij liep nonchalant door het schemerduistere interieur, terwijl de gids over de geschiedenis van de kapel vertelde. Bij de deur bleef hij staan en probeerde vlug de klink. De deur zat op slot.

'Wat doe je?' vroeg Christl.

'Ik los jouw probleem op.'

Ze liepen met de gids mee langs het hoofdaltaar naar het gotische koor, ook een gedeelte dat alleen toegankelijk was voor betalende groepen. Hij bleef in de achthoek staan en bestudeerde een mozaïekinscriptie langs de bovenkant van de lagere bogen. Zwarte Latijnse tekst op een goudkleurige achtergrond. Christl droeg de plastic draagtas met de gidsen. Hij vond vlug de gids die hij zich herinnerde, een folder met de passende titel *Een kleine gids voor de kathedraal van Aken*, en zag dat de afgedrukte tekst overeenkwam met het mozaïek.

CUM LAPIDES VIVI PACIS CONPAGE LIGANTUR INQUE

PARES NUMEROS OMNIA CONVENIUNT CLARET OPUS

DOMINI TOTAM QUI CONSTRUIT AULAM

EFFECTUSQUE PIIS DAT STUDIIS HOMINUM QUORUM

PERPETUI DECORIS STRUCTURA MANEBIT SI PERFECTA

AUCTOR PROTEGAT ATQUE REGAT SIC DEUS HOC

TUTUM STABILI FUNDAMINE TEMPLUM QUOD

KAROLUS PRINCEPS CONDIDIT ESSE VELIT

Christl zag hem kijken. 'Dat is de consecratie van de kapel. Oorspronkelijk waren de woorden op de steen geschilderd. Het mozaïek is een latere toevoeging.'

'Maar de woorden zijn wel hetzelfde als in de tijd van Karel de Grote?' vroeg hij. 'Op dezelfde plaats?'

Ze knikte. 'Voor zover we weten.'

Hij grijnsde. 'De geschiedenis van deze kerk is net als mijn huwelijk. Niemand schijnt iets te weten.'

'En wat is er met mevrouw Malone gebeurd?'

Hij hoorde aan haar stem dat het haar echt interesseerde. 'Ze kwam tot de conclusie dat meneer Malone een lastpak was.'

'Misschien had ze gelijk.'

'Geloof me, Pam had altijd gelijk in alles.' Maar hij voegde er in stilte een restrictie aan toe die hij pas jaren na de scheiding had begrepen. *Bijna*. Als het op zijn zoon aankwam, had ze het mis gehad. Maar hij was niet van plan Gary's ouderschap met een vreemde te bespreken.

Hij keek weer naar de inscriptie. Het mozaïek, de marmeren vloer en de met marmer beklede wanden waren allemaal minder dan tweehonderd jaar oud. In de tijd van Karel de Grote, die ook de tijd van Einhard was, zou het steen om hem heen ruw en beschilderd zijn geweest. Als hij nu zou doen wat Einhard opdroeg – *begin in het nieuwe Jeruzalem* –, kon dat wel eens lastig zijn, want er was bijna niets over van twaalfhonderd jaar geleden. Aan de andere kant had Hermann Oberhauser het raadsel wel opgelost. Hoe had hij dan iets kunnen ontdekken? Ergens in dit gebouw moest dus het antwoord te vinden zijn.

'We moeten met de rest mee,' zei hij.

Ze liepen vlug achter de groep aan en kwamen in het koor op het moment dat de gids net een fluwelen koord terug wilde hangen dat de toegang versperde. Achter het koord stond de groep voor een vergulde reliekhouder. Het voetstuk, dat op een tafel leek, bevond zich ruim een meter boven de grond en was met glas afgeschermd.

'De schrijn van Karel de Grote,' fluisterde Christl. 'Uit de dertiende eeuw. De botten van de keizer liggen erin. Tweeënnegentig. Vier andere liggen in de schatkamer, en de rest is weg.'

'Tellen ze de botten?'

'In die reliekhouder ligt een register waarin sinds 1215 wordt bijgehouden wanneer het deksel eraf gaat. O ja, ze tellen de botten zeker.' Ze pakte zijn arm vast en leidde hem naar een plek voor de schrijn.

De groep had zich inmiddels achter de reliekhouder begeven, waar de gids vertelde hoe het koor in 1414 was geconsacreerd.

Christl wees hem op een gedenkplaat in de vloer. 'Hieronder ligt Otto III begraven. Het schijnt dat er om ons heen nog vijftien andere keizers begraven liggen.'

De gids beantwoordde vragen over Karel de Grote, en de groep maakte foto's. Malone bekeek het koor, een fors, gotisch geheel waarin stenen muren leken over te gaan in grote oppervlakken van torenhoog glas. Hij zag hoe het koor en de Karolingische kern van de kerk aan elkaar gezet waren. De hogere delen gingen over in de achthoek en geen van beide gebouwen had iets van zijn zeggingskracht ingeleverd.

Hij keek naar de bovenste gedeelten van het koor en concentreerde zich op de galerij van de eerste verdieping, die om de centrale achthoek heen leidde. Toen hij de plattegronden in de gidsen had bestudeerd, had hij gedacht dat in het koor een uitzichtpunt was vanwaar hij alles zou kunnen zien wat hij moest zien.

En hij had gelijk. Alles op de eerste verdieping stond blijkbaar in onderling verband. Tot nu toe ging het goed.

De groep werd teruggebracht naar de hoofdingang van de dom, waar ze naar boven gingen over wat de gids de keizerstrap noemde. Het was een ronde trap die zich naar de bovengalerij slingerde en waarvan elke stenen trede schuin was uitgesleten. De gids hield een ijzeren hek open en vertelde dat alleen Heilige Romeinse Keizers boven mochten komen.

De trap leidde naar een ruime galerij die uitkeek op de open achthoek. De gids vestigde hun aandacht op een primitief ratjetoe van allerlei soorten natuursteen. Het vormde een trap, een katafalk, een stoel en een altaar dat vanaf de achterkant van het verhoogde platform naar buiten stak. Het vreemde gevaarte werd omringd door een sierlijke smeedijzeren ketting die bezoekers op een afstand hield.

'Dit is de troon van Karel de Grote,' zei de gids. 'Die staat op deze hoogte, omdat tronen aan Byzantijnse hoven ook zo hoog stonden. En evenals die tronen staat deze op de as van de kerk, tegenover het hoofdaltaar en naar het oosten toe.'

Malone hoorde de gids vertellen dat vier platen Parisch marmer met eenvoudige koperen klemmen waren samengevoegd om de keizerlijke troon te vormen. De zes stenen pilaren waren uit een eeuwenoude Romeinse zuil gehakt.

'Het zijn er zes,' zei de gids, 'omdat de troon van Salomo er ook zes had, zoals in het Oude Testament te lezen is. Salomo was de eerste die een tempel liet bouwen, de eerste die de vrede handhaafde in zijn rijk, en de eerste die op een troon zat. Dat alles is te vergelijken met wat Karel de Grote in het noorden van Europa heeft gedaan.'

Een deel van Einhards geschrift ging door Malones hoofd. *Maar alleen degenen die de troon van Salomo en Romeinse frivoliteit waarderen, zullen hun weg naar de hemel vinden.*

'Niemand weet zeker wanneer deze troon is geïnstalleerd,' vertelde de gids. 'Sommigen zeggen dat hij uit de tijd van Karel de Grote komt. Anderen denken dat hij van latere datum is, uit de tiende eeuw, de tijd van Otto I.'

'Hij is zo eenvoudig,' zei een van de toeristen. 'Bijna lelijk.'

'Zoals u ziet zijn de vier marmeren platen die de stoel vormen niet even dik. Daaruit is af te leiden dat het stenen vloeren zijn geweest. Beslist Romeins. Ze moeten uit een bijzonder gebouw zijn gehaald. Blijkbaar waren ze zo belangrijk, dat hun uiterlijk er niet toe deed. Op deze eenvoudige marmeren stoel met houten zitting werden de Heilige Romeinse Keizers gekroond en lieten ze zich hulde bewijzen door hun vorsten.' Ze wees naar een kleine doorgang onder de troon, van de ene naar de andere kant. 'Pelgrims slopen met gekromde rug onder de troon door en brachten op die manier hun eigen hulde. Eeuwenlang werd grote eer aan deze plaats bewezen.' Ze leidde de groep naar de andere kant. 'Kijkt u nu eens hier,' de vrouw wees, 'naar deze inscripties.'

Daar kwam Malone voor. Hij had afbeeldingen gezien in de boeken, met allerlei verklaringen erbij, maar hij wilde het met eigen ogen zien.

In het ruwe marmeren oppervlak waren zwakke lijnen te zien. Een vierkant met daarbinnen nog een vierkant, en daarbinnen nog een. Halverwege elke zijkant van de grootste ging een lijn loodrecht naar binnen. Die lijn doorsneed de desbetreffende zijkant van het volgende vierkant, maar stopte bij het binnenste vierkant. Niet alle lijnen waren goed bewaard gebleven, maar het waren er nog wel zo veel, dat hij zich het volledige beeld kon voorstellen.

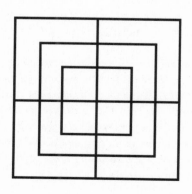

'Dit bewijst,' zei de gids, 'dat de marmeren platen oorspronkelijk deel uitmaakten van Romeinse vloeren. Dit is een speelbord van het molenspel, een combinatie van dammen, schaken en backgammon. Het was een eenvoudig spel waar de Romeinen gek op waren. Ze krasten de vierkanten in een steen en begonnen te spelen. Het spel was in de tijd van Karel de Grote ook populair en wordt nog steeds gespeeld.'

'Wat doet het op een koninklijke troon?' vroeg iemand.

De gids schudde haar hoofd. 'Dat weet niemand. Maar het is een interessant aspect, nietwaar?'

Malone gaf Christl een teken dat ze zich van de anderen moesten verwijderen. De gids vertelde nog meer over de bovengalerij, en er flitsten weer camera's. De troon bood blijkbaar geweldige fotomomenten en gelukkig had iedereen een officieel polsbandje.

Christl en hij verdwenen achter een van de zuilen en waren niet meer te zien voor de groep.

Hij tuurde in het schemerduister. Toen hij beneden in het koor stond, had hij verondersteld dat de troon op de westelijke galerij stond. Ergens hierboven, had hij gehoopt, zou hij een schuilplaats vinden.

Hij leidde Christl naar een donkere nis in de buitenmuur, waar ze opgingen in de schaduw. Hij gaf haar een teken dat ze stil moest zijn. Ze hoorden dat de groep de galerij verliet en de trap afdaalde naar de begane grond.

Hij keek op zijn horloge. Zeven uur. Sluitingstijd.

39

D OROTHEA VERKEERDE IN een lastig parket. Haar man wist blijkbaar alles over Sterling Wilkerson, en dat verbaasde haar. Maar hij wist ook van de queeste met Christl, en dat zat haar dwars – evenals het feit dat Wilkerson blijkbaar door Werner gevangen werd gehouden.

Wat was er toch in hemelsnaam aan de hand?

Ze hadden de trein van 18.40 uur uit München genomen naar het zuiden, naar Garmisch.

Tijdens de rit van tachtig minuten had Werner niets gezegd. Hij had alleen maar in alle rust een Münchense krant zitten lezen. Ze had het altijd ergerlijk gevonden dat hij elk woord van een krant verslond, zelfs de overlijdensberichten en advertenties, en dat hij zo nu en dan een opmerking maakte over dingen die hem interesseerden. Ze had willen weten wat hij bedoelde met 'naar onze zoon gaan', maar had dat niet willen vragen. Voor het eerst in bijna drieëntwintig jaar had deze man blijk gegeven van ruggengraat, en daarom hield ze zich stil en wachtte ze op wat er ging komen.

Ze reden nu over een donkere weg naar het noorden, weg van Garmisch, klooster Ettal en Reichshoffen. Voor het station had een auto klaargestaan met de sleutels onder de vloermat. Ze besefte nu waar ze heen gingen; een plaats waar ze de afgelopen drie jaar niet had willen komen.

'Ik ben niet achterlijk, Dorothea,' zei Werner ten slotte. 'Jij denkt van wel, maar ik ben het niet.'

Ze gunde hem geen voldoening. 'Weet je, Werner, ik denk helemaal niet over jou na.'

Hij negeerde haar stekelige opmerking en bleef door de kou rijden. Gelukkig sneeuwde het niet.

Deze weg riep herinneringen bij haar op die ze erg graag had willen uitwissen. Herinneringen van vijf jaar geleden, toen Georgs auto van een weg zonder vangrail af raakte in de Tiroler Alpen. Hij had daar geskied en had kort voor het ongeluk opgebeld om tegen haar te zeggen dat hij in het hotelletje zou logeren waar hij vaker kwam. Ze hadden een paar minuten gepraat – luchtig, kort, nonchalant, moeder en zoon, een heel gewoon babbelpraatje.

Maar het was de laatste keer geweest dat ze hem had gesproken. De volgende keer dat ze haar enig kind zag, lag hij in een kist, gekleed in een grijs pak, klaar om begraven te worden.

De familiegraven van de Oberhausers bevonden zich naast een eeuwenoude Beierse kerk, een paar kilometer ten westen van Reichshoffen. Na de begrafenis had de familie daar een kapel gebouwd in Georgs naam, en de eerste twee jaar was ze daar regelmatig heen gegaan om een kaars aan te steken. Maar de afgelopen drie jaar was ze er weggebleven.

Verderop zag ze de kerk, waarvan de gebrandschilderde ramen zwak verlicht werden. Werner parkeerde aan de voorkant.

'Waarom moeten we hierheen?' vroeg ze.

'Geloof me: als het niet belangrijk was, zouden we hier niet zijn.' Hij stapte uit.

Ze volgde hem naar de kerk. Er was niemand binnen, maar het ijzeren hek van Georgs kapel stond open.

'Je bent hier een hele tijd niet geweest,' zei hij.

'Dat zijn mijn zaken.'

'Ik kom hier tamelijk vaak.'

Dat verbaasde haar niet. Ze liep naar het hek. Voor een klein altaar stond een marmeren knielbank. Daarboven was Sint-Joris op een zilverkleurig paard uitgehakt. Ze bad bijna nooit en vroeg zich af of ze zelfs wel gelovig was. Haar vader was vurig atheïst geweest en haar moeder was niet-praktiserend katholiek. Als er een God was, kon ze alleen maar kwaad op hem zijn, omdat hij haar had beroofd van de enige persoon van wie ze ooit onvoorwaardelijk had gehouden.

'Ik heb hier genoeg van, Werner. Wat wil je? Dit is Georgs graf. Hij verdient ons respect. Dit is geen plaats om ruzie te maken.'

'En toon je hém respect door mij zo weinig respect te tonen?'

'Ik maak me niet druk om jou, Werner. Jij hebt jouw leven en ik heb het mijne.'

'Het is voorbij, Dorothea.'

'Dat ben ik met je eens. Ons huwelijk is al een hele tijd voorbij.'

'Dat bedoelde ik niet. Geen mannen meer. Ik ben je man en jij bent mijn vrouw.'

Ze lachte. 'Je maakt zeker een grapje.'

'Ik zeg dit in alle ernst.'

'En wat heeft jou plotseling tot een man gemaakt?'

Hij ging tegen de muur staan. 'Op een gegeven moment moeten de levenden de doden loslaten. Zover ben ik nu gekomen.'

'Heb je me hierheen gebracht om me dat te vertellen?'

Hun relatie was begonnen via hun ouders. Het was geen gearrangeerd huwelijk in de formele zin van het woord geweest, maar gepland was het wel. Gelukkig hadden ze zich tot elkaar aangetrokken gevoeld, en hun eerste jaren waren goed geweest. De geboorte van Georg had hun beiden grote vreugde gebracht. Zijn kinder- en tienerjaren waren al even geweldig geweest, maar zijn dood had tot onverzoenlijke onenigheid geleid. Blijkbaar was het nodig dat iemand de schuld van zijn dood kreeg, en ze richtten hun frustratie op elkaar.

'Ik heb je hierheen gebracht omdat het moest,' zei hij.

'Ik ben nog niet zo ver als jij blijkbaar wel bent.'

'Het is zonde,' zei hij, alsof hij haar niet had gehoord. 'Hij zou een groot man zijn geworden.'

Dat was ze met hem eens.

'Die jongen had dromen, ambities, en we hadden hem daarbij kunnen steunen. Hij zou het beste van ons beiden in zich hebben verenigd.' Hij keek haar aan. 'Hoe zou hij nu over ons denken?'

Dat vond ze een vreemde vraag. 'Wat bedoel je?'

'Geen van ons beiden heeft de ander goed behandeld.'

Ze moest het nu weten: 'Werner, waar ben je mee bezig?'

'Misschien luistert hij en wil hij weten hoe je erover denkt.'

Het ergerde haar dat hij zo aandrong. 'Mijn zoon zou het eens zijn geweest met alles wat ik deed.'

'O ja? Zou hij het eens zijn geweest met wat je gisteren deed? Je hebt twee mensen gedood.'

'En hoe weet jij dat?'

'Ulrich Henn heeft de rommel voor je opgeruimd.'

Ze begreep het niet en maakte zich zorgen, maar ze ging die dingen hier niet met hem bespreken, niet op deze heilige plaats. Ze liep naar het hek toe, maar hij versperde haar de weg en zei: 'Deze keer kun je niet vluchten.'

Ze voelde zich opeens beroerd. Ze haatte hem, omdat hij Georgs heiligdom schond. 'Ga opzij.'

'Weet je wel wat je doet?'

'Loop naar de pomp, Werner.'

'Je hebt geen enkel realiteitsbesef.'

Omdat hij niet kwaad of bang keek, werd ze nieuwsgierig. 'Wil je dat ik van Christl verlies?'

Zijn gezicht werd milder. 'Ik wist niet dat het een wedstrijd was. Ik zag het meer als een uitdaging. Maar daarom ben ik hier; om je te helpen.'

Ze moest weten wat hij wist en hoe hij aan die wetenschap was gekomen, maar kon alleen uitbrengen: 'Een dood kind redt geen huwelijk.'

Ze keek hem doordringend aan. 'Ik heb je hulp niet nodig. Niet meer.'

'Je vergist je.'

'Ik wil weg,' zei ze. 'Wil je me erdoor laten?'

Haar man bleef staan, en een ogenblik was ze echt bang. Werner had zich altijd aan emoties vastgeklampt als een drenkeling aan een reddingsboei. Hij was goed in het beginnen van gevechten, maar slecht in het voltooien ervan. Ze vond het dan ook niet vreemd dat hij voor haar opzij ging.

Ze liep hem voorbij.

'Je moet iets zien,' zei hij.

Ze bleef staan, draaide zich om en zag iets wat ze al een hele tijd niet in deze man had gezien. Zelfvertrouwen. Opnieuw golfde de angst door haar heen.

Hij verliet de kerk en liep terug naar de auto. Ze volgde hem. Hij haalde een sleutel tevoorschijn en maakte de kofferbak open. Daar viel een zwak licht op het verwrongen, dode gezicht van Sterling Wilkerson. In het midden van zijn voorhoofd zat een bloederig gat.

Haar mond viel open van schrik.

'Dit is bepaald geen grap, Dorothea.'

'Waarom?' vroeg ze. 'Waarom heb je dat gedaan?'

Hij haalde zijn schouders op. 'Jij gebruikte hem, en hij gebruikte jou. Dit bedoel ik nou. Hij is dood. Ik niet.'

40

Washington
14.40 uur

Ramsey werd naar de huiskamer van de gepensioneerde vierster-renadmiraal Raymond Dyals junior geleid. De vierennegentigjarige man uit Missouri had in de Tweede Wereldoorlog en in Korea en Vietnam gediend en was begin jaren tachtig met pensioen gegaan. In 1971, toen de NR-1A verloren ging, was Dyals hoofd marineoperaties; de man die de geheime order had getekend om geen reddingsactie voor de vermiste onderzeeboot te ondernemen. Ramsey was toen luitenant-ter-zee geweest. Hij was door Dyals voor de missie uitgekozen en had na afloop persoonlijk verslag aan de admiraal uitgebracht over het geheime bezoek van de Holden aan Antarctica. Daarna was hij snel tot kapitein-luitenant-ter-zee gepromoveerd en in Dyals' persoonlijke staf gekomen. Vervolgens was hij snel en gemakkelijk naar hogere regionen gestegen.

Hij had alles aan deze oude man te danken. En hij wist dat Dyals nog steeds invloed had. Dyals was de oudste nog in leven zijnde vlagofficier. Presidenten raadpleegden hem, ook de huidige president. Iedereen vond dat hij nog goed en zinvol kon oordelen. De pers bewees hem alle eer, en senatoren maakten regelmatig pelgrimstochten naar de kamer die Ramsey nu betrad. Hij zag een bulderend haardvuur, over de magere benen van de oude man lag een wollen deken gespreid, en een wollige kat had zich op zijn schoot genesteld. De oude man had zelfs een bijnaam verworven – *Winterhavik* – en was daar heel blij mee.

Dyals' ogen lichtten op tussen de vele rimpels, toen hij hem zag binnenkomen. 'Ik vind het altijd mooi als je komt.'

Ramsey bleef eerbiedig staan tegenover zijn mentor, tot hij werd uitgenodigd te gaan zitten.

'Ik dacht wel dat ik iets van je zou horen,' zei Dyals. 'Ik hoorde vanmorgen het nieuws over Sylvian. Hij heeft ooit in mijn staf gediend. Een prima adjudant, maar te rigide. Hij schijnt het trouwens ver te hebben gebracht. De media zijn enthousiast over alles wat hij heeft gedaan.'

Ramsey kwam meteen ter zake: 'Ik wil zijn baan.'

De melancholieke pupillen van de admiraal straalden van instemming. 'Lid van de Verenigde Chefs van Staven. Zo ver heb ik het nooit gebracht.'

'Dat had wel gekund.'

De oude man schudde zijn hoofd. 'Reagan en ik konden niet met elkaar opschieten. Hij had zijn voorkeuren, of tenminste, zijn assistenten hadden hun voorkeuren, en ik stond niet op die lijst. Trouwens, het werd tijd dat ik vertrok.'

'En u en Daniels? Staat u op zijn voorkeurslijst?'

Hij zag iets hards, onbuigzaams op Dyals' gezicht komen.

'Langford,' zei Dyals. 'Je weet dat de president geen vriend van ons is. Hij is hard voor de strijdkrachten. Er is in begrotingen gesnoeid, er zijn programma's ingekrompen. Hij gelooft niet eens dat we de Verenigde Chefs van Staven echt nodig hebben.'

'Hij vergist zich.'

'Misschien wel, maar hij is de president en hij is populair. Net als Reagan dat was, alleen met een andere filosofie.'

'Er zijn heus wel officieren voor wie hij respect heeft. Mannen die u kent. Hun steun aan mijn kandidatuur zou de doorslag kunnen geven.'

Dyals aaide de kat. 'Velen van hen zouden zelf die baan willen hebben.'

Ramsey zei niets.

'Vind je deze hele zaak niet onverkwikkelijk?' vroeg Dyals. 'Om gunsten smeken; op die hoeren van politici rekenen om een carrière op te bouwen. Dat is een van de redenen waarom ik eruit ben gestapt.'

'Zo gaat het nu eenmaal. Wij maken de regels niet. We houden ons gewoon aan de regels die er al zijn.' Hij wist dat veel admiraals en ook veel van die 'hoeren van politici' hun baan aan Raymond Dyals te danken hadden. Winterhavik had veel vrienden en wist hoe hij gebruik van hen moest maken.

'Ik ben nooit vergeten wat je hebt gedaan,' mompelde Dyals zacht. 'Ik denk vaak aan NR-IA. Die mannen. Vertel me nog eens, Langford, hoe was het?'

Een spookachtige, blauwe gloed schemerde door de oppervlakte van het ijs. Toen hij naar beneden ging, werd de kleur geleidelijk donkerder, en ten slotte was alles donkerblauw, bijna zwart. Ramsey droeg een dik marinepak met strakke afsluitingen en dubbele lagen. Zijn huid was volledig bedekt, behalve een strook om zijn lippen heen, die gebrand had toen hij net in het water kwam, maar nu verdoofd was. Zijn dikke handschoenen maakten zijn handen zo goed als nutteloos. Gelukkig verdween het grote gewicht in het water, en toen hij daar in die uitgestrektheid zweefde, die zo zuiver was als lucht, had hij meer het gevoel gehad dat hij vloog dan dat hij zwom.

Het transpondersignaal dat Herbert Rowland had opgepikt, leidde hen over de sneeuw naar een smalle baai, waar de ijskoude zee aan een ijzige kust likte, een plaats waar zeehonden en vogels bijeen waren gekomen om er de zomer door te brengen. Het signaal was zo sterk geweest, dat ze op onderzoek moesten uitgaan. En dus had hij zijn pak aangetrokken, geholpen door Sayers en Rowland. Zijn orders waren duidelijk. Alleen hij ging het water in.

Hij keek op zijn dieptemeter. Twaalf meter.

Het was onmogelijk na te gaan hoe ver het nog naar de bodem was, maar hij hoopte dat hij op zijn minst iets zou kunnen zien, iets wat het lot van de onderzeeboot bevestigde. Rowland had gezegd dat de bron van het signaal verder landinwaarts lag, in de richting van de bergen.

Hij trapte zich door het water.

Links van hem doemde een muur van zwart vulkanisch gesteente op, bespikkeld met een oogverblindende verzameling oranje anemonen, sponzen, roze varens en geelgroene weekdieren. Als het water niet twee graden onder nul was geweest, had het net geleken alsof hij over een koraalrif zwom. Er kwam een schemerig licht door het bevroren plafond, en wat daarnet nog een bewolkte hemel was geweest, in uiteenlopende nuances van blauw, werd geleidelijk zwart.

Het ijs boven had blijkbaar plaatsgemaakt voor rots.

Hij pakte een lamp van zijn riem en deed hem aan. Om hem heen dreef klein plankton. Hij zag geen sediment. Hij scheen met zijn lamp en de straal werd onzichtbaar, omdat er niets was om de fotonen te verstrooien. Ze bleven gewoon in het water hangen en lieten zich alleen zien als ze iets raakten.

Bijvoorbeeld een zeehond, die voorbij schoot en toch bijna geen spier bewoog.

Er kwamen nog meer zeehonden.

Hij hoorde hun trillende roep en voelde hem zelfs in zijn lichaam, alsof er sonarsignalen op hem af waren gestuurd. Wat een missie. Een gelegenheid om zich te bewijzen voor mannen die letterlijk zijn carrière konden maken. Daarom had hij zich meteen aangeboden. Ook had hij Sayers en Rowland persoonlijk uitgekozen, twee mannen van wie hij wist dat hij op ze kon rekenen. Rowland had gezegd dat de bron van het signaal zich ongeveer tweehonderd meter ten zuiden van hen bevond, niet meer dan dat. Hij schatte dat hij nu minstens zo ver had gezwommen. Hij scheen in de diepten met licht dat niet verder ging dan vijftien meter. Hij hoopte de oranje toren van de NR-1A vanaf de bodem omhoog te zien steken.

Het leek wel of hij in een onmetelijke onderwatergrot zweefde, die rechtstreeks op het Antarctische continent uitkwam. Overal om hem heen zag hij nu vulkanisch gesteente.

Hij tuurde. Niets. Alleen water dat in zwartheid overging.

Toch was hier het signaal.

Hij besloot nog honderd meter verder te gaan.

Er schoot weer een zeehond voorbij, en toen nog een. Ze voerden een fascinerend ballet voor hem op. Hij zag hoe ze moeiteloos door het water gleden. Een van hen maakte een ruime koprol en trok zich toen vlug naar boven terug.

Hij volgde hem met zijn licht. Het dier verdween. Een tweede zeehond klapte met zijn vinnen en ging ook omhoog. Ook hij brak door het oppervlak heen. Hoe was dat mogelijk? Er zou alleen gesteente boven hem moeten zijn.

'Verbijsterend,' zei Dyals. 'Wat een avontuur.'

Ramsey was het daarmee eens. 'Toen ik bovenkwam, voelden mijn lippen aan alsof ik bevroren metaal had gekust.'

De admiraal grinnikte. 'Wat zou ik graag hebben gedaan wat jij deed.'

'Het avontuur is nog niet voorbij, admiraal.' Er klonk afgrijzen in zijn woorden door.

De oude man begreep nu dat zijn bezoek een tweeledig doel had. 'Vertel het me.'

Hij vertelde dat de Magellan Billet het onderzoeksrapport over de NR-IA in handen had gekregen. Dat Cotton Malone erbij betrokken was. Dat hij een succesvolle poging had gedaan het dossier terug te krijgen. En dat het Witte Huis de personeelsdossiers van Zachary Alexander, Herbert Rowland en Nick Sayers had opgevraagd. Hij liet alleen weg wat Charlie Smith deed. 'Iemand kijkt,' zei hij.

'Het is alleen maar een kwestie van tijd,' fluisterde Dyals. 'Het is tegenwoordig zo moeilijk geheimen te bewaren.'

'Ik kan het tegenhouden,' zei hij.

De oude man kneep zijn ogen halfdicht. 'Dan moet je dat doen.'

'Ik heb maatregelen genomen, maar u hebt lang geleden bevolen dat hij met rust gelaten moet worden.'

Er hoefde geen naam te worden uitgesproken. Ze wisten allebei wie 'hij' was.

'Dus je komt vragen of die order nog van kracht is?'

Hij knikte. 'Volledigheidshalve moet "hij" er ook bij worden betrokken.'

'Ik kan je geen bevelen meer geven.'

'U bent de enige die ik wil gehoorzamen. Toen we achtendertig jaar geleden uit elkaar gingen, gaf u een order. *Laat hem met rust.*'

'Leeft hij nog?' vroeg Dyals.

Hij knikte. 'Achtenzestig jaar oud. Woont in Tennessee. Docent op een college.'

'En hij verkondigt nog dezelfde onzin?'

'Er is niets veranderd.'

'En de twee andere officieren die je daar bij je had?'

Hij zei niets. Dat hoefde hij niet te doen.

'Je bent druk bezig geweest,' zei de admiraal.

'Ik had een goede leermeester.'

Dyals bleef de kat aaien. 'We hebben in 1971 een risico genomen. Natuurlijk, Malones bemanning was vooraf akkoord gegaan met de condities, maar we hadden ons er niet aan hoeven houden. We hadden naar ze kunnen zoeken. Ik heb me altijd afgevraagd of ik de juiste keuze heb gemaakt.'

'Dat hebt u.'

'Hoe kun je daar zo zeker van zijn?'

'Het waren andere tijden. Die onderzeeboot was ons geheimste wapen. Het bestaan ervan mocht absoluut niet bekend worden, en zeker niet dat hij was gezonken. Hoe lang zou het hebben geduurd voordat de Sovjets het wrak hadden gevonden? En dan was er nog de kwestie van de NR-1. Die voerde toen al missies uit en is nog steeds in de vaart. Geen twijfel mogelijk: u hebt de juiste keuze gemaakt.'

'Denk je dat de president erachter probeert te komen wat er is gebeurd?'

'Nee. Het is een paar sporten lager op de ladder, maar de man heeft toegang tot Daniels.'

'En je denkt dat dit alles jou die benoeming kan kosten?'

'Zonder enige twijfel.' Hij hoefde daar niet aan toe te voegen wat voor de hand lag: *En het kan ook uw reputatie verwoesten.*

'Dan trek ik de order in. Doe wat je goeddunkt.'

41

Malone zat op de grond in een leeg kamertje aan de bovengalerij. Christl en hij hadden daar hun toevlucht gezocht, nadat ze zich aan de rondleiding hadden onttrokken. Hij had door een spleet van twee centimeter onder de deur door gekeken en gezien dat de lichten in de kerk gedimd werden en de deuren voor de laatste keer die dag dichtklapten. Dat was meer dan twee uur geleden geweest en ze hadden daarna geen geluiden meer gehoord, afgezien van het gedempte geroezemoes van de kerstmarkt, dat door het enige raam van de kamer naar binnen kwam, en het zachte fluiten van de wind die tegen de buitenmuren beukte.

'Het is vreemd hierbinnen,' fluisterde Christl. 'Zo stil.'

'We hebben tijd nodig om de kerk te onderzoeken zonder gestoord te worden.' Hij hoopte ook dat hun verdwijning Hakbijl voor een raadsel zou stellen.

'Hoe lang wachten we?' vroeg ze.

'Tot het buiten stil is. Je weet nooit, er kunnen in de loop van de avond altijd nog mensen naar binnen komen.' Hij besloot gebruik te maken van het feit dat ze alleen waren. 'Ik moet een paar dingen weten.'

Haar gezicht klaarde op in het groenige licht van de schijnwerpers buiten. 'Ik vroeg me al af wanneer je erover zou beginnen.'

'De Heiligen. Waarom denk je dat ze echt zijn?'

Het leek of ze zich verbaasde over zijn vraag, alsof ze iets anders had verwacht. Iets persoonlijkers. Maar ze beheerste zich en zei: 'Heb je ooit van de kaart van Piri Reis gehoord?'

Dat had hij. Die kaart zou in 1513 door een Turkse piraat zijn gemaakt.

'Die kaart is gevonden in 1929,' vertelde ze. 'Het is niet meer dan een fragment van het origineel, maar Zuid-Amerika en West-Afrika zijn met de juiste geografische lengten weergegeven. Zestiende-eeuwse navigators konden die lengte niet nagaan – dat is pas goed mogelijk sinds de achttiende eeuw. Gerardus Mercator was pas een jaar oud toen de kaart van Piri Reis werd getekend, en zijn methode om de aarde op een plat oppervlak te projecteren, met geografische lengte en breedte, bestond dus nog niet. En toch doet de kaart dat. Hij geeft ook de noordelijke kust van Antarctica tot in details weer. Dat continent is pas ontdekt in 1818. Pas in 1949 werd het eerste sonaronderzoek onder het ijs gedaan. Daarna heeft modernere grondradar hetzelfde gedaan. De kaart van Piri Reis komt bijna helemaal overeen met de werkelijke kustlijn van Antarctica onder het ijs.

'Op de kaart staat ook ergens aangegeven dat de tekenaar informatie uit de tijd van Alexander de Grote als bronmateriaal heeft gebruikt. Alexander leefde in de vierde eeuw voor Christus. In die tijd was Antarctica al bedekt met duizenden meters ijs. Het bronmateriaal met de oorspronkelijke kustlijn moet dateren uit de periode van vijftigduizend jaar voor Christus tot minstens tienduizend jaar voor Christus, toen er veel minder ijs was. Vergeet niet: een kaart is nutteloos zonder notities die aangeven waar je naar kijkt. Stel je maar eens een kaart van Europa zonder tekst voor. Die zou je niet veel zeggen. Het wordt algemeen aangenomen dat de notities zelf afkomstig zijn van de Soemeriërs van ongeveer 3500 voor Christus. Het feit dat Reis gebruikmaakte van bronkaarten die veel ouder dan vijfendertighonderd jaar moeten zijn geweest, betekent dat de schrijfkunst ouder is dan we dachten.'

'Dat is een redenering met grote sprongen.'

'Ben jij altijd zo sceptisch?'

'Dat heb ik altijd een gezonde houding gevonden als mijn hachje op het spel staat.'

'Voor mijn scriptie heb ik middeleeuwse kaarten bestudeerd. Daar bleek een interessante tweedeling in te zitten. Landkaarten uit die tijd waren primitief: Italië zat aan Spanje vast, Engeland had een verkeerde vorm, bergen stonden op de verkeerde plaats, de loop van rivieren klopte niet. Zeekaarten daarentegen waren een heel ander verhaal. Die werden portolanen genoemd, en ze waren ongelooflijk nauwkeurig.'

'En je denkt dat de tekenaars van die kaarten hulp hebben gehad.'

'Ik heb veel portolanen bestudeerd. Op de Dulcert Galway uit 1339 is Rusland heel nauwgezet weergegeven. Op een andere Turkse kaart, uit 1559, zie je de wereld vanuit een noordelijke projectie, alsof je boven de Noordpool zweeft. Maar hoe kan dat? Op een kaart van Antarctica uit 1737 is het continent verdeeld in twee eilanden, en zoals we nu weten, is dat inderdaad het geval. Een kaart uit 1531 die ik heb bestudeerd, liet Antarctica zonder ijs zien, met rivieren en zelfs bergen waarvan we nu weten dat ze onder het ijs begraven liggen. Die informatie was echter niet beschikbaar toen die kaarten werden gemaakt. Toch zijn die kaarten opvallend accuraat – tot op een hálve lengtegraad. Dat is ongelooflijk, als je bedenkt dat de tekenaars niet eens het concept van lengte- en breedtegraden kenden.'

'Maar de Heiligen kenden dat concept wel?'

'Om over de wereldzeeën te varen moesten ze op de sterren kunnen navigeren of met lengte en breedte kunnen werken. Toen ik mijn onderzoek deed, zag ik overeenkomsten tussen de portolanen. Te veel overeenkomsten om toeval te zijn. Als er dus lang geleden een zeevarend volk heeft bestaan, een volk dat over de hele wereld metingen verrichtte, lang voor de grote geologische en meteorologische catastrofes die zo'n tienduizend jaar voor Christus over de wereld raasden, is het logisch dat er informatie werd doorgegeven. Die informatie bleef dus bestaan en vond haar weg naar die kaarten.'

Hij was nog sceptisch, maar denkend aan het testament van Einhard, en na hun korte rondleiding door de dom, begon hij toch anders over de dingen te denken.

Hij kroop naar de deur en keek eronderdoor. Alles was nog stil. Hij ging tegen de deur aan zitten.

'Er is nog iets anders,' zei ze.

Hij luisterde.

'De nulmeridiaan. Bijna elk land dat uiteindelijk de zeeën bevoer, stelde er een vast. Er moet een lengtegraad zijn die als beginpunt fungeert. Pas in 1884 kwamen de grote naties van de wereld in Washington bijeen en kozen ze een lijn door Greenwich als nulmeridiaan. Een wereldconstante die we daarna altijd hebben gebruikt. Maar de portolanen vertellen een ander verhaal. Verbazingwekkend genoeg gebruiken ze allemaal een punt op eenendertig graden en acht minuten ten oosten van de meridiaan van Greenwich als hun nullijn.'

Hij begreep de betekenis van die coördinaten niet, behalve dat ze een heel eind ten oosten van Greenwich lagen, ergens voorbij Griekenland.

'Die lijn loopt recht door de Grote Piramide van Gizeh,' zei ze. 'Op diezelfde conferentie in 1884 in Washington werd ervoor gepleit de nullijn door dat punt te laten gaan, maar dat voorstel werd afgewezen.'

Hij begreep niet waar ze heen wilde.

'De portolanen die ik heb gezien, werkten allemaal met het concept van geografische lengte. Begrijp me goed: die eeuwenoude kaarten werkten niet met breedte- en lengtelijnen zoals wij die vandaag kennen. Ze gebruikten een eenvoudiger methode. Ze kozen een bepaald punt, trokken er een cirkel omheen en verdeelden de cirkel. Ze gingen steeds verder naar buiten toe en kwamen zo tot een primitieve vorm van meting. De portolanen die ik net heb genoemd, gebruikten allemaal hetzelfde middelpunt. Een punt in Egypte, dicht bij het huidige Cairo, waar de Grote Piramide van Gizeh staat.'

Hij moest toegeven dat het allemaal wel erg toevallig was.

'Als je die lengtelijn door Gizeh in zuidelijke richting doortrekt naar Antarctica, kom je precies op de plaats waar de nazi's in 1938 op verkenning uitgingen: hun Neuschwabenland.' Ze zweeg even. 'Mijn grootvader en vader waren zich daar allebei van bewust. Ik maakte voor het eerst kennis met die ideeën toen ik hun notities las.'

'Ik dacht dat je opa seniel was.'

'Hij heeft historische notities nagelaten. Niet veel. En mijn vader ook. Ik zou alleen willen dat ze allebei meer over de jacht op Karel de Grote hadden gesproken.'

'Dit is onzin,' zei hij.

'Hoeveel wetenschappelijke realiteiten van tegenwoordig zijn op dezelfde manier begonnen? Het is geen onzin. Het is echt. Er is daar iets. Het ligt te wachten tot het wordt gevonden.'

En zijn vader was omgekomen, toen hij ernaar zocht.

Hij keek op zijn horloge. 'We kunnen nu wel naar beneden gaan, denk ik. Ik wil een paar dingen nagaan.'

Hij wilde opstaan, maar ze hield hem tegen door haar hand op zijn broekspijp te leggen. Hij had naar haar verhaal geluisterd en was tot de conclusie gekomen dat ze niet getikt was.

'Ik stel op prijs wat je doet,' zei ze met gedempte stem.

'Ik heb niets gedaan.'

'Je bent hier.'

'Zoals je duidelijk hebt gemaakt, heeft de manier waarop mijn vader is gestorven ook met dit alles te maken.'

Ze boog zich naar hem toe en kuste hem. Ze ging daar lang genoeg mee door om hem te laten weten dat ze ervan genoot.

'Kus je altijd op het eerste avondje uit?' vroeg hij haar.

'Alleen mannen die ik aardig vind.'

42

Beieren

DOROTHEA BLEEF VERBIJSTERD staan. Sterling Wilkersons dode ogen leken haar aan te staren. 'Heb jij hem vermoord?' vroeg ze haar man.

Werner schudde zijn hoofd. 'Ik niet. Maar ik was er wel bij toen het gebeurde.' Hij klapte de kofferbak dicht. 'Ik heb je vader niet gekend, maar ik heb gehoord dat hij en ik veel op elkaar lijken. We laten allebei onze vrouw doen wat ze wil, mits we die luxe zelf ook krijgen.'

Er kwamen allerlei verwarrende gedachten bij haar op. 'Hoe weet jij iets van mijn vader?'

'Dat heb ik hem verteld,' zei een nieuwe stem.

Ze draaide zich snel om.

Haar moeder stond in de deuropening van de kerk. Achter haar doemde zoals altijd Ulrich Henn op. Nu wist ze het.

'Ulrich heeft Sterling gedood,' zei ze in zichzelf

Werner liep langs haar. 'Ja, en als we ons niet gedragen, doodt hij ons allemaal.'

Malone ging voorop toen ze hun schuilplaats verlieten, de bovengalerij van de achthoek weer op. Hij bleef bij de bronzen reling staan – Karolingisch, had Christl gezegd, nog uit de tijd van Karel de Grote – en keek naar beneden. Een klein aantal muurlampen was blijven branden. De wind beukte nog steeds tegen de buitenmuren, en zo te horen zat er niet veel fut meer in de kerstmarkt. Hij keek door de open ruimte naar de troon aan de andere kant, met daar achter hoge ramen die hun schijnsel op de verhoogde stoel wierpen. Hij keek naar het Latijnse mozaïek dat zich om de achthoek beneden uitstrekte. Einhards uitdaging was helemaal niet zo uitdagend.

Dankzij toeristengidsen en slimme vrouwen.

Hij keek Christl aan. 'Er is een preekstoel, neem ik aan?'

Ze knikte. 'In het koor. De *ambo*. Heel oud. Elfde eeuw.'

Hij glimlachte. 'Altijd weer een geschiedenisles.'

Ze haalde haar schouders op. 'Dat is nu eenmaal mijn terrein.'

Hij volgde de galerij, kwam langs de troon en daalde de wenteltrap af. Interessant genoeg bleef het ijzeren hek 's nachts openstaan. Op de begane grond liep hij door de achthoek naar het koor. Tegen de zuidelijke muur, boven de ingang van een van de zijkapellen, stond een vergulde, koperen preekstoel, voorzien van unieke versieringen. Een korte trap leidde naar boven. Hij stapte over een fluwelen koord heen en beklom de houten treden. Wat hij zocht, was er gelukkig ook. Een bijbel.

Hij legde het boek op de vergulde lessenaar en sloeg het open bij Openbaring, hoofdstuk 21.

Christl stond beneden en keek naar hem op, terwijl hij de tekst voorlas.

'En hij nam me mee naar een grote en hoge berg en liet me de grote stad zien, het heilige Jeruzalem, die uit de hemel neerdaalde. De stad had een grote, hoge muur en twaalf poorten. Bij de poorten stonden twaalf engelen, en er waren namen op geschreven, de namen van de twaalf stammen van de kinderen van Israël. En de muur van de stad had twaalf grondstenen, met daarop de namen van de twaalf apostelen van het Lam. En degene die met me sprak, had een gouden rietstok om de stad, de poorten en de muren te meten. En de stad was vierkant; de lengte was even groot als de breedte. En hij mat de stad met de rietstok: twaalfduizend stadiën, zowel in de lengte als in de breedte als in de hoogte. En hij mat de muur van de stad: honderdvierenveertig ellen naar de maat van de mensen, die ook de maat van de engelen is. En de grondstenen van de stadsmuur waren versierd met twaalf kostbare stenen. En de twaalf poorten waren twaalf parels.

'Openbaring is van kritiek belang voor deze kerk. Op de kroonluchter die keizer Barbarossa heeft geschonken staan citaten uit dat boek. Het mozaïek in de koepel is erop gebaseerd. Karel de Grote noemde het zijn 'nieuwe Jeruzalem'. En die connectie is geen geheim – ik heb er in alle toeristengidsen over gelezen. Een Karolingische voet, de lengtemaat, is ongeveer een derde van een meter, dus iets meer dan een voet zoals die tegenwoordig als lengtemaat wordt gebruikt. De buitenste zestienhoek heeft een lengte van honderdzesendertig Karolingische voeten. Dat komt overeen met honderdvierenveertig voeten van nu, dus tweeënveertig meter. De omtrek van de achthoek is hetzelfde, dus ook tweeënveertig meter. De hoogte klopt ook precies. Die bedroeg oorspronkelijk vierentwintig komma vijf meter, zonder de helmkoepel, die pas eeuwen later werd gebouwd. De hele kapel heeft een verhouding van zeven tot twaalf, en de breedte en hoogte zijn gelijk.' Hij wees naar de bijbel. 'Ze hebben de verhoudingen van de hemelse stad uit Openbaring, het "nieuwe Jeruzalem", op dit bouwwerk toegepast.'

'Dat is al eeuwenlang onderzocht,' zei ze. 'Hoe staat het in verband met wat wij aan het doen zijn?'

'Vergeet niet wat Einhard schreef. *"De openbaring daar zal duidelijk zijn, zodra het geheim van die wonderbaarlijke plaats is ontcijferd."* Hij maakte slim gebruik van dat woord. Niet alleen Openbaring is duidelijk.'

Hij wees naar de bijbel.

'Andere openbaringen zijn ook duidelijk.'

Voor het eerst in jaren had Dorothea het gevoel dat ze de situatie niet beheerste. En nu ze weer in de kerk stond, tegenover haar moeder en man, met Ulrich Henn gehoorzaam op enige afstand, kostte het haar de grootste moeite haar kalmte te bewaren.

'Rouw niet om de dood van die Amerikaan,' zei Isabel. 'Hij was een opportunist.'

Ze keek Werner aan. 'En dat ben jij niet?'

'Ik ben je man.'

'Alleen in naam.'

'Dat is je eigen keuze,' zei Isabel met stemverheffing. Ze zweeg even en ging verder: 'Ik begrijp het van Georg.' De blik van de oude vrouw ging naar de zijkapel. 'Ik mis hem ook. Maar hij is er niet meer en daar kunnen we niets aan doen.'

Dorothea had zich er altijd aan gestoord dat haar moeder zo gemakkelijk over verdriet heen stapte. Ze kon zich niet herinneren dat haar moeder een traan had vergoten toen haar vader verdwenen was. Het leek wel of niets haar uit het veld kon slaan. Dorothea kon de levenloze blik van Wilkerson niet uit haar hoofd zetten. Natuurlijk, hij was een opportunist, maar ze had gedacht dat hun relatie zich tot iets substantieels had ontwikkeld. 'Waarom heb je hem gedood?' vroeg ze haar moeder.

'Hij zou onze familie grote problemen hebben bezorgd. En de Amerikanen zouden hem uiteindelijk toch hebben gedood.'

'Jij hebt de Amerikanen erbij gehaald. Je wilde dat dossier over die onderzeeboot. Je hebt mij dat via Wilkerson laten regelen. Je wilde dat ik dat dossier in handen kreeg, contact met Malone legde en hem ontmoedigde. Je wilde dat ik vaders papieren en de stenen uit het klooster stal. Ik heb precies gedaan wat jíj me vroeg.'

'En heb ik je gezegd dat je die vrouw moest doden? Nee. Dat was een idee van je minnaar. Vergiftigde sigaretten! Belachelijk. En onze boerderij? Die ligt nu in puin. Met twee doden erin. Mannen die door de Amerikanen zijn gestuurd. Welke heb jij gedood, Dorothea?'

'Het moest gebeuren.'

Haar moeder liep over de marmeren vloer heen en weer. 'Altijd even praktisch. *Het moest gebeuren.* Dat is zo, omwille van jóuw Amerikaan. Als hij erbij betrokken was gebleven, zou dat vernietigende gevolgen hebben gehad. Omdat dit hem niet aanging, heb ik een eind gemaakt aan zijn betrokkenheid.' Haar moeder kwam dichtbij, tot op enkele centimeters. 'Ze stuurden hem hierheen om ons te bespioneren. Ik heb je alleen maar aangemoedigd om gebruik te maken van zijn zwakheden, maar je ging te ver. Al moet ik zeggen dat ik hun belangstelling voor onze familie heb onderschat.'

Dorothea wees naar Werner. 'Waarom heb je hem erbij gehaald?'

'Je hebt hulp nodig. Hij kan je die hulp geven.'

'Ik wil geen hulp van hem.' Ze zweeg even. 'En ook niet van jou, oude vrouw.'

De arm van haar moeder kwam omhoog en ze gaf Dorothea een klap in haar gezicht. 'Ik laat me niet zo door jou toespreken. Nu niet. Nooit.'

Ze bleef staan, want al zou ze het misschien wel van haar oude moeder winnen, Ulrich Henn was een heel ander verhaal. Ze streek met haar tong over de binnenkant van haar wang. Ze had een kloppende pijn in haar slaap.

'Ik ben hier vanavond gekomen,' zei Isabel, 'om duidelijkheid te scheppen. Werner doet nu ook mee. Ik heb hem erbij gehaald. Ik heb deze queeste zelf op gang gebracht. Als je je niet bij deze regels wilt neerleggen, kan er nu meteen een eind aan komen en krijgt je zus de leiding van alles.'

Dorothea keek in de vlijmscherpe ogen van haar moeder en zag dat het geen loos dreigement was.

'Jij wilt dit, Dorothea. Dat weet ik. Jij lijkt heel veel op mij. Ik heb op je gelet. Je hebt hard gewerkt in de familiebedrijven. Je bent goed in wat je doet. Je hebt die man in de boerderij doodgeschoten. Je hebt moed, en daar ontbreekt het je zus soms aan. Zij heeft visie, en daar ga jij soms aan voorbij. Het is jammer dat de beste elementen van jullie twee niet in één persoon kunnen samengaan. Op de een of andere manier is lang geleden alles in mij door elkaar gegooid, en jammer genoeg is dat ten koste van jullie allebei gegaan.'

Dorothea keek Werner aan. Misschien hield ze niet meer van hem, maar allemachtig, soms had ze hem nodig, zoals alleen mensen die hun kinderen hadden overleefd dat konden begrijpen. Hun onderlinge verwantschap was gebaseerd op verdriet. De verdovende slag van Georgs dood had barrières opgeworpen en ze hadden allebei geleerd die barrières te respecteren. Maar terwijl haar huwelijk was mislukt, was haar leven daarbuiten een succes geworden. Haar moeder had gelijk. Zakendoen was haar hartstocht. Ambitie is een krachtige drug die alles verdooft, ook gevoelens voor anderen.

Werner stond kaarsrecht, met zijn handen op zijn rug, als een krijger. 'Misschien moeten we, voordat we doodgaan, genieten van het leven dat we nog hebben.'

'Ik heb nooit geweten dat jij een doodsverlangen had. Je bent kerngezond en kunt nog heel wat jaren leven.'

'Nee, Dorothea. Ik kan nog heel wat jaren ádemhalen. Leven is heel iets anders.'

'Wat wil je, Werner?'

Hij liet zijn hoofd zakken en ging dicht bij een van de donkere ramen staan. 'Dorothea, we staan op een tweesprong. De komende dagen zouden de culminatie van je hele leven kunnen zijn.'

'Dat "zou kunnen"? Wat een arrogantie.'

Zijn mondhoeken wezen omlaag. 'Het was niet denigrerend bedoeld. Al zijn we het over veel dingen oneens; ik ben niet je vijand.'

'Wie dan wel, Werner?'

Zijn ogen werden hard als ijzer. 'Eigenlijk heb jij die niet nodig. Je bent je eigen vijand.'

Malone kwam van de preekstoel af. 'Openbaring is het laatste boek van het Nieuwe Testament. Johannes beschrijft daarin zijn visioen van een nieuwe hemel, een nieuwe aarde, een nieuwe realiteit.' Hij wees naar de achthoek. 'Dat gebouw staat symbool voor die visie. *Ze zullen Zijn volk zijn en Hij zal bij hen leven.* Dat zegt Openbaring. Karel de Grote heeft dit gebouwd en hier bij zijn volk geleefd. Toch waren twee dingen van kritiek belang. De lengte, hoogte en breedte moesten hetzelfde zijn en de muren moesten honderdvierenveertig voet lang zijn. Twaalf keer twaalf.'

'Je bent hier goed in,' zei ze.

'Acht was ook een belangrijk getal. De wereld is geschapen in zes dagen, en God rustte op de zevende. De achtste dag, toen alles voltooid was, was de dag van Jezus, zijn wederopstanding, het begin van de glorieuze voltooiing van zijn werk. Daarom is er een achthoek, omringd door een zestienhoek. En toen gingen de ontwerpers van deze kerk een stap verder.

'*Verhelder deze zoektocht door de volmaaktheid van de engel toe te passen op de heiliging van de heer.* Dat zei Einhard. Het boek Openbaring gaat over engelen en wat ze deden om het "nieuwe Jeruzalem" te vormen. Twaalf poorten, twaalf engelen, twaalf stammen van de kinderen van Israël, twaalf grondstenen, twaalf apostelen, twaalfduizend stadiën, twaalf kostbare stenen, twaalf poorten waren twaalf parels.' Hij zweeg even. 'Het getal twaalf, dat door de engelen als volmaakt werd beschouwd.'

Hij verliet het koor en liep de achthoek in. Hij wees naar de mozaïekstrook die in het rond ging. 'Kun jij dat vertalen? Mijn Latijn is redelijk, maar dat van jou is beter.'

Er galmde een dreunend geluid door de dom. Alsof er kracht op iets werd uitgeoefend.

Nog een keer.

Hij hoorde uit welke richting het kwam; van een van de zijkapellen, de Michaëlskapel. Daar was de andere uitgang. Hij rende naar binnen, om de lege banken heen naar de zware, houten deur die met een ijzeren grendel was gesloten. Hij hoorde een knal aan de andere kant.

'Ze forceren de deur.'

'Wie zijn "ze"?' vroeg Christl.

Hij greep zijn pistool. 'Nog meer problemen.'

43

Dorothea moest weg, maar ze kon nergens heen. Ze was overgeleverd aan de genade van haar moeder en haar man. Om van Ulrich nog maar te zwijgen. Henn werkte al meer dan tien jaar voor de familie. Officieel beheerde hij Reichshoffen, maar ze had altijd vermoed dat hij in werkelijkheid veel meer diensten verleende. Nu wist ze het zeker. Hij doodde mensen.

'Dorothea,' zei haar moeder. 'Je man wil het goedmaken. Hij wil dat het tussen jullie weer wordt zoals het was. Blijkbaar voel je nog iets voor hem, want anders had je je al lang geleden van hem laten scheiden.'

'Ik ben gebleven omwille van onze zoon.'

'Jullie zoon is dood.'

'De herinnering aan hem niet.'

'Nee, dat is zo. Maar je levert nu strijd om jóúw erfgoed. Denk na. Neem aan wat je wordt aangeboden.'

Ze wilde het weten: 'Waarom vind jij dat belangrijk?'

Isabel schudde haar hoofd. 'Je zuster streeft naar roem, naar een rechtvaardiging van onze familie, maar dat zou veel publiciteit trekken. Jij en ik hebben daar nooit naar gestreefd. Het is onze plicht dat te voorkomen.'

'Hoe is dat mijn plicht geworden?'

Haar moeder keek haar met weerzin aan. 'Wat lijk je toch veel op je vader. Zit er dan niets van mij in jou? Luister, kind. Het pad dat je volgt, leidt tot niets. Ik wil je alleen maar helpen.'

Ze stoorde zich aan dat gebrek aan vertrouwen, aan die neerbuigende houding. 'Ik heb veel geleerd toen ik die periodieken en memoranda van Ahnenerbe las. Opa heeft een verslag geschreven over wat ze in Antarctica hebben gezien.'

'Hermann was een dromer. Hij leefde in een fantasiewereld.'

'Hij had het over gebieden waar de sneeuw plaatsmaakte voor gesteente, waar vloeibare meren bestonden die je daar niet zou verwachten. Hij had het over holle bergen en ijsgrotten.'

'En wat zijn we met al die fantasieën opgeschoten? Vertel me dat eens, Dorothea. Hebben we daar iets mee bereikt?'

'We hebben een dode man in de kofferbak van de auto hier voor de deur.'

Haar moeder blies haar adem uit. 'Je bent hopeloos.'

Nu had ze er genoeg van. 'Jij hebt de regels bepaald voor wat we doen. Je wilde weten wat er met vader is gebeurd. Je wilde dat Christl en ik gingen samenwerken. Je hebt ons elk een deel van de puzzel gegeven. Als je zo slim bent, waarom doen wíj dit alles dan?'

'Ik zal je iets vertellen. Iets wat je vader me lang geleden heeft verteld.'

Karel de Grote luisterde aandachtig naar Einhards woorden. Ze zaten veilig in de paleiskapel, in de kamer die hij aan de bovengalerij van de achthoek aanhield. De zomeravond was eindelijk gevallen. De buitenramen waren donker en in de kapel was het stil. Einhard was de vorige dag pas teruggekeerd van zijn lange reis. De koning had bewondering voor hem. Hij was een kleine man, maar als een bij die goede honing maakt, of als een bedrijvige mier, was hij in staat tot grote dingen. Hij noemde hem Bezalel, uit Exodus, omdat hij zo veel werk verzette. Hij zou niemand anders hebben gestuurd. Nu luisterde hij naar Einhards verhaal van een moeilijke zeereis naar een plaats met muren van sneeuw, zo licht dat het zonlicht schaduwen van blauw en jadegroen wierp. Op een van die muren had zich een waterval gevormd, met een stroom als van zilver, en Karel de Grote moest denken aan de ruige bergen in het zuiden en oosten. Het was daar ongelooflijk koud, zei Einhard, en een van zijn handen huiverde bij de herinnering. De wind blies zo hard, dat zelfs de kerk om hen heen zich niet staande had kunnen houden. Karel de Grote betwijfelde dat, maar sprak hem niet tegen. Hier bij ons wonen mensen in lemen hutten, zei Einhard, zonder ramen, met alleen een gat in het dak om de rook te laten ontsnappen. Bedden zijn alleen in gebruik bij de bevoorrechten. Kleding is van ongevoerd leer. Daar bij hen is het heel anders. De huizen zijn allemaal van steen en hebben meubels en verwarming. De kleding is dik en warm. Er zijn geen maatschappelijke klassen. Er is geen rijkdom, maar ook geen armoede. Een land van gelijken, waar de nacht niet ophoudt en het water zo roerloos als de dood blijft, maar het is daar zo mooi!

'Dat schreef Einhard,' zei Isabel. 'Je vader heeft het mij verteld, zoals zijn vader het hem had verteld. Het komt uit het boek dat ik je heb gegeven, het boek uit het graf van Karel de Grote. Hermann had geleerd het te lezen. Nu moeten wij dat ook leren. Zo kwam ik op het idee van deze uitdaging. Ik wil dat je zuster en jij de antwoorden vinden die we nodig hebben.'

Maar het boek dat haar moeder haar had gegeven, stond vol met wartaal en fantastische afbeeldingen van onherkenbare dingen.

'Denk aan de woorden in Einhards testament,' zei Isabel. *'Een volledig inzicht in de wijsheid van de hemel, berustend bij heer Karel, begint in het nieuwe Jeruzalem. Je zus is daar nu, in het nieuwe Jeruzalem. Ze is je vele stappen voor.'*

Ze kon haar oren niet geloven.

'Dit is geen verzinsel, Dorothea. Het verleden bestaat niet helemaal uit verzinsels. Het woord "hemel" had in de tijd van Karel de Grote een heel andere betekenis dan nu. De Karolingers noemden de hemel *ha shemin*. Dat betekende "hooglanden". We hebben het niet over religie of God, maar over een volk dat ver weg bestond, in een bergachtig land met sneeuw en ijs en eindeloze nachten. Een plaats waar Einhard was geweest. Een plaats waar jóúw vader is gestorven. Wil je niet weten waarom?'

Dat wilde ze. Nou en of, dat wilde ze.

'Je man kan je helpen,' zei haar moeder. 'Met meneer Wilkerson heb ik een mogelijk probleem uit de weg geruimd. Nu kan deze queeste verdergaan, zonder dat iemand ons stoort. Ik zal ervoor zorgen dat de Amerikanen zijn lijk vinden.'

'Het was niet nodig hem te doden,' zei ze opnieuw.

'O nee? Gisteren stormde een man ons huis binnen. Hij probeerde Malone te doden. Hij zag je zus voor jou aan en probeerde haar ook te doden. Gelukkig heeft Ulrich dat voorkomen. De Amerikanen moeten niet veel van je hebben, Dorothea.'

Haar ogen zochten en vonden Henn, die knikte om te kennen te geven dat het waar was wat haar moeder zei.

'Op dat moment wist ik dat er iets moest gebeuren. Omdat jij een gewoontedier bent, vond ik je in München. Ik wist dat je daar zou zijn. Stel je voor: als ik je zo gemakkelijk kon vinden, hoe lang zouden de Amerikanen er dan over hebben gedaan?'

Ze herinnerde zich dat Wilkerson haar in paniek had opgebeld.

'Ik deed wat gedaan moest worden. En nu, kind, moet jij hetzelfde doen.'

Maar ze wist zich geen raad. 'Wat moet ik doen? Je zei dat ik mijn tijd heb verspild met wat ik heb bereikt.'

Haar moeder schudde haar hoofd. 'De kennis die je over Ahnenerbe hebt verworven, komt vast nog wel van pas. Is het materiaal in München?'

Ze knikte.

'Ik laat het door Ulrich ophalen. Je zus zal binnenkort het juiste pad volgen, en jij moet je dan bij haar aansluiten. Ze moet worden getemperd. Onze familiegeheimen moeten binnen de familie blijven.'

'Waar is Christl?' vroeg ze opnieuw.

'Die probeert wat jij ook probeerde.'

Ze wachtte.

'Een Amerikaan vertrouwen.'

44

Aken

MALONE PAKTE CHRISTL vast en rende met haar de Michaëlskapel uit, terug naar de zestienhoek. Hij ging richting het portaal en de hoofdingang. Er kwamen nog meer dreunen uit de Michaëlskapel. Hij vond de hoofdingang. Hopelijk kon die aan de binnenkant worden opengemaakt. Toen hoorde hij een geluid. Iemand forceerde het slot aan de buitenkant. Blijkbaar werkte Hakbijl niet in zijn eentje.

'Wat gebeurt er?' vroeg Christl.

'Onze vrienden van gisteravond hebben ons gevonden. Ze volgen ons de hele dag al.'

'En dat zeg je nu pas?'

Hij liep vlug bij het portaal vandaan, de achthoek in, en tuurde in het schemerige interieur van de dom. 'Ik wilde je niet lastigvallen met details.'

'Details?'

Hij hoorde dat de deur in de Michaëlskapel bezweek. Achter hem was aan het piepen van eeuwenoude scharnieren te horen dat de hoofddeur ook open was. Hij zag de wenteltrap en ze renden zo snel mogelijk naar boven, zonder zich druk te maken om het geluid dat ze produceerden.

Hij hoorde stemmen van beneden komen en gaf Christl een teken dat ze geen geluid meer moest maken.

Hij moest haar naar een veilige plaats brengen. Ze konden moeilijk over de galerij gaan paraderen. Tegenover hem stond de keizerlijke troon. Onder de primitieve marmeren stoel zat een donkere opening, waar vroeger pelgrims doorheen liepen, zoals de gids had uitgelegd –

een holle ruimte onder de katafalk en zes stenen treden. Onder het altaar, dat vanaf de achterkant naar buiten stak, zat ook een opening, afgeschermd met een houten deur die van ijzeren sluitingen was voorzien. Hij gaf haar een teken dat ze onder de troon moest kruipen. Ze keek hem vragend aan. Omdat hij geen zin had om met haar in discussie te gaan, trok hij haar naar de stoel en wees naar de ruimte daaronder.

Geen geluid, vormde hij met zijn lippen.

Er klonken voetstappen op de wenteltrap. Ze hadden nog maar een paar seconden. Blijkbaar besefte ze in welke situatie ze verkeerde en ze gaf toe. Ze verdween onder de troon.

Hij moest ze afleiden. Eerder, toen hij de bovengalerij had bekeken, had hij een smalle richel met een profiel gezien die boven de onderste bogen liep. Die richel gaf de scheidslijn tussen de verdiepingen aan en was breed genoeg om erop te staan.

Hij sloop langs de troon, liep om de katafalk heen en sprong op het bronzen rooster, dat zich ter hoogte van zijn middel bevond. Hij bracht zich in evenwicht op de kroonlijst, met zijn rug stijf tegen de zuilen die de acht bogen van de binnenste achthoek ondersteunden. Gelukkig kwamen daar twee zuilen samen, elk meer dan een halve meter breed, zodat hij werd afgeschermd door meer dan een meter marmer.

Hij hoorde rubberen schoenzolen op de vloer van de galerij.

Hij dacht nog eens na over wat hij deed. Hij stond op een vijfentwintig centimeter brede richel boven een afgrond van minstens zeven meter, met in zijn hand een pistool waar nog maar vijf patronen in zaten. Hij keek vlug om de zuil heen en zag twee silhouetten aan de andere kant van de troon. Een van de gewapende mannen kwam achter de katafalk dichterbij, en de ander koos positie aan de andere kant. De een ging op onderzoek uit, de ander dekte hem. Een slimme tactiek die op een goede training wees.

Hij drukte zijn hoofd weer tegen het marmer en keek uit over de achthoek. Het licht uit de ramen achter de troon viel op de glanzende zuilen aan de overkant, en het wazige silhouet van de keizerlijke troon was duidelijk zichtbaar. Hij zag een ander silhouet achter de troon langs lopen, nu aan de kant waar hij stond.

Hij moest de aanvaller dichterbij zien te krijgen.

Voorzichtig voelde hij met zijn linkerhand in de zak van zijn jasje en vond een euromunt uit het restaurant. Hij haalde hem uit zijn zak, en gooide de munt toen voorzichtig door het bronzen rooster naar een richel op drie meter afstand, waar het volgende stel zuilen zich verhief. De munt tinkelde en viel op de marmeren vloer beneden, met een hard geluid dat door de stilte galmde. Hij hoopte dat de mannen zouden beseffen dat hij de bron was en naar links kijkend naar voren zouden komen, zodat hij van rechts kon aanvallen.

Maar daarbij had hij geen rekening gehouden met wat de andere gewapende man zou doen. Het silhouet aan zijn kant van de troon werd groter.

Hij moest precies op het juiste moment in beweging komen. Hij verplaatste het pistool van zijn rechter- naar zijn linkerhand.

Het silhouet naderde het rooster. Er verscheen een pistool.

Malone maakte een bliksemsnelle beweging, greep de jas van de man vast en trok hem over de reling. Het lichaam van de man vloog de diepte in.

Malone dook vlug achter de reling. Er klonk een schot, en een kogel van de andere man ketste tegen het marmer. Malone hoorde het lichaam zeven meter lager op de vloer smakken, en stoelen die opzij kletterden. Hij schoot een keer over de troon en krabbelde meteen daarna overeind om achter de marmeren zuil weg te duiken, alleen ditmaal niet aan de kant van de richel, maar op de galerij.

Jammer genoeg gleed zijn rechtervoet uit en dreunde zijn knie tegen de vloer. Zijn rug trilde van pijn. Hij schudde die pijn van zich af en probeerde zijn evenwicht te herwinnen, maar hij was te laat.

'*Nein*, meneer Malone,' zei een man.

Hij zat op handen en knieën, met het pistool in zijn hand.

'Opstaan,' beval de man.

Hij kwam langzaam overeind.

Hakbijl was om de troon heen gelopen en stond nu aan dezelfde kant als Malone. 'Laat het wapen vallen,' beval de man.

Zo gemakkelijk zou hij zich niet overgeven. 'Voor wie werken jullie?'

'Laat het wapen vallen.'

Hij moest tijd winnen, maar geloofde niet dat deze man hem nog veel vragen zou laten stellen. Achter Hakbijl, op de vloer, bewoog iets. Hij zag twee zolen, punten van schoenen die omhoog wezen, in de duisternis achter de troon. Christls benen schoten uit haar schuilplaats tevoorschijn en ramden tegen de knieholtes van Hakbijl.

De man schrok en wankelde achterover.

Malone maakte gebruik van dat moment om te schieten, en de kogel boorde zich in de borst van de man. Hakbijl gaf een schreeuw van pijn, maar kwam blijkbaar meteen weer bij zijn positieven en bracht zijn pistool omhoog. Malone schoot opnieuw en de man zakte in elkaar en bewoog niet meer.

Christl werkte zich onder de katafalk vandaan.

'Je hebt lef,' zei hij.

'Jij had hulp nodig.'

Zijn knie deed pijn. 'Ja, inderdaad.' Hij pakte de pols van de man beet en voelde geen hartslag. Toen liep hij naar de reling en keek naar beneden. Het lichaam van de andere man lag verwrongen tussen wat stoelen. Er sijpelde bloed op de marmeren vloer.

Christl kwam dichtbij. In het klooster had ze het lijk niet willen zien, maar met deze twee had ze blijkbaar geen moeite. 'Wat nu?' vroeg ze.

Hij wees naar beneden. 'Zoals ik je vroeg voordat we werden onderbroken: ik wil dat je die Latijnse inscriptie vertaalt.'

45

Ramsey liet zijn papieren zien en reed Fort Lee binnen. De rit vanuit Washington naar het zuiden had iets meer dan twee uur in beslag genomen. De basis was een van de zestien legerplaatsen die aan het begin van de Eerste Wereldoorlog waren aangelegd, genoemd naar Virginia's lievelingszoon, generaal Robert E. Lee. In de jaren twintig was zij gesloopt en in een natuurreservaat veranderd, maar in 1940 was de basis opnieuw opgebouwd en een druk centrum van oorlogsactiviteit geworden. In de afgelopen twintig jaar was zij, dankzij de nabijheid van Washington, uitgebreid en gemoderniseerd.

Ramsey reed door een labyrint van oefenvelden en legergebouwen die in allerlei behoeften voorzagen, vooral logistiek en managementondersteuning. In een uithoek had de marine drie pakhuizen gehuurd in een rij van militaire opslaggebouwen. De pakhuizen waren beschermd met cijfersloten en digitale verificatie. Twee ervan werden beheerd door het opperbevel van de marine, het derde door de marine-inlichtingendienst.

Hij parkeerde, stapte uit en trok zijn jas hoger dicht. Toen hij onder een metalen afdakje stond, toetste hij een code in, en daarna stak hij zijn duim in de digitale scanner. De deur ging met een klikgeluid open.

Hij kwam in een kleine voorkamer waarvan de plafondlichten aangingen zodra hij binnenkwam. Hij liep naar een schakelpaneel en deed het licht aan in de spelonkachtige ruimte daarachter, die te zien was door een grote ruit. Wanneer was hij hier voor het laatst geweest? Zes jaar geleden?

Nee, eerder acht of negen jaar.

Achtendertig jaar geleden was hij hier voor het eerst geweest. Hij zag dat het daarbinnen nu niet veel anders was dan toen, afgezien van de moderne beveiliging. Admiraal Dyals had hem destijds meegenomen. Dat was ook op een winderige winterdag geweest, in februari, ongeveer twee maanden nadat hij van Antarctica was teruggekeerd.

'We hebben een reden om hier te zijn,' zei Dyals.

Ramsey had zich dat al afgevraagd. De afgelopen maand had hij veel tijd in het pakhuis doorgebracht, maar daar was een paar dagen geleden abrupt een eind aan gekomen, toen de missie was opgeheven. Rowland en Sayers waren naar hun eenheden teruggekeerd, het pakhuis zelf was afgesloten, en hij was weer in het Pentagon gestationeerd. Toen ze vanuit Washington naar het zuiden reden, had de admiraal weinig gezegd. Zo was Dyals nu eenmaal. Veel mensen waren bang voor hem – niet voor zijn woede, want daar gaf hij bijna nooit blijk van, en ook niet voor verbaal geweld, want dat vond hij van slechte manieren getuigen. Nee, ze waren bang voor de ijzige blik uit zijn ogen, die nooit leken te knipperen.

'Heb je het dossier van Operatie Highjump bestudeerd, dat ik je heb gegeven?' vroeg Dyals.

'Tot in detail.'

'En wat is je opgevallen?'

'Dat de plaats waar ik in Antarctica was, precies overeenkwam met een plaats die door het Highjumpteam is verkend.'

Drie dagen eerder had Dyals hem een map met UITERST GEHEIM erop gegeven. De informatie daarin maakte geen deel uit van het officiele verslag dat de admiraals Cruzen en Byrd na hun Antarctische missie hadden ingediend. In plaats daarvan was dit een rapport van een team van legerspecialisten die tot de zevenhonderd mannen van Highjump hadden behoord. Byrd zelf had het bevel over hen gevoerd, toen ze een speciale verkenningsoperatie uitvoerden op de noordelijke kustlijn. Hun verslagen waren alleen bij Byrd ingediend, die vervolgens persoonlijk het hoofd marineoperaties op de hoogte had gesteld. Hij had versteld gestaan van wat hij had gelezen.

'Vóór Highjump,' zei Dyals, 'dachten we dat de Duitsers in de jaren veertig bases in Antarctica hadden gebouwd. In de oorlog en kort daarna waren er overal in het zuiden van de Atlantische Oceaan U-boten gesignaleerd. De Duitsers hebben daar in 1938 een grote verkenningsmissie op touw gezet. Ze waren van plan terug te komen. We dachten dat ze dat ook hadden gedaan en het gewoon aan niemand hadden verteld. Maar daar was niets van waar, Langford. Het was onzin. De nazi's zijn niet naar Antarctica teruggegaan om bases te bouwen.'

Hij wachtte.

'Ze gingen op zoek naar hun verleden.'

Dyals liep voor hem uit het pakhuis in. Ze liepen tussen houten kisten en metalen schappen door. Dyals bleef staan en wees naar een rij schappen. Daarop lagen stenen met een merkwaardige mengeling van krullen en slingers.

'Onze mensen van Highjump hebben iets ontdekt van wat de nazi's daar in 1938 hebben gevonden. De Duitsers gingen op informatie af die terugging tot de tijd van Karel de Grote. Een van hun eigen mensen, Hermann Oberhauser, was de ontdekker van die informatie.'

Ramsey herkende de achternaam uit de bemanningslijst van de NR-1A: Dietz Oberhauser, veldspecialist.

'We hebben Dietz Oberhauser ongeveer een jaar geleden benaderd,' vertelde Dyals. 'Onderzoekers van ons verdiepten zich in Duitse archieven die in de oorlog waren buitgemaakt. De Duitsers dachten dat er dingen te ontdekken waren in Antarctica. Hermann Oberhauser raakte ervan overtuigd dat daar een hoogstaande beschaving was geweest, veel eerder dan de onze. Hij dacht dat het de lang geleden verdwenen Ariërs waren, en Hitler en Himmler wilden weten of hij gelijk had. Ze dachten ook dat als die beschaving op een hoger plan stond, ze misschien nuttige dingen aan de weet zouden komen. In die tijd zocht iedereen naar een doorbraak.'

Dat was niet veranderd.

'Maar Hermann Oberhauser raakte uit de gratie. Hitler was kwaad op hem. En dus werd hij tot zwijgen gebracht en gemeden. Zijn ideeën werden opgegeven.'

Ramsey wees naar de stenen. 'Blijkbaar had hij toch gelijk. Er was daar iets te vinden.'

'Je hebt het dossier gelezen. Je bent er zelf geweest. Zeg eens: wat geloof jij?'

'Zoiets als dit hebben we niet gevonden.'

'Toch hebben de Verenigde Staten miljoenen dollars uitgegeven om bijna vijfduizend man naar Antarctica te sturen. Vier mannen zijn tijdens die operatie gestorven. Nu zijn er nog elf dood en hebben we een onderzeeboot van honderd miljoen dollar verloren. Kom op, Ramsey. Denk na.'

Hij wilde de man die zo veel vertrouwen in zijn capaciteiten had getoond niet teleurstellen.

'Stel je een beschaving voor,' ging Dyals verder, 'die zich heeft ontwikkeld in tienduizenden jaren voor de tijd waar wij iets van weten. Vóór de Soemeriërs, de Chinezen, de Egyptenaren. Astronomische waarnemingen en metingen, gewichten, volumes, een realistisch beeld van de aarde, geavanceerde cartografie, sferische geometrie, navigatietechnieken, wiskunde. Laten we zeggen dat ze in dat alles uitblonken, vele eeuwen eerder dan wij. Kun je je voorstellen wat ze hebben ontdekt? Dietz Oberhauser heeft ons verteld dat zijn vader in 1938 naar Antarctica ging. Hij zag dingen, ontdekte dingen. De nazi's waren volslagen idioten – pedant, bekrompen, arrogant – en begrepen dus niet wat dat alles betekende.'

'Maar blijkbaar hadden wij ook last van onwetendheid, admiraal. Ik heb het dossier gelezen. De conclusies van Highjump hielden in dat deze stenen hier in het pakhuis afkomstig waren van een oud ras, misschien een Arisch ras. Iedereen had het daar steeds maar over. Blijkbaar trapten wij in de mythe die de nazi's over zichzelf hadden bedacht.'

'Ja, en dat was onze fout. Maar het was een andere tijd. De mensen van president Truman vonden het allemaal te politiek beladen om het in de openbaarheid te laten komen. Ze wilden niet dat bekend werd dat ze geloof hechtten aan Hitler of de Duitsers. En dus zetten ze UITERST GEHEIM op het hele Highjumpproject en stopten ze alles veilig weg. Daarmee hebben we onszelf een slechte dienst bewezen.' Hij wees voor zich uit, naar een dichte stalen deur. 'Ik zal je laten zien wat je nooit eerder hebt gezien als je hier was.'

Ramsey keek nu naar diezelfde deur.

Een gekoelde ruimte.

De ruimte waar hij achtendertig jaar geleden voor de eerste en enige keer naar binnen was gegaan. Die dag had admiraal Dyals hem een order gegeven, een order waaraan hij zich altijd had gehouden: *laat hem met rust*. Die order was nu ingetrokken, maar voordat hij in actie kwam, was hij hierheen gekomen om er zeker van te zijn dat ze er nog waren.

Hij pakte de hendel van de deur vast.

46

Aken

MALONE EN CHRISTL gingen naar beneden. De draagtas met de
gidsen lag daar op een houten stoel die nog gewoon overeind
stond. Hij haalde er een boekje uit en vond een vertaling van het Latijnse mozaïek.

ALS DE LEVENDE STENEN EEN EENHEID VORMEN

ALS DE GETALLEN EN AFMETINGEN OVEREENKOMEN

DAN ZAL HET WERK VAN DE HEER DIE DEZE GROTE ZAAL

BOUWDE HELDER STRALEN EN SUCCES

VERLENEN AAN DE VROME WERKEN VAN DE MENS

DIE ALTIJD ALS EEUWIG ORNAMENT IN STAND BLIJVEN

ALS DE ALMACHTIGE RAADGEVER EROVER WAAKT

OPDAT GOD DEZE HELE TEMPEL LAAT BESTAAN

OP HET FUNDAMENT DAT GELEGD IS DOOR KEIZER KAREL

Hij gaf het boekje aan Christl. 'Is deze vertaling goed?' Het was hem in
het restaurant opgevallen dat enkele andere boekjes ook een vertaling
bevatten en dat ze niet precies gelijk waren.

Ze bestudeerde de tekst en keek telkens naar het mozaïek, om
te vergelijken. Het lichaam lag dicht bij hen, de armen en benen in
vreemde standen, bloed op de vloer, en blijkbaar deden ze allebei alsof
het er niet was. Hij vroeg zich af of iemand buiten de schoten had gehoord, maar betwijfelde dat. De muren waren dik en buiten huilde de
wind. In elk geval was tot nu toe blijkbaar niemand op onderzoek uit-
gegaan.

'Deze is goed,' zei ze. 'Een paar kleine afwijkingen, maar niets wat de betekenis verandert.'

'Je hebt eerder gezegd dat de inscriptie origineel is, maar dat de geschilderde tekst door een mozaïek is vervangen. De consecratie van de kerk – oftewel de heiliging. *Verhelder deze zoektocht door de volmaaktheid van de engel toe te passen op de heiliging van de heer.* In het boek Openbaring kunnen we lezen dat het getal twaalf de volmaaktheid van de engel is. De achthoek was een symbool van die volmaaktheid.' Hij wees naar het mozaïek. 'Het zou elke twaalfde letter kunnen zijn, maar ik denk dat we elk twaalfde woord moeten tellen.'

Een kruis gaf aan waar de inscriptie begon en eindigde. Hij keek toe, terwijl zij telde.

'*Claret*,' zei ze, toen ze bij twaalf was. Daarna vond ze de twee woorden op de vierentwintigste en zesendertigste plaats. *Quorum* en *Deus*. 'Dat is alles. Het laatste woord, *velit*, is nummer elf.'

'Interessant, nietwaar? Drie woorden, en dan eindigt het bij het elfde woord, zodat het bij die drie woorden blijft.'

'*Claret quorum deus*. De helderheid van God.'

'Gefeliciteerd,' zei hij. 'Je hebt zojuist de zoektocht verhelderd.'

'Je wist het al, hè?'

Hij haalde zijn schouders op. 'Ik heb het in het restaurant met een van de vertalingen geprobeerd en vond dezelfde drie woorden.'

'Dat had je me wel eens kunnen vertellen, naast het feit dat we gevolgd werden.'

'Ja, maar jij had ook iets kunnen zeggen.'

Ze keek hem perplex aan, maar hij trapte er niet in en vroeg: 'Waarom bespeel je me?'

Dorothea keek haar moeder aan. 'Jij weet waar Christl is?'

Isabel knikte. 'Ik waak over allebei mijn dochters.'

Dorothea probeerde kalm te blijven kijken, maar haar oplaaiende woede maakte dat moeilijk.

'Je zus werkt nu samen met meneer Malone.'

Die woorden staken haar. 'Tegen mij zei je dat ik hem moest wegsturen. Je zei dat hij een probleem vormde.'

'Dat was zo en dat is nog steeds zo, maar je zus heeft hem gesproken nadat hij met jou had gepraat.'

Eerst had het haar alleen maar dwarsgezeten, maar nu vond ze het dwaasheid. 'Heb jij dat geregeld?'

Haar moeder knikte. 'Jij had Wilkerson. Ik gaf haar Malone.'

Dorothea's lichaam voelde verdoofd aan, haar geest verlamd.

'Je zus is in Aken, in de kerk van Karel de Grote, en doet daar wat gedaan moet worden. Nu moet jij hetzelfde doen.' Het gezicht van haar moeder bleef onbewogen.

Terwijl haar vader zorgeloos, liefhebbend en warm was geweest, bleef haar moeder altijd gedisciplineerd en afstandelijk. Christl en zij waren opgevoed door kindermeisjes, en ze hadden altijd gehunkerd naar de aandacht van hun moeder en gewedijverd om het beetje genegenheid dat beschikbaar was. Ze had altijd gedacht dat hun onderlinge vijandschap daar voor een groot deel uit was voortgekomen: beide dochters hadden bijzonder willen zijn, maar het feit dat ze identiek waren, had dat extra gecompliceerd gemaakt.

'Is dit voor jou alleen maar een spel?' vroeg ze.

'Het is veel meer dan dat. Het wordt tijd dat mijn dochters volwassen worden.'

'Ik heb de pest aan jou.'

'Eindelijk... woede. Als het je ervan weerhoudt domme dingen te doen, moet je me maar haten.'

Dorothea had er nu meer dan genoeg van. Ze liep op haar moeder af, maar Ulrich ging tussen hen in staan. Haar moeder stak haar hand op om hem tegen te houden, zoals ze met een afgericht dier zou doen, en Henn deed meteen een stap terug.

'Wat wil je?' vroeg haar moeder. 'Mij aanvallen?'

'Als ik kon.'

'En zou je daarmee bereiken wat je wilt?'

Die vraag zette haar aan het denken. De negatieve emoties ebden weg en lieten alleen schuldgevoel achter. Zoals altijd.

Haar moeder glimlachte. 'Je moet naar me luisteren, Dorothea. Ik ben hier echt gekomen om te helpen.'

Werner keek met enige terughoudendheid toe. Dorothea wees naar hem. 'Je hebt Wilkerson vermoord en nu heb je hém aan mij gegeven. Mag Christl haar Amerikaan wel houden?'

'Dat zou niet eerlijk zijn. Werner mag dan je man zijn, hij is geen voormalige Amerikaanse agent. Ik zal dat morgen regelen.'

'En hoe weet je waar hij morgen is?'

'Dat is het nou juist, kind. Ik weet precies waar hij zal zijn en dat ga ik je nu vertellen.'

'Je hebt twee academische graden, en toch was Einhards testament een probleem voor je?' vroeg Malone aan Christl. 'Kom nou, je wist dit allemaal al.'

'Dat zal ik niet ontkennen.'

'Het was stom van me om midden in deze ramp verzeild te raken. In de afgelopen vierentwintig uur heb ik drie mensen gedood, vanwege jouw familie.'

Ze ging op een stoel zitten. 'Ik kon het raadsel tot op dit punt oplossen. Je hebt gelijk; het was niet zo moeilijk. Maar voor iemand uit de middeleeuwen was het waarschijnlijk niet te doen. In die tijd waren er maar weinig geletterden. Bovendien was ik nieuwsgierig; ik wilde weten hoe goed jij was.'

'Ben ik geslaagd?'

'Met vlag en wimpel.'

'*Maar alleen degenen die de troon van Salomo en Romeinse frivoliteit waarderen, zullen hun weg naar de hemel vinden.* Dat is het vervolg. Waar gaan we heen?'

'Of je me nu gelooft of niet: ik weet het niet. Ik ben drie dagen geleden tot dit punt gekomen en ging toen terug naar Beieren...'

'Om op mij te wachten?'

'Moeder riep me naar huis en vertelde me wat Dorothea van plan was.'

Hij moest iets duidelijk maken. 'Ik ben hier alleen vanwege míjn vader. Ik ben gebleven omdat iemand zich er druk om maakte dat ik dat dossier heb gelezen. Dat leidt regelrecht naar Washington.'

'Ik speelde in geen enkel opzicht een rol bij je beslissing?'

'Eén kus maakt nog geen relatie.'

'En ik dacht dat je ervan genoot.'

Het was tijd om tot de realiteit terug te keren. 'Aangezien we beiden nu zoveel van het raadsel weten, kunnen we de rest afzonderlijk oplossen.' Hij wilde naar de uitgang lopen, maar bleef bij het lijk staan. Hoeveel mensen had hij in de loop der jaren gedood? Te veel. Maar altijd met een reden: God en vaderland, plicht en eer.

En waarom deze keer? Geen antwoord.

Hij keek om naar Christl Falk, die rustig was blijven zitten. En hij liep weg.

47

STEPHANIE EN EDWIN Davis stonden in het bos, op vijftig meter afstand van Herbert Rowlands huis aan het meer. Rowland was een kwartier eerder thuisgekomen en vlug naar binnen gelopen met een pizzadoos in zijn handen. Hij was meteen weer naar buiten gekomen om drie blokken van de houtstapel te halen, en nu kwamen er rookwolkjes uit een ruw uitgehakte, natuurstenen schoorsteen. Ze zou willen dat zij een vuur hadden.

Ze hadden die middag een paar uur de tijd gehad om extra winterkleren, dikke handschoenen en wollen mutsen te kopen. Ze hadden ook een voorraadje snacks en drinken ingeslagen en waren daarna teruggekeerd naar het huis aan het meer. Ze hadden een positie ingenomen, vanwaar ze het huis veilig in de gaten konden houden. Davis geloofde niet dat de moordenaar voor het vallen van de avond zou terugkomen, maar hij wilde voor alle zekerheid klaarstaan.

'Rowland gaat vanavond niet meer weg,' zei Davis fluisterend.

Hoewel de bomen de wind tegenhielden, werd de droge lucht met de minuut killer. De duisternis kroop bijna onmerkbaar over hen heen. Ze droegen nu jachtkleding, voorzien van hightechisolatie. Ze had nog nooit gejaagd en het had vreemd gevoeld om die dingen te kopen in een buitensportzaak in een van de duurdere winkelcentra van Charlotte.

Ze nestelden zich op een bed van dennennaalden, aan de voet van een dikke naaldboom. Ze nam een hap van een Twix. Snoep was haar zwakheid. Een la van haar bureau in Atlanta lag vol met verleidingen.

Ze wist nog steeds niet of ze hier wel goed aan deden.

'We zouden de Geheime Dienst moeten bellen,' fluisterde ze.

'Ben jij altijd zo negatief ingesteld?'

'Je zou dat idee niet zomaar van de hand moeten wijzen.'

'Dit is mijn gevecht.'

'Blijkbaar is het ook het mijne.'

'Herbert Rowland zit in de problemen. Hij zou ons nooit geloven als we bij hem aanklopten en het hem vertelden. En de Geheime Dienst zou het ook niet geloven. We hebben geen bewijs.'

'Behalve dat die man vandaag in het huis was.'

'Welke man? Wie is dat? Vertel me eens wat we weten.'

Dat kon ze inderdaad niet.

'We gaan hem op heterdaad betrappen,' zei hij.

'Omdat je denkt dat hij Millicent heeft vermoord?'

'Dat heeft hij.'

'Als je me nu eens vertelt wat er werkelijk aan de hand is. Millicent heeft niets te maken met een dode admiraal, Zachary Alexander, of Operatie Highjump. Dit is meer dan een persoonlijke vendetta.'

'Ramsey is de grootste gemene deler. Dat weet je.'

'Ik weet alleen dat ik agenten heb die erin getraind zijn dit soort dingen te doen, en toch sta ik hier zelf te vernikkelen van de kou, met een medewerker van het Witte Huis die een persoonlijke vete wil uitvechten.' Ze at haar Twix verder op.

'Hou je van die dingen?' vroeg hij.

'Dat werkt niet.'

'Want ik vind ze niks. Nee, dan de Baby Ruth, dat is nog eens een reep.'

Ze stak haar hand in haar tas en vond er een. 'Inderdaad.'

Hij pakte hem uit haar hand. 'Dank je.'

Ze grijnsde. Davis was tegelijk irritant en fascinerend. 'Waarom ben je nooit getrouwd?' vroeg ze.

'Hoe weet je dat ik dat niet ben?'

'Dat is duidelijk.'

Blijkbaar stelde hij het wel op prijs dat ze zo scherpzinnig was. 'Het gebeurde gewoon nooit.'

Ze vroeg zich af wiens fout dat was geweest.

'Ik werk,' zei hij, kauwend op de reep. 'En ik wilde het verdriet niet.'

Dat kon ze begrijpen. Haar eigen huwelijk was een ramp geweest en geëindigd in een langdurige periode van vervreemding, gevolgd door de zelfmoord van haar man, vijftien jaar geleden. Ze was al lang alleen. Misschien was Edwin Davis een van de weinigen die het begreep. 'Het huwelijk brengt niet alleen verdriet,' zei ze. 'Ook veel vreugde.'

'Maar er is altijd verdriet. Dat is het probleem.'

Ze ging dichter tegen de boom aan zitten.

'Na de dood van Millicent,' zei Davis, 'ben ik overgeplaatst naar Londen. Op een dag vond ik een kat. Ziekelijk en zwanger. Ik ging ermee naar de dierenarts, die haar kon redden, maar de kleintjes niet. Daarna nam ik de kat in mijn huis op. Een goed dier. Ze zou je nooit krabben. Vriendelijk, liefhebbend. Ik had haar graag bij me. Toen ging ze op een dag dood. Dat deed pijn. Heel erg veel pijn. Op dat moment besefte ik dat iedereen van wie ik hou de neiging heeft dood te gaan. Dus voor mij hoeft het niet meer.'

'Dat klinkt fatalistisch.'

'Eerder realistisch.'

Haar mobieltje trilde tegen haar borst. Ze keek op het schermpje – het was Atlanta – en drukte op een toets. Nadat ze even had geluisterd, zei ze: 'Verbind hem door.' Tegen Davis zei ze: 'Het is Cotton. Tijd dat hij weet wat er gebeurt.'

Maar Davis at gewoon door. Zijn blik bleef op het huis gericht.

'Stephanie,' zei Malone in haar oor. 'Heb je de dingen die ik moet weten al ontdekt?'

'Het is ingewikkeld geworden.' En terwijl ze haar mond afschermde, vertelde ze hem iets van wat er was gebeurd. Toen vroeg ze: 'Het dossier?'

'Dat zal wel weg zijn.' Hij vertelde haar wat er in Duitsland was gebeurd. 'Wat doe je op dit moment?'

'Je zou me niet geloven als ik het vertelde.'

'Na alle stomme dingen die ik de afgelopen twee dagen heb gedaan, kan ik alles wel geloven.'

Ze vertelde het hem.

'Dat lijkt me helemaal niet zo dom,' zei Malone. 'Ik sta zelf ook in de ijzige kou, bij een Karolingische kerk. Davis heeft gelijk. Die kerel komt terug vanavond.'

'Daar ben ik juist bang voor.'

'Iemand is ontzettend geïnteresseerd in de Blazek, of de NR-1A, of hoe je die verrekte onderzeeboot ook moet noemen.' Malones ergernis had blijkbaar plaatsgemaakt voor onzekerheid. 'Als het Witte Huis zei dat de marine-inlichtingendienst ernaar heeft geïnformeerd, wil dat zeggen dat Ramsey erbij betrokken is. We zijn allebei met hetzelfde bezig, Stephanie.'

'Ik heb hier iemand bij me die op een Baby Ruth zit te kauwen en hetzelfde zegt. Ik heb gehoord dat jullie elkaar hebben gesproken.'

'Als iemand mijn leven redt, ben ik altijd dankbaar.'

Ze dacht ook terug aan Centraal-Azië, maar ze moest het weten: 'Waar leidt jouw weg naartoe, Cotton?'

'Goede vraag. Ik bel je nog. Wees voorzichtig.'

'Jij ook.'

Malone verbrak de verbinding. Hij stond aan de rand van het plein waarop de kerstmarkt werd gehouden, op het hoogste punt van de helling, dicht bij het raadhuis van Aken, zo'n honderd meter van de dom. Het besneeuwde gebouw verspreidde een fosforescerend groen schijnsel. Het sneeuwde nog steeds, maar de wind was tenminste gaan liggen.

Hij keek op zijn horloge. Bijna halftwaalf.

Alle kramen waren dicht. De drukte van mensen en stemmen was verstild en zou dat tot de volgende dag blijven. Er liepen nog maar een paar mensen rond. Christl was hem niet eens uit de kerk gevolgd, en nu hij met Stephanie had gepraat, was hij nog onzekerder over wat hij moest doen.

Helderheid van God. Die term moest iets zeggen over Einhards tijd; iets met een duidelijke betekenis. Hadden de woorden een bijzondere inhoud? Daar was gemakkelijk achter te komen.

Hij typte SAFARI in op zijn iPhone, legde contact met internet en ging naar Google. Hij typte HELDERHEID VAN GOD EINHARD in en drukte op ZOEKEN.

Het scherm flikkerde en liet toen de eerste vijfentwintig hits zien.

De bovenste gaf antwoord op zijn vraag.

48

STEPHANIE HOORDE IETS in het bos. Het was niet luid, maar wel regelmatig, en ze wist dat daar iemand was. Davis was ingedommeld. Ze had hem laten slapen; hij had slaap nodig. Hij maakte zich zorgen en ze wilde hem helpen, zoals Malone haar had geholpen, maar ze vroeg zich nog steeds af of het wel zo verstandig was wat ze hier deden.

Ze had een pistool in haar hand en keek tussen de donkere bomen door naar de open plek rondom Rowlands huis. De afgelopen twee uur was er niets achter de ramen te zien geweest. Ze spitste haar oren en hoorde weer een takje knappen, rechts van haar. Dennentakken die zwiepten. Ze wist nu waar het was; ongeveer vijftig meter bij haar vandaan.

Ze legde haar hand over Davis' mond en tikte met het pistool op zijn schouder. Hij schrok wakker, en ze drukte haar handpalm stevig tegen zijn lippen.

'Er is iemand,' fluisterde ze.

Hij knikte begrijpend.

Ze wees.

Weer een takje dat knapte. Toen bewoog er iets bij Rowlands auto. Er verscheen een donker silhouet dat daarna in de bomen opging en even helemaal weg was. Toen was het terug en bewoog zich naar het huis.

Charlie Smith liep naar de voordeur. Het was nu lang genoeg donker geweest in Herbert Rowlands houten huis.

Hij was die middag naar de bioscoop geweest en had de steak gegeten waarnaar hij zo had verlangd. Al met al was het een tamelijk rustige dag geweest. Hij had krantenberichten over de dood van admiraal David Sylvian gelezen en tot zijn tevredenheid geconstateerd dat nergens iets over boze opzet werd gezegd. Twee uur geleden was hij hier teruggekomen en had in het koude bos staan wachten.

Alles was stil geweest.

Het slot en het nachtslot waren belachelijk gemakkelijk te forceren en hij ging door de voordeur naar binnen, blij met de warmte. Hij sloop eerst naar de koelkast en bekeek het insulineflesje. Het peil daarin was een heel eind lager dan die ochtend. Hij wist dat elk flesje genoeg was voor vier injecties en schatte dat een kwart van de zoutoplossing weg was. Met handschoenen aan pakte hij het flesje op en deed het in een plastic zak.

Hij keek naar de gekoelde whiskyflessen en zag dat het peil in een ervan ook duidelijk lager was. Blijkbaar had Rowland zoals elke avond een stevige borrel gedronken. Bij het keukenafval vond hij een gebruikte spuit, die hij ook in de plastic zak deed.

Hij liep geruisloos de slaapkamer in.

Rowland lag onder een quilt van patchwork en haalde sporadisch adem. Smith voelde zijn pols. Langzaam. De klok op het nachtkastje gaf aan dat het bijna één uur was. Waarschijnlijk waren er zeven uren verstreken sinds de injectie. Volgens het dossier spoot Rowland elke avond voor het nieuws van zes uur zijn insuline in en begon hij daarna te drinken. Omdat hij deze avond geen insuline in zijn bloed had gekregen, had de alcohol snel gewerkt en hem in een diep diabetisch coma gebracht. De dood zou niet lang op zich laten wachten.

Smith pakte een stoel uit een hoek. Hij zou hier moeten blijven tot Rowland dood was, maar hij was op zijn hoede. Die twee mensen van eerder die dag zaten hem nog dwars, en daarom ging hij terug naar de huiskamer en pakte twee van de jachtgeweren die hij daar had zien hangen. Een daarvan was een schoonheid. Een Mossberg high velocity grendelgeweer. Magazijn met zeven patronen, groot kaliber, voorzien van een indrukwekkend telescoopvizier. Het andere was een Remington kaliber 12. Een Ducks Unlimited-jubileummodel, als hij zich niet vergiste. Hij had er bijna zelf een gekocht. Een kast onder het rek met geweren lag vol met patronen. Hij laadde beide wapens en nam zijn positie bij het bed weer in.

Nu was hij klaar.

Stephanie pakte Davis bij zijn arm vast. Hij was al opgestaan en wilde gaan lopen. 'Wat doe je?'

'We moeten gaan.'

'En wat doen we als we daar zijn?'

'Hem tegenhouden. Hij gaat die man nu vermoorden.'

Ze wist dat hij gelijk had. 'Ik neem de voordeur. Verder kan hij alleen door de glazen verandadeuren naar buiten. Ga jij daarheen. Misschien kunnen we hem de stuipen op het lijf jagen, zodat hij een fout maakt.'

Davis liep richting het huis.

Ze volgde hem en vroeg zich af of haar bondgenoot ooit eerder in zo'n gevaarlijke situatie had verkeerd. Zo niet, dan was hij moedig. Zo ja, dan was hij een idioot.

Ze kwamen op het grindpad en liepen vlug en met zo min mogelijk geluid naar het huis. Davis ging de kant van het meer op en ze keek hoe hij op zijn tenen de houten trap naar de verhoogde veranda opging. Ze zag dat er gordijnen aan de binnenkant van de glazen schuifdeuren hingen. Davis liep geruisloos naar de andere kant van de veranda. Toen hij zijn positie had ingenomen, liep zij naar de voordeur. Ze had voor de directe benadering gekozen.

Ze sloeg hard op de deur en rende toen weg bij het portaal.

Smith kwam geschrokken uit de stoel. Iemand had op de voordeur gebonkt. Toen hoorde hij nog meer geluid, nu van de veranda aan de kant van het meer. Weer geklop. Op de glazen deuren.

'Kom naar buiten, hufter,' riep een man.

Herbert Rowland hoorde niets. Hij bleef moeizaam ademhalen. Zijn lichaam was hard op weg er helemaal mee op te houden.

Smith liep met beide geweren naar de huiskamer.

Stephanie hoorde Davis roepen. Wat deed hij nou weer?

Smith rende de huiskamer in, legde de Remington neer en schoot twee keer met de Mossberg in de gordijnen die voor de glazen schuifdeuren hingen. Het glas ging aan scherven en er stroomde koude lucht naar binnen. Hij gebruikte dat moment van verwarring om zich in de keuken terug te trekken, waar hij achter de bar neerhurkte.

Toen er schoten van rechts kwamen, in de huiskamer, dook hij naar de vloer.

Stephanie schoot in het raam naast de voordeur. Ze liet er nog een schot op volgen. Misschien zou dat genoeg zijn om de aandacht van de indringer af te leiden van de veranda aan de andere kant, waar Davis ongewapend stond.

Ze had twee geweerschoten gehoord. Het was haar plan geweest de moordenaar simpelweg te verrassen met het feit dat er mensen buiten stonden. Ze had willen wachten tot hij een fout maakte.

Blijkbaar had Davis een ander plan.

Smith was het niet gewend om in het nauw gedreven te worden. Waren het diezelfde twee van eerder op de dag? Dat moest wel. Politie? Vast niet. Ze hadden, godbetert, op de deur geklopt. Een van hen had geroepen, hem uitgedaagd. Nee, deze twee waren iets anders. Maar die analyse kon wachten, op dit moment moest hij maken dat hij hier weg kwam.

Wat zou MacGyver doen? Hij was gek op die tv-serie.

Gebruik je verstand.

Stephanie rende om het huis heen naar de kant van het meer. Ze rende niet voor de ramen langs, maar gebruikte Rowlands auto als dekking. Intussen hield ze haar pistool op het huis gericht, klaar om te schieten. Ze wist niet of het veilig genoeg was om verder te gaan, maar ze moest Davis vinden. De gevaarlijke situatie die ze hadden ontdekt, was snel geëscaleerd.

Ze draafde langs het huis, vond de verandatrap aan de achterkant en kwam nog net op tijd om Edwin Davis iets, vermoedelijk een smeedijzeren stoel, door de glazen deuren te zien gooien.

Smith hoorde iets door het overgebleven glas van de verandadeuren kletteren. De gordijnen werden van de wand gerukt. Hij bracht de Mossberg in de aanslag en loste weer een schot, en maakte daarna gebruik van dat moment om de Remington te pakken en de keuken uit te vluchten, de slaapkamer weer in. Degene die daar buiten was, zou nu aarzelen, en hij moest daar zo goed mogelijk gebruik van maken.

Herbert Rowland lag nog in bed. Als hij niet al dood was, was hij een eind op weg. Toch bleek uit niets dat er een misdrijf had plaatsgevonden. Het insulineflesje en de spuit zaten veilig in Smiths zak. Zeker, er was geschoten, maar er was niets wat zijn identiteit aan het licht kon brengen.

Hij ging naar een van de slaapkamerramen en lichtte het onderste deel op. Vlug klom hij naar buiten. Blijkbaar was er niemand aan deze kant van het huis. Hij liet het raam zakken. Eigenlijk zou hij moeten afrekenen met deze mensen, maar hij had al te veel risico's genomen.

Hij moest verstandig zijn.

Met het geweer in zijn hand rende hij het bos in.

'Ben je nou helemaal gek geworden?' riep Stephanie vanaf de grond naar Davis.

Haar bondgenoot verscheen bij de rand van de veranda.

'Hij is weg,' zei Davis.

Ze ging voorzichtig de trap op, want ze vertrouwde geen woord van wat hij zei.

'Ik hoorde een raam open- en dichtgaan.'

'Dat wil niet zeggen dat hij weg is. Het betekent alleen dat er een raam open en dicht is gegaan.'

Davis stapte door de kapotte glazen deuren naar binnen.

'Edwin...'

Hij verdween in de duisternis en ze liep vlug achter hem aan. Hij ging naar de slaapkamer en deed daar het licht aan. Toen ze binnenkwam, zag ze hem Herbert Rowlands pols voelen.

'Nauwelijks hartslag. En blijkbaar heeft hij niets gehoord. Hij ligt in coma.'

Ze was nog steeds bang dat er een man met een geweer in het huis was. Davis pakte de telefoon en ze zag hem drie toetsen indrukken.

Hij belde een ambulance.

49

Ramsey hoorde de voordeurbel. Hij glimlachte. Hij had geduldig in een thriller van David Morrell zitten lezen, een van zijn lievelingsschrijvers. Hij deed het boek dicht en liet zijn nachtelijke bezoeker nog even wachten. Toen stond hij op, liep naar de voordeur en deed open.

Senator Aatos Kane stond buiten in de kou. 'Vuile rotzak...'

Ramsey haalde zijn schouders op. 'Eigenlijk vond ik mijn reactie nogal mild, zeker na het hondsbrutale gedrag van je assistent.'

Kane stormde naar binnen.

Ramsey bood niet aan de jas van de senator aan te nemen. Blijkbaar had de vrouw uit de kaartenwinkel al gedaan wat haar was opgedragen. Ze had via Kanes assistent, die arrogante klootzak die hem op de Capitol Mall op zijn nummer had willen zetten, laten weten dat ze informatie bezat over de verdwijning van een assistente die drie jaar geleden voor Kane had gewerkt. Dat was een aantrekkelijke, roodharige vrouw uit Michigan geweest, die het tragische slachtoffer was geworden van een seriemoordenaar die in Washington en omgeving had huisgehouden. De seriemoordenaar was uiteindelijk gevonden nadat hij zelfmoord had gepleegd, en de hele zaak had voor grote krantenkoppen in het hele land gezorgd.

'Vuile schoft,' riep Kane. 'Je zei dat het voorbij was.'

'Laten we gaan zitten.'

'Ik wil niet zitten. Ik wil je in elkaar slaan.'

'Dat zou niets veranderen.' Hij mocht graag het mes nog even in de wond ronddraaien. 'Dan heb ik nog steeds de overhand. En dus moet je jezelf een vraag stellen. Wil je nog steeds een kans maken om president te worden? Of ga je liever door een schandaal naar de bliksem?'

Kane was niet alleen woedend, maar ook onzeker. Als je in de val zat en naar buiten keek, zag de wereld er heel anders uit.

Ze bleven elkaar fel aankijken, als twee leeuwen die moesten uitmaken wie aan het feestmaal mocht beginnen. Ten slotte knikte Kane. Ramsey leidde de senator naar de huiskamer, waar ze gingen zitten. Het was een kleine kamer; dat maakte het nog pijnlijker dat ze daar bij elkaar zaten. Kane voelde zich zo te zien helemaal niet op zijn gemak, en dat was ook precies de bedoeling.

'Ik heb je gisteravond en vanmorgen om hulp gevraagd,' zei Ramsey. 'Het was een oprecht verzoek aan iemand van wie ik dacht dat hij mijn vriend was.' Hij zweeg even. 'Ik kreeg er alleen maar arrogantie voor terug. Je assistent was grof en onhebbelijk. Natuurlijk deed hij alleen maar wat jij hem had opgedragen, vandaar mijn reactie.'

'Je bent een smerige bedrieger.'

'En jij bent een overspelige echtgenoot die zijn fout kon camoufleren, doordat er op het juiste moment een seriemoordenaar doodging. Als ik het me goed herinner, heb je je toen hevig verontwaardigd uitgelaten over het lot van je assistente en wekte je daarmee sympathie bij het publiek. Wat zouden je kiezers en je familie ervan vinden als ze wisten dat ze kort daarvoor een zwangerschap had afgebroken, en dat jij de vader was?'

'Daar is geen bewijs voor.'

'Toch raakte je indertijd in paniek.'

'Je weet dat ze mijn ondergang had kunnen worden, of ik nu de vader was of niet. Haar aantijgingen zouden al genoeg zijn geweest.'

Ramsey zat kaarsrecht. Admiraal Dyals had hem geleerd hoe hij duidelijk kon laten weten wie de leiding had. 'En dat wist je minnares. Daarom kon ze je manipuleren, en dat is weer de reden waarom je zo blij was met mijn hulp.'

Bij de herinnering aan het lastige parket waarin hij destijds had verkeerd, kwam Kanes woede enigszins tot bedaren. 'Ik wist niet wat je van plan was. Ik zou nooit akkoord zijn gegaan met wat je uiteindelijk deed.'

'O nee? Het lag voor de hand. We doodden haar, zorgden ervoor dat een andere moordenaar de schuld kreeg en doodden hem ook. Als ik het me goed herinner, was de pers heel tevreden over het resultaat. Doordat de man zelfmoord pleegde, hoefde het niet tot een proces en een executie te komen. Bovendien was het goed voor schitterende verhalen in de media.' Hij zweeg even. 'En ik kan me niet herinneren dat jij toen ook maar één keer bezwaar hebt gemaakt.' Hij wist dat niets een grotere bedreiging voor een politicus vormde dan een beschuldiging van een exminnares. Op die simpele manier waren al velen ten val gekomen. Het maakte niet uit of de beschuldigingen onbewezen of zelfs apert vals waren. Waar het om ging, was dat ze bestonden.

Kane leunde achterover. 'Toen ik eenmaal besefte wat je had gedaan, kon ik weinig anders doen. Wat wil je, Ramsey?'

Geen 'admiraal', zelfs geen voornaam. 'Ik wil het nieuwe lid van de Verenigde Chefs van Staven worden. Dat had ik vandaag toch al duidelijk gemaakt?'

'Weet je wel hoeveel anderen die baan ook willen?'

'Ja, dat zijn er nogal wat. Maar weet je, Aatos, ik heb die vacature zelf gecreëerd en dus komt hij mij toe.'

Kane keek hem onzeker aan en had even tijd nodig om de bekentenis te verwerken. 'Ik had het kunnen weten.'

'Ik vertel je dit om drie redenen. Ten eerste weet ik dat jij het aan niemand doorvertelt. Ten tweede moet je begrijpen met wie je te maken hebt. En ten derde weet ik dat je president wilt worden. De deskundigen zeggen dat je een redelijke kans maakt. De partij staat achter je, je doet het uitstekend in de peilingen, en de concurrentie stelt niet veel voor. Je hebt de contacten en de middelen om verkiezingsbijdragen binnen te halen. Ik heb gehoord dat je in het geheim al over garanties beschikt voor dertig miljoen dollar van verschillende donateurs.'

'Je hebt niet stilgezeten,' zei Kane met zure beleefdheid.

'Je bent nog redelijk jong en goed gezond, en je vrouw steunt je in alle opzichten. Je kinderen zijn gek op je. Al met al zou je de ideale kandidaat zijn.'

'Behalve dan dat ik drie jaar geleden een medewerkster heb geneukt, zij zwanger werd, de baby liet weghalen en toen tot de conclusie kwam dat ze van me hield.'

'Zoiets. Helaas voor haar werd ze het slachtoffer van een seriemoordenaar, die in zijn waanzin zelfmoord heeft gepleegd. Gelukkig liet hij nogal wat bewijsmateriaal achter dat hem in verband bracht met alle misdrijven, ook met de moord op haar, zodat iets wat een ramp voor jou had kunnen worden in een pluspunt veranderde.'

En Ramsey was zo verstandig geweest de abortusgegevens uit de kliniek in het zuiden van Texas te laten ophalen. Hij beschikte ook over de videobeelden van het verplichte adviesgesprek dat de wet van Texas als voorwaarde voor een abortus stelde. De medewerkster van Kane had weliswaar valse papieren gebruikt, maar was ingestort en had, zonder namen te noemen, tegen de adviseur gezegd dat ze een verhouding met haar werkgever had gehad. Het waren niet veel details, maar het waren er genoeg om het goed te doen in programma's als *Inside Edition, Extra* en *The Maury Show* – en daarmee Aatos Kanes kansen op het presidentschap de grond in te boren.

De vrouw uit de kaartenwinkel had het goed gedaan. Ze had Kanes stafchef wijsgemaakt dat zij die adviseur was geweest. Ze wilde de senator spreken, of anders zou ze Fox News bellen, dat al nooit iets goeds over Kane te zeggen had. Reputaties; nog fragieler dan het fijnste kristal.

'Heb jij Sylvian vermoord?' vroeg Kane.

'Wat denk je?'

Kane keek hem met onverholen minachting aan. Maar hij was zo gespannen, zo bereidwillig, zo meelijwekkend, dat zijn verzet direct verdween. 'Oké, ik denk dat ik die benoeming wel voor elkaar kan krijgen. Daniels heeft me nodig.'

Ramseys gezicht ontspande. Hij glimlachte geruststellend. 'Dat wist ik wel. Laten we nu over dat andere praten.' Er stond geen enkele luchtigheid, humor of medegevoel in zijn ogen te lezen.

'Dat andere?'

'Ik word je kandidaat voor het vicepresidentschap.'

Kane lachte. 'Je bent gek.'

'Nee, dat ben ik niet. De komende presidentsverkiezingen zijn niet moeilijk te voorspellen. Drie tegenkandidaten, misschien vier, maar niet van jouw kaliber. Je moet het in de voorverkiezingen tegen ze opnemen, maar jij beschikt over zo veel middelen, zo veel vuurkracht, dat ze geen kans maken. Nu zou je kunnen proberen de eenheid in de partij te herstellen door de sterkste verliezer te kiezen, of degene die geen kwaad doet, maar geen van beide keuzes zou zin hebben. De eerste zou verbittering meebrengen en aan de tweede zou je niets hebben als het tot een gevecht komt. Je kunt proberen iemand te vinden die een bepaald kiezerspubliek naar je toe kan halen, maar dan ga je ervan uit dat kiezers voor de nummer één kiezen omdat ze de nummer twee willen, en zoals de geschiedenis heeft aangetoond, is dat onzin. Misschien zou het realistischer zijn om iemand te kiezen uit een staat waar hij kiezers kan leveren, maar ook dat is onzin. John Kerry koos in 2004 voor John Edwards, maar verloor in North Carolina. Hij verloor zelfs in Edwards' eigen kiesdistrict.'

Kane grijnsde.

'Je zwakste punt is je onervarenheid met buitenlands beleid. Senatoren krijgen niet veel kansen op dat gebied, tenzij ze zich er zelf mee bemoeien, en jij bent altijd zo verstandig geweest om dat te niet te doen. Ik kan je daarmee helpen. Dat is mijn sterke punt. Terwijl jij niet eens in militaire dienst bent geweest, heb ik veertig dienstjaren.'

'En je bent zwart.'

Hij glimlachte. 'Is je dat opgevallen? Er ontgaat jou ook niets.'

Kane keek hem onderzoekend aan. 'Vicepresident Ramsey, één hartslag verwijderd van...'

Hij stak zijn hand op. 'Laten we daar niet aan denken. Ik wil gewoon acht jaar als vicepresident.'

Kane glimlachte. 'Beide termijnen?'

'Natuurlijk.'

'Heb je dit alles gedaan om een baan in de wacht te slepen?'

'Wat is daar verkeerd aan? Is dat niet ook jouw doel? Uitgerekend jij zou dat toch moeten begrijpen. Ik zou nooit tot president gekózen kunnen worden. Ik ben admiraal en heb geen politieke basis. Maar ik maak wel een kans om nummer twee te worden. Daarvoor hoef ik maar één persoon te overtuigen: jou.' Hij liet zijn woorden op Kane inwerken. 'Aatos, je moet de voordelen van zo'n regeling toch inzien. Ik kan een waardevolle bondgenoot zijn. En als je niet op mijn voorstel ingaat, kan ik een geduchte tegenstander worden.'

Hij zag Kane nadenken. Hij kende deze man goed. Hij was een harteloze, immorele hypocriet, die in zijn politieke carrière een reputatie had opgebouwd die hij nu wilde gebruiken om de sprong naar het presidentschap te maken. Er leek hem niets in de weg te staan. En er zou hem ook niets in de weg staan, mits...

'Goed, Langford. Ik zal je je plaats in de geschiedenis geven.'

Eindelijk gebruikte hij zijn voornaam. Een stap in de goede richting. 'Ik heb je nog iets anders te bieden,' zei Ramsey. 'Je kunt het zien als blijk van goede trouw, een teken dat ik niet de duivel ben waar jij me voor aanziet.'

Hij zag wantrouwen in Kanes scherpzinnige ogen.

'Ik heb gehoord dat de man die in de voorverkiezingen je voornaamste tegenstander zal zijn gouverneur van South Carolina wordt. Omdat jij en hij niet met elkaar overweg kunnen, kan het gevecht gemakkelijk een persoonlijk karakter krijgen. Hij kan een probleem worden, vooral in het zuiden. Laten we wel wezen: zonder het zuiden kan niemand het Witte Huis winnen. Al die kiezers daar kun je niet negeren.'

'Je vertelt me niets nieuws.'

'Ik kan ervoor zorgen dat hij geen kandidaat meer is.'

Kane hief zijn beide handen op. 'Ik wil niet dat er nog iemand doodgaat.'

'Waar zie je me voor aan? Zo dom ben ik niet. Nee, ik beschik over informatie die korte metten met zijn kandidatuur maakt, voordat die zelfs maar is begonnen.'

Er gleed een geamuseerd glimlachje over Kanes gezicht. Hij leerde snel en genoot nu al van de nieuwe regeling. Dat was niet zo vreemd; wat zijn aanpassingsvermogen betrof, deed Kane voor niemand onder. 'Als hij geen kandidaat meer is, wordt het veel gemakkelijker om verkiezingsgeld binnen te halen.'

'Zie het dan maar als een geschenk van een nieuwe bondgenoot. Hij is weg,' zei hij, en hij zweeg even, 'zodra ik ben beëdigd als lid van de Verenigde Chefs van Staven.'

50

R AMSEY WAS OPGETOGEN. Alles was precies zo gegaan als hij zich
had voorgesteld. Aatos werd misschien de volgende president, of
misschien niet, maar als hij het klaarspeelde, was Ramseys plaats in de
geschiedenis gewaarborgd. Als Kane niet werd gekozen, zou Ramsey
uiteindelijk in ieder geval als lid van de Verenigde Chefs van Staven met
pensioen gaan. Een duidelijke win-winsituatie.

Hij deed de lampen uit en ging naar boven. Een paar uur slaap zou hem
goed doen. Er stond hem een belangrijke dag te wachten. Zodra Kane
contact met het Witte Huis had opgenomen, zou de geruchtenmolen op
gang komen. Hij zou zich te weer moeten stellen tegen de pers door niets
te ontkennen en niets te bevestigen. Het Witte Huis zou over deze benoeming beslissen, en hij moest de indruk wekken dat hij het al een grote eer
vond dat er aan hem werd gedacht. Aan het eind van de dag zouden spin-
doctors het nieuws van zijn mogelijke benoeming laten uitlekken en als er
geen rare dingen gebeurden, zou het gerucht de dag daarop een feit zijn.

De telefoon in de zak van zijn ochtendjas ging. Dat was vreemd, op
dit nachtelijke uur. Hij haalde het apparaatje tevoorschijn en zag geen
naam of nummer op het schermpje staan. Zijn nieuwsgierigheid won
het. Hij bleef stilstaan op de trap en nam op. 'Admiraal Ramsey, met
Isabel Oberhauser.'

Hij was niet gauw verrast, maar nu schrok hij toch wel even. Hij hoorde
een oude, krakende stem. Engels met een Duits accent. 'U bent heel vindingrijk, mevrouw Oberhauser. U probeert al een hele tijd informatie van
de marine te verkrijgen, en nu is het u gelukt mij rechtstreeks te bellen.'

'Dat was helemaal niet zo moeilijk. Kapitein-ter-zee Wilkerson heeft
me uw nummer gegeven. Toen er een geladen wapen tegen zijn hoofd
werd gedrukt, verleende hij alle medewerking.'

Zijn problemen waren zojuist vermenigvuldigd.

'Hij heeft me een heleboel verteld, admiraal. Hij wilde graag blijven leven en dacht dat hij een kans maakte als hij antwoord gaf op mijn vragen. Helaas mocht het niet zo zijn.'

'Is hij dood?'

'Ik heb u de moeite bespaard.'

Hij was niet van plan iets toe te geven. 'Wat wilt u?'

'Ik bel om u een aanbod te doen, maar mag ik u eerst een vraag stellen?'

Hij ging de trap op en liet zich op de rand van zijn bed zakken. 'Gaat uw gang.'

'Waarom is mijn man gestorven?'

Hij hoorde een zweem van emotie in haar verder zo ijzige stem en besefte meteen wat het zwakke punt van deze vrouw was. De waarheid zou het beste zijn, dacht hij. 'Hij bood zich aan voor een gevaarlijke missie. Een missie die zijn vader lang geleden ook had ondernomen. Maar er gebeurde iets met de onderzeeboot.'

'U vertelt niets nieuws. U hebt mijn vraag niet beantwoord.'

'We weten niet hoe de onderzeeboot is gezonken, alleen dat het is gebeurd.'

'Hebt u hem gevonden?'

'Hij is nooit naar de haven teruggekeerd.'

'Nogmaals: dat is geen antwoord.'

'Het doet er niet toe of hij gevonden is of niet. De bemanning is evengoed dood.'

'Voor mij doet het er wel iets toe, admiraal. Ik zou mijn man liever hebben begraven. Hij verdiende het om een laatste rustplaats bij zijn voorouders te krijgen.'

Nu had hij zelf een vraag. 'Waarom hebt u Wilkerson gedood?'

'Hij was alleen maar een opportunist. Hij wilde van het fortuin van onze familie profiteren. Dat sta ik niet toe. Bovendien was hij een spion van u.'

'U lijkt me een gevaarlijke vrouw.'

'Dat zei Wilkerson ook. Hij zei dat u hem dood wilde hebben. Dat u tegen hem had gelogen en hem had gebruikt. Hij was een zwakke man, admiraal, maar hij heeft me wel verteld wat u tegen mijn dochter hebt gezegd. Hoe zei u het ook weer? *"U kunt zich dat niet voorstellen."* Dat zei u, toen ze vroeg of er in Antarctica iets te vinden was. Dus geef nu antwoord op mijn vraag: waarom is mijn man gestorven?'

De vrouw dacht dat ze in het voordeel was, doordat ze hem midden in de nacht belde met de mededeling dat zijn man in Berlijn dood was. Ze had lef; dat moest hij haar nageven. Toch was ze in het nadeel, want hij wist veel meer dan zij. 'Voordat uw man door ons werd benaderd over de reis naar Antarctica, hebben we ons grondig in zijn vader en in hem verdiept. We vonden het vooral interessant dat de nazi's zo geobsedeerd waren door hun onderzoek. O ja, ze hebben daar in 1938 dingen gevonden, dat weet u. Jammer genoeg liepen de nazi's te veel met oogkleppen op om te beseffen wat het was. Ze brachten uw schoonvader tot zwijgen. Toen hij na de oorlog eindelijk kon spreken, wilde er niemand luisteren. Uw man wist niet wat uw vader wist en dus raakte het allemaal in de vergetelheid – natuurlijk totdat wij ten tonele verschenen.'

'En wat hebt u ontdekt?'

Hij grinnikte. 'Waarom zou ik u dat vertellen?'

'Zoals ik al zei: ik bel om u een aanbod te doen. U hebt iemand gestuurd om Cotton Malone en mijn dochter Dorothea te doden. Hij drong in mijn huis binnen, maar onderschatte onze verdedigingsmiddelen. Hij is nu dood. Ik wil niet dat mijn dochter iets overkomt, en Dorothea vormt ook helemaal geen bedreiging voor u. Cotton Malone blijkbaar wel, want hij weet wat de marine over het verdwijnen van die onderzeeboot heeft ontdekt. Heb ik dat mis?'

'Ik luister.'

'Ik weet precies waar Malone is, en u niet.'

'Hoe kunt u er zo zeker van zijn?'

'Omdat hij een paar uur geleden in Aken twee mannen heeft gedood die hem uit de weg wilden ruimen. Mannen die ook door u gestuurd waren.'

Dat was nieuwe informatie voor hem, want hij had nog geen bericht uit Duitsland gekregen. 'U beschikt over een goed informatienetwerk.'

'Ja. Wilt u weten waar Malone nu is?'

Hij was nieuwsgierig. 'Welk spel speelt u?'

'Ik wil alleen maar dat u buiten onze familiezaken blijft. U wilt ook niet dat wij ons met uw zaken bemoeien, dus laten we ieder onze eigen weg gaan.'

Hij had het gevoel dat deze vrouw een bondgenoot zou kunnen zijn, zoals Aatos Kane dat gevoel bij hem had gehad. Daarom besloot hij haar iets aan te bieden. 'Ik ben daar geweest, mevrouw Oberhauser. In Antarctica. Kort nadat de onderzeeboot verloren was gegaan. Ik heb daar gedoken. Ik heb dingen gezien.'

'Dingen die wij ons niet kunnen voorstellen?'

'Dingen die me nooit meer hebben losgelaten.'

'Toch houdt u ze geheim.'

'Dat is mijn werk.'

'Ik wil dat geheim weten. Voordat ik doodga, wil ik weten waarom mijn man niet is teruggekomen.'

'Misschien kan ik u daarmee helpen.'

'In ruil voor de wetenschap waar Cotton Malone op dit moment is?'

'Ik beloof niets, maar bij mij maakt u de meeste kans.'

'Daarom bel ik u ook.'

'Vertel me dan wat ik wil weten,' zei hij.

'Malone is op weg naar Frankrijk, naar het dorp Ossau. Hij zal daar over vier uur aankomen. U hebt dus tijd genoeg om daar mannen heen te sturen die hem kunnen opwachten.'

51

Charlotte
3.15 uur

STEPHANIE STOND VOOR de ziekenhuiskamer waar Herbert Rowland lag. Edwin Davis stond naast haar. Rowland was in allerijl naar het ziekenhuis gebracht, amper nog in leven, maar het was de artsen gelukt hem in een stabiele conditie te brengen. Ze was nog steeds woedend op Davis.

'Ik bel mijn mensen,' zei ze tegen hem.

'Ik heb al contact met het Witte Huis opgenomen.'

Hij was een halfuur geleden even verdwenen, en ze had zich al afgevraagd wat hij toen had gedaan. 'En wat zegt de president?'

'Die slaapt, maar de Geheime Dienst is onderweg.'

'Eindelijk gebruik je je verstand.'

'Ik wilde die schoft in handen krijgen.'

'Je mag blij zijn dat hij je niet overhoop heeft geschoten.'

'We krijgen hem wel.'

'Hoe dan? Door jou is hij nu allang weg. We hadden hem in paniek kunnen brengen en in het huis opgesloten kunnen houden tot de politie er was. Maar nee, jij moest zo nodig een stoel door het raam gooien.'

'Stephanie, ik deed wat ik moest doen.'

'Je denkt niet na, Edwin. Je wilde mijn hulp en die heb ik je gegeven. Als jij zo graag dood wilt, is dat mij best, maar ik blijf er niet naar staan kijken.'

'Als ik niet beter wist, zou ik denken dat je echt iets om me gaf.'

Met charme zou het niet lukken. 'Edwin, je had gelijk; er loopt iemand rond die mensen vermoordt. Maar dit is niet de manier, mijn vriend. Helemaal niet. Bij lange na niet.'

Davis' mobieltje piepte. Hij keek op het scherm: de president. Hij maakte verbinding. 'Ja, meneer.'

Ze keek toe terwijl Davis luisterde.

Na een tijdje gaf hij de telefoon aan haar en zei: 'Hij wil jou spreken.'

Ze pakte het mobieltje aan en zei: 'Uw medewerker is knettergek.'

'Vertel me wat er gebeurd is.'

Ze deed snel verslag.

Toen ze klaar was, zei Daniels: 'Je hebt gelijk. Jij moet daar de leiding nemen. Edwin is te emotioneel. Ik weet van Millicent. Dat is een van de redenen waarom ik met dit alles akkoord ben gegaan. Ramsey heeft haar vermoord; daar twijfel ik niet aan. Ik denk dat hij ook admiraal Sylvian en kapitein-luitenant-ter-zee Alexander heeft vermoord. Natuurlijk is dat niet zo gemakkelijk te bewijzen.'

'Misschien is dit een doodlopend spoor,' zei ze.

'Dat hebben we al vaker meegemaakt. Laten we een manier zoeken om verder te gaan.'

'Waarom raak ik toch altijd in dit soort dingen verzeild?'

Daniels grinnikte. 'Dat is een talent van jou. Voor de goede orde: ik heb gehoord dat er een paar uur geleden twee lijken zijn gevonden in de kathedraal van Aken. Het interieur is beschadigd door kogels. Een van de mannen is doodgeschoten, de ander heeft een dodelijke val gemaakt. Het waren freelancers die regelmatig door onze inlichtingendiensten werden ingeschakeld. De Duitsers hebben een officieel verzoek om meer informatie bij ons ingediend. Zou er misschien een verband zijn?'

Ze besloot niet te liegen. 'Malone is in Aken.'

'Waarom wist ik toch van tevoren dat je dat zou zeggen?'

'Er is daar iets gaande, en Cotton denkt dat het in verband staat met wat hier gebeurt.'

'Waarschijnlijk heeft hij gelijk. Ik wil dat je hiermee doorgaat, Stephanie.'

Ze keek naar Edwin Davis, die een meter bij haar vandaan tegen de muur geleund stond.

De deur van Herbert Rowlands kamer ging open en een man in een olijfgroen ziekenhuispak zei: 'Hij is wakker en wil met u praten.'

'Ik moet gaan,' zei ze tegen Daniels.

'Pas goed op mijn jongen.'

Malone manoeuvreerde de huurauto over de hellende weg omhoog. Het rotsige landschap aan weerskanten van het asfalt was bedekt met sneeuw, maar het was de plaatselijke autoriteiten goed gelukt de weg sneeuwvrij te maken. Hij was hier diep in de Pyreneeën, aan de Franse kant, dicht bij de Spaanse grens, op weg naar het dorp Ossau.

Hij had een vroege trein van Aken naar Toulouse genomen en was daarna in zuidwestelijke richting het besneeuwde hoogland in gereden. Toen hij die nacht 'helderheid van God Einhard' had gegoogeld, had hij meteen gezien dat de frase verwees naar een klooster uit de achtste eeuw in de Franse bergen. De Romeinen die het eerst naar die streek kwamen, bouwden een grote stad, de metropool van de Pyreneeën, die uiteindelijk een middelpunt van cultuur en handel werd. Maar in de broederoorlogen van de Frankische koningen in de zesde eeuw werd de stad geplunderd, gebrandschat en verwoest. Niet één inwoner bleef gespaard. Geen steen bleef op de andere. Er stond alleen nog één enkele rots in de kale velden, en die rots schiep, zoals een kroniekschrijver uit die tijd opmerkte, 'een eenzaamheid van stilte'. Die stilte duurde voort tot Karel de Grote tweehonderd jaar later kwam en opdracht gaf tot de bouw van een klooster, inclusief kerk, kapittelhuis, kruisgang en een nabijgelegen dorp. Einhard hield toezicht op de bouw en rekruteerde de eerste bisschop, Bertrand, die beroemd werd om zowel zijn vroomheid als zijn goede bestuur. Bertrand stierf in 820 aan de voet van het altaar en werd begraven onder wat hij de kerk van Saint Lestelle had genoemd.

De rit vanuit Toulouse had Malone door een heleboel schilderachtige bergdorpen gevoerd. Hij was al vaker in deze omgeving geweest, de laatste keer in de afgelopen zomer. De dorpen verschilden niet veel van elkaar, afgezien van namen en data. In Ossau stonden rommelige rijen huizen verspreid langs kronkelende straten, elk met een voorgevel van ruwe steen en versierd met ornamenten, wapenschilden en kraagstenen. De nokken van de tegeldaken vertoonden allerlei hoeken, als bakstenen die in de sneeuw waren geworpen. Schoorstenen bliezen hun rook de koude middaglucht in. Er woonden hier ongeveer duizend mensen, en er waren vier hotels.

Hij reed naar het midden van het dorp en parkeerde daar. Een smal straatje leidde naar een plein. Mensen in warme kleren, met ondoorgrondelijke blik, liepen de winkels in en uit. Hij keek op zijn horloge: tien over halftien.

Hij keek langs de daken naar de heldere ochtendhemel. Zijn blik volgde een helling omhoog naar een vierkante toren die zich op de uitloper van de berg verhief. Andere torens aan weerskanten daarvan leken zich aan de helling vast te klampen.

De ruïne van Saint Lestelle.

Stephanie stond naast Herbert Rowlands ziekenhuisbed, met Davis tegenover haar. Rowland was versuft, maar wakker.

'Hebt u mijn leven gered?' vroeg Rowland met een stem die nauwelijks boven fluisteren uitkwam.

'Meneer Rowland,' zei Davis. 'Wij zijn van de overheid. We hebben niet veel tijd. We moeten u een paar vragen stellen.'

'Hebt u mijn leven gered?'

Ze wierp Davis een blik toe van: laat mij dit doen. 'Meneer Rowland, er kwam vannacht een man naar uw huis om u te vermoorden. We weten niet precies hoe, maar hij heeft u in een diabetisch coma gebracht. Gelukkig waren wij er. Bent u in staat een paar vragen te beantwoorden?'

'Waarom zou hij me dood willen hebben?'

'Herinnert u zich de Holden en Antarctica?'

Ze zag dat hij in zijn geheugen groef.

'Dat is lang geleden,' zei hij.

Ze knikte. 'Ja, maar daarom kwam hij u vermoorden.'

'Voor wie werkt u?'

'Een inlichtingendienst.' Ze wees naar Davis. 'Hij werkt in het Witte Huis. Kapitein-luitenant-ter-zee Alexander, destijds de commandant van de Holden, is gisteravond vermoord. Een van de officieren die daar met u aan wal is gegaan, Nick Sayers, is enkele jaren geleden gestorven. We dachten dat u misschien het volgende doelwit zou zijn, en daar hadden we gelijk in.'

'Ik weet niets.'

'Wat hebt u in Antarctica gevonden?' vroeg Davis.

Rowland deed zijn ogen dicht en ze vroeg zich af of hij in slaap was gevallen.

Even later deed hij zijn ogen weer open en schudde zijn hoofd. 'Ik heb orders gekregen daar nooit over te praten. Met niemand. Dat heeft admiraal Dyals zelf tegen me gezegd.'

Ze had wel eens van Raymond Dyals gehoord. Het vroegere hoofd marineoperaties.

'Dyals heeft de NR-1A daarheen gestuurd,' zei Davis.

Dat wist ze niet.

'U weet van de onderzeeboot?' vroeg Rowland.

Ze knikte. 'We hebben het rapport over het zinken van de boot gelezen, en we hebben met kapitein-luitenant-ter-zee Alexander gesproken, voordat hij stierf. Dus vertelt u ons wat u weet.' Ze besloot duidelijk te maken wat er op het spel stond. 'Uw leven hangt er misschien van af.'

'Ik moet stoppen met drinken,' zei Rowland. 'De dokter heeft gezegd dat het uiteindelijk mijn dood wordt. Ik neem mijn insul—'

'Hebt u gisteravond insuline gespoten?'

Hij knikte.

Ze ergerde zich. 'De artsen hebben ons verteld dat u geen insuline in uw bloed had. Daardoor, en ook door de alcohol, bent u in een shocktoestand geraakt. Maar dat doet er nu niet toe. We moeten weten wat u in Antarctica hebt ontdekt.'

52

MALONE BEKEEK DE vier hotels van Ossau en dacht dat L'Arlequin de beste keuze was – aan de buitenkant zo grimmig als in de bergen normaal was, maar binnen stijlvol, met kerstversieringen die dennengeur verspreidden, een kerststal van houtsnijwerk en maretakken boven de deuren. De eigenaar wees hem op het gastenboek, dat de namen van alle beroemde ontdekkingsreizigers in de Pyreneeën bevatte, en ook die van veel negentiende- en twintigste-eeuwse hoogwaardigheidsbekleders. Het restaurant serveerde een geweldig goede zeeduivelschotel met ham. Malone genoot van een vroege lunch en bleef meer dan een uur aan tafel zitten. Ten slotte deed hij zich tegoed aan een chocolade- en kastanjetaart in de vorm van een houtblok.

Tegen elf uur dacht hij dat hij misschien toch een verkeerde keuze had gemaakt. Hij hoorde van de ober dat Saint Lestelle 's winters gesloten was. De kerk was alleen open van mei tot augustus ten behoeve van de toeristen die hier 's zomers in groten getale van de bergen kwamen genieten. Er was daar niet veel te zien, zei de man, vooral ruïnes. Elk jaar werd er een beetje restauratiewerk gedaan, gefinancierd door het plaatselijke historisch genootschap en aangemoedigd door het katholieke bisdom. Afgezien daarvan gebeurde er niets.

Hij besloot er te gaan kijken. Straks zou het donker worden, uiterlijk om vijf uur, en dus moest hij nu gebruikmaken van het daglicht dat er nog was.

Hij verliet het hotel met het pistool op zak. Er zaten nog drie patronen in. Hij schatte de temperatuur op vijf graden onder nul. Geen ijs, maar wel veel droge sneeuw die als ontbijtvlokken onder zijn bergschoenen knerpte. Hij was blij dat hij die schoenen nog snel had gekocht in Aken. Hij had geweten dat hij met ruig terrein te maken zou krijgen.

Een nieuwe trui onder zijn jas hield zijn borst extra warm. Verder droeg hij strakke leren handschoenen.

Hij was er klaar voor. Waarvoor? Dat wist hij niet.

Stephanie wachtte tot Herbert Rowland antwoord gaf op haar vraag wat er in 1971 was gebeurd.

'Ik ben die schoften niets verschuldigd,' mompelde Rowland. 'Ik heb me aan mijn eed gehouden. Ik heb nooit een woord gezegd. Evengoed kwamen ze me vermoorden.'

'We moeten weten waarom,' zei ze.

Rowland ademde diep in. 'Het was absurd. Ramsey kwam naar de basis, koos Sayers en mij uit en zei dat we naar Antarctica gingen. We zaten in teams voor speciale operaties en waren het wel gewend vreemde dingen te doen, maar dit sloeg alles. Het ging verder dan alles wat we ooit hadden gedaan.' Hij nam weer een hap lucht. 'We vlogen naar Argentinië, gingen daar aan boord van de Holden en bleven onder elkaar. We kregen de opdracht met de sonar naar een signaal te zoeken, maar we hoorden nooit iets, totdat we aan land gingen. Toen hees Ramsey zich in zijn pak en dook het water in. Na ongeveer vijftig minuten kwam hij terug.'

'Wat heb je gevonden?' vroeg Rowland, terwijl hij Ramsey uit de ijskoude zee hielp. Hij greep de ene schouder van het duikpak stevig vast en tilde de man met zijn uitrusting en al op het ijs.

Nick Sayers trok aan de andere schouder. 'Is daar iets?'

Ramsey trok zijn masker en kap weg. 'Het is daarbeneden zo koud als de reet van een Siberische putjesschepper. Zelfs met dit pak aan. Maar het was een fantastische duik.'

'Je bent bijna een uur beneden geweest. Heb je nog diepteproblemen gehad?' vroeg Rowland.

Ramsey schudde zijn hoofd. 'Ik ben al die tijd boven tien meter diepte gebleven.' Hij wees naar rechts. 'De oceaan gaat daar een heel eind door, tot aan de berg.'

Ramsey trok zijn handschoenen uit en Sayers gaf hem meteen een droog paar. In deze omgeving mocht huid niet langer dan een minuut ontbloot blijven.

'Ik moet dit pak uitdoen en mijn kleren weer aantrekken.'

'Is daar iets?' vroeg Sayers opnieuw.

'Verdomd helder water. En allemaal kleuren, als op een koraalrif.'

Rowland besefte dat hij er verder niets over wilde zeggen, maar hij zag de waterdichte tas aan Ramseys middel hangen. Die tas was vijftig minuten geleden nog leeg geweest. Nu zat er iets in. 'Wat zit daarin?' vroeg hij.

'Hij gaf me geen antwoord,' fluisterde Rowland. 'En hij wilde niet dat Sayers en ik de tas aanraakten.'

'Wat gebeurde er daarna?' vroeg Stephanie.

'We vertrokken. Ramsey had de leiding. We deden wat stralingscontroles, maar vonden niets, en toen gaf Ramsey het bevel om met de Holden naar het noorden te gaan. Hij heeft nooit iets gezegd over wat hij onder water had gezien.'

'Ik begrijp het niet,' zei Davis. 'Hoe kunt u dan een bedreiging vormen voor hem?'

De oudere man likte over zijn lippen. 'Misschien door wat er op de terugweg is gebeurd.'

Rowland en Sayers namen een risico. Ramsey was bij commandant Alexander. Ze zaten te kaarten met een stel andere officieren. Rowland en Sayers hadden eindelijk besloten te gaan kijken wat hun collega onder water had gevonden. Ze vonden het geen van beiden prettig om erbuiten gehouden te worden.

'Weet je zeker dat je de combinatie kent?' vroeg Sayers.

'Ik heb hem van de kwartiermeester gehoord. Ramsey loopt steeds maar te commanderen, terwijl het niet eens zijn schip is. De kwartiermeester wilde me dus maar al te graag helpen.'

Er stond een kleine kluis naast Ramseys kast. Wat het ook was dat hij mee naar boven had genomen, het had de afgelopen dagen, terwijl ze het zuidpoolgebied hadden verlaten en in de Atlantische Oceaan waren aangekomen, in dat kluisje gelegen.

'Hou jij de deur in de gaten,' zei hij tegen Sayers. Hij knielde neer en probeerde de combinatie die hij had gekregen.

Drie klikgeluiden bevestigden dat het de juiste combinatie was.

Hij maakte het kluisje open en zag de tas. Hij haalde hem tevoorschijn en voelde dat de inhoud rechthoekig was, ongeveer twintig bij dertig centimeter en een paar centimeter dik. Hij maakte de tas open, liet de inhoud eruit glijden en zag meteen dat hij het logboek van een schip in handen had. Op de eerste bladzijde stond met blauwe inkt in een fors handschrift geschreven: MISSIE BEGONNEN 17 OKTOBER 1971, GEËINDIGD... De tweede datum zou zijn ingevuld nadat het schip weer in de haven was teruggekeerd. Hij besefte dat de commandant die het logboek had bijgehouden nooit de kans daartoe zou krijgen.

Sayers kwam dichterbij. 'Wat is het?'

De deur van de hut zwaaide open.

Ramsey kwam binnen. 'Ik dacht wel dat jullie twee zoiets zouden proberen.'

'Sodemieter op,' zei Rowland. 'We hebben allemaal dezelfde rang. Jij bent niet onze meerdere.'

Er verscheen een glimlach op Ramseys donkere lippen. 'Eigenlijk ben ik dat hier wel. Maar misschien is het beter dat jullie verder kijken. Dan weten jullie wat er op het spel staat.'

'Je hebt gelijk,' zei Sayers. 'We hebben ons hier vrijwillig voor aangemeld, net als jij, en we willen de beloning, net als jij.'

'Of jullie het nu geloven of niet,' zei Ramsey, 'ik was van plan het jullie te vertellen voordat we in de haven zijn. Er moeten dingen worden gedaan en ik kan het niet alleen.'

'Waarom was het zo belangrijk?' wilde Stephanie weten.

Davis begreep het blijkbaar. 'Het is wel duidelijk.'

'Niet voor mij.'

'Het logboek,' zei Rowland, 'was van de NR-IA.'

Malone beklom het rotspad, dat weinig meer was dan een smalle richel die zigzaggend langs de beboste helling omhoogliep. Aan zijn ene kant had hij een plechtige stoet van smeedijzeren kruiswegstaties, en aan zijn andere kant groeide het uitzicht geleidelijk uit tot een panorama. Het dal baadde in het zonlicht, en in de verte zag hij diepe, ruige ravijnen. Ver weg kondigden kerkklokken het middaguur aan.

Hij was op weg naar een van de cirques die in de Pyreneeën veel voorkomen: ringen van hoge rotsen in de bergen, alleen te voet te bereiken. Er groeiden kleine, verwrongen beuken op de hellingen; hun kale, besneeuwde takken vormden wanstaltige knopen. Hij lette goed op het onregelmatige pad, maar zag geen voetafdrukken. Door de wind en de stuifsneeuw zei dat echter niet veel.

Nog een laatste grote bocht en daar verscheen de ingang van het klooster, hoog op de cirque. Hij bleef staan om op adem te komen en genoot weer van het weidse uitzicht. In de verte wervelde de sneeuw, door koude windvlagen.

Links en rechts strekten zich hoge, gemetselde muren uit. Als hij mocht afgaan op wat hij had gelezen, hadden die stenen Romeinen, Visigoten, Saracenen, Franken en de kruisvaarders van de Albigenzische oorlogen aan zich voorbij zien trekken. Er waren veel gevechten geleverd om dit strategische punt in handen te krijgen. De stilte leek fysiek aanwezig te zijn, waardoor er iets stemmigs uitging van de plaats waar hij was. De voorgeschiedenis van dit alles lag waarschijnlijk begraven bij de doden. Het ware verhaal van zijn glorie was niet in steen gegrift of op perkament geschreven.

Helderheid van God.

Weer een verzinsel? Of een feit?

Hij liep de resterende vijftien meter, kwam bij een ijzeren hek en zag een ketting met een hangslot.

Fantastisch.

Die muren waren niet te beklimmen.

Hij stak zijn hand uit en pakte het hek vast. De kou drong door zijn handschoenen heen. Wat nu? Langs de muur lopen en kijken of er ergens een opening was? Dat leek het enige wat hij kon doen op dit moment. Hij was moe, en hij kende dit stadium van uitputting maar al te goed; de geest raakte gemakkelijk verdwaald in een labyrint van mogelijkheden, met oplossingen die geen van alle op iets uitliepen.

Hij schudde gefrustreerd aan het hek.

De ijzeren ketting gleed op de grond.

53

Charlotte

STEPHANIE LIET ALLES wat Herbert Rowland had gezegd op zich inwerken en vroeg: 'U bedoelt dat de NR-1A intact was?'

Rowland werd moe, maar dit moest gebeuren.

'Ik zeg dat Ramsey het logboek mee naar boven bracht.'

Davis keek haar aan. 'Ik zei toch dat die klootzak hierbij betrokken was?'

'Was het Ramsey die mij probeerde te vermoorden?' vroeg Rowland.

Ze wilde hem geen antwoord geven, maar ze zag dat Davis daar anders over dacht.

'Hij verdient het om het te weten,' zei Davis.

'Dit is al uit de hand gelopen. Wil je dat het nog erger wordt?' zei ze.

Davis keek Rowland aan. 'We denken dat hij erachter zit.'

'We wéten het niet,' voegde ze er vlug aan toe. 'Maar het is een mogelijkheid.'

'Hij was altijd al een schoft,' zei Rowland. 'Toen we terugkwamen, zorgde hij ervoor dat hij alle eer kreeg voor wat we hadden gedaan. Sayers en ik niet. Ja, we kregen een paar promoties, maar nooit wat Ramsey allemaal kreeg.' Rowland zweeg even; hij was nu echt uitgeput. 'Admiraal. Helemaal aan de top.'

'Misschien moeten we dit later doen,' zei ze.

'Welnee,' zei Rowland. 'Iemand die mij wil doden, komt er niet zo gemakkelijk van af. Als ik niet in dit bed lag, zou ik hem zelf vermoorden.'

Ze verbaasde zich over zo veel bravoure.

'Ik heb gisteravond mijn laatste glas gedronken,' zei hij. 'Ik stop er-mee. Ik meen het.' Woede bleek een krachtige drug te zijn. Rowlands ogen schitterden.

'Vertel ons alles,' zei ze.

'Hoeveel weten jullie van Operatie Highjump?'

'Alleen het officiële verhaal,' zei Davis.

'Dat is volslagen flauwekul.'

Admiraal Byrd nam zes R4-D-vliegtuigen mee naar Antarctica. Die waren voorzien van de modernste camera's en magnetometers, en ze werden gelanceerd vanaf een vliegdekschip, met raketvoortstuwing voor extra kracht. De toestellen bleven meer dan tweehonderd uur in de lucht en vlogen veertigduizend kilometer over het continent. Toen ze een van hun laatste vluchten maakten om het land in kaart te brengen, kwam Byrds eigen vliegtuig drie uur te laat van zijn missie terug. Volgens het officiële verslag was er een motor uitgevallen en had hij op de andere motor terug moeten vliegen. Maar in Byrds eigen logboek, dat was ingeleverd bij het toenmalige hoofd marineoperaties en door hem was beoordeeld, stond een andere verklaring.

Byrd had over het gebied gevlogen dat van de Duitsers de naam Neuschwabenland had gekregen. Hij was een eind landinwaarts gegaan en vloog in westelijke richting naar een strakke, witte horizon, toen hij een gedeelte zonder sneeuw en ijs zag; drie meren met daartussen massa's kale, roodbruine rotsen. De meren zelf vertoonden nuances van rood, blauw en groen. Hij noteerde hun positie en stuurde de volgende dag een speciaal team naar die omgeving. Dat team ontdekte dat het water van het meer warm was en dat er algen in groeiden – vandaar de pigmentatie. Het water was ook brak, wat op een verbinding met de oceaan wees.

Byrd vond het een opwindende ontdekking. Hij wist van de Duitse expeditie van 1938, waarin melding was gemaakt van soortgelijke waarnemingen. Hij had aan die beweringen getwijfeld, want hij was op het continent geweest en wist hoe onherbergzaam het was. Het speciale veldteam ging de volgende dagen in het gebied op verkenning uit.

'Ik wist niet dat Byrd een eigen logboek bijhield,' zei Davis.

'Ik heb het gezien,' zei Rowland. 'Operatie Highjump was geheim, maar toen we terugkwamen, werkten we aan veel dingen en kreeg ik inzage. Pas in de afgelopen twintig jaar is er iets over Highjump bekend-gemaakt. Het meeste daarvan klopt trouwens niet.'

Ze vroeg: 'Wat deden Sayers, Ramsey en u, toen u terugkwam?'

'We gingen op zoek naar alles wat Byrd in 1947 had meegebracht.'

'Bestond dat nog?'

Rowland knikte. 'Alles was er nog. Kisten vol. De overheid gooit nooit iets weg.'

'Wat zat er in die kisten?'

'Ik heb geen idee. We haalden ze alleen op en maakten niets open. Tussen haakjes, ik maak me zorgen om mijn vrouw. Ze is bij haar zus.'

'Geeft u me het adres,' zei Davis, 'dan laat ik de Geheime Dienst contact met haar opnemen. Maar Ramsey heeft het op u voorzien en u hebt ons nog niet verteld waarom hij u als een bedreiging ziet.'

Rowland bleef stil liggen. Er liepen infuuslijnen naar zijn beide armen. 'Ik kan niet geloven dat ik bijna dood was.'

'De man die we verrasten, heeft gisteren bij u ingebroken, toen u weg was,' zei Davis. 'Ik denk dat hij iets met uw insuline heeft gedaan.'

'Ik heb hoofdpijn.'

Stephanie wilde aandringen, maar wist dat de oude man pas zou praten als hij er klaar voor was. 'We zullen ervoor zorgen dat u voortaan wordt beschermd. We moeten alleen wel weten waarom dat nodig is.'

Rowlands gezicht was een caleidoscoop van hevige emoties. Hij worstelde ergens mee. Zijn adem kwam er in stootjes uit en zijn waterige ogen keken minachtend. 'Dat ding was kurkdroog. Er zat geen watervlek op het papier.'

Het drong tot haar door wat hij zei: 'Het logboek?'

Hij knikte. 'Ramsey bracht het in die waterdichte tas mee uit de oceaan. Dat betekende dat het nooit nat was geweest voordat hij het vond.'

'Allemachtig,' mompelde Davis.

Nu drong het ook tot haar door. 'De NR-1A was intact?'

'Dat weet alleen Ramsey.'

'Daarom wil hij ze allemaal dood hebben,' zei Davis. 'Toen je dat dossier aan Malone gaf, raakte hij in paniek. Hij wil het beslist niet in de openbaarheid hebben. Kun je je voorstellen welke gevolgen dat voor de marine zou hebben?'

Maar ze was er niet zo zeker van. Er moest meer achter het verhaal zitten.

Davis keek Rowland aan. 'Wie weten het nog meer?'

'Ik. Sayers, maar die is dood. Admiraal Dyals. Hij wist het; hij voerde het bevel over de hele zaak en gaf ons de order erover te zwijgen.'

Winterhavik. Zo noemde de pers Dyals. Die bijnaam had betrekking op zowel zijn leeftijd als zijn politieke overtuigingen. Hij was lange tijd vergeleken met een andere oude, arrogante marineofficier die uiteindelijk moest worden weggejaagd. Hyman Rickover.

'Ramsey werd Dyals beschermeling,' zei Rowland. 'Hij kwam in de persoonlijke staf van de admiraal. Ramsey verafgoodde die man.'

'Genoeg om zelfs nu nog zijn reputatie te beschermen?' vroeg ze.

'Dat is moeilijk te zeggen. Maar Ramsey is een vreemde vogel. Hij denkt niet zoals andere mensen denken. Toen we terug waren, was ik blij dat ik van hem af was.'

'Dus Dyals is de enige die er nog is?' vroeg Davis.

Rowland schudde zijn hoofd. 'Er is nog iemand die het wist.'

Had ze dat goed gehoord?

'Er is altijd een deskundige. Het was een briljante onderzoeker die door de marine was ingehuurd. We noemden hem de tovenaar van Oz. Je weet wel, die kerel achter het gordijn die niemand ooit te zien kreeg? Dyals rekruteerde hem zelf, en hij rapporteerde alleen aan Ramsey en de admiraal. Hij is degene die de kisten heeft opengemaakt, helemaal in zijn eentje.'

'We willen een naam weten,' zei Davis.

'Douglas Scofield, PhD. Hij herinnerde ons altijd graag aan dat 'PhD'. *Doctor Scofield*, noemde hij zichzelf. We waren niet onder de indruk. Hij kroop zo ver in Dyals' reet, dat hij het daglicht niet meer te zien kreeg.'

'Wat is er met hem gebeurd?' vroeg ze.

'Ik zou het echt niet weten.'

Ze moesten weg, maar er was nog één ding: 'Wat is er gebeurd met die kisten uit Antarctica?'

'We hebben alles naar een pakhuis in Fort Lee gebracht, in Virginia. Daar hebben we het bij Scofield achtergelaten. Ik weet niet wat er daarna mee gebeurd is.'

54

MALONE KEEK NAAR de ijzeren ketting die in de sneeuw lag. Denk na, zei hij tegen zichzelf. Wees voorzichtig. Er klopte hier van alles niet. Vooral die schakel die overduidelijk was doorgeknipt, was erg verdacht. Er was hier iemand geweest, iemand die een draadschaar had meegebracht.

Hij haalde het pistool onder zijn jas vandaan en duwde het hek open. De bevroren scharnieren gilden het uit.

Hij stapte over los metselwerk de ruïne in en liep naar de vervallen boog van een romaanse deuropening. Hij daalde enkele afgebrokkelde rotstreden af en kwam in een donkere ruimte. Het weinige licht kwam samen met de wind naar binnen door lege ramen. De dikte van de muren, de schuine openingen en het ijzeren hek voor de ingang wezen allemaal op de primitieve tijden waarin dit tot stand gekomen was. Hij keek om zich heen in wat ooit heel belangrijk was geweest: half kerk, half citadel, een versterkt bouwwerk aan de rand van een keizerrijk.

Zijn adem verdampte voor zijn ogen. Hij keek steeds naar de grond, maar zag geen sporen van anderen.

Hij kwam in een labyrint van zuilen die een intact gebleven dak ondersteunden. Het gevoel van een immense ruimte verdween naar boven toe in schimmige gewelven. Hij dwaalde tussen de zuilen zoals hij tussen hoge bomen in een woud zou hebben gedwaald. Hij wist niet precies wat hij zocht of verwachtte, en hij weerstond de aandrang zich door de spookachtige omgeving terneer te laten slaan.

Hij had onderzoek gedaan op internet en wist dat Bertrand, de eerste bisschop, een grote reputatie had opgebouwd. In legenden werden veel wonderen aan zijn wonderbaarlijke vermogens toegeschreven. In deze regio lieten Spaanse bendeleiders een spoor van vuur en bloed in de Pyreneeën achter; de bevolking was doodsbang voor hen. Maar als ze tegenover Bertrand kwamen te staan, droegen ze hun gevangenen over en trokken ze zich terug, om nimmer terug te keren.

En dan was er het wonder.

Een vrouw was met haar baby naar hem toe gekomen en had geklaagd dat de vader hen niet wilde ondersteunen. Toen de man elke betrokkenheid van de hand wees, beval Bertrand een vat met koud water voor hen neer te zetten. Hij liet er een steen in vallen en zei tegen de man dat hij de steen uit het water moest halen. Als hij loog, zou God een teken geven. De man haalde de steen eruit, maar zijn handen waren daarna geschroeid, alsof hij ze in kokend water had gestoken. Hij gaf prompt toe de vader te zijn en deed vervolgens wat er van hem verwacht werd. Door zijn vroomheid kreeg Bertrand uiteindelijk een bijnaam: Helderheid van God. Hij wilde zelf niet zo genoemd worden, maar vond het wel goed dat de naam voor het klooster werd gebruikt. Blijkbaar herinnerde Einhard zich dat tientallen jaren later nog, toen hij zijn testament opstelde.

Malone liep bij de zuilen vandaan en ging de kloostergang in, een trapezium met een onregelmatig dak, begrensd door bogen, zuilen en kapitelen. Sommige dakbalken zagen er nieuw uit en waren blijkbaar bij restauraties in recente tijden aangebracht. Aan de rechterkant van de kloostergang bevonden zich twee kamers, allebei leeg, een zonder dak, een met ingestorte muren. Het moesten eens refters voor monniken en gasten zijn geweest, maar nu waren ze het bezit van de elementen en wilde dieren.

Hij ging een hoek om en liep door de korte kant van de galerij, langs nog meer half ingestorte ruimtes, elk met een laagje sneeuw dat door lege raamkozijnen of open daken naar binnen was gekomen. Brandnetels en ander onkruid namen alle holten in beslag. Boven een deur keek een verbleekte uitgehakte beeltenis van de maagd Maria omlaag. Malone keek voorbij de deuropening in een zaal, waarschijnlijk het kapittelhuis waar de monniken hadden gewoond. Hij keek de kloostergang weer in en richtte zijn blik op een afgebrokkelde waterbak met vage blad- en hoofddecoraties. De sneeuw was tegen de onderkant gestoven.

Er bewoog iets door de kloostergang. In de galerij aan de overkant. Snel en vaag, maar onmiskenbaar. Hij hurkte neer en sloop naar de hoek.

De lange kant van de kloostergang strekte zich vijftien meter voor hem uit en eindigde bij een dubbele boogpoort zonder deuren. De kerk. Als hier iets te vinden was, zou het daar zijn, maar evengoed was die kans klein. Al had iemand de ketting aan de buitenkant doorgeknipt...

Hij keek naar de binnenmuur rechts van hem.

Tussen de plek waar hij stond en het eind van de kloostergang bevonden zich drie deuren. De bogen links van hem, langs de winderige tuin, waren glad, bijna zonder enige versiering. De tijd en de elementen hadden hun tol geëist. Hij zag één eenzame cherubijn die het had overleefd, met een wapenschild in zijn armen. Hij hoorde iets links van hem, in de lange galerij.

Voetstappen. Ze kwamen zijn kant op.

Ramsey stapte uit zijn auto en liep vlug door de kou om in het hoofdgebouw van de marine-inlichtingendienst te komen. Hij hoefde geen controlepost te passeren. In plaats daarvan stond een luitenant-ter-zee van zijn staf bij de deur op hem te wachten. Op weg naar zijn kantoor kreeg hij zijn gebruikelijke ochtendbriefing.

Hovey wachtte in zijn kantoor. 'Wilkersons lijk is gevonden.'

'Vertel eens.'

'In München, bij het Olympisch Park. In zijn hoofd geschoten.'

'Je zou blij moeten zijn.'

'Opgeruimd staat netjes.'

Maar Ramsey vond het niet zo geweldig. Het gesprek met Isabel Oberhauser zat hem nog dwars.

'Wilt u dat ik de betaling goedkeur aan de freelancers die het hebben gedaan?'

'Nog niet.' Hij had al naar het buitenland gebeld. 'Ik laat ze op dit moment iets anders doen, in Frankrijk.'

Charlie Smith zat in een Shoney's-restaurant en at als ontbijt zijn kom grutten. Hij was daar gek op, vooral met zout en drie klonten boter. Hij had niet veel geslapen. De afgelopen nacht was het niet goed gegaan. Die twee waren op hem afgekomen.

Hij was het huis ontvlucht en had zijn auto een paar kilometer verderop langs de weg stilgezet. Hij had een ambulance gezien die met grote snelheid naar het huis reed en was die naar een ziekenhuis aan de rand van Charlotte gevolgd. Daar was hij niet naar binnen gegaan, al had hij dat eerst wel willen doen. In plaats daarvan was hij naar zijn hotel teruggekeerd en had hij geprobeerd te slapen.

Binnenkort zou hij Ramsey moeten bellen, en dan was er eigenlijk maar één aanvaardbare mededeling die hij kon doen: dat alle drie de doelwitten geëlimineerd waren. Als hij liet blijken dat er problemen waren, werd hij zelf een doelwit. Hij bespotte Ramsey, maakte misbruik van hun langdurige contact en buitte zijn successen uit, alleen omdat hij wist dat Ramsey hem nodig had. Maar dat kon meteen veranderen als hij faalde.

Hij keek op zijn horloge. Kwart over zes. Hij moest het riskeren. Hij betaalde zijn rekening, ging naar een telefooncel die hij buiten had gezien, en belde. Toen het keuzemenu van het ziekenhuis in zijn oor klonk, koos hij de optie voor patiënteninformatie. Omdat hij het kamernummer niet wist, wachtte hij tot hij een telefoniste aan de lijn had.

'Ik wil weten hoe het met Herbert Rowland gaat. Hij is mijn oom en hij is vannacht binnengebracht.' Hij moest even wachten.

Toen was de vrouw terug aan de lijn. 'Tot onze spijt moeten we u mededelen dat de heer Rowland kort na aankomst is overleden.'

Hij deed alsof hij geschokt was. 'Dat is verschrikkelijk.'

De vrouw betuigde hem haar deelname. Hij bedankte haar, hing op en slaakte een zucht van verlichting. Dat had niet veel gescheeld.

Hij beheerste zich, nam zijn mobiele telefoon en toetste een bekend nummer in. Toen Ramsey opnam, zei hij opgewekt: 'Drie op drie. De maximale score, zoals gewoonlijk.'

'Ik ben blij dat je voldoening vindt in je werk.'

'Tot uw dienst.'

'Bewijs me dan nog een dienst. De vierde. Je hebt het groene licht. Doe het.'

Malone luisterde. Er was iemand achter hem, maar ook iemand voor hem. Hij bleef voorover gebogen en sprong een van de kamers in die op de galerij uitkwamen. Deze kamer had muren en een plafond. Hij drukte zijn rug strak tegen de binnenmuur, naast de deuropening. In het donker leken de vage hoeken van de kamer verder weg dan ze werkelijk waren. Hij was zeven meter bij de ingang van de kerk vandaan.

Nog meer voetstappen. Ze kwamen van de galerij, niet aan de kant van de kerk, maar de andere kant. Hij hield het pistool stevig vast en wachtte af.

Degene die daar was, kwam nog steeds dichterbij. Hadden ze hem hier naar binnen zien glippen? Blijkbaar niet, want ze deden geen enkele poging hun stappen in de knerpende sneeuw te dempen. Hij zette zich schrap en hield zijn hoofd schuin om langs de rand van de deuropening te gluren. De voetstappen bevonden zich nu vlak achter hem, met de muur ertussen.

Er verscheen een silhouet. Het liep in de richting van de kerk.

Malone bewoog snel en greep een schouder vast. Tegelijkertijd zwaaide hij met het pistool en duwde de persoon, wie het ook was, tegen de buitenmuur. Hij porde met het wapen in zijn ribben.

De persoon keek geschrokken terug.

Een man.

55

Charlotte
6.27 uur

STEPHANIE BELDE NAAR het hoofdkantoor van de Magellan Billet en vroeg om informatie over professor Douglas Scofield. Davis en zij waren alleen. Een halfuur eerder waren de agenten van de Geheime Dienst aangekomen. Ze hadden een beveiligde laptop meegebracht, die meteen door Davis was opgeëist. De agenten kregen de opdracht Herbert Rowland te bewaken, die onder een andere naam naar een nieuwe kamer was verplaatst. Davis had met de directeur van het ziekenhuis gesproken en van haar gedaan gekregen dat Rowlands dood werd bekendgemaakt. Er zou vast wel iemand naar vragen. En inderdaad, de telefoniste die informatie over patiënten gaf, had net al melding gemaakt van een telefoontje. Een man die zei dat hij een neef van Rowland was, had naar zijn conditie geïnformeerd.

'Dat zal hem tevredenstellen,' zei Davis. 'Ik denk niet dat onze moordenaar het riskeert om het ziekenhuis in te gaan. Voor alle zekerheid komt er een overlijdensbericht in de krant. Ik heb tegen de agenten gezegd dat ze het de Rowlands moeten uitleggen en om hun medewerking moeten vragen.'

'Het is een beetje hard voor vrienden en familie,' zei ze.

'Het is nog harder als die kerel beseft dat hij zich heeft vergist en terugkomt om af te maken wat hij begonnen was.'

De laptop gaf te kennen dat er een e-mailbericht was binnengekomen. Stephanie klikte op het bericht van haar kantoor:

Douglas Scofield is hoogleraar antropologie aan de East Tennessee State University. Hij werkte van 1968 tot 1972 op freelance basis voor de marine. Zijn activiteiten waren geheim. Het is mogelijk toegang tot de gegevens te krijgen, maar dan blijft er een spoor achter en dus is het niet gebeurd, want u hebt gezegd dat ons onderzoek geheim moet blijven. Hij heeft tal van werken gepubliceerd. Hij schrijft niet alleen in de gebruikelijke antropologische tijdschriften, maar ook in newage-bladen en occulte periodieken. Een snel internetonderzoek bracht aan het licht dat hij over dingen schrijft als Atlantis, ufo's, astronauten uit vroeger tijden en paranormale gebeurtenissen. Hij is auteur van *Kaarten van oude ontdekkingsreizigers* (1986), een populair verslag van de mogelijke beïnvloeding van de cartografie door verdwenen beschavingen. Momenteel is hij op een congres in Asheville, North Carolina, over Geopenbaarde Oude Raadsels. Het wordt gehouden in het Inn on Biltmore Estate. Ongeveer honderdvijftig geregistreerde deelnemers. Hij is medeorganisator en een van de voornaamste sprekers. Het is blijkbaar een jaarlijkse gebeurtenis, want het wordt aangekondigd als het veertiende congres.

'Hij is de enige die over is,' zei Davis. Hij had over haar schouder meegelezen. 'Asheville is hier niet ver vandaan.'

Ze wist wat hij dacht. 'Dat meen je niet.'

'Ik ga. Je mag meekomen, als je wilt. We moeten hem benaderen.'

'Stuur dan de Geheime Dienst.'

'Stephanie, het laatste wat we willen is machtsvertoon. Laten we er gewoon heen gaan en kijken wat ervan komt.'

'Onze vriend van gisteravond is daar misschien ook.'

'We kunnen alleen maar hopen.'

Een nieuw geluidje kondigde een e-mail met het antwoord op haar tweede vraag aan. Ze opende het bericht en las:

De marine huurt opslagruimte in Fort Lee, Virginia. Al sinds de Tweede Wereldoorlog. Momenteel hebben ze daar drie gebouwen. Een daarvan is strikt geheim en bevat een gekoelde ruimte die in 1972 is geïnstalleerd. Alleen toegang met een cijfercode en vingerafdrukverificatie via de marine-inlichtingendienst. Het is me gelukt het bezoekersregister in te zien, dat in de database van de marine is opgeslagen. Interessant genoeg is dat niet geheim. In de afgelopen honderdtachtig dagen is er slechts één persoon geweest die niet gestationeerd is in Fort Lee. Admiraal Langford Ramsey, gisteren.

'Wil je me nog steeds tegenhouden?' vroeg Davis. 'Je weet dat ik gelijk heb.'

'Des te meer reden om hulp te halen.'

Davis schudde zijn hoofd. 'De president vindt dat niet goed.'

'Mis. Jíj vindt dat niet goed.'

Davis keek tegelijk uitdagend en berustend. 'Ik moet dit doen. Misschien moet jij het nu ook doen. Vergeet niet: Malones vader zat in die onderzeeboot.'

'Dat zou Cotton moeten weten.'

'Laten we eerst wat antwoorden voor hem zoeken.'

'Edwin, je had gisteravond om het leven kunnen komen.'

'Maar dat is niet gebeurd.'

'Wraak is de snelste manier om jezelf dood te krijgen. Als je dit nu eens aan mij overliet? Ik heb agenten.'

Ze waren alleen in de kleine vergaderkamer die het ziekenhuis aan hen ter beschikking had gesteld.

'Dat gebeurt niet,' zei hij.

Ze wist dat een verdere discussie zinloos was. Forrest Malone had in die onderzeeboot gezeten. En Davis had gelijk; dat was voldoende stimulans voor haar. Ze klapte de laptop dicht en stond op. 'Ik denk dat het ongeveer drie uur rijden is naar Asheville.'

'Wie ben jij?' vroeg Malone aan de man.

'Ik schrok me dood.'

'Geef antwoord op mijn vraag.'

'Werner Lindauer.'

Hij legde het verband meteen. 'De man van Dorothea?'

De man knikte. 'Mijn paspoort zit in mijn zak.'

Daar was geen tijd voor. Hij haalde het pistool weg en trok de man de zijkamer in, weg van de galerij. 'Wat doe je hier?'

'Dorothea was hier drie uur geleden. Ik kom kijken of alles wel goed met haar gaat.'

'Hoe heeft ze dit hier gevonden?'

'Blijkbaar ken jij Dorothea niet zo goed. Ze geeft geen verklaringen voor wat ze doet. Christl is hier ook.'

Dat had hij wel verwacht. Hij had in het hotel gewacht, in de veronderstelling dat ze van dit dorp wist of het zou vinden zoals hij het ook had gevonden.

'Ze was hier eerder dan Dorothea.'

Hij keek weer naar de kloostergang. Het was tijd om te kijken wat er in de kerk was. Hij wees met het pistool. 'Jij voorop. Naar rechts en dan die deuropening aan het eind in.'

'Is dat verstandig?'

'Niets aan dit alles is erg verstandig.'

Hij volgde Werner de galerij op, door de dubbele boogpoort aan het eind, waarna hij onmiddellijk dekking zocht achter een dikke zuil. Een breed kerkschip, dat smal leek doordat de zuilenrijen aan weerskanten zich nog een eind voortzetten, strekte zich voor hem uit. De zuilen beschreven een halve cirkel achter het altaar en volgden daarmee de curve van de apsis. De kale muren aan weerskanten waren hoog, de gangpaden breed. Nergens waren decoraties of ornamenten te zien; de kerk was meer een ruïne dan een gebouw. De spookachtige muziek van de wind huilde door lege ramen die met stenen kruisen in vlakken waren verdeeld. Hij zag het altaar, een zuil van pokdalig graniet, maar zijn aandacht ging meteen naar wat zich daarvoor bevond.

Twee mensen. Hun mond was dichtgeplakt. Een aan weerskanten, op de vloer, hun armen waren achter hun rug gebonden om een zuil heen.

Dorothea en Christl.

56

R AMSEY LIEP TERUG naar zijn kantoor. Hij wachtte op een verslag uit Frankrijk en had de mannen in het buitenland goed duidelijk gemaakt dat hij alleen wilde horen dat Cotton Malone dood was. Daarna zou hij zijn aandacht op Isabel Oberhauser richten, maar hij wist nog niet hoe hij dat probleem zou aanpakken. Hij had aan haar gedacht tijdens de briefing die hij net had gekregen en zich iets herinnerd wat hij ooit had gehoord. *Ik had gelijk en ik was paranoïde en het is beter om paranoïde te zijn.*

Hij was het daarmee eens.

Gelukkig wist hij veel van de vrouw af.

Ze was eind jaren vijftig met Dietz Oberhauser getrouwd. Hij kwam uit een rijke, aristocratische Beierse familie en zij was de dochter van een burgemeester. Haar vader had zich in de oorlog met de nazi's ingelaten, en de Amerikanen hadden in de jaren daarna gebruik van hem gemaakt. Ze had het volledige beheer van het Oberhauser-fortuin sinds 1972, nadat Dietz verdwenen was. Uiteindelijk had ze hem dood laten verklaren. Daardoor was zijn testament in werking getreden, en ook dat gaf het volledige beheer aan haar, ten behoeve van hun dochters. Voordat Ramsey opdracht aan Wilkerson had gegeven contact te leggen, had hij het testament bestudeerd. Interessant genoeg was het aan Isabel overgelaten om te beslissen wanneer het beheer van het vermogen op de dochters overging. Er waren nu achtendertig jaren verstreken en ze had nog steeds het beheer. Wilkerson had gemeld dat de zussen elkaar bijzonder vijandig gezind waren. Misschien verklaarde dat het een en ander, maar tot nu toe had hij niet veel aandacht geschonken aan de tweedracht in de familie Oberhauser.

Hij wist dat Isabel zich al een hele tijd voor de Blazek interesseerde en geen geheim maakte van haar wens om te weten wat er gebeurd was. Ze had advocaten in de arm genomen die hadden geprobeerd informatie los te krijgen via officiële kanalen. Toen dat niet was gelukt, had ze haar toevlucht tot omkoping genomen om iets te weten te komen. Zijn contraspionagemensen hadden die pogingen bemerkt en er melding van gemaakt. Toen had hij zich persoonlijk met de zaak belast en Wilkerson erheen gestuurd.

Nu was Wilkerson dood. Hoe was dat gebeurd?

Hij wist dat Isabel een Oost-Duitser in dienst had, een zekere Ulrich Henn. Volgens archiefgegevens had Henns grootvader van moederskant de leiding gehad van een van Hitlers verzamelkampen en waren er onder zijn supervisie achtentwintigduizend Oekraïeners in een ravijn gegooid. Toen hij terechtstond voor oorlogsmisdaden, had hij niets ontkend en trots gezegd: 'Ik was daar.' Dat had het voor de geallieerden gemakkelijk gemaakt hem op te hangen.

Henn was grootgebracht door een stiefvader die zijn nieuwe gezin in de communistische samenleving liet opgaan. Henn nam dienst in het Oost-Duitse leger en in de Stasi. Zijn huidige weldoenster verschilde niet veel van zijn communistische bazen: in beide gevallen werden de beslissingen met kille berekening genomen, waarna ze werden uitgevoerd met de genadeloosheid van een despoot.

Isabel was inderdaad een ontzagwekkende vrouw.

Ze bezat geld, macht en lef. Maar haar zwakke punt was haar man. Ze wilde weten waarom hij was gestorven. Dat was geen probleem geweest, totdat Stephanie Nelle het dossier over de NR-1A opvroeg en het over de Atlantische Oceaan naar Cotton Malone stuurde.

Nu was het wel een probleem.

Hij hoopte dat hij het in Frankrijk zou kunnen oplossen.

Malone zag dat Christl hem had opgemerkt en aan haar touwen trok. Haar mond was dichtgeplakt met tape. Ze schudde haar hoofd.

Er kwamen twee mannen achter de zuilen vandaan. Die aan de linkerkant was lang en slank en had donker haar; de ander was stevig en blond. Hij vroeg zich af hoeveel meer er nog waren.

'We kwamen voor jou,' zei Donker tegen hem. 'En toen merkten we dat deze twee hier al waren.'

Malone bleef met zijn pistool in de aanslag achter een zuil staan. Ze wisten niet dat hij nog maar drie patronen had. 'En waarom ben ik zo interessant?'

'Al sla je me dood. Ik ben alleen blij dát je het bent.'

Blond drukte de loop van zijn wapen tegen het hoofd van Dorothea Lindauer.

'We beginnen met haar,' zei Donker.

Malone dacht na. Hij schatte de situatie in en constateerde dat Werner niet werd genoemd. Hij keek Werner aan en fluisterde: 'Ooit iemand doodgeschoten?'

'Nee.'

'Kun je het?'

Hij aarzelde. 'Als het moet. Voor Dorothea.'

'Kun je schieten?'

'Ik heb mijn hele leven gejaagd.'

Hij besloot zijn lijst van domme dingen weer een beetje langer te maken en gaf het pistool aan Werner.

'Wat wil je dat ik doe?' vroeg die.

'Schiet er een dood.'

'Welke?'

'Maakt niet uit. Gewoon schieten, voordat ze mij neerschieten.'

Werner knikte.

Malone haalde een paar keer diep adem, verzamelde moed en stapte met zijn handen goed in het zicht achter de zuil vandaan. 'Oké, hier ben ik.'

Geen van beide mannen kwam in beweging. Blijkbaar had hij hen verrast. Dat was ook de bedoeling geweest. Blond haalde zijn pistool bij Dorothea Lindauer weg en kwam nu helemaal achter zijn zuil vandaan. Hij was jong, alert en op zijn hoede. Hij bracht een automatisch geweer omhoog.

Er knalde een schot en Blonds borst sprong door een voltreffer uit elkaar. Blijkbaar kon Werner Lindauer inderdaad goed schieten.

Malone dook naar rechts om dekking te zoeken achter een andere zuil, want hij wist dat Donker niet meer dan een nanoseconde nodig had om zich te herstellen. Er volgde een snel salvo automatisch vuur.

De kogels ketsten een paar centimeter bij zijn hoofd vandaan tegen de steen. Hij keek door het schip naar Werner, die veilig achter een zuil stond.

Donker siste een reeks scheldwoorden en riep toen: 'Ik vermoord ze allebei. Nu meteen.'

'Dat kan me geen moer schelen,' riep Malone.

'O nee? Weet je het zeker?'

Hij moest ervoor zorgen dat de man een fout maakte. Hij gaf Werner een teken dat hij naar voren moest komen door het dwarsschip, met de zuilen als dekking.

Nu kwam het erop aan. Hij maakte Werner duidelijk dat hij hem het pistool moest toegooien.

Werner wierp het wapen naar hem toe. Malone ving het op en gaf hem een teken dat hij moest blijven waar hij was.

Malone draaide zich naar links en rende door de open ruimte naar de volgende zuil. Opnieuw kwam er een salvo kogels zijn kant op.

Hij ving een glimp op van Dorothea en Christl, die nog aan hun zuil zaten vastgebonden. Omdat er nog maar twee patronen in het pistool zaten, pakte hij een stuk steen ter grootte van een softbal en gooide het in de richting van Donker, waarna hij meteen naar de volgende zuil rende. Het projectiel vloog tegen iets aan en rolde weg.

Er stonden nog vijf zuilen tussen hem en Dorothea Lindauer, die aan zijn kant van het schip zat vastgebonden.

'Kijk eens,' zei Donker.

Hij keek vlug. Christl lag op de ruwe vloer. Losgesneden touwen lagen bij haar polsen. Donker hield zijn lichaam verborgen, maar Malone zag het uiteinde van een geweer dat naar beneden wees.

'Kan het je niet schelen?' riep Donker. 'Wil je haar zien doodgaan?'

Een salvo kogels ketste vlak achter Christl tegen de vloer. In doodsangst kroop ze naar voren over het mos waarmee de vloer begroeid was.

'Stop,' riep Donker haar toe.

Ze stopte.

'Het volgende salvo en haar benen zijn weg.'

Malone spitste zijn oren en vroeg zich af waar Werner Lindauer was. 'Er valt hier zeker niet over te praten?'

'Gooi je wapen weg en kom hierheen.'

Nog steeds werd Werner niet genoemd. De man moest intussen weten dat er nog iemand anders was. 'Zoals ik al zei: het kan me geen moer schelen. Schiet haar maar dood.'

Terwijl hij dat zei, draaide hij zich snel naar rechts. Nu hij dichter bij het altaar was, kon hij de man beter zien. In het onwezenlijke, groenige namiddaglicht dat door enkele openingen naar binnen viel, zag hij Donker een meter bij zijn zuil vandaan gaan om Christl beter onder schot te kunnen nemen.

Malone schoot, maar de kogel miste. Nog één patroon over.

Donker ging weer achter de zuil staan. Malone rende naar de volgende zuil. Hij zag een silhouet dat Donker naderde vanuit de rij zuilen aan de achterkant van het schip. Omdat Donker met zijn aandacht bij Malone was, kon het silhouet zijn gang gaan. De vorm en grootte maakten Malone duidelijk wie het was. Werner Lindauer had lef.

'Oké, je hebt een pistool,' zei Donker. 'Ik schiet haar dood; jij schiet mij dood. Maar ik kan de andere dame uitschakelen zonder dat jij me onder schot kunt nemen.'

Malone hoorde een kreungeluid, en toen de dreun van een lichaam dat tegen iets aan smakte wat niet meegaf. Malone keek om de zuil heen en zag Werner Lindauer met geheven vuist op Donker zitten. De twee worstelende mannen rolden het schip in en Donker duwde Werner weg, zijn beide handen nog om het wapen geklemd.

Christl was overeind gesprongen. Donker kwam ook overeind. Malone mikte. De knal van een geweer galmde tegen de muren van de spelonkachtige ruimte.

Er stroomde bloed uit Donkers hals. Zijn geweer viel uit zijn handen toen hij besefte dat hij was geraakt en naar zijn keel greep, happend naar adem. Malone hoorde nog een knal – een tweede schot – en Donker verstijfde en viel hard met zijn rug op de vloer.

Er daalde een stilte neer over de kerk. Werner lag op de grond. Christl stond. Dorothea zat nog bij de zuil. Malone keek naar links.

In een bovengalerij, boven het portaal, waar misschien eeuwenlang een koor had gezongen, liet Ulrich Henn een geweer met telescoopvizier zakken. Naast hem stond Isabel Oberhauser, grimmig en uitdagend, haar blik naar beneden gericht.

57

Washington

Ramsey keek naar Diane McCoy, die het portier openmaakte en instapte. Hij had met zijn auto voor de deur van het hoofdkwartier gestaan om op haar komst te wachten. Een kwartier geleden had ze hem gebeld en duidelijk gemaakt dat ze hem dringend moest spreken.

'Wat heb je in godsnaam gedaan?' vroeg ze.

Hij was niet van plan iets prijs te geven.

'Daniels heeft me een uur geleden in het Oval Office laten komen en me een uitbrander gegeven.'

'Ga je me vertellen waarom?'

'Hou je maar niet van den domme. Je hebt Aatos Kane onder druk gezet, nietwaar?'

'Ik heb met hem gesproken.'

'En hij heeft met de president gesproken.'

Hij bleef stil en geduldig zitten. Hij kende McCoy al jaren. Hij had haar achtergrond bestudeerd. Ze ging zorgvuldig te werk en dacht altijd goed na. Voor het werk dat ze deed moest je geduld hebben. Toch was ze nu openlijk kwaad. Waarom?

Zijn mobiele telefoon, die op het dashboard lag, lichtte op, een teken dat er een bericht was binnengekomen. 'Sorry. Ik moet altijd beschikbaar zijn.' Hij keek op het schermpje, maar reageerde niet. 'Het kan wachten. Wat is er, Diane? Ik heb de senator alleen maar om hulp gevraagd. Wil je beweren dat niemand anders contact met het Witte Huis heeft opgenomen om hetzelfde te proberen?'

'Neem nou maar van mij aan dat Aatos Kane een geval apart is. Wat heb je gedaan?'

'Niet zoveel. Hij vond het prachtig dat ik contact met hem opnam. Hij zei dat ik een goede aanwinst voor de Verenigde Chefs van Staven zou zijn. Ik zei tegen hem dat, als hij er zo over dacht, ik het op prijs zou stellen als hij openlijk zijn steun aan mij zou geven.'

'Langford, we zijn hier onder ons, dus bespaar me je toespraken. Daniels was razend. Hij heeft er de pest aan dat Kane zich ermee bemoeit en neemt het mij kwalijk. Hij zei dat ik onder een hoedje speel met jou.'

Hij fronste zijn wenkbrauwen. 'Onder wat voor hoedje?'

'Je bent een rotzak. Je zei laatst tegen me dat je Kane kon leveren, en dat heb je gedaan ook. Ik wil niet weten hoe of waarom, maar ik wil weten hoe Daniels mij met jou in verband bracht. Ik heb mijn kop in de strop gestoken.'

'En wat een mooie kop.'

Ze blies haar adem uit. 'Wat denk je daarmee te bereiken?'

'Niets. Het is maar een opmerking en het is waar.'

'Bied je me iets aan om me te helpen? Ik heb er lang aan gewerkt om zo ver te komen.'

'Wat zei de president precies?' Hij moest het weten.

Ze wuifde zijn vraag weg met haar hand. 'Alsof ik jou dat ga vertellen.'

'Waarom niet? Je beschuldigt mij van iets onfatsoenlijks. Dan wil ik graag weten wat Daniels te zeggen had.'

'Je klinkt nu heel anders dan de vorige keer dat we elkaar spraken.' Ze dempte haar stem.

Hij haalde zijn schouders op. 'Als ik het me goed herinner, dacht jij toen ook dat ik een goede aanwinst voor de Verenigde Chefs van Staven zou zijn. Heb je als nationaleveiligheidsadviseur niet de plicht de president goede mensen aan te bevelen?'

'Oké, admiraal. Speel jij je rol maar en wees een goede soldaat. Evengoed is de president van de Verenigde Staten kwaad, en senator Kane ook.'

'Ik kan me niet voorstellen waarom. Mijn gesprek met de senator is heel aangenaam verlopen, en ik heb de president helemaal niet gesproken. Ik kan me dus niet voorstellen waarom hij kwaad op me is.'

'Ga je naar de begrafenis van admiraal Sylvian?'

Hij merkte dat ze van onderwerp veranderde. 'Natuurlijk. Er is me ook gevraagd deel uit te maken van de erewacht.'

'Je hebt wel lef.'

Hij keek haar met zijn innemendste glimlach aan. 'Ik vond het wel ontroerend dat ik daarvoor werd gevraagd.'

'Ik ben hier gekomen omdat we moeten praten. Ik zit hier voor gek in een geparkeerde auto, omdat ik me met jou heb ingelaten –'

'Met welk doel?'

'Dat weet je verdomd goed. Je hebt me laatst verteld dat er een vacature bij de Verenigde Chefs van Staven zou komen. Een vacature die op dat moment nog niet bestond.'

'Dat kan ik me niet herinneren. Jij wilde mij spreken. Het was al laat, maar je stond erop. Je kwam naar mijn huis. Je maakte je zorgen over Daniels en zijn houding ten opzichte van de strijdkrachten. We hebben in abstracte zin over de Verenigde Chefs van Staven gesproken. We wisten geen van beiden dat daar een vacature zou komen. In elk geval niet de volgende dag al. Het is een tragedie dat David Sylvian is gestorven. Hij was een prima kerel, maar ik zie niet in wat wij daarmee te maken hebben.'

Ze schudde ongelovig haar hoofd. 'Ik moet gaan.'

Hij hield haar niet tegen.

'Een prettige dag, admiraal.' En ze smeet het portier dicht.

Hij liet het gesprek vlug nog eens door zijn hoofd gaan. Het was hem goed gelukt zijn gedachten op een nonchalante manier onder woorden te brengen. Eergisteravond, toen Diane McCoy en hij met elkaar hadden gepraat, was ze een bondgenoot geweest. Daar was hij zeker van. Maar de dingen waren veranderd.

Ramseys koffertje stond op de achterbank. Er zat een verfijnde monitor in om afluisterapparatuur en zendertjes te detecteren. Ramsey had ook zo'n monitor in zijn huis. Zo wist hij altijd of er iemand meeluisterde.

Hovey had gebruikgemaakt van bewakingscamera's om het parkeerterrein in de gaten te houden. Het bericht dat zojuist op zijn telefoon binnenkwam, was een sms'je geweest: HAAR AUTO GEPARKEERD AAN WESTKANT. ONDERZOCHT. ONTVANGER EN RECORDER AANWEZIG. Omdat de monitor op de achterbank ook een signaal had uitgezonden, was het laatste deel van het bericht duidelijk geweest voor hem: ZE HEEFT APPARATUUR BIJ ZICH.

Hij stapte uit en deed de portieren op slot.

Het kon niet Kane zijn. Die was te veel geïnteresseerd in de voordelen die hij kon behalen en zou het risico dat hij betrapt werd veel te groot vinden. De senator wist dat zoiets onmiddellijk vernietigende gevolgen zou hebben.

Nee.

Dit was voor honderd procent het werk van Diane McCoy zelf.

Terwijl Malone toekeek, maakte Werner zijn vrouw los van de zuil. Ze trok zelf de tape van haar mond.

'Wat haalde je je in je hoofd?' riep ze uit. 'Ben je gek geworden?'

'Hij was van plan je dood te schieten,' zei haar man kalm. 'Ik wist dat Malone hier was met een pistool.'

Malone stond in het schip van de kerk en keek naar Isabel en Ulrich Henn, die nog op de galerij stonden. 'Ik zie dat u niet zo slecht op de hoogte bent als u me wilde laten geloven.'

'Die mannen wilden u vermoorden,' zei de vrouw.

'En hoe wist u dat ze hier zouden zijn?'

'Ik wilde ervoor zorgen dat mijn dochters niets overkwam.'

Ze gaf hem dus geen antwoord. Hij keek Christl aan. Aan haar ogen was niet te zien wat ze dacht. 'Ik heb in het dorp gewacht tot je kwam, maar je was me voor.'

'Het was niet moeilijk om het verband tussen Einhard en de helderheid van God te vinden.'

Hij wees naar boven. 'Maar dat verklaart niet hoe zij en je zus het wisten.'

'Vannacht, toen jij weg was, heb ik met moeder gepraat.'

Hij liep naar Werner toe. 'Ik ben het met je vrouw eens. Het was idioot wat je deed.'

'Hij moest worden afgeleid. Omdat ik geen wapen had, deed ik wat ik dacht dat misschien ook zou werken.'

'Hij had je kunnen doodschieten,' zei Dorothea.

'Dat zou een eind aan onze huwelijksproblemen hebben gemaakt.'

'Ik heb nooit gezegd dat ik je dood wil hebben.'

Malone begreep de haat-liefdeverhouding in hun huwelijk. Dat van hem was net zo geweest, zelfs jaren nadat ze uit elkaar waren gegaan. Gelukkig had hij vrede gesloten met zijn ex, al had dat moeite gekost. Deze twee daarentegen waren nog lang niet zo ver.

'Ik deed wat ik moest doen,' zei Werner. 'En ik zou het opnieuw doen.'

Malone keek weer omhoog naar het koor. Henn verliet zijn post bij de balustrade en verdween achter Isabel.

'Kunnen we nu gaan zoeken naar wat hier te vinden is?' vroeg Isabel.

Henn kwam terug en Malone zag dat hij zijn werkgeefster iets in het oor fluisterde.

'Meneer Malone,' zei Isabel. 'Er zijn vier mannen hierheen gestuurd. We dachten dat die twee anderen geen probleem zouden zijn, maar ze zijn net door het hek naar binnen gekomen.'

58

Asheville, North Carolina
10.40 uur

CHARLIE SMITH BESTUDEERDE het dossier over Douglas Scofield. Hij had zich meer dan een jaar geleden al in dit doelwit verdiept, maar in tegenstelling tot de anderen was deze man altijd optioneel gebleven.

Nu niet meer.

Blijkbaar waren de plannen veranderd, en dus moest hij nu zijn geheugen opfrissen.

Hij had Charlotte verlaten en was in noordelijke richting over de US 321 naar Hickory gereden, waar hij de I-40 had genomen en naar de Smoky Mountains in het westen was gereden. Hij had op internet gekeken om te verifiëren of de informatie in het dossier nog juist was. Professor Scofield zou spreken op een symposium dat hij elke winter organiseerde, dit jaar op het terrein van het befaamde Biltmore Estate. Het congres leek op een bijeenkomst van gekken. Ufo's, geesten, necrologie, ontvoeringen door buitenaardse wezens, cryptozoölogie; allerlei bizarre onderwerpen. Scofield was weliswaar hoogleraar in de antropologie aan een universiteit in Tennessee, hij was ook intens betrokken bij pseudowetenschappen en hij had daar veel boeken en artikelen over geschreven. Aangezien Smith niet had geweten of, en zo ja, wanneer, hij opdracht zou krijgen Douglas Scofield uit de weg te ruimen, had hij nog niet veel nagedacht over de manier waarop hij dat zou doen.

Hij stond nu voor een McDonald's geparkeerd, honderd meter bij de ingang van het Biltmore Estate vandaan.

Hij bladerde in het dossier.

Scofields interesses liepen uiteen. Hij mocht graag jagen en was menig winterweekend op zoek naar herten en wilde zwijnen. Het liefst gebruikte hij pijl en boog, al bezat hij ook een indrukwekkende verzameling zware geweren. Smith had nog steeds het geweer dat hij uit Herbert Rowlands huis had meegenomen. Voor alle zekerheid lag het geladen in de kofferbak. Scofield hield ook van vissen en wildwaterrafting, al was daar in dit jaargetijde niet veel gelegenheid voor.

Smith had het programma van het congres gedownload en ging op zoek naar onderdelen die hem van pas konden komen. De escapade van vannacht zat hem dwars. Die twee waren daar niet toevallig geweest. Hij genoot van de voldoening die hij eraan had overgehouden, per slot van rekening ging er niets boven zelfvertrouwen, maar hij moest zich nu niet dom gaan gedragen. Hij moest goed voorbereid zijn.

Twee onderdelen van het congresprogramma trokken zijn aandacht, en er kwamen twee ideeën bij hem op. Een defensief en een offensief idee. Hij had een hekel aan haastklussen, maar hij wilde Ramsey niet toegeven dat hij dit niet aankon. Hij pakte zijn mobiele telefoon en vond het nummer in Atlanta.

Gelukkig was Georgia dichtbij.

Malone zei in reactie op Isabels waarschuwing: 'Ik heb maar één patroon over.'

Ze sprak met Henn, die zijn hand onder zijn jas stak, een pistool tevoorschijn haalde en het naar beneden gooide. Malone ving het op. Er kwamen twee extra magazijnen achteraan.

'U bent goed voorbereid,' zei hij.

'Altijd,' zei Isabel.

Hij stopte de magazijnen in zijn zak.

'Het was daarstraks nogal roekeloos van je om mij te vertrouwen,' zei Werner.

'Alsof ik een keus had.'

'Evengoed.'

Malone keek naar Christl en Dorothea. 'Zoeken jullie ergens dekking.' Hij wees langs het altaar naar de apsis. 'Daarachter bijvoorbeeld.'

Ze liepen vlug weg.

Hij riep omhoog naar Isabel: 'Kunnen we proberen er minstens eentje levend in handen te krijgen?'

Henn was al weg.

Ze knikte. 'Dat hangt van hen af.'

Hij hoorde twee schoten in de kerk.

'Ulrich is een vuurgevecht aangegaan,' zei ze.

Malone liep vlug door het schip van de kerk naar het portaal en ging naar buiten, de kloostergang in. Hij zag een van de mannen aan de andere kant tussen de bogen door rennen. De hoeveelheid daglicht nam snel af. De temperatuur was voelbaar gedaald.

Nog meer schoten.

Van buiten de kerk.

Stephanie verliet de i-40, sloeg een drukke boulevard in en vond de hoofdingang van het Biltmore Estate. Ze was hier twee keer eerder geweest, waarvan een keer net als nu in de kersttijd. Het landgoed besloeg enkele duizenden hectaren en hoorde bij een kasteel in Franse renaissancestijl van vijftienduizend vierkante meter, het grootste Amerikaanse woonhuis in particulier bezit. Het was oorspronkelijk rond 1880 als buitenhuis voor George Vanderbilt gebouwd, maar had zich ontwikkeld tot luxe toeristenattractie, een schitterende getuigenis van de vervlogen Gouden Eeuw van Amerika.

Links van haar stonden huizen van baksteen en grindsteen, veel met hoge, schuine daken, houten dakkapellen en brede veranda's. Langs gezellige straten met rijen bomen lagen trottoirs van klinkers. Straatlantaarns, versierd met dennentakken, kerstlinten en talloze witte lichtjes, wierpen hun schijnsel in de winterse schemering.

'Biltmore Village,' zei ze. 'Hier woonde vroeger het personeel van het landgoed. Vanderbilt bouwde een dorp voor hen.'

'Het lijkt net iets van Dickens.'

'Ze wilden het op een Engels dorp laten lijken. Nu zijn het winkels en horecagelegenheden.'

'Je weet hier veel van.'

'Het is een van mijn favoriete plekken.'

Ze zag een McDonald's in dezelfde stijl als de schilderachtige omgeving. 'Ik moet even naar het toilet.' Ze ging langzamer rijden en reed het parkeerterrein van het restaurant op.

'Zo'n milkshake zou wel lekker zijn,' zei Davis.

'Je hebt vreemde eetgewoonten.'

Hij haalde zijn schouders op. 'Als het de maag maar vult.'

Ze keek op haar horloge. Kwart over elf. 'Vlug even hierheen, en dan naar het landgoed. Het hotel staat zo'n anderhalve kilometer binnen de poort.'

Charlie Smith bestelde een Big Mac zonder saus, zonder uien, en friet, en een grote cola light. Dat was een van zijn lievelingsgerechten, en omdat hij schoon aan de haak nog geen zeventig kilo woog, hoefde hij zich niet druk te maken om zijn gewicht. Hij was gezegend met een fantastische stofwisseling, en verder hield hij er een actieve levensstijl op na. Hij trainde drie keer in de week en at meestal gezond. Nou ja, die training beperkte zich er vaak toe dat hij het nummer van de roomservice intoetste of zelf zijn tas naar de auto droeg, maar zijn baan bezorgde hem meer dan genoeg lichaamsbeweging.

Hij huurde een appartement in de buurt van Washington, maar was daar bijna nooit. Het werd tijd dat hij ergens wortel schoot. Misschien zou hij een huis moeten kopen, zoals Bailey Mill. Hij had Ramsey laatst maar wat wijsgemaakt, maar misschien kon hij die oude boerderij in Maryland echt opknappen en daar op het platteland gaan wonen. Het zou schilderachtig kunnen worden. Net als de gebouwen die hij nu om zich heen had. Zelfs de McDonald's zag eruit als een huis uit een sprookjesboek, met een pianola in de zaal, marmeren tegels en een glinsterende waterval.

Hij zocht met zijn dienblad een plekje.

Na het eten zou hij naar het Biltmore Inn gaan. Hij had online al een kamer voor de komende twee nachten gereserveerd. Een chique gelegenheid, en duur ook. Maar hij hield van het beste en vond ook dat hij het verdiende. En trouwens, Ramsey betaalde de onkosten, dus wat kon het hem schelen wat het kostte?

In het programma voor het Veertiende Jaarlijkse Congres over Geopenbaarde Oude Raadsels, dat ook online te raadplegen was, stond dat Douglas Scofield de volgende avond als hoofdspreker zou optreden tijdens een diner voor alle geregistreerde deelnemers. Voorafgaand daaraan zou er een cocktailparty in de hal van het hotel worden gehouden.

Hij had wel eens van het Biltmore Estate gehoord, maar was er nooit geweest. Misschien zou hij aan een rondleiding door het landhuis deelnemen, om te zien hoe de rijken leefden. Het zou hem op ideeën over woninginrichting kunnen brengen. Per slot van rekening kon hij zich kwaliteit veroorloven. Wie zei dat moord niet loonde? Hij had met zijn honoraria en investeringen bijna twintig miljoen dollar vergaard. Hij had gemeend wat hij laatst tegen Ramsey zei: hij was niet van plan dit werk de rest van zijn leven te blijven doen, hoezeer hij er ook van genoot.

Hij spoot een klodder mosterd en een streepje ketchup op zijn Big Mac. Hij hield niet van veel kruiden en sauzen en nam altijd net genoeg om een beetje smaak aan het eten te geven. Hij kauwde op de hamburger en keek naar de vele mensen die hier blijkbaar heen waren gekomen om het Biltmore in de kersttijd te bezoeken en in het dorp te winkelen.

Het hele plaatsje leek te zijn afgestemd op toeristen. Dat was heel gunstig; veel onbekende gezichten waartussen hij kon verdwijnen.

Malone had twee problemen. Ten eerste achtervolgde hij een onbekende gewapende man door een schemerig, ijskoud kloostercomplex en ten tweede werkte hij met bondgenoten die volstrekt onbetrouwbaar waren.

Twee dingen hadden hem gewaarschuwd.

Ten eerste Werner Lindauer. *Ik wist dat Malone hier was met een pistool.* O ja? Malone had in hun korte gesprek niet gezegd wie hij was – hoe kon Werner dat weten? Niemand in de kerk had zijn naam uitgesproken.

Ten tweede de gewapende man. Die had het geen probleem gevonden dat er nog iemand anders was, iemand die zijn medeplichtige had neergeschoten. Christl had gezegd dat ze haar moeder over Ossau had verteld. Ze kon ook hebben gezegd dat hij zou komen. Maar dat verklaarde Werner Lindauers aanwezigheid nog niet, en ook niet dat hij meteen wist dat hij Malone was. En als Christl de informatie had verstrekt, bleek daaruit dat de Oberhausers beter met elkaar samenwerkten dan hij had gedacht.

Dat alles wees op moeilijkheden.

Hij bleef staan en luisterde naar het fluiten van de wind. Hij bleef ineengedoken staan, onder de bogen, met pijn in zijn knieën. Aan de andere kant van de tuin, voorbij de vallende sneeuw, zag hij niets bewegen. De koude lucht sneed in zijn keel en longen.

Hij zou niet aan zijn nieuwsgierigheid moeten toegeven, maar hij kon het niet helpen. Hoewel hij al een vermoeden had van wat er aan de hand was, moest hij zekerheid hebben.

Dorothea keek naar Werner, die zelfverzekerd het pistool in zijn hand had dat Malone hem had aangeboden. In de afgelopen vierentwintig uur was ze veel over deze man te weten gekomen. Dingen waarvan ze nooit een vermoeden had gehad.

'Ik ga naar buiten,' zei Christl.

Dorothea kon het niet laten. 'Ik zag hoe je naar Malone keek. Je geeft om hem.'

'Hij heeft hulp nodig.'

'Van jou?'

Christl schudde haar hoofd en liep weg.

'Gaat het?' vroeg Werner.

'Wel als dit voorbij is. Het is een grote fout om Christl of mijn moeder te vertrouwen, dat weet je.'

De kou kreeg vat op haar. Ze sloeg haar armen over elkaar voor haar borst en zocht warmte in haar wollen jas. Ze hadden Malones raad opgevolgd en zich in de apsis teruggetrokken. Daarmee speelden ze hun rol. De vervallen staat waarin de kerk verkeerde, voorspelde niet veel goeds. Had haar grootvader hier echt antwoorden gevonden?

Werner pakte haar arm vast. 'We kunnen dit.'

'We hebben geen keus,' zei ze. Ze was nog steeds niet blij met de voorstellen die haar moeder haar had gedaan.

'Je kunt er het beste van maken, óf je verzetten tot je verliest. Het maakt voor alle anderen niets uit, maar voor jou een heleboel.'

Ze bespeurde een onderliggende onzekerheid in zijn woorden. 'Het leek er echt op dat die schutter schrok, toen jij hem tackelde.'

Hij haalde zijn schouders op. 'We hebben tegen hem gezegd dat hij een paar verrassingen kon verwachten.'

'Ja, dat is zo.'

Het werd steeds donkerder buiten. Binnen lengden de schaduwen en daalde de temperatuur.

'Hij ging er blijkbaar van uit dat hij niet zou sterven,' zei Werner.

'Daar vergiste hij zich dan in.'

'En Malone? Denk je dat hij het beseft?'

Ze aarzelde voor ze antwoord gaf, want ze dacht aan de bedenkingen die ze in de abdij had gehad, toen ze hem voor het eerst ontmoette.

'Dat is hem geraden.'

Malone stond onder de bogen en trok zich terug in een van de kamers die op de kloostergang uitkwamen. Hij stond daar in de sneeuw tussen het puin en ging na wat hij nog tot zijn beschikking had. Hij had een pistool en kogels, dus waarom zou hij niet dezelfde truc gebruiken die ook bij Werner was gelukt? Misschien kwam de gewapende man aan de overkant van de kloostertuin zijn richting uit, om in de kerk te komen. Dan kon hij hem verrassen.

'Hij is daarbinnen,' hoorde hij een man roepen.

Hij keek langs de deuropening.

Er was nu een tweede gewapende man in de kloostergang, aan de korte kant. Hij liep langs de ingang van de kerk, ging de hoek om en kwam recht op Malone af. Blijkbaar was het Ulrich Henn niet gelukt hem tegen te houden.

De man bracht zijn wapen omhoog en schoot op Malone.

Hij dook weg en de kogel sloeg in de muur.

Een tweede kogel vloog voorbij, recht door de deuropening, afkomstig van de andere man aan de overkant van de kloostertuin. De kamer waarin hij zijn toevlucht had gezocht, had geen ramen, en de muren en het dak waren nog intact. Wat hem een veilige plek had geleken, bleek plotseling grote problemen op te leveren.

Er was geen uitweg.

Hij zat in de val.

DEEL IV

59

STEPHANIE KEEK VOL bewondering naar het Inn on Biltmore Estate, een immens gebouw van veldsteen en stucwerk op een met gras begroeide helling, uitkijkend over de befaamde wijnmakerij van het landgoed. Er mochten daar alleen auto's van gasten van het landgoed komen, maar ze waren bij de hoofdingang gestopt en hadden een pasje gekocht dat toegang verschafte tot het hele terrein, inclusief het hotel.

Ze maakte geen gebruik van de drukbezette parkeerservice en parkeerde zelf op een van de terrasgewijs aangelegde terreinen. Davis en zij volgden door het zorgvuldig ingedeelde terrein een pad omhoog naar de hoofdingang, waar portiers in uniform hen met een glimlach begroetten. Binnen kreeg je een indruk van hoe het moest zijn geweest om honderd jaar geleden op bezoek te gaan bij de Vanderbilts. Muren met lichte lambriseringen, voorzien van een matte honingkleurige laklaag, marmeren vloeren, elegante kunst en weelderige bloempatronen op gordijnen en bekleding. Er stonden stenen plantenbakken boordevol groen. Al dat groen gaf kleur aan een luchtig decor dat overging in de volgende verdieping, met een cassetteplafond op zeven meter hoogte. Door de grote ruiten in deuren en ramen kon je over een veranda met schommelstoelen heen uitkijken op het Pisgah National Forest en de Smoky Mountains.

Ze luisterde even naar een pianist die bij een tegelhaard zat te spelen. Een trap leidde omlaag naar wat klonk en rook als de eetkamer. Een gestage stoet van gasten kwam en ging. Ze informeerden bij de receptie en werden door de hal, langs de pianist, naar een gang met ramen gestuurd die naar vergaderkamers en een congrescentrum leidde. Daar vonden ze de registratiebalie van Geopenbaarde Oude Raadsels.

Davis pakte een programma van een stapel en bekeek het rooster van die dag. 'Scofield spreekt vanmiddag niet.'

Een kwieke jonge vrouw met ravenzwart haar hoorde hem en zei: 'De professor spreekt morgen. Vandaag zijn er infosessies.'

'Weet u waar professor Scofield is?' vroeg Stephanie.

'Hij was hier eerder op de dag, maar ik heb hem al een tijdje niet gezien.' Ze zweeg even. 'Bent u ook van de pers?'

Ze hoorde de denigrerende ondertoon. 'Zijn er nog meer geweest dan?'

De vrouw knikte. 'Een tijdje geleden. Een man. Hij wilde Scofield spreken.'

'En wat hebt u tegen hem gezegd?' vroeg Davis.

Ze haalde haar schouders op. 'Hetzelfde. Ik heb geen flauw idee.'

Stephanie bestudeerde het programma en keek naar de volgende sessie, die om één uur zou beginnen: 'Pleiadiaanse wijsheid voor deze moeilijke tijden'. Ze las de samenvatting.

Suzanne Johnson is een wereldberoemde trancebemiddelaar en auteur van een aantal succesvolle boeken. Kom naar Suzanne en de niet-fysieke, tijdreizende, zinsbegoochelende Pleiadianen, die door haar bemiddeling twee uur lang geestverruimende vragen zullen stellen en soms lastige, maar altijd positieve, het leven versterkende antwoorden zullen geven. Tot de onderwerpen van Pleiadiaans belang behoren: de versnelling van energie, astrologie, geheime politieke en economische agenda's, verborgen planetaire geschiedenis, goddelijke spelen, symbolen, hypnose, ontluikende helderziendheid, tijdlijnhealing, empowerment en nog veel meer.

De rest van de middag stonden er nog veel meer vreemde zaken op het programma. Het ging over graancirkels, het naderende einde van de wereld, heilige plaatsen en er was een uitgebreide sessie over de opkomst en val van beschaving, inclusief binaire beweging, verandering in elektromagnetische golven en de invloed van catastrofale gebeurtenissen, met de nadruk op de precessie van de equinoxen.

Ze schudde haar hoofd. Alsof je naar het opdrogen van verf bleef kijken. Wat een tijdverspilling.

Davis bedankte de vrouw en liep met een folder in de hand een eindje bij de tafel vandaan. 'Er is hier niemand van de pers om hem te interviewen.'

Ze was daar niet zo zeker van. 'Ik weet wat je denkt, maar onze man zou niet zoiets doorzichtigs doen.'

'Misschien heeft hij haast.'

'Hij hoeft hier helemaal niet in de buurt te zijn.'

Davis liep vlug terug naar de grote hal.

'Waar ga je heen?' vroeg ze.

'Het is lunchtijd. Laten we gaan kijken of Scofield zit te eten.'

Ramsey liep vlug terug naar zijn kantoor en wachtte op Hovey. Die kwam even later en rapporteerde: 'McCoy heeft het parkeerterrein onmiddellijk verlaten.'

Ramsey was woedend. 'Ik wil alles weten wat we over haar hebben.'

Zijn adjudant knikte. 'Dit was een solo-operatie. Dat weten we zeker.'

'Akkoord, maar ze vond het nodig geluidsopnamen van me te maken. Dat is een probleem.'

Hovey wist dat zijn baas probeerde lid van de Verenigde Chefs van Staven te worden, maar hij kende niet alle details. Ramsey kende Charlie Smith al jaren, maar hield hem voor zichzelf. Hij had Hovey beloofd dat hij met hem mee zou gaan naar het Pentagon, en dat was voor hem meer dan genoeg stimulans geweest om actief mee te werken. Gelukkig voor Ramsey wilde elke kapitein-ter-zee graag admiraal worden.

'Zorg ervoor dat ik die info over haar meteen krijg,' beval Ramsey opnieuw.

Hovey verliet het kantoor.

Ramsey pakte de telefoon op en toetste het nummer van Charlie Smith in. Nadat diens toestel vier keer was overgegaan, werd er opgenomen. 'Waar ben je?'

'Ik geniet van een heerlijke maaltijd.'

Hij wilde geen details horen, maar hij wist wat er zou komen.

'Het restaurant is prachtig. Een grote zaal met een haard, elegant versierd. Zachte verlichting, ontspannen sfeer. En de service is voortreffelijk. Mijn glas met water is nog niet halfleeg geweest en de broodmand blijft vol. De bedrijfsleider kwam daarstraks zelfs even langs, om er zeker van te zijn dat ik van mijn maaltijd genoot.'

'Charlie, hou je kop.'

'Wat ben je lichtgeraakt.'

'Luister. Ik neem aan dat je doet wat ik je heb gevraagd.'

'Zoals altijd.'

'Ik wil je hier morgen terug hebben, dus doe het snel.'

'Ze laten me nu net proeven van het dessert. Hapjes crème brûlée en chocolademousse. Je zou hier echt eens moeten komen.'

Hij wilde geen woord meer horen. 'Charlie, doe het nou maar en zorg dat je hier morgenmiddag terug bent.'

Smith verbrak de verbinding en richtte zijn aandacht weer op het dessert. Aan de andere kant van het Inn on Biltmore Estate zat professor Douglas Scofield met drie anderen te lunchen.

Stephanie ging de weelderige trap af en kwam in het royale restaurant van het hotel, waar ze bij de lessenaar van de gastvrouw bleef staan. Er was weer een tegelhaard waarin een knetterend vuur brandde. De meeste witgedekte tafels waren bezet. Ze zag fraai porselein, kristallen glazen, koperen kroonluchters en veel kastanjebruine, goudkleurige, groene en beige stoffen. Alles zag er typisch zuidelijk uit. Davis had de congresfolder nog in zijn hand, en ze wist wat hij deed. Hij zocht in de eetzaal naar een gezicht dat overeenkwam met de foto van Douglas Scofield.

Zij zag Scofield het eerst; hij zat met drie anderen aan een tafel. Toen zag Davis hem ook. Ze pakte zijn mouw vast en schudde haar hoofd. 'Nu niet. We moeten geen scène maken.'

'Dat ga ik ook niet doen.'

'Hij is met mensen samen. Laten we een tafel nemen en wachten tot hij klaar is, en dan naar hem toe gaan.'

'Daar hebben we geen tijd voor.'

'Waar moeten we dan heen?'

'Ik weet niet hoe het met jou is, maar ik wil erg graag naar de sessie over de Pleiadianen om één uur.'

Ze glimlachte. 'Je bent onmogelijk.'

'Maar je voelt steeds meer voor me.'

Ze gaf zich over en liet hem los. Davis liep tussen de tafels door en ze volgde hem. Ze kwamen bij de tafel van de professor. Davis vroeg: 'Professor Scofield, kan ik u even spreken?'

Scofield bleek midden zestig te zijn, met een brede neus, een kaal hoofd en tanden die te recht en te wit waren om echt te kunnen zijn. Zijn vlezige gezicht verried een prikkelbaarheid die meteen door zijn donkere ogen werd bevestigd. 'Ik ben aan het lunchen.'

Davis' uitdrukking bleef hartelijk. 'Ik moet u spreken. Het is erg belangrijk.'

Scofield legde zijn vork neer. 'Zoals u kunt zien, ben ik met deze mensen in gesprek. Ik begrijp dat u hier op het congres bent en enige tijd met mij wilt praten, maar ik moet zorgvuldig met mijn tijd omspringen.'

'Waarom?'

De klank van die vraag stond haar niet aan. Blijkbaar had Davis ook de bijbetekenis 'ik ben belangrijk' in Scofields woorden gehoord.

De professor zuchtte en wees naar de folder die Davis in zijn hand had. 'Ik doe dit elk jaar om beschikbaar te zijn voor mensen die zich voor mijn onderzoek interesseren. Ik begrijp dat u dingen wilt bespreken, en dat is prima. Als ik hier klaar ben, kunnen we misschien boven praten, bij de piano?' Er klonk nog steeds ergernis in zijn stem.

De drie andere eters keken ook geërgerd. Een van hen zei: 'We hebben het hele jaar naar deze lunch uitgekeken.'

'En u zult die ook krijgen,' zei Davis. 'Zodra ik klaar ben.'

'Wie bent u?' vroeg Scofield.

'Ik ben Raymond Dyals, gepensioneerd marineofficier.'

Ze zag aan Scofields ogen dat hij de naam herkende.

'Goed, meneer Dyals. Tussen haakjes: u hebt blijkbaar de bron van de jeugd ontdekt.'

'U zult versteld staan van wat ik heb ontdekt.'

Scofields ogen flikkerden. 'Dan moeten u en ik echt met elkaar praten.'

60

Ossau

Malone besloot in actie te komen. Hij zwaaide het pistool opzij en schoot twee kogels over de kloostertuin. Hij wist niet waar zijn belager zich bevond, maar de boodschap was duidelijk.

Hij was gewapend.

Een kogel vloog door het midden van de deuropening, en hij deinsde terug. Hij stelde vast waar het schot vandaan kwam. Van de tweede man, aan zijn kant van de galerij, rechts van hem.

Hij keek omhoog. Het puntdak werd ondersteund door gebinten van balken die zich over de volle breedte van de kamer uitstrekten. Tegen een van de vervallen muren lag een hoop steen en puin. Hij stak het pistool in de zak van zijn jasje en ging op de grootste stukken steen staan, op een hoogte van ruim een halve meter. Hij sprong overeind, pakte de koude balk vast, zwaaide zijn benen omhoog en ging schrijlings op de balk zitten, als op een paard. Hij werkte zich vlug dichter naar de muur toe, maar bevond zich nu wel drie meter boven de deuropening. Hij zette zijn voeten op de balk en ging staan, hurkte toen neer en pakte, balancerend op de balk, het pistool weer uit zijn zak. Zijn spieren waren zo hard als bundels strak gewonden koord.

In de kloostertuin klonken schoten. Verscheidene. Zou Henn zich in de schietpartij hebben gemengd?

Hij hoorde weer een dreun, ongeveer als het geluid waarmee Donker net in de kerk door Werner tegen de grond was gewerkt: gekreun, gehijg en tumult. Hij kon niets anders zien dan de stenen in de vloer beneden hem, die donker waren, want er was intussen bijna geen licht meer.

Er verscheen een schaduw. Hij zette zich schrap. Er knalden twee schoten en de man stormde de kamer in. Malone sprong van de balk en stortte zich op de aanvaller. Hij rolde zich vlug van hem af om te kunnen beginnen met vechten.

De man was zwaargebouwd, met brede schouders en zo'n hard lichaam, dat het leek of hij metaal onder zijn huid had. Hij was snel van de aanval hersteld en sprong overeind – zonder het pistool, dat uit zijn hand was gegleden.

Malone sloeg met de zijkant van zijn pistool tegen het gezicht van de man, die versuft tegen de muur viel. Hij bracht zijn wapen in de aanslag en wilde de man al gevangennemen, maar op dat moment knalde er achter hem een schot en zakte de man in elkaar op het puin. Hij draaide zich bliksemsnel om. Henn stond met zijn geweer in de deuropening. Christl verscheen ook.

Hij hoefde niet te vragen waarom dat schot nodig was geweest. Hij wist het. Maar hij vroeg wel: 'Die andere?'

'Dood,' zei Christl, terwijl ze het wapen van de vloer pakte.

'Mag ik dat hebben?' vroeg hij.

Ze deed haar best om niet verbaasd te kijken. 'Wat ben je toch wantrouwig.'

'Dat komt doordat mensen tegen me liegen.'

Ze gaf hem het wapen.

Stephanie zat met Davis en Scofield boven in de hal, waar die overging in een grote nis met een panoramisch uitzicht. De nis was ingericht met pluchen stoelen en ingebouwde boekenplanken. Mensen bestudeerden de titels, en ze zag een bordje waarop stond dat de boeken gelezen mochten worden.

Een ober kwam in hun richting, maar ze stuurde hem weg.

'Het is duidelijk dat u niet admiraal Dyals bent,' zei Scofield. 'Maar wie bent u dan wel?'

'Ik ben van het Witte Huis,' zei Davis. 'Zij is van het ministerie van Justitie. We doen aan misdaadbestrijding.'

Scofield moest zo te zien een huivering bedwingen. 'Ik was bereid met u te praten, omdat ik dacht dat u serieus was.'

'Net als deze onzin hier,' zei Davis.

Scofield kreeg een kleur. 'Niemand van ons beschouwt dit congres als onzin.'

'O nee? Op dit moment zitten er hier in een zaal zo'n honderd mensen die proberen in contact te komen met een dode beschaving. U bent antropoloog, iemand die ooit door de regering is ingeschakeld voor uiterst geheim onderzoek.'

'Dat is lang geleden.'

'Het zou u verbazen hoe relevant het nog is.'

'Ik neem aan dat u zich kunt legitimeren?'

'Dat kunnen we.'

'Laat eens zien.'

'Gisteravond is Herbert Rowland vermoord,' zei Davis. 'De avond daarvoor is een voormalige marineofficier vermoord die met Rowland in verband stond. Misschien kunt u zich Rowland niet meer herinneren, maar hij werkte met u samen in Fort Lee, toen u al die dingen van Operatie Highjump uitpakte. We weten niet zeker of u de volgende op de dodenlijst bent, maar het is heel goed mogelijk. Is dat genoeg legitimatie?'

Scofield lachte. 'Dat is achtendertig jaar geleden.'

'Blijkbaar doet dat er niet toe,' zei Stephanie.

'Ik kan niets zeggen over wat er toen is gebeurd. Het is geheim.' Hij sprak die woorden uit alsof ze een soort schild vormden dat hem tegen het kwaad kon beschermen.

'Nogmaals: blijkbaar doet dat er ook niet toe,' zei ze.

Scofield fronste zijn wenkbrauwen. 'U verspilt mijn tijd. Er zijn hier veel mensen met wie ik moet praten.'

'Goed,' zei ze. 'Vertelt u ons dan wat u mag vertellen.' Ze hoopte dat die gewichtige idioot niet meer zou ophouden met praten, als hij eenmaal op dreef was.

Scofield keek op zijn horloge en zei: 'Ik heb een boek geschreven. *Kaarten van oude ontdekkingsreizigers*. Ik raad u aan dat te lezen, want het verklaart veel dingen. U kunt het kopen in de boekwinkel van het congres.' Hij wees naar links. 'Die kant op.'

'Geeft u ons een samenvatting,' zei Davis.

'Waarom? U zei net dat we allemaal gek zijn. Wat doet het ertoe wat ik denk?'

Davis wilde iets zeggen, maar ze was hem voor. 'Overtuigt u ons. We zijn niet zonder reden helemaal hierheen gereden.'

Scofield zweeg even. Blijkbaar zocht hij naar de juiste woorden om duidelijk te maken wat hij bedoelde. 'Kent u Occams scheermes?'

Ze schudde haar hoofd.

'Het is een principe. Eenheden moeten niet zonder noodzaak worden vermenigvuldigd. Eenvoudiger gezegd: geen ingewikkelde oplossingen als er ook eenvoudige mogelijk zijn. Dat is van toepassing op bijna alles, ook beschavingen.'

Ze vroeg zich af of ze er spijt van zou krijgen dat ze deze man om zijn mening had gevraagd.

'In vroege Soemerische teksten, inclusief het beroemde *Epos van Gilgamesj*, is herhaaldelijk sprake van grote, godachtige mensen die tussen hen leefden. Ze noemden hen Wakers. Oude Joodse teksten, waaronder sommige versies van de Bijbel, verwijzen naar die Soemerische Wakers, die als goden, engelen en zonen van de hemel worden beschreven. Het boek Henoch vertelt hoe die vreemde mensen afgezanten de wereld in stuurden om mensen nieuwe vaardigheden bij te brengen. Uriel, de engel die Henoch astronomie bijbracht, wordt als zo'n Waker genoemd. In het boek Henoch zijn acht Wakers met naam genoemd. Ze zouden bedreven zijn in toverspreuken, het insnijden van wortels, astrologie, de sterrenbeelden, het weer, geologie en astronomie. Zelfs de Dode Zeerollen noemen de Wakers, bijvoorbeeld in de episode waarin Noachs vader zich er zorgen over maakt dat zijn kind zo buitengewoon mooi is en denkt dat zijn vrouw met een van de Wakers heeft geslapen.'

'Dit is onzin,' zei Davis.

Scofield bedwong een glimlach. 'Weet u hoe vaak ik dat heb gehoord? Ik geef u enkele historische feiten. In Mexico werd van Quetzalcoatl, de blonde god met een baard en een witte huid, gezegd dat hij de mensen de beschaving bijbracht die aan de Azteken voorafging. Hij kwam uit de zee en droeg lange kleren waarop kruisen waren geborduurd. Toen Cortés daar in de zestiende eeuw aankwam, werd hij aangezien voor Quetzalcoatl. De Maya's hadden ook zo'n leraar die uit de zee kwam waar de zon opkomt: Kukulcán. De Spanjaarden hebben in de zeventiende eeuw alle teksten van de Maya's verbrand, maar één bisschop legde een tekst vast die bewaard is gebleven. Daarin was sprake van bezoekers met lange gewaden die vaak kwamen, geleid door iemand die Votan heette. De Inca's hadden een god-leraar, Vinacocha, die uit de grote oceaan ten westen van hen kwam. Zij begingen dezelfde fout met Pizarro. Ze dachten dat hij de teruggekeerde god was. En dus, meneer Witte Huis, wie u ook mag zijn, gelooft u me: u weet niet waar u het over hebt.'

Ze had gelijk. Deze man praatte graag.

'In 1936 vond een Duitse archeoloog in een Partisch graf uit 250 voor Christus een aardewerken vaas met een koperen cilinder waarin zich een ijzeren staaf bevond. Als daar vruchtensap in werd gegoten, ontstond er een stroom van een half volt die twee weken standhield. Dat was net genoeg voor galvanisatie, waarvan we weten dat het in die tijd werd gedaan. In 1837 werd in de Grote Piramide van Gizeh een ijzeren plaat gevonden die bij een temperatuur van meer dan duizend graden was uitgesmolten. Hij bevatte nikkel, wat heel ongewoon is, en dateerde uit tweeduizend jaar voor de IJzertijd. Toen Columbus in 1502 in Costa Rica belandde, werd hij met veel eerbewijzen ontvangen en landinwaarts naar het graf van een belangrijk persoon gebracht. Het graf was versierd met de boeg van een vreemd schip. Op de grafplaat waren mannen te zien die sterk op Columbus en zijn mannen leken, maar tot dan toe had geen enkele Europeaan ooit een bezoek aan dat land gebracht.

'Vooral China is interessant,' ging Scofield verder. 'De grote Chinese filosoof Lao Tzu sprak over de Ouden, evenals Confucius. Lao noemde hen wijs, deskundig, krachtig, liefhebbend en vooral: menselijk. Hij schreef over hen in de zevende eeuw voor Christus. Zijn geschriften zijn bewaard gebleven. Wilt u het horen?'

'Daarvoor zijn we gekomen,' maakte ze duidelijk.

'*De Oude Meesters waren subtiel, raadselachtig, diepzinnig, ontvankelijk. Hun kennis is peilloos diep. Daarom kunnen wij alleen maar hun uiterlijk beschrijven. Behoedzaam, als mensen die een winterse rivier oversteken. Alert, als mensen die zich van gevaar bewust zijn. Hoffelijk, als bezoekende gasten. Meegaand, als ijs dat op het punt staat te smelten. Eenvoudig, als onbewerkte blokken hout. Interessante woorden van lang geleden.*'

Merkwaardig, moest ze toegeven.

'Weet u wat de wereld heeft veranderd? Wat het menselijk bestaan voorgoed heeft veranderd?' Scofield wachtte niet op een antwoord. 'Het wiel? Vuur?' Hij schudde zijn hoofd. 'Nee, het schrift. Dat veranderde alles. Toen we leerden onze gedachten zodanig vast te leggen dat anderen er eeuwen later kennis van konden nemen, veranderde de wereld. Zowel de Soemeriërs als de Egyptenaren hebben schriftelijke verslagen nagelaten van mensen die hen bezochten en hun dingen leerden. Mensen die er normaal uitzagen en leefden en stierven, net als zij. Dit is niet iets wat ík beweer. Dit zijn historische feiten. Wist u dat de Canadese regering op dit moment op de zeebodem bij de Queen Charlotte Islands onderzoek doet naar sporen van een beschaving waarvan we nooit eerder hebben geweten dat ze heeft bestaan? Het is een soort basiskamp dat eens op de oever van een oud meer heeft gelegen.'

'Waar kwamen die bezoekers vandaan?' vroeg ze.

'De zee. Ze waren uiterst bekwame zeevaarders. Kortgeleden zijn bij Cyprus oude hulpmiddelen voor zeevaarders gevonden die twaalfduizend jaar in de tijd teruggaan. Ze behoren tot de oudste artefacten die daar ooit zijn gevonden. Die vondst betekende dat mensen toen al over de Middellandse Zee hebben gevaren en Cyprus hebben bezet; tweeduizend jaar eerder dan iemand ooit heeft gedacht. In Canada zouden zeevaarders zijn aangetrokken door rijke kelpgronden. Het is logisch dat die mensen de beste plaatsen voor voedsel en handel opzochten.'

'Zoals ik al zei: allemaal verzinsels,' zei Davis.

'O ja? Wist u dat veel inheemse Amerikaanse verhalen zijn voortgekomen uit profetieën over godachtige weldoeners die van zee kwamen? In Mayaverhalen is sprake van Popul Vuh, een land waar licht en donker samenleefden. In prehistorische grotten en op rotstekeningen in Afrika en Europa zien we ongeïdentificeerde mensen die van zee kwamen. Op die in Frankrijk, die tienduizend jaar oud zijn, zien we mannen en vrouwen in comfortabele kleding, niet de vachten en botten waaraan we bij mensen uit die tijd meestal denken. Het is vastgesteld dat een kopermijn in Zimbabwe al zevenenveertigduizend jaar oud is. De mijnbouw werd daar blijkbaar voor een specifiek doel gepleegd.'

'Hebt u het over Atlantis?' vroeg Davis.

'Er bestaat niet zoiets,' zei Scofield.

'Ik wed dat veel mensen in dit hotel het niet met u eens zijn.'

'En ze hebben het mis. Atlantis is een fabel. Het is een thema uit veel culturen, zoals de zondvloed deel uitmaakt van de religies in de wereld. Het is een romantisch idee, maar de realiteit is niet zo fantastisch. Over de hele wereld zijn onder ondiepe wateren bij de kust eeuwenoude megalithische bouwwerken gevonden. Malta, Egypte, Griekenland, Libanon, Spanje, India, China, Japan – die hebben ze allemaal. Ze zijn vóór de laatste ijstijd gebouwd, en toen het ijs omstreeks tienduizend voor Christus smolt, steeg de zeespiegel en kwamen ze onder water te staan.

Die gebouwen zijn het echte Atlantis, en ze vormen een bewijs voor Occams scheermes. Geen ingewikkelde oplossingen als er ook eenvoudige mogelijk zijn. Alle verklaringen zijn rationeel.'

'En wat is hier de rationele verklaring?' vroeg Davis.

'Terwijl holbewoners nog maar net leerden met stenen gereedschap het land te bewerken en in primitieve dorpen gingen wonen, bestond er al een volk dat zeewaardige schepen bouwde en met grote precisie zijn weg vond over de aarde. Blijkbaar wisten ze wat hun te doen stond en probeerden ze ons dingen te leren. Ze kwamen in vrede. Er is nergens sprake van agressie of vijandigheid. Maar hun boodschappen zijn in de loop der tijd verloren gegaan, vooral toen de moderne mensheid zichzelf als het hoogtepunt van intellectueel vernuft ging zien.' Scofield wierp Davis een strenge blik toe. 'Onze arrogantie wordt onze ondergang.'

'Dwaasheid,' zei Davis, 'kan hetzelfde gevolg hebben.'

Scofield had dat verwijt duidelijk vaker gehoord. 'Op de hele planeet heeft dat oude volk boodschappen in de vorm van artefacten, kaarten of manuscripten achtergelaten. Die boodschappen zijn niet helder en niet direct, dat geef ik toe, maar ze zijn een vorm van communicatie. Ze zeggen: *Jullie beschaving is niet de eerste, en de culturen die jullie als de oorsprong zien, zijn ook niet het ware begin. Duizenden jaren geleden wisten wij wat jullie nog maar kortgeleden hebben ontdekt. Wij hebben overal over jullie jonge wereld gereisd, toen het noorden bedekt was met ijsvelden en de zeeën helemaal in het zuiden nog bevaarbaar waren. We hebben kaarten achtergelaten van de plaatsen waar we zijn geweest. We hebben kennis achtergelaten van jullie wereld en de kosmos, van wiskunde, natuurkunde en filosofie. Sommige van de rassen die we hebben bezocht hebben die kennis behouden, en dat heeft jullie geholpen jullie wereld op te bouwen. Vergeet ons niet.'*

Davis was niet onder de indruk. 'Wat heeft dit te maken met Operatie Highjump en Raymond Dyals?'

'Een heleboel. Maar nogmaals: dat is geheim. Geloof me; ik wou dat het niet geheim was, maar daar kan ik niets aan veranderen. Ik heb mijn woord gegeven en me daar al die jaren aan gehouden. Omdat u allebei denkt dat ik gek ben – zo denk ik trouwens ook over u – ga ik nu weg.' Hij stond op, maar voordat hij wegliep, aarzelde hij. 'Eén ding zou u in overweging kunnen nemen. Tien jaar geleden is er aan de universiteit van Cambridge uitgebreid onderzoek gedaan door een team van wereld-vermaarde onderzoekers. Hun conclusie? Nog geen tien procent van de gegevens uit de oudheid is tot nu toe bewaard gebleven. Negentig procent van de oude kennis is verloren gegaan. Hoe weten we dan of iets echt onzin is?'

61

Ramsey liep over de Capitol Mall naar de plaats waar hij gisteren de assistent van senator Aatos Kane had ontmoet. Dezelfde jongeman stond daar nu in dezelfde wollen jas te kleumen van de kou. Vandaag had Ramsey hem drie kwartier laten wachten.

'Oké, admiraal, ik begrijp het. U wint,' zei de assistent, toen Ramsey hem naderde. 'Geeft u me er maar van langs.'

Hij fronste zijn wenkbrauwen. 'Het is geen wedstrijd.'

'Goed. De vorige keer heb ik u op uw donder gegeven. Daarna hebt u mijn baas de grond in getimmerd, en nu zijn we allemaal de beste vrienden. Het is een spel, admiraal, en u hebt gewonnen.'

Ramsey haalde een plastic apparaatje ter grootte van een afstandsbediening tevoorschijn en zette het aan. 'Neemt u me niet kwalijk.'

Het apparaatje stelde in korte tijd vast dat er geen microfoontjes aanwezig waren. Hovey stond aan de andere kant van de Mall om na te gaan of er geen richtmicrofoons in gebruik waren, maar Ramsey geloofde niet dat ze daar bang voor hoefden te zijn. Deze ondergeschikte werkte voor een professional die wist dat je moest geven om te kunnen krijgen.

'Vertel het maar,' zei Ramsey.

'De senator heeft vanmorgen met de president gesproken. Hij heeft hem verteld wat hij wilde. De president vroeg welk belang wij erbij hadden en de senator antwoordde dat hij bewondering voor u heeft.'

Eén aspect van Diane McCoys solo-optreden was nu bevestigd. Hij wachtte met zijn handen in zijn zakken op de rest.

'De president had zijn bedenkingen. Hij zei dat u niet de voorkeur van zijn staf genoot. De mensen van het Witte Huis hadden andere namen in gedachten. Maar de senator wist wat de president wilde.'

Daar was hij nieuwsgierig naar. 'Vertel eens.'

'Er komt binnenkort een plaats vrij in het hooggerechtshof. Een van de leden neemt ontslag om de huidige regering de kans te geven iemand te benoemen. Daniels heeft een naam in gedachten en wil dat we die persoon door de goedkeuringsprocedure van de Senaat loodsen.'

Interessant.

'Wij zijn voorzitter van de commissie voor de rechtspraak. Het is een goede kandidaat; dat is geen probleem. We kunnen het voor elkaar krijgen.' De assistent was trots, omdat hij tot het thuisteam behoorde.

'Had de president serieuze bezwaren tegen mij?'

De assistent permitteerde zich een grijns, en grinnikte toen. 'Wat wilt u? Een uitnodiging op geschept papier? Presidenten vinden het niet leuk als iemand tegen ze zegt wat ze moeten doen, en ze vinden het ook niet leuk als iemand hun om een gunst vraagt. Ze zijn graag zelf degene die iets vraagt. Evengoed wilde Daniels wel naar ons luisteren. Hij gelooft toch al niet dat de Verenigde Chefs van Staven iets voorstellen.'

'Gelukkig voor ons moet hij binnen drie jaar het veld ruimen.'

'Ik weet niet of dat wel zo gelukkig voor ons is. Daniels is iemand met wie te praten valt. Hij weet van geven en nemen. We kunnen altijd goed met hem overleggen, en hij is verrekte populair.'

'Liever de duivel die je kent, dan de duivel die je niet kent?'

'Zoiets.'

Hij moest zoveel mogelijk informatie uit deze bron halen. Hij moest weten of er nog anderen achter Diane McCoys verrassende kruistocht stonden.

'We willen graag weten wanneer u iets tegen de gouverneur van South Carolina onderneemt,' zei de assistent.

'Op de dag nadat ik mijn nieuwe kantoor in het Pentagon heb betrokken.'

'En als het u niet lukt met de gouverneur?'

'Dan vernietig ik gewoon uw baas.' Er verscheen een blik vol bijna seksueel genot in zijn ogen. 'We doen dit op mijn manier. Oké?'

'En wat is uw manier?'

'Ten eerste wil ik precies weten wat jullie doen om mijn benoeming voor elkaar te krijgen. Elk detail, dus niet alleen wat u wilt vertellen. Als mijn geduld te veel op de proef wordt gesteld, denk ik dat ik uw raad van de vorige keer opvolg: ik ga met pensioen en kijk vanaf de zijlijn toe hoe al jullie carrières in het niets verdwijnen.'

De assistent stak spottend zijn handen op, alsof hij capituleerde. 'Rustig maar, admiraal. Ik ben hier niet gekomen om ruzie te maken. Ik kom u op de hoogte stellen.'

'Doe dat dan, stuk verdriet.'

De assistent deed dat scheldwoord met een schouderophalen af. 'Daniels doet mee. Hij zegt dat het goed komt. Kane kan hem aan de stemmen in de commissie voor de rechtspraak helpen. Dat weet Daniels. Morgen wordt uw benoeming bekendgemaakt.'

'Nog voor Sylvians begrafenis?'

De assistent knikte. 'Waarom zou ermee gewacht worden?'

Daar was hij het mee eens. Maar Diane McCoy was er ook nog. 'Is er bezwaar gemaakt van de kant van het bureau van de nationaleveiligheidsadviseur?'

'Daar heeft Daniels niets over gezegd. Maar waarom zou hij ook?'

'Zouden we niet moeten weten of medewerkers van het Witte Huis ons gaan saboteren?'

De assistent keek hem met een melancholiek glimlachje aan. 'Daar hoeven we niet bang voor te zijn. Als Daniels eenmaal akkoord gaat, is het voor elkaar. Hij kan zijn mensen wel aan. Wat is het probleem, admiraal? Hebt u daar soms vijanden?'

Nee. Er deed zich alleen een complicatie voor, maar hij besefte dat het wel meeviel. 'Zeg tegen de senator dat ik op prijs stel wat hij doet en dat we met elkaar in contact moeten blijven.'

'Zijn we nu klaar?'

Hij bevestigde dat door te zwijgen.

De assistent liep weg, blij dat het gesprek voorbij was.

Ramsey liep een eindje door en ging op hetzelfde bankje zitten als de vorige keer. Hovey wachtte vijf minuten, kwam toen naast hem zitten en zei: 'Niets gesignaleerd. Er luisterde niemand mee.'

'Met Kane komt het wel goed. McCoy is nu het probleem. Ze doet dit op eigen houtje.'

'Misschien denkt ze dat ze tot iets groters en beters kan komen door u te grazen te nemen.'

Tijd om na te gaan hoe graag zijn assistent tot iets 'groters en beters' wilde komen. 'Misschien moet ze worden geëlimineerd. Net als Wilkerson.'

Hoveys stilte was duidelijker dan woorden.

'Weten we veel van haar?' vroeg Ramsey aan de kapitein-ter-zee.

'Tamelijk veel, maar ze is relatief saai. Woont alleen, geen relaties, workaholic. Haar collega's mogen haar graag, maar ze is niet iemand die je naast je wilt hebben op een officieel diner. Waarschijnlijk gebruikt ze dit als een manier om haar waarde te vergroten.'

Dat was te begrijpen.

Hoveys mobieltje ging, gesmoord door zijn wollen jas. Het was een kort gesprek. 'Nog meer problemen.'

Ramsey wachtte.

'Diane McCoy heeft zojuist geprobeerd in het pakhuis in Fort Lee te komen.'

Malone liep de kerk in, met Henn en Christl voor zich uit. Isabel was van het koor naar beneden gekomen en stond met Dorothea en Werner te wachten.

Hij besloot een eind aan de komedie te maken en ging achter Henn staan, drukte het pistool tegen de hals van de man en pakte hem zijn wapen af.

Toen deed hij een stap terug en richtte de loop op Isabel. 'Zeg tegen je butler dat hij zijn gemak moet houden.'

'En wat zou u doen als ik weigerde, meneer Malone? Me neerschieten?'

Hij liet het pistool zakken. 'Dat is niet nodig. Dit was doorgestoken kaart. Die vier moesten sterven, al hadden ze dat zelf duidelijk niet door. U wilde niet dat ik met ze praatte.'

'Waarom bent u daar zo zeker van?' vroeg Isabel.

'Ik let op.'

'Goed. Ik wist dat ze hier zouden zijn, en ze dachten inderdaad dat wij bondgenoten waren.'

'Dan zijn ze nog stommer dan ik.'

'Zij misschien niet, maar wel de man die ze heeft gestuurd. Kunnen we ophouden met dit theatrale gedoe – van beide kanten – en met elkaar praten?'

'Ik luister.'

'Ik weet wie u probeert te vermoorden,' zei Isabel, 'maar ik heb uw hulp nodig.'

De lucht die door het lege raam naar binnen kwam werd steeds kouder. Het werd nu echt avond.

Hij begreep wat ze bedoelde. 'Voor wat hoort wat?'

'Ik verontschuldig me voor deze misleiding, maar het leek me de enige manier om uw medewerking te krijgen.'

'U had er gewoon om kunnen vragen.'

'Dat heb ik in Reichshoffen geprobeerd. Ik dacht dat dit misschien beter zou werken.'

'Het had mijn dood kunnen worden.'

'Kom nou, meneer Malone. Ik heb blijkbaar meer vertrouwen in uw capaciteiten dan u zelf.'

Hij had er genoeg van. 'Ik ga terug naar mijn hotel.' Hij maakte aanstalten om weg te gaan.

'Ik weet waar Dietz heen ging,' zei Isabel. 'Ik weet waar uw vader hem in Antarctica heen bracht.'

Ze kon naar de pomp lopen.

'Ergens in deze kerk ligt datgene waar het Dietz aan ontbrak. Wat hij dáár heeft gezocht.'

Zijn woede maakte plaats voor honger. 'Ik ga eten.' Hij liep door. 'Ik ben bereid te luisteren terwijl ik eet, maar als het geen verdomd goede informatie is, ben ik daarna vertrokken.'

'Ik verzeker u dat die informatie meer dan goed is, meneer Malone.'

62

Asheville

'JE HEBT SCOFIELD te veel onder druk gezet,' zei Stephanie tegen Edwin Davis.

Ze zaten nog in de grote nis. Buiten verlichtte een glorieuze middag de winterse wouden in de verte. Links van hen, naar het zuidoosten, ving ze een glimp op van het kasteel, het hoofdgebouw van het landgoed, op anderhalve kilometer afstand. Het stond hoog op zijn eigen heuvelrug.

'Scofield is een stommeling,' zei Davis. 'Hij denkt dat Ramsey het waardeert dat hij al die jaren zijn mond heeft gehouden.'

'We weten niet wat Ramsey waardeert.'

'Iemand gaat Scofield vermoorden.'

Daar was ze niet zo zeker van. 'En wat wil jij eraan doen?'

'Dicht bij hem blijven.'

'We kunnen hem in hechtenis nemen.'

'Dan zijn we ons lokaas kwijt.'

'Als je gelijk hebt, is dat dan eerlijk ten opzichte van hem?'

'Hij ziet ons aan voor idioten.'

Ze mocht Douglas Scofield ook niet, maar dat zou geen rol mogen spelen bij hun beslissingen. Er was wel één ander ding: 'Je beseft zeker wel dat we nog steeds geen bewijs hebben.'

Davis keek op de klok aan de andere kant van de hal. 'Ik moet even bellen.' Hij stond op en liep naar de ramen, om op drie meter afstand op een gebloemde bank te gaan zitten, met zijn gezicht naar buiten toe gekeerd.

Ze keek naar hem. Hij had het moeilijk met de hele situatie. Het was interessant om te weten dat hij, net als zij, met emoties worstelde. En hij wilde er ook niet graag over praten.

Davis vroeg haar met een gebaar dichterbij te komen. Ze liep naar hem toe en ging naast hem zitten.

'Hij wil je weer spreken.'

Ze drukte de mobiele telefoon tegen haar oor. Ze wist precies wie er aan de andere kant van de lijn was.

'Stephanie,' zei president Daniels, 'dit wordt ingewikkeld. Ramsey heeft Aatos Kane onder druk gezet. De senator wil dat ik Ramsey tot lid van de Verenigde Chefs van Staven benoem. Dat gebeurt absoluut niet, maar dat heb ik Kane niet verteld. Ik heb eens een oud indiaans spreekwoord gehoord: *Als je in de rivier woont, sluit dan vriendschap met de krokodillen.* Blijkbaar brengt Ramsey dat in de praktijk.'

'Of misschien is het andersom.'

'Dat maakt het ook zo ingewikkeld. Die twee hebben niet vrijwillig hun krachten gebundeld. Er is iets gebeurd. Ik kan het wel een paar dagen voor me uit schuiven, maar het zou mooi zijn als er intussen aan jouw kant vooruitgang werd geboekt. Hoe gaat het met mijn jongen?'

'Hij is gretig.'

Daniels grinnikte. 'Nu maak je zelf eens mee wat ik altijd van jou te verduren krijg. Is hij moeilijk in toom te houden?'

'Zo kun je het wel stellen.'

'Teddy Roosevelt heeft dat het best gezegd: "Doe wat je kunt met wat je hebt, waar je bent." Ga hiermee door.'

'Ik heb niet veel keus, hè?'

'Nee, maar ik heb iets voor je. Het hoofd van het kantoor in Berlijn van de marine-inlichtingendienst, kapitein-ter-zee Sterling Wilkerson, is dood aangetroffen in München.'

'En dat is geen toeval?'

'Welnee. Ramsey werkt ergens aan en dat doet hij tegelijk hier en in Europa. Ik kan het niet bewijzen, maar ik heb er een sterk gevoel bij. Hoe gaat het met Malone?'

'Ik heb niets meer van hem gehoord.'

'Vertel het me zonder omhaal; denk je dat de professor in gevaar verkeert?'

'Ik weet het niet, maar ik denk dat we hier voor alle zekerheid tot morgen moeten blijven.'

'Ik heb nog iets wat ik Edwin niet heb verteld. Je moet een pokerface trekken.'

Ze glimlachte. 'Oké.'

'Ik heb mijn twijfels over Diane McCoy. Ik heb lang geleden geleerd goed op mijn vijanden te letten, want zij zijn de eersten die van je fouten weten. Ik hou haar al een tijdje in de gaten. Edwin weet dat. Wat hij niet weet, is dat ze vandaag naar Virginia is gereden. Op dit moment is ze in Fort Lee, waar ze een pakhuis inspecteert dat door de landmacht aan de marine-inlichtingendienst wordt verhuurd. Ik heb het nagegaan; Ramsey is daar gisteren zelf ook geweest.'

Dat had ze al van haar eigen mensen gehoord.

Davis gaf met een gebaar te kennen dat hij iets te drinken ging halen en hij keek haar vragend aan: wilde ze ook iets?

Ze schudde haar hoofd.

'Hij is even weg,' zei ze in de telefoon. 'Ik neem aan dat er een reden is om me dit te vertellen.'

'Het lijkt erop dat Diane ook vriendschap heeft gesloten met de krokodillen, maar ik ben bang dat ze wordt opgegeten.'

'En dat terwijl ze zo sympathiek is.'

'Ik geloof echt dat jij een gemeen trekje hebt.'

'Ik heb een realistisch trekje.'

'Stephanie, je klinkt zorgelijk.'

'Hoe het hele verhaal me ook tegenstaat: ik heb het gevoel dat onze man hier is.'

'Wil je hulp?' vroeg Daniels.

'Ik wel, maar Edwin niet.'

'Sinds wanneer luister je naar hem?'

'Dit is zijn show. Dit is belangrijk voor hem.'

'Liefde is prachtig, maar laat die niet zijn ondergang worden. Ik heb hem nodig.'

Smith genoot van de pianomuziek en het knetterende haardvuur. De lunch was heerlijk geweest. De salade en de amuse-gueule waren voortreffelijk, en de soep verrukkelijk, maar het verse lamsvlees met groenten van het seizoen had alles overtroffen.

Hij was hier boven gaan zitten nadat de man en de vrouw naar Scofield toe waren gegaan en hem bij zijn maaltijd vandaan hadden gehaald. Hij had niet kunnen horen wat er beneden of hier boven was gezegd. Zouden het dezelfde twee van gisteravond zijn? Dat was moeilijk te zeggen.

De afgelopen uren was Scofield door de ene na de andere persoon aangesproken. Het leek wel of het hele congres alleen om hem draaide. De professor stond als een van de organisatoren van het congres vermeld en was de belangrijkste spreker van de volgende avond. Hij gaf vanavond ook een rondleiding bij kaarslicht door het hoofdgebouw. De volgende ochtend stond iets op het programma wat de brochure het Wildzwijn-avontuur van Scofield noemde. Drie uur zwijnenjacht met pijl en boog in een nabijgelegen woud, onder leiding van de professor zelf. De vrouw van de registratiebalie had gezegd dat het uitstapje van de volgende ochtend erg populair was, en dat er elk jaar ongeveer dertig mensen mee-gingen. Het hoefde niets te betekenen te hebben dat nog twee mensen belangstelling voor professor Douglas Scofield hadden. Daarom zette Smith zijn paranoia uit zijn hoofd; hij wilde zich er niet door laten mee-slepen. En al wilde hij het niet toegeven: hij was nog steeds geschokt door de gebeurtenissen van vannacht.

Hij zag de man van de bank opstaan en naar een tafel naast de haard lopen, waar hij een glas ijswater inschonk.

Smith stond op, liep er nonchalant naartoe en vulde zijn theekopje bij uit een zilveren kan. Dit was een mooi stukje service; de hele dag verfris-singen voor de gasten. Hij deed er een zoetje in – hij had een hekel aan suiker – en roerde.

De man liep, drinkend van zijn glas water, de nis weer in, naar de vrouw, die net klaar was met een telefoongesprek. Het vuur in de haard was bijna uit. Een personeelslid maakte een ijzeren rooster open en voegde een paar blokken hout toe. Smith wist dat hij die twee zou kun-nen volgen en bekijken waartoe dat zou leiden, maar hij had al voor een meer definitieve koers gekozen.

Iets innovatiefs.

Iets wat gegarandeerd resultaten opleverde.

En iets wat heel passend was voor de grote Douglas Scofield.

Malone liep L'Arlequin weer binnen en ging naar het restaurant, waar de ei-kenhouten vloer bedekt was met kleurrijke kleden. Zijn gevolg kwam ach-ter hem aan naar binnen en iedereen trok zijn jas uit. Isabel sprak met de man die eerder aan de receptie had gezeten. Het personeelslid ging weg en deed de restaurantdeuren achter zich dicht. Malone trok zijn jas en hand-schoenen ook uit en merkte dat zijn overhemd vochtig was van het zweet.

'Er zijn maar acht kamers boven,' zei Isabel, 'en ik heb ze allemaal gehuurd voor de komende nacht. De eigenaar maakt eten voor ons klaar.'

Malone ging op een bank zitten naast twee eikenhouten tafels. 'Goed, ik heb honger.'

Christl, Dorothea en Werner gingen tegenover hem zitten. Henn bleef een eindje bij hem vandaan staan; hij had een schoudertas bij zich.

Isabel ging aan het hoofd van de tafel zitten. 'Meneer Malone, ik zal u de waarheid vertellen.'

'Dat betwijfel ik sterk, maar gaat u verder.'

Haar vingers tikten venijnig op het tafelblad.

'Ik ben uw kind niet,' zei hij, 'en ik sta niet in het testament, dus kom ter zake.'

'Ik weet dat Hermann hier twee keer is geweest,' zei ze. 'Een keer voor de oorlog, in 1937. En in 1952 nog een keer. Mijn schoonmoeder heeft Dietz en mij kort voor haar dood over die reizen verteld, maar ze wist niet wat Hermann hier deed. Dietz ging hier zelf ongeveer een jaar voor zijn verdwijning naartoe.'

'Dat heb je nooit verteld,' zei Christl.

Isabel schudde haar hoofd. 'Ik heb nooit geweten dat er verband bestond tussen deze plaats en de zoektocht. Ik wist alleen dat beide mannen hier waren geweest. Toen je me gisteren over deze plaats vertelde, besefte ik meteen dat er verband was.'

De opwinding van de kerk was gezakt, en Malones lichaam voelde zwaar aan van vermoeidheid. Maar hij moest zich concentreren. 'Dus Hermann en Dietz zijn hier geweest. Daar schieten we niet veel mee op, want blijkbaar heeft alleen Hermann iets gevonden. En hij heeft het aan niemand verteld.'

'In Einhards testament,' zei Christl, 'staat: "Verhelder deze zoektocht door de volmaaktheid van de engel toe te passen op de heiliging van de heer." Dat heeft je van Aken hierheen gevoerd. En dan: "Maar alleen degenen die de troon van Salomo en Romeinse frivoliteit waarderen, zullen hun weg naar de hemel vinden."'

Dorothea en Werner zwegen. Malone vroeg zich af waarom ze hier eigenlijk waren. Misschien hadden ze hun rol al in de kerk gespeeld. Hij wees naar hen en vroeg: 'Hebben jullie elkaar een kusje gegeven en het goedgemaakt?'

'Is dat belangrijk voor iets?' vroeg Dorothea.

Hij haalde zijn schouders op. 'Voor mij wel.'

'Meneer Malone,' zei Isabel, 'we moeten dit oplossen.'

'Hebt u die kerk gezien? Dat is een ruïne. Er is daar niets meer van twaalfhonderd jaar geleden. De muren staan amper overeind en het dak is nieuw. De vloeren zijn gebarsten en afgebrokkeld; van het altaar is niet veel meer over. Hoe wilt u hier iets oplossen?'

Isabel maakte een gebaar en Henn gaf haar de schoudertas. Ze maakte de leren riemen los en haalde er een kaart uit die half aan flarden was. Het papier had een lichte roestkleur. Ze vouwde de kaart voorzichtig open en legde het papier van zo'n zestig bij veertig centimeter plat op tafel neer. Malone zag dat het niet de kaart van een land of continent was, maar de weergave van een onregelmatige kustlijn.

'Dit is Hermanns kaart. Hij is gebruikt voor de expeditie van de nazi's naar Antarctica in 1938. Het is een kaart van de plaats waar hij is geweest.'

'Er staat geen tekst op,' zei hij.

Locaties waren aangegeven met driehoekjes. Kruisjes gaven blijkbaar bergen aan. Een vierkantje stond voor iets centraals, en er stond een route op de kaart die daarheen leidde, maar nergens stond een woord.

'Mijn man heeft deze kaart achtergelaten toen hij in 1971 met de boot naar Amerika ging. Hij nam een andere tekening mee. Maar ik weet precies waar Dietz heen ging.' Ze haalde een tweede opgevouwen kaart uit de tas. Nieuwer, blauw en met de titel *Kaart van Antarctica, schaal 1:8.000.000*. 'Alles is hierop terug te vinden.'

Ze stak haar hand in de tas en haalde er twee laatste voorwerpen uit, die allebei in een plastic zak zaten. De boeken. Een uit het graf van Karel de Grote, het boek dat Dorothea hem had laten zien. En het boek uit de tombe van Einhard, dat Christl in haar bezit had gehad.

Ze legde dat van Christl op de tafel en hield dat van Dorothea omhoog. 'Dit is de sleutel, maar we kunnen het niet lezen. We kunnen er hier, in dat klooster, achter komen hoe dat moet. Al weten we waar we in Antarctica naartoe moeten gaan, dan nog zou zo'n reis niets opleveren als we niet weten wat er op deze bladzijden geschreven staat. We moeten, zoals Einhard schreef, een volledig inzicht in de hemel hebben.'

'Uw man is zonder dat inzicht gegaan.'

———

'Dat was een fout van hem,' zei Isabel.

'Kunnen we nu gaan eten?' vroeg Malone, die er genoeg van had om naar haar te luisteren.

'Ik kan me voorstellen dat u zich aan ons ergert,' zei Isabel, 'maar ik ben hier gekomen om u een voorstel te doen.'

'Nee, u bent gekomen om me in de val te laten lopen.' Hij keek de zussen aan. 'Opnieuw.'

'Als we erachter komen hoe we dit boek moeten lezen,' zei Isabel, 'en als het de moeite waard lijkt om de reis te maken – en volgens mij zal dat het geval zijn – neem ik aan dat u naar Antarctica gaat?'

'Zo ver had ik nog niet vooruitgedacht.'

'Ik wil dat u dan mijn dochters meeneemt, en ook Werner en Ulrich.'

'Verder nog iets?' vroeg hij, bijna geamuseerd.

'Ik meen het. Het is de prijs die u betaalt om de locatie te weten te komen. Zonder die locatie zou de reis net zo vergeefs zijn als die van Dietz.'

'Dan weet ik het nog niet, want dat is krankzinnig. We hebben het niet over een wandelingetje door de sneeuw. Antarctica is een van de onherbergzaamste gebieden op aarde.'

'Ik heb het vanmorgen nagekeken. De temperatuur op de basis Halvorsen, de landingsplaats die het dichtst bij de locatie ligt, was min zeven graden. Dat valt wel mee. Het weer is ook relatief kalm.'

'Dat kan in tien minuten veranderen.'

'Je zegt dat alsof je er bent geweest,' zei Werner.

'Dat ben ik ook. Je gaat er niet voor je plezier naartoe.'

'Cotton,' zei Christl. 'Moeder heeft ons dit eerder uitgelegd. Ze waren op weg naar een specifieke locatie.' Ze wees naar de kaart op tafel. 'Besef je dat de onderzeeboot dicht bij die locatie in het water kan liggen?'

Ze had de troef uitgespeeld waar hij bang voor was. Hij was al op deze gedachte gekomen. In het rapport van de onderzoekscommissie stond de laatst bekende positie van de NR-1A aangegeven: 73° ZB, 15° WL, ongeveer honderdvijftig mijl ten noorden van Cape Norvegia. Misschien kon hij dat nu combineren met een ander referentiepunt, en dat zou genoeg kunnen zijn om hem in staat te stellen de gezonken boot te vinden. Maar om dat te kunnen doen, moest hij het spel meespelen. 'Als ik bereid ben deze passagiers mee te nemen, krijg ik zeker pas iets te horen als we al in de lucht zijn?'

'Nee, pas als u weer op de grond bent,' zei Isabel. 'Ulrich heeft bij de Stasi een navigatieopleiding gehad. Als u daar bent, zegt hij waar u heen moet gaan.'

'Ik ben diep onder de indruk van uw gebrek aan vertrouwen in mij.'

'Dat is dan wederzijds.'

'U beseft zeker wel dat ik niet zelf kan beslissen wie er meegaan. Ik heb hulp van de Amerikaanse strijdkrachten nodig om daar te komen. Misschien zeggen ze dat ik in mijn eentje moet gaan.'

Er gleed een glimlachje over haar norse gezicht. 'Kom nou, meneer Malone, u kunt wel wat beters bedenken. U hebt de macht om dingen te laten gebeuren. Daar ben ik zeker van.'

Hij keek naar de anderen aan de tafel. 'Weten jullie drieën wel waar jullie je mee inlaten?'

'Het is de prijs die wíj moeten betalen,' zei Dorothea.

Nu begreep hij het. Hun wedstrijd was nog niet voorbij.

'Ik kan het aan,' zei Dorothea.

Werner knikte. 'Ik ook.'

Malone keek Christl aan.

'Ik wil weten wat er met hen is gebeurd,' zei ze, haar ogen neergeslagen.

Hij ook. Hij moest wel gek zijn. 'Oké, mevrouw Oberhauser. Als we het raadsel oplossen, ga ik akkoord.'

63

RAMSEY MAAKTE HET luik open en stapte uit de helikopter. Hij was rechtstreeks van Washington naar Fort Lee gevlogen in de helikopter die de marine-inlichtingendienst vierentwintig uur per dag had klaarstaan bij het hoofdkwartier.

Er stond een auto op hem te wachten en hij werd naar de plaats gereden waar Diane McCoy werd vastgehouden. Hij had tot haar aanhouding bevolen, zodra Hovey hem van haar bezoek aan de basis op de hoogte had gesteld. Het zou een probleem kunnen worden als hij een nationaleveiligheidsadviseur vasthield, maar hij had de commandant van de basis ervan verzekerd dat hij de volledige verantwoordelijkheid op zich nam.

Hij geloofde niet dat het negatieve gevolgen zou hebben.

Dit was een trip van McCoy persoonlijk, en ze zou het Witte Huis er heus niet bij betrekken. Het feit dat ze geen telefoongesprekken vanaf de basis had gevoerd, maakte dat des te aannemelijker.

Hij stapte uit en liep het beveiligingsgebouw in, waar een sergeant-majoor hem naar McCoy bracht. Hij ging naar binnen en deed de deur dicht. Ze was comfortabel ondergebracht in de kamer van het hoofd beveiliging.

'Dat zou tijd worden,' zei ze. 'Ik wacht al bijna twee uur.'

Hij knoopte zijn jas los. Hij had al gehoord dat ze was gefouilleerd en dat elektronisch was nagegaan of ze geen zendertje bij zich had. Hij ging op een stoel naast haar zitten. 'Ik dacht dat jij en ik een deal met elkaar hadden.'

'Nee, Langford. Jíj had een deal. Ik had niets.'

'Ik heb je gezegd dat ik ervoor zou zorgen dat jij een baan krijgt in de volgende regering.'

'Dat kun je niet garanderen.'

'Niets ter wereld is zeker, maar ik kan de kans veel groter maken. En daar ben ik trouwens ook mee bezig. Maar dat microfoontje dat je bij je had? Wilde je proberen me dingen te laten toegeven? En kom je dan nu hierheen? Dat is niet de juiste manier, Diane.'

'Wat zit er in dat pakhuis?'

'Hoe heb je daarvan gehoord?' wilde hij weten.

'Ik ben nationaleveiligheidsadviseur.'

Hij besloot tot op zekere hoogte open kaart te spelen. 'Er zitten voorwerpen in die in 1947 tijdens Operatie Highjump en in 1948 tijdens Operatie Windmill gevonden zijn. Enkele ongewone voorwerpen. Ze hebben ook te maken met wat er in 1971 met de NR-1A is gebeurd. Die onderzeeboot ondernam een missie die met die voorwerpen te maken had.'

'Edwin Davis heeft met de president over Highjump en Windmill gepraat. Dat heb ik zelf gehoord.'

'Diane, de wereld zou te klein zijn als bekend werd dat de marine niet op zoek is gegaan naar een van haar onderzeeboten die was verdwenen. Het is al erg genoeg dat er niet is gezocht, maar ze hebben ook nog eens een verhaal verzonnen om de zaak toe te dekken. Er is tegen nabestaanden gelogen; er zijn rapporten vervalst. Misschien kon je zoiets in die tijd nog ongestraft doen – verscheidene keren – maar nu niet meer. De gevolgen zouden niet te overzien zijn.'

'En welke rol speel jij daarin?'

Interessant. Ze wist helemaal niet zoveel. 'Admiraal Dyals heeft destijds bevel gegeven niet naar de NR-1A te gaan zoeken. Hoewel de bemanningsleden akkoord waren gegaan met die condities voordat ze de haven verlieten, zou zijn reputatie naar de maan zijn als dit uitkwam. Ik heb veel aan die man te danken.'

'Waarom heb je Sylvian dan vermoord?'

Daar trapte hij niet in. 'Ik heb niemand vermoord.'

Ze wilde iets zeggen, maar hij hield haar tegen door zijn hand op te steken. 'Maar ik zal niet ontkennen dat ik zijn baan wil.'

De sfeer in de kamer werd gespannen, zoals de atmosfeer zwaarder kan worden bij een stil pokerspel, waar dit gesprek wel iets van weg had. Hij keek haar scherp aan. 'Ik ben eerlijk tegen je, in de hoop dat jij eerlijk tegen mij bent.'

Hij wist van Aatos Kanes assistent dat Daniels wel iets voor zijn benoeming had gevoeld. Dat was in strijd met wat McCoy beweerde. Het was van vitaal belang dat hij een stel ogen en oren binnen het Oval Office hield. Goede beslissingen waren altijd gebaseerd op goede informatie. Ze mocht dan een probleem vormen, hij had haar ook nodig.

'Ik wist dat je zou komen,' zei ze. 'Interessant dat jij persoonlijk dat pakhuis beheert.'

Hij haalde zijn schouders op. 'Het valt onder de marine-inlichtingendienst. Voordat ik aan het hoofd van die dienst stond, pasten anderen erop. Het is niet onze enige bergplaats.'

'Dat had ik ook niet verwacht, maar er is veel meer aan de hand dan jij wilt toegeven. Hoe zit het met je man in Berlijn, Wilkerson? Waarom is hij dood?'

Hij nam aan dat een heleboel mensen dat stukje informatie te horen hadden gekregen, maar hij hoefde niet te bevestigen dat er verband was. 'Dat laat ik onderzoeken. Maar er kunnen persoonlijke motieven achter zitten; hij had iets met een getrouwde vrouw. Onze mensen zijn er nu mee bezig. Het is te vroeg om te zeggen dat er iets sinisters aan de hand is.'

'Ik wil zien wat er in dat pakhuis is.'

Hij keek haar aan, niet vijandig, zelfs niet onvriendelijk. 'Wat zou dat bewijzen?'

'Ik wil zien waar het om gaat.'

'Nee, dat wil je niet.' Hij keek haar weer aan. Ze had een pruilmond. Haar lichte haar hing als twee naar binnen gebogen gordijnen aan weerskanten van haar hartvormige gezicht. Ze was aantrekkelijk, en hij vroeg zich af of charme zou werken. 'Diane, luister. Je hoeft dit echt niet te doen. Ik hou me aan onze afspraak, maar daarvoor moet dit wel gaan zoals ik wil. Jouw komst hier naartoe brengt alles in gevaar.'

'Ik ga mijn carrière niet aan jou toevertrouwen.'

Hij wist iets van haar voorgeschiedenis. Haar vader was een plaatselijke politicus in Indiana die naam had gemaakt toen hij vicegouverneur was geworden en daarna de halve staat tegen zich in het harnas had gejaagd. Zou hij nu iets van datzelfde rebelse trekje te zien krijgen? Misschien wel. Maar hij moest duidelijkheid scheppen. 'Dan ben ik bang dat je op jezelf bent aangewezen.'

Hij zag aan haar gezicht dat ze het begreep. 'En dan word ik ergens dood gevonden?'

'Heb ik dat gezegd?'

'Dat hoefde niet.'

Nee, dat hoefde niet. Toch was er nog het probleem dat de schade beperkt moest worden. 'Wat zou je zeggen van het volgende? We zeggen dat er onenigheid is geweest. Je kwam hier om de zaak te onderzoeken, en het Witte Huis en de marine-inlichtingendienst hebben een regeling getroffen waarbij de door jou gewenste informatie wordt verstrekt. Op die manier is de commandant van de basis tevreden en worden er geen vragen meer gesteld, afgezien van de dingen die al ter tafel zijn gebracht. Dan gaan we allebei blij weg.'

Hij zag haar uitdagend kijken.

'Als je me maar niet belazert,' zei ze.

'Ik heb helemaal niets gedaan. Jij bent hier degene die overhaast te werk gaat.'

'Ik zweer je, Langford, ik maak je kapot. Belazer me niet.'

Hij koos voor diplomatie, in elk geval voorlopig. 'Zoals ik al vaker heb gezegd: ik hou me aan mijn kant van de afspraak.'

Malone genoot van het diner. Het was interessant dat de honger altijd met grote regelmaat kwam opzetten als hij in de boekwinkel werkte, maar dat hij lang zonder eten kon als hij met een missie bezig was.

Hij had Isabel en haar dochters, en ook Werner Lindauer, over Hermann en Dietz Oberhauser horen praten. De spanning tussen de dochters was duidelijk voelbaar. Ulrich Henn had ook meegegeten, en Malone had hem aandachtig gadegeslagen. De Oost-Duitser had er zwijgend bij gezeten. Hij had niet laten blijken dat hij zelfs maar hoorde wat er werd gezegd, maar er ontging hem vast geen woord.

Het was duidelijk dat Isabel de leiding had, en hij had gemerkt dat de emoties van de anderen werden bepaald door wat zij zei. Geen van beide dochters kwam tegen haar in verzet. Ze gingen akkoord of zeiden niets. En Werner zei bijna niets nuttigs.

Malone sloeg het dessert over en besloot naar boven te gaan.

In de foyerachtige hal brandde een haardvuur. Het verspreidde een warme gloed en een harsgeur door de hele ruimte. Hij bleef staan om van het vuur te genieten en zag toen drie ingelijste potloodtekeningen van het klooster hangen. Een daarvan was een schets van de torens, alles nog intact. Hij zag een jaartal in een hoek staan: 1784. De andere twee lieten iets van het interieur zien. Op de ene zag je de kloostergang, waarvan de bogen en zuilen niet kaal waren, zoals nu het geval was. In plaats daarvan waren met mathematische regelmaat versieringen op de stenen te zien. In de tuin stond de fontein in volle glorie, met water dat uit het ijzeren bekken overstroomde. Hij stelde zich monniken met kappen voor die tussen de bogen door liepen.

Op de laatste tekening was de binnenkant van de kerk te zien.

Een blik schuin vanuit het achterportaal op het altaar, van rechts gezien, waar hij tussen de zuilen door naar de man met het pistool was geslopen. Op de tekening was de kerk geen ruïne. In plaats daarvan zag je steen, hout en glas, dat alles op wonderbaarlijke wijze verenigd – deels gotisch, deels romaans. Er was volop kunst aangebracht op de zuilen, maar met een delicate bescheidenheid en onopvallend. Het geheel zag er totaal anders uit dan de erbarmelijke staat waarin de kerk nu verkeerde. Hij zag dat er een bronzen rasterwerk om het sanctuarium heen stond. De Karolingische krullen en slingers daarvan deden denken aan de dom van Aken. De vloer was intact en gedetailleerd, met verschillende schakeringen van grijs en zwart, die ongetwijfeld kleur en verscheidenheid weergaven. Op deze twee tekeningen stond het jaartal 1772.

De eigenaar was bezig achter de receptiebalie. Malone vroeg hem: 'Zijn dit originelen?'

De man knikte. 'Ze hangen hier al een hele tijd. Ons klooster was ooit beroemd, maar nu niet meer.'

'Wat is er gebeurd?'

'Oorlog. Verwaarlozing. Verwering. Het hele klooster is erdoor aangetast.'

Voordat Malone de tafel verliet, had hij gehoord dat Isabel opdracht aan Henn gaf de lijken in de kerk weg te halen. Haar werknemer trok nu zijn jas aan en verdween in de duisternis.

Toen de eigenaar hem een sleutel gaf, voelde Malone een vlaag kou van de voordeur komen. Hij ging de houten trap op naar zijn kamer. Hij had geen kleren meegebracht, en wat hij bij zich had, moest nodig gewassen worden, vooral zijn overhemd. In de kamer gooide hij zijn jas en handschoenen op het bed en trok zijn overhemd uit. Hij ging naar de kleine badkamer en spoelde zijn overhemd met een beetje zeep uit in een wasbak van email en hing het over de verwarming te drogen.

Hij ging in zijn hemd voor de spiegel staan. Hij droeg al een hemd sinds hij zes jaar oud was; een gewoonte die er bij hem in gehamerd was. *'Je wilt toch niet dat je kleren naar zweet gaan stinken?'* Hij had nooit aan zijn vader getwijfeld, had hem gewoon geïmiteerd en droeg altijd een hemd – met een diepe v-hals, want *'een hemd dragen is goed, maar het moet niet te zien zijn'*. Het was interessant hoe gemakkelijk herinneringen uit je kinderjaren opeens konden opkomen. Ze hadden zo weinig tijd samen gehad. Ongeveer drie jaar kon hij zich echt herinneren, van zijn zevende tot zijn tiende. De vlag die bij de herdenkingsdienst van zijn vader was gebruikt, had hij nog steeds in een vitrinekast naast zijn bed liggen. Zijn moeder had die vlag niet in ontvangst willen nemen; ze had gezegd dat ze genoeg van de marine had. Maar toen hij acht jaar later tegen haar zei dat hij zich ook ging aanmelden, had ze geen bezwaar gemaakt. *'Wat zou de zoon van Forrest Malone anders doen?'* had ze hem gevraagd.

En hij was het daarmee eens geweest. Wat anders?

Er werd zacht op de deur geklopt en hij liep de badkamer uit om open te doen. Christl stond voor de deur.

'Mag ik?' vroeg ze.

Hij maakte een instemmend gebaar en deed zachtjes de deur achter haar dicht.

'Ik wilde je vertellen dat ik het niet eens was met wat er vandaag is gebeurd. Daarom kwam ik achter je aan. Ik zei tegen moeder dat ze je niet moest bedriegen.'

'Jij zou dat zelf natuurlijk nooit doen.'

'Zullen we eerlijk zijn? Als ik tegen jou had gezegd dat ik het verband tussen het testament en de inscriptie al had gelegd, zou jij dan zelfs maar naar Aken zijn meegegaan?'

Waarschijnlijk niet, maar hij zei niets.

'Ik dacht al van niet,' zei ze. Ze las het op zijn gezicht.

'Jullie nemen een hoop stomme risico's.'

'Er staat veel op het spel. Moeder wilde dat ik je iets vertel, maar niet waar Dorothea en Werner bij waren.'

Hij had zich al afgevraagd wanneer Isabel haar belofte van 'verdomd goede informatie' zou nakomen. 'Oké, wie probeert mij te vermoorden?'

'Een zekere Langford Ramsey. Ze heeft zelfs met hem gesproken. Hij had de mannen gestuurd die achter ons aan kwamen in Garmisch,

Reichshoffen en Aken. Die mannen van vandaag waren ook door hem gestuurd. Hij wil je dood hebben. Hij staat aan het hoofd van jullie marine-inlichtingendienst. Moeder bracht hem in de waan dat ze zijn bondgenoot was.'

'Hé, dat is iets nieuws. Mijn leven op het spel zetten om het te redden.'

'Ze wil je helpen.'

'Door tegen Ramsey te zeggen dat ik hier vandaag zou zijn?'

Ze knikte. 'We hebben die gijzeling met hun medewerking op touw gezet, om die twee mannen te kunnen doden. We hadden niet op die twee anderen gerekend, die zouden buiten blijven. Ulrich denkt dat ze naar binnen zijn gekomen toen ze de schoten hoorden.' Ze aarzelde even. 'Cotton, ik ben blij dat je er bent. Veilig en wel. Dat wilde ik je laten weten.'

Hij voelde zich net iemand die naar de galg loopt nadat hij zichzelf de strop heeft omgehangen.

'Waar is je overhemd?' vroeg ze.

'Als je alleen woont, doe je je eigen was.'

Ze keek hem aan met een vriendelijk glimlachje dat de gespannen sfeer enigszins verlichtte. 'Ik heb mijn hele volwassen leven alleen gewoond.'

'Ik dacht dat je getrouwd bent geweest?'

'We hebben nooit echt samengewoond. Het was een beoordelingsfout die snel is rechtgezet. We hebben een paar geweldige weekends gehad, maar dat was het wel zo'n beetje. Hoe lang ben jij getrouwd geweest?'

'Bijna twintig jaar.'

'Kinderen?'

'Een zoon.'

'Heeft hij jouw naam?'

'Hij heet Gary.'

De stilte was nu bijna vredig.

Ze droeg een spijkerbroek, een lichtgekleurd shirt en een blauw vest. Hij zag nog steeds voor zich hoe ze aan die zuil vastgebonden had gezeten. Natuurlijk was het niet de eerste keer dat vrouwen tegen hem logen. Zijn ex-vrouw had jarenlang over Gary's vaderschap gelogen. Stephanie loog ook vaak, als het nodig was. Zelfs zijn moeder, die haar emoties achter slot en grendel hield en bijna nooit haar gevoelens liet blijken, loog tegen hem over zijn vader. Voor haar was dat een volmaakte herinnering, maar hij wist dat het anders was. Hij wilde de man verschrikkelijk graag leren kennen. Geen mythe, geen legende, geen herinnering. Gewoon de man zelf.

Hij was moe. 'Het is tijd om naar bed te gaan.'

Ze liep naar de lamp die naast het bed brandde. Omdat hij het licht in de badkamer had uitgedaan toen hij de deur voor haar ging opendoen, was de kamer in duisternis gehuld toen ze aan de ketting trok om die lamp uit te doen.

'Dat vind ik ook,' zei ze.

64

DOROTHEA HAD HAAR kamerdeur op een kier staan. Ze gluurde erdoorheen en zag dat haar zus de kamer van Cotton Malone binnenging. Ze had haar moeder na het eten met Christl zien praten en was benieuwd wat die twee met elkaar bespraken. Ze had Ulrich zien weggaan en wist welke opdracht hij had gekregen. Ze vroeg zich af wat haar rol zou zijn.

Blijkbaar werd van haar verwacht dat ze het goedmaakte met haar man, want ze hadden samen een kamer gekregen met één klein bed. Toen ze bij de eigenaar naar een andere kamer informeerde, had hij gezegd dat die er niet was.

'Zo erg is het niet,' zei Werner tegen haar.

'Dat hangt ervan af wat je onder "erg" verstaat.'

Ze vond de situatie eigenlijk wel grappig. Ze gedroegen zich allebei als twee tieners op hun eerste afspraakje. Aan de ene kant was het komisch, aan de andere kant tragisch. In deze kleine ruimte kon ze niet ontkomen aan het vertrouwde geurmengsel van zijn aftershave, zijn pijptabak en de kruidnagelen in de kauwgom waar hij zo van hield. Die geuren herinnerden haar er voortdurend aan dat hij niet een van de talloze mannen was die ze de laatste tijd had gehad.

'Dit is te veel voor me, Werner. Het gaat een beetje te vlug.'

'Ik denk dat je niet veel keus hebt.' Hij stond met zijn handen op zijn rug bij het raam.

Ze verbaasde zich nog steeds over de dingen die hij in de kerk had gedaan. 'Denk je dat die man me echt zou hebben doodgeschoten?'

'De situatie veranderde toen ik die andere neerschoot. Hij was kwaad en tot alles in staat.'

'Je doodde die man zo gemakkelijk.'

Hij schudde zijn hoofd. 'Niet gemakkelijk, maar het moest gebeuren. Het verschilde niet eens zoveel van een hertenbok neerschieten.'

'Ik heb nooit geweten dat jij dat in je had.'

'In de afgelopen paar dagen ben ik veel over mezelf te weten gekomen.'

'Die mannen in de kerk waren idioten. Ze dachten alleen aan het geld dat ze zouden krijgen.' Net als de vrouw in de abdij, dacht ze. 'Ze hadden geen enkele reden om ons te vertrouwen, en toch deden ze dat.'

Zijn mondhoeken wezen omlaag. 'Waarom draai je om het belangrijkste heen?'

'Dit lijkt me niet de plaats en de tijd om over ons leven met elkaar te praten.'

Hij trok zijn wenkbrauwen op. 'Er is geen betere tijd. We staan op het punt onherroepelijke beslissingen te nemen.'

Vroeger had ze altijd precies kunnen aanvoelen wanneer hij tegen haar loog, maar door de afstand die tussen hen was ontstaan, kon ze dat niet meer. Ze had hem zo lang genegeerd en hem gewoon zijn gang laten gaan. Nu vloekte ze in stilte op die onverschilligheid. 'Wat wil je, Werner?'

'Hetzelfde als jij. Geld, macht, zekerheid. Je geboorterecht.'

'Dat is van mij, niet van jou.'

'Het is interessant, dat geboorterecht van jou. Je opa was een nazi. Een man die Adolf Hitler verafgoodde.'

'Hij was geen nazi,' zei ze.

'Hij heeft alleen maar een handje geholpen bij het kwaad dat ze deden. Hij heeft het hun gemakkelijker gemaakt mensen af te slachten.'

'Dat is absurd.'

'Die belachelijke theorieën over Ariërs? Ons zogeheten erfgoed? Dat we een bijzonder ras waren dat uit een bijzonder deel van de wereld kwam? Himmler was gek op die onzin. Het paste precies in de moorddadige propaganda van de nazi's.'

Er gingen verontrustende gedachten door haar hoofd. Dingen die haar moeder haar had verteld, dingen die ze als kind had gehoord. De extreem rechtse filosofieën van haar grootvader, die nooit kwaad wilde spreken van het Derde Rijk. De bewering van haar vader dat Duitsland na de oorlog niet beter af was dan voor de oorlog en dat een verdeeld Duitsland erger was dan alles wat Hitler ooit had gedaan. Haar moeder had gelijk. De geschiedenis van de familie Oberhauser moest verborgen blijven.

'Daar moet je voorzichtig mee zijn,' fluisterde Werner.

Er klonk iets in zijn stem door. Wat wist hij?

'Misschien sust het je geweten om te denken dat ik een idioot ben,' zei hij. 'Misschien kun je daarmee rechtvaardigen dat je afstand neemt van ons huwelijk en van mij.'

Ze waarschuwde zichzelf dat hij er heel goed in was haar op stang te jagen.

'Maar ik ben geen idioot.'

Ze was nieuwsgierig. 'Wat weet je van Christl?'

Hij wees naar de deur. 'Ik weet dat ze daar bij Malone is. Begrijp je wat dat betekent?'

'Vertel het me eens.'

'Ze smeedt een bondgenootschap. Malone is verbonden met de Amerikanen. Je moeder kiest haar bondgenoten zorgvuldig uit. Malone kan dingen laten gebeuren wanneer dat voor ons nodig is. Hoe zouden we anders in Antarctica kunnen komen? Christl doet wat haar moeder haar vraagt.'

Hij had gelijk. 'Zeg eens, Werner, geniet je ervan dat ik misschien zal falen?'

'Als ik daarvan genoot, zou ik hier niet zijn. Dan zou ik je gewoon laten falen.'

Hoe onverschillig hij dat ook zei, ze had het gevoel dat er meer achter zat. Hij wist duidelijk meer dan hij zei, en het ergerde haar mateloos dat hij eromheen draaide.

Ze moest een plotselinge huivering onderdrukken bij het besef dat ze zich tot deze man, die meer vreemde dan echtgenoot was, aangetrokken voelde.

'Toen je die man in de boerderij doodde,' vroeg hij, 'voelde je toen iets?'

'Opluchting.' Het woord kwam tussen haar opeengeklemde kaken door.

Hij bleef onbewogen staan. Blijkbaar dacht hij na over wat ze had toegegeven. 'We moeten de overwinning behalen, Dorothea. Als dat betekent dat we met je moeder en Christl moeten samenwerken, dan moet dat maar. We kunnen niet toestaan dat je zus deze queeste beheerst.'

'Moeder en jij werken al een tijdje samen, nietwaar?'

'Ze mist Georg net zo erg als wij. Hij was de toekomst van deze familie. Nu staat het hele voortbestaan daarvan op het spel. Er zijn geen Oberhausers meer.'

Ze hoorde iets in zijn stem en zag het in zijn ogen; wat hij echt wilde.

'Dat kun je toch niet menen?'

'Je bent achtenveertig. Het is nog mogelijk dat je een kind krijgt.'

Werner kwam dicht naar haar toe en kuste haar zachtjes op haar hals.

Ze gaf hem een klap in zijn gezicht.

Hij lachte. 'Intense emotie. Geweld. Dus je bent toch menselijk.'

Er vormden zich zweetdruppeltjes op haar voorhoofd, al was het niet warm in de kamer. Ze wilde niet meer naar hem luisteren.

Ze liep naar de deur.

Hij kwam meteen naar voren, pakte haar arm vast en draaide haar om. 'Je loopt niet bij me weg. Niet deze keer.'

'Laat me los.' Maar het was een zwak bevel. 'Je bent een verachtelijke schoft. Als ik je zie, word ik al misselijk.'

'Als wij een kind krijgen, geeft je moeder alles aan jou. Dat heeft ze gezegd.' Hij trok haar dicht tegen zich aan. 'Luister naar me, vrouw. Alles voor jou. Christl wil geen kinderen en geen man, maar misschien is haar hetzelfde aanbod gedaan. En waar is ze nu?'

Hij was dichtbij. Vlak voor haar.

'Gebruik je verstand. Je moeder heeft jullie tegen elkaar opgezet om te weten te komen wat er met haar man is gebeurd. Maar ze wil vooral dat deze familie blijft voortbestaan. De Oberhausers hebben geld, status en bezittingen. Ze hebben alleen geen erfgenamen.'

Ze maakte zich los uit zijn greep. Hij had gelijk. Christl was bij Malone. En haar moeder was niet te vertrouwen. Had ze Christl hetzelfde aanbod gedaan?

'We zijn haar voor,' zei hij. 'Ons kind zou wettig zijn.'

Ze had de pest aan zichzelf, maar die rotzak had gelijk.

'Zullen we beginnen?' vroeg hij.

65

STEPHANIE WAS EEN beetje in verlegenheid gebracht. Davis had besloten dat ze daar zouden blijven overnachten en één kamer voor hen beiden gereserveerd.

'Ik ben normaal niet zo'n soort meisje,' zei ze tegen hem, toen hij de deur openmaakte. 'Bij het eerste afspraakje al naar een hotel gaan.'

'Dat weet ik niet. Ik heb gehoord dat je gemakkelijk bent.'

Ze gaf hem een tik op zijn achterhoofd. 'Dat zou je wel willen.'

Hij keek haar aan. 'We zijn hier in een romantisch viersterrenhotel. Gisteravond stonden we samen in de ijzige kou en werd er op ons geschoten. We komen echt steeds dichter tot elkaar.'

Ze glimlachte. 'Daar hoef je me niet aan te herinneren. En trouwens, wat heb je Scofield toch subtiel aangepakt! Het werkte fantastisch. Jullie zijn nu dikke vrienden.'

'Hij is een arrogante, zelfingenomen betweter.'

'Die er in 1971 bij was en die meer weet dan jij en ik.'

Hij plofte op de kleurrijke, gebloemde sprei neer. De hele kamer zag eruit als een foto in het tijdschrift *Southern Living*. Fraai meubilair, elegante gordijnen, een decor dat geïnspireerd was door Engelse en Franse landhuizen. Ze zou best eens heerlijk in het diepe bad willen gaan liggen. Ze had niet meer gedoucht sinds de vorige ochtend in Atlanta. Leidden haar agenten altijd zo'n leven? Was het eigenlijk niet de bedoeling dat zijzelf op kantoor zat en de leiding had?

'We hebben een "Premier King Room",' zei hij. 'Iets anders hadden ze niet meer beschikbaar. Het tarief ligt veel hoger dan de maximale onkostenvergoeding van de overheid, maar wat geeft het? Je bent het waard.'

Ze liet zich in een van de clubfauteuils zakken en legde haar voeten op een bijpassend bankje. 'Als jij ertegen kunt dat we steeds bij elkaar zijn, kan ik dat ook. Ik heb het gevoel dat we toch niet veel slaap zullen krijgen.'

'Hij is hier,' zei Davis. 'Ik weet het gewoon.'

Ze was daar niet zo zeker van, maar ze kon niet ontkennen dat ze een slecht voorgevoel had.

'Scofield is in de Wharton Suite op de vijfde verdieping. Die krijgt hij elk jaar,' zei Davis.

'Heeft de receptioniste dat allemaal losgelaten?'

Hij knikte. 'Zij mag Scofield ook niet.' Hij viste de congresfolder uit zijn zak. 'Hij geeft straks een rondleiding door het Biltmore-landhuis. En morgenvroeg gaat hij op zwijnenjacht.'

'Als onze man hier is, heeft hij gelegenheid genoeg om in actie te komen, en dan denk ik nog niet eens aan de komende nacht, als Scofield in zijn hotelkamer is.' Ze keek naar Davis' gezicht. Meestal verried dat niets, maar het masker was vervaagd. Hij maakte zich zorgen. Omdat ze voelde dat zijn grote nieuwsgierigheid gepaard ging met sombere tegenzin, vroeg ze: 'Wat ga je doen als je hem eindelijk vindt?'

'Hem doden.'

'Dat zou moord zijn.'

'Misschien wel, maar ik denk niet dat hij zich zomaar laat doden.'

'Hou je zoveel van haar?'

'Mannen moeten vrouwen niet slaan.'

Ze vroeg zich af tegen wie hij het had. Haar? Millicent? Ramsey?

'Ik kon indertijd niets doen,' zei hij. 'Nu wel.' Zijn gezicht betrok weer. Er was geen emotie meer op te zien. 'Vertel me dan nu maar wat ik van de president niet mag weten.'

Ze had gewacht tot hij er zelf naar vroeg. 'Het gaat over je collega.' Ze vertelde hem waar Diane McCoy heen was gegaan. 'Hij vertrouwt jou, Edwin. Meer dan je beseft.' Ze zag dat hij begreep wat ze niet had gezegd. *Stel hem niet teleur.*

'Ik zal hem niet teleurstellen.'

'Je mag die man niet doden, Edwin. We moeten hem levend in handen krijgen om iets tegen Ramsey te kunnen ondernemen. Anders blijft het échte probleem vrij rondlopen.'

'Dat weet ik.' Er klonk verslagenheid in zijn stem door. Hij stond op. 'We moeten gaan.'

Voordat ze naar boven gingen, hadden ze zich bij de balie ingeschreven voor de rest van het congres. Ze hadden ook twee kaartjes genomen voor de rondleiding bij kaarslicht.

'We moeten dicht bij Scofield blijven,' zei hij. 'Of hij het nu leuk vindt of niet.'

Charlie Smith liep het Biltmore-landhuis in met de rest van de groep die de rondleiding volgde. Toen hij zich onder een valse naam voor het congres over Geopenbaarde Oude Raadsels had ingeschreven, had hij een kaartje voor de rondleiding gekregen. In de souvenirwinkel van het hotel had hij wat folders doorgekeken en hij wist dat het landhuis van begin november tot Nieuwjaar zogeheten magische avonden te bieden had. Bezoekers konden het kasteel dan bezichtigen bij kaarslicht, knapperende vuren, kerstversieringen en livemuziek. Je moest er speciaal voor reserveren, en de rondleiding van vanavond was extra bijzonder, omdat die de laatste van de dag was, die bovendien alleen toegankelijk was voor congresbezoekers.

Ze waren in twee bussen van Biltmore Estate van het hotel naar het landhuis gebracht. Het waren ongeveer tachtig mensen, schatte hij. Hij was gekleed als de anderen: winterkleuren, wollen jas, donkere schoenen. Onderweg was hij met een andere deelnemer een gesprek over *Star Trek* begonnen. Ze hadden het erover gehad welke serie ze het best vonden. Hij had naar voren gebracht dat *Enterprise* verreweg superieur was, maar zijn metgezel had de voorkeur gegeven aan *Voyager*.

'Wil iedereen mij volgen?' vroeg Scofield, toen ze in de ijskoude avondlucht voor de hoofdingang stonden. 'Er staat u iets heel bijzonders te wachten.'

De grote groep ging door een deuropening met een fraai ijzeren hekwerk naar binnen. Smith had gelezen dat alle kamers waren ingericht in kerstsfeer, zoals George Vanderbilt dat had gedaan sinds 1885, toen het landgoed af was.

Hij verheugde zich op de dingen die hij te zien zou krijgen. Dingen van het huis. En dingen van hemzelf.

Malone werd wakker. Christl lag naast hem te slapen, haar naakte lichaam tegen het zijne aan. Hij keek op zijn horloge. Vijf over halfeen. Er was weer een dag begonnen: vrijdag 14 december.

Hij had twee uur geslapen. Er stroomde een warm, voldaan gevoel door hem heen. Hij had dat een hele tijd niet gedaan. Na afloop was hij weggezakt in een schemerig niemandsland, waar gedetailleerde beelden door zijn rusteloze geest dwaalden.

Zoals die ingelijste tekening van de kerk die beneden hing. Die tekening uit 1772.

Het was vreemd, zoals de oplossing zich had aangediend; het antwoord was in zijn hoofd uitgelegd, als een spel patience dat uitkwam. Zo was het twee jaar geleden ook gegaan in het kasteel van Cassiopeia Vitt. Hij dacht aan Cassiopeia. De laatste tijd had ze hem niet veel meer bezocht, en wie weet waar ze nu was. In Aken had hij erover gedacht haar te bellen en om hulp te vagen, maar hij was tot de conclusie gekomen dat hij dit gevecht beter in zijn eentje kon leveren. Hij bleef stil liggen en dacht aan de talloze keuzen die het leven bood. De snelle beslissing over Christls avances liet hem niet los.

Maar in elk geval was er iets uit voortgekomen. De jacht op Karel de Grote. Hij kende nu het einde daarvan.

66

Asheville

STEPHANIE EN DAVIS volgden de rondleiding naar de grote hal van Biltmore, met hoge muren en kalkstenen boogpoorten. Rechts van hen verhief zich in een wintertuin met glazen dak een fontein van marmer en brons, omringd door een stoet witte kerststerren. De warme lucht rook naar planten en kaneel.

Een vrouw had hun in de bus verteld dat de rondleiding bij kaarslicht werd aangeprezen als een ouderwets festival van licht, met versieringen in vorstelijke stijl, als een victoriaanse ansichtkaart die tot leven was gekomen. En inderdaad kwamen er klanken van kerstliederen uit een kamer ergens ver weg. Ze hoefden hun jassen niet af te geven, en Stephanie liet die van haar openhangen. Ze bleven achter in de groep. Scofield genoot blijkbaar erg van zijn rol als gastheer.

'We hebben het huis voor onszelf,' zei de professor. 'Dit is een traditie van het congres. Tweehonderdvijftig kamers, vierendertig slaapkamers, drieënveertig badkamers, vijfenzestig haarden, drie keukens en een binnenzwembad. Een wonder dat ik dat allemaal heb onthouden.' Hij lachte om zijn eigen grapje. 'Ik zal u door het huis leiden en u op interessante details wijzen. Uiteindelijk komen we hier terug en dan mag u ongeveer een halfuur op eigen gelegenheid rondkijken, totdat de bussen ons naar het hotel terugbrengen.' Hij zweeg even. 'Zullen we?'

Scofield leidde de grote groep naar een galerij van zo'n dertig meter lang. Aan de muren hingen zijden en wollen kleden. Hij legde uit dat die omstreeks 1530 in België waren geweven.

Ze bezochten de schitterende bibliotheek met drieëntwintigduizend boeken en een Venetiaans plafond, en vervolgens de muziekkamer met een spectaculaire afdruk van Dürer. Ten slotte kwamen ze in een impo-sante banketzaal met nog meer Vlaamse wandtapijten, een pijporgel en een grote eikenhouten eettafel waaraan – Stephanie telde het – vieren-zestig mensen konden zitten. Dat alles in het licht van kaarsen, haarden en twinkelende kerstbomen.

'Dit is het grootste vertrek van het huis,' vertelde Scofield in de ban-ketzaal. 'Tweeëntwintig meter lang, vijftien meter breed, met een twin-tig meter hoog tongewelf.'

Een enorme douglasspar van zo'n tien meter hoog, was versierd met speelgoed, ornamenten, droogbloemen, goudkleurige kralen, engelen, fluweel en kant. Een orgel liet feestelijke kerkklanken horen.

Toen ze Davis in de richting van de eettafel zag lopen, slenterde ze zijn kant op en fluisterde: 'Wat is er?'

Hij wees naar de drievoudige, door harnassen geflankeerde haard, alsof hij er vol bewondering naar keek, en zei tegen haar: 'Er is een man, klein en mager, blauwe broek, dik overhemd, jasje met corduroykraag. Achter ons.'

Ze wist dat ze zich niet meteen moest omdraaien en keek dus naar de haard met reliëfwerk op de mantel. Hij had wel iets van een Griekse tempel.

'Hij let op Scofield.'

'Dat doet iedereen.'

'Hij heeft met niemand gepraat en twee keer naar buiten gekeken. Ik heb een keer oogcontact met hem gemaakt, alleen om te kijken wat er gebeurde, en hij wendde zich meteen af. Hij is me te onrustig.'

Ze wees naar de versieringen op de grote, bronzen kroonluchters. Hoog in de kamer hingen vlaggen. Dat waren, hoorde ze Scofield zeg-gen, replica's van vlaggen uit de tijd van de Amerikaanse Revolutie, af-komstig uit de oorspronkelijke dertien koloniën.

'Je hebt geen idee, toch?' vroeg ze.

'Het is een gevoel. Nu kijkt hij weer naar buiten. Je komt hier toch voor het huis? Niet voor wat er buiten is?'

'Vind je het erg als ik het zelf onderzoek?' vroeg ze.

'Ga je gang.'

Terwijl Davis om zich heen bleef kijken, liep zij nonchalant over de hardhouten vloer naar de kerstboom, waar de magere man met de blau-we broek bij een groepje stond. Ze zag niets dreigends aan hem. Hij besteedde wel veel aandacht aan Scofield, hoewel hun gastheer diep in gesprek was met enkele anderen.

Ze zag dat hij bij de geurige kerstboom vandaan liep en zich nonchalant naar een deuropening bewoog, waar hij iets in een kleine prullenbak gooide. Toen ging hij naar de volgende kamer.

Ze wachtte even, liep toen achter hem aan en keek om de hoek van de deuropening.

Blauwbroek slenterde door een biljartkamer die aan een negentiende-eeuwse herenclub deed denken, met fraaie eikenhouten lambriseringen, een rijk gedecoreerd gipsplafond en oosterse kleden in warme tinten. Hij keek naar ingelijste platen aan de muur – maar niet zo aandachtig, viel haar op.

Ze keek vlug in de prullenbak en zag iets bovenop liggen. Ze bukte zich en pakte het op. Ze keek wat ze in haar hand had. Lucifers van een Ruth's Chris Steakhouse. In Charlotte, North Carolina.

Malone kon niet meer slapen, omdat er te veel door zijn hoofd spookte. Hij schoof onder het dikke dekbed vandaan en stond op. Hij wilde naar beneden gaan om nog één keer naar die ingelijste tekening te kijken.

Christl werd wakker. 'Waar ga je heen?'

Hij pakte zijn broek van de vloer. 'Kijken of ik gelijk heb.'

'Ben je op een idee gekomen?' Ze ging rechtop zitten en deed de lamp naast het bed aan. 'Wat is het?'

Blijkbaar voelde ze zich volkomen op haar gemak met haar naaktheid.

Zelf voelde hij zich ook op zijn gemak toen hij naar haar keek. Hij maakte de rits van zijn broek dicht en trok zijn overhemd aan. Schoenen had hij niet nodig.

'Wacht even,' zei ze. Ze stond op en pakte haar kleren.

De benedenverdieping werd zwak verlicht door twee lampen en de nog gloeiende kooltjes in de haard.

Er zat niemand achter de balie, en er kwamen geen geluiden uit het restaurant. Hij zag de tekening aan de muur hangen en deed nog een lamp aan.

'Die is van 1772. De kerk was er toen duidelijk beter aan toe dan nu. Zie je iets?'

Ze bestudeerde de tekening. 'De ramen waren intact. Gebrandschilderd glas. Beelden. De roosters om het altaar heen lijken me Karolingisch, net als in Aken.'

'Dat is het niet.' Hij genoot hiervan. Eindelijk was hij haar een stap voor.

Hij keek naar haar smalle taille, slanke heupen en de volle krullen van haar lange blonde haar. Omdat ze haar blouse niet in haar broek had gestopt, kon hij de curve van haar blote rug volgen, toen ze haar arm uitstak en met haar vinger de contouren van de tekening volgde op het glas.

Ze keek hem aan. 'De vloer.' Haar lichtbruine ogen glansden.

'Vertel eens,' zei hij.

'De vloer heeft een patroon. Het is moeilijk te zien, maar het is er.'

Ze had gelijk. De tekening keek als het ware schuin de kerk in, met meer aandacht voor de grote hoogten van de muren en bogen dan voor de vloer. Maar hij had het al eerder gezien. Er liepen donkere strepen door lichtere vloerplaten. Een vierkant omvatte een ander vierkant, en dat weer een. Het was een vertrouwd patroon.

'Het is een molenspel,' zei hij. 'We weten het pas zeker als we gaan kijken, maar ik denk dat de vloer vroeger die figuur heeft uitgebeeld.'

'Dat is moeilijk vast te stellen,' zei ze. 'Ik ben eroverheen gekropen. Het is bijna niet meer te zien.'

'Hoorde dat bij je optreden?'

'Een idee van moeder. Niet van mij.'

'En we kunnen geen nee tegen moeder zeggen, hè?'

Er speelde een glimlachje om haar dunne lippen. 'Nee, dat kunnen we niet.'

'*Maar alleen degenen die de troon van Salomo en Romeinse frivoliteit waarderen, zullen hun weg naar de hemel vinden,*' zei hij.

'Een molenspel op de troon in Aken, en ook hier.'

'Einhard heeft deze kerk gebouwd,' zei hij. 'Hij was het ook die jaren later het raadsel heeft uitgedacht, met de kerk in Aken en deze kerk als referentiepunten. Blijkbaar stond de troon toen in de kerk van Aken. Je opa heeft het verband gelegd. Dat kunnen wij ook.' Hij wees. 'Kijk daar, in de rechterbenedenhoek. Op de vloer, bij het midden van het schip, dat ook het midden van het molenspel was. Wat zie je daar?'

Ze bestudeerde de tekening. 'Er is iets in de vloer gegraveerd. Moeilijk te zeggen. De lijnen lopen door elkaar heen. Het lijkt een klein kruis met letters. Een r en een l, maar de rest grijpt in elkaar.'

Hij zag het kwartje vallen. Plotseling kon ze zich voorstellen wat daar ooit kon hebben gestaan.

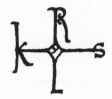

'Het is een deel van de handtekening van Karel de Grote,' zei ze.

'Het is moeilijk met zekerheid te zeggen. Er is maar één manier om erachter te komen.'

67

Asheville

STEPHANIE VOND DAVIS weer in de banketzaal en liet hem de lucifers zien.

'Dat is te veel toeval,' zei hij. 'Hij hoort niet bij het congres. Hij bestudeert zijn doelwit.'

Het ontbrak hun moordenaar niet aan arrogantie en zelfvertrouwen. Alleen iemand met lef zou er plezier aan beleven hier in alle openheid rond te lopen, zonder dat iemand wist wie hij was. Per slot van rekening was het hem in de afgelopen achtenveertig uur gelukt minstens drie mensen op een heel discrete manier te vermoorden. Maar dan nog.

Davis liep weg.

'Edwin.'

Hij liep door naar de biljartkamer. De rest van de groep had zich door de banketzaal verspreid. Scofield begon hen in de richting van Blauwbroek te leiden.

Ze schudde haar hoofd en liep achter Davis aan.

Hij stevende op de speeltafels af waar Blauwbroek bij stond, dicht bij een met dennentakken versierde haard en een kleedje van berenhuid dat op de houten vloer lag. Enkele andere deelnemers aan de rondleiding waren al in deze kamer. De rest zou er straks ook zijn.

'Pardon,' zei David. 'U daar.'

Blauwbroek draaide zich om, zag wie er tegen hem sprak en trok zich terug.

'Ik moet u spreken,' zei Davis met ferme stem.

Blauwbroek kwam plotseling naar voren en duwde Davis opzij. Zijn rechterhand verdween onder zijn openhangende jas.

'Edwin!' riep ze.

Davis zag het zelf blijkbaar ook. Hij dook onder een van de biljarttafels.

Ze pakte haar pistool, richtte het en riep: 'Stop!'

De andere mensen in de kamer zagen haar wapen. Een vrouw gilde. Blauwbroek rende door een deuropening. Davis sprong overeind en vloog achter hem aan.

Malone en Christl verlieten het hotel. Er was een diepe stilte neergedaald in de koude, zuivere lucht. De sterren schitterden met onwaarschijnlijke felheid en hulden Ossau in een kleurloos licht.

Christl had achter de balie twee zaklantaarns gevonden. Hoewel Malone suf was geweest van vermoeidheid, hadden allerlei strijdvaardige gedachten hem nieuwe kracht gegeven. Hij had die avond de liefde bedreven met een mooie vrouw die hij niet vertrouwde en tegelijk onweerstaanbaar vond.

Ze had haar krullende haar opgestoken. Enkele lokken waren ontsnapt en omlijstten haar zachte gezicht. Schaduwen gleden over het ruige terrein en de droge lucht voerde de geur van rook met zich mee. Ze sjokten over het besneeuwde, hellende pad en bleven bij de poort van het klooster staan. Hij zag dat Henn, die de rommel had opgeruimd, de doorgeknipte ketting weer zo had opgehangen, dat het leek of de poort op slot zat.

Hij maakte de ketting los en ze gingen naar binnen.

Overal heerste een diepe, mysterieuze stilte. Ze gebruikten de zaklantaarns om de donkere gangen langs de kloostertuin naar de kerk te vinden. Hij had het gevoel dat hij door een koelkast liep. De kurkdroge koude lucht vrat aan zijn lippen.

Hij had de vorige keer niet goed op de vloer gelet, maar scheen nu met de zaklantaarn op de met mos begroeide vloerplaten. Het metselwerk was grof en had brede voegen. Veel platen waren in stukken gebarsten of zelfs verdwenen, met achterlating van bevroren, keiharde aarde. Een onheilspellend voorgevoel kroop in zijn botten. Voor alle zekerheid had hij het pistool en de extra magazijnen meegenomen.

'Kijk,' zei hij. 'Er is een patroon. Omdat er zo weinig van over is, is het moeilijk te zien.' Hij keek op naar het koor, waar Isabel en Henn eerder waren verschenen. 'Kom.'

Hij vond de trap en ze gingen naar boven. Van bovenaf was het beter te zien. Samen zagen ze dat de vloer, voor zover die er nog was, een molenspel zou hebben weergegeven.

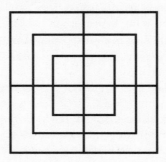

Hij richtte de straal van zijn zaklantaarn op wat vermoedelijk het midden van het spel was. 'Einhard was een precies mannetje; dat moet ik hem nageven. Het is midden in het schip.'

'Het is opwindend,' zei ze. 'Dit is precies wat opa heeft gedaan.'

'Laten we naar beneden gaan en kijken of daar iets te vinden is.'

'Wil iedereen naar mij luisteren?' zei Stephanie, die de leiding probeerde te nemen.

Mensen keken om en het werd meteen stil in de kamer.

Scofield kwam vlug uit de banketzaal naar binnen gelopen. 'Wat is er aan de hand?'

'Professor Scofield, brengt u al deze mensen terug naar de hoofdingang. Daar is beveiliging. De rondleiding is voorbij.'

Het pistool, dat ze nog in haar hand had, verleende haar woorden extra gezag. Ze kon niet afwachten of Scofield gehoorzaamde, ze ging achter Davis aan. Je wist nooit wat hij ging doen.

Ze rende de biljartkamer uit en kwam in een zwak verlichte hal. Op een bord las ze dat ze in de vrijgezellenvleugel kwam. Rechts van haar waren twee kleine kamers. Links van haar ging een trap naar beneden. Niets sierlijks, waarschijnlijk bestemd voor personeel. Ze hoorde stampende voetstappen beneden.

Snelle voetstappen.

Ze volgde.

Malone keek naar de vloer in het midden van het schip. De meeste vloer-platen waren er nog wel, maar de voegen waren gevuld met aarde en be-groeid met mos. Hij scheen met zijn zaklantaarn over de vloerplaat in het midden en hurkte neer.

'Kijk,' zei hij.

Er was niet veel van over, maar in de steen waren zwakke lijnen uitge-hakt. Een streep hier en daar van wat ooit een driehoek was geweest en resten van de letters K en L.

'Wat kan dit anders zijn dan de handtekening van Karel de Grote?' vroeg ze.

'We hebben een schop nodig.'

'Er is een schuur voorbij de kloostertuin. Die hebben we gistermor-gen gezien, toen we hier voor het eerst kwamen.'

'Ga kijken.'

Ze liep vlug weg.

Hij keek naar de steen in de bevroren aarde, en intussen zat iets hem dwars. Als Hermann Oberhauser hetzelfde spoor had gevolgd, waar-om zou hier nu dan iets nieuws te vinden zijn? Isabel zei dat hij hier voor het eerst eind jaren dertig was geweest, voordat hij naar Antarcti-ca ging, en dat hij begin jaren vijftig terug was gegaan. Haar man was hier in 1970.

Maar wist iemand iets?

Er danste licht buiten de kerk; het werd geleidelijk sterker. Christl kwam terug met een schop.

Hij pakte de handgreep vast, gaf haar zijn zaklantaarn en zette het metalen blad in een voeg. Zoals hij had verwacht, was de grond zo hard als beton. Hij bracht de schop omhoog en ramde hard met de punt om-laag, waarna hij het blad heen en weer bewoog. Na een aantal klappen raakte hij iets. De grond gaf mee.

Hij zette de schop weer in de voeg en slaagde erin het blad onder de plaat te krijgen. Hij gebruikte de houten steel als hefboom om de plaat uit de omhelzing van de aarde te bevrijden.

Hij trok de schop terug en deed hetzelfde aan de andere kanten.

Ten slotte begon de plaat te wiebelen. Malone wrikte hem omhoog.

'Hou de schop vast,' zei hij tegen haar. Hij liet zich op zijn knieën zakken en ging met zijn handen, waaraan hij handschoenen droeg, aan het werk om de plaat uit de grond te trekken.

Beide zaklantaarns lagen nu naast hem. Hij pakte er een en scheen ermee, maar zag alleen maar aarde.

'Laat mij het proberen,' zei ze.

Ze kneedde de grond door de schop telkens een beetje te draaien. Ze kreeg hem dieper de grond in en stuitte op iets. Ze trok de schop terug en Malone schepte de losse, koude aarde weg, tot hij de bovenkant zag van iets wat eerst een kei leek en toen plat bleek te zijn.

Hij veegde de overgebleven aarde weg.

In het midden van een rechthoekige vorm was heel duidelijk de handtekening van Karel de Grote te zien. Hij veegde meer aarde van de zijkanten weg en besefte dat hij naar een stenen reliekhouder keek. Veertig centimeter lang, vijfentwintig centimeter breed. Hij werkte zijn handen er aan weerskanten onder en ontdekte dat het ding ongeveer vijftien centimeter hoog was.

Hij tilde het uit de grond.

Christl bukte zich. 'Het is Karolingisch. De stijl, het ontwerp, marmer. En natuurlijk de handtekening.'

'Wil jij de eer?' vroeg hij.

Er kwam een gelukzalige grijns op haar gezicht. Ze pakte de zijkanten vast en tilde de reliekhouder op. Die viel in het midden uit elkaar. Het onderste deel omlijstte iets wat in zeildoek was gewikkeld.

Hij pakte de bundel eruit en maakte het trekkoord los.

Voorzichtig maakte hij de zak open. Christl scheen met de zaklantaarn naar binnen.

68

Asheville

STEPHANIE GING DE trap af, die een rechte hoek maakte, en kwam in het souterrain van het kasteel.

Davis wachtte beneden. 'Daar heb je lang over gedaan.' Hij trok het pistool uit haar hand. 'Ik heb dat nodig.'

'Wat ga je doen?'

'Dat zei ik al. Dat stuk verdriet overhoop schieten.'

'Edwin, we weten niet eens wie hij is.'

'Toen hij me zag, sloeg hij op de vlucht.'

Ze moest de leiding nemen, zoals Daniels haar had opgedragen. 'Hoe kende hij jou? Niemand heeft ons gisteravond gezien, en wij hebben hem niet gezien.'

'Ik weet het niet, Stephanie, maar hij kende me.'

De man was gevlucht, wat op zichzelf al verdacht was, maar ze was nog niet bereid hem ter dood te veroordelen.

Achter hen waren voetstappen te horen en er verscheen een bewaker in uniform. Hij zag het pistool in Davis' hand en reageerde meteen, maar ze was daarop voorbereid en liet haar legitimatiebewijs van de Magellan Billet zien. 'Wij zijn federale agenten en er is hier beneden iemand die ons interesseert. Hij is gevlucht. Hoeveel uitgangen heeft deze verdieping?'

'Er is nog een trap aan de andere kant. En er zijn een paar deuren naar buiten.'

'Kunt u die dekken?'

Hij aarzelde even, kwam toen blijkbaar tot de conclusie dat ze echte agenten waren en haalde een portofoon van zijn riem om instructies aan anderen te geven.

'We moeten die kerel te pakken te krijgen, als hij ergens uit een raam komt. Begrijpt u dat?' vroeg ze. 'Zet uw mannen buiten neer.'

De man knikte, gaf nog wat meer instructies en zei: 'De groep van de rondleiding is weg. Ze zijn in de bussen gestapt. Het huis is leeg, op u na.'

'En hij,' zei Davis, en hij liep door.

De bewaker was niet gewapend. Dat was jammer. Maar in zijn borstzak zag ze wel een folder die sommige leden van de groep bij zich hadden gehad. Ze wees. 'Staat daar een plattegrond van deze verdieping in?'

De bewaker knikte. 'Van alle vier de verdiepingen.' Hij gaf de folder aan haar. 'Dit is het souterrain. Recreatie, keukens, personeelsverblijven, opslag. Veel plaatsen waar je je kunt verstoppen.'

Dat wilde ze niet horen. 'Bel de politie. Laat ze snel komen. En blijf dan deze trap bewaken. Die kerel kan gevaarlijk zijn.'

'Weet u dat dan niet zeker?'

'Dat is het nou juist. We weten niks.'

Malone zag een boek in de zak zitten, met een lichtblauwe envelop die uit het midden naar buiten stak. Hij stak zijn hand in de zak en haalde het boek eruit.

'Spreid de zak uit op de vloer,' zei hij, en hij legde het boek er voorzichtig op. Toen pakte hij zijn zaklantaarn.

Christl trok de envelop los en maakte die open. Er zaten twee vellen papier in en ze vouwde ze open. Beide waren met zwarte inkt beschreven. Het handschrift was zwaar en mannelijk, de tekst was in het Duits.

'Het is opa's handschrift. Ik heb zijn notities gelezen.'

Stephanie liep vlug achter Davis aan en kwam weer bij hem op de plaats waar de gangen een keuze boden: naar links of rechtdoor. In de gang rechtdoor bevonden zich deuren met glazen ruiten. Blijkbaar leidden ze naar provisiekasten en dergelijke. Ze keek vlug op de plattegrond in de folder. Aan het eind van de gang was de hoofdkeuken.

Ze hoorde een geluid. Van links.

Volgens de plattegrond leidde de gang rechtdoor naar personeelsverblijven en stond dat gedeelte niet in verband met een ander deel van het souterrain. Het liep dus dood.

Davis nam de lange gang links van hen, in de richting van het geluid.

Ze liepen door een fitnessruimte met bruggen, halters, oefenballen en een roeimachine. Rechts zagen ze het binnenzwembad, waar alles, ook het gewelfde plafond, wit betegeld was. Er waren geen ramen, en er scheen een fel elektrisch licht. Er zat geen water in het diepe, glanzende bassin.

Ze zagen een schaduw bewegen bij de andere uitgang van de zwembadruimte. Ze liepen langs het zwembad, Davis voorop. Stephanie keek op de plattegrond. 'Dit is de enige uitweg van de kamers daarachter. Afgezien van de hoofdtrap, maar daar staan hopelijk bewakers.'

'Dan hebben we hem. Hij moet hierlangs terug.'

'Of hij heeft ons.'

Davis wierp een snelle blik op de plattegrond. Ze liepen door een deuropening en gingen een paar treden af. Hij gaf haar het pistool terug. 'Ik wacht hier.' Hij wees naar links. 'Die gang loopt helemaal rond en eindigt hier weer.'

Haar maag speelde op. 'Edwin, dit is krankzinnig.'

'Drijf hem gewoon deze kant op.' Zijn rechter ooglid trilde. 'Ik moet dit doen. Stuur hem mijn kant op.'

'Wat ga je doen?'

'Ik ben er klaar voor.'

Ze knikte, zocht naar de juiste woorden, maar ze begreep zijn intense verlangen. 'Goed.'

Hij ging het trapje weer op, waar ze net vandaan gekomen waren.

Ze liep naar links en zag een bewaker staan bij de hoofdtrap naar boven. Hij schudde zijn hoofd om te kennen te geven dat er niemand zijn kant op was gekomen. Ze knikte en liet weten dat ze naar links ging.

Twee bochtige, raamloze gangen leidden naar een langgerekte, rechthoekige kamer met historische voorwerpen en zwart-witfoto's. De muren waren beschilderd met een collage van kleurrijke afbeeldingen. De Halloween Room. Ze had in de folder gelezen dat gasten op een Halloweenfeest in de jaren twintig de muren hadden beschilderd.

Ze zag Blauwbroek aan de andere kant. Hij liep tussen de tentoongestelde voorwerpen door, op weg naar de enige andere uitgang.

'Stop!' riep ze.

Hij liep gewoon door. Ze mikte en vuurde. Haar oren deden pijn van de knal van het pistool. De kogel trof een van de borden met uitleg. Ze wilde de man niet raken, ze wilde hem alleen afschrikken. Maar Blauwbroek vloog door de deuropening en rende verder.

Ze volgde hem. Omdat ze niet meer dan een glimp van de man had opgevangen, wist ze niet of hij gewapend was. Ze liep door een recreatiekamer en kwam in een bowlingruimte, twee banen met houten planken, ballen en kegels. Dat moest eind negentiende eeuw iets heel bijzonders zijn geweest. Ze besloot iets te proberen. 'Waarom zou je wegrennen?' riep ze. 'Je kunt nergens heen. Het huis is afgesloten.'

Stilte.

Links van haar waren kleedhokjes, de ene deur na de andere. Ze stelde zich voor hoe nette dames en heren van honderd jaar geleden daar recreatiekleding aantrokken. Voor haar uit eindigde de gang op het punt waar Davis bij het zwembad stond te wachten. Ze was al helemaal rond.

'Kom maar tevoorschijn,' zei ze. 'Je komt hier niet weg.'

Ze voelde dat hij dichtbij was. Plotseling, zo'n zeven meter bij haar vandaan, kwam er iets uit een van de kleedhokjes. Een kegel. Hij vloog op haar af en zoefde als een boemerang door de lucht. Ze dook weg. De kegel dreunde achter haar tegen de muur en kletterde weg. Blauwbroek sloeg op de vlucht.

Ze hervond haar evenwicht en rende naar voren. Aan het eind van de gang keek ze om. Niemand te zien. Ze rende de treden op naar het zwembad. Blauwbroek was aan de andere kant, aan het ondiepe eind van het zwembad, waar de deur naar de fitnessruimte was, en hij maakte zich snel uit de voeten. Ze bracht haar pistool omhoog en mikte op zijn benen, maar voordat ze kon schieten kwam Davis opeens door de deuropening. Hij tackelde Blauwbroek. Ze dreunden samen tegen de houten reling van het zwembad, die meteen bezweek, en ze vielen een meter omlaag in het lege, ondiepe eind van het zwembad.

Vlees en botten smakten op harde tegels.

69

Voor mijn zoon. Dit is misschien de laatste bewuste daad die ik verricht. Mijn geest zakt snel weg in een diepe nevel. Ik heb er weerstand aan geboden, maar vergeefs. Voordat mijn verstand mij geheel en al verlaat, moet ik dit doen. Als je deze woorden leest, heb je de jacht op Karel de Grote tot een goed eind gebracht. God zegene je. Ik ben trots. Ook ik heb naar het blijvende erfgoed van onze grote Arische voorouders gezocht en het ontdekt. Ik wist dat ze bestonden. Ik heb het aan mijn Führer verteld, heb geprobeerd hem ervan te overtuigen dat zijn beeld van ons verleden onjuist was, maar hij wilde niet luisteren. De grootste aller koningen, de man die als eerste een verenigd continent voor ogen stond, Karel de Grote, kende onze lotsbestemming goed. Hij wist op waarde te schatten wat de Heiligen hem hadden geleerd. Hij wist dat ze wijs waren en luisterde naar hun raad. Hier, in deze heilige aarde, verborg Einhard de sleutel tot de taal van de hemel. Einhard kreeg onderricht van de Hoge Adviseur zelf, en hij waakte over de kennis die hem was gegeven. Stel je voor hoe extatisch ik meer dan duizend jaar later was toen ik de eerste was die wist wat Einhard wist, wat Karel de Grote wist, wat wij als Duitsers moeten weten. Maar niemand wist op waarde te schatten wat ik had ontdekt. In plaats daarvan werd ik gebrandmerkt als gevaarlijk en labiel en voorgoed monddood gemaakt. Na de oorlog gaf niemand nog iets om ons Duitse erfgoed. Als je het woord 'Arisch' uitsprak, riep je herinneringen op aan wreedheden waaraan niemand wilde terugdenken. Dat ergerde me mateloos. Ze moesten eens weten. Ze hadden het eens moeten zien. Zoals ik. Mijn zoon, als je zo ver bent gekomen, komt dat door de dingen die ik je over de jacht op Karel de Grote heb verteld. Einhard schreef dat noch hij noch de Heiligen erbarmen hadden met onwetendheid. En ik ook niet, mijn zoon. Je hebt bewezen dat ik gelijk had en je hebt bewezen dat je het waardig bent. Nu ken je de taal van de hemel. Geniet daarvan. Verwonder je over de plaats waar wij vandaan komen.

'Je moeder zei dat Hermann hier begin jaren vijftig voor de tweede keer is geweest,' zei Malone. 'Je vader zal toen in de dertig zijn geweest?'

Christl knikte. 'Hij was geboren in 1921 en is op zijn vijftigste gestorven.'

'Dus Hermann Oberhauser bracht terug wat hij had gevonden. Hij legde het terug om zijn zoon in de gelegenheid te stellen de oplossing te zoeken.'

'Opa had vreemde ideeën. In de laatste vijftien jaar van zijn leven heeft hij Reichshoffen nooit verlaten. Op het eind herkende hij niemand van ons meer. Hij heeft bijna nooit tegen mij gesproken.'

Hij herinnerde zich meer van wat Isabel hem had verteld. 'Je moeder zei ook dat Dietz hier na Hermanns dood is geweest, maar blijkbaar heeft hij niets gevonden, want het boek is hier nog.' Hij besefte wat dat betekende. 'In feite wist hij dus niets toen hij naar Antarctica ging.'

Ze schudde haar hoofd. 'Hij had opa's kaarten.'

'Je hebt ze gezien. Er staat geen tekst op. Zoals je in Aken al zei: kaarten zijn nutteloos zonder tekst.'

'Maar hij had opa's notitieboeken. Daar staat informatie in.'

Hij wees naar het boek dat op het zeildoek lag. 'Je vader had dit nodig om te weten wat Hermann wist.'

Hij vroeg zich af waarom de marine destijds met zo'n onzinnige reis akkoord was gegaan. Wat had Dietz Oberhauser beloofd? Wat hadden ze gehoopt te bereiken?

Zijn oren waren verdoofd van de kou.

Hij keek naar het omslag van het boek. Bovenaan stond in reliëf het teken dat ook op het boek uit het graf van Karel de Grote was aangebracht.

Hij sloeg het eeuwenoude boekwerk open. Wat de vorm, grootte en kleuren betrof, was het bijna identiek aan de twee boeken die hij al had gezien. Het was hetzelfde vreemde handschrift, met toevoegingen.

'Die krullen uit het andere boek zijn letters,' zei hij. Hij zag dat de bladzijden een manier weergaven om het alfabet in Latijn om te zetten. 'Het is een vertaling van de taal van de hemel.'

'We kunnen het doen,' zei ze.

'Wat bedoel je?'

'Moeder heeft het boek van Karel de Grote laten inscannen. Een jaar geleden nam ze een stel taalkundigen in dienst die het probeerden te ontcijferen. Natuurlijk lukte het hun niet, want het is niet in een bekende taal geschreven. Dat had ik al verwacht en ik besefte dat hier misschien iets te vinden zou zijn waarmee je het boek kon vertalen. Wat had het anders kunnen zijn? Gisteren heeft moeder me de bestanden met de scans gegeven. Ik heb een vertaalprogramma dat zou moeten werken. We hoeven alleen maar deze bladzijden in te scannen.'

'En vertel me nu dat je de laptop hebt meegebracht.'

Ze knikte. 'Moeder heeft hem meegebracht uit Reichshoffen. En ook een scanner.'

Eindelijk was er iets goed gegaan.

Stephanie kon weinig doen. Davis en Blauwbroek rolden dieper het lege zwembad in, over de gladde, witte tegels naar de vlakke bodem van het diepe toe, tweeënhalve meter onder haar.

Ze dreunden tegen de onderkant van een houten ladder, die naar een platform leidde dat onder water zou staan als het zwembad vol was. Drie treden leidden van dat platform naar de hoogte waarop zij zich bevond.

Davis duwde Blauwbroek van zich af, sprong overeind en probeerde het zijn tegenstander met een snelle beweging onmogelijk te maken te ontsnappen. Blauwbroek wist blijkbaar even niet wat hij moest doen. Hij keek vlug naar links en naar rechts en besefte dat hij in de val zat in een ongewoon strijdperk.

Davis trok zijn jas uit.

Blauwbroek aanvaardde de uitdaging en deed hetzelfde.

Ze wilde een eind aan het gevecht maken, maar ze wist dat Davis het haar nooit zou vergeven. Blauwbroek leek een jaar of veertig, terwijl

Davis achter in de vijftig was, maar woede kon een leeftijdverschil best compenseren.

Ze hoorde het geluid van een vuist tegen bot. Davis trof Blauwbroek recht op zijn kin en wierp hem daarmee languit op de tegels. De man herstelde meteen en viel aan. Hij schopte hard in Davis' buik.

Ze hoorde hoe de lucht uit Davis' longen werd gepompt.

Blauwbroek danste heen en weer en deelde snelle, harde stoten uit. Ten slotte gaf hij een dreun tegen Davis' borstbeen.

Davis tolde op zijn benen. Net toen hij zich had hersteld en weer probeerde uit te halen, sprong Blauwbroek naar voren en stompte hem in zijn adamsappel. Davis zwaaide met zijn vuist, maar raakte niets.

Er gleed een trotse grijns over Blauwbroeks gezicht.

Davis zakte op zijn knieën en boog zich naar voren, alsof hij ging bidden, zijn hoofd omlaag, zijn armen langs zijn zij. Blauwbroek bleef staan. Ze hoorde dat Davis op adem kwam. Haar mond voelde erg droog aan. Blauwbroek kwam dichterbij en wilde waarschijnlijk een eind aan het gevecht maken, maar Davis verzamelde al zijn reserves en sprong omhoog. Hij tackelde zijn tegenstander en ramde met zijn hoofd tegen de ribben van de man. Er kraakte bot.

Blauwbroek schreeuwde van pijn en viel op de tegels. Davis beukte op de man in. Het bloed gutste uit Blauwbroeks neus en spatte op de tegels. Zijn armen en benen werden slap. Davis bleef hem met harde, venijnige stompen bestoken.

'Edwin,' riep ze.

Hij luisterde niet.

'Edwin,' schreeuwde ze.

Hij hield op. Hij haalde piepend adem, maar hij bewoog niet.

'Het is voorbij,' zei ze.

Davis wierp haar een moorddadige blik toe. Ten slotte kroop hij van zijn tegenstander af en kwam overeind, maar zijn knieën lieten het meteen afweten en hij wankelde. Hij stak zijn arm uit om zich in evenwicht te houden, maar het lukte hem niet. Hij zakte op de tegels in elkaar.

70

CHRISTL HAALDE DE laptop uit haar tas. Zij en Malone waren naar het hotel teruggekeerd zonder iemand te hebben gezien of gehoord. Buiten was het gaan sneeuwen. De wind joeg de vlokken voor zich uit. Ze zette de laptop aan, haalde toen een kleine scanner tevoorschijn en verbond die met een USB-poort.

'Dit gaat even duren,' zei ze. 'Het is niet zo'n snelle scanner.'

Malone had het boek uit de kerk in zijn handen. Ze hadden het helemaal doorgebladerd. Het leek een soort woordenboek. Bij elke letter van de taal van de hemel werd de Latijnse letter weergegeven.

'Je beseft zeker wel dat we geen exacte vertaling krijgen,' zei ze. 'Sommige letters kunnen twee betekenissen hebben. In andere gevallen is er geen corresponderende Latijnse letter of klank. Dat soort dingen.'

'Het is je opa gelukt.'

Ze keek hem aan met een vreemde mengeling van ergernis en dankbaarheid. 'Ik kan het Latijn meteen in Duits of Engels omzetten. Eigenlijk wist ik niet wat ik kon verwachten. Ik heb nooit geweten of ik opa moest geloven. Een paar maanden geleden liet moeder me enkele van zijn notitieboeken inzien, en ook die van mijn vader. Maar daar had ik niet veel aan. Blijkbaar hield ze dingen achter die ze belangrijk vond. De kaarten, bijvoorbeeld, en de boeken uit de graven van Einhard en Karel de Grote. Ik had dus altijd de knagende twijfel dat opa misschien alleen maar een idioot was geweest.'

Het verbaasde hem dat ze zo openhartig was. Het was verfrissend, maar ook verdacht.

'Je hebt de nazisouvenirs gezien die hij heeft verzameld. Het was een obsessie van hem. Weet je wat zo vreemd is? De rampen van het Derde Rijk bleven hem bespaard, en toch vond hij het blijkbaar jammer dat hij geen deel had uitgemaakt van de ondergang. Op het laatst was hij alleen maar verbitterd. Het was bijna een zegen dat hij zijn verstand verloor.'

'Maar nu krijgt hij nog een kans. Misschien wordt alsnog bewezen dat hij gelijk had.'

Het apparaat maakte een geluidje om te kennen te geven dat het klaar was.

Ze nam het boek van hem over. 'En ik ben van plan hem die kans te geven. Wat ga jij doen, terwijl ik aan het werk ben?'

Hij liet zich op het bed zakken. 'Ik ga slapen. Maak me maar wakker als je klaar bent.'

Ramsey vergewiste zich ervan dat Diane McCoy uit Fort Lee was vertrokken en op de terugweg naar Washington was. Hij was niet terug naar het pakhuis gegaan, want dat zou misschien de aandacht trekken. Tegen de commandant van de basis had hij gezegd dat hij getuige was geweest van een klein territoriumgeschil tussen het Witte Huis en de marine. Zonder zo'n verklaring zouden er misschien vragen worden gesteld, want het was natuurlijk vreemd dat er in een paar dagen tijd zo veel bezoeken aan het pakhuis waren gebracht door hooggeplaatste figuren.

Hij keek op zijn horloge. Tien voor negen. Hij zat aan een tafel in een kleine *trattoria* in een buitenwijk van Washington. Goed Italiaans eten, beschaafde inrichting, uitstekende wijnbar, maar vanavond gaf hij niets om die dingen. Hij nam slokjes van zijn wijn.

Een vrouw kwam het restaurant binnen. Ze was lang en slank en droeg een fluwelen jas, een donkere, klassieke spijkerbroek en een beige kasjmieren sjaal. Ze liep tussen de dicht opeen staande tafeltjes door en kwam bij hem zitten.

De vrouw uit de kaartenwinkel.

'Je hebt de senator goed aangepakt,' zei hij tegen haar. 'Precies zoals de bedoeling was.'

Ze reageerde met een knikje op het compliment.

'Waar is ze?' vroeg hij. Hij had haar opdracht gegeven Diane McCoy te volgen.

'Je zult hier niet blij mee zijn.'

Er ging een huivering door hem heen.

'Ze is bij Kane geweest.'

'Waar?'

'Ze zijn langs het Lincoln Memorial gewandeld, langs de vijver naar het Washington Monument.'

'Het is een koude avond voor een wandeling.'

'Vertel mij wat. Ik laat haar door iemand volgen. Ze is nu op weg naar huis.'

Dat was verontrustend. Ieder contact tussen McCoy en Kane zou via hem moeten lopen. Hij had gedacht dat ze weer aan zijn kant stond, maar misschien was ze vastberadener dan hij had gedacht.

Zijn telefoon trilde in zijn zak. Hij keek. Hovey. 'Ik moet opnemen,' zei hij. 'Kun je bij de deur wachten?'

Ze begreep het en liep weg.

'Wat is er?' zei hij in de telefoon.

'Het Witte Huis aan de lijn. Ze willen u spreken.'

Dat was niet zo bijzonder. 'En?'

'Het is de president.'

Dat was wél bijzonder. 'Verbind hem door.'

Even later hoorde hij de bulderende stem die de hele wereld kende. 'Admiraal, ik hoop dat u een aangename avond hebt.'

'Het is koud, president.'

'Zeg dat wel. En het wordt nog kouder. Ik bel omdat Aatos Kane je bij de Verenigde Chefs van Staven wil hebben. Hij zegt dat jij de geschikte man voor die baan bent.'

'Dat hangt ervan af of u het ermee eens bent, president.' Hij sprak zacht, minder hard dan de gedempte gesprekken om hem heen.

'Ja, dat ben ik. Ik heb er de hele dag over nagedacht, maar ik ben het ermee eens. Wil je de baan?'

'Ik wil u dienen waar u maar wilt.'

'Je weet hoe ik over de Verenigde Chefs van Staven denk, maar we moeten realistisch zijn. Er gaat niets veranderen, en dus heb ik jou daar nodig.'

'Ik voel me vereerd. Wanneer wordt het openbaar gemaakt?'

'Ik laat je naam binnen een uur uitlekken. Morgenvroeg ben je het grote nieuws. Zet je maar schrap, admiraal. Het is een heel andere wereld dan de marine-inlichtingendienst.'

'Ik ben er klaar voor, president.'

'Ik ben blij dat ik je aan boord heb.'

En Daniels was weg.

Er ging een ademloos moment voorbij. Hij was opeens minder op zijn hoede. Zijn angsten namen af. Hij had het klaargespeeld. Het maakte niet meer uit wat Diane McCoy deed.

Hij zou worden benoemd.

Dorothea lag bevend in bed. Ze verkeerde in de schemertoestand tussen slapen en waken, waar je soms nog invloed kon uitoefenen op je gedachten. Wat had ze gedaan, weer met Werner gevreeën? Dat had ze nooit voor mogelijk gehouden. Ze had gedacht dat ze dat deel van haar leven had afgesloten.

Misschien toch niet.

Twee uur geleden had ze de deur van Malones kamer horen openen dichtgaan. Door de dunne wanden waren zachte stemmen tot haar doorgedrongen, maar ze had er niets van kunnen verstaan. Wat deed haar zus midden in de nacht?

Werner lag tegen haar aan gedrukt in het smalle bed. Hij had gelijk. Ze waren getrouwd en hun kind zou wettig zijn. Maar een baby krijgen op je achtenveertigste? Misschien was dat de prijs die ze moest betalen. Werner en haar moeder hadden blijkbaar zo'n sterk bondgenootschap gesloten, dat Sterling Wilkerson moest sterven en Werner veranderde in iets wat op een man leek.

Er kwamen nog meer stemmen van buiten de kamer.

Ze stond op en liep naar de tussenwand, maar ze kon niets verstaan. Ze liep zachtjes over de dunne vloerbedekking naar het raam. Dikke sneeuwvlokken vielen in stilte. Haar hele leven had ze in bergen en sneeuw doorgebracht. Ze had op jonge leeftijd leren jagen, schieten en skiën. Er was niet veel waar ze bang voor was – alleen voor mislukking, en voor haar moeder. Ze leunde met haar naakte lichaam op de koude vensterbank, gefrustreerd en somber, en keek naar haar man, die behaaglijk onder het dekbed lag.

Ze vroeg zich af of haar bittere gevoelens ten opzichte van hem alleen maar voortkwamen uit het verdriet om hun dode zoon. Nog lang na zijn overlijden hadden de dagen en nachten iets van een nachtmerrie gehad. Ze had het gevoel dat ze zich naar voren bewoog zonder een doel of bestemming in zicht te hebben.

Door de kamer verspreidde zich een kilte die haar moed wegnam.

Ze sloeg haar armen over elkaar over haar blote borsten. Het leek wel of haar verbittering en ontevredenheid toenamen met elk jaar dat verstreek. Ze miste Georg. Maar misschien had Werner gelijk; misschien werd het tijd om te leven. Om lief te hebben. Om bemind te worden.

Ze strekte haar benen uit. In de kamer naast hen was het stil geworden. Ze draaide zich om en keek weer uit het raam naar de besneeuwde duisternis.

Ze streek over haar platte buik. Nog een baby. Waarom niet?

71

Asheville
23.15 uur

STEPHANIE EN EDWIN gingen hun hotel weer binnen. Davis had veel spijn en blauwe plekken op zijn gezicht overgehouden aan zijn vechtpartij, maar zijn ego was intact gebleven. Blauwbroek was in hechtenis genomen, al lag hij bewusteloos in een ziekenhuis, met een hersenschudding en veel kneuzingen. De politie had de ambulance geëscorteerd en zou bij hem blijven tot de Geheime Dienst er was. Die werd binnen een uur verwacht. De artsen hadden al tegen de politie gezegd dat de man pas de volgende ochtend kon worden verhoord. Het kasteel was intussen hermetisch afgesloten en de politie doorzocht het interieur om na te gaan of Blauwbroek misschien iets had achtergelaten. Alle opnamen van de bewakingscamera's in het huis werden zorgvuldig bestudeerd.

Davis had weinig gezegd nadat hij uit het zwembad was geklommen. Een telefoontje naar het Witte Huis was genoeg geweest om hun beider identiteit en functie te bevestigen, en ze hadden geen vragen hoeven te beantwoorden. Dat was goed. Ze kon zien dat Davis daar niet voor in de stemming was. De beveiligingschef van het landgoed had hen naar het hotel teruggebracht.

Ze wisten al welke suite Scofield had.

'Laten we gaan,' zei Davis tegen haar.

Ze vonden zijn kamer op de vijfde verdieping en Davis klopte hard aan.

Scofield deed open in een ochtendjas van het hotel. 'Het is al laat en ik moet morgenochtend vroeg op. Wat willen jullie in godsnaam? Hebben jullie nog niet genoeg overlast veroorzaakt?'

Davis duwde de professor opzij en liep de suite in. Die had een royale woonkamer met een bank en stoelen, een bar en ramen die overdag zeker een spectaculair uitzicht op de bergen zouden bieden.

'Vanmiddag heb ik uw onbeschofte houding getolereerd,' zei Davis, 'omdat het wel moest. U dacht dat we gek waren. Maar we hebben zojuist uw leven gered en in ruil daarvoor willen we antwoorden op een paar vragen.'

'Was hier echt iemand om me te vermoorden?'

Davis wees naar zijn blauwe plekken. 'Kijkt u naar mijn gezicht. De man ligt nu in het ziekenhuis. Het wordt tijd dat u ons het een en ander vertelt, professor. Geheime dingen.'

Scofield slikte iets van zijn arrogantie in. 'U hebt gelijk. Ik heb me vandaag onbeschoft tegen u gedragen, maar ik wist niet–'

'Er was hier iemand die u wilde vermoorden,' legde Stephanie uit. 'We moeten hem nog ondervragen om zekerheid te krijgen, maar het ziet ernaar uit dat we de juiste persoon te pakken hebben.'

Scofield knikte en nodigde hen uit te gaan zitten. 'Ik kan me niet voorstellen waarom ik na al die jaren nog een bedreiging voor hen vorm. Ik heb me aan mijn eed gehouden. Ik heb nooit over iets gesproken, al had ik dat wel moeten doen. Ik had daarmee naam kunnen maken.'

Ze wachtte tot hij het uitlegde.

'Sinds 1972 heb ik voortdurend geprobeerd op andere manieren iets te bewijzen waarvan ik weet dat het waar is.'

Ze had een samenvatting van Scofields boek gelezen. Haar mensen hadden haar die gemaild. Scofield zou hebben vastgesteld dat er duizenden jaren voor het oude Egypte een wereldwijde beschaving had bestaan. Daarvoor baseerde hij zich op oude kaarten die allang bekend waren, zoals de beroemde kaart van Piri Reis. Het waren kaarten die volgens Scofield allemaal getekend waren op grond van nog veel oudere kaarten, die verloren waren gegaan. Scofield geloofde dat die oude kaartenmakers in wetenschappelijk opzicht veel verder waren dan de beschavingen van Griekenland, Egypte, Babylonië of zelfs de latere Europeanen. Ze hadden alle continenten in kaart gebracht en Noord-Amerika weergegeven toen het nog duizenden jaren zou duren totdat Columbus daar aankwam. Ze hadden Antarctica in kaart gebracht toen de kusten daarvan nog ijsvrij waren. Scofields beweringen werden door geen enkel wetenschappelijk onderzoek ondersteund, maar zoals haar medewerkers in het e-mailbericht vermeldden, was zijn theorie ook nooit wetenschappelijk weerlegd.

'Professor,' zei ze. 'Om erachter te komen waarom ze u dood willen hebben, moeten we weten waar het om gaat. U moet ons over uw werk bij de marine vertellen.'

Scofield boog zijn hoofd. 'Die drie officieren brachten me kisten met stenen. Die waren in de jaren veertig in het kader van Highjump en Windmill verzameld. Ze hadden ergens in een pakhuis gelegen. Niemand had er aandacht aan geschonken. Kunt u zich dat voorstellen? Al dat bewijsmateriaal en niemand had ernaar omgekeken.

Ik was de enige die de kisten mocht onderzoeken, al kon Ramsey komen en gaan wanneer hij maar wilde. Er waren teksten in de stenen gegraveerd. Unieke letters met veel krullen en slingers. Geen enkele bekende taal kwam ermee overeen. Het was allemaal des te spectaculairder doordat de stenen uit Antarctica kwamen, een continent dat al duizenden jaren met ijs bedekt is. Toch hebben we ze gevonden. Of beter gezegd: de Duitsers hebben ze gevonden. Ze gingen in 1938 naar Antarctica en vonden plaatsen waar die stenen lagen. Wij gingen in 1947 en 1948 terug en haalden ze op.'

'En opnieuw in 1971,' zei Davis.

Scofield keek ongelovig. 'O ja?'

Stephanie zag dat hij het echt niet wist en deed hem een handreiking. 'Er ging een onderzeeboot naartoe, maar die verdween. Zo is dit alles begonnen. Er is iets met die missie, waarvan iemand niet wil dat het bekend wordt.'

'Daar is mij nooit iets over verteld. Maar dat is niet zo vreemd, ik hoefde het ook niet te weten. Ze hadden mij ingehuurd om het schrift te analyseren, om na te gaan of het te ontcijferen was.'

'En was het dat?' vroeg Davis.

Scofield schudde zijn hoofd. 'Ik mocht het niet afmaken. Admiraal Dyals zette het project abrupt stop. Ik moest geheimhouding zweren en werd weggestuurd. Dat was de droevigste dag in mijn leven.' Zijn houding paste bij zijn woorden. 'Want daar lag het dan: het bewijs dat er een eerste beschaving had bestaan. We hadden zelfs iets van hun taal. Als we die op de een of andere manier leerden begrijpen, zouden we alles over hen te weten kunnen komen en met zekerheid weten of ze de oude zeekoningen waren. Ik had het gevoel dat ze dat waren, maar ik mocht het niet verder uitzoeken.' Hij klonk tegelijk gefascineerd en diepbedroefd.

'Hoe zou u hebben geleerd die taal te lezen?' vroeg Davis. 'Dat zou net zoiets zijn geweest als willekeurige woorden op papier zetten en dan naar een betekenis zoeken.'

'Daar vergist u zich in. Weet u, op die stenen stonden ook letters en woorden die ik wel herkende. In het Latijn en het Grieks. Zelfs hiëroglief en. Begrijpt u wat ik bedoel? Die beschaving had interactie gehad met de onze. Er was contact geweest. Die stenen waren boodschappen, bekendmakingen, verklaringen. Wie weet? Maar ze konden worden gelezen.'

Stephanie had zich geërgerd omdat ze zo dom was geweest, maar nu twijfelde ze. Ze dacht aan Malone en aan wat er met hem was gebeurd. 'Hebt u ooit de naam Oberhauser gehoord?'

Scofield knikte. 'Hermann Oberhauser. Hij ging in 1938 met de nazi's naar Antarctica. Hij is een van de redenen waarom we in het kader van Highjump en Windmill teruggingen. Admiraal Byrd werd gefascineerd door Oberhausers ideeën over Ariërs en hun verdwenen beschavingen. Natuurlijk mocht je in die tijd, de jaren na de oorlog, niet hardop over die dingen praten. Daarom deed Byrd zelf onderzoek toen hij daar met Highjump was. Hij vond de stenen. Omdat hij daarmee misschien de theorie van Oberhauser bevestigde, maakte de overheid een eind aan de hele zaak. Uiteindelijk werden zijn bevindingen gewoon vergeten.'

'Waarom zou iemand daar moorden voor willen plegen?' mompelde Davis. 'Dat is belachelijk.'

'Er speelt nog meer mee,' zei Scofield.

Malone schrok wakker en hoorde Christl zeggen: 'Kom, opstaan.'

Hij wreef de slaap uit zijn ogen en keek op zijn horloge. Hij was twee uur onder zeil geweest. Toen zijn ogen aan het lamplicht gewend waren, zag hij Christl triomfantelijk naar hem kijken.

'Het is me gelukt.'

Stephanie wachtte tot Scofield klaar was.

'Als je door een andere lens naar de wereld kijkt, zien de dingen er anders uit. Wij bepalen locaties aan de hand van lengte en breedte, maar dat zijn relatief moderne begrippen. De meridiaan die ons uitgangspunt is, loopt door Greenwich in Engeland. Dat punt is eind negentiende eeuw willekeurig gekozen. Toen ik oude kaarten bestudeerde, kwam daar iets heel anders, iets buitengewoons, uit naar voren.'

Scofield stond op en pakte een blocnote en een pen van het hotel. Stephanie zag hem een primitieve wereldkaart tekenen, met lengte- en breedtegraden langs de rand. Vervolgens trok hij een lijn door het midden, ongeveer op dertig graden oosterlengte.

'De schaal klopt niet, maar ik wil alleen laten zien wat ik bedoel. Geloof me: als we een kaart op schaal zouden gebruiken, zou alles wat ik u ga laten zien volkomen duidelijk zijn. Deze middellijn, op dertig graden en acht minuten oosterlengte, gaat recht door de Grote Piramide van Gizeh. Als we hier de lijn van nul graden lengte van maken, gebeurt het volgende.' Hij wees naar de plaats waar Bolivia in Zuid-Amerika zou liggen. 'Tiahuanaco. Gebouwd omstreeks 15.000 voor Christus. De hoofdstad van een onbekende beschaving bij het Titicacameer, een beschaving die aan de Inca's voorafging. Sommigen zeggen dat het misschien wel de oudste stad op aarde is. Honderd graden ten westen van de Gizeh-lijn.' Hij wees naar Mexico. 'Teotihuacán. Even oud. De naam betekent "geboorteplaats van de goden". Niemand weet wie die stad heeft gebouwd. Het is een heilige Mexicaanse stad, honderdtwintig graden ten westen van de Gizeh-lijn.' De punt van de pen bleef in de Stille Oceaan rusten. 'Paaseiland. Vol monumenten die we niet kunnen verklaren, honderdveertig graden ten westen van de Gizeh-lijn.' Hij bewoog de pen meer naar het zuiden. 'Het oude Polynesische eiland Raiatea, een buitengewoon heilige plaats, honderdtachtig graden ten westen van de Gizeh-lijn.'

'Werkt het ook in de andere richting?' vroeg ze.

'Natuurlijk.' Hij wees naar het Midden-Oosten. 'Irak. De Bijbelse stad Ur van de Chaldeeën, de geboorteplaats van Abraham, vijftien graden ten oosten van de Gizeh-lijn.' Hij bewoog de pen. 'Hier, Lhasa, de heilige Tibetaanse stad, onmetelijk oud, zestig graden naar het oosten. Er zijn nog veel meer plaatsen met regelmatige afstanden tot de Gizeh-lijn. Allemaal heilig. De meeste zijn gebouwd door onbekenden, met piramides of andere hoge bouwwerken. Het kan geen toeval zijn dat die plaatsen zich op exact die punten op de aarde bevinden.'

'En degenen die tekens in die stenen hebben gegraveerd zouden daarvoor verantwoordelijk zijn?' vroeg Davis.

'Vergeet niet: alle verklaringen zijn rationeel. En als we dan ook aan de megalithische meter denken, wordt de conclusie onontkoombaar.'

Ze had die term nog nooit gehoord.

'Van de jaren vijftig tot het midden van de jaren tachtig van de vorige eeuw heeft Alexander Thom, een Schotse ingenieur, zesenveertig steenkringen uit de nieuwe steentijd en de bronstijd geanalyseerd. Uiteindelijk bestudeerde hij meer dan driehonderd plaatsen en ontdekte dat op al die plaatsen dezelfde meeteenheid werd gebruikt. Hij noemde het de megalithische meter.'

'Hoe is dat mogelijk, bij zo veel verschillende culturen?' vroeg ze.

'Het fundamentele idee is heel duidelijk. Monumenten als Stonehenge, die over de hele planeet voorkomen, waren niets meer dan oude observatoria. Hun bouwers berekenden dat als ze midden in een kring gingen staan, met hun gezicht naar de opkomende zon, en de plaats waar dat gebeurde elke dag aangaven, er na een jaar driehonderdzesenzestig tekens op de grond lagen. De afstand tussen die tekens was altijd 41,45 centimeter.

Natuurlijk werkten die oude volkeren niet met centimeters,' ging Scofield verder, 'maar dat is het moderne equivalent als we de techniek reproduceren.

'Diezelfde oude volkeren kwamen erachter dat een ster er 3,93 minuten over deed om van het ene teken naar het volgende te komen. Natuurlijk werkten ze ook niet met minuten, maar ze constateerden wel dat die perioden precies even lang waren.' Scofield zweeg even. 'En nu komt het interessante. Wil een slinger in 3,93 minuten driehonderdzesenzestig keer heen en weer zwaaien, dan moet hij precies 41,45 centimeter lang zijn.

'Verbijsterend, nietwaar? En zeker geen toeval. Daarom gebruikten de oude bouwers een afstand van 41,45 centimeter als de megalithische meter.'

Scofield merkte blijkbaar dat ze het niet geloofden.

'Het is niet zo uniek,' ging hij verder. 'Ongeveer dezelfde methode is ooit voorgesteld als alternatief voor het vaststellen van de lengte van de standaardmeter. Het leek de Fransen uiteindelijk beter een deel van de meridiaankwadrant te gebruiken, omdat ze hun uurwerken niet vertrouwden.'

'Hoe konden die oude volkeren dat weten?' vroeg Davis. 'Je hebt er een grondig inzicht in wiskunde en sterrenkunde voor nodig.'

'Daar beluister ik weer de moderne arrogantie. Die mensen waren geen onwetende holbewoners. Ze bezaten een intuïtieve intelligentie. Ze waren zich bewust van hun wereld. Wij lopen met oogkleppen op en onderzoeken maar weinig dingen. Zij hadden een bredere blik en leerden de kosmos kennen.'

'Is er wetenschappelijk bewijs voor dit alles?' vroeg Stephanie.

'Ik heb u net de fysieke en mathematische bewijzen gegeven – die trouwens door dat zeevarende volk begrepen zouden worden. Alexander Thom zei dat de houten maatstaven van een megalithische meter gebruikt kunnen zijn voor landmeting, en dat ze uit een centrale plaats gehaald moeten zijn, want anders zou de consistentie die hij op de bouwplaatsen zag niet in stand zijn gebleven. Deze mensen hebben hun lessen goed aan hun bereidwillige studenten bijgebracht.'

Ze zag dat hij zelf alles geloofde wat hij zei.

'Numerieke overeenkomsten met andere meetsystemen die in de loop van de geschiedenis zijn gebruikt, wijzen ook op het gebruik van de megalithische meter. Toen de archeoloog J. Walter Graham de Minoïsche beschaving bestudeerde, stelde hij dat het volk van Kreta een standaardmaat gebruikte, die hij de Minoïsche voet noemde. Er is verband: driehonderdzesenzestig megalithische meters komen exact overeen met duizend Minoïsche voeten. Weer een verbazingwekkend toeval, nietwaar?

Er is ook verband tussen de koninklijke el van het oude Egypte en de megalithische meter. Een cirkel met een middellijn van anderhalve koninklijke el heeft een omtrek die gelijk is aan één megalithische meter. Hoe zou zo'n direct verband kunnen bestaan zonder een gemeenschappelijke oorsprong? Het lijkt erop dat de Minoïers en Egyptenaren de megalithische meter hebben geleerd en dat ze die eenheid vervolgens op hun eigen situaties hebben toegepast.'

'Waarom heb ik hier nooit iets over gelezen of gehoord?' vroeg Davis.

'Wetenschappers uit de heersende stromingen kunnen het bestaan van de megalithische meter noch bevestigen noch ontkennen. Volgens hen is niet bewezen dat er in die tijd slingers werden gebruikt, of zelfs dat het principe van de slinger bekend was voor Galileo. Maar daar heb je die arrogantie weer. Op de een of andere manier zijn wij altijd de eersten die iets te weten komen. Ze zeggen ook dat neolithische volkeren geen systeem van schriftelijke communicatie hadden dat informatie over planetaire omwentelingen en verplaatsingen kon vastleggen. Maar –'

'De stenen,' zei ze. 'Daar stonden schrifttekens op.'

Scofield glimlachte. 'Precies. Eeuwenoude schrifttekens in een onbekende taal. Toch blijft die theorie onbewezen, totdat het schrift wordt ontcijferd of er een neolithische maatstok wordt gevonden.' Hij zweeg. Ze wachtte op wat er nog meer zou komen.

'Ik had alleen toestemming om met de stenen te werken,' zei hij. 'Alles werd naar een pakhuis in Fort Lee gebracht. Maar dat pakhuis had ook een vriesruimte. Die was afgesloten. Alleen de admiraal ging daar naar binnen. De inhoud was er al toen ik daar aankwam. Dyals zei tegen me dat als ik het taalprobleem oploste, ik in die ruimte zou mogen.'

'Enig idee wat erin zat?' vroeg Davis.

Scofield schudde zijn hoofd. 'De admiraal hield alles strikt geheim. Hij stuurde die officieren altijd met me mee. Ik was nooit alleen in het gebouw. Maar ik had het gevoel dat de belangrijkste dingen in die vriesruimte lagen.'

'Hebt u Ramsey leren kennen?' vroeg Davis.

'Ja. Hij was een beschermeling van Dyals. Hij had duidelijk de leiding van de drie.'

'Ramsey zit hierachter,' zei Davis.

Scofield keek opeens nog norser. 'Weet hij wel wat ik over die stenen had kunnen schrijven? Ze zouden aan de wereld getoond moeten worden. Ze zouden alles bevestigen wat ik heb ontdekt. Een voorheen onbekende zeevarende cultuur die allang bestond voordat onze beschaving opkwam, een cultuur die in staat was tot taal. Het is revolutionair.'

'Het zou Ramsey niet kunnen schelen,' zei Davis. 'Hij interesseert zich alleen voor zichzelf.'

Stephanie was nieuwsgierig. 'Hoe wist u dat die cultuur zeevarend was?'

'Reliëftekeningen in de stenen: lange boten, verfijnde zeilboten, walvissen, ijsbergen, zeehonden en pinguïns. En niet die kleine pinguïns, maar grote, zo groot als een mens. We weten nu dat er ooit zo'n soort heeft bestaan in het zuidpoolgebied, maar die is al tienduizenden jaren uitgestorven. Toch heb ik daar tekeningen van in die stenen gezien.'

'Wat is er dan met die verdwenen cultuur gebeurd?' vroeg ze.

Hij haalde zijn schouders op. 'Waarschijnlijk wat met alle menselijke samenlevingen gebeurt. We roeien onszelf uit, met opzet of door onvoorzichtigheid. In beide gevallen zijn we weg.'

Davis keek haar aan. 'We moeten naar Fort Lee om te kijken of die dingen daar nog zijn.'

'Het is allemaal geheim,' zei Scofield. 'Jullie komen daar nooit in de buurt.'

Hij had gelijk, maar ze zag dat Davis zich niet zou laten afschrikken. 'Wees daar maar niet zo zeker van,' zei hij.

'Mag ik nu gaan slapen?' vroeg Scofield. 'Ik moet over een paar uur op voor onze jaarlijkse jacht op wilde zwijnen met pijl en boog. Ik ga elk jaar met een stel congresdeelnemers het bos in.'

Davis stond op. 'Ja. Wij gaan morgen ook vroeg weg.'

Ze stond ook op.

'Luister eens,' zei Scofield, met berusting in zijn stem. 'Het spijt me dat ik zo arrogant was. Ik stel op prijs wat jullie hebben gedaan.'

'U zou kunnen overwegen niet op jacht te gaan,' zei ze.

Hij schudde zijn hoofd. 'Ik mag de deelnemers niet teleurstellen. Ze verheugen zich er elk jaar op.'

'U moet het zelf weten,' zei Davis, 'maar ik denk niet dat u iets overkomt. Ramsey zou wel gek zijn als hij nog eens achter u aan ging, en dat is hij allesbehalve.'

72

Bacchus heeft me verteld dat ze veel volkeren hebben ontmoet, dat ze alle vormen van taal respecteren en dat ze die elk op hun eigen manier mooi vinden. In dit land spreken ze een vloeiende taal, met een alfabet dat lang geleden geperfectioneerd is. Over het schrift bestaat onenigheid. Het is noodzakelijk, maar ze waarschuwen dat schrijven tot vergeetachtigheid leidt en het geheugen verzwakt, en daar hebben ze gelijk in. Ik loop vrijelijk en zonder angst tussen de mensen. Misdaad komt zelden voor en wordt bestraft door de dader af te zonderen. Op een dag werd me gevraagd te helpen een hoeksteen van een muur te leggen. Bacchus was blij met mijn medewerking en drong er bij me op aan de vaten van de aarde te beroeren, want die brengen een vreemde wijn voort die onder mijn hand groeit en de hele hemel bedekt. Bacchus zegt dat we dit wonder moeten aanbidden, want het brengt leven. De wereld wordt hier verbroken door stormwinden en stemmen die hard roepen in een taal die sterfelijke mensen niet kunnen spreken. Bij de geluiden van deze vreugde betreed ik het huis van Hathor en leg vijf edelstenen op een altaar. De wind zingt luid, zo luid dat allen die hier zijn in trance lijken te verkeren en ik het gevoel krijg dat we werkelijk in de hemel zijn. Voor een beeld knielen we neer en bewijzen het eer. Het geluid van een fluit zweeft door de lucht. De sneeuw is eeuwig en een vreemd parfum stijgt rokerig op. Op een avond barstte Bacchus uit in een monsterlijke toespraak die ik niet verstond. Ik vroeg of hij me wilde leren de taal te verstaan. Bacchus ging akkoord en ik maakte me de taal van de hemel eigen. Ik ben blij dat mijn koning me toestond naar dit wilde land van de kwijnende zon te gaan. Deze mensen joelen en gaan te keer; ze krijsen dwaasheid uit. Een tijdlang durfde ik niet alleen te zijn. Ik droomde van warme zonsondergangen, felgekleurde bloemen en dikke wijnranken. Maar nu niet meer.

Hier is de ziel dronken. Het leven is vol. Het doodt, en het stelt tevreden, maar het stelt nooit teleur.

Ik heb een vreemde constante opgemerkt. Alles wat draait, draait van nature naar links. Mensen die verdwalen gaan naar links. Sneeuw wervelt naar links. De sporen van de dieren in de sneeuw buigen af naar links. De zeewezens zwemmen linksom in cirkels. Zwermen vogels bewegen zich schuin naar links. De zon beweegt zich 's zomers de hele dag over de horizon, altijd van rechts naar links. Jonge mensen worden aangemoedigd hun natuurlijke omgeving te leren kennen. Ze leren de nadering van een storm of gevaar te voorzien, ze leren zich bewust te zijn van hun omgeving, in vrede met zichzelf, toegerust voor het leven. Op een dag ging ik mee met een trektocht. Er worden hier veel trektochten gemaakt, maar het is een gevaarlijke bezigheid. Een goed gevoel voor richting en soepele voeten zijn vereist. Ik merkte dat zelfs wanneer onze gids bewust naar rechts ging, de som van een aantal afslagen altijd links was, zodat het zonder herkenningspunten, die in dit land volledig ontbreken, bijna onvermijdelijk is dat je van links naar je beginpunt terugkomt. Mensen, vogels en zeewezens zijn met elkaar verweven. Niemand schijnt zich bewust te zijn van het mechanisme om naar links te gaan. Niemand van hen die dit grauwe land bewonen, heeft enig besef van deze gewoonte. Als ik hen erop wijs, halen ze alleen maar hun schouders op en glimlachen.

Vandaag hebben Bacchus en ik een bezoek gebracht aan Adonai, die van mijn belangstelling voor wiskunde en bouwkunde had gehoord. Hij is leraar en liet me maatstokken zien die gebruikt worden om te ontwerpen en te bouwen. Consistent bouwen is accuraat bouwen, vertelde hij. Ik vertelde hem dat het ontwerp van de koninklijke kerk in Aken voor een groot deel is beïnvloed door zijn leerlingen, en hij was daar blij om. Adonai zei dat we niet angstig, wantrouwig of onwetend moesten zijn, maar moesten leren van wat de natuur tot stand heeft gebracht. De contouren van het land, de vindplaatsen van ondergrondse warmte, de zee en de stand van de zon zijn allemaal factoren die in overweging moeten worden genomen als je een stad of huis wilt bouwen. Adonai bezit grote wijsheid en ik bedank hem voor de les. Ik krijg ook een tuin te zien. Veel planten zijn bewaard gebleven, maar vele andere zijn vergaan. Planten worden binnenshuis gekweekt in aarde met veel as, puimsteen, zand en mineralen. Er worden ook planten in water gekweekt, zowel zoet water als water uit de zee. Vlees wordt zelden gegeten. Ze zeggen dat het de energie in het lichaam uitput en een mens gevoeliger maakt voor ziekte. Nu ik een tijdlang uitsluitend plantaardig voedsel heb gegeten, met af en toe een visgerecht, voel ik me beter dan ooit.

Wat doet het me goed om de zon weer te zien. Er is een eind gekomen aan de lange duisternis van de winter. De kristallen muren komen tot leven met een glinstering van gekleurd licht. Een koor brengt een diep, lieflijk, ritmisch gezang ten gehore. Het volume daarvan neemt toe naarmate de zon hoger in de nieuwe hemel klimt. Bij de laatste toon klinken trompetten en buigen allen hun hoofd om het belang van leven en kracht te erkennen. De stad verwelkomt de zomer. Mensen nemen deel aan spelen, wonen lezingen bij, bezoeken elkaar en genieten van het Feest van het Jaar. Telkens wanneer de slinger op het midden van het plein tot stilstand komt, kijken allen naar de tempel en zien hoe een kristal kleur over de stad laat schitteren. Na de lange winter wordt dat schouwspel zeer op prijs gesteld. De tijd van verbintenissen breekt aan en velen betuigen hun liefde en verbondenheid. Ieder aanvaardt een beloftearmband en vertelt de ander wat hij heeft beloofd. Deze tijd brengt veel vreugde. Het doel is een harmonieus leven, is mij verteld. Maar bij deze gelegenheid moesten ook drie verbintenissen ontbonden worden. Twee kinderen en de ouders waren bereid de verantwoordelijkheid te delen, zij het niet meer samen. In het geval van de derde verbintenis werd dat geweigerd. Geen van beide ouders wilde de kinderen. En dus kregen anderen die allang graag ouders wilden worden de kinderen en was er weer grote vreugde.

Ik verblijf in een huis van vier kamers om een binnenplaats heen. Er zijn geen ramen in de muren, maar de kamers worden uitstekend van bovenaf verlicht door een kristallen plafond en zijn altijd vol warmte en licht. Buizen die door de stad naar elk huis lopen, als boomwortels die hun weg vinden, brengen voortdurend warmte. In het huis gelden maar twee regels: niet eten en geen sanitaire handelingen. De kamers mogen niet worden ontheiligd door eten, is me gezegd. De maaltijden worden met iedereen samen gebruikt in de eetzalen. Wassen, baden en alle andere sanitaire handelingen worden in andere gebouwen verricht. Ik informeer naar die regels en hoor dat alle onzuivere stoffen meteen van de eet- en sanitairgebouwen worden afgevoerd naar het vuur dat nooit eindigt en dat ze daar worden verteerd. Zo houden ze Tartarus schoon en gezond. Die twee regels zijn de offers die iedereen brengt voor de zuiverheid van de stad.

Dit grauwe land is verdeeld in negen gebieden, elk met een stad die ster-vormig is opgebouwd vanuit een plein in het midden, waar de bijeen-komsten worden gehouden. Elk gebied wordt bestuurd door een adviseur die uit de bevolking van het gebied is gekozen door middel van een stem-ming waaraan zowel mannen als vrouwen deelnemen. Wetten worden uitgevaardigd door de negen adviseurs en op de zuilen van rechtvaardig-heid op het middenplein van elke stad gegraveerd, opdat allen ervan we-ten. Plechtige overeenkomsten worden conform de wet gesloten. De advi-seurs komen één keer per jaar, tijdens het Festival van het Jaar, bijeen op het middenplein van Tartarus en kiezen een van hen tot hoge adviseur. Hun wetten moeten aan één regel voldoen: behandel het land en elkaar zoals je zelf behandeld zou willen worden. Adviseurs beraadslagen voor het welzijn van allen onder het symbool van rechtvaardigheid. Bovenaan staat de zon, half schitterend in zijn glorie. Dan is er de aarde, een een-voudige cirkel, met de planeten als stip binnen de cirkel. Het kruis herin-nert hen aan het land, terwijl daaronder de zee golft. Neem me mijn pri-mitieve schets niet kwalijk, maar zo ziet het eruit:

73

Asheville

STEPHANIE WERD UIT haar slaap gerukt door de telefoon op het nachtkastje. Ze keek op de wekker. Tien over vijf. Davis lag op het andere bed. Hij sliep ook met al zijn kleren aan. Ze hadden geen van beiden zelfs maar de moeite gedaan de lakens open te slaan, voordat ze waren gaan liggen.

Ze griste de hoorn van de haak, luisterde even en ging toen rechtop zitten. 'Zegt u dat nog eens.'

'De gearresteerde man is Chuck Walters. We hebben dat geverifieerd met behulp van vingerafdrukken. Hij heeft een strafblad, maar dat betreft vooral kleine dingen, niets wat met deze zaak in verband staat. Hij woont en werkt in Atlanta. We hebben zijn alibi nagetrokken. Getuigen hebben hem twee avonden geleden in Georgia gezien. Geen twijfel mogelijk. We hebben ze allemaal ondervraagd en het klopt.'

Haar hoofd werd helderder. 'Waarom sloeg hij dan op de vlucht?'

'Hij zegt dat er een man op hem af kwam stormen. Hij heeft sinds een paar maanden een verhouding met een getrouwde vrouw en dacht dat hij haar man was. We hebben contact met de vrouw opgenomen en ze bevestigt dat ze een verhouding hebben. Toen Davis op hem af kwam, rende hij in paniek weg. Toen u op hem schoot, wist hij helemaal niet meer wat hij moest doen en gooide hij maar met die kegel. Hij wist niet wat er aan de hand was. Daarna sloeg Davis hem in elkaar. Hij zegt dat hij gaat procederen.'

'Is er een kans dat hij liegt?'

'Niet voor zover wij kunnen nagaan. Deze man is geen huurmoordenaar.'

'Wat deed hij in Asheville?'

'Zijn vrouw heeft hem er twee dagen geleden uitgegooid en hij besloot hierheen te gaan. Dat is alles. Niets crimineels.'

'En ik neem aan dat zijn vrouw dat alles heeft bevestigd?'

'Daar worden we voor betaald.'

Ze schudde haar hoofd. Verdomme.

'Wat wilt u dat ik met hem doe?'

'Hem vrijlaten. Wat anders?'

Ze hing op en zei tegen Davis: 'Hij is het niet.'

Davis zat op de rand van zijn bed. Het drong tot hen beiden tegelijk door.

Scofield.

En ze renden naar de deur.

Charlie Smith had bijna een uur in de boom gezeten. Op de takken zat geurige hars en de dikke naalden vormden een ideale dekking in dit groepje hoge bomen. De lucht van de vroege ochtend was bitter koud en de vochtigheid maakte zijn ongemak alleen maar groter. Gelukkig was hij warm aangekleed en had hij zijn positie met zorg gekozen.

Het optreden van de vorige avond in het landhuis mocht wel klassiek genoemd worden. Hij had het met veel stijl georganiseerd en gezien hoe de vrouw niet alleen in het aas had gehapt, maar het ook met haak en al had ingeslikt. Ja, zelfs met de lijn en de boot erbij. Hij had moeten onderzoeken of hij in een val liep, en dus had hij Atlanta gebeld en een agent gevonden die hij al vaker had gebruikt. Zijn instructies waren duidelijk geweest: 'Let op een teken en vestig dan de aandacht op jezelf.' Smith had de man en de vrouw uit de hal gezien toen ze in de bus stapten die de groep van het hotel naar het kasteel bracht. Hij had vermoed dat zij z'n probleem waren, en toen ze eenmaal in het landhuis waren, had hij het zeker geweten. Daarom had hij het teken gegeven en zijn agent had een optreden laten zien dat een Oscar waardig was. Smith had zelf aan de andere kant gestaan van de enorme kerstboom in de banketzaal, en het tumult gadegeslagen.

Hij had zijn agent duidelijke opdrachten gegeven. 'Geen wapens. Niets anders doen dan wegrennen. Laat je door hen vangen en zeg dan dat je onschuldig bent.' Hij had ervoor gezorgd dat de man een goed alibi voor de afgelopen twee nachten had, want hij wist dat alles grondig gecontroleerd zou worden. Het feit dat zijn helper inderdaad huwelijks-problemen had en met een getrouwde vrouw sliep, was hem goed van pas gekomen. De man had een heel goede reden gehad om op de vlucht te slaan.

Al met al was het spektakel schitterend verlopen.

Nu was híj gekomen om het karwei af te maken.

Stephanie bonkte op de deur van de congresorganisator, en er werd eindelijk gereageerd. Ze had de receptie om het kamernummer gevraagd.

'Wie –'

Stephanie liet haar legitimatiebewijs zien. 'Federale agenten. We moeten weten waar die jacht vanmorgen plaatsvindt.'

De vrouw aarzelde even en zei toen: 'Het is op het landgoed, ongeveer twintig minuten hiervandaan.'

'Een kaart,' zei Davis. 'Wilt u het tekenen?'

Smith keek naar het jachtgezelschap door de verrekijker die hij gistermiddag had gekocht. Hij was blij dat hij het geweer uit het huis van Herbert Rowland had gehouden. Er zaten vier patronen in, en dat waren er meer dan genoeg. Eigenlijk had hij er maar één nodig.

De jacht op wilde zwijnen was niet voor iedereen geschikt. Hij wist wat van die sport. Zwijnen waren agressief en gemeen en leefden vaak op dicht begroeid terrein, ver van de gebaande paden. In het dossier over Scofield stond dat hij gek was op de zwijnenjacht. Toen Smith over dit uitstapje hoorde, had hij meteen een fantastische manier bedacht om zijn doelwit te elimineren.

Hij keek om zich heen. De omgeving was ideaal. Veel bomen. Geen huizen. Dichte bossen tot kilometers in de omtrek. Sluiers van mist om de beboste heuveltoppen. Gelukkig nam Scofield geen honden mee – die zouden een probleem hebben gevormd. Hij had van het congrespersoneel gehoord dat de deelnemers altijd naar een verzamelplaats op ongeveer vijf kilometer van het hotel kwamen, bij de rivier, en dat ze dan een goed aangegeven route volgden. Geen geweren, alleen pijl en boog. Ze vonden het niet allemaal nodig om met een zwijn terug te komen. Het ging velen om extra tijd met de professor, gesprekken over de congresonderwerpen of een winterochtend in het bos. En dus was hij hier twee uur geleden aangekomen, ruim voor zonsopgang. Hij had het pad gevolgd.

Ten slotte had hij gekozen voor de hoogste en beste locatie, dicht bij het begin van de tocht, in de hoop dat hij daar een kans zou krijgen.

Zo niet, dan zou hij improviseren.

Stephanie reed en Davis navigeerde. Ze waren met grote snelheid bij het hotel weggereden en scheurden in westelijke richting over het drieduizend hectare tellende landgoed. Ze reden over een smal asfaltweggetje, dat uiteindelijk de French Broad River zou kruisen en dan in een dicht woud zou uitkomen. De congresorganisator had gezegd dat de verzamelplaats van het jachtgezelschap niet ver voorbij de rivier lag en dat het pad dat het bos in leidde gemakkelijk te volgen was.

Ze zag auto's voor hen. Ze parkeerde op een open plek, en ze sprongen uit de auto. Een zweem van daglicht kleurde de hemel. Haar gezicht werd kil door de vochtige lucht. Ze zag het pad en rende erheen.

Smith zag oranje tussen de bomen door komen, ongeveer vijfhonderd meter bij hem vandaan. Hij zat op een dikke tak, met zijn rug tegen de stam van een den. Er stond nogal wat wind. De decemberhemel kleurde langzaam azuurblauw. Het was fris.

Door zijn kijker zag hij Scofield en zijn gezelschap naar het noorden lopen. Hij had gegokt op hun uiteindelijke route en gehoopt dat ze op het pad zouden blijven. Nu hij Scofield in zicht kreeg, wist hij dat hij goed had gegokt.

Hij hing de riem van de verrekijker aan een tak, nam het geweer in zijn handen en keek door het telescoopvizier. Het liefst zou hij discreter te werk zijn gegaan en een geluiddemper hebben gebruikt, maar hij had zelf niet zo'n ding meegebracht en het was verboden er een te kopen. Hij pakte de houten kolf goed vast en wachtte geduldig tot zijn prooi dichterbij kwam.

Nog een paar minuten.

Stephanie rende vooruit. De paniek golfde door haar heen. Ze keek recht naar voren en tuurde het bos in, op zoek naar iets wat bewoog. De lucht brandde in haar longen.

Zouden ze niet allemaal een reflecterend hesje dragen?

Was de moordenaar daar ergens?

Smith zag iets bewegen achter het jachtgezelschap. Hij pakte de kijker en zag de twee mensen van gisteravond over het bochtige pad rennen, een meter of vijftig achter de groep aan.

Blijkbaar had zijn list maar voor een deel gewerkt.

Hij stelde zich voor wat er zou gebeuren nadat Scofield was gestorven. Er zou onmiddellijk worden aangenomen dat het een jachtongeluk was, al zouden die twee onverschrokken personen die achter de groep aan renden moord en brand schreeuwen. De politie en het departement voor natuurbeheer zouden een onderzoek instellen. Onderzoekers zouden metingen verrichten, foto's maken en het terrein doorzoeken. Ze zouden notities maken van hoeken en kogelbanen. Zodra ze beseften dat de kogel van boven was gekomen, zouden ze de bomen doorzoeken. Maar ach, er stonden daar tienduizenden bomen. Welke zouden ze doorzoeken?

Scofield stond op vijfhonderd meter afstand en zijn twee redders kwamen dichterbij. Straks zouden ze een bocht in het pad omgaan en Scofield zien.

Hij tuurde opnieuw door het vizier van het geweer.

Er gebeurden zo veel ongelukken; jagers die elkaar voor wild aanzagen.

Vierhonderd meter afstand.

Zelfs wanneer ze fluorescerende oranje hesjes droegen.

Het doelwit verscheen in het kruis van zijn vizier.

Hij moest hem in zijn borst schieten, maar als hij hem in het hoofd schoot, hoefde hij geen tweede patroon te gebruiken.

Driehonderd meter.

Het was een probleem dat die twee daar waren, maar Ramsey verwachtte van hem dat professor Douglas Scofield die dag zou sterven.

Hij haalde de trekker over. Het schot daverde door het dal en Scofields hoofd vloog uit elkaar. Hij moest het risico maar nemen.

DEEL V

74

Malone had genoeg van Christls vertaling gelezen om te beseffen dat hij naar Antarctica moest gaan. Als hij vier passagiers moest meenemen, dan moest dat maar. Het was duidelijk dat Einhard iets bijzonders had meegemaakt, iets wat Hermann Oberhauser ook had gefascineerd. Jammer genoeg had de oude Duitser een voorgevoel van zijn ondergang gehad en het boek teruggelegd op de plaats waar het twaalfhonderd jaar had gelegen, in de hoop dat zijn zoon de reis ook zou maken. Niettemin had Dietz gefaald en de bemanning van de NR-1A met zich meegenomen naar de ondergang. Als er ook maar een schijn van kans was dat ze de verdwenen onderzeeboot zouden vinden, moest hij die kans benutten.

Ze hadden met Isabel gesproken en haar verteld wat ze hadden ontdekt.

Christl legde de laatste hand aan de vertaling. Ze nam alles nog eens door, om er zeker van te zijn dat ze over accurate informatie beschikten.

En dus stapte hij het hotel uit naar buiten, een ijskoude middag in. Hij liep naar het dorpsplein van Ossau. Elke stap in de verse sneeuw knerpte als piepschuim. Hij had zijn telefoon meegenomen en belde onder het lopen Stephanies nummer. Ze nam op toen haar toestel vier keer was overgegaan en zei: 'Ik wachtte al tot ik iets van je zou horen.'

'Dat klinkt niet goed.'

'Het is nooit goed om in de maling genomen te worden.' Ze vertelde hem over de afgelopen twaalf uur, en wat er op het landgoed was gebeurd. 'Ik zag de schedel van die man aan stukken geschoten worden.'

'Je hebt nog tegen hem gezegd dat hij niet moest gaan, maar hij wilde niet luisteren. Was de schutter nergens te bekennen?'

'Er zat veel bos tussen ons en hem in. Hij was niet te vinden. Hij had zijn plek zorgvuldig uitgekozen.'

Hij begreep dat ze zich gefrustreerd voelde, maar merkte op: 'Je hebt nog steeds een spoor dat naar Ramsey leidt.'

'Het lijkt er meer op dat hij ons te pakken heeft.'

'Maar je weet dat er verband is. Het kan niet anders of hij maakt een keer een fout. En je vertelde dat Daniels tegen je zei dat Diane McCoy naar Fort Lee is geweest, en dat Ramsey daar gisteren ook was. Denk na, Stephanie. De president heeft je dat niet voor niets verteld.'

'Ik dacht hetzelfde.'

'Ik denk dat je weet wat je nu te doen staat.'

'Dit is doffe ellende, Cotton. Scofield is dood, omdat ik niet goed nadacht.'

'Niemand heeft gezegd dat het er eerlijk aan toegaat. De regels zijn hard en de gevolgen nog harder. Zoals jij tegen mij zou zeggen: doe je werk en hou je gemak, maar verknoei het niet nog een keer.'

'De leerling die de leraar iets wil leren?'

'Zoiets. Nu heb ik een dienst van jou nodig. Een grote.'

Stephanie belde het Witte Huis. Ze had naar Malones verzoek geluisterd en tegen hem gezegd dat hij moest wachten. Net als hij vond ze dat het moest gebeuren. Ze vond ook dat Danny Daniels aan het intrigeren was.

Ze had een rechtstreeks nummer van de stafchef van het Witte Huis gebeld. Toen hij opnam, had ze gezegd wat ze wilde.

Even later kwam de president aan de lijn: 'Is Scofield dood?'

'En het is onze schuld.'

'Hoe gaat het met Edwin?'

'Die is razend. Waar zijn u en Diane McCoy mee bezig?'

'Heel slim. Ik dacht dat ik dat goed had verborgen.'

'Nee, Cotton Malone is hier de slimmerik. Ik was nog net slim genoeg om naar hem te luisteren.'

'Het is ingewikkeld, Stephanie. Laten we het erop houden dat ik niet zo veel vertrouwen in Edwins aanpak had als ik zou willen. En nu blijkt dat ik gelijk had.'

Dat kon ze niet tegenspreken. 'Cotton heeft een dienst nodig, en het heeft hiermee te maken.'

'Ga je gang.'

'Hij heeft verband gelegd tussen Ramsey, de NR-1A, Antarctica en dat pakhuis in Fort Lee. Hij heeft een manier gevonden om de tekst op die stenen te lezen.'

'Daar hoopte ik al op,' zei Daniels.

'Hij mailt een vertaalprogramma. Dat is vermoedelijk de reden waarom de NR-1A daar in 1971 heen ging: om meer over die stenen te weten te komen. Nu moet Malone naar Antarctica, basis Halvorsen. Onmiddellijk. Met vier passagiers.'

'Burgers?'

'Jammer genoeg wel, maar ze horen bij de afspraak die hij heeft gemaakt. Zij weten de locatie. Als ze niet meegaan, krijgen we de locatie niet te horen. Hij heeft vlieg- en grondtransport en materieel nodig. Hij denkt dat hij misschien het raadsel van de NR-1A kan oplossen.'

'We zijn hem dit verschuldigd. Het is goed.'

'Om op mijn vraag terug te komen: waar zijn u en Diane McCoy mee bezig?'

'Sorry. Presidentiële geheimhouding. Maar gaan jullie naar Fort Lee?'

'Mogen we het privévliegtuig gebruiken waarmee de Geheime Dienst hierheen is gekomen?'

Daniels grinnikte. 'Jullie kunnen er de hele dag over beschikken.'

'Ja, dan gaan we.'

Malone zat op een ijskoude bank en keek naar groepjes mensen die voorbijkwamen, iedereen lachend, een en al feestelijkheid. Wat zou hem in Antarctica te wachten staan? Onmogelijk te zeggen, maar hij had er geen goed gevoel bij.

Hij zat daar in zijn eentje, en zijn emoties waren zo scherp en koud als de lucht om hem heen. Hij kon zich zijn vader nauwelijks herinneren, maar er was geen dag voorbijgegaan waarop hij niet aan hem had gedacht. Toen hij bij de marine was gegaan, had hij veel tijdgenoten van zijn vader ontmoet en algauw ontdekt dat Forrest Malone veel respect had genoten. Hij had zich nooit geroepen gevoeld aan die norm te voldoen, misschien omdat hij de norm niet had gekend, maar er was hem verteld dat hij veel op zijn vader leek. Recht door zee, vastberaden, loyaal. Hij had dat altijd als een compliment opgevat, maar allemachtig, wat had hij die man graag zelf willen leren kennen. Jammer genoeg kwam de dood tussenbeide.

Hij was nog steeds kwaad op de marine omdat ze had gelogen. Stephanie en de onderzoekscommissie hadden tot op zekere hoogte uitgelegd waarom dat bedrog was gepleegd. De geheimhouding van de NR-IA, de Koude Oorlog, het unieke karakter van de missie en het feit dat de bemanning ermee akkoord was gegaan dat redding achterwege zou blijven. Toch vond hij dat alles niet genoeg. Zijn vader was gestorven tijdens een roekeloze zoektocht naar niets. Toch had de marine het groene licht voor die dwaasheid gegeven en de zaak na afloop in de doofpot gestopt. Waarom? Zijn telefoon trilde in zijn hand. 'De president gaat akkoord met alles,' zei Stephanie, toen hij opnam. 'Normaal gesproken moeten er allerlei voorbereidingen worden getroffen en procedures in acht worden genomen voordat iemand naar Antarctica gaat – training, vaccinaties, medische onderzoeken – maar hij heeft opdracht gegeven die nu achterwege te laten. Er is op dit moment een helikopter op weg naar jullie. Hij wenst jullie het allerbeste.'

'Ik stuur het vertaalprogramma per e-mail.'

'Cotton, wat hoop je te vinden?'

Hij haalde diep adem om zijn geteisterde zenuwen tot bedaren te brengen. 'Dat weet ik niet precies. Maar enkelen van ons moeten die reis maken.'

'Soms kun je geesten beter met rust laten.'

'Volgens mij geloofde je dat een paar jaar geleden zelf ook niet, toen het jouw geesten waren.'

'Wat jij gaat doen, is in meerdere opzichten gevaarlijk.'

Hij keek naar de sneeuw bij zijn voeten, met de telefoon tegen zijn oor gedrukt. 'Dat weet ik.'

'Wees voorzichtig, Cotton.'

'Jij ook.'

75

STEPHANIE REED IN een huurauto die ze op het vliegveld van Richmond had afgehaald. Daar was het toestel van de Geheime Dienst na een korte vlucht vanuit Asheville geland. Davis zat naast haar; zijn gezicht en ego waren nog niet hersteld. Hij was nu twee keer voor gek gezet. Jaren geleden met Millicent door Ramsey, en gisteren door de man die Douglas Scofield zo vakkundig had vermoord. De politie geloofde dat het moord was en ging daarbij uitsluitend af op informatie die door Stephanie en Edwin was verstrekt, al was er geen spoor van een moordenaar gevonden. Ze beseften allebei dat de moordenaar allang weg was en dat ze nu moesten vaststellen waarheen. Maar eerst moesten ze uitzoeken waar al die drukte nu eigenlijk om werd gemaakt.

'Hoe wilde je in dat pakhuis komen?' vroeg ze aan Davis. 'Het is Diane McCoy niet gelukt.'

'Dat is vast geen probleem.'

Ze wist wat – of beter gezegd wie – dat betekende.

Ze reed naar de hoofdingang van de basis, stopte bij de wachtpost en liet de schildwacht haar papieren zien. 'We hebben iets te bespreken met de commandant. Geheim.'

De korporaal ging het wachthokje in en kwam even later met een envelop terug. 'Dit is voor u, mevrouw.'

Ze pakte de envelop aan en hij liet hen doorrijden. Ze gaf de envelop aan Davis en reed door.

Davis maakte de envelop open. 'Het is een brief,' zei hij. 'Er staat dat je deze instructies moet opvolgen.' Hij las de instructies voor.

Ze reed over het terrein van de basis, tot ze op een terrein kwamen met metalen pakhuizen die als halve broden naast elkaar stonden.

'Die met 12E erop,' zei Davis.

Ze zag dat daar een man op hen stond te wachten. Hij had een donkere huid en ravenzwart kort haar en zag er eerder Arabisch dan westers uit. Ze parkeerde en ze stapten uit.

'Welkom in Fort Lee,' zei de man. 'Ik ben kolonel William Gross.'

Hij droeg een spijkerbroek, hoge schoenen en een houthakkersoverhemd.

'Uw uniform is niet helemaal correct,' zei Davis.

'Ik was op jacht. Washington belde en zei dat ik meteen moest komen en dat ik discreet te werk moest gaan. Ik hoorde dat u binnen wilt kijken.'

'En wie heeft u dat verteld?' vroeg ze.

'Nou, dat was de president van de Verenigde Staten. Ik kan niet zeggen dat ik ooit eerder door hem ben gebeld, maar vandaag wel.'

Ramsey keek de verslaggeefster van de *Washington Post* over de vergadertafel aan. Dit was het negende interview dat hij die dag gaf, en het eerste dat persoonlijk werd afgenomen. De rest had hij door de telefoon afgehandeld, zoals tegenwoordig gebruikelijk was, omdat de pers aan strakke deadlines gebonden was. Daniels had zich aan zijn toezegging gehouden en vier uur geleden de benoeming bekendgemaakt.

'U moet het wel geweldig vinden,' zei de vrouw. Ze schreef al jaren over de strijdkrachten en had hem eerder geïnterviewd. Ze was niet al te intelligent, maar dacht zelf blijkbaar van wel.

'Het is een goede positie om mijn marinecarrière mee te besluiten.' Hij lachte. 'Laten we wel wezen: het is altijd de laatste functie geweest van iedereen die ervoor werd gekozen. Je kunt niet hoger.'

'Het Witte Huis.'

Hij vroeg zich af of ze iets had gehoord of hem alleen maar uit zijn tent wilde lokken. Vast het laatste, daarom besloot hij er de spot mee drijven. 'Ja, ik kan na mijn pensionering nog een gooi naar het presidentschap doen. Dat lijkt me een goed plan.'

Ze glimlachte. 'Twaalf militairen zijn eerder al zo ver gekomen.'

Hij stak zijn hand op, alsof hij capituleerde. 'Ik verzeker u dat ik geen plannen in die richting heb. Absoluut niet.'

'Ik heb vandaag met mensen gesproken die zeiden dat u een uitstekende politieke kandidaat zou zijn. Uw carrière is voorbeeldig geweest. Geen enkel schandaaltje. Uw politieke filosofieën zijn onbekend; dat betekent dat u ze nog kunt uitkiezen. U bent niet verbonden aan een partij; ook wat dat betreft, kunt u dus kiezen. En het Amerikaanse volk is altijd gek op iemand in uniform.'

Dat was exact zijn eigen redenering. Hij was ervan overtuigd dat een opiniepeiling veel steun voor hem als persoon en als leider aan het licht zou brengen. Hoewel zijn naam niet zo bekend was, sprak zijn carrière voor zich. Hij had zijn leven aan de strijdkrachten gewijd, was over de hele wereld gestationeerd geweest en had in alle denkbare brandhaarden gediend. Hij had drieëntwintig onderscheidingen gekregen. Zijn politieke vrienden waren niet te tellen. Sommigen had hij zelf gecultiveerd, zoals Winterhavik Dyals en senator Kane, maar anderen voelden veel voor hem omdat hij een hoge officier op een gevoelige positie was die hen kon helpen wanneer ze ooit nog eens hulp nodig hadden.

'Ik gun een andere militair die eer. Ik verheug me er simpelweg op bij de Verenigde Chefs van Staven te dienen. Dat wordt een geweldige uitdaging.'

'Ik heb gehoord dat Aatos Kane voor u pleit. Zit daar enige waarheid in?'

Die vrouw was veel beter op de hoogte dan hij had gedacht. 'Als de senator een goed woordje voor me heeft gedaan, ben ik daar dankbaar voor. De Senaat moet mijn benoeming nog goedkeuren en het is altijd fijn om daar vrienden te hebben.'

'Denkt u dat die goedkeuring een probleem wordt?'

Hij haalde zijn schouders op. 'Ik wil nergens op vooruitlopen. Ik hoop alleen dat de senatoren mij de juiste persoon vinden. Zo niet, dan zal het me een genoegen zijn mijn carrière af te sluiten op de positie die ik nu bekleed.'

'U klinkt alsof het u niet veel uitmaakt of u die baan krijgt of niet.'

Eén advies dat menige kandidaat in de wind had geslagen was eenvoudig en duidelijk: gedraag je niet gretig en doe niet alsof je recht op iets hebt.

'Dat zei ik niet, en dat weet u ook wel. Wat is het probleem? Omdat er geen spannend verhaal over de benoeming te schrijven valt, probeert u zelf een verhaal te maken?'

Ze was niet blij met zijn reprimande, maar zei er niets over. 'Laten we wel wezen, admiraal, bij deze benoeming hadden de meeste mensen niet in de eerste plaats aan u gedacht. Rose op het Pentagon, Blackwood bij de NAVO – die twee waren voor de hand liggende kandidaten. Maar Ramsey? U kwam uit het niets. Dat fascineert me.'

'Misschien waren die twee die u noemde niet geïnteresseerd.'

'Dat waren ze wel. Ik heb het nagegaan. Maar het Witte Huis vroeg het meteen aan u, en volgens mijn bronnen kwam dat door Aatos Kane.'

'Dan moet u die vraag aan Kane stellen.'

'Dat heb ik gedaan. Zijn kantoor zei dat ze me zouden terugbellen met commentaar. Dat was drie uur geleden.'

Het was hoog tijd om haar gunstig te stemmen. 'Ik ben bang dat er niets sinisters aan de hand is. In elk geval niet van mijn kant. Ik ben alleen maar een oude marineman die dankbaar is omdat hij nog een paar jaar mag dienen.'

Stephanie en Davis volgden kolonel Gross het pakhuis in. Hij verkreeg toegang met een cijfercode en door zijn duim te laten scannen.

'Ik heb persoonlijk de leiding van het onderhoud van al deze pakhuizen,' zei Gross. 'Mijn komst hier wekt geen argwaan.'

Dat was precies de reden waarom Daniels hem te hulp had geroepen, dacht Stephanie.

'U begrijpt dat dit bezoek geheim is?' vroeg Davis.

'Dat heeft mijn commandant me verteld, en de president ook.'

Ze kwamen in een kleine voorkamer. De rest van de zwak verlichte opslagruimte doemde op achter een grote ruit voor hen. Ze zagen de ene rij metalen planken na de andere.

'Het is de bedoeling dat ik u de geschiedenis vertel,' zei Gross. 'Dit gebouw wordt sinds oktober 1971 aan de marine verhuurd.'

'Dat was voordat de NR-1A uitvoer,' zei Davis.

'Daar weet ik niets van,' maakte Gross duidelijk. 'Ik weet wel dat de marine dit gebouw daarna altijd heeft onderhouden. Het is voorzien van een aparte vriesruimte.' Hij wees door het raam. 'Daar, voorbij de laatste rij planken. Die vriesruimte is nog steeds operationeel.'

'Wat ligt erin?' vroeg ze.

Hij aarzelde. 'Ik denk dat u dat zelf moet zien.'

'Is dat de reden waarom we hier zijn?'

Hij haalde zijn schouders op. 'Geen idee. Maar Fort Lee heeft ervoor gezorgd dat dit pakhuis de afgelopen achtendertig jaar in uitstekende conditie bleef verkeren. Ik doe dit werk nu zes jaar. Niemand anders dan admiraal Ramsey zelf komt hier binnen zonder dat ik erbij ben. Ik blijf altijd bij schoonmaak- of reparatieploegen. Mijn voorgangers deden dat ook. De scanners en elektronische sloten zijn vijf jaar geleden geïnstalleerd. Er worden computergegevens bijgehouden van iedereen die hier binnenkomt, en die gegevens gaan dagelijks naar de marine-inlichtingendienst, die rechtstreeks toezicht op het gebouw houdt. Alles wat iemand hierbinnen ziet is geheim, en het personeel weet wat dat betekent.'

'Hoe vaak is Ramsey hier geweest?' vroeg Davis.

'Eén keer in de afgelopen vijf jaar. Dat blijkt uit de computergegevens. Twee dagen geleden. Hij is ook in de vriesruimte geweest. Dat heeft een eigen slot met registratie.'

Ze werd ongeduldig. 'Brengt u ons erheen.'

Ramsey liet de verslaggeefster van de *Washington Post* uit. Hovey had hem al verteld dat hem nog drie interviews te wachten stonden. Twee voor de televisie en een voor de radio, en dat zou beneden in een briefingkamer gebeuren, waar technici al met de voorbereidingen bezig waren. Dit alles beviel hem wel. Het was heel anders dan een leven in de luwte. Hij zou een geweldig goed lid van de Verenigde Chefs van Staven worden, en als alles volgens plan verliep een nog betere vicepresident.

Hij had nooit begrepen waarom de nummer twee van het staatsbestel niet actiever kon optreden. Dick Cheney had laten zien wat er mogelijk was. Hij had in stilte beleid gevormd, zonder de aandacht die het presidentschap doorlopend trok. Als vicepresident kon hij zich overal in mengen, wanneer hij maar wilde. En hij kon zich er weer net zo snel uit terugtrekken, omdat – zoals John Nance Garner, de eerste vicepresident van Franklin Delano Roosevelt, zo wijs had opgemerkt – de meeste mensen geloofden dat het ambt geen *warm bucket of spit* waard was.

Hij glimlachte. Vicepresident Langford Ramsey. Dat klonk goed.

Zijn mobiele telefoon waarschuwde hem met een nauwelijks hoorbaar riedeltje. Hij pakte het apparaatje van zijn bureau en keek wie er belde. Diane McCoy.

'Ik moet je spreken,' zei ze.

'Ik denk het niet.'

'Geen trucjes, Langford. Noem de plaats maar.'

'Ik heb geen tijd.'

'Maak dan tijd, of de benoeming gaat niet door.'

'Waarom bedreig je me steeds weer?'

'Ik kom wel naar jouw kantoor. Daar zul je je vast veilig voelen.'

Dat was inderdaad zo, maar toch vroeg hij: 'Waar gaat het over?'

'Over een zekere Charles C. Smith junior. Dat is een schuilnaam, maar zo noem jij hem.'

Hij had nooit eerder iemand die naam horen uitspreken. Hovey regelde alle betalingen, maar die gingen naar een rekening op een andere naam bij een buitenlandse bank. De National Security Act waarborgde de geheimhouding.

Toch wist Diane McCoy het.

Hij keek naar de klok op zijn bureau. Vijf over vier. 'Oké, kom maar.'

76

MALONE LIET ZICH in zijn stoel zakken in de LC-130. Ze hadden net een tien uur durende vlucht van Frankrijk naar Kaapstad in Zuid-Afrika achter de rug. Een Franse militaire helikopter had hen van Ossau naar Cazau, Teste-de-Buch, gebracht, de dichtstbijzijnde Franse militaire basis, op een afstand van tweehonderdvijftig kilometer. Vandaar had een C-21A, de militaire versie van de Learjet, hen net onder Mach 1 over de Middellandse Zee en over de hele lengte van het Afrikaanse continent gevlogen, met maar twee korte tussenstops om bij te tanken.

In Kaapstad stond een LC-130 Hercules, bemand met twee crews van de 109th Air Wing van de New York Air National Guard, met volle tank en draaiende motoren te wachten. Malone besefte dat de vlucht met de Learjet luxueus zou lijken in vergelijking met wat hij en zijn metgezellen tijdens de vlucht van vijfenveertighonderd kilometer naar Antarctica zouden ondergaan. Een vlucht over een woeste oceaan, met uitzondering van de laatste duizend kilometer, als ze over massief ijs zouden vliegen. Een echt niemandsland.

Hun kleding en materieel hadden al klaargelegen aan boord. Hij kende het sleutelwoord: *laagjes*. En hij kende het doel: elimineer lichaamsvocht zonder dat het bevriest. Eerst Under Armour-shirts en -broeken, gemaakt van een snel absorberend materiaal, om de huid droog te houden. Dan lang wollen ondergoed, ook met absorberende eigenschappen, en daaroverheen een nylon jasje en broek, met fleecevoering. Ten slotte een Gore-Tex-anorak met fleecevoering en een winddichte broek. Alles had een camouflagepatroon, met de complimenten van het Amerikaanse leger. Gore-Tex-handschoenen en hoge schoenen, met daarin twee paar sokken over elkaar, beschermden handen en voeten. Hij had hun maten uren geleden doorgegeven en al gezien dat de schoenen de vereiste maat hadden; een halve maat te groot met het oog op de dikke sokken. Een bivakmuts van zwarte wol beschermde het gezicht en de hals. Er zaten alleen openingen in voor de ogen, die nog afgeschermd werden met een getinte sneeuwbril. Alsof je een ruimtewandeling ging maken, dacht hij, en daarmee zat hij er niet ver naast. Hij had verhalen gehoord over vullingen in kiezen die door de Antarctische kou krompen en uitvielen.

Ieder van hen had een rugzak met enkele persoonlijke bezittingen meegebracht, maar ze kregen nu een poolversie; dikker en beter geïsoleerd.

De Hercules denderde naar de startbaan. Hij keek de anderen aan, die tegenover hem zaten op stoelen van zeildoek. Ze hadden de wollen bivakmuts nog niet opgezet, dus waren hun gezichten nog te zien. 'Alles goed met iedereen?'

Christl, die naast hem zat, knikte.

Hij merkte dat ze zich niet prettig voelden in hun dikke kleren. 'Ik verzeker jullie dat het onderweg niet warm zal zijn en dat deze kleren jullie beste vrienden worden.'

'Dit kon wel eens te erg zijn,' zei Werner.

'Dit is het gemakkelijkste deel,' legde hij uit. 'Maar als je er niet tegen kunt, kun je altijd nog op de basis blijven. De Antarctische bases zijn heel comfortabel.'

'Ik heb dit nooit eerder gedaan,' zei Dorothea. 'Voor mij is het een heel avontuur.'

Het grote avontuur van een mensenleven, want men dacht dat niemand voet op Antarctica had gezet tot 1820, en zelfs tegenwoordig kwam daar nog bijna niemand. Malone wist dat vijfentwintig naties een verdrag hadden getekend om de vrede op het hele continent te bewaren, met vrije uitwisseling van wetenschappelijke informatie, geen nieuwe territoriale claims, geen militaire activiteiten en geen mijnbouw, tenzij alle ondertekenaars van het contract akkoord gingen. Het continent had een oppervlakte van veertienduizend vierkante kilometer, ongeveer zo groot als de Verenigde Staten en Mexico samen, voor tachtig procent bedekt met een laag ijs van meer dan een kilometer dik – zeventig procent van het zoete water op de wereld. Het ijsplateau was een van de hoogste op aarde, met een gemiddelde hoogte van vijfentwintighonderd meter.

Leven was er alleen aan de randen, want het continent kreeg nog geen vijf centimeter regen per jaar. Het was zo droog als een woestijn. Het witte oppervlak was niet in staat licht of warmte in zich op te nemen en kaatste alle straling terug, zodat de gemiddelde temperatuur rond vijfenvijftig graden onder nul was.

Hij kende de politieke omstandigheden nog van zijn twee vorige bezoeken, in de tijd dat hij bij de Magellan Billet werkte. Zeven naties – Argentinië, Groot-Brittannië, Noorwegen, Chili, Australië, Frankrijk en Nieuw-Zeeland – claimden acht territoria, waarvan de grenzen werden bepaald door de lengtegraden die op de zuidpool bij elkaar kwamen. Ze vlogen naar het deel dat door Noorwegen werd geclaimd en dat Koningin Maudland werd genoemd. Het strekte zich uit van 44° 38′ OL tot 20° WL. Een groot stuk van het westelijke deel – van 20° OL tot 10° WL – was in 1938 door Duitsland als Neuschwabenland geclaimd. En hoewel de oorlog een eind aan die claim maakte, was dat gebied een van de minst bekende van het continent gebleven. Hun bestemming was de basis Halvorsen, die door Australië werd onderhouden in het Noorse deel, op de kust tegenover de zuidelijke punt van Afrika.

Ze hadden oordoppen van schuimplastic gekregen – hij zag dat iedereen ze in de oren had gestopt – maar het lawaai was er nog steeds. De scherpe lucht van motorbrandstof drong zijn neus in, maar hij wist van vorige vluchten dat hij straks niets meer van die geur zou merken. Ze zaten voorin, dicht bij de cockpit, waar ze via een trapje van vijf treden konden komen. Voor de lange vlucht waren hun twee crews ter beschikking gesteld. Hij had eens in de cockpit gezeten van een vliegtuig dat in de Antarctische sneeuw landde. Dat was een hele ervaring geweest. En nu ging hij er opnieuw heen.

Ulrich Henn had in het vliegtuig vanuit Frankrijk geen woord gezegd en zat nu met een onbewogen gezicht naast Werner Lindauer. Malone wist dat deze man een probleem kon worden, maar hij kon niet nagaan op wie Henn het had voorzien; op hem of op sommigen van de anderen. In elk geval bezat Henn de informatie die ze nodig hadden als ze geland waren, en afspraak was afspraak.

Christl tikte op zijn arm en vormde met haar lippen de woorden: 'Dank je.'

Hij knikte terug.

De turboprops van de Hercules draaiden nu op volle toeren, en ze accelereerden over de startbaan. Eerst langzaam, toen sneller, toen de lucht in, klimmend over open zee.

Het was bijna middernacht. En ze waren op weg naar god mocht weten wat.

77

Stephanie zag kolonel Gross het elektronische slot bedienen en de stalen deur van de vriesruimte openmaken. De koude lucht vloog als een verkillende nevel op hen af. Gross wachtte even tot de lucht weer helder was en gaf toen een teken dat ze naar binnen konden gaan.

'Na u.'

Zij ging als eerste naar binnen. Davis volgde. Het was een ruimte van tweeënhalf bij tweeënhalve meter. Twee wanden waren van metaal en de derde was van vloer tot plafond bedekt met planken vol boeken. Vijf rijen, de ene na de andere. Ze schatte dat het er tweehonderd waren.

'Ze zijn hier sinds 1971,' zei Gross. 'Ik weet niet waar ze daarvoor werden bewaard, maar het moet op een koude plaats zijn geweest, want zoals u kunt zien, verkeren ze in uitstekende conditie.'

'Waar komen ze vandaan?' vroeg Davis.

Gross haalde zijn schouders op. 'Dat weet ik niet. Maar de stenen in het pakhuis komen allemaal van Operatie Highjump in 1946-1947 en Operatie Windmill in 1948. We mogen dus aannemen dat deze boeken daar ook van afkomstig zijn.'

Ze liep naar de planken toe en bekeek de boeken. Ze waren klein, ongeveer twintig bij vijftien centimeter, in hout gebonden, bijeengehouden met strakke koorden. De bladzijden waren ruw en dik. 'Mag ik er een bekijken?' vroeg ze Gross.

'Er is me gezegd dat ik u moet laten doen wat u wilt.'

Voorzichtig pakte ze een bevroren boek van de plank. Gross had gelijk. Het was heel goed geconserveerd. Een thermometer bij de deur gaf een temperatuur van twaalf graden onder nul aan. Ze had eens een verslag van de Zuidpoolexpedities van Amundsen en Scott gelezen: tientallen jaren later, toen hun voedselvoorraad werd teruggevonden, waren de kaas en groenten nog steeds eetbaar geweest. De koekjes waren nog knapperig. Zout, mosterd en kruiden waren nog helemaal goed. Zelfs de bladzijden van tijdschriften zagen er nog net zo uit als op de dag waarop ze waren gedrukt. Antarctica was een natuurlijke vrieskast. Geen rotting, roest, gisting, schimmel of ziekte. Geen vocht, stof of insecten. Niets wat organische resten afbrak.

Zoals boeken met houten omslagen.

'Ik heb eens iets gelezen,' zei Davis. 'Iemand schreef dat Antarctica de ideale bewaarplaats voor een wereldbibliotheek zou zijn. Het klimaat zou de bladzijden niet aantasten. Ik vond het een belachelijk idee.'

'Misschien is het dat niet.' Ze legde het boek op de plank. Op het lichtbeige omslag was een onherkenbaar teken aangebracht.

Voorzichtig bekeek ze de stijve bladzijden, die van boven tot onder met schrifttekens waren bedekt. Krullen, slingers en cirkels. Een vreemd cursief schrift, strak en compact. Er stonden ook tekeningen in: van planten, mensen en apparaten. Elk volgend boek was hetzelfde; duidelijke bruine inkt, nergens een vlekje te zien.

Voordat Gross de vriesruimte had opengemaakt, had hij hun de planken van het pakhuis laten zien, met veel stenen fragmenten waarin soortgelijke schrifttekens waren gegraveerd.

'Een soort bibliotheek?' vroeg Davis aan haar.

Ze haalde haar schouders op.

'Mevrouw,' zei Gross.

Ze draaide zich om.

De kolonel stak zijn hand uit naar de bovenste plank en pakte een in leer gebonden boek waar een reep textiel omheen geslagen was. 'De president zei dat ik u dit moest geven. Het is het dagboek van admiraal Byrd.'

Ze herinnerde zich meteen wat Herbert Rowland daarover had gezegd.

'Het is geheim sinds 1948,' zei Gross. 'Het ligt hier sinds 1971.'

Ze zag strookjes papier die passages aangaven.

'De relevante delen zijn gemarkeerd.'

'Door wie?' vroeg Davis.

Gross glimlachte. 'De president zei al dat u dat zou vragen.'

'En wat is het antwoord?'

'Ik ben hiermee naar het Witte Huis geweest en heb daar gewacht terwijl de president het las. Ik moest van hem tegen u zeggen dat hij, in tegenstelling tot wat u en andere medewerkers misschien denken, lang geleden heeft leren lezen.'

Teruggekeerd naar droog dal, plaats 1345. Kamp opgeslagen. Helder weer. Hemel onbewolkt. Weinig wind. Vroegere Duitse basis gevonden. Tijdschriften, voedselvoorraad en materieel wijzen allemaal op expeditie 1938. Houten hut, toen gebouwd en nog overeind. Spaarzaam ingericht met tafel, stoelen, kachel, radio. Niets van belang. Twintig kilometer naar het oosten gegaan. Plaats 1356, weer een droog dal. Aan voet van berg stenen met inscriptie gevonden. De meeste te groot om mee te nemen, en dus verzamelden we kleinere. Helikopters opgeroepen. Ik heb de stenen onderzocht en de inscriptie overgenomen.

Oberhauser meldde in 1938 soortgelijke vondsten. Ze bevestigen oorlogsarchieven. Duitsers duidelijk hier geweest. Bewijzen onbetwistbaar.

Op plaats 1578 een spleet in een berg verkend die uitkwam op een kleine kamer die uit het gesteente was gehakt. Op de wanden geschriften en tekeningen zoals op plaats 1356. Mensen, boten, dieren, wagens, de zon, weergaven van hemel, planeten en maan. Foto's gemaakt. Een persoonlijke opmerking: Oberhauser kwam hier in 1938 om naar verdwenen Ariërs te zoeken. Het is duidelijk dat hier ooit een soort beschaving heeft bestaan. Op de afbeeldingen staan mensen van een lang, gespierd ras met vol haar en westerse trekken. De vrouwen hebben volle borsten en lang haar. Ik raakte in verwarring toen ik ernaar keek. Wie waren het? Tot vandaag vond ik Oberhausers theorieën over Ariërs belachelijk. Nu weet ik het niet meer.

Op plaats 1590 aangekomen. Er werd me weer een kamer getoond. Klein. Ook hier geschriften op de muren. Weinig afbeeldingen. Tweehonderdtwaalf in hout gebonden boeken gevonden, in stapels op stenen tafel. Foto's gemaakt. In de boeken hetzelfde onbekende schrift als op de stenen. Weinig tijd. Operatie eindigt over achttien dagen. Zomer loopt op zijn eind. Schepen moeten vertrekken voordat het pakijs terug is. Boeken laten inpakken en naar schip brengen.

Stephanie keek op uit Byrds dagboek. 'Dit is verbazingwekkend. Kijk eens wat ze hebben gevonden, en toch hebben ze er niets mee gedaan.'

'Typisch iets voor die tijd,' zei Davis zacht. 'Ze maakten zich druk over Stalin en hadden met een verwoest Europa te maken. Verdwenen beschavingen deden er niet zoveel toe, zeker niet als er een Duitse connectie was. Byrd maakte zich daar zorgen over.'

Davis keek Gross aan. 'Er is sprake van foto's. Kunnen we die krijgen?'

'De president heeft het geprobeerd, maar ze zijn weg. Alles is weg, behalve dat dagboek.'

'En deze boeken en stenen,' voegde ze eraan toe.

Davis bladerde in het dagboek en las andere passages voor. 'Byrd is op veel plaatsen geweest. Jammer dat we geen kaart hebben. Hij geeft alleen nummers, geen coördinaten.'

Zij vond dat ook jammer, vooral omwille van Malone. Maar er stond één ding tegenover. Het vertaalprogramma waarover Malone het had gehad en het boek dat Hermann Oberhauser in Frankrijk had gevonden. Ze liep de vriesruimte uit, pakte haar mobieltje en belde naar Atlanta. Toen haar assistent zei dat Malone inderdaad een e-mail had gestuurd, verbrak ze glimlachend de verbinding.

'Ik heb een van die boeken nodig,' zei ze tegen Gross.

'Ze moeten ingevroren blijven, alleen dan blijven ze in stand.'

'Dan wil ik hier nog een keer worden toegelaten. Ik heb een laptop, maar ik heb toegang tot internet nodig.'

'Alles wat u maar wilt, zei de president.'

'Heb je een idee?' vroeg Davis.

'Ik denk van wel.'

78

R AMSEY WAS KLAAR met het laatste interview van die dag en kwam in zijn kamer terug. Daar zat Diane McCoy; hij had tegen Hovey gezegd dat hij haar daar moest laten wachten. Hij sloot de deur. 'Nou, wat is er zo belangrijk?'

Ze was elektronisch op apparatuur doorzocht en had niets bij zich. Hij wist dat zijn kamer veilig was en maakte zich dus geen zorgen.

'Ik wil meer,' zei ze tegen hem.

Ze droeg een tweed pakje in rustige tinten bruin en camel, en daaronder een zwarte coltrui. Een tikje informeel en duur voor een medewerker van het Witte Huis, maar wel stijlvol. Haar jas hing over een andere stoel.

'Meer waarvan?' vroeg hij.

'Er is een man die door het leven gaat als Charles C. Smith junior. Hij werkt al een hele tijd voor jou. Je betaalt hem goed, zij het via allerlei valse namen en genummerde rekeningen. Hij is je moordenaar, degene die admiraal Sylvian en een heleboel anderen uit de weg heeft geruimd.'

Hij was verbaasd, maar liet daar niets van blijken. 'Heb je enig bewijs?'

Ze lachte. 'Dat ga ik jou niet vertellen. Het is genoeg dat ik het weet.' Ze grijnsde. 'Misschien ben jij wel de eerste uit de militaire geschiedenis van Amerika die zich een weg naar de top heeft gemoord. Verdomme, Langford, jij bent echt een ambitieuze rotzak.'

'Wat wil je?'

'Jij hebt je benoeming. Dat wilde jíj. Dat is vast niet alles, maar voorlopig is het genoeg. Tot nu toe is er positief op je kandidatuur gereageerd, dus het zal je wel lukken.'

Hij was het daarmee eens. Mochten zich problemen voordoen, dan zouden die snel onder de oppervlakte verdwijnen zodra het publiek wist dat hij de keuze van de president was. Misschien zouden er anonieme tips aan de pers worden gegeven en zou er een kleine hetze tegen hem worden gevoerd, maar nu, acht uur na de bekendmaking, was er nog niets van dat alles gebeurd. Evengoed had ze gelijk. Hij had zich een weg naar de top gemoord. Dankzij Charlie Smith was iedereen die een probleem zou kunnen vormen al dood.

Dat deed hem aan iets denken. Waar was Smith? Hij had het zo druk gehad met al die interviews, dat hij niet meer aan Smith had gedacht. Hij had tegen die idioot gezegd dat hij de professor moest uitschakelen en tegen de avond terug moest komen, en nu ging de zon al onder.

'Je bent een ijverig meisje,' zei hij.

'Ik ben een slim meisje. Ik heb toegang tot informatienetwerken waarvan jij alleen maar kunt dromen.'

Daar twijfelde hij niet aan. 'En je bent van plan mij kwaad te doen?'

'Ik ben van plan je helemaal kapot te maken.'

'Tenzij?'

Er gleed een geamuseerd lachje over haar gezicht. Het was duidelijk dat het kreng hiervan genoot. 'Dit gaat alleen om jou, Langford.'

Hij haalde zijn schouders op. 'Wil je deel uitmaken van de regering na Daniels? Daar kan ik voor zorgen.'

'Dacht je dat ik een gaatje in mijn hoofd had?'

Hij grijnsde. 'Nu praat je net als Daniels.'

'Ja, want hij zegt dat minstens twee keer per week tegen me. Meestal verdien ik het, want ik bespeel hem. Hij is slim; dat moet ik hem nageven. Maar ik ben niet achterlijk. Ik wil veel meer.'

Hij moest horen wat ze te zeggen had, maar hij had weinig geduld en voelde zich helemaal niet op zijn gemak.

'Ik wil geld.'

'Hoeveel?'

'Twintig miljoen dollar.'

'Hoe ben je op dat bedrag gekomen?'

'Van dat bedrag kan ik de rest van mijn leven een comfortabel bestaan leiden. Ik heb het uitgerekend.' Er danste een bijna seksueel genot in haar ogen.

'Ik neem aan dat je het op een anonieme buitenlandse rekening wilt, alleen toegankelijk voor jou?'

'Net als Charles C. Smith junior. Met nog een paar condities, maar die komen later wel.'

Hij probeerde kalm te blijven. 'Hoe kom je hier zo ineens bij?'

'Je gaat me belazeren. Ik weet het; jij weet het. Ik probeerde je op de band te krijgen, maar je was te slim. En dus dacht ik: *leg het op tafel. Vertel hem wat je weet. Gooi het met hem op een akkoordje. Zorg dat je iets krijgt, van tevoren al.* Zie het maar als een aanbetaling, een investering. Op die manier zul je me later niet zo gauw uit de weg ruimen. Dan ben ik gekocht en betaald, klaar om te gebruiken.'

'En als ik weiger?'

'Dan kom je in de gevangenis terecht, of beter nog, misschien vind ik Charles C. Smith junior en kijk ik wat hij te zeggen heeft.'

Hij zei niets.

'Of misschien gooi ik je voor de leeuwen van de pers.'

'En wat zeg je dan tegen de journalisten?'

'Ik begin met Millicent Senn.'

'Wat weet je van haar?'

'Ze was een jonge marineofficier in je staf in Brussel. Je had een verhouding met haar. En ziedaar, ze werd zwanger en een paar weken later was ze dood. Hartstilstand. De Belgen stelden vast dat het een natuurlijke dood was. Zaak gesloten.'

Deze vrouw was goed op de hoogte. Omdat hij bang was dat zijn stilzwijgen duidelijker taal sprak dan een antwoord, zei hij: 'Dat zou niemand geloven.'

'Misschien nu niet meteen, maar het is wel een prachtig verhaal. De pers is gek op zulke dingen. Vooral bladen als *Extra* en *Inside Edition*. Wist je dat Millicents vader tot op de dag van vandaag gelooft dat ze vermoord is? Hij zal graag voor de camera verschijnen. Haar broer, die trouwens jurist is, heeft ook twijfels. Natuurlijk weten ze niets van jou of je relatie met haar. Ze weten ook niet dat je haar graag in elkaar sloeg. Wat denk je dat zij, de Belgische autoriteiten of de media met al die informatie zouden doen?'

Ze had hem in de klem zitten, en dat wist ze. 'Dit is geen val, Langford. Het gaat me er niet om dat je iets toegeeft. Ik heb geen bekentenis van jou nodig. Ik wil alleen maar voor mezelf zorgen. Ik. Wil. Geld.'

'En stel dat ik akkoord ging: wat zou je er dan van weerhouden me nog een keer te chanteren?'

'Niets,' zei ze met haar kaken op elkaar geklemd.

Hij grijnsde, en grinnikte toen hardop. 'Jij bent een duivel.'

Ze beantwoordde het compliment. 'Blijkbaar zijn we geknipt voor elkaar.'

Haar vriendschappelijke toon stond hem wel aan. Hij had nooit vermoed dat er zoveel venijn door haar aderen stroomde. Aatos Kane zou heel graag van zijn verplichting af willen zijn, en zelfs een gerucht over een schandaal zou voor de senator al het perfecte excuus zijn. *Ik zou me graag aan mijn kant van de afspraak houden*, zou Kane zeggen, *maar het probleem ligt bij jou.*

En hij zou daar niets tegen kunnen doen.

De media zouden nog geen uur nodig hebben om te verifiëren dat hij tegelijk met Millicent in Brussel gestationeerd was. Edwin Davis was daar destijds ook geweest en die romantische idioot viel op Millicent. Hij had dat wel geweten, maar het had hem niet kunnen schelen. Davis was zwak en onbelangrijk geweest, maar inmiddels was hij dat niet meer. Wie weet waar hij nu was. Hij had al dagen niets over Davis gehoord. Maar de vrouw die tegenover hem zat was een andere zaak. Ze hield als het ware een geladen pistool op hem gericht en wist waar ze moest schieten.

'Oké. Ik betaal.'

Ze greep in de zak van haar jasje en haalde er een papier uit. 'Dit zijn de bank en het routingnummer. Maak het volledige bedrag binnen een uur over.' Ze gooide het op het bureau.

Hij kwam niet in beweging.

Ze glimlachte. 'Kijk niet zo somber.'

Hij zei niets.

'Weet je wat?' zei ze. 'Om blijk te geven van mijn goede trouw, en van mijn bereidheid om met je te blijven samenwerken, geef ik je, zodra het geld binnen is, iets wat je echt graag wilt hebben.' Ze stond op.

'Wat is dat dan wel?' vroeg hij.

'Mij. Ik ben morgenavond van jou. Als ik het komende uur dat geld maar krijg.'

79

Dorothea was niet blij. Het vliegtuig schokte door de turbulentie als een vrachtwagen die over een weg vol bulten en kuilen rijdt, en dat deed haar denken aan haar kinderjaren, aan de trips die ze met haar vader naar de boerderij had gemaakt. Ze had veel van het buitenleven gehouden. Terwijl Christl een hekel had aan wapens en de jacht, had zij van beide gehouden. Dat hadden haar vader en zij met elkaar gemeen gehad. Jammer genoeg hadden ze maar een paar seizoenen samen meegemaakt. Ze was tien toen hij stierf. Of beter gezegd, toen hij niet meer naar huis kwam. En die trieste gedachte maakte de leegte waarmee ze door het leven ging weer een beetje groter.

Na de verdwijning van haar vader waren Christl en zij nog meer van elkaar verwijderd geraakt. Andere vrienden, interesses en voorkeuren. Andere levens. Hoe konden twee mensen die uit hetzelfde eitje kwamen zo van elkaar verschillen?

Er was maar één logische verklaring.

Hun moeder.

Tientallen jaren had ze hen gedwongen met elkaar te wedijveren. En al die strijd had tot rancune geleid. Daarna kwam de afkeer en vandaar was het maar een klein sprongetje naar haat geweest.

Ze zat vastgesjord op haar stoel, met al die dikke kleren aan. Malone had gelijk gehad wat die kleren betrof. Deze ellende zou nog minstens vijf uur duren. De bemanning had lunchpakketjes uitgedeeld toen ze aan boord gingen. Broodjes kaas, koekjes, een chocoladereep, een drumstick en een appel. Ze zou geen hap door haar keel kunnen krijgen. Alleen al de gedachte aan eten maakte haar misselijk. Ze drukte haar anorak stevig tegen haar rugleuning aan en probeerde het zich gemakkelijk te maken. Een uur geleden was Malone in de cockpit verdwenen. Henn en Werner sliepen, maar Christl leek klaarwakker. Misschien was zij ook gespannen.

Deze vliegreis was de ergste van haar leven, en niet alleen door het gebrek aan comfort. Ze vlogen naar hun lotsbestemming. Was daar iets? Zo ja, was het goed of slecht?

Nadat ze hun speciale kleren hadden aangetrokken, hadden ze ieder hun geïsoleerde rugzak ingepakt. Ze had alleen een stel schone kleren, een tandenborstel, wat toiletspullen en een pistool meegebracht. Haar moeder had haar dat wapen toegestopt in Ossau. Omdat dit een privévlucht was, waren er geen controles geweest. Hoewel het haar tegenstond dat ze haar moeder weer een beslissing voor haar had laten nemen, voelde ze zich beter met dat pistool op zak.

Christl keek opzij. Ze keken elkaar in het schemerduister aan. Wat was het ironisch dat ze nu met zijn tweeën in dit vliegtuig zaten! Zou het zin hebben om met haar te praten?

Ze besloot het te proberen.

Ze maakte haar gordels los, stond op, liep door het smalle gangpad en ging naast haar zus zitten. 'We moeten hier een eind aan maken,' zei ze boven het lawaai uit.

'Dat ben ik ook van plan. Zodra we datgene vinden waarvan ik weet dat het daar is.' Christls gezichtsuitdrukking was zo koud als het inwendige van het vliegtuig.

Dorothea probeerde het opnieuw. 'Dat doet er allemaal niet toe.'

'Voor jou niet. Voor jou heeft het er nooit toe gedaan. Jij wilde maar één ding: de rijkdom doorgeven aan je dierbare Georg.'

De woorden raakten haar in haar ziel, en ze vroeg: 'Waarom had je een hekel aan hem?'

'Hij was alles wat ik nooit kon geven, lieve zus.'

Ze hoorde de bitterheid in Christls stem en was zelf ten prooi aan tegenstrijdige emoties. Dorothea had twee dagen bij Georgs kist gehuild in een verwoede poging zijn nagedachtenis los te laten. Christl was naar de begrafenis gekomen, maar was meteen weer weggegaan. Haar zus had niet één keer haar deelname betuigd.

Niets.

Georgs dood was een keerpunt in Dorothea's leven geweest. Alles veranderde: haar huwelijk, haar familie en vooral zijzelf. Ze hield niet van wie ze was geworden, maar ze was blij geweest met woede en rancune als surrogaten voor een kind dat ze had verafgood.

'Ben je onvruchtbaar?' vroeg ze.

'Interesseert dat jou?'

'Weet moeder dat je geen kinderen kunt krijgen?' vroeg ze.

'Wat maakt het uit? Het gaat niet meer om kinderen. Het gaat om het erfgoed van de Oberhausers. De dingen die deze familie geloofde.'

Dorothea zag dat het geen zin had. De kloof tussen hen was veel te breed om te kunnen opvullen of overbruggen. Ze wilde overeind komen.

Christl legde haar hand op haar pols. 'Oké, ik zei niet dat ik het erg vond toen hij doodging, maar jij weet tenminste wat het is om een kind te hebben.'

De kinderachtigheid van die opmerking trof haar diep. 'God helpe het kind dat jij gekregen zou hebben. Je had nooit iets voor een kind kunnen voelen. Jij bent niet in staat tot dat soort liefde.'

'Blijkbaar heb jij het ook niet zo geweldig gedaan. Jouw kind is dood.'

Het kreng. Haar rechterhand vormde een vuist en haar arm kwam met kracht omhoog. De vuist dreunde in Christls gezicht.

Ramsey zat aan zijn bureau en bereidde zich voor op wat hem te wachten stond. Ongetwijfeld volgden er nog meer interviews en aandacht van de media. De volgende dag zou admiraal Sylvian op de nationale begraafplaats Arlington ter aarde worden besteld, en hij nam zich voor die trieste gebeurtenis in elk interview ter sprake te brengen. *Concentreer je op de gevallen kameraad. Stel je nederig op, nu je bent uitverkoren om in zijn voetsporen te treden. Betreur het verlies van een collega-admiraal.* De begrafenis zou een groots opgezette aangelegenheid worden met veel eerbetoon. Militairen wisten tenminste hoe ze hun eigen mensen moesten begraven. Ze hadden het vaak genoeg gedaan.

Zijn mobiele telefoon ging. Een internationaal nummer: Duitsland. Dat zou tijd worden.

'Goedenavond, admiraal,' zei een krakende vrouwenstem.

'Mevrouw Oberhauser. Ik verwachtte al telefoon van u.'

'En hoe wist u dat ik zou bellen?'

'Omdat u een gespannen oud wijf bent dat graag de touwtjes in handen heeft.'

Ze grinnikte. 'Dat ben ik. Uw mannen hebben goed werk geleverd. Malone is dood.'

'Ik wacht liever tot ze me dat zelf vertellen.'

'Dat zal helaas niet mogelijk zijn. Zij zijn ook dood.'

'Dan hebt u een probleem. Ik moet bevestiging hebben.'

'Hebt u in de afgelopen twaalf uur iets over Malone gehoord? Berichten over wat hij aan het doen is?'

Nee, dat had hij inderdaad niet.

'Ik heb hem zien doodgaan.'

'Dan hebben wij elkaar niets meer te zeggen.'

'Behalve dan dat u me nog antwoord op mijn vraag moet geven. Waarom is mijn man niet teruggekomen?'

Wat geeft het ook? Vertel het haar maar. 'De onderzeeboot kreeg een defect.'

'En de bemanning? Mijn man?'

'Ze hebben het niet overleefd.'

Stilte.

Ten slotte zei ze: 'U hebt de onderzeeboot en de bemanning gezien?'

'Ja.'

'Vertelt u me wat u hebt gezien.'

'Dat wilt u niet weten.'

Weer een lange stilte. 'Waarom moest dit worden toegedekt?'

'De onderzeeboot was topgeheim. De missie was geheim. Er was indertijd geen keus. We konden niet riskeren dat de Russen hem vonden. Omdat er maar elf mannen aan boord waren, konden de feiten gemakkelijk verborgen blijven.'

'En u hebt ze daar gewoon laten liggen?'

'Uw man was akkoord gegaan met die condities. Hij kende de risico's.'

'En dan zeggen jullie Amerikanen dat Duitsers harteloos zijn.'

'Wij zijn praktisch ingesteld, mevrouw Oberhauser. Wij beschermen de wereld; jullie probeerden de wereld te veroveren. Uw man had zich aangeboden voor een gevaarlijke missie. Die missie was zelfs zijn eigen idee. Hij was niet de eerste die daarvoor koos.' Hij hoopte dat hij nu nooit meer iets van haar zou horen. Hij had geen behoefte aan haar ergerlijke gedoe.

'Vaarwel, admiraal. Ik hoop dat u wegrot in de hel.'

Hij hoorde de emotie in haar stem, maar die liet hem koud. 'Ik wens hetzelfde voor u.' En hij verbrak de verbinding.

Hij nam zich voor een ander mobiel nummer te nemen, dan hoefde hij nooit meer met die gekke Duitse te praten.

Charlie Smith hield van uitdagingen. Ramsey had hem een vijfde doelwit gegeven en duidelijk gemaakt dat het karwei diezelfde dag nog moest worden opgeknapt. Er mocht geen enkele verdenking bestaan. Een zuivere moord zonder nasmaak. Meestal was dat geen probleem voor hem, maar hij moest nu zonder dossier werken. Hij had alleen een paar schamele feiten van Ramsey gekregen en hij had slechts twaalf uur de tijd. Ramsey had hem een indrukwekkende premie beloofd als hij succes had. Met dat geld zou hij Bailey Mill kunnen kopen, en dan hield hij nog genoeg over om het te verbouwen en in te richten.

Hij was terug uit Asheville, voor het eerst in twee maanden thuis in zijn flat. Hij had een paar uur geslapen en was klaar voor wat hem te wachten stond. Hij hoorde een zacht riedeltje op de keukentafel en keek naar het scherm van zijn mobieltje. Geen bekend nummer, al kwam het wel uit Washington. Misschien was het Ramsey die een anonieme telefoon gebruikte. Dat deed hij soms. Die man werd verteerd door paranoia.

Hij nam op. 'Ik wil Charlie Smith spreken,' zei een vrouwenstem.

Bij het horen van die naam was hij meteen op zijn hoede. Hij gebruikte die naam alleen voor Ramsey. 'U hebt het verkeerde nummer.'

'Nee, dat heb ik niet.'

'Ik ben bang van wel.'

'Ik zou niet ophangen,' zei ze. 'Wat ik te zeggen heb, kan je leven maken of breken.'

'Zoals ik al zei, mevrouw: verkeerd nummer.'

'Jij hebt Douglas Scofield vermoord.'

Er ging een kille huivering door hem heen. Hij besefte opeens iets. 'Jij was daar, met die man?'

'Ik niet, maar ze werken voor me. Ik weet alles van je af, Charlie.'

Hij zei niets, maar het was een groot probleem dat ze zijn telefoonnummer wist en zijn schuilnaam kende. Dat was zelfs een catastrofe. 'Wat wil je?'

'Je ondergang.'

Hij grinnikte.

'Maar die wil ik graag ruilen voor die van iemand anders.'

'Laat me raden. Ramsey?'

'Je bent slim.'

'Je wilt me zeker niet vertellen wie je bent?'

'Dat wil ik best. In tegenstelling tot jou leid ik geen vals leven.'

'Wie ben je dan?'

'Diane McCoy. Nationaleveiligheidsadviseur van de president van de Verenigde Staten.'

80

M ALONE HOORDE IEMAND schreeuwen. Hij zat in de cockpit met
de bemanning te praten, maar rende nu naar achteren en keek
door het tunnelachtige interieur van de LC-130. Dorothea zat aan de andere kant van het gangpad naast Christl, die gilde en verwoede pogingen
deed zich uit de gordels te bevrijden. Het bloed liep uit Christls neus en
maakte vlekken op haar anorak. Werner en Henn waren wakker geworden en maakten hun gordels los.

Met open handpalmen gleed Malone langs de trapleuningen omlaag
en hij rende op het tumult af. Het was Henn intussen gelukt Dorothea
weg te trekken.

'Gek wijf,' riep Christl. 'Wat doe je?'

Werner pakte Dorothea vast. Malone bleef op een afstand staan kijken.

'Ze sloeg me,' zei Christl, en ze veegde met haar mouw over haar neus.

Malone vond een handdoek in een van de stalen rekken en gooide die
naar haar toe.

'Ik zou je moeten vermoorden,' snauwde Dorothea. 'Je verdient het
niet om te leven.'

'Zie je wel?' riep Christl. 'Dat bedoel ik nou. Ze is gek. Stapelgek.
Krankzinnig.'

'Wat doe je toch?' vroeg Werner aan zijn vrouw. 'Hoe is dit gekomen?'

'Ze haatte Georg,' zei Dorothea, worstelend in Werners greep.

Christl stond op en keek haar zus aan.

Werner liet Dorothea los. De twee leeuwinnen stonden met felle blikken tegenover elkaar. Blijkbaar verdachten ze elkaar van duistere plannen.
Malone keek naar de twee vrouwen. Ze droegen dezelfde dikke kleren en
hun gezichten waren hetzelfde, maar ze dachten totaal verschillend.

'Je was er niet eens bij toen we hem begroeven,' zei Dorothea. 'Iedereen bleef, maar jij niet.'

'Ik heb de pest aan begrafenissen.'

'Ik heb de pest aan jou.'

Christl keek Malone aan, de handdoek tegen haar neus gedrukt. Hij keek terug en zag de dreiging in haar ogen. Voordat hij kon reageren, liet ze de handdoek al vallen en draaide zich bliksemsnel om en sloeg Dorothea op haar gezicht. Haar zus viel ruggelings tegen Werner aan.

Christl balde haar vuist om nog een stomp te geven.

Malone greep haar pols vast. 'Ze had er een van je tegoed. Nu is het genoeg.'

Haar hele gezicht was duister en ze liet hem met een felle blik weten dat dit hem niet aanging.

Ze rukte haar arm los en griste de handdoek van de vloer.

Werner hielp Dorothea op haar stoel. Zoals altijd keek Henn alleen maar toe, zonder een woord te zeggen.

'Oké, genoeg gebokst,' zei Malone. 'Ik stel voor dat jullie allemaal gaan slapen. We hebben minder dan vijf uur voor de boeg en ik ben van plan meteen op weg te gaan als we geland zijn. Iedereen die zeurt of het tempo niet kan bijhouden, blijft op de basis.'

Smith zat in zijn keuken en keek naar de telefoon die op tafel lag. Omdat hij aan de identiteit van de vrouw had getwijfeld, had ze hem een telefoonnummer gegeven en daarna meteen opgehangen. Hij toetste het nummer in. Na drie keer overgaan hoorde hij een vriendelijke stem zeggen dat hij het Witte Huis had gebeld. Ze wilde weten met wie ze hem kon doorverbinden.

'Met de nationaleveiligheidsadviseur,' zei hij zwakjes.

Ze verbond hem door.

'Daar deed je lang genoeg over, Charlie,' zei een vrouw. Dezelfde stem. 'Tevreden?'

'Wat wil je?'

'Ik wil je iets vertellen.'

'Ik luister.'

'Ramsey is van plan het contact met jou te verbreken. Hij heeft grote plannen, heel grote plannen, en hij wil niet dat jij je daarmee kunt bemoeien.'

'Je zit er volkomen naast.'

'Dat zou ik ook zeggen, Charlie. Maar ik zal het je gemakkelijk maken. Jij luistert en ik praat. Misschien ben je bang dat je wordt opgenomen, maar op die manier kan het geen kwaad. Lijkt dat je iets?'

'Als je de tijd hebt, ga je je gang maar.'

'Jij bent Ramseys persoonlijke probleemoplosser. Hij heeft je jarenlang gebruikt en betaalt je goed. De afgelopen paar dagen heb je het druk gehad. Jacksonville. Charlotte. Asheville. Ben ik warm, Charlie? Wil je dat ik namen ga noemen?'

'Je mag zeggen wat je wilt.'

'Nu heeft Ramsey je een nieuwe opdracht gegeven.' Ze zweeg even. 'Mij. En laat me eens raden; het moet vandaag nog gebeuren. Dat is te begrijpen, want ik heb hem gisteren gechanteerd. Heeft hij je dat verteld, Charlie?'

Hij gaf geen antwoord.

'Nee, ik dacht al van niet. Weet je, hij heeft grote plannen en daarin is geen plaats voor jou. Maar ik ben niet van plan net zo aan mijn eind te komen als de anderen. Daarom praten we nu met elkaar. O ja, en dan nog iets. Als ik je vijand was, zou de Geheime Dienst nu bij je op de stoep staan en dan zouden we dit gesprek ergens in alle privacy hebben, alleen jij en ik en iemand die groot en sterk is.'

'Die gedachte was al bij me opgekomen.'

'Ik wist wel dat je voor rede vatbaar was. En om je duidelijk te maken dat ik echt weet waar ik het over heb, zal ik je vertellen over drie buitenlandse rekeningen van jou. De rekeningen waar Ramsey je geld op stort.' Ze somde de banken en rekeningnummers op, zelfs de wachtwoorden, waarvan hij er twee nog maar een week geleden had veranderd. 'Geen van die rekeningen is echt privé, Charlie. Je moet alleen weten waar en hoe je moet zoeken. Helaas voor jou kan ik van het ene op het andere moment beslag leggen op die rekeningen, maar als blijk van goede trouw heb ik ze niet aangeraakt.'

Oké. Ze was echt. 'Wat wil je?'

'Zoals ik al zei, heeft Ramsey besloten dat jij weg moet. Hij heeft een regeling getroffen met een senator, en daar wil hij jou niet bij hebben. Omdat je al praktisch dood bent, zonder identiteit, weinig bindingen, geen familie, zou het niet moeilijk zijn jou voorgoed te laten verdwijnen. Niemand zou je missen. Dat is triest, Charlie.'

Maar het was waar.

'En dus heb ik een beter idee,' zei ze.

Ramsey was nu zo dicht bij zijn doel. Alles was volgens plan verlopen. Er was nog maar één obstakel: Diane McCoy.

Hij zat nog aan zijn bureau met een glas gekoelde whisky binnen handbereik. Hij dacht aan wat hij tegen Isabel Oberhauser had gezegd. Hij dacht na over de onderzeeboot en wat hij uit de NR-1A had geborgen en daarna altijd had bewaard.

Het logboek van commandant Forrest Malone.

Door de jaren heen had hij soms een blik op de met de hand beschreven bladzijden geworpen, meer uit morbide nieuwsgierigheid dan uit echte belangstelling. Niettemin was het logboek de weerslag van een reis die zijn leven grondig had veranderd. Hij was niet sentimenteel, maar sommige tijden moest je in gedachten houden. Voor hem was dat een van die momenten onder het Antarctische ijs.

Toen hij de zeehond achterna zwom.

Naar boven toe.

Hij kwam boven het wateroppervlak en scheen met de zaklantaarn om zich heen. Hij bevond zich in een grot van rotsen en ijs, ongeveer zo lang als een voetbalveld en half zo breed. Het was er doodstil en alles was gehuld in een grijs-purperen licht. Rechts hoorde hij een zeehond en zag het dier weer in het water springen. Hij schoof zijn masker naar zijn voorhoofd, spuwde de regulator uit en snoof de lucht op. Toen zag hij het. Een fel oranje toren van een onderzeeboot, kleiner dan normaal, maar onmiskenbaar.

De NR-1A.

Allemachtig.

Hij trapte zich door het water naar de aan de oppervlakte liggende boot toe.

Hij had aan boord van de NR-1 gediend. Dat was een van de redenen waarom hij voor deze missie was uitgekozen. Hij kende het revolutionaire ontwerp van de onderzeeboot. Die was lang en smal, met de toren dicht bij de voorkant van de sigaarvormige romp. Een platte opbouw van fiberglas stelde de bemanning in staat door de boot te lopen. Omdat er maar weinig openingen in de romp zaten, kon de boot met minimaal risico naar grote diepte duiken.

Hij liet zich er dicht naartoe drijven en streelde het zwarte metaal. Geen geluid. Geen beweging. Niets. Alleen water dat tegen de romp kabbelde.

Hij was dicht bij de boeg en liet zich langs bakboord drijven. Er hing een touwladder tegen de romp. Hij wist dat die werd gebruikt om op opblaasbare vlotten te komen en ze te verlaten. Hij vroeg zich af waar de touwladder deze keer voor was gebruikt.

Hij pakte hem vast en gaf er een ruk aan.

Stevig.

Hij trok zijn zwemvliezen uit en schoof de bandjes daarvan over zijn linkerpols. Hij klemde de zaklantaarn aan zijn riem, pakte de ladder vast en hees zich uit het water. Eenmaal boven liet hij zich op het dek zakken en rustte even uit. Daarna ontdeed hij zich van zijn ballastriem en zuurstoftank. Hij streek koud water van zijn gezicht, zette zich schrap, pakte zijn zaklantaarn weer op en gebruikte de vinnen van de toren als ladder om zich op de toren te hijsen.

Het hoofdluik stond open.

Hij huiverde. Van de kou? Of van de gedachte aan wat er beneden op hem wachtte?

Hij klom de ladder af.

Beneden aangekomen zag hij dat de vloerplaten waren verwijderd. Hij scheen met zijn zaklantaarn over de plaats waar de batterijen van de boot waren ondergebracht. Alles zag er verschroeid uit, dat verklaarde misschien wat er gebeurd was. Brand zou catastrofaal zijn geweest. Hij vroeg zich af hoe het met de reactor van de boot was gesteld, maar die was waarschijnlijk uitgezet, want alles was pikdonker.

Hij liep naar voren, naar de commandoruimte. De stoelen waren leeg, de instrumenten donker. Hij probeerde een paar circuits. Geen elektriciteit. Hij bekeek de machinekamer. Niets. Het reactorcompartiment doemde stil voor hem op. Hij vond de hoek van de commandant – geen hut, de NR-1A was te klein voor die luxe, alleen een kooi en een bureau dat aan de wand was bevestigd. Hij zag het logboek van de commandant liggen en sloeg het open. Hij bladerde het door en keek naar de laatste notitie.

Ramsey kon zich die notitie nog precies herinneren. *IJs op zijn vingers, ijs in zijn hoofd, ijs in zijn glazige blik.* O, wat had Forrest Malone dat goed gezien.

Ramsey had het probleem volkomen opgelost. Iedereen die nu nog een probleem had kunnen vormen, was dood. De reputatie van admiraal Dyals was veilig, en die van hemzelf ook. De marine liep geen gevaar meer. De geesten van de NR-1A zouden blijven waar ze thuishoorden.

In Antarctica.

Zijn mobiele telefoon gaf licht, maar bracht geen geluid voort. Hij had het geluid uren geleden uitgezet. Hij keek. Eindelijk.

'Ja, Charlie, wat is er?'

'Ik wil een ontmoeting.'

'Dat is onmogelijk.'

'Maak het mogelijk. Over twee uur.'

'Waarom?'

'Een probleem.'

Hij besefte dat dit een open telefoonlijn was en dat hij zijn woorden met zorg moest kiezen. 'Ernstig?'

'Zo ernstig dat we bij elkaar moeten komen.'

Hij keek op zijn horloge. 'Waar?'

'Dat weet u wel. Zorg dat u er bent.'

81

COMPUTERS WAREN NIET Stephanies sterkste punt, maar Malone had de vertaalprocedure in zijn e-mail uitgelegd. Kolonel Gross had haar aan een snelle scanner en een internetverbinding geholpen. Ze had het vertaalprogramma gedownload en eerst met een bladzijde geëxperimenteerd door het beeld te scannen.

Het resultaat van het vertaalprogramma was buitengewoon. De vreemde mengeling van kronkels, krullen en slingers werd eerst Latijn en toen Engels. Hier en daar was de tekst wat onbeholpen en er ontbraken gedeelten, maar ze had haar genoeg aan om te weten dat de vriesruimte een schat aan eeuwenoude informatie bevatte.

In een glazen pot hangen twee pitten aan een dunne draad. Wrijf een glanzende metalen staaf hard over kleding. Er zal geen gevoel zijn, geen tinteling, geen pijn. Breng de staaf dicht bij de pot en de twee pitten zullen uit elkaar gaan en ook uit elkaar blijven als de staaf is weggehaald. De kracht van de staaf stroomt naar buiten, ongezien en ongevoeld, maar toch aanwezig, en drijft de pitten uit elkaar. Na een tijd zullen de pitten zakken, gedreven door dezelfde kracht die alles wat in de lucht wordt gegooid ervan weerhoudt daar te blijven.

◆ ◆ ◆

Maak een wiel met een handgreep aan de achterkant en bevestig kleine metalen platen aan de rand. Twee metalen staven dienen op een zo-

danige manier te worden bevestigd dat draden die van elk van die staven uitgaan de metalen platen licht aanraken. Vanuit de staven leidt een draad naar twee metalen bollen. Plaats ze vervolgens een halve gemeens uit elkaar. Draai het wiel met de handgreep rond. Waar de metalen platen de draden raken, zullen flitsen te zien zijn. Draai het wiel sneller en een blauwe bliksem zal sissend van de metalen bollen wegspringen. Er zal een vreemde geur te ruiken zijn, zoals na een hevig onweer in landen waar de regen in overvloed valt. Kijk daarnaar en naar de bliksem, want die kracht en de kracht die de pitten uiteen drijft zijn dezelfde, zij het voortgebracht op verschillende wijzen. Aanraking van de metalen bollen is even ongevaarlijk als aanraking van de metalen staven die over kleding worden gewreven.

✦✦✦

Vermaal gelijke delen maansteen, kroonsjaka, vijf melken van de banyan, vijg, magneet, kwik, micaparel, saarasvataolie en nakha, dat alles gezuiverd, en laat het staan tot het is gestold. Voeg er dan pas bilvaolie aan toe en kook het tot een gladde gom. Verspreid de lak gelijkmatig over een oppervlak en laat hem drogen alvorens hem aan licht bloot te stellen. Voeg pallatoriewortel, maatang, cawries, aardezout, zwart lood en granietzand toe om de lak dof te maken. Breng in overvloed aan op elk oppervlak om het sterker te maken.

✦✦✦

De peetha moet drie gemeens breed en een halve hoog zijn, rechthoekig of rond. Aan het midden wordt een spil bevestigd. Aan de voorkant wordt een vat met delliumzuur geplaatst. In het westen vergroot een spiegel de duisternis en in het oosten wordt de buis voor het aantrekken van zonnestralen bevestigd. In het midden is er het draadbedieningswiel en in het zuiden is er de hoofdschakelaar. Wanneer het wiel naar het zuidoosten wordt gedraaid, zal de tweekoppige spiegel die aan de buis is bevestigd zonnestralen opvangen. Wanneer het wiel naar het noordwesten wordt gedraaid, zal het zuur in werking treden. Wanneer het wiel naar het westen wordt gedraaid, zal de duisternisvergrotende spiegel in werking treden. Als aan het wiel in het midden wordt gedraaid, zullen de stralen die door de spiegel worden aangetrokken het kristal bereiken en het omhullen. Dan moet het hoofdwiel met grote snelheid worden rondgedraaid om een omvattende warmte voort te brengen.

♦ ♦ ♦

Doe gelijke delen zand, kristal en suvarsjalazout in een smeltkroes, zet deze in een oven, en er ontstaat een zuiver, licht, sterk, koel aardewerk. Buizen die van dit materiaal zijn vervaardigd zullen warmte overbrengen en uitstralen en kunnen hecht met elkaar verbonden worden door middel van zoutmortel. Kleurpigmenten van ijzer, klei, kwarts en calciet zijn diep en blijvend en hechten goed na het gieten.

Stephanie keek Edwin Davis aan. 'Aan de ene kant speelden ze met primitieve vormen van elektriciteit, en aan de andere kant maakten ze stoffen en mechanismen waar wij nooit van hebben gehoord. We moeten uitzoeken waar deze boeken vandaan komen.'

'Dat wordt moeilijk, want blijkbaar zijn alle gegevens van Highjump verdwenen.' Davis schudde zijn hoofd. 'Wat een volslagen idioten waren het. Alles topgeheim. Een paar kortzichtige types namen monumentale beslissingen die ons allen raakten. Dit is een bewaarplaats van kennis die heel goed de wereld zou kunnen veranderen. Het zou natuurlijk ook niets waard kunnen zijn, maar we zullen het nooit weten. Je beseft zeker wel dat in de tientallen jaren sinds deze boeken zijn gevonden de ene meter sneeuw zich daar op de andere heeft gelegd. Het landschap is heel anders dan het toen was.'

Ze wist dat Antarctica de nachtmerrie van elke kaartenmaker was. De kustlijn veranderde voortdurend, want de ijsbarrières verschenen en verdwenen en verplaatsten zich in alle richtingen. Davis had gelijk. Het zou wel eens onmogelijk kunnen zijn Byrds locaties te vinden.

'We hebben alleen maar een handjevol pagina's van een paar boeken bekeken,' zei ze. 'We weten niet wat er in al deze andere boeken staat.'

Toen trok een andere bladzijde haar aandacht, gevuld met tekst en een tekening van twee planten, met wortel en al.

Ze scande die bladzijde en liet hem vertalen.

444

Gyra groeit op vochtige, schemerige plaatsen en moet uit de grond worden gehaald voordat de zomerzon vertrekt. De bladeren, geplet en gebrand, verlichten koorts. Maar zorg ervoor dat gyra vrij blijft van vocht. Natte bladeren zijn niet werkzaam en kunnen ziekte veroorzaken. Dat geldt ook voor vergeelde bladeren. Bij voorkeur zijn ze felrood of oranje. Ze brengen ook slaap en kunnen worden gebruikt om dromen te dempen. Te veel kan schade toebrengen, dus met zorg toedienen.

Ze kon zich nu voorstellen wat een ontdekkingsreiziger moest hebben gevoeld als hij op een maagdelijke kust stond en naar een nieuw land keek.

'Dit pakhuis moet worden verzegeld,' zei Davis.

'Dat is geen goed idee. Dan is Ramsey meteen gewaarschuwd.'

Davis zag blijkbaar in dat ze gelijk had. 'We werken via Gross. Als iemand bij deze bergplaats probeert te komen, laat hij het ons weten en dan kunnen we het tegenhouden.'

Dat was een beter idee.

Ze dacht aan Malone. Hij moest nu in de buurt van Antarctica zijn. Zat hij op het goede spoor?

Maar ze hadden hier nog iets te doen.

Ze moesten de moordenaar vinden.

Ze hoorde een deur in de spelonkachtige ruimte open- en dichtgaan. Omdat kolonel Gross hun de nodige privacy had gegund door de wacht te houden in de voorkamer, nam ze aan dat hij het was. Maar toen hoorde ze twee paar voetstappen door het donker galmen. Ze zaten aan een tafel net buiten de vriesruimte en er brandden maar twee lampen. Ze keek op en zag Gross uit het donker verschijnen, gevolgd door een andere man – lang en met een ruige bos haar, in een blauw jack en een gemakkelijke broek, en met het embleem van de president van de Verenigde Staten op zijn linkerborst.

Danny Daniels.

82

Maryland
22.20 uur

Ramsey verliet de donkere weg en reed het bos in naar de boerderij in Maryland waar hij Charlie Smith een paar dagen eerder ook had ontmoet. Bailey Mill, had Smith het huis genoemd.

Smiths toon had hem niet aangestaan. Arrogant, eigenwijs, irritant – dat was Charlie Smith. Maar kwaad, veeleisend en agressief? Nee, dat niet. Er was iets mis.

Ramsey had blijkbaar een nieuwe bondgenoot gevonden in de persoon van Diane McCoy, al had ze hem twintig miljoen dollar gekost. Gelukkig had hij nog veel meer geld dan dat ondergebracht op verschillende bankrekeningen over de hele wereld. Geld dat hem in handen was gekomen door operaties die voortijdig waren beëindigd of niet waren doorgegaan. Gelukkig hoefde hij nauwelijks nog verantwoording af te leggen als er eenmaal het woord GEHEIM op een dossier stond. De voorschriften hielden in dat ongebruikte middelen werden teruggestort, maar dat gebeurde niet altijd. Hij had geld nodig om Smith te betalen en kapitaal om clandestiene operaties te financieren, maar zijn behoefte was niet eindeloos groot meer. En hoe groter de behoefte, hoe groter ook de risico's. Zoals nu.

Zijn koplampen schenen op de boerderij, een schuur en een auto. Er brandde nergens licht. Hij parkeerde en stak zijn hand in het dashboardkastje om er een Walther-pistool uit te halen. Toen stapte hij de kou in.

'Charlie,' riep hij. 'Ik heb geen tijd voor die onzin van jou. Kom meteen hierheen.'

Toen zijn ogen aan het donker gewend waren, zag hij aan de linkerkant iets bewegen. Hij mikte en loste twee schoten. De kogels sloegen in het oude hout. Nog meer beweging, maar hij zag dat het Smith niet was.

Honden. Ze renden van de veranda af, het huis uit en het bos in. Net als de vorige keer. Hij blies zijn adem uit.

Omdat Smith graag spelletjes speelde, besloot hij hem zijn zin te geven. 'Weet je wat, Charlie, ik schiet alle vier je banden kapot, dan kun je hier de hele nacht vernikkelen van de kou. Bel me morgen maar, als je met me wilt praten.'

'U bent helemaal niet leuk, admiraal,' zei een stem. 'Helemaal niet.' Smith kwam uit de duisternis tevoorschijn.

'Je mag blij zijn dat ik je niet doodschiet,' zei Ramsey.

Smith kwam van de veranda af. 'Waarom zou u dat doen? Ik ben braaf geweest. Ik heb alles gedaan wat u wilde. Ze zijn alle vier netjes dood. En ik hoorde op de radio dat u promotie maakt en in de Verenigde Chefs van Staven komt. Een stapje hoger op de ladder, op weg naar dat luxe appartement in de hemel.'

'Dat is niet belangrijk,' zei hij. 'Het zijn jouw zaken niet.'

'Ik weet het. Ik ben alleen maar de ingehuurde helper. Het gaat erom dat ik word betaald.'

'Dat is gebeurd. Twee uur geleden. Het volledige bedrag.'

'Dat is goed. Ik dacht aan een kleine vakantie, ergens waar het warm is.'

'Niet voordat je je nieuwe taak hebt volbracht.'

'U mikt hoog, admiraal. Helemaal tot in het Witte Huis.'

'Hoog mikken is de enige manier om iets te bereiken.'

'Ik wil hiervoor het dubbele van de gebruikelijke prijs, de helft vooruit, de rest na voltooiing.'

Het kon hem niet schelen hoeveel het kostte. 'Akkoord.'

'En er is nog één ding,' zei Smith.

Er porde iets in zijn ribben, door zijn jas heen, van achteren.

'Rustig aan, Langford,' zei een vrouwenstem. 'Of ik schiet je neer voordat je een stap zet.'

Diane McCoy.

Malone keek naar de chronometer van het vliegtuig – 7.40 uur – en tuurde vanuit de cockpit naar het panorama beneden. Antarctica deed hem denken aan een omgekeerd soepbord waar stukjes uit de rand waren. Een immens ijsplateau van bijna drie kilometer dik werd op minstens twee derde van zijn omtrek geflankeerd door zwarte, ruige bergen met gletsjers vol spleten die naar de zee stroomden. De noordelijke kust beneden hem was daar geen uitzondering op.

De piloot maakte bekend dat ze de basis Halvorsen naderden. Het werd tijd dat ze zich op de landing voorbereidden.

'Dit hebben we bijna nooit,' zei de piloot tegen Malone. 'Uitstekend weer. U hebt geluk. De wind is ook gunstig.' Hij stelde de besturing bij en pakte de knuppel vast. 'Wilt u de landing doen?'

Malone maakte een afwijzend gebaar. 'Nee, dank u. Dat gaat boven mijn macht.' Hoewel hij met gevechtsvliegtuigen op deinende vliegdekschepen was geland, had hij er geen enkele behoefte aan om een vliegtuig van vijftigduizend kilo op gevaarlijk ijs te laten landen.

De ruzie tussen Dorothea en Christl zat hem nog dwars. Ze hadden zich de afgelopen uren goed gedragen, maar hun bittere conflict zou een groot probleem kunnen worden.

Het vliegtuig begon aan een steile afdaling.

Hoewel de ruzie zorgwekkend was, zat iets anders wat hij had gezien hem nog meer dwars. Ulrich Henn was erdoor verrast.

Malone had verwarring op het gezicht van Henn gezien, voordat zijn masker weer hard werd. Henn had duidelijk niet verwacht wat Dorothea had gedaan.

Het vliegtuig ging minder steil vliegen en de turbinemotoren maakten minder toeren.

De Hercules was uitgerust met landingsski's en hij hoorde de tweede piloot bevestigen dat ze klaar waren. Ze bleven dalen. De witte grond kwam dichterbij en werd gedetailleerder.

Een stoot. En nog een.

Toen hoorde hij het schrapen van de ski's over korstig ijs. Van remmen was geen sprake, alleen de frictie zou ze vertragen. Gelukkig hadden ze genoeg ruimte om te glijden.

Ten slotte stopte de Hercules.

'Welkom op de onderkant van de wereld,' zei de piloot tegen iedereen.

Stephanie stond op van haar stoel. De macht der gewoonte.

Davis deed het ook.

Daniels maakte met een gebaar duidelijk dat het niet hoefde. 'Het is laat en we zijn allemaal moe. Ga zitten.' Hij pakte een stoel. 'Dank je, kolonel. Wil je ervoor zorgen dat we niet worden gestoord?'

Gross verdween naar de voorkant van het pakhuis.

'Jullie zien er belabberd uit,' zei Daniels.

'Dat krijg je als je ziet hoe iemands hoofd wordt kapotgeschoten,' zei Davis.

Daniels zuchtte. 'Ik heb dat zelf ook een paar keer gezien. Twee perioden in Vietnam. Het laat je nooit meer los.'

'Door ons is er iemand doodgegaan,' zei Davis.

Daniels perste zijn lippen op elkaar. 'Maar door jullie leeft Herbert Rowland nog.'

Dat was een schrale troost, vond Stephanie, en ze vroeg: 'Hoe komt u hier?'

'Ik ben het Witte Huis uit geglipt en regelrecht met de *Marine One* naar het zuiden gegaan. Bush is daar ooit mee begonnen. Die zat al helemaal in Irak voordat iemand wist dat hij vertrokken was. We hebben daar tegenwoordig procedures voor. Ik lig alweer in bed voordat iemand weet dat ik weg ben geweest.' Daniels keek naar de deur van de vriesruimte. 'Ik wilde zien wat daar was. Kolonel Gross heeft het me verteld, maar ik wilde het zelf zien.'

'Het kan onze kijk op de beschaving veranderen,' zei ze.

'Het is verbijsterend.'

Ze kon zien dat Daniels echt onder de indruk was.

'Had Malone gelijk? Kunnen we de boeken lezen?'

Ze knikte. 'Goed genoeg om ze te begrijpen.'

De president vertoonde weinig van zijn gebruikelijke uitbundigheid. Ze had gehoord dat hij een beruchte nachtbraker was die weinig sliep. Medewerkers klaagden daar voortdurend over.

'We zijn de moordenaar kwijt,' zei Davis.

Ze hoorde de verslagenheid in zijn stem. Dit alles was heel anders dan de eerste keer dat ze samenwerkten, toen hij een aanstekelijk optimisme aan de dag had gelegd dat haar tot in Centraal-Azië had gevoerd.

'Edwin,' zei de president, 'je hebt je best gedaan. Ik dacht eerst dat je gek was, maar je had gelijk.'

Davis' ogen waren die van iemand die niet meer op goed nieuws rekende. 'Scofield is nog steeds dood. Millicent is nog steeds dood.'

'De vraag is: wil je hun moordenaar?'

'Zoals ik al zei: we zijn hem kwijt.'

'Kijk, dat is het nou juist,' zei Daniels. 'Ik heb hem gevonden.'

83

Maryland

R AMSEY ZAT IN een gammele houten stoel. Er zat ducttape om zijn handen, borst en voeten heen. Hij had er buiten nog over gedacht McCoy aan te vallen, maar hij wist dat Smith ook gewapend was en hij kon nooit aan hen beiden ontkomen. En dus had hij niets gedaan. Hij had zitten afwachten en gehoopt dat ze een fout zouden maken.

Dat was misschien toch niet zo verstandig geweest.

Ze hadden hem het huis in geleid. Smith had een kleine kampeer-brander aangestoken, die een zwakke verlichting en welkome warmte verspreidde. Het was interessant dat een deel van de slaapkamermuur was opengezwaaid; de rechthoek daarachter was pikzwart. Hij moest weten wat die twee wilden, hoe ze hun krachten hadden gebundeld en hoe hij hen voor zich kon winnen.

'Deze vrouw heeft me verteld dat ik aan de lijst van op te offeren personen ben toegevoegd,' zei Smith.

'Je moet niet luisteren naar mensen die je niet kent.'

McCoy stond tegen een vensterbank geleund met een pistool in haar hand. 'Wie zegt dat wij elkaar niet kennen?'

'Dit is gemakkelijk te doorgronden,' zei hij tegen haar. 'Jij wilt van twee walletjes eten. Heeft ze je verteld, Charlie, dat ze me twintig miljoen heeft afgeperst?'

'Ja, daar had ze het over.'

Nog een probleem. Hij keek McCoy aan. 'Ik vind het knap dat je Charlie hebt gevonden en contact met hem hebt gelegd.'

'Zo moeilijk was dat niet. Denk je dat er niemand is die oplet? Je weet dat mobiele telefoons afgeluisterd kunnen worden en dat bankoverboekingen kunnen worden getraceerd. We kunnen vertrouwelijke regelingen tussen overheden gebruiken om toegang te krijgen tot rekeningen en gegevens waar niemand anders bij kan komen.'

'Ik heb nooit geweten dat je mij zo interessant vindt.'

'Je wilde mijn hulp, dus ik help.'

Hij trok aan de tape. 'Dit had ik niet in gedachten.'

'Ik heb Charlie de helft van de twintig miljoen aangeboden.'

'Met vooruitbetaling,' voegde Smith daaraan toe.

Ramsey schudde zijn hoofd. 'Je bent een ondankbare idioot.'

Smith sprong naar voren en sloeg op Ramseys gezicht. 'Dat heb ik al een hele tijd willen doen.'

'Charlie, ik zweer je: hier zul je spijt van krijgen.'

'Vijftien jaar lang heb ik gedaan wat je vroeg,' zei Smith. 'Je wilde mensen dood hebben. Ik weet dat je iets van plan was, dat kon ik altijd merken. En nu ga je naar het Pentagon. De Verenigde Chefs van Staven. Wat daarna? Jij bent daar vast niet tevreden mee. Dat zou niets voor jou zijn. En dus ben ik een probleem geworden.'

'Wie zei dat?'

Smith wees naar McCoy.

'En je gelooft haar?'

'Het is logisch wat ze zegt. En ze had echt twintig miljoen dollar, want ik heb daar nu de helft van.'

'En wij samen hebben jou,' zei McCoy.

'Jullie hebben geen van beiden het lef om een admiraal te vermoorden, het hoofd van de marine-inlichtingendienst, een kandidaat voor de Verenigde Chefs van Staven. Dat is niet zo gemakkelijk te camoufleren.'

'O nee?' zei Smith. 'Hoeveel mensen heb ik voor jou vermoord? Vijftig? Honderd? Tweehonderd? Ik weet het niet eens meer. En niet één van die sterfgevallen is als moord herkend. Ik zou zeggen dat het camoufleren van moord mijn specialiteit is.'

Jammer genoeg had dat arrogante rotzakje gelijk. En dus probeerde hij het met diplomatie. 'Wat kan ik doen om je gerust te stellen, Charlie? We kennen elkaar al een hele tijd. Ik zal je nodig hebben in de komende jaren.'

Smith gaf geen antwoord.

'Hoeveel vrouwen heeft hij vermoord?' vroeg McCoy.

Ramsey dacht daarover na. 'Maakt dat iets uit?'

'Voor mij wel.'

Toen begreep hij het. Edwin Davis. Haar collega. 'Heeft dit met Millicent te maken?'

'Heeft meneer Smith haar vermoord?'

Hij koos voor eerlijkheid en knikte.

'Was ze zwanger?'

'Dat zei ze, maar wie weet? Vrouwen liegen.'

'En toen heb je haar gewoon maar laten vermoorden?'

'Dat leek me de gemakkelijkste oplossing. Charlie werkte voor ons in Europa. Zo hebben we elkaar leren kennen. Hij voerde de opdracht goed uit, en daarna is hij altijd van mij geweest.'

'Ik ben niet van jou,' zei Smith met minachting in zijn stem. 'Ik werk voor jou. Je betaalt me.'

'En er is veel geld te verdienen,' maakte de admiraal duidelijk.

Smith liep naar de opening in de muur. 'Dit leidt naar een verborgen kelder. Die kwam waarschijnlijk goed van pas in de Burgeroorlog. Een goede plek om dingen te verbergen.'

Hij begreep de boodschap. *Zoals een lijk.*

'Charlie, het zou een heel slecht idee zijn om mij te vermoorden.'

Smith draaide zich om en richtte zijn pistool. 'Misschien wel, maar het zou me een verdomd goed gevoel geven.'

Malone verliet het felle zonlicht en liep de basis Halvorsen in, gevolgd door de anderen. Hun gastheer, die op het ijs had staan wachten toen ze uit het vliegtuig de vrieskou in stapten, was een donkere, bebaarde Australiër. Hij was potig, robuust en zo te zien heel competent. Hij heette Taperell.

De basis bestond uit hightechgebouwen onder een dikke laag sneeuw, van energie voorzien door een verfijnde installatie van zonnecollectoren en windmolens. 'Het nieuwste van het nieuwste,' zei Taperell, en hij voegde eraan toe: 'Jullie hebben vandaag geluk. Het is maar dertien graden onder nul. Bloedheet voor dit deel van de wereld.'

De Australiër leidde hen naar een grote kamer met houten lambriseringen. Er stonden tafels en stoelen en het rook er naar eten. Een digitale thermometer aan de muur gaf aan dat het hier negentien graden was.

'We krijgen zo hamburgers, gebakken aardappeltjes en wat te drinken,' zei Taperell. 'Ik dacht dat jullie wel trek zouden hebben.'

'Kunnen we weggaan zodra we hebben gegeten?' vroeg Malone.

Hun gastheer knikte. 'Natuurlijk. Dat is me verteld. Ik heb een helikopter klaarstaan. Waar gaan jullie heen?'

Malone keek Henn aan. 'Jouw beurt.'

Christl kwam naar voren. 'Nou, eigenlijk heb ík wat je nodig hebt.'

Stephanie zag dat Davis uit zijn stoel kwam en aan de president vroeg: 'Wat bedoelt u, u hebt hem gevonden?'

'Ik heb de vacature in de Verenigde Chefs van Staven vandaag aan Ramsey aangeboden. Ik heb hem gebeld en hij zei ja.'

'Ik neem aan dat u daar een goede reden voor had,' zei Davis.

'Weet je, Edwin, dit is een beetje de omgekeerde wereld. Het is net of jij de president bent en ik de nationaleveiligheidsadviseur ben.'

'Ik weet wie de baas is. U weet wie de baas is. Vertelt u ons nu alleen waarom u midden in de nacht hierheen bent gekomen.'

Ze zag dat Daniels zich niet aan die brutaliteit stoorde.

'Toen ik een paar jaar geleden naar Engeland ging,' zei de president, 'werd ik uitgenodigd om aan een vossenjacht mee te doen. De Engelsen zijn daar gek op. Ze doffen zich helemaal op, stappen vroeg in de ochtend op een stinkend paard en rijden dan achter een stel blaffende honden aan. Ze zeiden dat het geweldig was. Behalve natuurlijk als je de vos bent; dan is het helemaal niet leuk. Omdat ik nu eenmaal zo gauw medelijden heb, moest ik steeds weer aan die vos denken, en dus ging ik niet mee.'

'Gaan we op jacht?' vroeg Stephanie.

Ze zag een twinkeling in de ogen van de president.

'Nou en of, maar weet je wat het mooie van deze jacht is? De vossen weten niet dat we komen.'

Christl vouwde een kaart open en spreidde die over een van de tafels uit. 'Moeder heeft het me uitgelegd.'

'En wat maakte jou zo bijzonder?' vroeg Dorothea.

'Ik nam aan dat ze dacht dat ik het hoofd koel zou houden, al gelooft ze blijkbaar ook dat ik een wraakzuchtige dromer ben die naar de ondergang van onze familie toewerkt.'

'En is dat zo?' vroeg Dorothea.

Christl keek Dorothea scherp aan. 'Ik ben een Oberhauser. De laatste van een lange rij, en ik ben van plan mijn voorouders eer aan te doen.'

'Zullen we ons beperken tot het probleem waar we mee bezig zijn?' stelde Malone voor. 'Het weer is geweldig goed. Daar moeten we van profiteren.'

Christl had de nieuwere kaart van Antarctica meegebracht, waarmee Isabel hem in Ossau in de verleiding had gebracht. Het was de kaart die Isabel niet had opengevouwen. Nu zag hij dat alle bases op het continent stonden aangegeven, de meeste langs de kust, waaronder Halvorsen.

'Opa is hier, en daar, geweest,' zei Christl, en ze wees twee plaatsen aan die met 1 en 2 waren aangegeven. 'Volgens zijn notities zijn de meeste stenen die hij heeft meegenomen afkomstig van plaats 1, al heeft hij ook veel tijd op plaats 2 doorgebracht. De expeditie had een gedemonteerde hut meegenomen die ze ergens wilde opbouwen om de claim van Duitsland hard te maken. De hut werd gebouwd op plaats 2, dus hier bij de kust.'

Malone had Taperell gevraagd bij hun overleg te blijven. Hij keek de Australiër nu aan en vroeg: 'Waar is dat?'

'Ik ken die plek wel, het is tachtig kilometer ten westen van hier.'

'Staat de hut er nog?' vroeg Werner.

'Reken maar,' zei Taperell. 'Die hut staat er nog; hout rot hier niet. Het ding is nog net zo goed als op de dag dat ze het bouwden. Zeker hier, dit hele gebied is een beschermde regio. Een plaats van "bijzonder wetenschappelijk belang" volgens de Antarctica Conservation Act. Je mag hier alleen komen met toestemming van Noorwegen.'

'Waarom?' vroeg Dorothea.

'De kust is van de zeehonden. Het is een voortplantingsgebied. Er mogen geen mensen komen. De hut staat in een van de droge dalen in het binnenland.'

'Moeder zegt dat vader de Amerikanen naar plaats 2 zou brengen,' zei Christl. 'Opa wilde graag terugkomen om opnieuw op zoek te gaan, maar hij kreeg geen toestemming meer.'

'Hoe wéten we dat het die plek is?' vroeg Malone.

Hij zag iets ondeugends in Christls ogen. Ze stak haar hand weer in de rugzak en haalde een dun, kleurrijk boek met een Duitse titel tevoorschijn. Hij vertaalde die titel in stilte. *Een bezoek aan Neuschwabenland, vijftig jaar later.*

'Dit is een fotoboek uit 1988. Een Duits tijdschrift stuurde een filmploeg en een fotograaf. Moeder vond het ongeveer vijf jaar geleden.' Ze bladerde erin, op zoek naar een bepaalde bladzijde. 'Dit is de hut.' Ze liet hun een opvallende, twee bladzijden beslaande kleurenfoto zien van een grijs houten gebouw in een dal van zwart gesteente, met strepen spierwitte sneeuw en met kale, grijze bergen op de achtergrond. Ze sloeg de bladzijde om. 'Dit is een foto van het interieur.'

Malone bekeek de foto. Er was niet veel op te zien. Een tafel waar tijdschriften op lagen, een paar stoelen, twee bedden, planken van kistenhout, een kachel en een radio.

Ze keek hem geamuseerd aan. 'Zie je iets?'

Ze deed met hem wat hij in Ossau met haar had gedaan. Hij ging op haar uitdaging in en keek aandachtig naar de foto. De anderen deden dat ook.

Toen zag hij het. Op de vloer, uitgesneden in een van de planken:

Hij wees. 'Het teken van het boekomslag uit het graf van Karel de Grote.'

Ze glimlachte. 'Dit moet het zijn. En dan is dit er ook nog.' Ze haalde een gevouwen stuk papier uit het boek. Het was een pagina uit een oud tijdschrift, vergeeld en broos, met een korrelige zwart-witfoto van het interieur van de hut.

'Dat komt uit de Ahnenerbe-gegevens die ik heb verzameld,' zei Dorothea. 'Ik weet het nog. Ik heb er in München naar gekeken.'

'Moeder heeft die spullen bemachtigd,' zei Christl, 'en ze vond deze foto. Kijk eens naar de vloer; het teken is duidelijk zichtbaar. Dit is gepubliceerd in het voorjaar van 1939. Opa schreef dit artikel over de expeditie van het jaar daarvoor.'

'Ik zei nog tegen haar dat die materialen waardevol waren,' zei Dorothea.

Malone keek Taperell aan. 'Dan gaan we daarheen.'

Taperell wees op de kaart. 'Dit gebied hier, aan de kust, is een en al ijs met zeewater eronder. Het strekt zich tien kilometer landinwaarts uit. Dat zou een respectabele baai zijn, als hij niet bevroren was. De hut staat aan de andere kant van een heuvel, een kleine twee kilometer landinwaarts op wat de westelijke kust van de baai zou zijn. We kunnen jullie daar afzetten en jullie ophalen als jullie klaar zijn. Zoals ik al zei: jullie treffen het met het weer. Het is daar vandaag gloeiend heet.'

Bij dertien graden onder nul dacht hij niet bepaald aan tropische temperaturen, maar hij begreep het. 'We zullen voor alle zekerheid noodspullen mee moeten nemen.'

'Er staan al twee sleden klaar. We verwachtten jullie.'

'Jij stelt niet veel vragen, hè?' vroeg Malone.

Taperell schudde zijn hoofd. 'Nee, jongen. Ik ben hier alleen maar om mijn werk te doen.'

'Nou, laten we gaan eten en dan vertrekken we.'

84

Fort Lee

'PRESIDENT,' zei DAVIS, 'kunt u het misschien gewoon uitleggen? Zonder verhalen, zonder raadsels. Het is vreselijk laat, en ik heb niet meer de energie om geduldig én respectvol te zijn.'

'Edwin, ik mag je graag. De meeste klootzakken met wie ik te maken heb vertellen me wat ze denken dat ik wil horen of wat ik niet hoef te weten. Jij bent anders. Jij vertelt me wat ik móét horen. Je windt er geen doekjes om, maar zegt gewoon waar het op staat. Daarom luisterde ik, toen je me over Ramsey vertelde. Als het iemand anders was geweest, zouden die woorden het ene oor in en het andere oor uit zijn gegaan. Maar dat gebeurde nu niet, omdat jij het was. Ja, ik was sceptisch, maar je had gelijk.'

'Wat hebt u gedaan?' vroeg Davis.

Stephanie had ook iets in de stem van de president beluisterd.

'Ik heb hem gewoon gegeven wat hij wilde. De benoeming. Niets wiegt iemand beter in slaap dan succes. Ik kan het weten – het is vaak op me uitgeprobeerd.' Daniels' blik ging naar de vriesruimte. 'Ik word gefascineerd door wat daar ligt. Geschriften van mensen die we nooit hebben gekend. Ze hebben lang geleden geleefd, deden dingen, dachten dingen. Toch wisten we niet dat ze bestonden.' Hij haalde een vel papier uit zijn zak. 'Kijk hier eens naar.'

'Dit is een rotstekening uit de Hathortempel in Dendera. Ik heb hem een paar jaar geleden gezien. Die tempel is kolossaal, met torenhoge zuilen. Hij is voor Egyptische begrippen nog niet zo oud, uit de eerste eeuw voor Christus. Die dienaren houden iets vast wat op een soort lamp lijkt. Die dingen steunen op zuilen en moeten dus zwaar zijn. Ze zijn door middel van een kabel verbonden met een kastje op de grond. Kijk eens naar de bovenkant van de stutten. Dat lijkt een condensator, nietwaar?'

'Ik wist niet dat u zich voor dit soort dingen interesseerde,' zei Stephanie.

'Ik weet het. Wij arme, domme boerenjongens kunnen nergens waardering voor opbrengen.'

'Zo bedoelde ik het niet. Alleen –'

'Rustig maar, Stephanie. Ik hou dit voor mezelf, maar ik hou ervan. Al die tomben in Egypte, en in de piramiden: niet één kamer heeft rookschade. Hoe hebben ze daar in godsnaam licht gekregen om te werken? Ze hadden alleen vuur, en lampen die brandden op rokerige olie.' Hij wees naar de tekening. 'Misschien hadden ze ook iets anders. In de Hathortempel is een inscriptie gevonden die het allemaal duidelijk maakt. Ik heb het opgeschreven.' Hij keerde de tekening om. '"De tempel is gebouwd volgens een plan dat geschreven stond in oude schrifttekens op

---

een rol van geitenvellen uit de tijd van de Metgezellen van Horus." Onvoorstelbaar, hè? Ze zeggen daarmee dat ze hulp hebben gehad van lang geleden.'

'U gelooft toch niet echt dat de Egyptenaren elektrisch licht hadden?' zei Davis.

'Ik weet niet wat ik moet geloven. En wie zei dat het elektrische lampen waren? Ze kunnen ook chemisch zijn geweest. Het leger heeft lampen die op tritiumgas en fosfor branden en die jarenlang werken zonder elektriciteit. Ik weet niet wat ik moet geloven. Ik weet alleen dat die rotstekening echt is.'

Ja, dat was hij inderdaad.

'Je kunt het zo bekijken,' zei de president. 'Ooit dachten de zogenaamde deskundigen dat alle continenten onveranderlijk waren. Geen twijfel mogelijk: het land is altijd geweest waar het nu is. Punt uit. Toen viel het mensen op dat Afrika en Zuid-Amerika in elkaar lijken te passen. Noord-Amerika en Groenland. En ook Europa. Toeval, zeiden de deskundigen, niets meer dan dat. Toen vonden ze identieke fossielen in Engeland en Noord-Amerika en ook dezelfde soort stenen. Het werd steeds moeilijker om in het toeval te blijven geloven. Toen ontdekten ze dat er platen onder de oceanen verschoven en beseften de zogenaamde deskundigen dat het land met die platen mee kon verschuiven. Ten slotte, in de jaren zestig, werd bewezen dat de deskundigen het mis hadden gehad. De continenten waren ooit allemaal met elkaar verenigd en zijn uiteindelijk van elkaar verwijderd geraakt. Wat eens fantasie was, is nu wetenschap.'

Ze herinnerde zich het gesprek dat ze in april in Den Haag hadden gehad. 'Hebt u niet tegen me gezegd dat u geen moer om wetenschap geeft?'

'Dat klopt. Maar dat neemt niet weg dat ik wel eens iets lees en goed oplet.'

Ze glimlachte. 'U bent een vat vol tegenstrijdigheden.'

'Ik vat dat op als een compliment.' Hij wees naar de laptop. 'Werkt dat vertaalprogramma?'

'Blijkbaar wel. En u hebt gelijk; deze boeken gaan over een verdwenen beschaving. Een beschaving die lang heeft bestaan en blijkbaar in contact stond met volkeren over de hele wereld, volgens Malone ook met Europeanen in de negende eeuw.'

Daniels stond op. 'We vinden onszelf zo slim, zo verfijnd. Wij zijn de eersten met alles. Onzin, er is een heleboel waar wij niets van weten.'

'Uit wat we tot nu toe hebben vertaald,' zei ze, 'is af te leiden dat ze enige technische kennis hadden. Vreemde dingen. Het zal even duren voor we het begrijpen. En er is veldwerk voor nodig.'

'Malone krijgt er misschien spijt van dat hij daarheen is gegaan,' mompelde Daniels.

'Waarom?' vroeg ze.

De president keek haar met zijn donkere ogen aan. 'De NR-1A gebruikte uranium als brandstof, maar er waren ook duizenden liters olie aan boord voor smering. Daar is nooit een druppel van gevonden.' Daniels zweeg even. 'Onderzeeboten lekken als ze zinken. En dan is er het logboek, zoals je van Rowland hebt gehoord. Droog. Geen vlekje. Dat betekent dat de onderzeeboot intact was toen Ramsey hem vond. En volgens Rowland waren ze op het continent toen Ramsey het water in ging. Bij de kust. Malone volgt het spoor van Dietz Oberhauser, zoals de NR-1A dat ook deed. Als die paden elkaar nu eens kruisen?'

'Die onderzeeboot kan niet nog steeds bestaan,' zei ze.

'Waarom niet? Het is Antarctica.' Daniels zweeg even. 'Ik heb een halfuur geleden gehoord dat Malone en zijn groepje nu op de basis Halvorsen zijn.'

Ze zag dat het Daniels echt interesseerde wat er gebeurde, zowel hier als in Antarctica.

'Oké, dan nu dit,' zei Daniels. 'Ik heb gehoord dat Ramsey een huurmoordenaar gebruikt die onder de naam Charles C. Smith junior door het leven gaat.'

Davis zat onbeweeglijk op zijn stoel.

'Ik heb de CIA een grondig onderzoek naar Ramsey laten instellen en ze hebben die Smith geïdentificeerd. Vraag me niet hoe, maar het is ze gelukt. Blijkbaar gebruikt hij veel namen en heeft Ramsey hem veel geld gegeven. Waarschijnlijk is hij degene die Sylvian, Alexander en Scofield heeft vermoord, en hij denkt dat hij Herbert Rowland heeft vermoord–'

'En Millicent,' zei Davis.

Daniels knikte.

'Is Smith gevonden?' vroeg ze. Ze herinnerde zich wat Daniels eerder had gezegd.

'Bij wijze van spreken.' De president aarzelde. 'Ik ben hier gekomen om dit alles te zien. Ik wil het echt weten. Maar ik kwam ook om jullie precies te vertellen hoe ik denk dat we een eind aan deze poppenkast kunnen maken.'

Malone keek uit het raam van de helikopter. Het roffelen van de rotorbladen klonk in zijn oren. Ze vlogen naar het westen. De felle zon scheen in zijn ogen door de getinte sneeuwbril. Ze volgden de kust, waar zeehonden als reusachtige slakken op het ijs lagen en orka's langs de randen van het ijs door het water gleden, op zoek naar argeloze prooi. Een eindje bij de kust vandaan verhieven zich bergen als grafstenen op een eindeloos wit kerkhof, donker in contrast met de felwitte sneeuw.

De helikopter zwenkte af naar het zuiden.

'We komen boven het verboden gebied,' zei Taperell door de koptelefoon in hun helm.

De Australiër zat rechts voorin. Er zat een Noor achter de stuurknuppel. Alle anderen zaten ineengedoken in een onverwarmd achtergedeelte. Ze waren drie uur opgehouden door mechanische problemen met de Huey. Er was niemand achtergebleven op de basis; ze wilden allemaal weten wat daar buiten was. Zelfs Dorothea en Christl waren tot bedaren gekomen, al zaten ze zo ver mogelijk bij elkaar vandaan. Christl had de anorak waar bloed op was gekomen op de basis verwisseld voor een jas met een andere kleur.

Ze vonden de bevroren hoefijzervormige baai van de kaart, met een schutting van ijsbergen die de ingang bewaakte. Een verblindend licht schitterde op het blauwe ijs van de ijsbergen.

De helikopter stak een bergketen over met zulke steile toppen, dat de sneeuw er niet eens aan bleef hangen. Het zicht was uitstekend en er stond weinig wind. Aan de heldere, blauwe hemel stonden alleen een paar sliertige cirruswolken.

Voor hen uit zag Malone iets anders.

Een plek waar weinig sneeuw lag. In plaats daarvan werden de grond en de rotswanden gekleurd door onregelmatige strepen van zwart doleriet, grijs graniet, bruine schalie en witte kalksteen. Het landschap lag bezaaid met brokken graniet, groot en klein, in alle mogelijke vormen.

'Een droog dal,' zei Taperell. 'Hier is al twee miljoen jaar geen neerslag gevallen. In die tijd kwamen de bergen zo snel omhoog, dat de gletsjers er niet meer door konden, zodat het ijs aan de andere kant gevangen blijft. De wind komt van het plateau in het zuiden en houdt de grond bijna ijs- en sneeuwvrij. Aan de andere kant van het continent heb je veel van deze dalen. Hier zijn er niet zoveel.'

'Is dit dal verkend?' vroeg Malone.

'We krijgen hier wel eens fossielenzoekers op bezoek. Dat dal is een goudmijn voor hen. Er zijn ook meteorieten. Maar het verdrag beperkt het aantal bezoeken.'

De hut kwam in zicht, een vreemde verschijning aan de voet van een grimmige, strakke berg.

De helikopter vloog over het maagdelijke rotsterrein, beschreef een boog naar een geschikte landingsplaats en landde op grindachtig zand.

Ze stapten uit, Malone als laatste. De sleden met materieel werden hem aangereikt. Taperell knipoogde, toen hij Malone zijn rugzak gaf. Daarmee gaf hij te kennen dat hij gedaan had wat hem gevraagd was. De rotorbladen verspreidden een denderend lawaai en stoten ijskoude lucht.

Ze hadden twee radio's bij zich. Malone had al afgesproken dat ze over zes uur contact zouden opnemen. Taperell had gezegd dat de hut hun beschutting zou geven, als het moest, maar de weersverwachting voor de komende tien tot twaalf uur was gunstig. Daglicht was geen probleem, want de zon zou pas in maart weer ondergaan.

Malone stak zijn duimen op en de helikopter kwam van de grond. Het ritmische geroffel van de rotorbladen zakte weg, toen de helikopter over de bergen verdween.

Ze waren gehuld in diepe stilte.

Zijn ademhaling kraakte en gierde, want de lucht was zo droog als een Saharawind. Toch gaf al die stilte geen gevoel van vrede.

De hut stond vijftig meter bij hen vandaan.

'Wat doen we nu?' vroeg Dorothea.

Hij begon te lopen. 'Laten we beginnen met wat voor de hand ligt.'

85

Malone liep naar de hut. Taperell had gelijk gehad. De hut was zeventig jaar oud, maar de witte en bruine wanden zagen eruit alsof ze net van de houthandel kwamen. Op geen enkele spijkerkop was ook maar een stipje roest te zien. Bij de deur hing een touw dat er nieuw uitzag. Er zaten luiken voor twee ramen. Hij schatte dat de hut zeven bij zeven meter groot was, met overhangende dakranden en een schuin metalen dak waar een schoorsteen doorheen stak. Tegen een van de wanden lag een zeehond waaruit de ingewanden waren verwijderd. De snorharen en glazige ogen waren nog intact. Hij lag daar alsof hij sliep.

De deur had geen grendel. Hij duwde hem naar binnen open en zette zijn getinte sneeuwbril omhoog. Aan plafondbalken die met ijzer versterkt waren, hingen sleden en stukken zeehondenvlees. Aan een van de wanden zag hij dezelfde planken van kistenhout als op de foto, met dezelfde potten en blikken. De etiketten waren nog leesbaar. Twee bedden met slaapzakken van bont, een tafel, stoelen, een ijzeren kachel, een radio – het was er allemaal nog. Zelfs de tijdschriften die op de foto stonden, lagen er nog. Het leek wel of de gebruikers gisteren weg waren gegaan en elk moment konden terugkomen.

'Dit is verontrustend,' zei Christl.

Dat vond hij ook.

Omdat er geen huisstofmijten en insecten waren om organisch afval op te ruimen, moest het zweet van de Duitsers nog bevroren op de vloer liggen, samen met schilfers van hun huid en andere lichamelijke afscheidingen. De aanwezigheid van de nazi's hing nog zwaar in de stille lucht van de hut.

'Opa is hier geweest,' zei Dorothea. Ze liep naar de tafel met de tijdschriften. 'Dat zijn publicaties van Ahnenerbe.'

Hij zette het onbehaaglijke gevoel van zich af, liep naar de plek waar het teken in de vloer gesneden zou moeten staan, en zag het. Hetzelfde teken als op het boekomslag. Er stond nog een primitieve figuur bij:

'Dat is ons familiewapen,' zei Christl.

'Blijkbaar heeft opa zijn eigen claim afgebakend,' merkte Malone op.

'Wat bedoel je?' vroeg Werner.

Henn, die bij de deur stond, begreep het blijkbaar wel en pakte een ijzeren staaf op bij de kachel. Er zat geen vlekje roest op het oppervlak.

'Ik zie dat jij het antwoord ook weet,' zei Malone.

Henn zei niets. Hij stak de platte, ijzeren punt onder de vloerplanken en wrikte ze omhoog. Er verscheen een diep, zwart gat in de vloer. Ze zagen de bovenkant van een houten ladder.

'Hoe wist je dat?' vroeg Christl aan Malone.

'Deze hut staat op een vreemde plaats. Het is een onlogische plaats, tenzij hij iets beschermt. Toen ik de foto in het boek zag, besefte ik wat het antwoord moest zijn.'

'We hebben zaklantaarns nodig,' zei Werner.

'We hebben er twee op de slee. Ik heb ze door Taperell laten inpakken, samen met extra batterijen.'

Smith werd wakker. Hij was terug in zijn appartement. Tien voor halfnegen. Hij had slechts drie uur slaap gehad, maar wat was het al een geweldige dag. Dankzij Diane McCoy was hij tien miljoen dollar rijker, en hij had Langford Ramsey heel goed duidelijk kunnen maken dat hij serieus genomen moest worden.

Hij zette de televisie aan en vond een herhaling van *Charmed*. Hij was gek op die serie. Iets aan die drie sexy heksen sprak hem erg aan. On-

deugend én aardig. Dat leek hem ook de beste manier om Diane Mc-
Coy te beschrijven. Ze had er rustig bij gestaan, toen hij zijn confrontatie met Ramsey had. Het was duidelijk dat ze een ontevreden vrouw was
die meer wilde – en blijkbaar wist ze hoe ze het kon krijgen.

Hij zag op het scherm hoe Paige uit haar huis kwam. Wat een truc.
Ze verdween op de ene plaats en dook ergens anders weer op. Zoiets
kon hij ook. Hij glipte ergens heen, deed zijn werk en glipte dan weer
handig weg.

Zijn mobieltje ging. Hij herkende het nummer.

'En wat kan ik voor je doen?' vroeg hij aan Diane McCoy, toen hij had
opgenomen.

'Nog een beetje opruimen.'

'Dit is daar zeker de dag voor.'

'Die twee uit Asheville die bijna bij Scofield waren gekomen; ze werken voor mij en ze weten veel te veel. Ik wou dat we meer tijd voor fi-
nesses hadden, maar die hebben we niet. Ze moeten worden geëlimineerd.'

'En je weet een manier?'

'Ik weet precies hoe we het gaan doen.'

Dorothea keek hoe Cotton Malone afdaalde in de opening onder de
hut. Wat had haar grootvader gevonden? Ze had tegen deze reis opge-
zien, vanwege zowel de risico's als de ongewenste persoonlijke contacten, maar ze was nu blij dat ze was meegegaan. Haar rugzak stond een
meter bij haar vandaan en het pistool dat erin zat, gaf haar weer een geruststellend gevoel. Ze had zich in het vliegtuig overdreven gedragen.
Haar zus kon haar bespelen, haar uit haar evenwicht brengen, de gevoeligste zenuw in haar lichaam raken, en ze nam zich voor er niet meer in
te trappen.

Werner stond met Henn bij de deur van de hut. Christl zat aan de ra-
diotafel.

Malone scheen met de zaklantaarn door de duisternis beneden. 'Het
is een tunnel,' riep hij naar boven. 'Hij gaat naar de berg toe.'

'Hoe ver?' vroeg Christl.

'Een verdomd eind.' Hij verscheen weer boven aan de ladder. 'Ik moet
iets zien.'

Hij klom de hut in en liep naar buiten. Ze volgden hem allemaal.

'Ik verbaasde me over die strepen van sneeuw en ijs door het dal. Overal kale grond en rotsen, en dan een paar ruwe paden die eroverheen lopen.' Hij wees naar de berg en een twee tot drie meter breed pad van sneeuw dat vanaf de hut daarheen leidde. 'Daar loopt de tunnel. De stuifsneeuw blijft daar liggen, omdat de lucht eronder veel kouder is dan de grond.'

'Hoe weet je dat?' vroeg Werner.

'Je zult het zien.'

Henn was de laatste die de ladder af kwam. Malone zag dat ze allemaal vol verbazing stonden te kijken. De tunnel strekte zich recht voor hen uit, een meter of zes breed, met wanden van zwart vulkanisch gesteente en een lichtgevend blauw plafond dat het ondergrondse pad in een vaag schijnsel zette.

'Dit is ongelooflijk,' zei Christl.

'De ijslaag hierboven heeft zich lang geleden gevormd. Maar daar was hulp bij.' Malone wees met zijn zaklantaarn omlaag naar iets wat op keien leek, al twinkelden ze in het licht. 'Een soort kwarts. Ze zijn overal. Kijk eens naar hun vormen. Ik denk dat ze ooit het plafond zijn geweest. Uiteindelijk zijn ze weggevallen en vormde het ijs een natuurlijke boog.'

Dorothea bukte zich en bekeek een van de brokken. Henn lichtte haar bij met de andere zaklantaarn. Ze legde twee brokken tegen elkaar aan. Ze pasten, als stukjes van een puzzel. 'Je hebt gelijk. Ze sluiten op elkaar aan.'

'Waar leidt dit heen?' vroeg Christl.

'Dat gaan we nu uitzoeken.'

Onder de grond was het kouder dan buiten. Hij keek op zijn polsthermometer. Twintig graden onder nul. Koud, maar uit te houden.

Hij had gelijk wat de lengte betrof: de tunnel was misschien wel honderd meter lang. Hij lag bezaaid met kwartspuin. Voordat ze naar beneden waren gegaan, hadden ze hun spullen de hut in gesjouwd, waaronder de twee radio's. Ze hadden hun rugzakken mee naar beneden genomen en hij had reservebatterijen voor de zaklantaarns, al zouden ze ook hun weg kunnen vinden bij het fosforescerende schijnsel van het plafond.

Het lichtgevende plafond eindigde vermoedelijk bij de berg. Er was daar een hoge boogpoort. Zwarte en rode zuilen ondersteunden een fronton, waarop dezelfde schrifttekens stonden als in de boeken. Malone scheen met zijn zaklantaarn en zag dat de vierkante zuilen aan de onderkant dichter naar elkaar toe kwamen. Hun gladde oppervlakken glansden met een etherische schoonheid.

'Zo te zien zijn we op de goede plaats,' zei Christl.

Er waren twee vergrendelde deuren, ongeveer vier meter hoog. Hij liep erheen en streek met zijn hand over de buitenkant. 'Brons.'

Het gladde oppervlak was versierd met doorlopende spiralen. Een metalen staaf lag over hun volle breedte, op zijn plaats gehouden met dikke klemmen. De deuren hadden zes zware scharnieren.

Hij pakte de staaf vast en tilde hem van zijn plaats.

Henn pakte de handgreep van een van de deuren vast en zwaaide de deur naar zich toe. Malone pakte de andere handgreep en voelde zich net Dorothy die Oz betrad. De andere kant van de deuren was versierd met dezelfde spiralen en bronzen klemmen. De deuropening was zo breed, dat ze met zijn allen tegelijk naar binnen konden gaan.

Wat boven één berg had geleken, bedekt met sneeuw, was in feite een geheel van drie toppen dicht tegen elkaar aan, met doorschijnend blauw ijs in de brede kloven ertussen – oud, koud, hard en vrij van sneeuw. Aan de binnenkant was weer een laag van die kwartsblokken gemetseld, als een torenhoog gebrandschilderd raam, de voegen breed en onregelmatig. Een groot deel van de binnenmuur was ingestort, maar er was nog wel zoveel over, dat hij kon zien dat het een indrukwekkend bouwwerk was geweest. Iriserende regens van blauw getinte stralen vielen neer door drie hoge balken, die als enorme lichtstokken hun schijnsel wierpen over de spelonkachtige ruimte.

Voor hen lag een stad.

Stephanie had de nacht doorgebracht in Edwin Davis' flat, een bescheiden appartement van drie kamers en twee badkamers in de Watergatetorens. Schuine muren, wanden die elkaar kruisten, verschillende plafondhoogten en veel bochten en cirkels maakten de kamers tot een kubistisch geheel. De minimalistische inrichting en de muren met de kleur van rijpe peren wekten een ongewoon, maar niet onaangenaam gevoel. Davis vertelde haar dat de flat gemeubileerd werd verhuurd en dat hij aan de eenvoud gewend was geraakt.

Ze waren met Daniels aan boord van de *Marine One* naar Washington teruggekeerd en hadden een paar uur geslapen. Ze had gedoucht, en

Davis had ervoor gezorgd dat ze schone kleren kon kopen in een van de winkels op de begane grond. Duur, maar onvermijdelijk. Haar kleren hadden het zwaar te verduren gehad. Toen ze uit Atlanta naar Charlotte was vertrokken, had ze gedacht dat het een trip van hooguit een dag zou worden. Nu was het al de derde dag en het einde was nog niet in zicht. Davis had zich ook opgeknapt en geschoren. Hij droeg nu een blauwe corduroybroek en een lichtgeel overhemd van dik katoen. Zijn gezicht was nog gekneusd van de vechtpartij, maar hij zag er beter uit.

'We kunnen beneden iets gaan eten,' zei hij. 'Ik kan nog geen water koken, dus ik eet daar vaak.'

'De president is je vriend,' voelde ze zich gedwongen te zeggen, want ze wist dat hij aan gisteravond dacht. 'Hij neemt een groot risico voor jou.'

Hij glimlachte vaag. 'Ik weet het. En nu is het onze beurt.'

Ze had langzamerhand bewondering voor deze man gekregen. Hij was heel anders dan ze had gedacht. Een beetje roekelozer dan goed voor hem was, maar hij toonde veel inzet.

De telefoon ging en Davis nam op.

Hierop hadden ze gewacht.

In de gedempte stilte van de flat kon ze elk woord verstaan van degene die belde.

'Edwin,' zei Daniels. 'Ik weet de locatie.'

'Vertelt u het me,' zei Davis.

'Weet je het zeker? Je kunt nog terug. Misschien overleef je het niet.'

'Vertelt u me nou maar die locatie.'

Ze ergerde zich aan zijn ongeduld. Daniels had gelijk; misschien overleefden ze het niet.

Davis deed zijn ogen dicht. 'Laat ons dit gewoon doen.' Hij zweeg even. 'President.'

'Schrijf dit op.'

Davis pakte pen en papier van de tafel en noteerde de informatie die Daniels hem gaf.

'Voorzichtig, Edwin,' zei Daniels. 'Er zijn veel onbekende factoren.'

'En vrouwen zijn niet te vertrouwen?'

De president grinnikte. 'Ik ben blij dat jij dat zei, en niet ik.'

Davis hing op en keek haar aan. Zijn ogen waren een caleidoscoop van emoties. 'Je moet hier blijven.'

'Vergeet het maar.'

'Je hoeft dit niet te doen.'

Ze moest lachen om zijn aanmatigende houding. 'Sinds wanneer? Jij hebt me hier zelf bijgehaald.'

'Dat was een fout van me.'

Ze ging dicht bij hem staan en streek over zijn gekneusde gezicht. 'Als ik er niet was geweest, zou je in Asheville de verkeerde hebben gedood.'

Hij pakte met bevende hand haar pols vast. 'Daniels heeft gelijk. Dit is volkomen onvoorspelbaar.'

'Ach, Edwin, mijn hele leven is onvoorspelbaar.'

86

MALONE HAD INDRUKWEKKENDE dingen gezien: de schat van de tempeliers, de bibliotheek van Alexandrië en het graf van Alexander de Grote. Maar niets van dat alles was te vergelijken met wat hij nu zag.

Een doorgang van onregelmatig gevormde en gepolijste platen, met aan weerskanten dicht opeen staande gebouwen van verschillende grootte en vorm, strekte zich voor hem uit. Straten kruisten elkaar. De cocon van gesteente die de nederzetting omvatte, ging minstens honderd meter de lucht in, en de verste muur was misschien wel twee voetbalvelden bij hem vandaan. Nog indrukwekkender waren de verticale rotswanden die zich als monolieten verhieven, glad gepolijst van vloer tot plafond, met tekens, letters en tekeningen die erin gegraveerd waren. Het licht van zijn zaklantaarn viel op de dichtstbijzijnde muur op een mengeling van witgele zandsteen, groenrode schalie en wigvormige stukken zwarte doleriet. Het effect was dat van marmer – alsof hij niet in een berg maar in een gebouw stond.

Langs de straat stonden zuilen met regelmatige tussenruimten. Ze ondersteunden nog meer kwarts, dat een zacht schijnsel verspreidde, als nachtlichtjes, en alles in een raadselachtige schemering hulde.

'Opa had gelijk,' zei Dorothea. 'Het bestaat echt.'

'Ja,' zei Christl met stemverheffing. 'Hij had gelijk in alles.'

Malone hoorde de trots in haar stem, voelde haar opwinding.

'Jullie dachten allemaal dat hij een dromer was,' ging Christl verder. 'Moeder las vader en hem de les. Maar ze hadden profetische gaven. Ze hadden gelijk in alles.'

'Dit zál alles veranderen,' zei Dorothea.

'En jij hebt niet het recht daaraan deel te nemen,' zei Christl. 'Ik heb altijd in hun theorieën geloofd. Daarom heb ik al dat onderzoek gedaan.

Jij kon ze alleen maar uitlachen. Nu zal niemand Hermann Oberhauser nog uitlachen.'

'Als we nou eens even wachten met lofprijzingen,' zei Malone, 'en gaan rondkijken.'

Hij liep voor de groep uit. Zo ver als de lichtbundels van hun zaklantaarns reikten keken ze zijstraten in. Hij had een onheilspellend gevoel, maar de nieuwsgierigheid dreef hem voort. Hij verwachtte elk moment mensen uit de huizen te zien komen om hem te begroeten, maar er was niets anders te horen dan hun eigen voetstappen.

De gebouwen bestonden uit vierkanten en rechthoeken met muren van uitgehakte, gladde stenen die dicht op elkaar waren gezet, zonder specie. De twee zaklantaarns schenen op voorgevels die schitterden van kleur. Allerlei tinten van bruin, blauw, geel, wit en goud. Lage daken vormden frontons met ingewikkelde spiralen en nog meer schrifttekens. Alles zag er netjes, praktisch en goed georganiseerd uit. De Antarctische ijskast had alles in stand gehouden, al was hier en daar te zien dat er geologische krachten aan het werk waren geweest. Veel kwartsblokken uit de torenhoge lichtspleten waren naar beneden gevallen. Enkele muren waren ingestort en er zaten hobbels in de straten.

De hoofdstraat kwam uit op een rond plein met nog meer gebouwen langs de rand. Een daarvan was een tempelachtig bouwwerk met prachtig versierde vierkante zuilen. In het midden van het plein stond het unieke teken van het boekomslag: een enorm glanzend rood monument, omringd door rijen stenen banken. Zijn fotografische geheugen herinnerde zich meteen wat Einhard had geschreven.

De adviseurs graveerden hun wetten in het symbool van rechtvaardigheid. Dat symbool, uitgehakt in rode steen, staat in het midden van de stad en verheft zich boven hun jaarlijkse beraadslagingen. Bovenaan staat de zon, half schitterend in zijn glorie. Dan is er de aarde, een eenvoudige cirkel, met de planeten als stip binnen de cirkel. Het kruis herinnert hen aan het land, terwijl daaronder de zee golft.

Er stonden vierkante zuilen van ongeveer drie meter hoog op het plein. Elke zuil was rood en had kronkels en versieringen op de bovenkant. Hij telde er achttien. Nog meer schrifttekens stonden in strakke rijen op de voorkanten gegraveerd.

Wetten worden uitgevaardigd door de negen adviseurs en op de zuilen van rechtvaardigheid op het middenplein van elke stad gegraveerd, opdat allen ervan weten.

'Einhard is hier geweest,' zei Christl. Blijkbaar besefte ze hetzelfde. 'Het is zoals hij het heeft beschreven.'

'Omdat je óns niet hebt verteld wat hij heeft geschreven,' zei Dorothea, 'kunnen we dat moeilijk weten.'

Hij zag dat Christl haar zus negeerde en een van de zuilen bekeek.

Op de vloer bevond zich een collage van mozaïeken. Henn scheen met zijn zaklantaarn op de grond. Dieren, mensen, taferelen uit het dagelijks leven; dat alles in felle kleuren.

Op enkele meters afstand stond een ronde stenen richel, tien meter in doorsnee en een meter hoog.

Malone liep erheen en keek over de rand. Een zwart gat met een wand van stenen opende zich in de aarde.

De anderen kwamen bij hem staan.

Hij vond een steen ter grootte van een kleine meloen en gooide die over de rand. Tien seconden gingen voorbij. Twintig. Dertig. Veertig. Een minuut. Nog steeds geen geluid van de bodem.

'Dat is een diep gat,' zei hij.

Even diep als de kuil die hij voor zichzelf had gegraven.

Dorothea liep bij het gat vandaan.

Werner kwam achter haar aan en fluisterde: 'Voel je je wel goed?'

Ze knikte. Opnieuw had ze er moeite mee dat haar man bezorgd om haar was. 'We moeten dit afmaken,' fluisterde ze. 'Verdergaan.'

Hij knikte.

Malone bekeek een van de vierkante rode zuilen.

Bij elke inademing werd haar mond droger.

Werner zei tegen Malone: 'Zou het niet vlugger gaan als we ons in twee groepen opsplitsen die elk op verkenning uitgaan? Dan komen we hier weer bij elkaar.'

Malone draaide zich om. 'Goed idee. We hebben nog vijf uur de tijd, voordat we ons moeten melden, en het is een heel eind lopen door die tunnel. We moeten ervoor zorgen dat we hier geen tweede keer hoeven te komen.'

Niemand sprak dat tegen.

'Om te voorkomen dat er ruzie uitbreekt,' zei Malone, 'neem ik Dorothea mee. Jij en Christl gaan met Henn mee.'

Dorothea keek naar Ulrich. Ze zag aan zijn ogen dat het goed was. En dus zei ze niets.

Malone dacht dat áls er iets ging gebeuren, het nu zou zijn. Daarom ging hij snel akkoord met Werners voorstel. Hij wachtte af wie als eerste in actie kwam. Het leek hem verstandig de zussen en de echtelieden bij elkaar vandaan te houden, en hij merkte dat niemand bezwaar maakte.

Dat betekende dat hij nu de kaart moest uitspelen die hij zichzelf had toebedeeld.

87

MALONE EN DOROTHEA verlieten het centrale plein en waagden zich dieper de stad in. De gebouwen stonden zo dicht op elkaar als dominostenen in een doos. Sommige gebouwen waren werkplaatsen met een of twee kamers die rechtstreeks op de straat uitkwamen zonder een duidelijke andere functie te hebben. Andere stonden meer naar achteren en waren te bereiken via paden die tussen de werkplaatsen door naar voordeuren leidden. Hij zag geen deklijsten, overhangende dakranden of goten. Het was een architectuur van rechte hoeken, diagonalen en piramidevormen, met zo min mogelijk curven. Aardewerken buizen, verbonden met dikke, grijze koppelstukken, liepen van huis naar huis en op en neer over de buitenmuren. Ze waren prachtig geschilderd en hoorden bij het decor, maar hij vermoedde dat ze ook een praktische functie hadden.

Dorothea en hij onderzochten een van de huizen. Ze gingen door een bewerkte bronzen deur naar binnen en kwamen op een met mozaïeken bedekte binnenplaats. Daaromheen lagen vier rechthoekige kamers. Die waren met grote precisie uit de rots gehakt. Zuilen van onyx en topaas leken meer als decoratie dan als ondersteuning te zijn aangebracht. Trappen leidden naar een bovenverdieping. Geen ramen. In plaats daarvan bestond het plafond uit nog meer kwarts, waarvan de stukken met specie aan elkaar waren gezet. Het zwakke licht van buiten viel er met refractie doorheen en werd erdoor versterkt, zodat de kamers des te schitterender leken.

'Ze zijn allemaal leeg,' zei Dorothea. 'Alsof ze bij hun vertrek alles hebben meegenomen.'

'Dat zou best eens gebeurd kunnen zijn.'

Op de wanden waren afbeeldingen te zien. Groepen goed geklede vrouwen zaten aan weerskanten van een tafel, omringd door nog meer mensen. Daarachter zwom een orka – een mannetje, kon hij aan de hoge rugvin zien – in een blauwe zee. Puntige ijsbergen dreven langs, bespikkeld met pinguïnkolonies. Een boot voer over het water – lang, smal, met twee masten en met het in rood uitgevoerde teken van het plein op vierkante zeilen. Er was duidelijk naar realisme gestreefd. Alles had de juiste proporties. De muur weerspiegelde het licht van de zaklantaarn en hij streek met zijn hand over het oppervlak.

In elke kamer liepen aardewerken buizen van de vloer tot het plafond. Die buizen waren zo beschilderd, dat ze in de afbeeldingen op de muur opgingen.

Hij keek er met onverholen verwondering naar. 'Dat moet een verwarmingssysteem zijn geweest. Ze moesten een manier hebben om warm te blijven.'

'Wat zou de bron zijn?' vroeg ze.

'Aardwarmte. Die mensen waren slim, maar op mechanisch gebied waren ze nog niet zo ver. Ik denk dat de aardwarmte door het gat op het plein naar boven kwam en dat de hele stad erdoor werd verwarmd. Ze leidden de warmte door die buizen naar alle gebouwen toe.' Hij wreef over de glanzende buitenkant. 'Maar toen de warmtebron verzwakte, raakten ze in de problemen. Het leven hier moet een dagelijkse strijd zijn geweest.'

Een van de binnenmuren werd ontsierd door een brede barst. Hij volgde die met de zaklantaarn. 'Dit huis heeft in de loop van de eeuwen nogal wat aardbevingen te verduren gehad. Een wonder dat het nog overeind staat.'

Omdat ze daar niets op zei, draaide hij zich om.

Dorothea Lindauer stond aan de andere kant van de kamer en hield een pistool op hem gericht.

Stephanie keek naar het huis dat Davis en zij met de aanwijzingen van Danny Daniels hadden gevonden. Het was oud en vervallen en stond afgelegen in Maryland, omringd door velden en dichte wouden. Aan de achterkant stond een schuur. Er waren geen auto's te zien. Ze waren allebei gewapend en stapten zwijgend met hun wapen in de hand uit de auto.

Ze liepen naar de voordeur, die openhing. De meeste ramen zaten achter dichte luiken verborgen. Ze schatte dat het huis twee tot driehonderd vierkante meter groot was. Het had zijn beste jaren al heel lang achter de rug. Behoedzaam gingen ze naar binnen.

Het was een heldere, koude dag en de zon scheen naar binnen door de ramen waar geen luiken voor zaten. Ze stonden in een hal waar links en rechts kamers op uitkwamen. Recht voor hen was een gang. Het huis had geen bovenverdieping en strekte zich ver in alle richtingen uit, met brede gangen tussen de vertrekken. In de kamers stond meubilair waar vuile lakens overheen hingen. Het behang hing hier en daar los en de houten vloeren waren kromgetrokken.

Ze hoorde iets schrapen. Toen een zacht *tik, tik, tik*. Bewoog er iets? Iets wat liep? Ze hoorde grommen en grauwen. Ze keek een van de gangen in. Davis liep haar voorbij en ging voorop. Ze kwamen bij de deuropening van een slaapkamer. Davis ging achter haar staan, maar hield zijn pistool in de aanslag. Ze wist wat hij wilde dat ze deed, en drukte zich tegen het deurkozijn en gluurde naar binnen. Ze zag twee honden. De een was geelbruin met wit, de ander lichtgrijs, en ze waren allebei druk bezig iets op te eten. Ze waren groot en pezig. Een van hen merkte haar op en hief zijn kop omhoog. Zijn snuit zat onder het bloed.

Het dier gromde. De andere hond voelde gevaar en keek ook op. Davis kwam achter haar vandaan.

'Zie je dat?' vroeg hij.

Ze zag het. Op de vloer bij de honden lag hun maaltijd. Een menselijke hand, afgehakt bij de pols. Er ontbraken drie vingers.

Malone keek naar Dorothea's pistool. 'Ben je van plan me dood te schieten?'

'Jij spant met Christl samen. Ik zag haar je kamer binnengaan.'

'Ik vind niet dat je na één nacht van samenspannen kunt spreken.'

'Ze is een slecht mens.'

'Jullie zijn allebei gek.' Hij deed een stap naar haar toe.

Ze stak het pistool naar voren. Hij bleef staan bij de deuropening van een aangrenzende kamer. Ze was drie meter bij hem vandaan en stond voor een muur met glanzende mozaïeken.

'Als jullie twee niet ophouden, maken jullie elkaar kapot,' zei hij.

'Zij gaat dit niet winnen.'

'Wat winnen?'

'Ik ben de erfgenaam van mijn vader.'

'Nee. Dat ben je niet. Jullie zijn allebei erfgenamen, alleen kunnen jullie dat geen van beiden inzien.'

'Je hebt haar gehoord. Ze heeft gelijk gekregen. Nu is er geen land meer met haar te bezeilen.'

Dat was waar, maar hij had er genoeg van en dit was niet het geschikte moment. 'Je doet maar wat je niet laten kunt, maar ik loop deze kamer uit.'

'Dan schiet ik.'

'Doe dat dan maar.' Hij draaide zich om en liep naar de deuropening.

'Ik meen het, Malone.'

'Je verspilt mijn tijd.'

Ze haalde de trekker over. *Klik.*

Hij liep door.

Ze haalde de trekker nog eens over. Nog meer klikgeluiden.

Hij bleef staan en keek haar aan. 'Ik heb je tas laten doorzoeken, toen we op de basis zaten te eten. Je pistool zat erin.' Hij zag de verslagenheid op haar gezicht. 'Na je driftbui in het vliegtuig leek het me verstandig de kogels uit het magazijn te laten halen.'

'Ik richtte op de vloer,' zei ze. 'Ik zou je geen kwaad hebben gedaan.'

Hij stak zijn hand uit naar het pistool.

Ze liep naar hem toe en gaf het aan hem. 'Ik haat Christl.'

'Dat hebben we al geconstateerd, maar op dit moment werkt het contraproductief. We hebben gevonden wat je familie zocht; waar je vader en grootvader hun hele leven naar hebben gezocht. Kun je daar niet opgewonden over zijn?'

'Het is niet wat ík zocht.'

Hij had het gevoel dat ze voor een dilemma stond, maar besloot er niet naar te vragen.

'Jij zocht ook naar iets. Hoe is het daarmee gesteld?' vroeg ze hem.

Ze had gelijk. De NR-1A was nergens te bekennen. 'Daar is de jury nog niet uit.'

'Dit is misschien de plaats waar onze vaders heen gingen.'

Voordat hij daar iets over kon zeggen, werd de stilte ver weg verbroken door twee knallen.

En toen klonk er nog een knal. 'Dat zijn schoten,' zei hij. En ze renden de kamer uit.

Stephanie zag nog iets anders. 'Kijk daar rechts eens.'

Een deel van de binnenwand was opengezwaaid, en daarachter was een donkere rechthoek te zien. Pootafdrukken in het vuil en stof leidden naar die opening. 'Blijkbaar weten ze wat er achter die wand is.'

De honden verstijfden. Ze begonnen te blaffen.

Ze keek weer naar de dieren. 'Ze moeten hier weg.'

Hun pistolen bleven gericht op de honden, die op hun plaats bleven om hun maaltijd te bewaken. Davis ging naar de andere kant van de deuropening. Een hond sprong naar voren, maar bleef toen abrupt staan.

'Ik ga schieten,' zei hij.

Hij richtte zijn pistool en schoot in de vloer tussen de dieren. Ze slaakten een kreet en renden in verwarring door de kamer. Hij schoot nog een keer en ze vlogen door de deuropening de gang op. Op een paar meter afstand bleven ze staan. Blijkbaar beseften ze opeens dat ze hun eten waren vergeten. Stephanie schoot in de vloer en de honden draaiden zich om en renden weg. Ze verdwenen door de voordeur naar buiten. Ze slaakte een zucht van verlichting.

Davis liep de kamer in en knielde neer bij de losse hand. 'We moeten kijken wat daar is.'

Ze was het er niet noodzakelijkerwijs mee eens. Wat had het voor zin? Maar ze wist dat Davis het moest zien. Ze liep naar de opening in de wand. Een smalle houten trap leidde omlaag en maakte een draai naar rechts in het donker. 'Waarschijnlijk een oude kelder.'

Ze ging naar beneden. Davis volgde. Op de overloop aarzelde ze. Haar ogen wenden aan het donker en het was of slierten van duisternis verdampten. In het vage, indirecte licht zag ze een kamer van ongeveer drie bij drie meter. De wand was uit de rotsen gehouwen en de vloer bestond uit poederige aarde. Dikke houten balken droegen het plafond. Het was er ijskoud en er was geen enkele ventilatie.

'Tenminste geen honden meer,' zei Davis.

Toen zag ze het. Een lichaam in een winterjas, liggend, de ene arm een stomp. Ze herkende het gezicht meteen, al had een kogel de neus en een oog weggenomen.

Langford Ramsey.

'De schuld is betaald,' zei ze.

Davis liep haar voorbij en bekeek het lijk. 'Ik wou alleen dat ik het had kunnen doen.'

'Zo is het beter.'

Boven hen was een geluid te horen. Voetstappen. Ze keek vlug naar het plafond van de kamer.

'Dat is geen hond,' fluisterde Davis.

88

MALONE EN DOROTHEA liepen vlug het huis uit en keken de lege straat in. Er klonk weer een schot. Malone hoorde uit welke richting het kwam.

'Die kant op,' zei hij.

Nog net niet rennend, maar wel op een drafje, liepen ze naar het plein. Ze werden in hun bewegingen belemmerd door hun rugzakken en dikke kleren. Ze liepen om het ommuurde gat heen en draafden een andere brede straat in. Daar, dieper de stad in, waren meer gevolgen van geologische verstoring te zien. Verscheidene huizen waren ingestort. Muren waren gebarsten. De straten lagen bezaaid met stenen. Hij was voorzichtig. Ze moesten goed kijken waar ze hun voeten neerzetten.

Hij zag iets. Het lag bij een van de zwak oplichtende kristallen. Hij bleef staan. Dorothea ook. Een pet? Hier? Op deze eeuwenoude plaats, lang geleden verlaten, leek het een inbreuk op de rust. Hij liep erheen. Oranje stof. Herkenbaar. Hij bukte zich. Boven de klep waren letters gestikt:

MARINE VS

NR-IA

Allemachtig.

Dorothea las het ook. 'Dat kan niet.'

Hij bekeek de binnenkant. Daar stond in zwarte inkt de naam VAUGHT. Hij herinnerde zich het rapport van de onderzoekscommissie. *Technisch specialist 2e klasse Doug Vaught.* Een van de bemanningsleden van de NR-IA.

'Malone.'

Zijn naam galmde door de enorme ruimte.

'Malone.'

Het was Christl. Hij keerde met een sprong tot de realiteit terug.

'Waar ben je?' riep hij.

'Hier.'

Stephanie besefte dat ze de kerker moesten ontvluchten. Dit was wel de laatste plaats waar ze de strijd met iemand wilden aangaan.

De voetstappen dreunden boven hen. Ze leken van één persoon afkomstig te zijn. Die persoon liep naar de andere kant van het huis, weg van de kamer boven aan de keldertrap. Daarom ging ze zachtjes de houten trap op en bleef boven staan. Voorzichtig keek ze om de opening in de muur. Ze zag niemand en stapte de kamer in. Op een teken van haar ging Davis aan de ene kant van de deuropening naar de gang staan. Ze ging zelf aan de andere kant staan. Ze keek om de hoek.

Niets.

Davis ging voorop; hij wachtte niet op haar. Ze volgde hem naar de hal. Nog steeds niemand te zien. Toen bewoog er iets in de kamer waar ze net voorbij liep. Dat moest de keuken met eetkamer zijn.

Er verscheen een vrouw. Diane McCoy. Precies zoals president Daniels had gezegd. Ze kwam recht op haar af. Davis gaf zijn positie aan de andere kant van de hal prijs.

'De Lone Ranger en Tonto,' zei McCoy. 'Jullie komen redding brengen?'

Ze droeg een lange wollen jas die openhing, met daaronder een broek, een blouse en laarzen. Haar handen waren leeg en het ritmische bonken van haar hakken kwam overeen met wat ze beneden hadden gehoord.

'Hebben jullie enig idee?' vroeg McCoy, 'hoeveel problemen jullie hebben veroorzaakt? Jullie banjeren overal rond en bemoeien je met dingen die jullie helemaal niet aangaan.'

Davis richtte zijn pistool op McCoy. 'Wat kan mij dat schelen? Jij bent een verrader.'

Stephanie kwam niet in beweging.

'Kijk eens aan,' zei een nieuwe stem. Een man.

Stephanie draaide zich om. In de kamer aan de andere kant verscheen een kleine, pezige man met een rond gezicht. Hij hield een HK53 op hen gericht. Ze kende dat wapen goed. Veertig patronen, snelvuur, vernietigend. Ze besefte ook wie het in handen had.

Charlie Smith.

Malone stopte de pet in zijn jaszak en draafde verder. Een reeks langgerekte treden van ongeveer vijf meter lang liet de straat geleidelijk afdalen naar een halfrond plein tegenover een hoog gebouw met een zuilengalerij. Langs het plein stonden beeldhouwwerken, allemaal op een vierkante zuil.

Christl stond tussen de zuilen van het gebouw en liet een pistool langs haar zij hangen. Hij had ook haar rugzak laten doorzoeken, maar niet haar kleding. Als hij dat had gedaan, zou iedereen hebben geweten dat hij niet zo dom was als ze dachten, en hij had het voordeel van de onderschatting niet zo gemakkelijk willen prijsgeven.

'Wat is er gebeurd?' vroeg hij, buiten adem.

'Het is Werner. Henn heeft hem doodgeschoten.'

Hij hoorde Dorothea's adem stokken.

'Waarom?' vroeg ze.

'Denk na, lieve zus. Wie geeft Ulrich zijn bevelen?'

'Moeder?' vroeg Dorothea bij wijze van antwoord.

Dit was niet het moment voor een familiediscussie, besloot hij. 'Waar is Henn?'

'We hebben ons opgesplitst. Ik kwam net terug, toen hij Werner neerschoot. Ik pakte mijn pistool en schoot op hem, maar hij is gevlucht.'

'Wat doe jij met een pistool?' vroeg hij.

'Het lijkt me wel goed dat ik het heb meegebracht.'

'Waar is Werner?' vroeg Dorothea.

Christl wees. 'Daarbinnen.'

Dorothea ging vlug de trap op. Malone en Christl volgden haar. Ze betraden het gebouw door een deur die bekleed was met metaal, vermoedelijk bewerkt tin. Er was een lange hal met een hoog plafond; de vloer en de wanden waren blauw en goudkleurig betegeld. In de vloer zaten bassins met gladde kiezels op de bodem; het ene na het andere bassin met een stenen balustrade aan weerskanten. Raamopeningen zonder glas waren gevat in bronzen latwerken, en op de muren zaten mozaïeken. Landschappen, dieren, jonge mannen die zo te zien kilts droegen, en vrouwen in plooirokken die de bassins met water vulden, sommigen uit potten, anderen uit schalen. Buiten had hij koper op het fronton gezien, en zilver op de zuilen. Nu zag hij bronzen ketels en zilveren accessoires. In die samenleving was metallurgie duidelijk een kunstvorm geweest. Het plafond was van kwarts. Het was een brede boog, steunend op een centrale balk die zich over de hele lengte van de rechthoek uitstrekte. Aan afvoeren in de zijkanten en de bodems van de bassins was te zien dat er ooit water in had gezeten. Dit was een badhuis, dacht hij.

Werner lag languit in een van de bassins. Dorothea rende naar hem toe.

'Ontroerend, nietwaar?' zei Christl. 'De trouwe, liefhebbende vrouw die om het verlies van haar dierbare echtgenoot rouwt.'

'Geef me je pistool,' eiste hij.

Ze wierp hem een venijnige blik toe, maar gaf hem het wapen. Hij zag dat het hetzelfde merk en model was als dat van Dorothea. Isabel had er blijkbaar voor gezorgd dat de dochters evenveel kans maakten. Hij haalde het magazijn eruit en stopte beide pistolen in zijn zak.

Hij liep naar Dorothea toe en zag dat Werner was neergeschoten met één enkel schot in het hoofd.

'Ik heb twee keer op Henn geschoten,' zei Christl. Ze wees naar het eind van de zaal, langs een laag platform. Daar was nog een deuropening. 'Hij is daardoor ontkomen.'

Malone liet de rugzak van zijn schouders glijden, maakte het middenvak open en vond daarin een 9mm-pistool. Toen Taperell de bezittingen van de anderen had doorzocht en vertelde dat hij Dorothea's pistool had gevonden, was Malone zo verstandig geweest de Australiër te vragen een wapen in zijn eigen rugzak te doen.

'Gelden er voor jou andere regels?' vroeg Christl.

Hij negeerde haar.

Dorothea stond op. 'Ik wil Ulrich.'

Hij hoorde de haat in haar stem. 'Waarom zou hij Werner vermoord hebben?' vroeg hij.

'Moeder zit erachter. Wat zou het anders kunnen zijn?' riep Dorothea uit. Haar woorden galmden door het badhuis. 'Ze heeft Sterling Wilkerson vermoord om hem bij mij vandaan te houden. En nu heeft ze Werner vermoord.'

Christl voelde blijkbaar aan dat hij het niet begreep. 'Wilkerson was een Amerikaanse agent die ons in opdracht van die Ramsey bespioneerde. Hij was Dorothea's laatste minnaar. Ulrich schoot hem dood in Duitsland.'

Hij vond ook dat ze Henn moesten vinden.

'Ik kan helpen,' zei Christl. 'Met zijn tweeën maken we meer kans. En ik ken Ulrich; ik weet hoe hij denkt.'

Daar was hij het mee eens, dus stopte hij een magazijn uit zijn zak in haar pistool en gaf het aan haar terug.

'Ik wil het mijne ook,' zei Dorothea.

'Was zij ook gewapend?' vroeg Christl aan hem.

Hij knikte. 'Jullie twee zijn precies gelijk.'

Dorothea voelde zich kwetsbaar. Christl was gewapend en Malone had botweg geweigerd haar het pistool terug te geven.

'Waarom mag zij in het voordeel zijn?' vroeg ze. 'Ben jij niet goed bij je hoofd?'

'Je man is dood,' merkte Malone op.

Ze keek even naar Werner. 'Hij was al een hele tijd mijn man niet meer.' Er klonk spijt in haar woorden door. Droefheid. Zoals ze zich ook voelde. 'Maar dat wil niet zeggen dat ik hem dood wilde hebben.' Ze keek woedend naar Christl. 'Niet op deze manier.'

'Deze zoektocht eist een hoge tol.' Malone zweeg even. 'Van jullie beiden.'

'Opa had gelijk,' zei Christl. 'Dankzij de Oberhausers zullen de geschiedenisboeken worden herschreven. Het is onze taak om dat te laten gebeuren. Voor de familie.'

Dorothea stelde zich voor dat haar vader en grootvader precies hetzelfde hadden gedacht en gezegd. Evengoed vroeg ze: 'Hoe zit het dan met Henn?'

'We weten niet wat moeder hem heeft opgedragen,' zei Christl. 'Ik denk dat hij Malone en mij gaat vermoorden.' Ze wees met het pistool naar Dorothea. 'Jij moest het als enige overleven.'

'Je liegt,' snauwde Dorothea.

'O ja? Waar is Ulrich dan? Waarom is hij gevlucht toen ik hem riep? Waarom heeft hij Werner vermoord?'

Dorothea kon geen antwoorden geven.

'Die discussie is zinloos,' zei Malone. 'Laten we hem gaan zoeken en dit afwerken.'

Malone verliet de badzaal. Ze kwamen in een lange gang waar meerdere kamers aan lagen, vermoedelijk opslagruimten of werkkamers, want er was minder aandacht aan ontwerp en kleuren besteed en er waren geen muurschilderingen. Ook hier was het plafond van kwarts en verlichtte het gebroken licht hun weg. Christl liep naast hem en Dorothea kwam achter hen aan.

Ze kwamen bij een rij kleine vertrekken, misschien kleedkamertjes, en daarna volgden nog meer opslag- en werkruimten. Ook hier liepen weer aardewerken buizen langs de vloer, tegen de muur, als een extra plint. Ze kwamen bij een kruising van gangen.

'Ik ga die kant op,' zei Christl.

Hij vond het goed. 'Wij nemen de andere kant.'

Christl ging naar rechts en verdween een hoek om, het koude, grauwe schemerduister in.

'Je weet dat ze liegt,' fluisterde Dorothea.

Hij keek naar de plaats waar Christl was verdwenen en zei: 'Denk je dat?'

89

CHARLIE SMITH HAD de situatie in de hand. Diane McCoy had hem goed geïnstrueerd. Ze had gezegd dat hij in de schuur moest wachten tot beide bezoekers binnen waren en dat hij dan rustig positie moest kiezen in de voorkamer. Dan zou McCoy het huis binnengaan en duidelijk laten weten dat ze er was, waarna ze samen het probleem zouden oplossen.

'Laat de wapens vallen,' beval hij.

Metaal kletterde op de houten vloer.

'Waren jullie die twee in Charlotte?' wilde Smith weten.

De vrouw knikte. Stephanie Nelle. Magellan Billet. Ministerie van Justitie. McCoy had hem verteld wat hun namen en functies waren.

'Hoe wist je dat ik bij Rowland zou zijn?' Hij was oprecht nieuwsgierig.

'Je bent voorspelbaar, Charlie,' zei Nelle.

Dat betwijfelde hij. Evengoed waren ze daar geweest. Twee keer.

'Ik weet al een hele tijd van je bestaan af,' zei Edwin Davis tegen hem. 'Niet je naam, of hoe je eruitziet, of waar je woont, maar ik wist dat je er was en dat je voor Ramsey werkte.'

'Kon je mijn kleine show in Biltmore op prijs stellen?'

'Je bent een echte professional,' zei Nelle. 'Die ronde was voor jou.'

'Ik ben trots op mijn werk. Jammer genoeg heb ik momenteel geen werk meer, geen opdrachtgever.' Hij liep een meter naar voren, de hal in.

'Je beseft zeker wel,' zei Nelle, 'dat er mensen zijn die weten dat we hier zijn.'

Hij grinnikte. 'Zij heeft me iets anders verteld.' Hij wees naar McCoy. 'Ze weet dat de president haar niet vertrouwt. Hij heeft jullie hierheen gestuurd om haar in de val te lokken. Heeft Daniels mij toevallig ook genoemd?'

Nelle keek hem verrast aan.

'Ik dacht al van niet. Jullie zouden hier met zijn drieën zijn. Om het uit te praten?'

'Heb je dat tegen hem gezegd?' vroeg Nelle aan McCoy.

'Het is de waarheid. Daniels stuurde jou om mij te pakken te krijgen. De president kan het zich niet veroorloven dat hier iets van in de openbaarheid komt; te veel vragen. Daarom zijn jullie het hele leger.'

McCoy zweeg.

'Zoals ik al zei: de Lone Ranger en Tonto.'

Malone wist niet waar het labyrint van gangen heen leidde. Omdat hij niet van plan was te doen wat hij tegen Christl had gezegd, zei hij tegen Dorothea: 'Kom met mij mee.'

Ze liepen terug en kwamen weer in de badzaal. Er kwamen nog drie andere deuropeningen op uit. Hij gaf haar de zaklantaarn. 'Kijk eens wat er in die kamers is.'

Ze keek hem eerst verbaasd aan, maar meteen daarna zag hij dat ze het begreep. Ze was vlug van begrip; dat moest hij haar nageven. De eerste deuropening leverde niets op, maar toen ze achter de tweede had gekeken, gaf ze hem een teken dat hij moest komen.

Hij liep erheen en zag Ulrich Henn dood op de vloer liggen.

'Er waren vier schoten,' zei hij. 'Al was dit zeker het eerste schot dat Christl loste, want hij vormde de grootste bedreiging. Vooral na het briefje dat je moeder heeft gestuurd. Ze dacht dat jullie drie tegen haar samenspanden.'

'Het kreng,' mompelde Dorothea. 'Ze heeft ze allebei gedood.'

'En ze is van plan jou ook te doden.'

'En jou?'

Hij haalde zijn schouders op. 'Ik kan me niet voorstellen dat ik gewoon zou mogen vertrekken.'

Hij had zich de afgelopen nacht laten meeslepen en was niet op zijn hoede geweest. Gevaar en adrenaline hadden die uitwerking. Seks had zijn angsten altijd al kunnen wegnemen. Zo was hij jaren geleden eens in de problemen gekomen, toen hij nog maar net voor de Magellan Billet werkte.

Maar dat zou deze keer niet gebeuren. Hij keek de badzaal in en vroeg zich af wat hij nu moest doen. Het ging allemaal zo snel. Hij moest –

Er sloeg iets tegen de zijkant van zijn hoofd. De pijn schokte door hem heen. De zaal knipperde aan en uit. Nog een klap. Harder. Zijn armen trilden. Hij balde zijn vuisten. Toen verloor hij het bewustzijn.

Stephanie schatte hun situatie in. Daniels had hen met bitter weinig informatie hierheen gestuurd, maar in het inlichtingenvak ging het om improviseren. Dat zei ze altijd tegen haar medewerkers en dat moest ze nu in praktijk brengen. 'Ramsey kon zich gelukkig prijzen met jou,' zei ze. 'De dood van admiraal Sylvian was een kunstwerk.'

'Dat dacht ik ook,' zei Smith.

'Zijn bloeddruk laten dalen. Heel slim –'

'Heb je Millicent Senn ook op die manier gedood?' onderbrak Davis haar. 'Zwarte vrouw. Luitenant-ter-zee in Brussel. Vijftien jaar geleden.'

Smith groef in zijn geheugen. 'Ja. Op dezelfde manier, maar dat was een andere tijd, een ander werelddeel.'

'Voor mij ook,' zei Davis.

'Was je daar?'

Davis knikte.

'Wat was ze voor jou?'

'Een belangrijkere vraag is: wat was ze voor Ramsey?'

'Ik zou het niet weten. Ik heb het nooit gevraagd. Ik deed gewoon waarvoor hij me betaalde.'

'Heeft Ramsey je ook betaald om zelf vermoord te worden?' vroeg ze.

Smith grinnikte. 'Als ik dat niet had gedaan, zou ik zelf gauw dood zijn. Ik weet niet wat hij van plan was, maar hij wilde mij niet meer in de buurt hebben, en dus schoot ik hem neer.' Smith wees met het geweer. 'Hij ligt daar in de slaapkamer, met een mooi zuiver gaatje in zijn gekke hersenen.'

'Ik heb een kleine verrassing voor je, Charlie,' zei Stephanie.

Hij keek haar vragend aan.

'Dat lijk is daar niet.'

Dorothea sloeg nog een laatste keer met de zware stalen zaklantaarn tegen de zijkant van Malones schedel. Hij zakte in elkaar. Ze pakte zijn wapen. Ze zou een eind maken aan de strijd tussen haar en Christl. Nu meteen.

Stephanie zag dat Smith verbaasd was.

'Wat heeft dat lijk dan gedaan? Is het weggelopen?'

'Ga zelf maar kijken.'

Hij porde met zijn wapen in haar gezicht. 'Jij gaat voorop.'

Ze haalde diep adem en staalde haar zenuwen.

'Een van jullie pakt die pistolen op en gooit ze uit het raam,' zei Smith, terwijl hij haar strak bleef aankijken.

Davis deed wat hij zei.

Smith liet het geweer zakken. 'Goed, laten we allemaal gaan kijken. Jullie drie voorop.'

Ze liepen de gang door en gingen de slaapkamer in. Daar zagen ze alleen een leeg raamkozijn, het open wandpaneel en een bloederige hand.

'Je wordt bespeeld,' zei Stephanie. 'Door haar.'

McCoy deinsde voor die beschuldiging terug. 'Ik heb je tien miljoen dollar betaald.'

Dat kon Smith blijkbaar niet schelen. 'Waar is dat verrekte lijk?'

Dorothea liep verder. Ze wist dat Christl op haar wachtte. Hun hele leven hadden ze met elkaar gewedijverd. Ze hadden steeds weer geprobeerd elkaar de loef af te steken. Georg was het enige wat haar gelukt was, wat Christl nooit had kunnen evenaren. En ze had zich altijd afgevraagd waarom. Nu wist ze het.

Ze zette al die lastige gedachten uit haar hoofd en concentreerde zich op het schemerduister. Ze had 's nachts gejaagd, ze had onder een zilveren maan door de Beierse wouden haar prooi beslopen, wachtend tot het juiste moment om het te doden. In het gunstigste geval was haar zus een dubbele moordenaar. Alles wat ze ooit van haar had gedacht, was nu bewaarheid. Niemand zou het haar kwalijk nemen dat ze het kreng doodschoot.

De gang eindigde na drie meter. Twee deuropeningen – een links, een rechts. Ze vocht tegen de paniek. Welke?

90

MALONE DEED ZIJN ogen open en wist meteen wat er gebeurd was. Hij wreef over een pijnlijke bult op de zijkant van zijn hoofd. Verdomme. Dorothea wist niet wat ze deed.

Hij hees zich overeind en er ging meteen een golf van misselijkheid door hem heen. Allemachtig – misschien had ze een barst in zijn schedel geslagen. Hij aarzelde en liet de ijskoude lucht helderheid in zijn hersenen brengen.

Denk na. Concentreer je. Hij had dit zelf zo geregeld, maar het ging niet zoals hij had verwacht, en dus zette hij alle ongewenste speculaties uit zijn hoofd.

Hij had Christls pistool in beslag genomen, dat van hetzelfde merk en model was als dat van Dorothea. Voordat hij het aan haar teruggaf, had hij gebruikgemaakt van de situatie door het lege magazijn uit Dorothea's wapen erin te doen. Nu stopte hij het volledig geladen magazijn in de overgebleven Heckler & Koch USP. Hij dwong zijn nevelige brein zich te concentreren en zijn vingers te bewegen.

Toen wankelde hij naar de deuropening.

Stephanie improviseerde. Ze maakte gebruik van alles wat ze kon bedenken om Charlie Smith uit zijn evenwicht te brengen. Diane McCoy had haar rol geweldig goed gespeeld. Daniels had hun verteld dat hij McCoy op Ramsey af had gestuurd, eerst als medesamenzweerder, toen als tegenstander – dat alles om Ramsey voortdurend in beweging te houden. 'Een bij kan je niet steken als hij vliegt,' had de president opgemerkt. Daniels had ook verteld dat McCoy zich onmiddellijk had aangeboden toen ze over Millicent Senn hoorde, en over de dingen die jaren geleden in Brussel waren gebeurd. Wilde het bedrog enige kans van slagen hebben, dan moest het wel iemand van haar niveau zijn, want Ramsey zou nooit zaken hebben gedaan met ondergeschikten en hen ook nooit hebben geloofd. Toen de president over Charlie Smith had gehoord, had het McCoy ook geen moeite gekost hem te manipuleren. Smith was een ijdele, hebzuchtige man, die te veel gewend was geraakt aan succes. Daniels had hun verteld dat Ramsey dood was, neergeschoten door Smith, en dat Smith daar ook zou opduiken, maar jammer genoeg was er verder geen informatie verstrekt. Het had ook in het scenario gestaan dat McCoy de confrontatie met hen zou aangaan. Wat er daarna zou gebeuren, wist niemand.

'Terug naar de voorkant van het huis,' beval Smith, wijzend met het pistool.

Ze liepen naar de hal, tussen de twee voorkamers.

'Je hebt een groot probleem,' zei Stephanie.

'Ik zou zeggen dat jij degene bent met een probleem.'

'O ja? Ga je twee nationaleveiligheidsadviseurs en een hoge functionaris van het ministerie van Justitie vermoorden? Ik denk niet dat je prijs stelt op wat je daarmee over je afroept. Ramsey doodschieten? Wie kan het wat schelen? Ons niet. Opgeruimd staat netjes. Niemand zal je daarmee lastigvallen. Maar wij zijn een ander verhaal.'

Ze zag dat haar redenering doel trof.

'Je bent altijd zo voorzichtig geweest,' zei Stephanie. 'Dat is je handelsmerk. Geen sporen, geen bewijzen. Het zou niets voor jou zijn om ons nu dood te schieten. En trouwens, misschien willen we je wel inhuren. Per slot van rekening lever je goed werk.'

Smith grinnikte. 'Ja, maar ik denk niet dat jullie gebruik zouden maken van mijn diensten. Laat één ding duidelijk zijn: ik ben hier gekomen om haar' – hij wees naar McCoy – 'te helpen een probleem op te lossen. Ze heeft me inderdaad tien miljoen betaald, en ze heeft me Ramsey laten doden. Daarmee had ze recht op een extra dienst van mijn kant. Ze wilde dat ik jullie uit de weg zou ruimen, maar ik zie nu in dat ik daar geen goed aan zou doen. Ik denk dat ik beter weg kan gaan.'

'Vertel me over Millicent,' zei Davis.

Stephanie had zich afgevraagd waarom hij zo stil was geweest.

'Waarom is ze zo belangrijk?' vroeg Smith.

'Dat is ze gewoon. Ik wil graag meer over haar weten, voordat je weggaat.'

Dorothea liep naar de twee deuropeningen toe. Ze drukte zich dicht tegen de rechtermuur van de gang aan en keek of er iets veranderde in de schaduwen.

Niets.

Ze schuifelde naar de rand van de deuropening en wierp een snelle blik in de kamer rechts van haar. Ongeveer tien bij tien meter, verlicht van boven. Leeg, met uitzondering van een figuur die tegen de achterste muur zat.

Het was een man met een deken om zich heen, gekleed in een oranje overall. Zwak verlicht, als op een oude zwart-witfoto, zat hij daar met zijn benen over elkaar, zijn hoofd was wat naar links gebogen. Hij staarde haar aan met ogen die niet knipperden.

Ze moest naar hem toe.

Hij was jong, achter in de twintig, met stoffig bruin haar en een smal hoekig gezicht. Hij was op die plaats gestorven en volkomen geconserveerd. Ze verwachtte bijna dat hij iets zou zeggen. Hij had geen jas aan, maar zijn oranje pet was dezelfde als de pet die ze buiten hadden gevonden. Een pet van de Amerikaanse marine. De NR-IA.

Toen ze vroeger op jacht gingen, had haar vader haar altijd voor bevriezing gewaarschuwd. Het lichaam, had hij gezegd, offerde vingers, tenen, handen, neuzen, oren, kinnen en wangen op om het bloed naar vitale organen te laten stromen. Maar als de kou aanhield, en er geen bescherming kwam, ontstonden er uiteindelijk bloedingen in de longen en hield het hart ermee op. De dood kwam traag, geleidelijk en pijnloos. Maar het lange, bewuste gevecht ertegen was het ergste, vooral wanneer je niets kon beginnen.

Wie was deze man?

Ze hoorde een geluid achter zich.

Ze draaide zich snel om.

Er verscheen iemand in de kamer aan de andere kant van de gang. Twintig meter bij haar vandaan. Een zwarte figuur, omlijst door een deuropening.

'Waar wacht je op, zus?' riep Christl. 'Kom me maar halen.'

Malone kwam weer in de gangen achter de badzaal en hoorde Christl naar Dorothea roepen. Hij ging naar links, want dat leek hem de richting waar de woorden vandaan waren gekomen. Hij liep nog een lange gang door, die uiteindelijk, na ruim tien meter, in een kamer uitkwam. Hij ging verder en lette goed op open deuropeningen links en rechts van hem. Onder het lopen wierp hij een blik in elk daarvan. Nog meer opslag- en werkruimten. In die sombere vertrekken was niets van belang te zien.

Bij de op een na laatste deuropening bleef hij staan. Er lag iemand op de vloer. Een man.

Hij liep de kamer in.

Het was een blanke man van middelbare leeftijd, met kort, roestbruin haar. Hij lag met zijn armen langs zijn zij, zijn voeten recht gestrekt, alsof hij versteend was. Er lag een gespreide deken onder hem. Hij droeg een oranje marineoverall met de naam JOHNSON op de linkerborstzak. In gedachten legde Malone het verband. *Scheepselektricien: elektricien 2e klasse Jeff Johnson.* De NR-1A.

Zijn hart maakte een sprongetje.

De zeeman was blijkbaar gewoon gaan liggen en had de kou over zich heen laten komen. Malone had bij de marine geleerd dat niemand doodvroor. Als onbeschermde huid door koude lucht werd omgeven, trokken bloedvaten die dicht onder de oppervlakte lagen zich samen om het warmteverlies te beperken en bloed naar vitale organen te stuwen. 'Koude handen, warm hart' was meer dan een cliché. Malone herinnerde zich de waarschuwingssignalen. Eerst een tinteling, een prikkend gevoel, een doffe pijn, dan verdoving, en ten slotte werd de huid plotseling wit. De dood kwam wanneer de kerntemperatuur van het lichaam zakte en vitale organen ophielden te werken. Daarna bevroor je.

Hier, in een wereld zonder vocht, had het lichaam perfect geconserveerd moeten zijn, maar Johnson had dat geluk niet gehad. Er hingen zwarte flarden van dode huid aan zijn wangen en kin. Zijn gezicht was aangekoekt met gespikkelde, gele korsten, waarvan sommige verhard waren, zodat het leek of hij een grotesk masker droeg. Zijn oogleden waren dichtgevroren, het ijs zat aan zijn wimpers vast, en zijn laatste ademtochten waren gecondenseerd tot twee ijspegels die van zijn neus tot zijn mond hingen, als de slagtanden van een walrus.

De woede op de Amerikaanse marine laaide in hem op. Die miezerige klootzakken hadden deze mannen laten sterven. Alleen. Hulpeloos. Vergeten.

Hij hoorde voetstappen en ging de gang weer op. Hij keek naar rechts en zag Dorothea nog net in de laatste kamer verschijnen. Meteen daarop verdween ze door een andere deuropening. Hij liet haar voorgaan. En volgde.

91

SMITH KEEK NAAR de vrouw. Ze lag stil in haar bed. Hij had gewacht tot ze het bewustzijn had verloren, waarbij de alcohol als het perfecte verdovende middel had gefungeerd. Ze had veel gedronken, meer dan gewoonlijk, om te vieren dat ze, zoals ze dacht, zou gaan trouwen met een veelbelovende kapitein-ter-zee van de Amerikaanse marine. Maar ze had de verkeerde vrijer gekozen. Kapitein-ter-zee Langford Ramsey was helemaal niet van plan met haar te trouwen. In plaats daarvan wilde hij haar dood hebben, en daar had hij goed voor betaald.

Ze was mooi. Lang, zijdezacht haar. Gladde, donkere huid. Mooie trekken. Hij sloeg de deken open en keek naar haar naakte lichaam. Ze was slank en welgevormd, en er was nog niets te zien van de zwangerschap waarover hij had gehoord. Ramsey had hem haar medische marinedossier gegeven, waaruit bleek dat ze de afgelopen zes jaar twee keer voor een onregelmatige hartslag was behandeld. Waarschijnlijk erfelijk. Een lage bloeddruk was ook een probleem.

Ramsey had hem meer werk beloofd als dit karwei soepel verliep. Hij vond het prettig dat ze in België waren, want hij had gemerkt dat Europeanen veel minder argwanend waren dan Amerikanen. Maar het zou niets uitmaken. De doodsoorzaak van de vrouw zou onnaspeurbaar zijn.

Hij pakte de spuit en koos voor de oksel als injectiepunt. Er zou een klein gaatje achterblijven, en hopelijk bleef dat onopgemerkt. Zelfs als er een sectie kwam, zou er niets in het bloed of weefsel te vinden zijn.

Alleen een heel klein gaatje onder de arm.

Hij pakte voorzichtig haar elleboog vast en stak de naald onder haar oksel.

Smith herinnerde zich precies wat er die avond in Brussel was gebeurd, maar hij was zo verstandig daar niets van te vertellen aan de man die twee meter bij hem vandaan stond.

'Ik wacht,' zei Davis.

'Ze is doodgegaan.'

'Jij hebt haar vermoord.'

Hij was nieuwsgierig. 'Gaat dit allemaal om haar?'

'Het gaat om jou.'

De bittere ondertoon in Davis' stem stond hem niet aan, en daarom zei hij opnieuw: 'Ik ga weg.'

Stephanie keek toe terwijl Davis de man die hen onder schot hield provoceerde. Misschien wílde Smith hen niet doodschieten, maar als het moest, zou hij het vast en zeker doen.

'Ze was een goed mens,' zei Davis. 'Ze had niet moeten sterven.'

'Dit gesprek had je met Ramsey moeten voeren. Hij is degene die haar dood wilde hebben.'

'Hij is ook degene die haar steeds weer in elkaar sloeg.'

'Misschien vond ze dat fijn?'

Davis liep naar voren, maar Smith hield hem tegen met het geweer. Stephanie wist dat hij alleen maar de trekker hoefde over te halen, en er zou niet veel van Davis overblijven.

'Je bent een nerveus type,' zei Smith.

Davis' ogen zaten vol haat. Blijkbaar hoorde en zag hij alleen Charlie Smith.

Zij, daarentegen, zag iets achter Smith bewegen, buiten het lege raamkozijn, voorbij de overdekte veranda, waar het heldere zonlicht getemperd werd door de winterse kou.

Een silhouet. Het kwam dichterbij. Toen keek er een gezicht naar binnen. Kolonel William Gross.

Ze zag dat McCoy hem ook had gezien en vroeg zich af waarom Gross niet gewoon op Smith schoot. Hij was vast wel gewapend en blijkbaar had McCoy geweten dat de kolonel daar buiten was – die twee pistolen die het raam uit vlogen, moesten hem duidelijk hebben gemaakt dat ze hulp nodig hadden.

Toen drong het tot haar door. De president wilde deze man levend in handen hebben.

Hij hoefde niet zo nodig de aandacht op deze situatie te vestigen, daarom was hier ook niemand van de FBI of de Geheime Dienst, maar hij wilde Charlie Smith heelhuids gevangennemen.

McCoy knikte vaag.

Smith zag dat.

Hij keek snel om.

Dorothea verliet het gebouw en daalde een smalle trap af, terug naar de straat. Ze stond nu naast het badhuis, voorbij het plein dat zich aan de voorkant uitstrekte, dicht bij het eind van de grot en bij een van de gladde rotswanden die zich honderden meters verhieven.

Ze liep naar rechts. Christl was dertig meter bij haar vandaan. Ze rende door een galerij waar het beurtelings licht en donker was, waardoor het leek of ze telkens verscheen en verdween.

Ze had de achtervolging ingezet. Alsof ze op een hert in het bos joeg. Geef het ruimte, laat het denken dat het veilig is, en sla dan toe wanneer het dat het minst verwacht.

Ze liep door de galerij en kwam op een ander plein. In vorm en grootte leek het op het plein voor het badhuis. Het was leeg, afgezien van een stenen bank waarop iemand zat. Hij droeg een wit poolpak, zoals zij zelf ook droeg, alleen was bij hem de rits aan de voorkant opengemaakt. Zijn armen waren ontbloot en de bovenkant van zijn pak was tot het middel omlaag getrokken, zodat zijn borst te zien was, die alleen bedekt was met een wollen trui. Zijn ogen waren donkere holten in een nietszeggend gezicht. De oogleden waren dicht. Zijn bevroren hals was opzij gedraaid en zijn donkere haar viel over de bovenrand van zijn asgrauwe oren. Een staalgrijze baard was doorschoten met gestold vocht en er danste een gelukzalige grijns om zijn samengedrukte lippen. Zijn handen lagen vredig gevouwen op zijn schoot.

Haar vader.

Haar zenuwen raakten verdoofd. Haar hart bonkte. Ze wilde een andere kant op kijken, maar kon dat niet. Het was de bedoeling dat lijken in graven lagen, niet dat ze op banken zaten.

'Ja, het is hem,' zei Christl.

Ze keek meteen om naar het gevaar achter haar, maar ze zag haar zus niet, ze hoorde haar alleen.

'Ik heb hem al eerder gevonden. Hij heeft op ons gewacht.'

'Kom tevoorschijn,' zei Dorothea.

Er drong een lach door de stilte heen. 'Kijk naar hem, Dorothea. Hij heeft de rits van zijn jas losgemaakt en zichzelf laten doodgaan. Kun je je dat voorstellen?'

Nee, dat kon ze niet.

'Daar was moed voor nodig,' zei de stem. 'Als je moeder hoort praten, had hij geen moed. Als je jou hoort praten, was hij een idioot. Had jij dat kunnen doen, Dorothea?'

Ze zag een van de hoge poorten, omlijst door vierkante zuilen, met bronzen deuren. Deze deuren waren opengezwaaid, niet meer belemmerd door een metalen balk. Daarachter leidden treden omlaag. Ze voelde een zucht van koude lucht.

Ze keek weer naar de dode man.

'Onze vader.'

Ze draaide zich bliksemsnel om. Christl stond zeven meter bij haar vandaan en hield haar pistool op haar gericht.

Ze strekte haar arm en bracht haar eigen wapen omhoog.

'Nee, Dorothea,' zei Christl. 'Hou het omlaag.'

Ze bewoog niet.

'We hebben hem gevonden,' zei Christl. 'We hebben moeders raadsel opgelost.'

'Dit lost tussen ons niets op.'

'Daar ben ik het volkomen mee eens. Ik had gelijk. In alle opzichten. En jij had ongelijk.'

'Waarom heb je Henn en Werner vermoord?'

'Moeder stuurde Henn om me tegen te houden. Die trouwe Ulrich. En Werner? Ben jij niet blij dat hij dood is?'

'Ben je van plan Malone ook te doden?'

'Ik moet de enige zijn die hier vandaan komt. De enige overlevende.'

'Je bent krankzinnig.'

'Kijk naar hem, Dorothea. Onze dierbare vader. De laatste keer dat we hem zagen, waren we tien jaar oud.'

Ze wilde niet kijken. Ze had genoeg gezien. En ze wilde zich hem herinneren zoals ze hem had gekend.

'Jij twijfelde aan hem,' zei Christl.

'Jij ook.'

'Nooit.'

'Je bent een moordenares.'

Christl lachte. 'Alsof het mij iets kan schelen hoe jij over me denkt.'

Het zou haar nooit lukken haar pistool omhoog te brengen en te schieten, voordat Christl haar trekker overhaalde. Omdat ze toch al bijna dood was, besloot ze als eerste te handelen. Ze hief haar arm omhoog.

Christl haalde de trekker van het pistool over.

Dorothea zette zich schrap om doodgeschoten te worden, maar er gebeurde niets. Er was alleen een klikgeluid te horen.

Christl keek geschrokken. Ze haalde de trekker nog eens over, maar vergeefs.

'Geen kogels,' zei Malone, terwijl hij het plein op kwam. 'Ik ben geen volslagen idioot.'

Genoeg.

Dorothea richtte en vuurde. Het eerste schot trof Christl recht in haar borst en drong door haar dikke poolkleding heen. De tweede kogel, ook in de borst, bracht haar zus uit haar evenwicht. Het derde schot, in de schedel, maakte dat het bloed uit haar voorhoofd spatte, maar het stolde meteen door de ijzige kou.

Nog twee schoten en Christl Falk zakte in elkaar.

Geen beweging.

Malone kwam dichterbij.

'Het moest gebeuren,' mompelde ze. 'Ze deugde niet.' Ze keek naar haar vader. Ze had een gevoel alsof ze uit een narcose ontwaakte. Sommige gedachten waren helder, andere bleven mistig en ver weg. 'Ze zijn tot hier gekomen. Ik ben blij dat hij heeft gevonden wat hij zocht.'

Ze keek Malone aan en zag op zijn gezicht hetzelfde angstaanjagende besef. Ze keken allebei naar de poort. Ze hoefde het niet te zeggen. Zij had haar vader gevonden. Hij de zijne niet.

Nog niet.

92

Stephanie trok de wijsheid van McCoys waarschuwing in twijfel. Smith was geschrokken achteruit gestapt en draaide zich nu snel om. Hij probeerde zich op hen te concentreren en tegelijk een blik uit het raam te werpen. Buiten bewogen nog meer schaduwen.

Smith loste een kort salvo dat de broze muren verwoestte en diepe wonden in het hout sloeg.

McCoy sprong op hem af.

Stephanie was bang dat hij haar zou neerschieten, maar in plaats daarvan zwaaide hij met het geweer en sloeg haar hard met de kolf in haar buik. Ze klapte voorover en hij stootte met zijn knie tegen haar kin, zodat ze op de vloer viel.

Onmiddellijk, voordat Stephanie of Davis kon reageren, bracht Smith het geweer omhoog en verdeelde zijn aandacht tussen hen en het raam. Waarschijnlijk vroeg hij zich af waar de grootste dreiging vandaan kwam.

Buiten bewoog niets meer.

'Zoals ik al zei, vond ik het niet nodig jullie drieën te doden,' zei Smith. 'Maar daar is nu verandering in gekomen.'

McCoy lag op de vloer, haar handen tegen haar maag gedrukt, kreunend in de foetushouding.

'Mag ik haar helpen?' vroeg Stephanie.

'Ze is een grote meid.'

'Ik ga haar helpen.' En zonder op nadere toestemming te wachten, knielde ze bij McCoy neer.

'Jij komt hier niet weg,' zei Davis tegen Smith.

'Dappere woorden.'

Maar Charlie Smith maakte een onzekere indruk, alsof hij gevangenzat in een kooi en voor het eerst naar buiten keek.

Er stootte iets tegen de buitenmuur, bij het raam. Smith reageerde meteen en zwaaide de HK53 naar achteren. Stephanie probeerde te gaan staan, maar hij sloeg hard met de metalen kolf van het geweer tegen haar hals. Ze zakte in elkaar.

Haar hand ging naar haar adamsappel, waar ze een pijn had die ze nooit eerder had gevoeld. Ze probeerde adem te halen, vocht tegen het gevoel te stikken. Ze rolde zich om en zag dat Edwin Davis zich op Charlie Smith stortte.

Ze probeerde overeind te komen, vechtend tegen de verstikking en de pulserende pijn in haar keel. Smith hield zijn geweer nog stevig vast, maar hij kon het niet gebruiken. Davis en hij dreunden tegen het versleten meubilair en kwamen tegen de achterste wand terecht. Smith gebruikte zijn benen om zich los te worstelen, zijn handen nog steeds om het geweer geklemd.

Waar was Gross gebleven?

Smith raakte in het gevecht zijn geweer kwijt, maar sloeg zijn rechterarm om Davis heen. Een nieuw wapen – een klein pistool – drukte tegen Davis' hals.

'Genoeg,' riep Smith.

Davis verzette zich niet meer.

Ze kwamen overeind en Smith liet hem los. Hij duwde Davis bij McCoy op de vloer.

'Jullie zijn allemaal gek,' zei Smith. 'Knettergek.'

Stephanie stond langzaam op, schudde haar hoofd om er wat helderheid in te krijgen, en zag dat Smith het geweer weer oppakte. Dit was volkomen uit de hand gelopen. Het enige waarover Davis en zij het tijdens de rit hierheen eens waren geweest, was dat ze Smith niet op stang zouden jagen.

Toch had Edwin dat gedaan.

Smith ging bij het raam staan en keek vlug naar buiten. 'Wie is dat?'

'Mag ik kijken?' kon ze uitbrengen.

Hij knikte instemmend.

Ze liep langzaam naar het raam en zag Gross op de veranda liggen, met een bloedende schotwond in zijn rechterbeen. Zo te zien was hij bij bewustzijn, maar leed hij extreem veel pijn.

Hij werkt voor McCoy, vormde ze met haar lippen.

Smith keek voorbij de veranda, naar het bruine veld en het dichte bos. 'Die liegt dat ze barst.'

Ze verzamelde haar kracht. 'Maar ze heeft je wel tien miljoen betaald.'

Smith kon haar luchtigheid niet waarderen.

'Een moeilijke keuze, Charlie? Jij bepaalde altijd wanneer er iemand gedood werd. Het was altijd jouw keuze. Maar deze keer niet.'

'Wees daar maar niet zo zeker van. Ga daar weer staan.'

Ze deed wat hij zei, maar kon het niet laten om te vragen: 'En wie heeft Ramseys lijk verplaatst?'

'Jij moet je bek houden,' zei Smith, die steeds weer uit het raam keek.

'Ik laat hem niet gaan,' mompelde Davis.

McCoy rolde zich op haar rug en Stephanie zag dat haar gezicht vertrokken was van de pijn.

Jas... zak, zeiden McCoys lippen geluidloos.

Met het gevoel alsof hij naar zijn executie liep, ging Malone de trap af, aan de andere kant van de boogpoort. Tintelingen van angst, ongewoon voor hem, dansten door zijn wervelkolom omlaag.

Beneden strekte zich een gigantische grot voor hem uit. De meeste wanden en het plafond waren van ijs en wierpen een blauwig licht over de oranje toren van een onderzeeboot. De romp was kort en had ronde uiteinden en een platte opbouw. De boot was volledig in ijs gevat. Een tegelpad liep vanaf de trap naar de andere kant van de grot, ruim een meter boven het ijs.

Een soort werf, dacht hij.

In heel Antarctica waren ijsgrotten te vinden, en deze was groot genoeg voor verscheidene onderzeeboten.

Ze liepen door, allebei gedreven door dezelfde impuls. Dorothea hield haar pistool vast en hij het zijne ook, al werden ze op dat moment door niets anders meer bedreigd dan door elkaar.

Het rotsgedeelte van de wand van de grot was glad en voorzien van ongeveer dezelfde versieringen als de binnenkant van de berg, met tekens en schrift. Er stonden stenen banken langs de wand. Op een daarvan zat iemand. Malone deed zijn ogen dicht en hoopte dat het alleen maar een geestverschijning was, maar toen hij ze weer opendeed, zat de spookachtige figuur er nog.

Hij zat rechtop, zijn rug recht. Hij droeg een kaki marineoverhemd en dito broek, waarvan de pijpen in hoge veterschoenen waren gestoken. Een oranje pet lag naast hem op de bank.

Malone schuifelde dichterbij. Zijn hoofd tolde. Zijn zicht werd wazig.

Het gezicht was hetzelfde als op de foto in Kopenhagen, het portret naast de vitrinekast met de vlag die zijn moeder na de herdenkingsdienst had gekregen, de vlag die ze niet had willen accepteren. Een lange neus. Een spitse kin. Sproeten. Grijsblond, gemillimeterd haar. De ogen open, starend, alsof ze diep contact met iets legden.

Malones hele lichaam was verlamd door de shock. Zijn mond was kurkdroog.

'Je vader?' vroeg Dorothea.

Hij knikte, en meteen had hij een hevig medelijden met zichzelf, alsof er een scherpe pijl door zijn keel was gedreven, tot in zijn binnenste, alsof hij aan het spit gestoken was. Zijn zenuwen waren tot het uiterste gespannen.

'Ze zijn gewoon doodgegaan,' zei ze. 'Zonder jas. Zonder bescherming. Alsof ze gingen zitten om de dood te verwelkomen.'

Dat was precies wat ze hadden gedaan, wist hij. Het had geen zin gehad om het lijden te verlengen.

Hij zag papieren op zijn vaders schoot liggen. Er was met potlood iets opgeschreven, wat nog net zo duidelijk was als het achtendertig jaar geleden moest zijn geweest. Zijn rechterhand rustte erop, alsof hij er zeker van had willen zijn dat de papieren niet verloren gingen. Malone stak langzaam zijn hand uit en pakte de papieren. Hij had het gevoel alsof dat een schending van een heilige plaats was.

Hij herkende het forse handschrift van zijn vader. Zijn borst zwol op. De wereld leek tegelijk droom en werkelijkheid. Hij vocht tegen een reservoir van vrijkomend verdriet. Hij had nooit gehuild. Niet toen hij getrouwd was, niet toen Gary geboren werd, niet toen zijn gezin uiteenviel en niet toen hij hoorde dat Gary niet zijn biologische zoon was. Om te voorkomen dat hij nu wel zou gaan huilen, herinnerde hij zich eraan dat zijn tranen zouden bevriezen voordat ze zijn ogen verlieten.

Hij concentreerde zich uit alle macht op de papieren.

'Wil je het voorlezen?' vroeg Dorothea. 'Misschien wordt er ook iets over mijn vader gezegd.'

Smith moest ze alle drie doden en dan maken dat hij hier wegkwam. Hij werkte zonder informatie, nadat hij een vrouw had vertrouwd van wie hij wist dat ze niet te vertrouwen was. En wie had Ramseys lijk verplaatst? Hij had het in de slaapkamer achtergelaten, om het later ergens op het terrein te begraven.

Toch had iemand het naar beneden gebracht.

Hij keek uit het raam en vroeg zich af of daar buiten nog meer mensen waren. Iets zei hem dat ze niet alleen waren. Het was maar een gevoel. En hij kon niets anders doen dan ernaar handelen.

Hij pakte het geweer vast. Hij was van plan zich om te draaien en te schieten. Hij zou die drie met een kort salvo uitschakelen en daarna de man afmaken die buiten lag.

De lijken zou hij gewoon achterlaten. Wat gaf het? Hij had het huis onder een valse naam gekocht, met valse identiteitpapieren. Hij had met contant geld betaald. Ze zouden hem nooit vinden. De overheid moest de rommel maar opruimen.

Stephanie zag Davis' hand in McCoys jaszak verdwijnen. Charlie Smith stond nog met de HK53 bij het raam. Ze twijfelde er niet aan dat hij van plan was hen te vermoorden en was bang dat er niemand was om hen te helpen. Hun redder lag bloedend op de veranda.

Davis' hand bewoog niet meer.

Smith keek even snel hun kant op, vergewiste zich ervan dat alles in orde was, en keek toen weer naar buiten.

Davis haalde zijn hand terug. Er lag een 9mm-pistool in. Ze hoopte vurig dat hij wist hoe je ermee moest schieten.

De hand met het pistool zakte naast de zij van McCoy. Davis gebruikte haar lichaam om het pistool aan Smiths oog te onttrekken. Edwin moest beseffen dat ze niet veel keus hadden. Hij zou Charlie Smith moeten doodschieten. Maar het was iets heel anders om zoiets te denken, dan om het daadwerkelijk te doen. Een paar maanden geleden had ze zelf voor het eerst iemand gedood. Gelukkig had ze nog geen fractie van een seconde de tijd gehad om erover na te denken; ze had zich gewoon gedwongen gezien onmiddellijk te schieten. Die luxe werd Davis niet gegund. Hij dacht erover het te doen, wilde het natuurlijk ook, maar tegelijkertijd wilde hij het niet. Het viel niet mee iemand te doden, ongeacht de reden of de omstandigheden.

Maar een kille opwinding leek Davis' zenuwen tot bedaren te brengen.

Hij keek met een onbewogen gezicht naar Charlie Smith. Wat zou hem de moed geven om iemand te doden? Zijn overlevingsdrang? Misschien. Millicent? Zeker.

Smith draaide zich om en wilde de geweerloop op hen richten.

Davis bracht zijn arm omhoog en schoot.

De kogel boorde zich in Smiths smalle borst, zodat hij ruggelings tegen de muur viel. Hij probeerde zijn evenwicht te bewaren door zijn hand uit te steken, en daardoor viel het geweer uit zijn hand. Davis hield het pistool op hem gericht. Hij stond op en schoot nog vier keer. De kogels trokken een streep door Charlie Smith. Davis bleef schieten – elk schot was een explosie in haar oren – tot het magazijn leeg was.

Smiths lichaam kronkelde. Zijn rug welfde zich en hij had stuiptrekkingen. Ten slotte bezweken zijn benen en viel hij voorover. Hij belandde met een smak op de vloer. Zijn levenloze lichaam rolde op zijn rug, de ogen wijd open.

93

Het vuur dat onder water woedde, verwoestte onze batterijen. De reactor was al uitgevallen. Gelukkig brandde het vuur langzaam en vond de radar een opening in het ijs. We slaagden erin boven water te komen voordat de lucht giftig werd. Iedereen ging meteen van boord en we zagen tot onze verbazing dat we in een grot terecht waren gekomen met gladde wanden met geschriften daarop. Het waren ongeveer dezelfde schrifttekens als we op stenen blokken op de zeebodem hadden gezien. Oberhauser vond een trap en bronzen deuren, die aan onze kant met een balk vergrendeld waren. Toen ze opengingen, zagen we een verbijsterende stad. Oberhauser ging enkele uren op verkenning uit, op zoek naar een uitgang, en intussen stelden wij de schade aan de boot vast. We deden verscheidene pogingen de reactor weer op te starten en schonden daarmee elk veiligheidsprotocol, maar niets werkte. We hadden maar drie poolpakken bij ons en we waren met zijn elven. De kou was verdovend, genadeloos, ondraaglijk. We maakten een vuurtje van het beetje papier en afval dat we aan boord hadden, maar het was niet veel en hielp maar een paar uur. Niets in de stad was brandbaar. Alles was van steen en metaal, en de huizen en gebouwen waren leeg. Blijkbaar hadden de bewoners al hun bezittingen meegenomen. We vonden drie andere uitgangen, maar die waren aan de buitenkant vergrendeld. We hadden geen gereedschap om de bronzen deuren open te krijgen. Al na twaalf uren beseften we dat de situatie hopeloos was. Er was geen uitweg uit deze cocon. We zetten de noodtransponder aan, maar betwijfelden of het signaal ver zou komen, want we waren omringd door rotsen en ijs en we waren duizenden kilometers van het dichtstbijzijnde schip vandaan. Vooral Oberhauser maakte een erg gefrustreerde indruk. Hij had gevonden wat we zochten en toch zou hij het nooit ten volle weten. We beseften allemaal dat we zouden sterven. Niemand zou naar ons op zoek gaan, want daarmee waren we voor vertrek allemaal akkoord gegaan. De onderzeeboot is dood en wij zijn dat ook. Elke man besloot voor zichzelf hoe hij zou sterven. Sommigen gingen in hun eentje weg, anderen samen. Ik bleef hier zitten, om de wacht bij mijn boot te houden. Ik schrijf dit, opdat iedereen zal weten dat mijn bemanning dapper is gestorven. Elke man, ook Oberhauser, aanvaardde moedig zijn lot. Ik wou dat ik meer te weten had kunnen komen over het volk dat deze stad heeft gebouwd. Oberhauser zei tegen ons dat het onze voorouders waren en dat onze cultuur uit die van hen is voortgekomen. Als ik dat gisteren had gehoord, zou ik hebben gezegd dat hij krankzinnig was. Interessant hoe het leven ons kaarten toebedeelt. Ik kreeg het bevel over de modernste onderzeeboot van de marine. Mijn carrière kon niet meer mislukken. Uiteindelijk zou ik kapitein-ter-zee worden. Nu zal ik hier in mijn eentje in de kou sterven. Ik voel geen pijn, alleen zwakte. Ik kan nauwelijks nog schrijven. Ik heb mijn land zo goed mogelijk gediend. Mijn bemanningsleden deden dat ook. Ik was trots toen ze mijn hand schudden en wegliepen. Nu de wereld geleidelijk wegtrekt, denk ik aan mijn zoon. Dat is het enige waar ik spijt van heb: hij zal nooit weten wat ik werkelijk voor hem voelde. Ik stond altijd op het punt hem dat te vertellen, maar kon er nooit toe komen. Hoewel ik steeds lange tijd weg was, had ik hem altijd in gedachten, elk moment van de dag. Hij was alles voor me. Hij is nog maar tien en weet natuurlijk nog niet wat het leven hem zal brengen. Ik vind het jammer dat ik er niet aan mee kan werken hem te laten worden wie hij wordt. Zijn moeder is de beste vrouw die ik ooit heb gekend en ze zal ervoor zorgen dat hij een man wordt. Alsjeblieft, wie deze woorden ook vindt: geef ze aan mijn familie. Ik wil ze laten weten dat ik denkend aan hen ben gestorven. Voor mijn vrouw: Weet dat ik van je hou. Het kostte me nooit moeite die woorden tegen je te zeggen. Maar mijn zoon, laat me nu zeggen wat zo moeilijk voor me was: Ik hou van je, Cotton.

Forrest Malone, Amerikaanse Marine
17 november 1971

Malones stem beefde toen hij de laatste woorden van zijn vader voorlas. Ja, zijn vader had er inderdaad moeite mee gehad ze uit te spreken. Malone kon zich niet herinneren ze ooit van hem te hebben gehoord.

Maar hij had het geweten.

Hij keek naar het lijk, waarvan het gezicht onveranderd was gebleven. Achtendertig jaren waren verstreken. In die tijd was Malone een man geworden, was hij bij de marine gegaan en officier geworden en daarna agent van de Amerikaanse overheid. En terwijl dat alles gebeurde, had kapitein-luitenant-ter-zee Forrest Malone hier op een stenen bank gezeten. Wachtend.

Dorothea leek zijn verdriet te voelen en pakte voorzichtig zijn arm vast. Hij keek haar aan en kon haar gedachten lezen.

'Blijkbaar hebben we allemaal gevonden wat we zochten,' zei ze.

Hij zag het in haar ogen. Vastbeslotenheid. Rust.

'Ik heb niemand meer over,' zei ze. 'Mijn grootvader was een nazi. Mijn vader was een dromer die in een andere tijd en een andere wereld leefde. Hij kwam hier om de waarheid te vinden en zag de dood moedig onder ogen. Mijn moeder heeft de afgelopen veertig jaar geprobeerd zijn plaats in te nemen, maar ze kon alleen maar Christl en mij tegen elkaar opzetten. Zelfs nu. Hier. Ze heeft geprobeerd de tweedracht tussen ons in stand te houden en had daar zo veel succes mee, dat Christl door haar is omgekomen.' Ze zweeg, maar keek nederig. 'Toen Georg stierf, stierf ook een groot deel van mij. Ik dacht dat ik geluk kon vinden door rijkdom te vergaren, maar dat is onmogelijk.'

'Je bent de laatste Oberhauser.'

'We zijn een zielig stel.'

'Je zou dingen kunnen veranderen.'

Ze schudde haar hoofd. 'Daarvoor zou ik een kogel in het hoofd van mijn moeder moeten schieten.' Ze draaide zich om en liep naar de trap.

Hij keek haar na met een vreemde mengeling van respect en minachting. Hij wist waar ze heen ging. 'Dit alles zal de nodige repercussies hebben,' zei hij. 'Christl had gelijk, dit verandert de geschiedenis.'

Ze liep door. 'Het gaat mij niet aan. Aan alles komt een eind.'

Er klonk een groot verdriet in haar bevende stem door. Maar ze had gelijk; ooit kwam er een eind aan alles. Zijn militaire carrière. Zijn werk voor het ministerie van Justitie. Zijn huwelijk. Zijn leven in Georgia. Het leven van zijn vader.

Nu maakte Dorothea Lindauer zelf een laatste keuze.

'Veel succes,' riep hij.

Ze bleef staan, draaide zich om en keek hem met een zwak glimlachje aan. 'Alsjeblieft, Malone.' Ze zuchtte diep en vatte blijkbaar moed. 'Ik moet dit alleen doen.' Ze keek hem smekend aan.

Hij knikte. 'Ik blijf hier.'

Hij zag haar de trap op gaan en door de poort naar de stad lopen.

Hij keek naar zijn vader, in wiens dode ogen geen enkel straaltje licht schitterde. Hij zou hem zoveel willen zeggen. Hij zou hem willen vertellen dat hij een goede zoon, een goede marineofficier, een goede agent en naar hij geloofde ook een goed mens was geweest. Hij was zes keer onderscheiden. Als echtgenoot was hij een mislukking geweest, maar hij werkte eraan om een betere vader te worden. Hij wilde altijd deel uit blijven maken van Gary's leven. Zijn hele volwassen leven had hij zich afgevraagd wat er met zijn eigen vader was gebeurd en zich het ergste voorgesteld. Triest genoeg was de realiteit verschrikkelijker dan alles wat hij ooit had bedacht. Zijn moeder was ook diep getroffen. Ze was nooit hertrouwd. In plaats daarvan was ze tientallen jaren met een zware last door het leven gegaan. Ze had zich vastgeklampt aan haar verdriet en was zich altijd mevrouw Forrest Malone blijven noemen. Hoe kwam het toch dat er nooit een eind aan het verleden leek te komen?

Er klonk een schot, als een ballon die plofte onder een deken. Hij stelde zich voor wat daarboven gebeurde.

Dorothea Lindauer had een eind aan haar leven gemaakt. Zelfmoord werd doorgaans beschouwd als het resultaat van een zieke geest of een onherstelbaar getroffen hart, maar in dit geval was het de enige manier om een eind te maken aan waanzin. Hij vroeg zich af of Isabel Oberhauser zou begrijpen wat ze had aangericht. Haar man, kleinzoon en dochters waren dood.

Een diepe eenzaamheid kroop in zijn botten, terwijl hij de immense stilte van de tombe op zich in liet werken. Er kwam een gezegde bij hem op. Een eenvoudige waarheid van lang geleden. *Wie zijn huis beroert, zal de wind erven.*

94

STEPHANIE KWAM HET Oval Office binnen. Danny Daniels stond op en begroette haar. Edwin Davis en Diane McCoy zaten er al.

'Vrolijk kerstfeest,' zei de president.

Ze beantwoordde de groet. Hij had haar de vorige middag uit Atlanta laten komen en haar daarvoor hetzelfde vliegtuig van de Geheime Dienst ter beschikking gesteld dat Davis en zij meer dan een week geleden hadden gebruikt om van Asheville naar Fort Lee te gaan.

Davis zag er goed uit. Zijn gezicht was genezen; de blauwe plekken waren weg. Hij droeg een pak en een das en zat stijfjes en met zijn gebruikelijke onbewogen gezicht op zijn stoel. Het was haar gelukt een vluchtige blik in zijn hart te werpen en ze vroeg zich af of dat voorrecht haar voorgoed de kans had ontnomen hem beter te leren kennen. Hij leek haar niet een man die zijn ziel gemakkelijk voor anderen blootlegde.

Daniels bood haar een stoel naast McCoy aan. 'Ik vond dat we eens met zijn allen moesten praten,' zei de president, terwijl hij op zijn eigen stoel ging zitten. 'De afgelopen twee weken zijn moeilijk geweest.'

'Hoe gaat het met kolonel Gross?' vroeg ze.

'Goed. Zijn been geneest prima, maar de kogel heeft wel de nodige schade aangericht. Hij is een beetje kwaad op Diane, omdat ze Smith liet weten dat hij daar was, maar hij is blij dat Edwin goed kan schieten.'

'Ik moet hem opzoeken,' zei McCoy. 'Het was niet mijn bedoeling dat hij gewond zou raken.'

'Ik zou daar een week of zo mee wachten. Ik meende het, toen ik zei dat hij een beetje kwaad is.' In Daniels' melancholieke ogen stond droefheid te lezen. 'Edwin, ik weet dat je een hekel hebt aan mijn verhalen, maar luister nu toch maar. Twee lichten in de mist. Op een van de schepen staat een admiraal op de brug. Hij geeft over de radio aan het andere licht door dat hij het bevel voert over een slagschip en dat het andere licht naar rechts moet uitwijken. Het andere licht antwoordt de admiraal dat híj naar rechts moet uitwijken. De admiraal, net zo'n koppige kerel als ik, zegt van zijn kant weer dat het andere licht moet uitwijken. Ten slotte zegt het andere licht: "Admiraal, ik ben de matroos die de vuurtoren bemant, en u zou er verdomd goed aan doen om naar rechts te gaan." Ik heb een risico voor jou genomen, Edwin. Een groot risico. Maar jij was de man in de vuurtoren, de slimme man, en ik luisterde. Diane deed mee zodra ze over Millicent hoorde en nam ook een verdomd groot risico. Stephanie moest je eerst rekruteren, maar toen ging ze ook tot het uiterste. En Gross? Die kreeg een kogel in zijn been.'

'Ik stel alles wat is gedaan op prijs,' zei Davis. 'In hoge mate.'

Stephanie vroeg zich af of Davis last van zijn geweten had, omdat hij Charlie Smith had doodgeschoten. Waarschijnlijk niet, maar evengoed zou hij het nooit vergeten. Ze keek McCoy aan. 'Wist jij er al van toen de president voor het eerst naar mijn dienst belde, op zoek naar Edwin?'

McCoy schudde haar hoofd. 'Hij vertelde het me nadat hij had opgehangen. Hij was bang dat de zaak uit de hand zou lopen en dacht dat we een reserveplan nodig zouden hebben. Daarom liet hij mij contact opnemen met Ramsey.' McCoy zweeg even. 'En hij had gelijk. Al is het jullie erg goed gelukt Smith onze kant op te drijven.'

'Toch hebben we nog niet alles afgewerkt,' zei Daniels.

Stephanie wist wat hij bedoelde. De moord op Ramsey was toegeschreven aan een clandestiene agent. Smiths dood was simpelweg genegeerd, omdat niemand wist dat hij had bestaan. Gross' verwonding was toegeschreven aan een jachtongeluk. Ramseys rechterhand, een zekere kapitein-ter-zee Hovey, was ondervraagd en had, bedreigd met de krijgsraad, alles verteld. In enkele dagen had het Pentagon schoon schip gemaakt. Het had een nieuw managementteam op de marine-inlichtingendienst gezet en daarmee een eind gemaakt aan het bewind van Langford Ramsey en al degenen die hem hadden geholpen.

'Aatos Kane is me komen opzoeken,' zei Daniels. 'Hij vertelde me dat Ramsey had geprobeerd hem te intimideren. Natuurlijk beklaagde hij zich uitvoerig, maar legde hij verder weinig uit.'

Ze zag een twinkeling in de ogen van de president.

'Ik liet hem een map zien die we in een safe in Ramseys huis hebben gevonden. Fascinerend materiaal. Ik hoef niet in details te treden. Laat ik volstaan met te zeggen dat de senator zich geen kandidaat meer stelt voor het presidentschap en zich op 31 december uit de Senaat terugtrekt om meer tijd voor zijn gezin te hebben.' Er kwam een gezaghebbende blik in Daniels' ogen. 'Zijn leiderschap zal ons land bespaard blijven.' Hij schudde zijn hoofd. 'Jullie drieën hebben geweldig goed werk geleverd. En Malone ook.'

Ze hadden Forrest Malone twee dagen eerder op een schaduwrijk kerkhof in het zuiden van Georgia begraven, dicht bij de plaats waar zijn weduwe woonde. De zoon had namens de vader een teraardebestelling op de nationale begraafplaats Arlington geweigerd. En ze had begrepen waarom Malone dat niet had gewild.

De andere negen bemanningsleden waren ook naar huis gebracht. Hun lichamen waren aan hun families overgedragen en de pers had eindelijk het ware verhaal van de NR-1A verteld. Dietz Oberhauser was naar Duitsland gestuurd, waar zijn vrouw zijn stoffelijk overschot en dat van haar dochters in ontvangst had genomen.

'Hoe gaat het met Cotton?' vroeg de president.

'Hij is kwaad.'

'Als het hem kan helpen: admiraal Dyals heeft het zwaar te verduren van de marine en de pers. Het verhaal van de NR-1A heeft een gevoelige snaar geraakt bij het publiek.'

'Ik denk dat Cotton met het grootste genoegen Dyals keel zou dichtknijpen,' zei ze.

'Dat vertaalprogramma levert een schat aan informatie op over die stad en de mensen die daar woonden. Er wordt verwezen naar contacten met culturen over de hele wereld. Ze legden die contacten en stelden hun kennis ter beschikking, maar goddank waren het geen Ariërs. Geen superras, zelfs niet krijgshaftig. De onderzoekers zijn gisteren op een tekst gestuit die misschien verklaart wat er met die mensen is gebeurd. Ze leefden tienduizenden jaren geleden in Antarctica, toen dat nog niet met ijs was bedekt. Toen de temperatuur daalde, trokken ze zich geleidelijk in de bergen terug. Uiteindelijk verdween de aardwarmte die ze gebruikten en dus gingen ze weg. Het is moeilijk te zeggen wanneer. Blijkbaar hadden ze een andere tijdmeting en een andere kalender. Omdat net als bij ons niet iedereen toegang had tot al hun kennis, konden ze hun cultuur niet ergens anders opnieuw opbouwen. Ze konden alleen stukjes en beetjes gebruiken, hier en daar, en gingen op in onze beschaving. Degenen die het best geïnformeerd waren, bleven het langst en schreven de teksten om ze voor ons achter te laten. In de loop van de tijd zijn die immigranten opgenomen in andere culturen. Hun geschiedenis ging verloren en er bleef alleen een legende van hen over.'

'Dat klinkt triest,' zei ze.

'Dat vind ik ook, maar dit zou enorme gevolgen kunnen hebben. De National Science Foundation stuurt een team naar Antarctica om ter plaatse onderzoek te doen. Noorwegen vindt het goed dat we daar opereren. Malones vader en de overige bemanningsleden van de NR-1A zijn niet voor niets gestorven. Dankzij hen leren we misschien veel over onszelf.'

'Ik weet niet of Cotton en de andere nabestaanden zich daar beter door voelen.'

'*Bestudeer het verleden, als je de toekomst wilt raden*,' zei Davis. 'Confucius. Een goede raad.' Hij zweeg even. 'Voor ons en voor Cotton.'

'Ja, dat is het zeker,' zei Daniels. 'Ik hoop dat dit nu voorbij is.'

Davis knikte. 'Voor mij is het dat wel.'

McCoy beaamde dat. 'Niets is ermee gediend als we alles aan het publiek vertellen. Ramsey is dood, Smith is dood, Kane is weg; het is voorbij.'

Daniels stond op, liep naar zijn bureau en pakte een boek. 'Dit komt ook uit Ramseys huis. Het is het logboek van de NR-1A, waarover Herbert Rowland jullie vertelde. Die klootzak heeft het al die jaren in bezit gehad.' De president gaf het aan Stephanie. 'Ik dacht dat Cotton het wel zou willen hebben.'

'Ik zal het hem geven,' zei ze, 'als hij tot bedaren is gekomen.'

'Kijk eens naar de laatste notitie.'

Ze ging naar de laatste bladzijde en las wat Forrest Malone had geschreven. IJS OP ZIJN VINGER, IJS IN ZIJN HOOFD, IJS IN ZIJN GLAZIGE BLIK.

'Uit *The Ballad of Blasphemous Bill*,' legde de president uit. 'Een ge-
dicht van Robert Service. Begin twintigste eeuw. Hij schreef over de Yu-
kon. Cottons vader was blijkbaar een fan van hem.'

Malone had haar verteld hoe hij het bevroren lichaam had gevonden,
ijs in zijn glazige blik.

'Malone is een professional,' zei Daniels. 'Hij kent de regels en zijn
vader kende ze ook. Het is moeilijk om mensen van veertig jaar geleden
met de normen van nu te beoordelen. Hij moet eroverheen zien te komen.'

'Dat is gemakkelijker gezegd dan gedaan,' merkte ze op.

'Millicents familieleden moeten op de hoogte worden gesteld,' zei
Davis. 'Ze verdienen het de waarheid te weten.'

'Dat ben ik met je eens,' zei Daniels. 'Ik neem aan dat jij dat wilt
doen?'

Davis knikte.

Daniels glimlachte. 'En er is ook nog een lichtpuntje.' De president
wees naar Stephanie. 'Je bent niet ontslagen.'

Ze grijnsde. 'Daar ben ik eeuwig dankbaar voor.'

'Ik moet me bij jou verontschuldigen,' zei Davis tegen McCoy. 'Ik had
een verkeerd beeld van je. Ik was geen goede collega. Ik dacht dat je een
idioot was.'

'Ben je altijd zo eerlijk?' vroeg McCoy.

'Je hoefde niet te doen wat je deed. Je hebt alles op het spel gezet voor
iets waar je ook buiten had kunnen blijven.'

'Dat zou ik niet willen zeggen. Ramsey vormde een bedreiging voor
de nationale veiligheid. Dat staat in onze functieomschrijving. En hij
had Millicent Senn vermoord.'

'Dank je.'

McCoy knikte Davis toe.

'Kijk, dat zie ik graag,' zei Daniels. 'Mensen die het goed met elkaar
kunnen vinden. Weet je, er kan veel goeds voortkomen uit een gevecht
met ratelslangen.'

De spanning in de kamer nam af.

Daniels verschoof op zijn stoel. 'Nu dat uit de weg is, zitten we jammer genoeg met een nieuw probleem. Dat heeft ook te maken met Cotton Malone, of hij het nu leuk vindt of niet.'

Malone deed het licht op de begane grond uit en nam de trap naar zijn appartement op de derde verdieping. Het was die dag druk geweest in de winkel. Het was drie dagen voor kerst, en boeken stonden blijkbaar op alle verlanglijsten in Kopenhagen. Hij had drie mensen in dienst die de winkel draaiende hielden als hij zelf weg was, en daar was hij dankbaar voor. Zo dankbaar dat hij elk van hen een royale kerstpremie had gegeven.

Hij verkeerde nog steeds in tweestrijd over zijn vader. Ze hadden hem bij de familie van zijn moeder begraven. Stephanie was gekomen. Pam, zijn ex-vrouw, was er ook. Gary was emotioneel geweest, toen hij zijn opa voor het eerst had gezien. Dankzij de strenge vorst en een bekwame begrafenisondernemer lag Forrest Malone erbij alsof hij nog maar een paar dagen eerder was gestorven.

Toen de marine hem een militaire ceremonie met alle eerbewijzen had aangeboden, had hij gezegd dat ze naar de pomp konden lopen. Daar was het te laat voor. Het deed er niet toe dat niemand van hen betrokken was geweest bij het onverklaarbare besluit om niet op zoek te gaan naar de NR-1A. Hij had genoeg van orders, plicht en verantwoordelijkheid. Wat was er geworden van fatsoen, rechtvaardigheid en eer? Die woorden werden altijd vergeten als ze er echt toe deden. Bijvoorbeeld toen elf mannen in het zuidpoolgebied verdwenen en het niemand een zier kon schelen.

Hij kwam op de bovenste verdieping en deed een paar lampen aan. Hij was moe. De afgelopen twee weken hadden hun tol geëist, en hij had ook nog moeten aanzien hoe zijn moeder in tranen was uitgebarsten toen de kist in de grond zakte. Daarna waren ze allemaal blijven toekijken, terwijl het personeel van het kerkhof de aarde terugwierp en de grafsteen plaatste.

'Je hebt iets geweldigs gedaan,' had zijn moeder tegen hem gezegd. 'Je hebt hem naar huis gebracht. Hij zou zo trots op je zijn geweest, Cotton. Heel erg trots.'

En bij die woorden had hij moeten huilen.

Eindelijk.

Het had niet veel gescheeld, of hij was tot na de kerstdagen in Georgia gebleven, maar hij had besloten naar huis te gaan. Vreemd trouwens, dat hij Denemarken nu als 'thuis' beschouwde. Toch was dat zo. En dat zette hem niet meer aan het denken.

Hij liep de slaapkamer in en ging op zijn bed liggen. Bijna elf uur 's avonds en hij was doodmoe. Hij moest ophouden met die avonturen. Officieel was hij met pensioen. Toch was hij blij dat hij Stephanie om die dienst had gevraagd.

De volgende dag zou hij rust nemen. Zondag was altijd een gemakkelijke dag, dan waren de winkels dicht. Misschien zou hij naar het noorden rijden, om een bezoek aan Henrik Thorvaldsen te brengen. Hij had zijn vriend in geen drie weken gezien. Maar misschien ook niet... Thorvaldsen zou willen weten waar hij was geweest, en wat er was gebeurd, en hij had geen zin om het allemaal nog een keer te beleven.

Maar nu ging hij eerst slapen.

Malone werd wakker en zette de droom uit zijn hoofd. De wekker gaf aan dat het 2.34 uur was. In zijn appartement brandde nog licht. Hij had ruim drie uur geslapen. Maar iets had hem wakker gemaakt. Een geluid. Iets uit de droom die hij had, en toch niet. Hij hoorde het opnieuw. Drie piepjes, snel achter elkaar.

Zijn zeventiende-eeuwse huis was een paar maanden geleden volledig hersteld, nadat het door een brandbom was getroffen. Sindsdien lieten de nieuwe houten traptreden van de eerste naar de tweede verdieping zich altijd in exact dezelfde volgorde horen, als toetsen van een piano. Dat betekende dat er iemand was.

Hij stak zijn hand onder het bed en vond de rugzak die hij altijd klaar had liggen – een gewoonte uit zijn tijd bij de Magellan Billet. Zijn rechterhand pakte het Beretta-pistool uit de rugzak. Het was al doorgeladen. Hij sloop de slaapkamer uit.

VAN DE AUTEUR

Dit boek was een persoonlijke reis voor zowel Malone als mijzelf. Terwijl hij zijn vader vond, ben ik getrouwd. Dat was niet iets volslagen nieuws voor mij, maar het was wel een avontuur. Wat reizen betrof, leidde dit verhaal me naar Duitsland (Aken en Beieren), de Franse Pyreneeën en Asheville, North Carolina (Biltmore Estate). Veel koude, besneeuwde plaatsen.

Nu wordt het tijd de verzinsels van de werkelijkheid te scheiden.

De supergeheime NR-1 (proloog) is echt, evenals zijn voorgeschiedenis en verrichtingen. De NR-1 dient ons land nog steeds, na bijna veertig jaar. De NR-1A is door mij bedacht. Er zijn maar heel weinig schriftelijke gegevens over de NR-1, maar ik heb gebruikgemaakt van *Dark Waters* van Lee Vyborny en Don Davis, een zeldzaam persoonlijk verslag van hoe het was om aan boord te zijn. Het rapport van de onderzoekscommissie over het zinken van de NR-1A (hoofdstuk 5) is gebaseerd op echte onderzoeksrapporten over het zinken van de *Thresher* en de *Scorpion*.

De Zugspitze en Garmisch zijn naar waarheid beschreven (hoofdstuk 1), evenals het Posthotel. De kersttijd in Beieren is prachtig, en de kerstmarkten die in de hoofdstukken 13, 33 en 37 worden beschreven, maken zonder enige twijfel deel uit van de aantrekkelijkheid daarvan. De abdij Ettal (hoofdstuk 7) is naar waarheid beschreven, met uitzondering van de vertrekken eronder.

Karel de Grote staat natuurlijk centraal in dit verhaal. Zijn historische context is accuraat weergegeven (hoofdstuk 36), evenals zijn handtekening (hoofdstuk 10). Hij is nog steeds een van de raadselachtigste figuren ter wereld en wordt nog steeds de vader van Europa genoemd. De authenticiteit van het verhaal van Otto III die in het jaar 1000 het graf van Karel de Grote binnengaat, staat ter discussie. Het verhaal in hoofdstuk 10 is vele malen herhaald – al is het vreemde boek dat Otto vindt natuurlijk een toevoeging van mij. Volgens verhalen die al even vreemd zijn, werd Karel de Grote liggend aangetroffen in een marmeren sarcofaag (hoofdstuk 34). Niemand weet het zeker.

Einhards *Het leven van Karel de Grote* wordt nog steeds als een van de grote werken uit die tijd beschouwd. Einhard was een geleerd man, en de beschrijving die hij van zijn contact met Karel de Grote geeft is accuraat. Alleen hun contact met de Heiligen is door mij verzonnen. Einhards verslagen, zoals die worden geciteerd in de hoofdstukken 21 en 22, zijn losjes gebaseerd op delen van het boek *Henoch* – een oude, raadselachtige tekst.

De Operaties Highjump en Windmill hebben zich voltrokken zoals ze worden beschreven (hoofdstuk 11). In beide gevallen waren het grootscheepse militaire operaties. Veel daarover is tientallen jaren geheim gebleven en nog steeds gehuld in raadsels. Admiraal Richard Byrd was een van de leiders van Highjump. Mijn beschrijvingen van de technologische hulpmiddelen die Byrd meenam naar het zuiden (hoofdstuk 53) zijn accuraat, evenals het verhaal van zijn uitgebreide verkenning van het continent. Zijn geheime dagboek (hoofdstuk 77) is fictief, evenals de bewerkte stenen en eeuwenoude boeken die hij zou hebben gevonden. De Duitse Antarctische expeditie van 1938 (hoofdstuk 19) heeft plaatsgevonden en is accuraat beschreven – inclusief de kleine hakenkruisen die ze overal op het ijzige oppervlak lieten vallen. Alleen Hermann Oberhausers verrichtingen zijn door mij verzonnen.

De vreemde schrifttekens en manuscriptpagina's (hoofdstukken 12 en 81) zijn overgenomen uit het manuscript *Voynich*. Dat boek bevindt zich in de Beinecke Rare Book and Manuscript Library van de Yale University en wordt algemeen beschouwd als het raadselachtigste geschrift van de planeet. Niemand heeft de tekst ooit kunnen ontcijferen. Een goede verhandeling over dit merkwaardige werk is *The Voynich Manuscript* van Gerry Kennedy en Rob Churchill. Het teken dat voor het eerst in hoofdstuk 10 is opgenomen – een monade – komt uit hun boek. Het is een archetypische weergave die oorspronkelijk aangetroffen is in een zestiende-eeuwse verhandeling. Het vreemde wapen van de familie Oberhauser (hoofdstuk 25) is ook afkomstig uit het boek van Kennedy en Churchill. Het is het wapen van de familie Voynich, ontworpen door Voynich zelf.

De ware verklaring van het woord 'Ariër' (hoofdstuk 12) laat zien hoe iets onschuldigs dodelijk kan worden. Ahnenerbe heeft uiteraard bestaan. Pas in de afgelopen jaren brengen historici iets aan het licht van zowel de pseudowetenschappelijke chaos als de gruwelijke wreedheden (hoofdstuk 26). Een van de beste werken over dit onderwerp is *The Master Plan* van Heather Pringle. De vele internationale expedities van Ahnenerbe, beschreven in hoofdstuk 31, hebben werkelijk plaatsgevonden en zijn op grote schaal gebruikt om de wetenschappelijke verzinsels te bedenken. Hermann Oberhausers betrokkenheid bij de organisatie is een verzinsel van mij, maar zijn pogingen en het diskrediet dat hem ten deel viel, zijn gebaseerd op ervaringen van werkelijk bestaande betrokkenen.

Het idee van een eerste beschaving (hoofdstuk 22) is niet van mij. Het heeft ten grondslag gelegen aan veel boeken, maar *Civilization One* van Christopher Knight en Alan Butler is voortreffelijk. Alle argumenten die Christl Falk en Douglas Scofield aanvoeren voor het bestaan van die eerste beschaving, zijn afkomstig van Knight en Butler. Hun theorie is helemaal niet zo vergezocht, maar de reactie erop lijkt op de houding die de heersende wetenschap ooit innam ten opzichte van continentale verschuivingen (hoofdstuk 84). Natuurlijk blijft de voor de hand liggende vraag bestaan: als er zo'n cultuur bestond, waarom zijn er dan geen resten van?

Maar misschien zijn die er wel.

De verhalen die in hoofdstuk 60 door Scofield worden aangehaald over 'godachtige' mensen die contact legden met culturen over de hele wereld zijn waar, evenals de onverklaarbare voorwerpen die zijn gevonden en het verhaal van wat Columbus te zien kreeg. Nog verbazingwekkender zijn de afbeelding en inscriptie uit de Hathortempel in Egypte (hoofdstuk 84), die duidelijk iets buitengewoons te zien geven. Jammer genoeg is Scofields opmerking dat negentig procent van de kennis van de antieke wereld nooit bekend zal zijn misschien ook waar. Dat betekent dat we nooit een definitieve oplossing voor dit fascinerende vraagstuk zullen vinden.

Het was mijn idee om de eerste beschaving in Antarctica te plaatsen (hoofdstukken 72, 85 en 86), terwijl ook de kennis en beperkte technologie van die beschaving (hoofdstukken 72 en 81) door mij zijn bedacht. Ik ben niet in Antarctica geweest (dat staat wel op mijn lijst van plaatsen waar ik graag heen wil), maar de schoonheid en gevaren daarvan zijn getrouw overgenomen uit verslagen van mensen die er geweest zijn. De basis Halvorsen (hoofdstuk 62) is fictief, maar de poolkleding die Malone en zijn gezelschap aantrekken is echt (hoofdstuk 76). De politiek ten aanzien van het Antarctische continent (hoofdstuk 76), met zijn vele internationale verdragen en unieke regels voor samenwerking, is nog steeds gecompliceerd. Het gebied waar Malone op verkenning gaat (hoofdstuk 84) staat inderdaad onder beheer van Noorwegen en is volgens sommige teksten om milieuredenen tot verboden terrein verklaard. De belevenissen van Ramsey onder water zijn ontleend aan verhalen van mensen die in die maagdelijke wateren hebben gedoken. De droge dalen (hoofdstuk 84) bestaan echt, al zijn ze vooral aan de andere kant van het continent te vinden. De conserverende en vernietigende effecten van absolute kou op menselijke lichamen zijn accuraat weergegeven (hoofdstukken 90 en 91). *Ice* van Mariana Gosnell geeft een uitstekende beschrijving van die verschijnselen.

De dom van Aken (hoofdstukken 34, 36, 38 en 42) is zeker een bezoek waard. Het boek Openbaring speelde een belangrijke rol bij het ontwerp ervan, en het gebouw is een van de laatste uit de tijd van Karel de Grote dat nog overeind staat. Natuurlijk is de betrokkenheid van de Heiligen bij de geschiedenis ervan alleen maar een deel van dit verhaal.

De Latijnse inscriptie in de kerk (hoofdstuk 38) is afkomstig uit de tijd van Karel de Grote en exact weergegeven. Toen ik elk twaalfde woord nam, ontdekte ik dat er maar drie woorden overbleven, omdat de laatste telling niet verder kwam dan het elfde woord. Toen vormden die drie woorden vreemd genoeg een herkenbare frase: *helderheid van God*.

De troon van Karel de Grote vertoont inderdaad een molenspel op de zijkant (hoofdstuk 38). Niemand weet hoe en waarom het daar is gekomen. Het spel werd in Romeinse en Karolingische tijden gespeeld, en wordt nog steeds gespeeld.

De jacht op Karel de Grote, met alle raadsels en aanwijzingen, inclusief het testament van Einhard, is een verzinsel van mij. Ossau in Frankrijk (hoofdstuk 51) en de abdij (hoofdstuk 54) zijn verzonnen, maar Bertrand is gebaseerd op een echte abt die in die omgeving leefde.

Fort Lee (hoofdstuk 45) is echt, al zijn het pakhuis en de vriesruimte dat niet. Ik heb kortgeleden een iPhone gekocht, en dus moest Malone er ook een hebben. Alle merkwaardige onderzoeken naar paranormale en buitenaardse verschijnselen die ten tijde van de Koude Oorlog door de Amerikaanse overheid zijn ingesteld (hoofdstuk 26) hebben echt plaatsgevonden. Ik heb er alleen een aan toegevoegd.

Biltmore Estate (hoofdstukken 58, 59 en 66) is een van mijn lievelingsplaatsen, vooral in de kersttijd. Het hotel, landhuis, dorp en terrein zijn accuraat weergegeven. Natuurlijk bestaat het congres over Geopenbaarde Oude Raadsels niet, al is het gebaseerd op verscheidene echte bijeenkomsten.

De kaart van Piri Reis en andere portolanen (hoofdstuk 41) zijn echt en roepen ieder voor zich allerlei grote vragen op. *Maps of the Ancient Sea Kings* van Charles Hapgood wordt als het beslissende werk over dit onderwerp beschouwd. De discussie over de eerste meridiaan heeft plaatsgevonden zoals wordt beschreven (hoofdstuk 41), en Greenwich is willekeurig gekozen. Wanneer de Grote Piramide van Gizeh als nulmeridiaan wordt gebruikt (hoofdstuk 71), levert dat inderdaad fascinerende verbanden met heilige plaatsen over de hele wereld op. De megalithische meter (hoofdstuk 71) is ook een interessant idee dat een rationele verklaring zou kunnen geven voor overeenkomsten die ingenieurs al heel lang op eeuwenoude bouwplaatsen aantreffen. Maar het bewijs voor het bestaan ervan is nog niet geleverd.

Dit verhaal brengt interessante mogelijkheden naar voren. Niet van een mythisch Atlantis met surrealistische bouwwerken en fantastische technologie, maar van het eenvoudige idee dat we misschien niet de eersten waren die tot een intellectueel bewustzijn kwamen. Misschien zijn er anderen geweest van wie het bestaan eenvoudigweg onbekend is. Misschien is hun geschiedenis, hun lot, volledig uitgewist, verloren gegaan met de negentig procent van de oude kennis die we nooit terug zullen vinden.

Vergezocht? Onmogelijk?

Hoe vaak is niet gebleken dat zogeheten deskundigen het mis hadden?

Lao Tzu, de grote Chinese filosoof die 2700 jaar geleden leefde en nog steeds als een van de briljantste denkers van de mensheid wordt beschouwd, wist het misschien het best, toen hij schreef:

De Oude Meesters waren subtiel, raadselachtig, diepzinnig, gevoelig.
De diepte van hun kennis is onpeilbaar.
Vanwege die onpeilbaarheid kunnen we alleen hun verschijning beschrijven.
Waakzaam, als mensen die 's winters een rivier oversteken.
Alert, als mensen die zich van gevaar bewust zijn.
Hoffelijk, als bezoekende gasten. Meegevend, als ijs dat op het punt staat te smelten.
Eenvoudig, als onbewerkte blokken hout.

DANKBETUIGINGEN

Bij elk boek heb ik alle geweldige mensen bij Random House bedankt. Ik maak deze keer geen uitzondering. Dus Gina Centrello, Libby McGuire, Cindy Murray, Kim Hovey, Christine Cabello, Beck Stvan, Carole Lowenstein en iedereen van Promotie en Verkoop: mijn grote, oprechte dank. Ik maak ook een buiging voor Laura Jorstad, die de redactie van al mijn romans heeft verzorgd. Geen schrijver zou om een betere groep professionals kunnen vragen om mee samen te werken. Zonder enige twijfel zijn jullie allemaal de besten.

Ik dank in het bijzonder ook de vriendelijke mensen in Aken, die steeds weer met veel geduld mijn vragen hebben beantwoord. Al veel eerder had ik Ron Chamblin moeten noemen en bedanken, eigenaar van de Chamblin Bookmine in Jackson, waar ik al jaren het grootste deel van mijn research doe. Het is een geweldige winkel. Dank je, Ron. En ik dank ook onze Aussie Mum, Kate Taperell, die haar kennis van de Australische manier van praten ter beschikking heeft gesteld.

Ten slotte is dit boek opgedragen aan mijn agente, Pam Ahearn, en mijn uitgever, Mark Tavani. In 1995 nam Pam mij als cliënt aan, en daarna deed ze er zeven jaar en vijfentachtig afwijzingen over om ons onderdak te krijgen. Wat een geduld. En dan is er Mark. Wat heeft hij een risico genomen met een gekke advocaat die boeken wilde schrijven!

Maar we hebben het allemaal overleefd.

Ik ben Pam en Mark meer verschuldigd dan iemand in een mensenleven zou kunnen terugbetalen.

Bedankt.

Voor alles.

STEVE BERRY

DE TOMBE VAN DE KEIZER

DE FONTEIN

PROLOOG

EEN KOGEL SUISDE Cotton Malone langs het oor. Hij liet zich op de rotsachtige grond vallen en zocht zo goed en zo kwaad als het ging dekking achter de schaarse populieren. Cassiopeia Vitt deed hetzelfde. Op hun buik bewogen ze zich over het scherpe grind naar een rots die groot genoeg was om hun beiden bescherming te bieden.

Er werd opnieuw op hen geschoten.

'Dit begint link te worden,' zei Cassiopeia.

'Je meent het.'

Tot dusver was hun tocht zonder problemen verlopen. Ze bevonden zich te midden van de meest indrukwekkende verzameling bergtoppen op de planeet. Dit was het dak van de wereld, op drieduizend kilometer afstand van Beijing, in de autonome regio Xinjiang, de meest zuidwestelijke hoek van China – of de Noordelijke Gebieden van Pakistan, afhankelijk van wie je het vroeg – midden in een hevig betwiste grensstreek.

Vandaar de soldaten.

'Het zijn geen Chinezen,' zei ze. 'Ik heb ze gezien. Het zijn absoluut Pakistanen.'

Tussen puntige, besneeuwde toppen met een hoogte tot wel zesduizend kilometer lagen gletsjers, groenzwarte stukken bos en weelderige valleien. Het Himalayagebergte, de Karakum, de Hindu Kush en het Pamirgebergte kwamen hier allemaal samen. Dit was het land van de zwarte wolven en de blauwe papavers, de steenbokken en de sneeuwluipaarden.

Waar elfen elkaar ontmoetten. Dat had een oudheidkundige er in ieder geval ooit over gezegd, herinnerde Malone zich. Misschien had James Hilton er de inspiratie voor zijn *Shangri-La* wel vandaan. Het was een paradijs voor wandelaars, bergbeklimmers, rafters en skiërs. Helaas eisten zowel India als Pakistan het gebied op en had China het daadwerkelijk in bezit. De drie landen ruzieden al decennialang over deze uithoek.

'Ze lijken te weten waar we naartoe gaan,' zei ze.

'Dat had ik ook al bedacht.' En hij voegde eraan toe: 'Ik heb je toch gezegd dat we die vent niet konden vertrouwen?'

Allebei droegen ze een leren jack, een spijkerbroek en laarzen. Hoewel ze zich hier meer dan tweeënhalve kilometer boven de zeespiegel bevonden voelde de lucht verrassend zacht aan. Het was een graad of zestien, schatte hij. Gelukkig droegen ze beiden een automatisch wapen van Chinese makelij en hadden ze een paar extra magazijnen bij zich.

'We moeten die kant op.' Hij wees naar achteren. 'En die soldaten zijn dicht genoeg in de buurt om ons te kunnen raken.'

Hij deed een beroep op zijn eidetisch geheugen en vond wat ze nodig hadden. Gisteren had hij de plaatselijke geografische situatie bestudeerd en geconstateerd dat dit stukje van de wereld, dat niet veel groter was dan New Jersey, ooit Hunza had geheten, een vorstenstaat die meer dan negenhonderd jaar had bestaan, maar die rond de jaren zeventig zijn onafhankelijkheid uiteindelijk was kwijtgeraakt. De licht getinte en blauwogige bewoners beweerden af te stammen van soldaten uit het leger van Alexander de Grote, uit de tijd van de Griekse invasie, zo'n twee millennia geleden. Wie zou het zeggen? Het land was eeuwenlang geïsoleerd geweest, tot de aanleg van de Karakoram-snelweg in 1980, die China met Pakistan verbond.

'We moeten erop vertrouwen dat het hem lukt,' zei ze ten slotte.

'Dat was jouw idee, niet het mijne. Ga jij maar eerst. Ik geef je dekking.'

Hij greep het Chinese double action-pistool. Geen slecht wapen. Vijftien patronen en tamelijk accuraat. Cassiopeia bereidde zich ook voor. Dat was een van haar eigenschappen die hem bevielen: ze kon iedere situatie de baas. Ze vormden samen een goed team, en hij was zonder meer gevoelig voor de charmes van de aantrekkelijke Spaanse met Arabisch bloed.

Ze rende zigzaggend naar een groepje jeneverbesstruiken.

Hij richtte het pistool langs de rots, klaar om zich meteen weer terug te trekken als hij iets zag bewegen. Aan zijn rechterkant, in het schaarse licht dat door het voorjaarsgebladerte scheen, zag hij achter een boomstam de glinstering van een geweerloop die werd opgericht.

Hij vuurde.

De loop verdween.

Hij benutte de gelegenheid en volgde Cassiopeia, waarbij hij ervoor zorgde dat de rots hem aan het zicht van hun achtervolgers onttrok.

Toen hij haar had bereikt renden ze allebei naar voren, wederom onder dekking van de bomen.

Er klonken opnieuw geweersalvo's. De kogels floten hun om de oren.

Het bochtige pad slingerde weg van de bomen en veranderde in een steile maar redelijkerwijs te beklimmen helling, pal langs een wand van loszittend gesteente. Er was nauwelijks dekking, maar ze hadden geen keus. Verderop zag hij ravijnen die zo steil en diep waren dat er alleen op het midden van de dag licht in kon vallen. Ook aan hun rechterzij gaapte een kloof. Ze renden langs het gesteente. Verderop scheen de zon, maar het felle licht werd afgekapt door een vrijwel loodrechte, zwarte rotswand. Zo'n dertig meter beneden hen liep een wilde, kolkende rivier, grijs van de modder, die meters hoog water en schuim opwierp.

Ze klommen omhoog langs de steile rotswand.

Hij zag de brug, precies waar ze hun was verteld dat die zich bevond.

De constructie zag er niet al te degelijk uit. Wat gammele palen aan weerszijden van het ravijn en horizontale latten die met hennepvezel aan elkaar waren vastgemaakt. Een loopplank, bungelend boven de rivier.

Cassiopeia bereikte het hoogste punt als eerste. 'We moeten naar de overkant.'

Dit vooruitzicht stond hem niet erg aan, maar ze had gelijk. Ze moesten aan de overkant zijn.

In de verte klonk geweervuur en hij keek achterom.

Geen soldaten.

Dat beviel hem niet.

'Misschien leidt hij ze af,' zei ze.

Zijn wantrouwen verdween nauwelijks, maar er was geen tijd om de situatie te evalueren. Hij stak het wapen in zijn zak. Cassiopeia deed hetzelfde en stapte op de brug.

Hij volgde haar.

De planken schudden door het geweld van het water beneden. Hij schatte de afstand naar de overkant op minder dan dertig meter, maar tijdens de oversteek, van de schaduw naar het zonlicht, hadden ze geen enkele dekking. Aan de overkant zag hij een grindpad dat tussen de bomen verdween. Verderop was in het rotsgesteente een ongeveer vijf meter hoog beeld uitgehouwen – een boeddha, zoals ze hem hadden verteld.

Cassiopeia draaide zich om. De oosterse ogen in haar westerse gezicht staarden hem aan. 'Deze brug heeft betere dagen gekend.'

'Ik hoop dat hij nog één dag overheeft.'

Ze greep het touw dat de constructie in de lucht hield.

Ook hij kromde zijn vingers om de gevlochten hennepvezel, en besloot toen: 'Ik ga eerst.'

'En waarom?'

'Ik ben zwaarder. Als hij mij houdt, houdt hij jou ook.'

'Tegen die logica kan ik weinig inbrengen.' Ze deed een stap opzij. 'Ga je gang.'

Hij ging als eerste en probeerde zijn voeten te laten wennen aan de ritmische vibraties. Er waren nog geen achtervolgers te bekennen.

Hij besloot dat hij er maar het beste stevig de pas in kon zetten. Op die manier hadden de planken de minste tijd om het te begeven. Cassiopeia volgde hem.

Een nieuw geluid overstemde het ruisende water. Het was een donker geluid, ver weg nog, maar snel naderend. *Bonk. Bonk. Bonk.*

Hij keek snel naar rechts en zag dat op de rotswand een schaduw verscheen, misschien anderhalve kilometer verderop, waar het ravijn dat ze probeerden over te steken een volgende kloof kruiste.

Toen ze halverwege waren leek de brug het te houden, al voelden de vermolmde planken aan als spons. Hij hield de ruwe touwen losjes vast, klaar om zich er stevig aan vast te klampen als de bodem onder hem mocht wegzakken.

De schaduw in de verte werd groter en veranderde vervolgens in de duidelijk waarneembare omtrekken van een AH-1 Cobra-gevechtshelikopter – van Amerikaanse makelij weliswaar, maar dat was niet noodzakelijkerwijze goed nieuws. Pakistan gebruikte ze ook. Washington had ze verstrekt om de vermeende bondgenoot te helpen bij de bestrijding van het terrorisme.

De Cobra stevende dreigend op hen af, met zijn vierblads hoofdrotor, zijn twee motoren, zijn 20mm-boordkanonnen, zijn antitank- en luchtdoelraketten. Snel als een hommel en even wendbaar.

'Die komt niet om ons te helpen,' hoorde hij Cassiopeia zeggen.

Daar dacht hij net zo over, maar het had weinig zin haar nu nog in te peperen dat hij al die tijd gelijk had gehad. Ze waren hierheen gelokt, speciaal voor dit doel.

Die vervloekte klootzak...

De Cobra begon te vuren. Er klonk een langgerekt salvo van 20mm-kogels die in hun richting werden afgeschoten. Hij dook omlaag op de planken en rolde op zijn rug, zodat hij over zijn voeten heen kon kijken. Cassiopeia deed hetzelfde. De Cobra raasde op hen af, met zijn brullende turboshaftmotoren die zich door de droge, zuivere lucht zogen. Kogels raakten de brug en vernielden hout en touw.

Er volgde opnieuw een salvo, gericht op de drie meter loopbrug tussen hem en Cassiopeia. Hij ontwaarde woede in haar blik en zag dat ze haar pistool tevoorschijn haalde, op haar knieën ging zitten en op de cabine van de Cobra vuurde. Maar hij wist dat de kans om op die manier schade aan te richten vrijwel nihil was. Het toestel had gepantserde beplating en bewoog zich voort met een snelheid van meer dan 270 kilometer per uur.

'Ga liggen!' schreeuwde hij.

Een nieuw salvo van de boordkanonnen vernielde het stuk brug tussen hem en Cassiopeia. Het ene moment was de constructie van hout en vezel er nog, het volgende moment was er alleen nog een wolk van puin.

Hij sprong op en realiseerde zich dat de brug ging instorten. Hij kon niet terug, dus rende hij naar voren. Nog zeven meter. Hij greep zich vast aan de touwen juist toen de brug het begaf.

De Cobra vloog voorbij, naar de andere kant van het ravijn.

Hij hield de touwen stevig vast en terwijl de twee helften van de brug omlaag vielen vloog hij door de lucht.

Hij sloeg tegen de rotsen, stuiterde terug en bleef toen stil hangen.

Hij gaf zichzelf niet de tijd in paniek te raken. Langzaam trok hij zich de resterende decimeters omhoog naar de rand. Het ruisen van het water beneden en het gebonk van de rotoren boven zijn hoofd was overweldigend. Hij keek naar de andere kant van de kloof en zocht Cassiopeia, in de hoop dat ze de oever aan de overkant had bereikt.

De moed zonk hem in de schoenen toen hij zag dat ze zich met beide handen aan het touw van de andere helft van de brug vastklampte en langs de steile rotswand bungelde. Hij wilde haar helpen, maar was machteloos. Ze hing dertig meter verderop. Tussen hen in gaapte een diepe kloof.

De Cobra nam een scherpe bocht in het ravijn, maakte hoogte en kwam opnieuw op hen af.

'Kun je naar boven klimmen?' riep hij boven de herrie uit.

Ze schudde haar hoofd.

'Doe het,' riep hij.

Ze keek om. 'Maak dat je daar wegkomt.'

'Niet zonder jou.'

De Cobra was hen tot op minder dan anderhalve kilometer genaderd.

'Klim nou,' schreeuwde hij.

Ze stak een van haar handen omhoog.

Toen viel ze vijftien meter naar beneden, in de wild stromende rivier. Hij wist niet hoe diep het water was, maar de rotspunten die her en der omhoogstaken beloofden niet veel goeds.

Ze verdween in het kolkende water, waarvan de temperatuur dicht bij het vriespunt moest liggen, doordat het afkomstig was van sneeuwvelden.

Hij wachtte tot ze ergens weer bovenkwam.

Maar dat gebeurde niet.

Hij staarde omlaag naar de kolkende en schuimende grijze watermassa die slib en gesteente met zich mee sleurde. Hij wilde haar achterna springen, maar wist dat het zinloos was. Hij zou de val ook niet overleven.

Nog steeds omlaag kijkend stond hij op. Hij kon het nauwelijks geloven. Na alles wat ze de afgelopen dagen hadden meegemaakt, was Cassiopeia Vitt verdwenen.

DEEL EEN

DRIE DAGEN EERDER

I

Cotton Malone tikte de url met trillende vingers in. Net zoals een telefoon die in het holst van de nacht rinkelt, beloofde een anoniem bericht niet veel goeds.

Het briefje was twee uur eerder gearriveerd, toen hij weg was uit de winkel om een boodschap te doen, maar de medewerkster die de blanco envelop had aangenomen was hem vergeten en had hem pas een paar minuten geleden aan hem gegeven.

'Die vrouw heeft helemaal niet gezegd dat het dringend was,' zei ze ter verontschuldiging.

'Welke vrouw?'

'Een Chinese. Ze droeg een schitterende Burberry-rok. Ze zei dat ik hem alleen aan u mocht geven.'

'Heeft ze mijn naam genoemd?'

'Tweemaal.'

Erin had een dubbelgevouwen vel grijs kalfsperkament gezeten waarop een url was afgedrukt met een .org-extensie. Hij had onmiddellijk de vier trappen naar zijn appartement boven de boekwinkel beklommen en zijn laptop opgezocht.

Hij had de url ingevoerd en wachtte. Het scherm werd zwart, totdat er een nieuwe afbeelding verscheen. Het was een videovenster; kennelijk kreeg hij een filmpje te zien.

De verbinding kwam tot stand.

Er werd een lichaam zichtbaar dat op de rug lag, met de armen boven het hoofd. De enkels en polsen waren stevig vastgebonden aan iets wat leek op een stuk multiplex. Het lichaam was zodanig gepositioneerd dat het hoofd iets lager hing dan de voeten. Het gezicht was bedekt met een handdoek, maar aan de vorm van het vastgebonden lichaam was duidelijk te zien dat de gevangene een vrouw was.

'Meneer Malone.' De stem was elektronisch vervormd, zodanig dat de toonhoogte en het timbre onherkenbaar waren. 'We wachtten al op u. U had kennelijk niet veel haast. Ik heb hier iets wat ik u wilde laten zien.'

In beeld verscheen een figuur met een kap over het hoofd en een plastic emmer in de hand. Hij keek toe terwijl er water werd gegoten over de handdoek die om het gezicht van de vrouw was gebonden. Haar lichaam schokte terwijl ze probeerde zich los te rukken.

Hij wist wat er gebeurde.

Het water drong de handdoek binnen en liep zonder dat ze er iets aan kon doen haar mond en neus binnen. In het begin kon je nog een paar keer naar lucht happen – de keel trok zich samen en je kreeg maar weinig water binnen – maar dat hield je maar een paar seconden vol. Daarna nam de natuurlijke neiging tot kokhalzen het over en was je alle controle kwijt. Het hoofd was omlaag gericht zodat de zwaartekracht de beproeving verergerde. Het was alsof je verdronk zonder dat je onder water verdween.

De man stopte met gieten.

De vastgebonden vrouw bleef verwoede pogingen doen zich los te worstelen.

Deze techniek dateerde uit de tijd van de inquisitie en was erg geliefd omdat ze geen sporen naliet. Het enige nadeel was de enorme wreedheid – de methode was zo intens dat het slachtoffer onmiddellijk alles bekende wat je maar wilde. Malone had het ooit zelf ondergaan, jaren geleden, tijdens de training die hij had moeten doorlopen om agent bij Magellan Billet te kunnen worden. Alle rekruten hadden deze behandeling ondergaan tijdens de overlevingscursus. Voor hem was het dubbel zo erg geweest vanwege zijn claustrofobie. De riemen waarmee hij was vastgebonden en de doorweekte handdoek hadden hem een ondraaglijke sensatie bezorgd. Hij herinnerde zich het publieke debat van een paar jaar geleden over de vraag of *waterboarding* nu wel of niet een vorm van martelen was.

Reken maar.

'Hier ziet u de reden dat ik contact met u heb opgenomen,' zei de stem.

De camera zoomde in tot vlak bij de handdoek over het gezicht van de vrouw. Er verscheen een hand in beeld die het doorweekte materiaal wegtrok, waarna Cassiopeia Vitt zichtbaar werd.

'O, nee,' mompelde Malone. Pijlen van angst doorboorden zijn huid. Hij voelde zich lichtelijk duizelig worden. Dit kon niet waar zijn.

Nee.

Ze knipperde met haar oogleden om het vocht eruit te krijgen, spuwde water uit haar mond en kwam weer op adem. 'Geef ze niets, Cotton. Niets.'

De handdoek werd weer tegen haar gezicht geslagen.

'Dat zou niet zo slim zijn,' zei de man met de computerstem. 'Zeker niet voor haar.'

'Kunt u me horen?' sprak hij in de microfoon van de laptop.

'Natuurlijk.'

'Is dit nodig?'

'Voor u? Ik denk van wel. U bent een man om rekening mee te houden. Een voormalig agent van het ministerie van Justitie. Zeer goed getraind.'

'Ik ben boekverkoper.'

De stem grinnikte. 'Beledig mijn intelligentie niet en breng haar leven niet langer in gevaar. Ik wil dat u goed begrijpt wat er op het spel staat.'

'En u moet begrijpen dat ik u kan doden.'

'Maar in dat geval zal mevrouw Vitt toch als eerste het leven laten. Dus misschien kunt u stoppen met die opschepperij. Ik wil hebben wat ze u heeft gegeven.'

Hij zag dat Cassiopeia zich opnieuw probeerde los te rukken en wild met haar hoofd schudde achter de handdoek.

'Geef hem niets, Cotton. Ik meen het. Ik heb het aan jou gegeven om het in veiligheid te brengen. Geef het niet af.'

Er werd opnieuw water gegoten. Haar protesten stopten, omdat ze al haar energie nodig had om te kunnen ademen.

'Breng het om twee uur vanmiddag naar de Tivolituinen, voor de Chinese pagode. Daar zal iemand contact met u leggen. Als u niet opdaagt...' De stem zweeg. 'Ik geloof dat u wel weet wat dan de gevolgen zijn.' De verbinding werd verbroken.

Hij leunde achterover in zijn stoel.

Hij had Cassiopeia al meer dan een maand niet gezien. En hij had haar al twee weken niet gesproken. Ze had gezegd dat ze op reis moest, maar zoals gewoonlijk had ze geen details gegeven. Een relatie kon je hun betrekkingen nauwelijks noemen. Het was meer een wederzijdse aantrekkingskracht die ze stilzwijgend hadden bevestigd. Vreemd genoeg had de dood van Henrik Thorvaldsen hun band versterkt en gedurende de weken na de begrafenis van hun vriend waren ze veel samen opgetrokken. Ze was sterk, intelligent en moedig. Maar waterboarding? Hij betwijfelde of ze ooit aan zoiets blootgesteld was geweest.

Haar zo op het beeldscherm te zien sneed door zijn ziel. Hij realiseerde zich dat zijn leven niet meer hetzelfde zou zijn als deze vrouw iets overkwam. Hij moest haar vinden.

Maar er was een probleem. Ze had zich kennelijk genoodzaakt gezien iets te bedenken om haar leven te redden. En nu had ze haar hand overspeeld, want... ze had helemaal niets aan hem in bewaring gegeven. Hij had geen idee waar zij, of haar gijzelaar, het over had.

Nieuwsgierig geworden?

Lees verder in

DE TOMBE VAN DE KEIZER

'Sfeer, inhoud, geschiedenis — plus adembenemende spanning.
Steve Berry is steengoed!' LEE CHILD

Steve Berry

DE TOMBE VAN DE KEIZER

THRILLER

Het leven van Cotton Malone wordt opgeschud wanneer hij een anonieme brief ontvangt waarin verwezen wordt naar een hem onbekend webadres. Op de betreffende site ziet hij hoe Cassiopeia Vitt – de vrouw die zijn leven meer dan eens gered heeft – gemarteld wordt door een mysterieuze man. Zijn eis aan Malone is dat hij hem 'het kunstwerk bezorgt dat zij bij hem in bewaring heeft gegeven. Dat wordt een probleem, want Malone heeft geen idee waar de man het over heeft: Cassiopeia heeft niets aan hem toevertrouwd.

Zo begint het meest aangrijpende avontuur van Cotton Malone tot nu toe, dat leidt tot verbazingwekkende historische onthullingen, hem meevoert naar een meedogenloze oude broederschap en die hem stuurt van Denemarken naar België, naar Vietnam en vervolgens naar China, waar het terracottaleger al 2200 jaar een gesloten tombe bewaakt. De Chinese regering staat niet toe dat iemand deze archeologische schat opent...

'Alle Berry-ingrediënten zijn aanwezig: sfeer, inhoud, geschiedenis – plus adembenemende spanning. Ik ben gek op hem.' Lee Child

'Een pageturner die de lezer niet alleen vermaakt, maar bovendien ook nog wat leert. Een thrillerschrijver op z'n best.' *Bookreporter.com*

'Goed geschreven actie en avontuur van de eerste tot en met de laatste bladzijde.' *Florida Times Union*

Dit is het negende deel in de serie over Cotton Malone, die alle afzonderlijk te lezen zijn.

ISBN: 978 90 261 2901 8
ISBN e-book: 978 90 261 2902 5
476 blz.

www.steveberry.org
www.facebook.com/steveberry